作家出版社
建社70周年
珍本文库

1953 — 2023

作家出版社建社70周年珍本文库

策划 / 鲍　坚　张亚丽

终审 / 颜　慧　王　松　胡　军　方　文

监印 / 扈文建

统筹 / 姬小琴

出 版 说 明

　　1953年，作家出版社在祖国蒸蒸日上的新气象中成立，至今谱写了70年华彩乐章。时代风起云涌间，中国文学名家力作迭出，流派异彩纷呈，取得的成绩令世人瞩目。作为中国出版事业的中坚力量，作家出版社在经典文学出版、作家队伍建设、文学风气引领等方面成就卓著，用一部部厚重扎实的作品，夯实了新中国文学的根基。为庆祝作家出版社成立70周年，向老一代经典作家致敬，向伟大的文学时代致敬，我们启动"作家出版社建社70周年珍本文库"文学工程，选取部分建社初期作家出版社首次出版的作品重装出版，彰显中国风格、中国气派和文学价值观上的人民立场，共同见证新中国文学事业的勃发和生机。相信这套文库的文学价值和社会意义，将随着时间的推移而日益显示出来。需要说明的是，由于一些原因，未能尽数收录建社初期所有重要作品，我们心存遗憾。衷心感谢中国作家协会、各位作家及作家亲属给予本文库的大力支持。

作家出版社

内容简介：

　　小说《野火春风斗古城》由作家出版社首发并获
得国庆十周年优秀作品奖。抗日战争中，中国人
民的斗争既有正面战场上同敌人的较量，更有地
下工作者在敌占区同敌人的殊死搏斗。《野火春
风斗古城》就是通过中国共产党的地下工作者杨
晓冬、金环、银环、韩燕来等革命志士同敌人的
周旋和一系列艰险的斗争，反映了抗日战争中地
下工作的复杂和残酷。党的地下工作者在取得抗
日战争的最后胜利中起到了无可替代的重要作
用，他们经历着生死考验，以鲜血为后辈开辟了
光明之路。小说颂扬了中国人民的爱国主义精神
和战胜敌人的伟大力量。

李英儒

（1914—1989）

河北清苑人。1935年参加中华民族解放先锋
队，1938年参加八路军，曾任火星报社编辑、
主任，战斗部队步兵团长，解放军总后勤部宣传
部副部长，八一电影制片厂顾问，《八一电影》主
编，文化部电影委员会委员。1954年开始发表
作品。著有长篇小说《野火春风斗古城》《战斗
在滹沱河上》，小说集《上一代人》等。

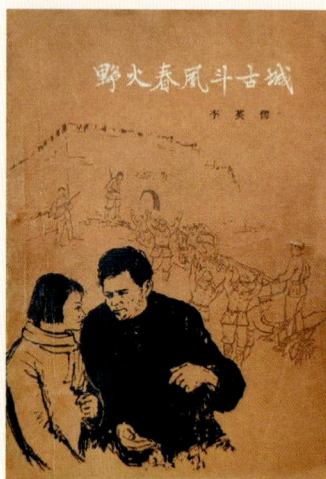

作家出版社 首版封面

《野火春风斗古城》

李英儒 著

作家出版社1958年12月

野火春风
斗古城

李英儒 ○ 著

作家出版社

图书在版编目（CIP）数据

野火春风斗古城 / 李英儒著 . -- 北京：作家出版社，
2023.10

（作家出版社建社 70 周年珍本文库）

ISBN 978 - 7 - 5212 - 2469 - 6

Ⅰ.①野… Ⅱ.①李… Ⅲ.①长篇小说 - 中国 - 当代

Ⅳ.①I247.5

中国国家版本馆 CIP 数据核字（2023）第 161034 号

野火春风斗古城

策　　划：鲍　坚　张亚丽
统　　筹：姬小琴
作　　者：李英儒
责任编辑：姬小琴
装帧设计：棱角视觉
出版发行：作家出版社有限公司
社　　址：北京农展馆南里 10 号　　邮　　编：100125
电话传真：86 - 10 - 65067186（发行中心及邮购部）
　　　　　86 - 10 - 65004079（总编室）
E - mail: zuojia@zuojia. net. cn
http: // www. zuojiachubanshe. com
印　　刷：北京盛通印刷股份有限公司
成品尺寸：142 × 210
字　　数：359 千
印　　张：16
版　　次：2023 年 10 月第 1 版
印　　次：2023 年 10 月第 1 次印刷
ISBN　978 - 7 - 5212 - 2469 - 6
定　　价：88.00 元

第一章

一

深夜时分，在一条羊肠小路上，老梁领着杨晓冬政委在快步走着。老梁穿一身青色粗布棉衣，腰间系着红色牛皮带，上面斜插着金鸡圆眼大机头的盒子，棉衣瘦得裹身，两个袖口挽得挺紧，加上他那矫健而轻快的步伐，使人感到他是个手脚利索头脑灵活的人，打起仗来准是把好手。

他一路上老是拉开杨晓冬政委一段距离，为的是能在前面侦察情况；遇到意外，免得他所保护的首长遭到危险。

起初，他们踏着冰硬的小路；后来，又踏着路旁的衰草。将要进村的时候，躲开笔直的大道，钻进村旁的树林。林木大多是榆、柳、桑、槐；时届严冬树叶早已脱尽，光秃秃的枝丫，杂乱地伸向天空。老梁蹲下来听了听，四下没有动静，便站起来，照旧拉开距离，朝村庄走去。当他刚要横跨过路的时候，听见有人喊叫：

"站住！什么人？"

"你是什么人？"老梁反问时，发现前面村头路口趴下五六个人。他像狸猫般敏捷，一个箭步蹿到道旁一棵大树背后，趁势拔出腰间的手枪。

这些动作，更使来人紧张，但他们仗着人多势众，又欺对面是孤身一人，便放开胆量："浑小子，也不打听打听你到了什么地方，这是东亭镇！"

听说东亭镇，老梁知道来的必是东亭炮楼上的一帮特务。这些家伙，黑夜里成群外出，说不定又要干什么伤天害理的事。于是一股怒火涌上心头："龟孙子们，你们眼瞎，耳朵也聋。没听说过姓梁的神枪手？"

"你是武工队的梁队长！"为首的特务发慌了。

"正是他老人家！"艺高胆大的老梁，侃侃而谈，并不把这些人放在心上。

"不要要蛮，我们有一个班，你占不了便宜。"另一个特务壮着胆子说，偷偷抬头看梁队长身后有没有伙伴。

"梁队长，今天狭路相逢，可是碰巧的，我们可不是专找你的麻烦。依我说，双方都有公事，咱们两方便好不好？"为首的人又说。

"那你们必须赶快退回去，今天通夜不许出门！"

"我们可以退回去，君子一言为定，可不许背后开枪。"特务们夹着尾巴走了。

这一段谈话，杨政委听得十分清楚。心里暗想："只当他是个普通的警卫交通员，想不到他在敌人面前还有这么大的声威呢。"

在村外停了几分钟，他们从另一条道进了街。街口有紧闭着门板的商店，有散发着药味的中药铺，小贩摊的货架，打铁的风箱都摆在露天里。杨政委站在一家写着"骡马大店、草料俱全"的屋檐下，等着老梁去找向导。不久，老梁像押犯人一样，把个伪保长押了过来。这个家伙，嘴里直嘟囔："光是带路，我另派个人不行吗？"

"别说废话！"

出村不远，就看到封锁沟，他们踏着棉花地朝沟边前进。棉花秸茬早风干了，枝杈上还偶尔挂着雪白的棉桃，想是辛勤种地的主人，为了避免招惹是非，草草收割，把它们落下来的。伪保长迈上沟沿，指着深不见底的封锁沟说："两丈多深，直上直下，哪能过呢，等到天明，化了装从炮楼口走吧？要不，插翅也飞不过去。"

杨政委走过来，想对伪保长做动员说服工作。

梁队长做了个制止的手势，扭转头说："爬沟、过楼任你挑，出了差错，这第一颗子弹是给你准备的。"

伪保长无可奈何，改说炮楼附近沟浅，也能通行，就怕被敌人发觉。梁队长说不怕，叫他领路奔炮楼走。

接近炮楼处，果然沟浅，且有行人踏践的小路。这时可以清楚地看到炮楼里的挂灯。伪保长带着发抖的声音说："同志们听，楼上正打牌，趁这机会，你们快过吧！千万别出声响。"

梁队长根本不理睬他，先帮助杨政委过路，在背静地方给他找了休息处所，反身扒住沟沿，突然亮开嗓门喊："伪军们听着！现在，抗战进入第六个年头了，你们还给鬼子当看门狗呀？我今天挺忙，只说两句话：你们已经对人民做下了很多坏事，赶快低头认罪，给自己留个下场，要再执迷不悟，留心武工队的神枪。"话音未了，他举枪啪的一声，那盏明亮的挂灯给打灭了，黑暗的炮楼上吓得死一般寂静。伪保长伏在封锁沟对面，一动也不敢动。

杨政委称赞说："好准的枪法呀！"

老梁有些得意，说："将来叫我遇见敌人大头面人物，照样这么一枪。"

不知什么原因，过沟之后，老梁的步子越来越快了。经过一段急行军，一个村庄显现在眼前。这时候，寒风比以前更加刺骨，远远地听到时隐时显的鸡声，大地漂浮着一层水雾，村庄被烟霭弥蒙着，好像浸沉在水里。月亮从雾帐后面升起，红晕晕的，活像谁从东方地平线上挑起个大红灯笼。这个村庄的出现，使梁队长止不住地高兴起来。过沟之前，他几乎整夜都沉默无言，现在，话板多了。杨政委知道这儿不是老梁的故乡，老梁为什么这么高兴？可能是因为冲过了封锁线？

他们从北面进了村。西高坡上有矮矮的三间土房，周围用秫秸堆砌。若不仔细看，不晓得这里还有人家。老梁很熟悉地搬开两个秫秸捆，照着山墙，按照暗号敲击。敲到第三遍时，听见有人的轻轻咳嗽声。时间不大，门开了，一个头发蓬松手掩襟怀的女人，把他们让进去。梁队长领先朝里走，到屋之后，像在自己家里一样，伸手摸出火柴，点亮灯，看了看炕上睡得正香甜的孩子，然后扫了扫炕，拉下条棉被，叫杨政委上去暖和一会儿。杨政委确实疲乏了，刚躺下，眼睛就睁不开了。蒙眬之际，听到外间有说话的声音，声音低而沙哑。他竭力尖起耳朵，听到下面的对话：

"我在这儿休息一天，行不行？"说话的口气，好像小学生向老师请假。

"不行！"女人说得挺干脆。

"那你可得早些过路去呀。"

"急什么！等我把这位首长送到内线以后再说。"

"孩子能带过去吗？放在这边没人照管哪！"

"这些问题上你少操点心。拿着个男子大汉，偏这么婆婆妈妈蝎蝎螯螯的。"

杨政委奇怪了。这是梁队长同女房东在交谈吗？想起老梁同志在路上喝退特务枪打炮楼那股威严雄壮的劲头儿，为什么在这位女同志面前这么服服帖帖的？正琢磨着，他们进屋来了。梁队长发现杨政委没睡觉，表情有些不自然。一面叙说周围的情况，并给他介绍这位女同志，说她的名字叫金环。杨政委说自己叫杨晓冬，趁着说话，一面向金环瞥了一眼，见她年纪不过二十四五岁，面色微黄，身材纤瘦，两眼显得聪颖机警，但是隐藏着一股子泼辣和傲气。金环知道客人的身份职务之后，很大方地同他说话，说她家里只有她们母女两人，没有多余地方，希望首长不要见外，就睡在炕的那头。并说这地方已近敌区，不像老区边沿经常拂晓被包围，可以放下头睡。万一敌人来查，她笑着说："你就说是俺孩子的爸爸，新从外面回来的。"听到这句话，客人有点犹豫，偷眼瞧了一下这条不太宽敞的土炕。梁队长看到他的神情，解释说："都是自己的同志，没说的。你请安歇吧，我该走了。"杨政委冻得还在发僵的手，被梁队长攥得麻酥酥的。

女主人送梁队长出去，很久没回来。杨晓冬也未能入睡，生活变得这样快，使他脑子里一时转不过弯来。三天前，他以地区团队政委兼县委书记的身份，在靠近津浦路的一个重要县份，召开县区党政军民负责干部的联席会议，由他传达上级党对一九四三年的工作指示。会议还没开完，接到地委机关转来的加急电报，要他立刻接受新的工作任务。到了地委机关，地委书记说，上级决定调他搞城市工作。他提出把会开完再走，不料接他的这位老梁同志立马追风要他动身，声言要他去见军区的肖部长。两天三夜，从津浦线来到三百里外的平汉线，来到敌人统治下的省城的边沿。这座省城，曾经磨炼过他的青春；这儿几十里外的千里堤旁，曾是他出生的故土。多少往事啊！他正要从头回忆，身旁的小孩翻身咬牙挑被，这一来，把他的思路打断了。看了看俊俏的小女孩，轻轻给她捺了捺被角。这时候，女主人还没回来。根据刚才她对他的态度，做了一些没有根据的猜想，多少有些不放心。后来想到老梁那句"都是自己的同志"的话，才肯定了女主人的政治身份。"同志"是多么亲切的称呼啊！靠近敌区遇到同志身份的人，说明党对他已经做了妥帖的安排。心里一舒服，就睡着了。

轻微的拉风箱声和燃烧豆秸的毕剥声，把杨晓冬从梦中惊醒了。他轻轻翻转身，隔着半撩起的门帘，看到灶门吐出的红亮烟火。火光映照下，女主人比昨天夜里鲜气多了。若不是她拦腰系着白围裙忙来忙去地淘米切菜，你不会认为她是家庭主妇，倒像是一位盛装的客人。头发早已梳得整齐净亮；凸鼻梁，长型脸，脸上擦了一层白粉，再不显微黄。眼睛比昨天夜里更加明亮。上身穿的是银灰薄棉袄，下身是藏青棉裤，脚下穿的是白夹鞋。从举止到服装，给人的印象是：身材适中，衣服可体，走路轻灵。处处显得洒脱干练。

杨晓冬急于要同这位闻名未见的肖部长会面，草草吃了早餐，就催金环出发上路。金环说："别忙，先向你交代清楚。比政治，我服从你的领导；走路进城，你得听我的。"杨晓冬点头应从了。他们要去的地方，是伪军驻扎的河头镇。今天正逢四九大集。按照金环的意见，杨晓冬换好便服，抱着小离儿；金环提着小包袱，打扮成夫妻走亲模样。沿着集镇大道，两小时以后，走到了河头镇的东寨口。

寨口蹲着两个冻狗似的伪军。金环回声嘱咐说："沉住气，伪军不比特务，他们多半是有眼无珠的。"不料行至跟前，冻狗拿枪挡住金环，调皮寻隙地问她往哪儿去。金环说是回娘家去。伪军用猥亵的腔调指着杨晓冬，问她："是一对吗？"金环把脸一沉，说："谁家没有男婚女嫁的。"说着，拿出自己的"良民证"来。伪军们放他们进入寨口之后，金环有些显示自己地对杨晓冬说："凭他们这两条看门狗，想咬人哪！气恼了我，找他们顶头上司，把狗日的饭碗敲掉喽！"

喧哗嘈杂，似乎要把村镇架到空中似的。杨晓冬蹲在一家冒着乳白蒸气的豆腐脑棚子旁边，等待金环的消息。中午时分，金环从人群里钻出来，朝杨晓冬点点头。后者跟着她，穿街过巷，走到一所很僻静的宅院里。金环说："事情变化真快，肖部长前天已经走了。他给你留下一封信。"

信是毛笔写的，字体很熟，写着：

晓冬，我亲爱的老战友：本想与你作彻夜长谈。昨晚，接到平原区党委来信，要我参加一个紧急会议，因而只能笔谈了。

我俩一别九年，你的消息，石沉大海，为寻找打入省城搞地下工作的社会力量，我查看县团以上干部档案，无意之中，发现了你的名字，我是多么高兴啊！这项工作，要算你是最好的人选了。当即发电报请示。军区党委批准了我的建议。这就是说，党要求你，从一个曾经任过团政委现任县委书记的领导干部，立刻以失业市民的身份，打入到敌占区去。组织配备给你的兵马并不多：外线由城郊武工队梁队长援助你，金环负责外线交通员。这种交通员至少要有两名。我们建议请伯母大人担任这一角色。你如同意，希望你顺便回家看看她老人家，并动员她参加这一工作。地方党委认为她在政治上是很可靠的。内线力量有高氏叔侄。高老先生的合法身份是参议。他侄子高自萍在伪市政府工作。给他们作交通联系的人叫银环（她是金环的胞妹，她们姐妹都是党员）。此外，我想你应该找到老韩同志的后代，看他们是否还住在省城。你就依靠这些力量，去同省城的三个敌伪头子：多田总顾问，伪省长吴赞东，伪治安军司令高大成和他们率领的全部敌特人员作战。对你来说，敌人是强大的，更是凶恶的。但应该知道，真理和正义在你们一边，你们背后有党和人民的支持。今天，你是携带着革命种子去拓荒。革命种子播在沦陷区人民的心里，必然要开花结果。那时节，再强大的敌人，也是甘拜下风无能为力的……

下面是敌军分布概况和特务组织与活动的情况。杨晓冬暂时没阅读这些资料，急忙翻到最后一页，看到签字处写的是：老战友赵肖峰。

杨晓冬看到这个签字，笑了。金环低声问他："你跟肖部长熟识？"

杨晓冬说："提起来话就长啦……"

二

一九三〇年，杨晓冬进了省城师范学校，他是一个靠母亲纺线供出来的穷学生，以同等学力考入了官费的高级学府。初入学，什么都新鲜，什么都称意。例如像茶炉上叫敞着口儿喝开水，他就很满足。同学们星期假日逛公园遛市场，他根本没有这些兴趣。他最喜欢的是念书。每天下了课，他在图书馆看到天黑，图书馆关门时，他才出来。有一天，他去借梁启超的《饮冰室文集》，没有借到，图书员给他找来鲁迅的《狂人日记》。他看得挺入迷。从此，他所看的书，都是由图书员给他找。这位图书员就是赵肖峰。日子长了，不知不觉地，他同赵肖峰成了好朋友。

一个星期天的早晨，他跑到图书馆。老赵还没起床，在他枕头底下压着一本书。他很想知道老赵读什么书，并想试试自己能不能看懂。轻轻抽出那本书，跑到校园的假山石上；看见书皮上写的是：《共产党宣言》。他惊奇地掀开书本，一口气把它读完，感到全书都是颠扑不破的真理。反转头来，还想看第二遍。抬头一瞧，太阳已经西下了。

把书放进衣袋，朝回走，星期天的图书馆冷清清的不见半个人影。他悄悄地走近藏书室门口，听见里面有响动，推门进去，发现屋里除赵肖峰外，有两个是叫不上名字的同学，另一个是打钟的工友老韩。"老韩怎么到这地方来？"他迟疑地想掏书，又怕不方便。注意到他的神色，老韩摘下耳朵轮上夹着的半截烟卷，划根火柴点着，吸着走了。两位同学说是来借书，随便捡了两本，也匆匆走了。赵肖峰看见他掏出那本书，问他对这本书的意见。他说："书太好了，看了这本书，我也愿意当个共产主义信仰者。"

赵肖峰说："信仰共产主义，光读书不行，必须要实干。"

"怎么个干法？"

"你跟他学习！"赵肖峰指着老韩的背影。从此，他又认识了老韩。

在一个春天的傍晚，赵肖峰叫杨晓冬请假跟老韩一块上街办点事。这是个飘着雪花的晚上，街灯很暗，行人也稀少。他们穿街过巷，走到一家印刷厂的后门口。老韩刚走到门前，门立刻开了，像有专人等候似的。开门人和老韩握过手，也没说话，即转身回去。一会儿，搬出两捆书。老韩背起大捆就走，杨晓冬便抄起那捆小的跟上。回到图书馆，老韩才告诉他背的是传单，准备在后天省城庙会散发的。

庙会那天学校放假，组织春季旅行，杨晓冬接受了跟老韩一块散传单的任务。清早，他将传单藏掖在衬裤里，外面用皮带扎紧。到庙会场上，他躲开同学，独自溜到山门口。在那里，老韩早已等候多时了。两人走到背角处，老韩先交给他一叠商标，要他把传单压在商标底下，然后划分了散发区域，指定了集合地方，并教他怎样躲避宪兵警察。为了教杨晓冬，老韩先做示范：只见他嘴里念叨着什么"丸散膏丹"，一页页地向外散发；到了人稠的地方，他的动作骤然加快了，白色传单像一群白鸽子从他手中飞出来。杨晓冬又羡慕又钦佩，心情更是激动。他不再逗留，按照所分配的路线，也散发起来。可是他的动作，又吃力又慢，心里扑通扑通的，仿佛每次向外散发一张，就有人抓住他的胳臂一样。越散越沉不住气，最后，把剩下的百来张传单，一下子投向围着少林会的人群里。他很快隐蔽了。传单突然从空中抛下，夺了少林会的场子，大家趋步去抢，争先阅读。有人默读，有人朗诵，有人揣在怀里。忽然，一个公教人员模样的人，提高嗓门说："这是共产党的宣传品！看一眼都要杀头的。"说完话，他像从手里摔出个大蝎子似的扔掉了宣传品，带头跑开了。片刻，人净场光，连少林会耍武术的也撒了腿。空旷的广场上，只剩下没拿完的传单和闪闪发光的剑戟刀枪。

杨晓冬随着人流跑到河南，在集合点——钓鱼台同老韩会了面，心里还在不停地乱跳，同时又感到从来未有的兴奋和满足。

半个月以后的一个深夜，国民党派了十几个宪兵，窜进了学校，逮捕了两位教员和三名学生。杨晓冬听到宪兵追问被捕人中哪一个姓赵，便急忙跑到藏书室给赵肖峰送信。赵肖峰急得顾不上穿衣服，从窗子里跳出去，藏在锅炉房的水池后边。特务们走后，杨晓冬又给赵肖峰送来衣裳，趁着天色未明，把他送出校外。

第二天，赵肖峰领导同学组织了请愿团，坚决要求释放被捕的师生。反动当局置之不理，师范同学便列队游行，沿途散发传单，张贴标语，把蒋介石投敌卖国的一切勾当痛予揭发。市政当局恼羞成怒，当天派出大批军警，把师范学校包围得水泄不通。同学们更加气愤，宣布无限期罢课，誓死营救被捕师生；同时，对包围学校的步兵七连展开了宣传争取工作。杨晓冬参加了宣传队，被选为分队长。他领着十几位同学，骑上学校围墙，对着墙外士兵，用《满江红》的调子唱他们自己编的歌曲：

二月雪天，
被捕在师范校园，
一个个被拳打脚踢锁引绳牵。
要问犯的什么罪，
为爱国家锦绣江山。
…………

以后又编了《告士兵弟兄》之歌：

士兵弟兄仔细听！
枪杆为的保人民，
打日本鬼是英雄汉，
残害学生挣骂名。
…………

　　争取士兵工作有了显著成绩：他们不刁难同学，让同学们随便出入，送粮送菜；有的人还帮助学生们买大饼油条。事情做得不机密，被特务发觉了，把七连调回营房，连长撤了职。九连接七连的防，又派来一个宪兵分队。他们提出最后通牒："限三天内交出赵肖峰等三十名同学，其余学生全部解散。"同学们听了，十分气愤，全体都加入了武装大队，拿着刀枪木棍，同军警隔墙对峙。一天晚上，老韩找到杨晓冬说："情况很紧急，校里的米面眼看就要吃完，派你今夜给赵肖峰去送信。去时我送你。回来要有困难，找我儿子燕来帮助你。"

　　更深夜静，鸡不叫，狗不咬，这时，杨晓冬带好给赵肖峰的紧急信件，和老韩一块走到钟楼。老韩迈了几步，在钟楼左

012

边砖槽上，用力掀开上面的铁箅子，回过头来，拍着杨晓冬的肩膀说："这儿底下是污水沟，外人都不知道它的底细。出口在校墙外的河坡上。去吧！全体同学的希望，都寄托在你的身上……"

同老韩紧紧握过手，杨晓冬心急火燎地钻进去，先用脚尖抵住沟底，然后伏下身向前爬。沟里凉气袭人，还有股腥酸味。爬了十多步，身底下焦砟砖头多起来了，他猜想是到了校墙。心里很紧张，仿佛军警就蹲在自己脊背上。不顾焦砟扎手，使足了力气，加快速度，恨不得一步爬出去。忽然嘎嘣一声，脑袋撞在什么硬东西上。头撞晕了，眼睛直冒金星。他停下来摸了摸，原来是铁箅子卡住出口。费了很大力气，推开铁箅，才钻出来。不远，有一座小石桥。"桥上有站岗的吗？"他问着自己，不由得停下来。听了听，没有动静，又沿河爬下去。刚爬上东坡，听到桥上有人问："口令！"他撒腿就跑。凄厉的枪声，朝他背后射击过来。

这天中午，他拿着赵肖峰的信往回走。绕到原来的地方，远远地看见两个士兵在桥头上站岗。糟糕，敌人已经堵塞了回去的道路。赵肖峰说过，信若不能在白天送到，就耽搁了晚上的行动啦！正在没有办法，忽然想起老韩的话，马上转身快步朝城里走。走到菊花胡同，打听到韩家住在大杂院里。他走进韩家那间小屋，看见一个五十来岁面色黄瘦的老太太，老太太背后藏着一个怕生的四五岁的小姑娘，炕沿前站着个男孩子，面庞清秀，眼睛灵活，腰挎书包，手捧着玉米面饼子。他知道这就是老韩的男孩子韩燕来。他向老太太说明了来意，没等妈妈答应，韩燕来把书包往炕上一扔，拉着杨晓冬就朝外走。等妈妈跟出大门时，他们早已拐过菊花胡同口。

路上，杨晓冬把严重的情况和艰巨的任务慢慢告诉他，试探他有没有勇气送信。不料这孩子半点也不怕。出城之前，先找了个背静地方，把杨晓冬的信接过来，掖在他的衣兜里。到西关后，两个人围着学校绕转了一周，到处都有军警把守，不用说人，就是一只鸟儿，也逃脱不了他们的眼睛。后来，绕到靠近护城河的西北面。这儿校墙陡立，墙外河水很深，把守的人也比较少。韩燕来说："我浮水过去，爬到挨墙根的柳树上，把信投过去。"杨晓冬说："浮水，我刚才也想过，问题在于你一下水，就被人家发现了。"他说着，发现靠河北面有一座茶馆，为数不多的茶客们，坐在水面的茶亭上，有的向外看水，有的打瞌睡。他心里一动，领着韩燕来进了茶馆。两人要了壶茶，边喝边等机会。约喝两杯茶的工夫，茶客渐渐走了。韩燕来早已盯准茶亭外面那个伸向水面的小平台，当茶炉工友刚从那里挑走一担水，他向杨晓冬交换了一下眼色，目测了达到校墙的距离，一个猛子扎进水里去。不久，对面墙根露出了韩燕来的脑袋。他是多么灵巧啊！攀着一棵拳头粗的小树，活像个狸猫，三抓两挠，扳住墙头。当他向墙里跳的时候，杨晓冬的心也跟着跳，活像韩燕来的双脚从空中跳到他的胸脯上。再也喝不下茶水，眼睛死盯着韩燕来爬墙的地方，希望他赶快出来。越等越不见动静。正焦急中，听得枪声连响，眼看二十米外的河水里，子弹溅起浪花的地方，韩燕来像只水鸭一样，浮过岸来。他边游边向茶馆摆手，杨晓冬会意，便匆匆从茶馆躲开。

这天夜里下两点，距最后通牒三小时前，全体罢课师生，突然向外猛冲，与包围的军警展开了激烈的搏斗。老韩率领三十名同学，先打冲锋，后作掩护。为了拯救多数，老韩和他的三十名战友流尽了自己的鲜血。冲出重围的同志，受到党的掩护，当夜把他们做了安置。有的派赴平津，有的送往乡下，有的隐蔽在本城。这就是蒋介石宪兵三团血洗省城师范的大惨案。从此，杨晓冬失学了。但他在政治上更坚强了。不久，他就参加了共产党。抗日战争爆发，他被派到平原根据地……

"我们是老战友，一别快十年了。"杨晓冬用怀旧的心情说，"赵肖峰同志的身体可好？"

"你说的是肖部长？"金环纠正着他的话，"身体够好，久经风霜苦险，跟你一样，老胡子老脸的啦！"

"呵！"杨晓冬苦笑着，笑她说话的坦率，"我想给他写封信，告诉他咱们就要进内线去。"

"信我已经写了一封，你看行不？"

杨晓冬接过信，念了一遍，发现文字通顺，字体也还清秀。心中暗想：这个女同志在政治上文化上都不简单哪。他重新打量了她一眼。便征求她的意见说："有你这封信，我暂时不写了，到里边去了再说。当前的事，你看怎么办好？"

"我去城郊打个前站，一切搞妥当了再来接你。"

杨晓冬不愿独自留在敌人据点里，乘势说明自己离家很近，愿意同她做伴出发，顺便回家瞧看瞧看（他没提动员母亲做交通工作的事）。金环听了十分高兴："原来你是本地人，口音不大像呵！好，等我把小离儿安置安置，咱们随后动身上路。"

三

黄昏以后，他们到达千里堤坡，定好见面的时间地点，杨晓冬便同金环分了手。只身夜间走路，感到有些不安。这一带，虽说离家不远，敌情可不够清楚。至于地形，他心里有底：顺着长堤，经过四座石桥，就是他的故乡古家庄。哪知走不到三华里，就发现迎面堤坡修有敌人的炮楼。他一时情绪紧张，快步离开堤坡，深一脚浅一脚，时间不大就走得满身是汗。内衣湿透了，冷风一吹，凉得浑身发抖。这时，天色阴沉，抬头不见星光，地下没有道路。心里一急，连方向也辨不清了。"两只脚走遍南北几千里，家门口迷失路途，你是思家心切吗？镇静些嘛！"他给自己下达命令后，便停住脚步，索性蹲在地下。看到前面不远，土垅高起。靠近土垅一边的枯草根里，发现残存未化的雪糁。他会心地点了点头，知道积雪是背向太阳的地方。为了证实这一论断，伸出掌心试了试冬夜的风向，更加肯定了自己的信念。他站起身来，毫不犹豫地大踏步前进，就像在他要去的前面，有谁同他争夺什么似的。

又走了五六里路，迎面的坟茔里，出现了成行的柏树和石人石马。这是他熟悉的柏树坟。跨过它，再有两截地就到家了。顿时心明眼亮，手轻脚快，忘记了疲劳。古家庄虽尚未看见，但被他感觉到了。骤然间，周围的环境使他感到异常亲切。眼前冰封冻裂的土地，使他感到温暖软绵；脚下的枯枝草芥，使他感到轻柔美丽；几堆土丘，赛过名园胜景。故乡的魔力是多么大呵！

杨晓冬怀着一颗沸腾跳荡的心，走到古家庄村边。为了警惕，他伏在村东口地上，小心地听了半天，确实没有任何动静，才傍着堤坡，向家走去。

家门口，他亲手栽的那棵槐树，已经三手粗了。他双手攀树，爬上墙头，用脚尖试着，轻轻落地，他站到院中了。漆黑的窗户，很像土房的眼睛。看见窗户，犹豫开了：

"这房里住的还是她老人家吗？"

他站在窗外，一时拿不定主意，不知是敲门好，还是在窗外站着好。这时，听到屋里有响动，仿佛是翻身。接着，翻身的人咳嗽了一声。不论离家多久，杨晓冬完全熟悉这种声音，他毫不犹豫地扶住窗户，低沉地叫了声：

"妈妈！"屋内静得像空着，显然，把屋里的人惊住了。

杨晓冬用了更重的沙哑声音：

"妈妈，是我。"

"呵！我的冬儿呀……"

门打开了，娘儿两个依偎在一起。儿子感到热辣辣的东西滴在他的脸上：

"妈妈！不要哭。"

"我没哭，是冷风吹了眼睛流泪的。"老人家极力掩饰着，"松开手，让我点灯。"

"点灯容易被人察觉，咱娘儿俩在黑影儿里说话吧！"

"你说的？"母亲爬上炕，先拿被单罩住窗户，又伸手摸着火柴。第一根用力过猛，擦断了；第二根燃着后没有去点灯，先借着光看了看儿子，回头找灯盏，又找错了地方；第三根火柴才点亮了灯。母亲转过身来，紧握住儿子的手，仔细端详着儿子的脸：

"冬儿，你的面容没变多少，胡子拉碴的，你看，比过去老了。"妈指着挂在墙上的木框小镜，那里有他中学时代的相片。

"妈妈！你还在外面挂这个？"

"我能丢掉它？儿是娘身一块肉呵！"

"妈！这张相片，要就是藏起来，要不就交给我。"

"这是为什么？"妈妈困惑了。

"我马上要到省城里面去……"

母亲这时才注意到儿子穿的是藏青棉袍，新棉布鞋，绒线袜子。从他那腆鼻子腆脸和露出的青胡须楂上，从他那浓密的黑眉和深深的大眼上，从他那细高的身材和朴实诚恳的举止上，母亲觉得他几乎同当年他的父亲一模一样。不过父亲什么时候都是短衣短裤劳动人民的打扮；儿子现在的服装，既不同于父亲，又不同于搞革命工作的干部。

母亲站起来，"晓冬，你过来！"她用审查的眼光注视着走近前来的儿子。当看到他那开朗的面孔，特别是看到他那双眼睛放出她所理解的光辉的时候，母亲两肩微耸，吐出一口长气：

"晓冬！党又派你来搞地下工作啦？"

"好妈妈！你猜得很对。"

"听说出城入城盘查得挺严，要当心，日本鬼子可是毒辣得很呵！"

"没关系，妈妈，省城是片大海，我好比叶子鱼儿，摇摆着尾巴就浮进去了。"

"甭拿着苦瓜当甜瓜卖，妈是那么好哄的？"老人显出固有的倔强劲，"告诉我，这次回家，是单看看我，还是有别的事？"

"离开七八年啦，不知家里怎么样，心里十分牵挂，就打算看望你老人家——等一会儿还得赶路呢。"这原是他忌讳说的话，终于脱口说出来。

"不能走！我给你做点饭吃。"

儿子坚持不让母亲做饭，要把剩干粮剩菜拿来吃。母亲把剩干粮放在炕上，便去烧水。杨晓冬发现炕上摆的是两个红高粱窝窝头，心里觉得挺难过。他拿着干粮，凑在老人跟前，安慰着说："我在外面一切都好，不要再惦记我，倒是妈妈在这兵荒马乱的年头，三灾八难的不容易。盼着吧！盼到咱们老百姓翻过身来的时候，我告假回家住上几天，然后领着妈妈坐上火车，到北京、天津看看风光去。"他想用未来的幸福，给母亲一些精神上的满足。

老太太连连摇头："那些个幸运事儿，娘不想沾。只要你们能打出鬼子去，叫娘看到共产党成了气候，看到儿子没灾没病地回来，我就算烧了一搂粗的高香。那时候，当娘的喝口凉水，就着剩干粮吃，也是心甜的。"娘儿两个的话越说越多，争相发问。儿子总不愧是搞政治工作的能手，很快地说服了母亲，使她同意儿子做地下工作，并答应帮助儿子做合法交通员。她除了叫儿子搞好工作以外，又专门向儿子提出三个要求：做好掩护，千万别暴露目标；一年之内讨个儿媳妇；眼看快到年底，要回家过个年。儿子为讨好老人家的欢心，一一答应着。母子俩正在快活喜悦的时候，后邻传来喔喔的鸡声。

"妈妈听，鸡叫啦！"儿子一口吹灭了灯，拉开窗帘，察看窗外的时光。

"莫着慌，那是后邻毛娃子家的芦花公鸡，整天价胡叫唤，没个准头。按理说，春三遍，秋四遍，冬天一夜叫八遍，还早着哩。"

不管母亲怎样拦阻，儿子终于坚持要走；不管儿子怎样阻拦，母亲还是坚持要送。娘儿两个难舍难离地依偎着走出门口，沿着村旁小道朝西南走。看看走到村边，杨晓冬回过头来攥着母亲的手，轻声说：

"妈妈，天冷风大，你快回去吧。"

母亲想说什么，一句话也说不出来。眼看儿子的影子消失在黑夜中，她兀自站在冷风里，像木雕泥塑般的一动也不动，仿佛儿子从她的心肠上面系了一条绳索；走一步，一牵引，牵得她心肠阵阵作痛……

四

晚上九点半，金环走到老家五里铺，家里空落无人，父亲加夜班去了。她父亲叫颜宝，因为忠厚老实，人们给起个外号，叫他蔫巴。他在省城火柴公司当了二十年的看门工友。老伴死后，他好不容易把两个闺女拉扯长大成人。大女儿结了婚，小女儿上了护士学校。才过了两天安生日子，大女婿就牺牲了。这件事，他认为是女儿的命不好，世界上守寡的多着呢，也不大在乎。最担心的是他两个女儿都不听他的劝告，都参加了共产党方面的工作。在他看来，小女儿银环不轻易出头露面，深居城里，问题还不大；他特别不满的是金环。她不断出出进进的，和什么样的人都打交道。他常责备她："说不定哪会儿，我总得吃你的挂落儿。"金环把脸一沉："养女儿，不得济，就生气，吃挂落，你活该！"他不吱声了。他清楚地知道，大女儿"刁"，小女儿"娇"。娇的他舍不得管，刁的他不敢管，只好冷眼看着她们自行其是了。

十点半钟，颜宝值夜班回来，见小屋里有灯亮，推开门，看见了大女儿："金环！你深更半夜的扔下孩子，胡乱跑些什么？"女儿说明了来意。他愣了一会儿，慢腾腾地说："你净管闲事，这样不济年头，自己低头闭眼地活着，还说不定哪会飞来灾祸呢！"

"爸！我可闭不上眼睛。你不知道吗？我睡觉都是睁着眼。"

"管闲事，落闲事，放着觉不睡，深更半夜的，领个外路人去？"老人说着就要上炕睡觉。

金环生气了，吹乎老人说："日本鬼子叫你出一年伕，你敢说个不字？自己人叫你带带路，你拿捏着不动弹，咱们是中国人还是外国人？你说说！"

老人被金环挖苦到不可开交的时候，无言地蹍到锅台旁边，双手抱着破瓷壶，嗞咕嗞咕喝了个饱，用袖头擦净胡须上的水滴，冲着大姑娘说：

"递给我棉袄！"

"干什么？"

"给你一块儿接好人去。"

金环格格笑了，一口吹灭了灯。

父女二人走到沟外柏树林，远处鸡在啼叫，他们围着树林绕了一圈，不见半个人影，四周也没响动，等了片刻，发现来自古家庄昏沉沉雾蒙蒙的道路上，有个黑点，越近越大，杨晓冬快步走来了。他们见面之后，立刻隐蔽到树林里。不久，老人先从树林里钻出来，领路前进，两个黑影拉开十多步的距离紧跟着。绕村庄，抄小路，进入漫长的洼深地带，大地在这里仿佛坍塌下去似的。洼地尽头是深沟，这儿地势较陡。老人趴下，后面也跟着趴下，经过一段艰苦的匍匐前进，爬上了沟。金环附在杨晓冬的耳边说："最难的一条封锁沟，被咱们闯过来了。从这条路走，躲开好几个炮楼，外路人哪敢走呵！"又越过两个村庄，远远瞧见，电线杆上系着一排电灯，灯光在雾气弥漫的深夜里，好像浮在水面上。杨晓冬许久不见电灯了，看到这些东西，想到农村根据地的艰苦生活，心里很激动，感触也挺深。他跟着他们又进入一个小村镇，拐弯抹角地跨上一道慢坡，只见上面盖着孤零零的两间土坯房。金环紧走几步，赶过父亲，抢着掀起谷草门帘——他们到家了。

一分钟后，金环燃着了干柴，让杨晓冬烤火。跳跃的火光映在她的脸上，使她显得更年轻了。她感到完成了重大任务，止不住地高兴，对着杨晓冬有说有笑。瞥见爸爸装烟，就拿起一块带着浓烟烈火的干柴，舞弄着给他点火。老人边躲边沉下脸说："当着生人，都没个安定劲儿，真不讨人喜欢。"金环说："你喜欢谁？你眼里就有那个不说不道的小妮子，是不是？"老人并不否认，舐了舐嘴唇，慢腾腾地说："天不早了，先休息休息，明个有事早走，别耽误了呵。"

黎明时分，杨晓冬同金环出发了。公路上有朝城里行驶的大车，有影影绰绰的看不清面孔的行人。右侧是被铁丝网围绕的飞机场，正前方耸立着青铜色房舍。其中峥嵘触目的是发电厂、面粉厂和兵营的烟筒，它们像树林似的矗立起来。再远些，可以看见古老的城墙，横躺在隐约的山峦怀抱里。这座古城，对杨晓冬说来，十分亲切。在这儿，他曾度过他困苦的童年和美丽的青春；在这儿，曾燃烧过他的生命之火。为了使这里的人民能够生活在阳光底下，自由地呼吸，许多共产党员和爱国人士，在国民党的屠刀下流尽了自己的鲜血。谁能想到，国民党刽子手举起屠刀对待人民的时候，是那样的凶狠残暴，当国难临头、敌人杀来的时候，又是那样稀泥软蛋、奴颜婢膝呢？

杨晓冬现在心绪万端了。他曾幻想，将来大反攻时，他以一个普通指挥员的身份，带领一支人马，参加解放故乡省城的战斗。他愿意率领他的部队首先登城，第一个看到被解放人民的笑脸。那时，他们和全城的居民，挺立在大街的十字路口，放开喉咙高喊着"共产党万岁"，那是多么惬意哟！现在，当古城和她善良的人民陷入水深火热的时候，党派他只身先期来这里领导地下斗争……想起这些，杨晓冬的心情更加激动："我决不辜负党的委托，我要在敌人的心脏里大干一场。"一种渴望和受难同胞会晤的心情，只身闯入龙潭虎穴的豪迈感情，浪涛般地撞击着他的胸膛。不知不觉的，他脚步加快了，带路的伙伴被他拉下很远。

"喂！你走慢点呵！"金环紧跟上来，"咱们抄近，走电灯公司后边那条道。有人问话，由我出头，你可别冒失。"

走过电灯公司后面的木桥，前边岔开两条道。一条奔东关，一条去南城门。去东关的路近，但地旷人稀，不易掩护；杨晓冬主张绕道走繁华的南门。

上午八点，他们接近了南城门口。通往南门的马路上，来往行人很多。城门口外站着伪治安军两个门岗，他们身后有四个穿青制服的伪男女警察，警察对面有两个像木桩般的日本兵，他们身穿米色军装，臂缠红布袖章，黑眼珠子死盯着一个方向。在这黑眼珠的监视下，伪警察检查行人十分仔细，不论出城入城，一律要盘问。女警察搜人时，连胸带腰都摸个遍，稍有嫌疑，就当场逮捕起来。杨晓冬见势不妙，向金环使了个眼色，两人徐徐撤退，刹那间，走到南关大石桥。杨晓冬说：

"平常出入城门也是这般检查？"

金环说："平常人少，也没这么紧。不碍事，无非是多等会儿，咱们先到小面铺里吃早点去。"

杨晓冬说："吃饭是小事，你去打问打问，把情况闹清楚。"金环去的工夫不大，从一个伪公务员嘴里，知道今天是要迎接日本加藤报导部长，由机场到南关一带，从早八点戒严。为了躲避这块地方，他们试着从西关进城。来回绕了两趟，结果空空浪费了三个钟头，白白跑了二十里路。依着金环是先返回五里铺，杨晓冬不吱声，经过多时的考虑和商讨，决定再试试一般乡下人不敢出入的小南门。

他们沿着护城河边走过小较场。护城河水早已结冰，挑水工人，在六棵枯柳附近的冰河上，凿开几个冰孔，人们挑着水桶推着水车，忙忙乱乱地从冒着热气的冰孔里取水。然后踏着冰凉梆硬的道路，经过小南门运往城里去。

杨晓冬他们走到小南门的时候，天已过午。守门的是一个傲气十足的伪治安军和一个身着破烂制服的伪警察。出入这里的人，除了上述运水工人外，大都是在敌伪机关里混事的。看来，行人不多，稀稀落落，时有时无。小南门外便是一所花树凋谢冷落无人的公园。杨晓冬坐在公园边缘的靠背椅上，注意着敌人这两只看门狗，金环同他并肩坐着。他几次试着站起来，都遭到她的劝止。她想：千斤重担放在我的肩膀上，进与不进，由我来抉择，你这样一个负责同志，哪能碰时气撞运气呢！她不愿意叫同伴焦急，不断地宽慰他："没关系，天气早着哩！万一今天进不去，还有明天呀。别恼火！"但她心里十分恼火。"挨刀的们，偏在我执行大任务的时节，叫我丢脸。"

杨晓冬早已看穿她的心思，任她说话，也不答言，注意力集中在小南门口。那里有一辆人拉的水车，正贴城门朝里走。车水装得过满，拐弯时轧在石块上打了个趔趄，车水激荡出来，溅了那个伪治安军满身。这家伙没事还要从鸡蛋里面挑骨头，哪能忍受这些，赶上前去，照着拉车人的屁股踢了两脚，见拉车的没吭气，他还觉着不够本，从后面劈手拔下堵水车的木塞，拳头般粗的水柱立刻飞流出来。这时，恰巧一条毛驴拉着满车青萝卜赶进城门洞，水柱直喷驴头。它惊吼一声，蹿出辕外，板车辕轻后坠，萝卜满地乱滚，阻塞了道路。警察又气又急，连喊带骂："浑小子，不长眼，快收起来，你想找死咯！"伪军认为事从根上起，又追赶拉水车的算账。

这些都瞧在杨晓冬的眼里。他蓦地站起，快步走进城门，帮助驴车装萝卜。起初，由于内心激动，出手过猛，扔出的萝卜掠过菜车碰到洞壁上。当发觉警察对他的行动不抱反感时，他的动作就自然了。帮着装好车，套上牲口，牵着缰绳走过城门洞。满脸大汗的车夫，走过来，向他千恩万谢。杨晓冬一句也没听清他的话，扭转头朝着城门外边的伙伴不住挥手。金环又惊又喜，向他微微点头作别。杨晓冬倒抽一口长气。随着这口气，那颗已经紧张了很久的心，开始松弛下来。

第二章

一

　　像电话员熟悉自己掌握的线路一样，杨晓冬熟悉这个都市的每一条街道。他进城后，很快走到比较热闹的中山路南。这里街道依旧，而别的方面大大改观了。原来的机关学校，大部改成日本人的驻在所或出张所。迎面高大的箭楼上，悬着"强化治安运动"的大字标语。百货商店门脸上挂着"完成大圣战""建立共荣圈"的对联，看了这些，杨晓冬一阵恶心。他躲开这条街道，穿入沿街的胡同，奔向他要去的唐林街。唐林街尽头，有一所大墙院，铁叶包裹的大门外面，挂着市立第三医院的招牌。杨晓冬估计这里没有什么问题，从容不迫地走进去。门房看到他大模大样的神气，迟疑地问："看病吗？到灰楼那边挂号。"他盯住灰楼，沿着走廊，直奔药房取药处。取药处的玻璃窗口，有个女护士正在低头写字，雪白的帽子，罩压住她乌黑的短发，看不清她的面庞。不久，她起身取药，抬头时，杨晓冬才看到她是长脸形，高鼻梁，清秀的眉毛，乌光晶亮的眼睛。这对眼睛和金环的十分相像；所不同的是，没有金环的那种傲气，而是含着一种沉思和温顺。金环的模样在妇女群里算是受看的，她却比金环更显得俊秀而年轻。白衣女护士给人的印象是温柔可爱的，她比一般护士更加恬静而端雅。杨晓冬估计这就是他所要接头的姑娘，便排列到其他取药人的后面。快要轮到他的时候，后边又排上人，他怕说话不方便，又自动排到后面。如是者三次。最后，女护士微微一笑，用温和而尊敬的眼色看看他：“先生，次序有先有后，不要老尽让，请拿出你的处方来。”

“我是来买贵重药的！”

“对不起，什么药也必须有处方。”

“我是买起死回生药的呵。”话音很低，低到第三个人都不能听见。但这句话含有很大的威力，像在对方耳根前放了个炸雷。她立刻神经紧张了。匆忙左顾右盼之后，上下打量着杨晓冬：

“从哪里来？”

“从肖家来。”

“到哪里去？”

“到高家去！”

“呵！”女护士容光焕发了，“你先在候诊室稍等一下，我随后就来。”

一点钟后，杨晓冬和银环坐在唐林街一家有小楼的饭馆里。银环为老家来的客人要了两碗米饭、一碗白菜豆腐汤，陪着他边吃饭边说话。可以看出，她很高兴杨晓冬的到来。她虽然有说有笑，但笑得很勉强，说话总是低着头，偶尔抬头，也总躲避着对方的视线，右手拿的筷子像拿着毛笔，左手扶住饭桌，下意识地揉搓着桌面的罩单。

从银环的简要汇报里，完全证实了肖部长信中的话。高家叔侄的工作架空浮浅，停留在给伪上层人物拉扯关系上。特别是高自萍，自从他叔父高参议卧病后，多把力量放在给外面运输物品，例如通过私商向外贩卖医药器械，运送子弹等。在反映情况的同时，银环说高自萍是聪明有为的青年，应该加强对他的教育帮助。杨晓冬一面点头答应，心里已经放弃了原来想在高家做掩护居住下来的打算。

离开饭馆时，关于住宿问题，杨晓冬试着问了问银环。银环表示：医院也不好留客人，建议到她的朋友小叶家或是回到她自己的家去。这两个地方，杨晓冬都不同意去，但自己一时没有办法，也不愿意叫这个姑娘为难。想起肖部长信上提的老韩同志家（他原打算生活安排就绪后再找他们），便打定主意去找老韩的儿子韩燕来。银环听杨晓冬要找朋友，认为是另外的内线关系，不便过问，便约定了下一次接头的时间地点，先回医院去了。

离开银环，杨晓冬直奔菊花胡同。天阴得很沉，冰凉的看不见的雪糁打在脸上，他也不大理会。他脑子里急于搜寻韩燕来和他家庭的模样。不料越想越模糊，仅有印象是：泅入水中快得像条梭鱼似的一个小孩子。分别十年，他还能是小孩子吗？至少也有二十出头，这就是说，他已经长大成人。"他现在干什么？在敌人统治下有什么思想情绪上的变化？没关系！老韩同志教养出来的儿女，呼口气都是倾向革命的。只要找到他的家……"心里高兴，脚步加快，按照方向部位，他到了目的地。糟糕，眼前哪有什么菊花胡同，连那著名的西水门街及其附近的机关学校，都被敌人拆成一片广场。广场四面没遮拦，也无专人看管。进口处有几间红色平房，西面纵深二百米是城墙。城墙脚下掏了很多洞口，这是国民党军队撤退之前挖作防空洞用的。这些洞口，好像无数只眼睛在凝视着人。杨晓冬盯住这些洞口，注视了很久。然后，小心地向广场周围扫了一眼。看到广场北面，有一所检阅台；城墙上长满了荒草，再朝北是破败的城楼，城楼背后是阴晦的铅色天空。"万一没办法的时候，就在洞里过夜。"他想着。发现广场外口有一所高大的庙宇，上写"关圣帝君庙"。他转身攀登石阶，步入山门，面向正殿走去。行走之间，发觉厢房内有个出家人模样的尾跟上来，为了不叫人怀疑，他从正面供桌上拿起三炷香，付了零钱，持香走到长明灯前燃着了，"虔诚"地插在香炉里。这些举动，引起尾跟人的好感，他走近前来，同这位"香客"做着友好的交谈。谈话之中，出家人感到"香客"举止端庄，谈吐风雅，便把自己知道的情况，以历史见证人的身份，统统告诉了他。当杨晓冬知道菊花胡同的居民大部分被鬼子迁到南郊、少数迁到西下洼的时候，心里泛起了希望。才说要打问西下洼的坐落，适有其他僧众走出，他怕引人怀疑，告别出来，重新步入体育场。心想：去南郊出入城不方便，西下洼又不知在什么地方。他沉思地注视着洞口："莫非进入都市的头一个夜晚，就过钻洞的生活？多不济的命运呵！"他这样想，并不难过，倒仿佛是嘲弄旁人。信步漫游了一会儿，听得晚鸟还巢叫声，抬头看了看天，西天边上抹出几道红色云霞，"唔！是她该来的时刻了。"

二

银环从广场外面蹀进来。她穿着一件深绿色的旧棉袍，罩着姜黄色毛外套，头发黑密蓬松，脸庞匀称端正，闪亮着一对左顾右盼的大眼睛。当这对眼睛捉住杨晓冬时，她消失了第一次见面时那种羞涩的陌生神情，像遇到知己的朋友，在两丈开外便热情地举手打招呼：

"杨先生，出来转转吗？"行至跟前，她十分关心地问，"怎么样，你要找的人接上头了吗？"

杨晓冬想到去南郊找人的事，自己不便出城，只得托靠这位姑娘。心想："她是党员，可以向她说。"打定主意后，便把从庙里探听来的情况和韩燕来的家世，统统告诉她，并委托她到城外寻找韩燕来的下落。

银环答应说："现在天晚了，出城找人不方便，我明天起早去，只要有住处有姓名，不愁找不到。"杨晓冬点头同意。银环想了想，说：

"明天上午九点钟，咱们再接头。地点，找个更清静的地方，到西下洼子去。"

"西下洼？在哪里？"

"就是那里！"

杨晓冬顺着她手指的方向，看到西南角二百米外，靠近城墙边，有块小小盆地。那里地势低凹，住宅毗连，从广场望去，可以看见一家家的朴素小屋，一道道的洁白粉墙，和一排排带格儿的木窗户。白灰抹顶的两出水的屋脊，纵横合拢排队，活像水浪波纹，从浪波中腾挺起几株苍绿的伞形的柏树。

这般景色出现在严寒的冬天，出现在暮烟霭霭的黄昏时刻，真有说不尽的诗意。杨晓冬很喜爱这个地方，本想立刻前去访问韩家，又怕天晚了，惹出娄子来，便用赞许的口吻说："那好，明天再会，你请回吧！"

银环口里答应，并未动身，愣了一会儿，她担心地说："天色这般晚了，关系又没找到，跟我回去找地方住宿吧？""这，你不必管啦，我已经安排妥当了。""到底在什么地方？"杨晓冬被她逼问得无奈，向城墙根努了努嘴。"真个的，数九寒天，住在冷冰冰的城墙洞里？"她吃惊地说，"那怎么能行？"杨晓冬做出不在乎的神气说："没关系嘛！对我来说，露宿荒郊野地，是家常事。何况，上边还有怪厚的砖顶儿。你快走吧，明天还要起早哩！"他见银环不作声，便脱口说："瞧！广场口外灯光亮了，影影绰绰的，莫不是有人走动？咱们分开吧！"这句话起了作用，她马上离开了，他也独自向西南漫步，心想，在安静地方受点冷，也比到没把握的地方好得多。

由于整天的紧张和劳累，杨晓冬想乘此机会休息一下。他倒背两手，步伐迟缓，态度安闲，不知不觉走了很长一段路，这时天空里，乌鸦成群，它们飞行的声音像刮风一样。杨晓冬目送它们飞向红关帝庙旁的杨树上，不知不觉地停住了脚步。当低下头时，瞧见有人站在他跟前，不觉吃了一惊，一看，来的是银环。她手捧着一件东西，用自疚的语气说："我们的工作不好，连个安全住宿的地方都找不到，实在对不起首长。把它披在身上，夜里遮点风吧！"

杨晓冬看清接到手里的东西是她的毛外套的时候，她已经离开了。他看着她的背影，手捧着这件外衣。这件外衣，虽然抵御不住冬夜的严寒，但却给了他无限的同志的热情和温暖。

夜深人静，杨晓冬迈上城根土坡，顾盼左右无人，弓腰钻进城洞。在根据地时，尤其是从一九四二年"大扫荡"以后，钻洞成了习惯。不管洞身再窄，空气再不好，时间有多长，他都能够忍受。可是，今天的情况不同。他刚刚全身入洞，一股冷风扑来，如同刀割，他披上毛外衣，像披上一张薄纸。他发现洞里两面通风，特别冷，便冒着刺骨的冷风，想找个背风的角落，可是一直走到另一边出口，也没有可以站脚的地方。他下决心走出洞来，偏是出口处，外高内低，脚下是暗凌，几次打滑，险些跌倒。最后他猛一用力，跨上洞口，不提防脑袋碰碎洞口的冰柱，冰柱带着清脆的响声摔在暗凌上，有一截冰柱钻进他的脖项里。"真他娘的鬼地方！"他一生气，索性走到广场。突然从西方响起撕心裂胆的声音，接着，连城墙带大地，一阵忽悠悠的震动。刹那间，他怔住了。当听到机车呋呋出长气的时候，他也长呼了一口气，恍然大悟，原来是西关外的火车开过来了。

　　多少年的乡村艰苦生活，使他把城市渐渐淡忘了，现在的火车声响，才唤起他对城市生活的回忆。他再也不觉困，沿着沉睡的广场，向西北方向漫步。远处，西北城门楼上，亮着两盏电灯。他眼前出现了幻觉，城楼像蹲在城墙上的妖怪，电灯是妖怪的眼睛。又觉得这个妖怪正是敌人的化身，仿佛故意瞪着眼嘲弄他的尴尬处境。他气愤了："老子只要在城圈里站住脚，看我整治你们……"一转念，自己暗笑了，笑这想法怪无聊，"进得城来没个落脚处，眼前的力量，也只有这么一个年轻的姑娘，如果说地下工作是一条战线，你现在连个单人掩体也没有。""不！不对！"内心里另一种声音在批判自己，"不管高家叔侄能否起作用，只要有这位热情可靠的姑娘，通过她再找到韩燕来，这就是力量。用这个力量来团结群众，群众是干柴，共产党是烈火，干柴触烈火，就能在敌人心脏中燃烧起来……"想到这里，立刻觉得心明眼亮，胸怀舒畅，西城楼上那两只电灯不再是鬼眼，它们变成有情的笑眯眯的眼睛了。他从毛衣兜里掏出双拳，伸开两臂，呼吸了几口新鲜空气，侵入肌骨的寒气，被他火炽的热情战胜了。

时间长了，还是冷得无法入睡。他扭转身，朝南走去。广场尽头，是个大坑，一条白色的羊肠小径，直伸到西下洼子。大坑慢坡处，地势低洼，可以挡风，杨晓冬蹲下来，两只眼睛立刻眯成一条线。

第二次火车吼叫，他从梦中醒来，浑身冰冷，鼻孔酸痒，手脚冻得生痛，穿在他身上的似乎不是棉袍棉裤，而是冰凉梆硬的铠甲，寒气穿刺到每个毛孔。他搬起一块满带霜雪的石头，不停地举起又放下，直到精疲力竭的时候，生命的活力才被他呼唤回来。这时，大地渐渐发白，周围景物的轮廓越看越清楚了。

这样早的时光，一个陌生人孤零零地站着，实在不妥当，快去西下洼吧，也许韩家没去南郊就搬到这里呢。他刚走到大坑坡口，从对面走来一个年轻小伙子，手里挎个浅竹篮。两个人，一个上坡，一个下坡，他躲避不及，同对方正撞了个满怀。小伙子用审查的眼色端详着他，杨晓冬看到来人并无恶意，便主动让开道路。来人又盯了他一眼，像是思索着什么走开了。这样一来，倒使杨晓冬沉不住气，偷眼瞟着那个人走远后，踉踉跄跄沿着小道奔向西下洼。

西下洼冷静无人，到处是一片白霜盖地，突出屋脊的常青柏树像滚了一层白粉，迎街口有棵杨柳树，枝条沾满了霜雪，沉沉下坠。天色昏昏，雾气沼沼，大地和天空都被银灰色的气团笼罩着。"糟糕！穷汉赶上闰月年，看光景要降一场大雪。"杨晓冬一面想着，一面踏上这块小小的盆地。突然发现迎面那棵柳树身后站立着一位小姑娘，她正朝他走来的路上抬头眺望。小姑娘有十四五岁，体格玲珑，举止活泼，鸭蛋脸冻得绯红，微黄蓬松的头发结成两个发锥，眼神动中含笑，薄嘴唇微微翘起，像一朵刚开的小喇叭花。她上身穿着紫色的露棉絮的薄袄，下边是补丁缝成的黑夹裤，虽然穿得单薄，但她精神奕奕，看来，严寒天气对她并未发生什么生理上的影响。她见到杨晓冬，现出惊奇的表情，随即讨好地说："先生，你早呀！"

杨晓冬向来喜欢孩子，这个小姑娘，一见面，便使他从心里喜爱，因而随口答应："我才下火车。"发现小姑娘直端详他，改口说："小姑娘，你冷呵！"

"我呀！我不冷，看你浑身冰雪，那才真冷呢。到我家取取暖吧！饿了的话，吃上几个油炸馃子。"

"你家在哪里？"

"就是身后这个门。"发现对方有些迟疑，她接着说，"家里就是我一个人，方便得很。"杨晓冬并不饿，他想找个清静地方，一则免得出是非，二则可以顺便打听韩家的下落，即使找不到，也可躲避风雪，消磨时间，等到九点钟他好与银环会面，他答应了。

杨晓冬坐在小姑娘的家里，想起她刚才的神情，便主动地向她解释：他是从北京来的旅客，下火车还不久，来到西下洼看望朋友，因为天气过早，怕朋友起不了床，特意绕到这里转一转，消磨点时间。小姑娘听罢就说："先坐下休息休息，等一会儿我给你烤几个馃子吃，肚子饱了，身体暖和了，再找朋友去够多好。"杨晓冬坐下后，一面同小姑娘说话，一面信手拿起桌案上的一本书，掀开书，发现是本《天方夜谭》。

"小姑娘，这本书是你看的吗？"

"书是哥哥的。我也看过，有些字，花里胡哨的，认不全。"

杨晓冬一面听她说话，一面翻书，发现书里印盖着省城师范图书馆的蓝色图章。正待问什么，忽听对面屋里有人喊："小燕儿，你燕来哥哥出车了没有？"小燕尖声做了肯定的回答。杨晓冬看了书本图章，又听到叫燕来的名字，有意识地问道：

"小姑娘，你贵姓？"

"我姓韩。"

"姓韩？是从菊花胡同搬来的？"

小姑娘迟疑地点了点头。

"你们住过菊花胡同门牌三十七号吗？"杨晓冬扬起两道黑眉，眼睛睁得大大的，等着她回答。

小姑娘颤抖了一下，重新上下打量着过路的客人。客人的脸是忠厚的，眼神是慈善的，没有可怀疑的地方。但她没答腔。

"有位叫老韩的工友，是你什么人？"

"是我的……不知道……"小姑娘话到嘴边又咽下去，她想起哥哥说过：城里是鬼子的天下，关于父亲的事，对谁也不许说。于是她摇了摇头，两条发辫随着摆动了几下。

"用不着害怕，我在师范学校跟老韩一块闹风潮，我们是知心换命的朋友。告诉我，你是老韩哥的什么人？"

他的真情流露的脸色，不容人有任何怀疑，她率直地答复了他。

"呵呀！我的天，大海寻针，针在眼前，世界上竟有这般巧事，你竟然是老韩的女儿。那你燕来哥哥呢？"

"我哥哥?"她反问着,"在广场边上跟你撞个满怀的,不就是他?"

"是他!"杨晓冬追忆着刚才那个年轻小伙的模样。这时,窗外走过沉重的脚步声,接着是洪亮的本地口音:

"小燕!你跟谁说话?"

"哥哥!赶快进来!"

三

虽然小燕家的房屋简陋晦暗,对于一夜饱受风霜的来客,却有无限的温暖。客人盖了两条棉被,头前生起火炉。火炉对面并排坐着韩家兄妹,客人要他们谈谈别来十年的经历。

说不清是由于兴奋,还是由于感伤,哥哥脸涨得通红,眼睛凝视着火炉,说不出一句话;妹妹急得抓耳挠腮,抱怨哥哥见了生人那么憨傻,生怕冷淡了客人。她憋不住了,先开了腔:

"爹爹死后,妈妈领着哥哥和我下了关东,混了两年,差点没喂了关东狗,多亏周伯伯把我们带回来。不久,妈妈得急症死啦。哥哥考入电灯公司,干了三年,学会了手艺,就赶上鬼子来啦。哥哥不肯给鬼子干事,赌气辞了职。接着就失业,有本事没人用,有力气没处使。周伯伯看着俺兄妹可怜,把他那辆三轮,让给哥哥拉。哥哥有股子拧脾气,钱挣多了,一文不花,饿着肚皮把钱拿回家来;钱挣少了,连家也不进,到酒馆里把钱喝净。看他年轻轻的,喝足了,是醉汉;睡醒了,是傻子。要不是我挎个油条篮子,早饿散他的骨头架子啦!"

"别净抢嘴夺舌的。我替你苣来馃子啦！提着篮子卖点去，留神长眼力，有事给家送个信。"哥哥从广场上遇到杨晓冬的时候，觉得他既陌生又特别，仿佛见过面，一时又想不起来。当晓得他是父亲的老战友、是十年前领着他浮水给学校送信的叔叔时，对他的身份和意图已明白了十之八九。因而要小妹留神报信。在小燕看来，爹娘死后，门庭冷落，家里穷得掀不开锅，压根没个亲戚朋友走上门来；今天偶然遇到爹爹的朋友（这个意外的幸运，是她的眼力和本事呵！凭哥哥？他当面把人家放走了呢），真是件大喜事。是喜事，就该把西屋周伯伯、北屋房东苗太太呼喊出来，给大家介绍介绍，叫他们知道韩家也有出头露面的亲戚，这有多好。她想到就做，并不等哥哥同意，伸手撩开门帘，门外雪花乱舞，一股飘摇的雪花随着冷风钻进小屋，"哟！老天爷真鬼，偷偷地下雪也不告诉人。真是。"说完，她尖起嗓子喊："周伯伯！快起来呀！"

哥哥制止她说："小燕，甭吵叫！下雪天馃子容易返潮，赶快卖掉，割半斤肉，咱给杨叔叔包饺子。"

哥哥最后的话，引起了她的兴趣。她说："包饺子，太好啦！我去割肉，现成的白菜，还有二斤白面。不够的话，我吃豆面的，连周伯伯也请过来。"

"大清早起，你咋呼什么！"随着宏壮粗犷的声音，周伯伯走进来。这位老人，头发苍白，高鼻深眼，赤红脸，宽下颌，腰板挺得很直，一眼就可看出是个很结实的人。小燕不等哥哥说话，抢着给他们做了介绍。周伯伯伸出有力的大手掌，紧紧地攥住杨晓冬的手："怎么，你跟燕来他爸爸也是磕头换帖？真是，大水冲了龙王庙，一家人不认识一家人。你今年可有四十？"杨晓冬笑着说："差不离。""那你是老弟啦。"杨晓冬边点头承认，边从他铁钳子般的手里，抽回自己麻酥酥的手。周伯伯并不注意这些，他以当家做主的口吻，吩咐小燕放下篮子在家剁馅，吩咐燕来陪着客人说话，他自己去割肉买东西。也没征求谁的意见，从桌上拿起空酒瓶，撩开门帘，闯闯地走出去。小燕为了使客人安静，端着白菜白面到周伯伯的房间去。

院里，落着撕棉坠絮的大雪花。小屋里很暗很静。杨晓冬和韩燕来对脸坐着。韩燕来有很多话要说，由于心烦意乱，不知从何说起。

杨晓冬看出这位小伙子心事重重，试探着摸索他的思想情况。

"生活过得可好？"

"这哪叫生活呢？一天吃不饱三顿饭，一年混得衣服裹不住身。"

"你们这地方安定吧？"

"鬼子，汉奸，特务，狗腿，多得赛过夏天的臭虫苍蝇，还安定得了？"

"他们经常到西下洼子来？"

"你说西下洼子，这地方还背静，可你总得出门呀！"

杨晓冬同韩燕来谈没多久，院中响起咯吱咯吱的踏雪声音，周伯伯左手托着红里套白的鲜牛肉馅，右手提着一瓶酒，小燕端着白菜馅跟进来。于是宾主四人一齐动手，擀皮拌馅包饺子。时间不大，全部包好。周伯伯吩咐小燕放好饭桌，让客人坐到上首，提瓶给客人斟酒的时候，他说："小燕家兄妹，一年到头，没有亲戚朋友走动。今天你真是从天上掉下来，多叫人高兴呵！没别的，清水饺子红粮酒，咱们喝个痛快。"

小燕搅完了锅，睁大带笑的眼睛，盯着锅底说："杨叔叔这一来，煤火也高兴，看！火苗儿舐着锅底，够多欢实。"

水饺端上饭桌，韩燕来还没就座，老人像是理解到什么，伸手拿起豆绿茶杯，说："你干吗还闷头闷脑的？平常反对你喝酒，今个你也开开斋。"说着，倒了半杯酒，递给韩燕来。韩燕来盯着酒杯，气也不哼。周伯伯并不注意这些，呷了一口酒，话板密啦："我这个人，不会虚情假意，有什么说什么。我没儿没女的，他兄妹就像我的亲生儿女一样。我呢，也愿看着他们长大成人。姑娘，岁数虽小，肯听话，也情理；这个燕来呢，性格不好，是个没把儿的流星，说不定他会干出什么事来。你这遭儿来喽，多住几天，好好调理调理他，叫他学老实点！"

"周伯伯！你说的是什么呀？"燕来已经不满，当着客人不好发作出来。

"你估量着我看不透你的心思呀？休想蒙我，说穿了你，你整天想邪行！"

周伯伯对待他们兄妹，确实用了疼儿疼女的心肠，但他们之间还是经常吵嘴。争吵的对手主要是他和燕来，小燕处在帮腔的地位。小燕的立场没准，有时站在哥哥一边，有时帮助周伯伯，有时两边解劝。吵嘴不是为了吃饭花钱的生活问题，在这方面他们互通有无，不分彼此，过得像一家人一样。他们的矛盾主要是思想不一致：平日里，燕来在外面听到看到不平的事，回到家来又骂又叫。老人怕他惹是非，就想用长辈的口气教训他。越教训，对方越不服，结果把外边不平的事，转变成他们之间的顶嘴材料。比如老人劝他："现在是日本人的天下，你捅马蜂窝，还不是自找挨蜇。"燕来说："我豁出一身剐，敢把皇帝拉下马！"老人说："拉谁的马？再胡说，我连三轮都不叫你拉。""不拉三轮更好，我到大街上截鬼子的汽车。"这样越闹越凶，有时闹得双方连话都不说。今天周伯伯又发火了，由于杨晓冬在场，韩燕来没有哼声，把涌到嗓门的"对嘴"话，用唾沫强压下去。杨晓冬新来乍到，不好评论谁是谁非，便采取了息事宁人的态度，举起竹筷，笑着说："饺子快凉了，大家都吃。"趁老人去揪大蒜的空儿，小燕附在杨晓冬的耳根前，小声吐吐了两句，杨晓冬会意了，老人回来入座的时候，便频频朝他敬酒。果然小燕那句"一杯话多，三杯乜眼"的话证实了，半茶缸酒没喝完，老人双眼发黏，呼吸气粗，勉强咽了几个水饺，显出颓然欲倒的姿势。小燕一边向杨晓冬睬眼，一边搀起老人说："回你屋休息会儿吧，我扶着你。"而后，她匆匆吃了一碗豆面饺子，提篮子到门外去做小营生。

外面的雪越下越大，天越阴越沉，屋子暗得像黑天一样，炉火映在屋顶，一片通红。这些，对于进行内线工作的人说来，是最好的谈心时刻。

杨晓冬滔滔地讲完他要讲的一片道理。

韩燕来沉默着，炉火映着他风尘仆仆但又年轻发红的脸；身子不动像泥胎，面孔不动像石板，两只冒着火焰的眼睛，像跟谁发脾气般地死盯住墙角。当听到杨晓冬说："我进城来，特为找你。你不比别人，不能这样糊糊涂涂地待下去。"他骤然立起，扭转头，劈手从桌上抄起那半碗酒，长出一口气，带着恨病吃药的神情，一口吞下去：

"杨叔叔，你对我的看法不对！我不是糊涂混日子的人。难道我从几千里外讨饭跑回来，还不为的出口舒坦气？可是，周伯伯揪我的头皮，小燕拉我的后腿，我能怎么办呢？我好比隔着玻璃向外飞的虫鸟儿，眼看到外面明朗的天，头碰得生疼也出不去，一来二去，变成断线的风筝，上不着天，下不挨地……"

韩燕来在发电厂学徒的时候，每逢下班就到河坡遛弯儿，有意无意之间，认识了一位撑船的水手。日久天长，知道这个水手是共产党的地下工作者，经过几次谈话，这位同志答应介绍他去解放区参加革命工作。在这些日子里，他显得活跃了，盼星星盼月亮似的盼到这个日子到来。有一天，接到水手的通知，在后天上午十点钟，到南河坡码头集合，跟伙伴坐船到解放区去。这天夜里，韩燕来高兴得闭不上眼，天刚亮，换上身干净衣服，跑到城外码头，左等右等，等到中午也不见人来。正苦恼时，听见人们吵嚷说，日本人要枪毙共产党，刑车开过南关大桥啦。他急忙赶到跟前，一眼看到，被绑的正是这位水手。水手在人群里高声呼叫："打倒日本帝国主义！"每一喊叫，他心里一阵激昂，一阵凄酸，但他对他是爱莫能助，终于眼看着敌人夺去水手同志的生命。从此，他与组织失掉了联系。但他知道，抬头望见的西山，离城不到四十里路，只要靠近山边，就是另一个天下。他下决心试着到西山去，但几次都失败了。有一天下午，他混出封锁沟，正赶上敌人出发回来，他不得不绕开敌人，奔小路走，走来走去，走到民兵封锁的路口。民兵误认为他是探路的汉奸，连话也没问，一阵排子枪，险些送了命。他失望地回来了，从此，他的脾气更加古怪，平常很少说话，对外跟谁也不联系，就连同院的苗先生家他也很少去。跟周伯伯说话，不投机，就抬杠；对小燕也短不了抢白。后来变得肚里有话也不对人讲，苦闷来了就喝点酒。总之，他很苦闷，觉得没人了解他。方才他说的风筝断线、头撞玻璃就是这段生活的写照。

　　听了韩燕来的遭遇，杨晓冬上前握住他的手，用无比亲切无比信赖的音调说："燕来，我问你，你还愿意走你父亲走的那条路？"

"杨叔叔！还问什么呢，除非我死了，不！死了也要走父亲走过的道路。"

"那好，从今天起，你的风筝已经接了线，你不是囚笼里碰玻璃的虫鸟，你是太阳光下自由的飞鸟，是共产党领导下的一个光荣战士。"

"这是真的？"瞧见杨晓冬点头，他兴致勃勃地迈着大步朝外走。

"你到哪里去？"

"我到北屋看看苗家的月份牌，我永远记住这一天。"

"月份牌无须看，今天是一月二十五号啦。房东屋里有表的话，倒是请你看看几点吧！"韩燕来摸不清杨晓冬的意思，但他照办了。

"十一点啦！"韩燕来从苗家看表回来说。

"十一点？糟糕，整超过两个钟头！"

"怎么回事？"

"没什么，给一个朋友约会见面的时间耽误啦。"杨晓冬迟疑了一下，"我暂时没住的地方，能不能想点办法？"

"先住在咱们家里吧！"

"户口上没有问题吗？我可没有什么'居住证'呵！"

"临时住两天，跟保长说好，就行。超过三天，得报临时户口，手续是够严的。不过，这院的房东苗先生是混官面的，要托他活动活动，也许有办法。"韩燕来停了停又说，"我跟苗先生从来很少谈话，等会儿我告诉小燕，叫她张罗吧。这些你就别管了。"

接着杨晓冬详细询问了苗家的身世和西下洼子的周围的情况，直谈到小燕提着空篮子回家的时候。

第三章

一

抱着双袖，冒着冷风，银环瑟缩着朝医院走。她责备自己："你脱下件毛衣就冷得吃不住，人家钻到城墙孔里怎么受呢？"到宿舍后，晚饭咽不下去，躺在床上也不踏实，心里仿佛系着块石头，担心杨晓冬熬不过这样冰冷漫长的冬夜。想来想去，脑子里忽然闪亮了一下："小高自己不是住一个房间，暂住两天还不行？人家是从根据地来的，又是领导干部。找他商量商量，他若不拒绝的话，我连夜到广场带他去。"她从床上一跃起来，看了看同伴小叶的怀表，时间是八点整。"还来得及。"她从宿舍出来匆匆上路，不到半个小时，走到伪市政府，忽然想到高自萍现在不上班，扭转头往北，跨过大杨家胡同，直奔万家楼。她平常很少找高自萍，他对银环有规定，只许他去医院找她，不准她到他家来，理由是：这一带敌伪上层人物多；也不叫她同高参议发生横的关系。依照高自萍的吩咐，银环很少到这一带来。加上阴天，路灯少，光线暗淡，使她虽然走到万家楼，也找不到高自萍的住处。心里正在焦虑，有一辆三轮车，从她身旁掠过去，三轮车停在不远处的一家住宅后门。一个身材瘦小、头戴皮帽、项缠围巾、看不见嘴脸的后生跳下车来。他面向灯光付车钱的时候，银环一眼瞥见他那压住双眉的皮帽下，有一对不断映动的杏核般的小眼睛。这正是她要找的高自萍呵。压抑不住内心的高兴，她几乎喊出他的名字，考虑到内线工作的禁忌，她从后面快步追赶上去。

高自萍看来很怕冷，大衣皮帽温暖不了他发抖的身躯，佝偻着身子奔向后门，从手套里抽出他那冻红的小手，才要向前叩门，由于警惕性的习惯，他小心地扭转头来，杏核眼睛忽闪忽闪四下张望着，像老鼠防猫一般。银环乘这个机会走到他的跟前。

"高先生。"她声音虽然不大，骤然在阴暗的晚间，特别是从他身后发出来，像大棒击在背脊上，他猛烈地颤抖了一下。

"是你……这么晚……我不是说过……"

"现在有要紧的事情。在这儿能说吗？"她的话音低而且急。

"什么事？"他向周围看了一眼。

"老家来人了。"

"就为这件事！"他恢复了镇静，"有问题你们先谈，然后再转达给我。"

"这可不是普通人。"她将杨晓冬的情况和当前的处境对他学说了一遍。

"任凭是谁，都得按着内线规矩办事，需要见面的话，可以约定时间地点，不能到我家来接头。"他平常对银环是很好的，今天因为她讲到老家来人的消息，增加了他内心的紧张，也不愿意在街头同她多说话，三言五语，便把银环顶走了。

银环回到医院，久久不能入睡，她感到高自萍的态度不对头。人家冒着生命危险闯进来，你这样冷淡，怎么对得起同志，何况杨同志是一位首长。转念一想，也许小高有实际困难，敌占区是不同根据地呀。那好吧。蚁负粒米，象负千斤，各人尽到各人心。我虽然只担负交通传信工作，但我是个党员，我应该尽到最大的力气。明天，我先完成杨同志的嘱托——把搬到城外的韩燕来叫进城来，叫他们接头见面，然后设法安排他的生活……

这一夜，她不断做梦，每次都是梦见敌人封锁交通不让出城。后来恍恍惚惚地把韩燕来找到了。两人急回城里，为了抄近路，沿冰横穿护城河，天气冷得要死，行至河中，河冰炸裂，全身忽悠悠地陷落河底。惊醒之后，发觉自己和衣睡在床上，浑身冷得发噤。她活动了几下身体，再也不能入睡，黎明时分便出城去。

在大雪纷飞的寒天里，银环跑得满头是汗，失望的浪潮，一个挨一个冲击她。城外没找到韩燕来，九点钟又没有见到杨晓冬。她拖着疲惫的身躯回到医院。心绪上一阵混乱一阵恐怖。姓韩的找不到还不吃紧，最叫她担心的是杨晓冬。是不是敌人把他抓去了？整天心烦意乱，拿东忘西，上班给病人服药时，接连打碎两个量杯。心急等待下班，坐不稳，立不安，看看太阳，恨太阳去得迟；看看钟表，怨钟表转得慢。为了提前完成自己的任务，她的工作效率非常之快，她从市民患者污垢的腋下抽出体温计，原封不动插进伪警察病号的口腔里。

下班钟敲了第一声，她第一个走出室外，希望在广场上遇见杨晓冬。蹬上小叶的自行车，顺西城马路，一口气跑到红关帝庙。不管别人怀疑不怀疑，她围绕广场连转了三遭。当杨晓冬从西下洼子刚露脑袋的时候，她便飞车蹬到他跟前。

"我的天，你到哪里去啦？真急死人！"

"实在对不起……"杨晓冬照直说了巧遇韩家兄妹的经过。她也说了昨天晚上见到高自萍的情况，但她隐瞒了高自萍的那种冷淡态度。杨晓冬急于要见高自萍，要银环马上带他去，银环虽然为高自萍的态度担心，也说不出拒绝的话来。

晚七点半，他们走到高宅的门前。这是一所有三层院的住宅。进大门是前院，左右边有两排房。迈上七级台阶，进入月亮门到中层大院，这是高自萍的叔父高参议的宿舍。院中有个耳门直通后院，后院很小，仅有东西对应的四间房，西面住的是高参议的亲戚，高自萍住在东面的房里。银环他们从大门进来，一直奔向高自萍的卧室。

高自萍躺在床上，正在欣赏《影星画报》。刚听见敲门，就见银环领着一位身材魁梧的人进来了。他惊讶地朝他们点头。杨晓冬很随便地找到自己的座位，主动自我介绍之后，便说：

"〇九叫我找你，有问题要面谈。"

高自萍避开对杨晓冬的回答，扭转头，用不悦之色看着银环说："你到院外看着点。"他完全是命令的语气，随后自己又跟银环出去，嘟嘟囔囔地不知说些什么，从低沉的音调中，仿佛是在指责她。

乘着高自萍外出的空隙，杨晓冬向房间四周扫了一眼，觉得房舍虽不大好，布置得倒也华丽，东西放置得很零乱，散发着一股香水味。总之，不像公子哥儿的书斋，倒像是小姐的绣房。惹人注目的是墙壁上贴着长长一列电影明星的照片。玻璃板下压着高自萍很多单身像。杨晓冬正端详这些照片的时候，高自萍回来了。他说："同志！这个地方不够安定，请你抓紧时间谈谈吧！"杨晓冬先谈了自己是硬着头皮进城的，没有任何合法证件，须要内线同志们的掩护。没容讲完，高自萍就打断了他的话："同志！咱们搞地下工作的，一要进得去，二要站得住，三要坐得下，然后才谈到工作。现在你连个身份证都没有，叫我怎么掩护你呢？我是心有余而力不足呵！"他看到来客脸上出现了冷漠表情，改口说："当然啰，从政治责任上，我完全应该掩护你。这么办，我设法给你找职业，有了职业就好办。不过，这得需要时间。我的意见，为了安全，是否考虑先回去，等……"

"这个问题咱们放下不谈吧！〇九叫我找你，了解你们叔侄的工作情况，同时有这么个事：近来，敌人对交通要道，封锁得挺紧，组织上想从内部开辟一条交通路线，护送同志过路，这件事想依托你做，看你有什么意见。"

高自萍脸上露出不满意，说："我进都市的时候，领导上对我要求很高，希望很大，叫干些有分量的工作，现在叫我出出进进地送人，这不是钢材当木材用，起重机吊摇篮，大炮打麻雀？这样使用干部，妥当吗？我希望领导上再考虑考虑。"听到他把自己比成钢材和起重机，杨晓冬沉默了半晌，把拱到嗓子眼的愤慨，竭力压下去。他严肃地说："如果你真担着重要的工作任务，也可以不管这些'小事'，那就请你谈工作情况吧！"高自萍听说要他谈工作，便着慌了，只得推托说：事前没有思想准备，他叔父又染病在床，他一时谈不圆满，等整理一下，再做个汇报。他最后又表示，他们叔侄正在干一件放长线钓大鱼的工作，等这大鱼上钩之后，一声号令，省城会四门大开，让解放区军民排着大队开进来。

杨晓冬压抑着内心的激愤，离开了高自萍的家。路上，银环几次试探着问他对高自萍的印象。杨晓冬只淡淡地说："我同他谈得不多，印象不深刻。你看他这个人怎么样？""我们虽然不断见面，交换思想也不多。"杨晓冬见银环谈话很谨慎，便没再往下问。雪后的冬天，空气变成寒流，冷得钻心刺骨。踏上半尺厚的积雪，发出咯吱咯吱有节奏的声响，银环同杨晓冬沉默着走向万家楼。

　　到万家楼东口，银环还要伴送他回西城去，杨晓冬再也不肯。正争论间，一辆三轮从黑暗角落里蹭出来。为了不使银环伴送，没问价钱，他就上了车。三轮走了几十步，杨晓冬回过头来，看到白皑皑的雪地上，翘立着她那穿得很单薄的影子。他往后招手。

　　"雪地里太冷，快回去吧！"

　　"我不冷，叫三轮拉体育场，给他三角钱。"

　　杨晓冬还没答话，拉车的气愤了："我拉到家门口，一分钱也不要。"这个耳熟的声音倒把坐车人吓一跳。仔细一瞧，原来三轮工人正是韩燕来，他特地前来接他，早在外面等了很长时间。这时，杨晓冬立刻从胸中冲来一股暖流，抵御了雪夜冷风的袭击，冲散了从高宅带来的抑郁，他感到他是被同志们捍卫着，银环、燕来就是可靠的力量。把他们的力量拧成一起，可以向敌人冲杀作战。这时他再也不愿意斯文地坐在车上，坐车不但是很大的束缚，也是对同志的不尊重，他叫燕来刹住车，他要下地走。

　　"别作声！不坐车哪行！前面要到女二中啦！"韩燕来的声音虽低，听来叫人毛孔发麦。女二中有什么可怕的？杨晓冬想起事变前这座叫人憧憬的校舍：两排常青柏树的尽头，排头似的蹲着两棵伞形洋槐树，槐树簇拥着开敞的朱红大门。迎面是喷水池，周围栽满各种鲜花。一群群比鲜花还娇艳的姑娘们，经常在这里出出进进。从校门外路过，可以看到巍峨陡立的假山和假山两侧的成荫绿树。透过绿树茂林隐约瞧见宫殿式的建筑……

杨晓冬脑海里正在搜寻记忆的时候，乘车已到学校的墙垣。原来的绛色围墙，已变成铅灰色。墙头上挂了三道通着电流的蒺藜丝。门外伞状洋槐已没影了，代替它们的是两座碉堡。朱红大门不见了，铁栅栏挡住门口。透过栅栏，有两个戴钢盔的日本兵，他们机械地不停地倒替着位置，从微黄的电灯光下看去，活像一对幽灵舞蹈。幽灵背后，看不清什么，只是一片可怕的黑暗。杨晓冬看了这些惨景，咬紧牙齿，想：圣洁的国土，美丽的城池，被野兽们糟蹋到什么地步啊！

走过女二中，韩燕来扭过头来小声说："刚才那个地方住的是日本宪兵队，老百姓叫它阎王殿。很多好人，只见抓进去，不见放出来，夜深时，没人敢从这儿走！"

"敢是戒严？"

"就是不戒严，谁忍心听那受刑不过的号叫呢！"

"原来这样。你蹬快点，咱们回家吧！"

二

小燕撩开门帘，对着院中的积雪说："这老天哪！说下雪，就忙忙乱乱地整天下个不停；现在停了，又不声不响的，也不告诉人。"

西屋周伯伯说:"小燕子!你嘟囔个啥?"

"雪停啦!周伯伯。"

"你扫出条路来,别叫杨叔叔回来深一脚浅一脚的。"

"俺们的屋子还没拾掇好呢!"

"那忙什么,先扫雪——从大门扫到北屋。问问苗先生吃过晚饭没有,他愿不愿意杀一盘棋?"

小燕胳肢窝里掖着扫帚,踩着没鞋帮的厚雪,走出大门,到她早晨站过的那棵柳树下,放眼向东北方向瞭望。停雪后的晚上,房屋披上洁白素装,柳树变成臃肿银条,城墙像条白脊背的巨蛇,伸向远远的灰蒙蒙的暮色烟霭里。远望红关帝庙一带,是一片看也看不清的青幽幽的建筑;近处,西下洼坎坷不平的地面,被雪填平补齐,变成白茫茫的一片平地。小燕一天来心情愉快,见到这些景色,更加兴奋,见了什么想跟什么说话;她觉得四周的一切都像有了生命,而凡有生命的东西都向她微笑点头。猛抬头,发现广场边沿黑魆魆的像是杨叔叔同哥哥回来了。她等着和他们招呼,甚至想躲在树后吓唬他们一下。可是左等右等,他们始终迟迟不前,她再仔细看时,哪里有叔叔哥哥,原是一堵墙。

"真是背兴,哪有小孩眼花的?"

她等到嘴唇哆嗦发抖的时候,才走回家来。虚掩住门,开始扫雪。雪厚盈尺,一扫帚下去一个窠,用力连扫几下,才露出那黧黑的冰冻地皮。她十分喜爱雪的洁净,细心地不让隆起的雪堆溅上一点黑土星。这样,等扫到苗先生门口时,浑身都冒汗了。她挺直腰身呼了一口长气,清冷新鲜的空气使她精神格外振奋起来。

她瞥了北屋一眼，北屋灯光下，周伯伯同苗先生正在杀棋。周伯伯是红脸，浓眉，大眼，宽嘴岔。苗先生，发灰白，脸蜡黄，细眼瘦脸尖嘴头。两人同庚，都是属虎的，满五十岁了。周伯伯像只粗犷硕大的老虎，苗先生像条短小玲珑的蝎虎。周伯伯双手有力地捺住桌角，胸脯前靠，洪亮的嗓子喊着："快走！走呵！"

苗先生离桌子半尺坐着，脑袋左右摇晃，不管对方怎样催，他丝毫不着急，慢条斯理地说："慢着，别心急，绵羊迟早会赶到山里的。"

周伯伯专心下棋，似乎他这一辈子所关心的就是这盘棋了。小燕在窗外越看越生气，推门进去，狠歹歹地站在他身旁，周伯伯根本没注意她走进来。她站了分把钟，再也忍不住了：

"周伯伯，你的棋走得怪自在呢！"

对方"嗯"一声，眼睛没有离开棋盘。

"杨叔叔的事，到底咋办？跟苗先生说说嘛。"

"你这孩子，真唠叨，大雪天，联保所还有办公的？先住下就是。顶卒！"

苗先生提一步车，威胁住周伯伯两个过河不靠拢的卒子。他松了口气，尖嘴头吮住一支"飞马牌"的纸烟，欣赏着对方的困难处境。移时，回过头来说："小燕儿，你家客人下火车丢了证明书吗？这不碍，户籍科里咱们有朋友，托他补一个就是。"看到对方为自己两个卒子的命运担心，他越发高兴："没关系，我最喜欢念书人，没地方的话，就住到五号房间。"五号房间紧挨着周伯伯的屋，是个小跨间，不久之前为一个打鼓儿的单身汉所住。这间小屋空了两个多月，这对作为二房东的苗先生来说，当然是一笔损失。

听到丈夫的话，苗太太从灯后面伸出头来说："这房间可不能随便租赁，说不定人家啥时候回来哩。"她的话明是扯谎，打鼓儿的早已退了户口，肯定不再回来。她说这话的本意是觉得小燕家的来客既是识文断字的人，这些人条理多，眼皮儿尖，说话刻薄，找个职业，十之八九是混官面。同这种人住同院，出门入户都不方便。不过她也愿意让出这间空房，得点零钱花。

小燕听说苗先生同意杨叔叔搬进来，非常高兴，想不到苗太太泼一瓢冷水。但她清楚苗家的生杀大权操在男的手里，便先争取主导方面。她说："俺杨叔叔书理儿深，住在咱们院里，苗先生满肚子文章，就有地方施展了。"一会儿又用夸耀的口吻对女主人说："苗太太呀！你可晓得俺杨叔叔的为人吗？他可善良啦。跟这种人同院住，打着灯笼也难寻呀！"可是她的话并没引起多少反应。下棋的专心厮杀，苗太太针线活儿紧。小燕心中有事，里走外转，有时候像只小公鸡似的，挺直脖子，注意着外面。韩燕来一敲门，她便飞也似的跑出去。杨晓冬他们刚一进院，她一插上门，就快步到北屋给下棋人报了个信。苗先生听了，说请客人进北屋坐。周伯伯马上拉开大嗓门："杨老弟！苗先生请你北屋坐哩，来吧，这里有开水喝！"

韩燕来扯住杨晓冬的袖口，说："不去，别同这种人打交道。"杨晓冬知道燕来指的是苗先生，觉得认识这个人有好处，没好处也不能不周旋一番，不然怎能在这里站脚存身呢。他拒绝了韩燕来的意见，一面端详窗户上苗先生的影子，跟随小燕，进了北屋。没等人介绍，他主动地问候了苗先生和他的全家。苗先生发觉来客谈吐文雅，举止大方，立刻产生了敬重之意，他停了棋，试着从炕上滑下来。杨晓冬双手拦住："自家人，不要客气，我也来观棋。"说着在小燕搬来的长凳上打横坐下。苗太太见客人横炕坐下，趁人不注意，将身子慢慢地朝灯影里移动，借丈夫的身体，遮住客人的视线。

棋局重新开始了。两个指挥员，两种战斗风格：周伯伯大杀大砍，直出直入，专门"对车"；苗先生虽然对这种无礼的棋风很恼火，但当着客人，不愿意暴露自己没修养，偷偷地用鄙夷的神情横扫了对手一眼，然后委屈地将自己的"车"收回去。

壶水开了，小燕忙得像在自己家里一样，灌好茶壶，又去通火炉。火星四溅，火苗高蹿，屋子里温度突然热乎乎的，很有生气。杨晓冬在路上受到寒冷的身子，渐渐回暖过来。他接过小燕斟好的茶，头两杯递给下棋的双方对手。苗先生全副精神贯注在棋局的胜败上，接茶杯时，只说了声谢谢，头也不回，眼睛仍然紧紧地盯着棋盘，杨晓冬根本不注意这些小节，端着第三杯茶很客气地送到苗太太跟前。苗太太三十出头了，虽是三个孩子的母亲，对她丈夫来说，还是个年轻的妻子。人长得不难看，穿得也整齐。在熟人跟前爱说爱道的，对杨晓冬这种规规矩矩的人，倒觉得有些局促。她蜷缩在灯影暗处，紧盯着男人的脸色。没想到客人会给她送水，仓皇接过茶杯，又感到应该回敬客人。等到再端回茶杯时不小心，一下子，碰着丈夫的肩胛，热水从她发颤的手里溢出来，怕烫着她男人，急忙向右一闪身，谁知又碰醒了她身边六岁的男孩子进宝。进宝睁开眼便要撒尿，见屋里人多，他闹着要去外面撒。母亲告诉他外边雪大风紧，不能出去。小孩听说有雪，闹着非出去看雪不可。娘儿两个发生了争执。苗太太说，外边天气冷，不能去。原来她那对瘦小的鞋子，放在客人坐的凳下，她不愿意在生人面前伸手探脚地穿鞋。孩子可不懂妈妈的苦衷，坚持要出去。接近败局的丈夫，被他们吵得心烦意乱，蜡黄脸沉了下来。苗太太很懂得丈夫的心情，但对不听管教的孩子又束手无策。这时候，杨晓冬站起来，走到进宝被窝前说："来，叔叔抱你去!"孩子一听，立刻高兴地爬起来。苗太太帮着给孩子穿上衣服。杨晓冬抱着他到门外去撒尿，顺便给他讲了个馋老婆看雪的故事。进宝经过这一番活动，精神振奋了，回得屋里，再也不钻被窝，硬要跟杨晓冬一块看下棋。不断问这问那，"叔叔，叔叔"地叫不住口。苗先生在紧张的战局中，为进宝的安静，为客人的友谊，十分高兴。苗太太从接茶杯时就觉得这个客人平易可亲，及至人家给孩子服服帖帖地穿衣服，孩子又是这样亲昵地听客人的话，唤起了她爱屋及乌的心情，对杨晓冬发生了好感。小燕把这一切都看在眼里，心生一计，便逗进宝说："进宝!明儿个杨叔叔领着咱们到雪地里支起筛子捉麻雀，你说好不好?"进宝听说，十分赞同，马上就要出去捉。小燕说："我是哄着你玩哩，杨叔叔住宿一夜就走啦。"进宝急了，"我要叔叔，妈妈，我不叫叔叔走。"说着，双手抱住杨晓冬的脖子，撒娇撒痴，无论妈妈怎么劝说，只管一头扎在杨晓冬的怀里，再也不肯松手。苗太太终于哄着儿子说："进宝，别调皮，你叔叔不走，爸爸说好啦，让叔叔搬到咱们院来。"小燕见苗太太转变态度，高兴得眼睛发亮，张开喇叭形的小嘴直笑。这一切都使杨晓冬看得清清楚楚。他侍弄着进宝贴稳身躯，一起观棋。

战斗激烈到白热化的程度了。周伯伯用"抽将"法吃了苗先生一条"车"，他利用这种优势，拼命向敌方攻击。苗先生败局已成，但当着客人又不愿认输，竭力拖延时间，想争取和棋。周伯伯很讨厌这种作风。心想："干干脆脆，棋输木头在，何必脸发红。你越不认账，我就非杀光你不可。"苗先生脸孔灼热，呼吸迫促，心里责怪对方，也痛恨自己，为啥开始麻痹大意，弄到不可收拾呢。一看桌上的马蹄表过了十一点钟，他更加紧张了。杨晓冬完全懂得苗先生的心境。他知道这流人：脸皮儿薄得像灯花纸，虚荣心重得火车都拉不动；一局小棋的胜负，他会彻夜失眠，国家兴亡大事，他们可以无动于衷。

杨晓冬是个弈棋能手。他决定援助弱方挽回"面子"，趁着周伯伯棋胜不顾家的当儿，帮助苗先生出了两着棋。胜利者损失了一匹战马，造成了平局。

苗先生擦掉额上的冷汗，怀着失而复得的愉快心情，把棋一推，满脸赔笑说："冷淡朋友，有罪有罪。"说着，从身旁接过孩子，并向客人亲切地寒暄问候。客人抚慰过孩子，乘势辞谢了苗家夫妇，跟随小燕出来。

三

小燕家屋里和苗家就像两个季节，冷飕飕地袭人肌肤。但这间屋子，被小燕拾掇得干干净净。烟熏色的立柜，擦出漆红颜色；茶壶茶碗擦得锃亮，油醋瓶瓷瓦罐摆得整整齐齐，油条篮子挂在房梁高头，从那里发出甜丝丝的油香味。炕上横铺两个被窝，贴北墙犄角，支着一张板床，上铺破棉被一条，瓷釉凉枕一个。已经熄灭了的火炉，业已放在墙角。

韩燕来一直在院里擦车，直到杨晓冬从苗家出来，才一块进了自家的小屋。看到屋里这样整齐清洁，一迭连声地夸奖妹妹心灵手巧。近几年来在小燕的记忆里，几乎是头一次看到哥哥这般兴致。她眼里含着笑花，向哥哥学说苗太太从拒绝到同意杨叔叔搬来居住的经过……

开始安排睡觉了。杨晓冬见小燕铺盖单薄，脱下自己的棉袍，要给她搭上。兄妹俩齐声说有铺盖。说着，哥哥从衣橱里扯出一条麻袋，双手扯住麻袋角，用力抖擞。这时，悬在房梁的苇帘上，忽然发出急剧的咕咕声，杨晓冬吃了一惊，抬头一看，发现两只鸽子。一只是银灰头白翅膀黑尾巴，另一只是黄褐头花翅膀。灯光映照着它们发亮的身躯，翅膀彩霞闪耀，头顶冒出火光，探出脑袋，瞪圆眼睛，惊讶地凝视主人。小燕看了赶紧说："雪里白，金凤头，睡觉吧！哥哥今天可不是给你们发脾气。"

哥哥把麻袋放在小燕的床上，对杨晓冬说："小燕这孩子，不管是天上飞的，地下跑的，水里浮的，什么都喜欢。她养过猫，猫整天偷嘴吃，我打跑了那个馋货。养过两只家兔，家兔可肥啦，我看着是锅好肉，过节时偷偷地宰了。小燕回来高兴地闹着吃肉，听说是宰了那对兔子，哭哭啼啼，闹个不休。没法子，才答应她要来这对鸽子。现在鸽子又长肥啦……"他乜斜着眼瞧着小妹，"说不定哪天，我拿菜刀……"

"你敢！拔我一根鸽子毛，叫你赔一个手指头。"

"说真的，这对鸽子，真叫人喜爱，早飞出，晚飞回，多远也能认识回家。有一次，小燕带着它们去西关捡煤核，想起家里没零钱，把钞票绑在鸽子腿上，它乖乖地给我送到家来啦！"

小燕倒在床上，留神听哥哥说她的故事，她想："哥哥几时像今天这么和颜悦色地说话呢。在平常，像匹没笼头的野马，又蛮又横，不是故意气她，就是有意怄她。哥哥不多说话，要说就是噎嗓子的话，顶得人喘不出气来。杨叔叔一来，野马披鞍挂镫，不踢不咬，服服帖帖了。呵！生活要起变化了……"她面含微笑，憧憬着未来美丽的生活，呼吸逐渐平静匀称了。

十分钟后，炕上的主客二人，钻进被窝。

"杨叔叔，冷不冷？"

"比起昨夜，现在是天堂了。"

"那咱们睡吧！"燕来伸手闭了开关，灯光闭后，一切显得更加沉静，雪映在窗户纸上，室内光线依稀照人。韩燕来发现客人睁着眼睛望着房梁。

"杨叔叔，没睡着？"

"我有个坏习惯，哪会也不能马上入睡，总得思谋会子。"

"你可真用脑子呀！"

"脑筋这个器官，多用点还好使唤；闲起来，就生涩发锈啦！"

"杨叔叔，我有个问题不明白，以前没有门路，进不了解放区；现在有你这领路的，为啥不让我去？"

"这很好明白，鱼在水里好，你在这里工作方便。"

"这个人鬼杂居的地方，气也得把你气死，还有事做？"

"当然有事做。从水里火里，把受苦受难的兄弟姐妹们打救出来，还没事做？怎么，你看不中内线工作呀？这是又艰苦又光荣的任务呢！"

"我这个人，内线外线都没关系。夹上床被子，迈动两条腿，就算搬了家。只要有人领头，就是今天晚上攻打日本宪兵队，我都肯干。说来说去，是小燕子累赘着我，十四五的姑娘了，简直是我的绊脚石。"

"小燕是绊脚石？咦！你开开灯……"杨晓冬拿起棉袍，轻轻下炕踱到小燕床前，揭下那块麻袋片，用棉袍给她覆盖好。他独白似的说，"玲珑剔透的乖孩子嘛。说你是绊脚石，我看是水晶石。"回头对韩燕来说："你看得不对，绣花针对铁梁，大小各自有用场。可别瞧不起小燕。就凭她今天晚上对苗太太那点本事，蛮够聪明伶俐的，很多成年人也未必赶上她。今后，我抽空儿，帮她补习文化，她能做的事多得很哩！"

杨晓冬对小燕的赞美，纠正了也提高了韩燕来的情绪。他觉得妹妹都能做很多事情，他当然留下更有用处。于是睡意消失了，跟杨晓冬说这道那。最后，他表示："可惜我手里没有枪，有的话，那些躺卧烟馆的，醉倒酒店的，一切坏家伙们，在我眼里，他们都是卖脑袋的。"

"你要知道，这是敌人统治的地方，别把问题看得太简单！你打死一个坏人，自己未见能脱得干净。现在主要的是学会打不拿枪的隐蔽仗。呵！窗户纸发亮，想是月亮出来啦，休息吧！"

睡梦中，忽听得枪炮隆隆直响。杨晓冬一骨碌爬起来，习惯地伸手抓枪，胳臂碰了韩燕来的头。韩燕来惊醒了，坐起来开灯，问："怎么回事？"杨晓冬徐徐出了口气："你听，枪响哩！"

正南方向，机枪大炮声乱成一片。估计离城不过二十里，可能是在铁路线上开了火。杨晓冬怔怔的，像在思索什么。韩燕来说："早先，一听到枪声，就盼望八路军打进来。几次盼不到也就麻痹啦。"小燕的床板咯吱一响，就听她说："保不定这回打进城来哩！"

过了一会儿，韩燕来穿好衣服，朝窗外看了看说："天就要亮，我去车站跑一趟，对付着拉个座，顺便探听点消息。"接着他忽然感慨地说："杨叔叔，不瞒你，俺兄妹俩靠四只手刨食吃，抓挠紧点，混个肚儿圆，抓挠不紧，还得紧裤腰带勒肚子哩！”

“罢呀，罢呀，净是些没油没盐没滋味的话。不快点走，又得空放一趟。走！我给你开门去。”小燕觉得哥哥的话不中听，杨叔叔刚住下，就朝人家哭穷叫苦，多不像话。再穷，兄妹俩勤快点还没杨叔叔吃的？她担心哥哥的话会起到逐客令的作用。其实她并不了解哥哥，哥哥同杨晓冬的关系，已经远远超出世俗人情了。杨晓冬完全能够理解他们兄妹俩的不同感情，他感到这两种感情都很可贵。

小燕送哥哥回来，口里呼出白气，揉着两只红肿的手，走到杨晓冬跟前，说：“杨叔叔，夜来冷吧？”杨晓冬回答说不冷。小燕看着水缸：“缸里水都结冰了，还不冷？这么冷的夜里，还下床给我盖棉袍，当时我真想不要哩。”她故意把“当时”两字说得很重，同时，眯起笑眼，探看杨晓冬的神色。杨晓冬心中暗想：“这孩子真鬼，也许是她偷听了我和燕来的谈话！”但他沉默着，有意不理她的话茬。

“杨叔叔，”她实在憋不住了，“你们夜里说的话，我统统听到了。昨天见面，我就看出你不是从北京来的。原来……”一看，杨晓冬在摆手，她就怔住了。杨晓冬朝窗外看了看，正言厉色地说：“可不许长舌头，到外边胡扯乱谈。”看到小燕那种小心懂事的表情，又安慰她说：“叔叔知道你是好孩子，很有出息，以后好多事要依靠你哩。”

小燕一经鼓励，又活跃起来了。她那花朵般的小嘴，又成串地说开了：

“杨叔叔，有什么事，你就吩咐吧。狗熊嘴大啃地瓜，麻雀嘴小啄芝麻。别听哥哥的话，他总是说我年龄小。小，怕什么！秤锤小，压千斤。我是个胡椒，也能辣他们坏人一下。”

杨晓冬赞许地说:"好孩子,叔叔信得过你,快别站着啦,披上棉衣上炕暖和一会儿,当心冻病喽!"

"杨叔叔呵!我长了这么大,不知道什么叫病。也有发冷发烧的时候,发冷时晒晒太阳,发烧时喝碗凉水。冬天,风雪眯着眼去捡煤核,手裂流血不喊疼;夏天毒阳底下拾发臭的碎纸,嘴唇烧焦不喊热。穷人有个穷身板骨,我同孙猴子一样,早练得刀枪不入啦!"

杨晓冬听了,鼻子里酸酸的,激动地一把将她拉到怀里,抚摸着她那尚未梳好的长发。小燕呵,小燕,你是敬爱的先烈老韩同志的优秀儿女,你是伟大祖国未来的接班人呵!

杨晓冬感到小燕的思想已经成熟,就趁热打铁给她讲了些革命道理;要她利用卖馃子作掩护,负责同银环接头。并说这就是重要的工作。

小燕听罢,一面答应着,一面从杨晓冬怀里脱出来:"叫我先生火熬粥,随后到市立第三医院去。"她砸开瓮中冰凌,灌了一壶水,又燃着了火炉。火光映着她红润润的脸蛋,她开始做出门的准备。杨晓冬劝阻她,说天气很早,要她在火炉上多烘烤一会儿。小燕探头向外看了看说:

"天色发青,星光发暗,正是我上街取货的时候了。"

四

杨晓冬和银环走后,高自萍一夜没睡好觉。他对杨晓冬的贸然登门,很恼火,他认为:搞地下工作,要有合法证件,能经受起检查；要有靠山，遇事有人保证；要深居简出，不多向外界接触。多认识一个人，就多一分危险。杨同志难道不懂这些道理？既然条件没准备好，怎能冒冒失失地闯进来？内线工作，稍一不慎，就要流血呀！他把满腔怒火泼在银环身上。"净怨你个该死的，他姓杨的，有个风吹草动，拿起脚来可走。我这里有家有业有户口，这不是成心惹是非？你不过跟我叔侄做交通工作，竟自作主张，真是岂有此理。难道非党同志搞工作就没职没权？"又想："银环是党员，姓杨的至少是个党委。她还能不听他的，呵呀！"他感到昨夜言语态度，对待一位党的负责同志，实在有失检点。越想越不是滋味，"不能一开始就给人家留个坏印象。"他决定设法弥补一下。

早饭后，叔父家的女用人送来两张戏票，是商会庆贺伪省长新兼警备司令包的场。他叔叔因病不能出席，特转送给高自萍。拿到这两张戏票，高自萍认为是大好机会。立刻通知银环邀请杨晓冬会面。

杨晓冬听到高自萍有要事找他商量，按照规定，在华灯初上的时候，到达新舞台门口。人群里走过来一个皮帽压住双眉，不断眨着核桃眼睛的人，向他握手。他想了想，才记起来这就是昨夜曾会过面的小高。现在小高态度殷勤多了，他说，一来是请杨晓冬看戏散散心；更重要的通过看戏，可以瞧看瞧看这个地区的敌伪上层人物。

新舞台门口，临时加了门卫。高自萍持票领路前进，杨晓冬相跟着走进去。场子很大，池座廊座加上二楼包厢，约有千余座位。楼下和东西厢俱已满座，只有正厢大部空着。他们在廊下中间找到自己的座位。高自萍说："正面空余的包厢，是给头子们留下的。他们不看帽儿戏，说帽儿戏是给桌子板凳唱的。"他的话未了，杨晓冬瞥见从入场口走进来一群穿将校呢服装的伪军官。为首的年纪四十开外，身体高大粗壮，面斗脑袋，黑脸盘，鹰钩鼻子，大嘴岔，茶晶眼镜遮住右边的那只大而瞎的眼睛。他左右的随从人员至少有一个班，每人至少带两件武器。只见为首的家伙把皮大衣一脱，大嗓呼喊："小田副官！咱们的位子在哪？"这一喊叫，惹得全场都朝他这边注视。很多人都同声道："治安军集团司令高大成到了。"小田副官接过他的大衣，回身将大衣交给随从马弁，然后挺起胸脯喊："来人哪！我们高司令的包厢是哪一个？"他这一声未了，商会会长、剧场经理和招待人员都快步赶过来，点头哈腰地把他们接到楼上第三厢去。

杨晓冬进入内线之前，业已知道高大成是惯匪出身。多次到解放区烧杀抢掠，曾亲自制造过两次大惨案，屠杀过上千的老百姓，为此得到日本军部多次奖赏。曾三次晋京，与日本华北派遣军冈村上将亲自谈过话。根据地军民对他恨入骨髓，骂他是个双手沾满人民鲜血的铁杆汉奸。

继续入场的另一群伪军官，一个个穿着带有马刺的高靿皮靴，耀武扬威地登上楼上的包厢。有的还带着眷属。在靠边的包厢里，坐着一个身材魁梧而匀称的伪上校军官，他那服装朴素、娇小玲珑的妻子紧靠他坐着。两人安安稳稳的，一声不响，在到场的伪军官群里，要算最守规矩的。杨晓冬感到他们两个与众不同，问高自萍这人是谁。高自萍摇摇头说不晓得。邻座有人说，他是高大成的第一团团长，叫关敬陶。杨晓冬正在追忆敌情一览表上特别标着关敬陶的名字的时候，就见一位麻面上校伪军官疾步登台，面向观众喊："省长兼警备司令到！"这一声喊，全场马上就鸦雀无声了。只听得楼梯慢步声响，一个花白头发绅士样的人出现在包厢中间，他将手杖挂到左腕，右手托着礼帽，向大家点头招手。跟在他后面的是一个身穿绛红丝绒大衣的女人，他的三姨太太。他们刚要在二厢落座，发现高大成司令在三厢里傲慢地仰卧着，仿佛根本不知道他这个省长兼警备司令的到来。伪省长看到这些，回身向姨太太小声叽咕了两句。两人相对微笑之后，并肩走到第三厢，笑容满面地和高大成握手问候。

高大成对今天的庆祝晚会，很为不满。他认为自己是实际掌握军权的指挥官，警备司令这个头衔，应该归他所得。没料到一向被他认为腐朽无能的伪省长，竟买通了日本军部和大汉奸齐燮元，不声不响，一纸公文，竟把个有油水的肥缺从他嘴里夺去。人们这么欢迎伪省长，他不服气，伪省长不穿军服，也看着不顺眼。现在伪省长夫妇前来看他，只得勉强应付一两句，心里可十分恼火。

麻面军官见伪省长坐定之后，转向舞台，十足威风地叫道："晚会开始！"刹那间锣鼓敲动，响得震耳。全场除了正厢还空着，整个戏院都挤得满满当当。麻脸上校绕楼走了半圈，在伪一团长关敬陶夫妇上首找到自己的座位。这个麻脸军官就是伪省长的儿子，绰号"麻狼子"，高大成的第二团团长，他会日本话，很得敌人的赏识。因此，他的队伍经常把守城防。

跳加官过去了，正戏刚一出场，猛听高大成亲自喊着震耳的口令："统统立起！"足足一分钟，他才喊："坐下！"大家回头朝楼上一看，发现第一厢坐下了两个身着便服的日本人。两人都是矮个子，一个肥实，一个瘦弱。消瘦的留日胡，刀削脸，鼻梁上架着金丝眼镜，这是省城人所共知的多田首席顾问。那个敦实个子，头发已经花白。两眼灼灼有神。杨晓冬见他大模大样地坐在多田首席顾问的上首，估计必是阿布龟雄旅团长。跟这些人坐在一个大厅里，杨晓冬哪有心情看戏，恨不得从卫兵腰间夺过手榴弹，跑步登楼，朝着正面一二三厢，轰！轰！轰！炸他们个肉泥烂酱。他竭力想捺住自己的感情，但有点坐立不安了，高自萍发觉他有些反常。

"不舒服吗？"

"我的脑子怕震动，受不了这种锣鼓的刺激。"

"安静些，唱起来就好了。"

高大成之所以喊口令叫全场起立，不单是向日本人溜须拍马，还想借日本人的声势，压下新任警备司令的威风。不料旅团长阿布少将并不赏识他这一手。他便装而来，为的是不显眼。这一来就完全暴露了他的身份，说不定会招来什么杀身灾祸，越想越恼火，竟不顾同伴，拂袖下楼而去。多田也不满意，由于职务的关系，他不能不顾点外场，勉强坐了几分钟，又担心受旅团长的责备，因此，胡乱吃了些茶点，也托故告辞了。伪省长送走多田回来，经过高大成的包厢时，笑脸带着讥讽。这一来，高大成恼羞成怒了。他感到这笑容后面藏着数不清的语言——这等于说他：拍马挨了踢，上劲崩了弦，送礼被打落托盘，作揖叫人家抽嘴巴子。为了报复，他决心在鸡蛋里边挑骨头，先是借口毛巾太烫，打了茶房两个嘴巴；又对台上演员喊了两次倒好。这样他仍不解气。总觉得箭头并未射到靶子上。想来想去，打定主意，带着一群护兵，闯入后台，查问下面进行什么节目。查问的结果是《龙凤呈祥》。扮演孙尚香的女演员正在化装。他下命令立刻要这个女演员改装换演《小上坟》。女演员不敢答应。剧团经理赶来向他求情："这个节目是专为新任警备司令献演的。为的凑个喜气，如果高司令喜欢看《小上坟》的话，我们明晚一定为高司令上演就是。""你浑蛋！"亲手抽了经理一个嘴巴。"我看《小上坟》干屎用，就为姓吴的升官，才点这出戏。"经理自然不敢做主，一面使眼色叫人给伪省长送信，一面嬉皮笑脸地说奉承话，高大成哪吃这一套，他喊："给脸不要脸，来！把这个娘们，弄到车上，跟老子回公馆唱堂会去。"

主持晚会的商会会长早跑上楼去向伪省长汇报情况了。

"有这样的事，真是？依我看……你说呢，会长……"一分钟的时间，伪省长没说出一句完整话。这家伙老奸巨猾，处事最讲权术，他有个"三"字哲学：遇到名利，他是一争二夺三开枪；遇到责任，他是一摇二摆三不知；话到嘴边留三分；事要三思而后行。对付高大成这流人，他要"以柔克刚"。

他的儿子麻狼子团长走过来，气势汹汹地抢白他说："有啥可考虑的，当着大庭广众的面，这不明明拿咱爷们的小软，给咱们小鞋儿穿。好！我跟他讲理去！"

"你！你……也不……方便。你还是他的下级！"

"什么上级下级，扯淡！"麻狼子说着就要走。

"你回来！"伪省长经过三思，他说话也流利了，"这件事，我请会长全权处理，对方要留面子，两不伤和气；要要蛮，我姓吴的也未必好欺侮。"会长走后，他将儿子叫至跟前，面授了一套机宜。麻团长便尾跟会长步入后台。会长向高大成讲了许多好话，对方仍坚持要把女演员带走，麻团长看到这种情况，便按照他父亲的锦囊妙计，偷偷地把高大成的亲信田副官叫到跟前，先向他表示："警备司令不能在这种场合下栽跟头，真要高司令故意给脸上抹灰，打破了脑袋也得拼到底。"接着说："警备司令希望副官居间调停，自家人，不要窝儿里反，留点地步，免被外人笑话。"田副官原想帮助高大成大闹一场，听了麻团长的话，头脑清凉了一下，觉得闹下去没好处，不管动文动武，省长都不是好惹的。既然省长指名把面子搁在自己头上，为什么放着河水不行船呢。想到这里他回答说："团长你放心！省长的吩咐我一定做到。你也不用出头，统统交我承办好啦。"他到电话室秘密地给高大成的姘头红宝打了个电话，尔后，到高大成跟前低声说："高司令！你知道省长不怕你带走女演员吗？他不但不怕，还愿意叫你干这一手呢！""这是为什么？""我听省长的随从讲，省长与多田讲好，晚会闭幕后，亲自带着这个演员到首席顾问家去。现在咱们带走她，正好叫他抓住辫子奏本啦。"高大成听了这话，要带女演员的事，凉了半截，正沉默着，有个护兵请他接电话。电话就是红宝打来的。她按照田副官的吩咐，说有紧要事情，非要请高司令去不可。高大成举棋不定，眼睛注视着田副官。田副官十分肯定地说："既有急事，必须马上走。"不等高大成同意，即叫司机开车。高大成觉着闹下去也没多大趣味，顺水推舟对商会会长说："现在我有个紧急任务，必须马上回去，这个情面送给你商会会长，人不带走啦，你可得记住这个茬口……"

咬群架的疯狗走了，剧场又恢复了平静。观众们没人肯放弃这个白看戏的机会，照旧伸着脖子看下去。只有一点例外，就是楼上那位关敬陶团长，在高大成去后台耍无赖的工夫，偕同他的夫人退席了。这件小事，根本不被醉心看戏的人们留意。然而，却给杨晓冬留了个较深的印象。

五

节目进行到正热闹的时候，杨晓冬把高自萍带到休息室外面的平台上，他要他具体讲讲他们叔侄进行的工作。

"我们工作的目标，就是晚会上的台柱子，吴省长兼警备司令。"高自萍夸耀争取伪省长的工作对平原对山区以及对敌后根据地的重大意义。接着他说，"套鸽子还得舍个红豆，搞这样巨大的伪上层工作，总得有些应酬，否则，人家说咱们共产党办事小气。"杨晓冬听出高自萍的意思，有意回避了这个问题，他说："我不反对你们在伪上层人物中进行工作。捉住条大鱼，比捞几百条小虾都强。不过，希望是希望，事实是事实，两者距离还很大。从伪省长父子看，他们没有进步的要求；从我们来说，又不能对他们直接进行教育。这样的工作基础，我看是把洋楼建在流沙上了。""你这样想？"高自萍脸上泛出失望的神情，说话的声音有些变样，仿佛自己正捧了个奇货可居的古董，却被人家说是不值一文的假货一样。"杨同志！我不同意你这种分析法，你过分估低了我们的工作。要知道，伪省长跟蒋介石矛盾很深，对日本人实在没有好感，他公开说给鬼子混事为的吃饭。他们家里还偷听苏联广播哩。一切事物都在发展变化，他们没路可走，加上我们外线的军事压力，内部的政治争取。你说他们上哪儿去？"小高将两手向空一摊，想借助这个姿势，增强他的说服力。

"这项工作你们可以做，也要争取做好。但头脑要保持清醒，要懂得：反对蒋介石并不等于倾向共产党，当汉奸更免不了发几句牢骚，听听苏联广播能算什么呢？蒋介石的儿子还在苏联学习过呢，他还是反苏反共呀。"

杨晓冬见高自萍不作声，转变话题问他："护送过路的事，你想了些办法没有？"

高自萍皱了皱眉回答说："现在时景不佳，最好别去。一定要去的话，可以从西关搭汽车混过铁路线去。"高自萍见对方听完他的话沉默不语，感到沉默中有一种压力。慢慢地从布袋里掏出一枚伪市政府的铜质证章，说："路西是治安军的防地，比日本军好说些。带上它，在一般情况下，能顶用。"他介绍了证章的作用和路西特务活动的情形。杨晓冬接过证章说：

"好吧！你可以回去看戏啦，我要办些事情去。"

走出新舞台，门外一群三轮车拥上来，"要车吗？""上哪？""我拉啦！"他不答话也不抬头，仿佛没听见一样地独自往回走，直到韩燕来从后面喊"杨叔叔"，他才心事重重地上了车。车像飞一样奔向西下洼。

小燕开门把他们迎进院来，北屋窗户上照样映出一个粗壮一个瘦弱对脸下棋的影子。但这遭儿谁也不惊动他们，三个人蹑手蹑脚地走到东屋里去。

韩燕来掏出手巾一面连脖子带脸擦汗，一面盯着小燕说："快拿出来！"

杨晓冬从小燕手里接过的是张报纸，他注视韩家兄妹。韩燕来焦急道："快说呀！"小燕说："那位姑娘就给了我这张报，叫我亲手交给你。"杨晓冬重新拿着报纸翻来翻去，忽然发现第四版左角上剪掉一块，他眼里放出光彩了。才要嘱咐小燕什么，听得外面沉重的脚步声，周伯伯趿着大毡鞋走进来。他瓮声瓮气地说："怎能叫你叔叔在外边吃饭去，这儿同家里一样，可不要见外！"燕来说："谁叫他到外面吃饭来？无非转转嘛。

天不早了，你老休息去吧！"杨晓冬瞪了燕来一眼。这时听得苗先生在门外说："杨先生这么晚才回来。"随着话音掀门帘进来。他身后是苗太太，她手里提着一壶开水，不言不语地灌满小燕家的茶壶，然后，站在一旁听他们说话。杨晓冬首先跟苗先生表白说，今晚跟着朋友去参加晚会，顺便提到出席的头面人物和高吴两家吵架的情形。苗先生很熟悉敌伪方面的上层人物，但他劝告杨晓冬在没有正式职业之前，少到娱乐场所去。他说凡是公开场所，都有敌人的专门驻在特务。问杨晓冬看没看到一个戴黑眼镜的，他说这个家伙叫蓝毛，长相很难看，敦实个子咧咧嘴，猴儿眼，生就的恶相，是省城有名的黑鬼子。他虽是治安军的谍报队长，但因他跟多田不断送情报，连全城的高级军官也都怕他三分。

听完苗先生这段话，杨晓冬觉着很有帮助，认为，有肖部长给的敌情资料作基础，加上高自萍和苗先生的两次讲解，对敌特方面的内幕，也算有些了解了。心想，别管苗先生为人如何，可以利用他起"同盟军"的作用。因而希望他多谈谈风俗人情。苗先生笑着推辞说："改日再谈，我们都出来了，屋里还有一窝孩子呢。"说完很懂事地告辞出来，苗太太点头笑了笑，跟在丈夫身后，快到门口，她回头对小燕说："几时缺水用火，北屋里是现成的。"

周伯伯从进屋的时候，被燕来抢白了一句，心里就不满意，苗先生讲的这套，又觉着不中听，情绪上挺懊丧，当着杨晓冬又不好发泄，顺手拿起苗太太灌的茶壶，倒了满满一碗，一口气咕嘟咕嘟喝净了。用袖子抹了抹沾湿的胡子，悻悻地说："睡觉吧！"拖着两只沉重的毡鞋回西屋去了。

燕来接着用力插上门。

杨晓冬用柔和的语气对燕来说："往后注意些，脾气可不要这么暴腾呵！"说完他拿起缺角的那张伪报，放在火炉上面烘烤，几秒钟后铅字缝里，显出肖部长的笔迹。

晓冬同志：得知你胜利地进入敌人巢穴，并与有关同志接头会面。这是很重要的成绩。望能在此基础上，争取公开合法，着手安排工作。

昨日为通过铁路，彻夜与敌人激战，由于敌人铁甲车拦路扫射，有两位病弱的负责同志，留在路东，因他们有急事，必须马上动身，党委决定，改由你们负责，日内护送上述同志……

杨晓冬再次默读了一遍，立刻把伪报烧掉，看到韩家兄妹询问的眼色，杨晓冬说："有两个自己人，让我们从市里送出封锁沟。"等了一会儿他问韩燕来："有办法吗？"韩燕来插话问："这些人也是没有证明书？"杨晓冬点点头，又把这件事的意义说了一遍。韩燕来紧皱双眉反复考虑了很长时间，突然没头没脑地说："没关系，三道卡子口，总有空子可以钻过去。"

原来韩燕来在发电厂学手艺的时候，有个要好的朋友叫邢双林，住在西关外铁路边沿上，家里开个小茶馆，带卖白酒香烟油条。父亲是个瘸子，只能蹲着拉风箱，一切活儿主要靠他母亲。母亲很干练，娘家住在根据地，她不断回娘家往来带点东西。每次回来，总要带回一些新鲜情况，任何情况邢双林都毫无保留地告诉韩燕来。天长日久，两人心投意合，知心换命。日本鬼子占领城市后，双林便帮助母亲照料生意。起初，往来过路的客商很多，附近教会医院的门诊病人，也不断到他这里喝茶小吃。自从铁道外边挖了封锁沟，行人稀少了，生意萧条了，邢双林生活没着落，又怕挑壮丁，便主动混到伪治安军里，当了一名帖写。从打他干了伪军，韩燕来再没同他联系过。现在杨晓冬提起过路的事，他想到西关外的三个卡口，除了中路以外，南卡子口经常站着一个伪警察，一早一晚的都是"爱护村"的徒手"自卫队"看守着。领两个人过路可能没大问题，万不得已时，去求邢大婶，她家挨着铁道边沿的北卡口，总会想个办法。

杨晓冬分析了邢双林全家的情况，认为走邢大婶这条道可靠。便叫小燕端过晚餐剩下的米汤，他蘸着米汤在一片包茶叶的纸上写了一封信。嘱咐小燕妥为带好，一清早就把它送交银环去。

第四章

一

　　银环值完夜班，正是早晨五点，天色似明不明的，她感到头涨眼酸，浑身无力，拖着疲乏的身子，从病房踉踉跄跄走回宿舍，恨不得一步迈到床上，倒头便睡。刚蒙住头，恍惚觉得有什么事情，一时又想不起来。她抑制住睡意，撩开棉被，凝视着透出玫瑰颜色的窗户："啊哟！是小燕到来的时刻了。"翻身下床，奔向医院门口。

　　医院对过，小杂货铺的灯还亮着，旁边烙烧饼的架起冒着火苗的炭火。卖豆浆的老人刚刚放下挑子，两个大圆肚的浆桶，从棉盖里直往外冒热气。主顾们多数是医院的，也有少数过往行人，大家争着买烧饼豆浆。这时候，小燕提着篮子和颜悦色地赶到了。大家见小燕满篮都是新炸的馃子，把她围起来。这位小姑娘可真不含糊，边拿货边算账，不出一点差错，馃子卖到将近一半的时候，小姑娘似乎有些焦急，一面给大家递油条，不住地东张西望。

正在这个当口，银环挤近跟前：

"小姑娘，卖给我两个油条！"

"在这里吃吗？"

"拿回家去吃！"

"那我给你找块纸垫上吧！"小燕不慌不忙从篮子底下掏出一张早已准备好的纸。她格外郑重地盯着银环把馃子递过去。时间不大，银环出来，手拿纸币递给小燕说："还账，还账！"小燕接钱时，银环说："记住！这是我那份钱，不要上花账。"小燕连声说："错不了。"便把这份纸币掖在篮子底下。至此，小燕心下顿时轻松，又和颜悦色地卖货了。

第二天早八点，杨晓冬同韩燕来一起出城，两人一前一后朝着来往行人最多的西城门走。守门的瞥见杨晓冬胸前佩挂证章，根本没有拦问。他们随着人流很自然地走出城去。

城外青石桥，是约定的集合地点。石桥直对西关大街，今天是集日，格外显得烟气弥漫，人声嘈杂。杨晓冬在街上溜达了一趟，估计时间尚早，返回桥头装作安闲无事的模样，向南眺望。冰河洁白透明，晶莹耀眼。冰面上连日积雪，冷风起处，雪浪滚腾，透出一股冷森森的凉气。

杨晓冬指着一曲河湾说："敌人乱拆房舍，把我也闹蒙了，那里，是不是当年你下水的地方？"

韩燕来摇了摇头说："事情印象挺深，具体地方闹不清了，也许再朝南些呢！你看那是不是她……"他指的正是一路推车步行走近前来的银环。燕来那天在万家楼见过银环一面，因为是晚上没看清楚。

银环身后，跟着两个拉病号的三轮车。她瞥见杨晓冬他们走过来，装作陌生人打问道路："先生！去教会医院，可是走这条路吗？"得到肯定答复后，她响着铃铛骑车前进了。

杨晓冬向燕来一摆头，两人紧紧跟在后面，路上挨肩擦背，挤挤拥拥，经过纸烟工厂、屠宰场、穷人房等高低不平杂乱无章的建筑，到了人烟稀少的郊园。远远的一片红楼出现了，这就是省城闻名的教会医院，这里边主事的是法国人，医护人员都是中国人，他们绝大多数信天主教，因此，过去病人来这里就诊的并不多。自从省城大部分医院被敌人征用以后，这里的病人逐渐增加，每天来往门诊的不下一二百。病人虽多，医院工作却很不好，医疗中的大小事故数不清，病房有多少病人也闹不清，有时候病人从医院里逃跑了，有时候患者病故一两天也没人知道。这医院当局只有一件事抓得紧，入院病人先交足保证金和一个月的伙食费。这样无论病人是死是跑医院总亏不了本。银环很熟悉这个医院的情况，因为小叶的姑母是这里的护士部主任，她曾几次邀她的侄女和银环到这里工作，由于离市中心较远，她们都没答应。

银环付了车费，看见杨晓冬他们跟上来，她点了点头，便扶着两位下车的同志穿过医院大门直奔候诊室走去。

杨晓冬走到了候诊室的时候，发现过路同志当中一个是平原军区政治部的袁主任，他曾是杨晓冬在党校学习时候的指导员。他记得当年的袁指导员年轻体壮，精神焕发，现在他的脸色消瘦苍老，神态也显得疲乏颓唐了。另一位同志看着更羸弱，正在发高烧；银环给他用湿毛巾盖住额头。袁主任给杨晓冬小声地介绍那位发高烧的同志，说他是中国共产党北方分局的一位部长。杨晓冬听后，上前同他握手，简单地安慰了几句。他知道这不是谈问题的时机，也不需要多谈什么。他的任务主要是抓紧时间护送他们过路，便把银环招呼过来共同商谈过路的事。银环说，过路的人，必须在十二点前离开候诊室，因为十二点后门诊看病的人就走光啦。另外银环说，冬天日短，卡子口在下午两点就不允许一般市民出入。她提议把过路的事情抓急些。杨晓冬同意她的意见，分派进门多时、一言不发的韩燕来，快去打问情况。

从医院门口到邢家茶铺只有半里多路，韩燕来几分钟就走到了。多日不来这里，处处觉着生疏变样，连吊着的那两块"蒙山顶上茶""扬子江心水"的油漆招牌，也仿佛脱落了颜色。韩燕来见茶棚底下空冷无人，就直迈入邢家的卧室。邢大婶正在炕上做针线活，看到韩燕来，她摘下花镜，笑着说："大侄子，好久不见，这么冷的天，你怎么走错门啦！"燕来说："就为刨抓一碗饭吃，累得没工夫串门，俺双林兄弟近来混得好吗？""他呆头呆脑的，能成什么气候，还不是耍笔杆当个文书帖写。说是拿上士的薪水，实际挣不了一壶茶钱。"韩燕来没心思多谈这些问题，敷衍了几句，便开门见山地说："邢大婶，我想打问你一件事，你跟把守封锁口的警察熟识不熟识？""你怎么从脑袋上一下扯到脚后跟啦，平白无故的，干吗问这个？""我想……比如说，送个朋友，或是带点东西通过一下，其实没多少事，随便问问。""燕来呵！大婶可不是三砖打不透的人，用不着三猜两猜，我一猜就知道你想走私——带点大盐、染料或是药品什么的，是不是？""大婶！先不谈这个，你到底跟他们熟不熟？""没的婶婶还骗你，再说熟也不行，你要带犯私的东西，躲过卡子口，还有一连串的炮楼子，别闹这些冒险的事。"韩燕来听着不入耳，拿起脚来就向外走，心中好生不痛快。邢大婶招呼他坐下喝碗茶水休息休息，他像没听见一样离开小茶馆。

在候诊室的外间，韩燕来汇报了刚才的情况，提出再到南卡子口去看看，杨晓冬没吱声，银环说："大家既到了这里，还是从这里过路方便。"她要用医院护士的身份直接找护路警察谈谈。银环走后，杨晓冬不去见首长，也不说话，心事重重地看着墙上那只挂钟。这种表情，使韩燕来十分难过。"组织上把重担子交给我，要我在指定时间送两位首长到达目的地，错过时间，这里出不了封锁沟，那里接不上头，回来进不了城，一步赶不上，会步步赶不上。这完全怨我呀，谁叫我向杨叔叔夸大话，说过路不成问题呢。"他一面想着，一面不住地偷眼看杨晓冬和墙上的钟表。它每嘀嗒一下，他都感到心烦，不由得又胡想。想起杨晓冬没来省城之前，他闭着眼一天一天地瞎混。有时候饿着肚子躺在三轮车上，蒙头睡一大觉，天塌地陷都不在乎。现在已经参加工作，睡觉不安定，吃饭也不踏实，干一点事都得掐时间，说实话，光掩护个杨晓冬就够担心的。正想着，听得钟内丝丝一阵响，连打了十点。他屏住呼吸，停止思路，像犯人受刑一样，钟声每响一下，仿佛有人在他心上猛击一锤。熬过这十锤之后，他看到杨叔叔粗粗地出了口长气，里间的两位过路首长微微动了一下，又恢复了原来的平静。这种异样的沉默，使他头脑发涨，他实在忍不住了。低声说："杨叔叔！别指望一块云彩下雨，我到南卡子口看一看。"杨晓冬不同意，要等银环回来。

约半个小时，银环回来了，她表示走这条路还有问题。韩燕来刚听到"有问题"三个字，抄过银环的车子，飞身骑上就走。其实银环把事情办得有了眉目。她用医院护士的名义，先见的邢大婶，照直说明了来意，邢大婶帮助她去见守铁道封锁口的伪警察,说有两个同乡来看病,忘记带居住证,能不能通融一下放他们过去。一个伪警察答应了,另一个说不敢做主,邢大婶懂得这种意思,当即挑明,说事情办妥了每人弄双鞋穿,两个伪警察同意了。银环同邢大婶回到茶馆里进一步研究,伪警察只管过铁路,过铁路不远便是一个伪警备团的防地。这个团坏家伙最多,团长就是个血债累累的反动家伙。这样即使过了卡子口,问题还是很多。

银环汇报之后,过路首长同杨晓冬否定了这条路线。大家又等着韩燕来的回信。

韩燕来骑着车子,躲开敌人军警机关,躲开人烟稠密的西关集市,从一条背静的便道上,穿入公园苗圃中间的林荫马路。一路上拼命奔驰,时间不大,接近了南卡子口。原想这里和平时一样,至多是个把护路警察,或者是戴红袖章的老百姓。脑子里萦绕着一种念头,任谁在这里防守,打破了脑袋也要冲过去。及至走到跟前,瞥见把寨口的是两个全副武装的日本兵。韩燕来险些从车上摔下来。他面向敌人,发了一阵呆,无奈何掉转车头返回来,悲观失望地向杨晓冬说明他见到的一切。

杨晓冬说还有一个钟头的时间,要他再朝中卡口看看有没有办法。韩燕来对中卡口从不抱什么希望,但又不好说不去。耐着心里急火,忍着棉衣的汗湿,从人群中,时推时骑地到了西关的尽头。步入一条漆黑的地洞,穿洞进入车站。车站距卡口有二百米左右,卡口分内外两道门,内门是铁栅栏,有鬼子兵和伪警察站岗,把外口的是伪治安军。两口中间有相当宽的地带,那里堆积着多种货物,摆列着临时摊贩,有穿梭不断的过往行人,俨然像个杂巴商场。

韩燕来推车到了中间地带。忽听有人喊了一声："哥哥。"回头看时，小燕提着篮子跑步赶来。她问过路的事情怎样了。韩燕来长吁短叹地说了困难情况。兄妹俩站在一块出主意，没有多久，小燕说：

"我可想出点子来啦。"

"快说！"哥哥一把抓住小妹的肩膀。

"不是铁栅栏有鬼子站岗吗？这不碍，那边有个得利成煤厂，坐落临街，厂子后面有小门，穿过小门可以绕到咱们脚下，这不就躲开鬼子这一关呀！"

"就是这个点子呀！"韩燕来松了小妹，显出失望的样子，"好是好，问题解决了一半，还有这道关口呢。"他眼巴巴盯着伪治安军把守的外口。

"慢慢来嘛！你想一嘴吃个胖子呀，要不是我串进煤厂卖货，连这点主意也没有呵！"

韩燕来觉着小妹说得有理，推着车子跟小妹转了一趟。途中看到伪治安军拉煤的大车，不断出入封锁口，穿着破棉大衣翻毛皮袄的勤杂人员横躺竖卧在车上睡觉，站岗的对他们一点也不过问。哥哥眼里冒出希望的光芒，向小妹耳语了一会儿，说："燕儿！这回瞧你的啦！"一刻钟后，小燕跳跃着回来了。"活该咱们不丢脸，治安军拉煤的有十多辆大车，负责押运的是个伙夫头，趁他们休息的工夫我找到他，替他买纸烟、倒茶水，吃了咱们三个馒子，我死活不要钱，最后我对他说有两个西马庄的亲戚，来城里看病，雇车花不起脚钱。刚说到这里，伙夫头说：'正好，我们的大车也是往西马庄去的，叫他们来上车吧！'我没敢再说什么，先赶回来给你报个信。"

哥哥听完，一手抹去额角上的大汗："小燕，你别离开，我也报个信去！"

杨晓冬他们比较了中卡口和北卡口的情况，一致同意走中卡口，连分局那位负责同志也显得有了精神。他曾经在北方的城市搞地下工作，有丰富的对敌斗争经验。他说：南卡口增加日本岗哨，跟前几天我军过路作战有关系，北卡口表面平静，实则敌情复杂，中卡口虽是要冲，敌人未必十分注意。往往是，看来岗哨林立、警卫森严的地方，对地下工作人员来说，倒是最缓冲的地方。

上午十一点半，韩燕来领他们从车站大街进入得利成煤厂，绕过后门，一路无人过问，在煤堆跟前，他们找到小燕。小燕先给那位兼押运员的伙夫头介绍了她的哥哥。押运员已经喝到醉醺醺的程度了，他手里摇摆着酒瓶子，大包大揽地说："这个小姑娘，跟我投缘分，没关系，你们的亲戚就是我的亲戚。我王迷糊好交朋友，秦琼为朋友两肋插刀，这有什么！漫说是亲戚，就是几个八路军我也敢送出他们去，从脚下到西马庄营部，一文钱也不要，我负责的这十辆载煤大车，你们爱上哪辆就上哪辆。"他因醉而口吃，费了很大力气才说出那两个"辆"字。"小姑娘，你的亲戚在哪，快叫他们上车，要是冷的话披我的皮袄。"说着押运员慷慨地脱下他的由灰变黑的皮袄。又从车上拉下一条破军大衣交给韩燕来。首长们同杨晓冬交换了一下眼色，表达了走这条路的决心，他们过去只朝伙夫头点了点头，披上保护色的大衣，同王迷糊坐在一辆车上。韩燕来步行跟在后面。时间不大就出发了。

杨晓冬同银环她们远跟车后，一行送至外卡口，瞧见伪军驭手，抽着响鞭，打着口哨，大摇大摆往外赶。到封锁口时，不晓得王迷糊对卫兵说了些什么，客人连车未下就出了外卡子口。小燕高兴得眼神带笑口角开花，拉着银环的手连蹦带跳，银环感到完成了重要任务，心里有说不出的喜悦，杨晓冬那副牵肠挂肺的心情，始终未得到松弛，他集中精力思索首长们一路安全的问题。"途中碰上敌人怎么办？他们可不要坐到敌人营部呀！西马庄距接头地点还有几里路，燕来能完成这么重要的交通联系的任务吗？他一切都没经验呀！"越想问题越多，越想越感到问题严重，他转回头对银环说："下午你不是还要上班吗，你快回去休息吧！"

银环说："要回就一块回吧，这里并不平妥，我同小燕伴你一块走！"

杨晓冬没吱声，像是没听见她的话。这时银环完全看出他的心思，小声劝阻他说："你可不能亲自……自己还没个护身符呢！"

"能因为自己，坐看着首长们……"银环的话倒促进了他的决心，杨晓冬没来得及表达清楚他的意思，便朝着外卡子口赶去了。

二

大车拉下杨晓冬也不过一里路，他再三加快脚步，始终追赶不上，看看快到西马庄跟前时，一股大道奔向村北，那里并排矗立着三个大碉堡，碉堡拔出村房树木，威胁并监视着来往行人。拉煤的大车，统统奔着炮楼长驱而去。杨晓冬心内十分焦急。"莫非他们坐到敌人营部去？不会的！可为什么不见他们的影子呢?"他小声嘟念着,恨不得一步撺上大车,又怕被人看出破绽,只得暗地加劲走。

到村边,发现韩燕来他们三人正向当地老乡打问道路,他追到跟前,不敢直接打招呼,便高声向老乡问路。听到他的声音,他们都吃惊地回过头来,八只眼睛互相传神对视,彼此了解到相互间的感情。韩燕来知道杨晓冬是关心首长们的安全,更感到他是为了帮助自己完成护送任务。这是同志间真正的阶级友爱。他用感激和钦佩的眼光盯着杨晓冬,不知不觉地已经滴下眼泪。

他们拉开当子,背着炮楼绕到村南面,杨晓冬吩咐韩燕来先行一步到前面接头。

韩燕来怀着恐惧和神秘的探险般的心情,沿着村边便道走到西马庄的寨沟,这里所有寨门并无敌人防守,田野被冰雪封冻,空落无人,他快步走出寨沟,沿着一条发白色的行人道,直奔西南那个看来像是铺在平地上的苑家屯。大概有抽两袋烟的工夫,他从东北角进了村,街头空旷冷静,引起他心里怀疑,这一带村庄虽说离城只十几里路,但他自己从来没到过。因为接头地点在大街,提心吊胆地朝街里走。行至街心,发现有一群老乡围着看木偶戏。他心里稍为轻松些,但又觉得在陌生人群前面走路多有不便,由于任务紧急时间促迫,也顾不了这许多,硬着头皮从群众面前经过。幸而大家集中精力看戏,没引起多大注意。行至北街口,果然有一个漆黑大门,外面挂着"中医施诊所"的牌子。他走进施诊所打了一声招呼,柜房出来一位三十出头的人。这人长得干净,穿得整齐,看着像学校的教员,或是账房的先生。

"我打问一声,这儿可有一位姓赵的医生?"

"你贵姓？"教员模样的人打量他一眼，冷冷地反问着。

"我姓钱，奉朋友所托，特来找赵先生看病的。"

"什么病？"

"筋骨痛。"

"痛得能走路吗？"

"就是因为不能走路呵！"

这人上前握住韩燕来的手，承认他就是赵医生。十分钟后，赵医生将杨晓冬等三位同志接到了。他给每人倒了杯热水，要大伙装作就医的病人稍为等一等，说完就匆匆出去了。时间不大，从外面轻手轻脚地进来一位女同志，杨晓冬看出她是金环时，金环也认出了他，她微黄的脸上立刻泛出笑容说："咦！你怎么也跟出来啦！"马上低声对大家说："这里临街，太杂乱，跟我走！"

她在前面引路，拐了两个弯，进入一个有豁口的墙院，穿过豁口，她吩咐赵先生搬秫秸堵死豁口。大家跟她进入后院。金环介绍说："这就是赵先生的家，大伙朝北屋请吧！里面还有熟人哩！"她的话音未落，一位高身材、穿着都市服装的大汉撩起门帘让大家进屋。安排过路首长休息之后，大汉赶过来招呼杨晓冬。杨晓冬仔细一瞧，才看出这位打扮得像走亲模样的人，原来是接他到内线工作来的那位梁队长，急忙上前握手说："你这样棉袍外罩的穿戴起来，闹得我不敢认了。"接着给大家介绍韩燕来说："这位同志姓韩，跟我一块的。"韩燕来见杨晓冬介绍自己，便客气地点点头，这种场合他还没经历过，觉得说不上话去，就搭讪着站在角落里了。金环这时候成了最活跃的人物，她同所有的人都熟识，两位首长进入省城就是她领进去交给银环的。她给同志们打水倒茶的工夫，继续介绍情况，说赵先生的寡居嫂嫂，跟她是小时候伙伴，亲得像姐妹一样，通过这个关系她认识了赵医生，从而创立了一个近敌区的堡垒户。这使杨晓冬一时感到：金环作为地下工作的交通员，登山渡水，登城上府，跨封沟钻炮楼，来往穿梭，出生入死，废寝忘餐，见人说人话，见鬼说鬼话，她是多么不容易哟！

稍稍休息之后，过路首长们精神好多了，主动找杨晓冬、韩燕来谈话，对他们的护送表示感谢，对内线工作提出了一些期望。杨晓冬很愉快，觉着现在才是真正完成任务了，看了韩燕来一眼，两个人站起来准备告辞。金环哪肯答应，坚持要他们同首长一起吃午饭，她说："西马庄的伪军到下午两点就不出动了，满打满算，离城只有十五里路，迟些起身也能赶回去。"杨晓冬听了很矛盾，既愿意有这样的机会同首长谈谈多受些教益，又怕时间晚了不好进封锁沟。正在考虑的时候，赵先生从外面慌里慌张地走进来。他说："有情况，西马庄炮楼里的伪军朝这村来啦。"

金环听了安定大伙说："别着慌，这里不比老区，汉奸们来来往往是平常事，再说咱们有隐身子的地方。"她瞪了赵医生一眼："还在这里磨蹭什么，你快去联保所，叫他们派人迎接去，有事再来送信。"

赵先生走后，金环主张立刻把首长们坚壁起来。

梁队长说："用不着这样草鸡胆，你看，天色已经是下午啦，要是来上三头五个的，敲掉算啦！"

"少说些没油盐的话，这里能比根据地？再说你现在负的是什么责任？"

"我负的是保护首长安全的责任。"

"你不服气，咱们请示请示……"

袁主任带着排解的语气说："请示什么，派人到外边放个暗哨，能合法的，分散躲开，不能合法的，可以先坚壁起来。"

没多久，赵先生又跑回来，上气不接下气地对金环说："楼上的人烟不吃，茶不喝，又不去联保所；从前街到后街挨门挨户地胡转悠。"

金环听罢，指着赵医生的鼻子，像下命令一样地说："既是这样，你还发什么呆，快打开夹壁墙，叫他们先进去。"

袁主任扶持着分局负责同志先进去，他握住杨晓冬的手说："要是还能走的话，你们争取走，不要在这里伴怕了。"

杨晓冬摇了摇头说："首长们先坚壁吧！"

袁主任说："同志们听我的话，党不要求你们只做这一丁点事情。"

杨晓冬不好反驳首长的意见，转面对韩燕来说："你先走。"

"留下你怎么办？"

"不要管这么多，先走你的。"

韩燕来看了看杨叔叔的脸色，不敢不依从了。

首长们已经进入夹壁墙，赵先生急得里走外转，后来他用请求的脸色向金环说："这儿没事，我到药铺那边去吧！"

金环制止他说："不要去啦，夹壁墙很大，你也钻进去。"

赵先生的老妈妈，正在忙着藏东西，听了金环的话，就出来拦阻说："你一个治病的先生，有名有姓的，怕什么呀。快到药铺支应门面去！"

金环厉声说："现在去药铺是想给伪军看病，还是想图财害命？"

赵先生瞧了瞧金环严肃的脸色，转脸对老人求饶说："娘呵！人家到咱们家里，怎好躲开呢。我进去同他们做伴也好呀。"老太太对儿子又恨又痛，对金环又惹不起，便嘟囔着说："人家说话，金玉为贵，当娘的话，粪草不值！"

金环故意装作没听见，赵先生坚壁妥当，她领着自己的女孩小离儿走到老太太跟前，改变了刚才的口气，满脸赔笑地说："伯母呵！我是个有口无心的人，别生我的气。你老人家是怕药铺丢东西吧！走，咱们一块看看去！"

老人本来不肯离家，耐不住金环又是好话又是拉拉扯扯的，也就出去了。

赵家只剩了赵先生的寡嫂，她在外屋当中点火做饭。杨晓冬同梁队长此刻没有坚壁，他们登上窗台，划开最高处的窗户纸瞭望敌情，忽听外面有人喊叫：

"站住！你是干什么的？"

"我是城里人，来这儿请医生的。"

"胡说，城里有那么多的大医院，还跑到乡庄子上找大夫。"

"城里的医院得花钱。这里赵大夫跟我们是亲戚。"

"看他横眉吊眼的，一定是私通八路。捆起来先揍他一顿。"

杨晓冬心里沉重了，从第一次答话时他就听出是韩燕来，后悔不该让他独自回去。他急于想知道情况的发展，把耳朵贴着窗棂仔细听着，先是听到撕捋叫嚷声音，继而听到有人说："这个小子倒是城里人，带有身份证，是个拉三轮的，放他走吧……"究竟放走了没有，因为透过窗眼冷风呼哨，加上外间里烧豆秸毕毕剥剥地乱响，再也没听清楚。

梁队长跳下来坐在窗台上，手中提着大机头的盒子，紧闭着眼睛，燃豆秸的响声使他很烦恼，每发出毕剥声音，他便皱一次眉。忽然灶火里通风顺畅，发出的爆炸声音像放鞭炮一样。梁队长实在忍耐不住了，撩起门帘探出脑袋对赵大夫的寡嫂说："大嫂同志，你修好行善，别造这小情况好不好？"

杨晓冬并不注意梁队长的话，他心里在想：敌人是偶然来的，还是事前了解我们的底细？真要搜查到这里怎么办？我能不能利用合法面孔，保护首长的安全……

大门吱呀一响，金环带着小女儿回来了，她说："炮楼上的朝北胡同去了，也许就滚蛋了呢？"迈上台阶时，她的鼻翅连续翕动，"好煳焦气。"说着上去掀开锅盖。"哎呀！我的傻姐姐，哪有做饭不添水的？锅底都叫你烧红啦。"她急从水缸里舀满一瓢带冰碴的凉水，画着圆圈倒在锅里，锅底嘶嘹嘶嘹直响，热气冒到房梁上。

烧火的人怯声说："我心里光顾害怕，早忘记是烧干锅啦。"

梁队长从炕上跳下来说："你光是烧干锅还罢，不知从哪挑拣了带响的柴火，和打机关枪一样。"

金环吃惊地说："你怎么还在外边？可不行。"她一面叫梁队长进屋坚壁，一面自己重新添水做饭。刚刚烧开了锅，听见大门咯吱作响，金环回头一看，院里已经进来一伙强人，前边三个身穿便衣，为首的近四十岁，中流个，四方脸，青泥色，八字眉下，一副黑桃眼镜。这家伙头戴呢子礼帽，身穿黑毛皮袄，右手放在插兜里，鼓绷绷的像是藏着手枪。他身旁紧跟一个螃蟹脸的助手，另一个便衣手提插梭盒子的像是警卫人员。见到他们，金环从心里打了寒噤，但她迅速站起来迎上前去：

"官长们辛苦啦！"她的声音很高，意在叫室内同志听见。梁队长他们听金环喊叫"官长"，情知不妙，迅速钻进夹壁墙。

"我命苦！"黑桃眼镜旁若无人地走上前来。

"官长们有什么事？"金环迈步走出来，很自然地遮住门口。

"有事也用不着给你说，闪开！"他推了金环一个趔趄，五六个穿便衣的人一拥而入，先走到东头屋，问赵大夫寡嫂家净什么人。她直着脖子回答不出来。五岁的小离儿手摸住耳朵说："她是个聋子。"他们相信了小孩的话，又到西头屋里撩门帘看了一眼，没到里跨间去便退出来，螃蟹脸问金环："你们家没男人？"金环回答说："你们有事就说吧！要到联保所啥的，我可以领着去。"螃蟹脸没理她，迟疑了一会儿，带几分失望地说："回吧！"黑桃眼镜摇了摇头，不同意他的意见，站在院里四下端详，半晌他说："我看这个宅院有毛病，你们带皮尺来没有？"

金环听了，向后倒退两步，低声向夹壁墙说：

"赶快想个办法吧，敌人要丈量房子的尺寸啦。"

夹壁墙同外面，仅隔一层薄木板，金环的话里面听得很清楚。

赵先生说："夹壁墙就怕丈量尺寸，这样一来就露了馅儿啦，怎么办？要不要我出去，托人了结了结，咱们花点钱……"

梁队长低声吆喝他："你这是废话！我们又不是被绑了票儿，干什么花钱，老子有五十发子弹，跟他顶到天黑，不行的话，我掩护大伙朝外冲！"

袁主任说："赵大夫的法子不行，老梁同志的办法也不行，这里是敌区，又在炮楼跟前，只要打响喽，我们没法冲出去，大家静一静，看杨同志有什么意见？"

"我的意见是咱们沉着点，再等一会儿，观察观察敌人的企图，看他是专来找我们，还是想诈财。"

院里叽叽喳喳的，大家都同意黑桃眼镜的意见，有人说："没带皮尺。"有人说："没皮尺也没关系，咱是丈量房子的老手啦，找条绳索比量比量就行。"有的主张先量屋里，后量房顶。

螃蟹脸说："带好镐头，先量上面，再量底下。量出毛病来就拆。"正在这个时候，那个伪警卫人员说："外院有个大梯子，快把它搬来，靠在北房上。"

夹壁墙内的人们，情绪更紧张了。外边任何一句话一点音响都听进耳朵里，猛听得房檐处咔嚓一响，知道敌人把梯子靠在北房上了。杨晓冬站起来，扯住两位首长的手说："事情急啦！让我亲自对付他们。"

"你有什么办法？"

"我用合法身份唬唬狗日的。"

"有把握吗？"

"见机行事吧，他们的一般情况我都了解。"

"万一不行怎么办？"

"在万不得已时，我跟他们见敌伪头子去。"杨晓冬这个意思是豁着自己的生命保护首长安全。

袁主任说："不能采取见敌伪头子的办法。你要竭力拖延时间，争取和平解决，真要决裂喽，我们一起夺枪向外冲。"

梁队长说："放心大胆去谈吧，谈崩了，我一梭子弹都撂倒狗日的。"

杨晓冬见首长们不再说话，知道是同意了这种做法。向同志们说了声："首长们保重，同志们保重。"拉开夹壁遮板，撩开中堂画，一跃跳下。金环不知怎么回事，回过头来吃惊地对他说："你要做什么？"杨晓冬急向她耳边讲了他们的办法。她听了点了点头，显得镇静了。就见她迈步出门朝着坏家伙们讲："登梯上杆的，白天抢劫吗！你们不能欺侮人，我家不是没名没姓的小百姓！"螃蟹脸听了对她说："你这个小娘们，吃了枪药啦！干吗话板这么硬！什么权杆支持着你啦？"说着走近金环跟前想动手动脚。这当儿杨晓冬昂首大步走到院中呵斥说："不要耍蛮!"群匪看见陌生人骤然出来,非常惊恐,不约而同地把十几支长短枪,同时逼住他。黑桃眼镜用吓人的腔调喊："干什么的,举起手来!"杨晓冬站在台阶上,对逼近身前的枪支,眯也不眯,用缓和又轻蔑的口吻试探着说："你们是想发点洋财,对不对?"接着突然提高声音像是下命令:"有话好好讲,省城脚下,是个有规矩的地方,摆弄几支破枪吓唬谁,收起来!"经他这一吆喝,多数愣住了,乖乖地将枪缩回去,两个架梯子的也悄悄放下梯子。黑桃眼镜觉得丢了脸,狠狠地质问:"你是咱们哪部分的?你们有多少人?"

杨晓冬听着他的话有漏洞,紧接话头说:"人嘛,就我一个,哪一部分,现在不告诉你。"

螃蟹脸见黑桃眼镜向他使眼色,端着手枪,到北屋东西两头重新查了一趟,回来说:"就是他一个。"

黑桃眼镜故意挑剔说:"刚才你在哪,为何不出来?"

"刚才我认为没有必要出来,你有公事,难道别人就是私事?"

"别说废话,来人!先给我搜搜他。"

"想搜也行,我什么也没带着。"他自己先将衣服撩起,叫人看到他没带任何东西。说,"可不能在这里搜。近说到西马庄炮楼,要不咱们一块回到城里机关搜去。"

"你别想唬我,不管你是什么机关什么身份,我都有权查问你。"

黑桃眼镜这句话有更大的漏洞。杨晓冬掌握住对方这种心情,马上改变了缓和态度。他说:"我承认你有权检查,也接受你们的检查,我只提一条,这家是我的朋友,因为工作上的关系我第一次来看他们，碰在这个节骨眼上，兄弟们真要乱搜一通，知道的说我们各行其是，不知道的呢……这与兄弟面上太难看了。我希望抬抬手方便一下，跟来的兄弟们有什么困难，我完全可以负责，连城里都不用回，到联保所就办啦！"

黑桃眼镜翻动眼皮盯了杨晓冬一眼，没吭声。杨晓冬说："兄弟们，"他同时面向着大伙，"你们是一团二营住西马庄的吧？我认识你们关团长，至于你们二位，我觉得面熟，不知道是在哪恭喜，是在治安军第六集团吗？"黑桃眼镜不答话，他在考虑用什么方法打击他的对手。螃蟹脸听了杨晓冬的言谈态度，开始解除了疑虑，他面带笑容说："这是我们司令部的蓝队长。我是营部情报组的。"听说是蓝队长，杨晓冬想起苗先生提到治安军里姓蓝的队长，外号"黑鬼子"的一定是这个人，他更警惕了，马上说："蓝队长！久仰久仰！方才失敬得很，我看院里说话不方便，咱们屋里请吧！"

金环听见杨晓冬往屋里让他们，急忙领着小离儿和大嫂占据了那间有夹壁墙的屋子。

蓝队长起初不愿进屋，由于杨晓冬的特别热情，由于螃蟹脸的头前引路，只好跟进来。杨晓冬同他们客套了几句闲话，问蓝毛日前到新舞台看晚会节目没有，蓝毛淡淡说了句因故没去成。杨晓冬就向他竭力描绘高大成和伪省长矛盾的经过，因为蓝毛是治安军的人，话语中总是向着高大成这一面。螃蟹脸此时完全信赖了杨晓冬，羡慕他能参加盛会，为了显示个人，不断鸡一嘴鹅一嘴地胡乱插话。杨晓冬这时倒很喜爱螃蟹脸，竭力怂恿他多说话，一来不使冷场，二来从他谈话中探听情况，利用矛盾。果然时间不大，螃蟹脸透出他们出来的目的是为缉拿私运西药商人。杨晓冬便说他也知道西药的事，说这批药下午才出城，估计在当夜晚间运到封锁沟外去。螃蟹脸听了这个消息像猫闻见腥物一样，坐不定立不安，生怕丢掉这个发财的机会。蓝毛根本不问西药的事，他在适当的时候发问说："我还没问您先生在哪做事？"杨晓冬知道这个特务对他并未放心，随口便答："朋友们给我在市公署挂个空名。"他的话说得很轻松，好像有没有这个工作没有关系似的。

"那你真正在哪恭喜？"

"不久以前在一四一七部队。"这是阿布旅团的特务部队代号，杨晓冬讲出它来不光为了适合他便服外出的身份，更重要的是估计蓝毛不了解日本军队中特务的情况。

"你现在算是什么工作？"蓝毛又逼紧了一步。

"现在跟冈村特高班帮忙，今天出来就是为朋友找点路子。"冈村特高班有十二个高级特务最近由北京到省城工作，他列举了其中几个经济特务的名字。蓝毛不了解细情没法表示什么，他看了看螃蟹脸，希望他能帮助寻找一些破绽。不料螃蟹脸心里有事，反催他说："我看别在这儿耽搁啦，咱们小孩拉屎——挪动挪动吧！"

蓝毛听着不顺耳，决定单独向对手进攻，重新打量了杨晓冬一眼，摆出摊牌的姿态，他说："说起来咱们都是吃官面的，可有一宗，私凭文书官凭印。没说的，拿出证件来看看！"

"你要看'派司'，不凑巧，因为离城远，靠近外防，我没敢带。"见蓝毛直摇脑袋，便说："不过多少还有点说明身份的东西。"说着解开扣子，显出事前别在里身的那颗证章。对方微微斜视了一眼，仍没表示态度。杨晓冬故作激动地说："蓝队长，我真佩服你办事认真，本来嘛，看不见棺材怎么叫人落泪呢，这样好吧：咱们一块回城里。或是我跟你到治安军司令部面见高司令，或是你们派人跟我到日本旅团司令部，查对一下有没有我这个人，两条道路任凭你们挑。"听到这样话头，螃蟹脸显得沉不住气了，他觉得蓝毛实在有点无理取闹，谁敢到日本司令部查对人呢，说不定要捅出大娄子来。他一面向杨晓冬说客气话，同时坚决主张回炮楼，并做主叫随员集合队伍准备返回防地。蓝毛看到这种情况，不好硬坚持，加上对手不断说些软中含硬的客套话，也就勉勉强强地就坡下驴了。杨晓冬抓紧这个机会，声言同他们一块返回省城，院里的伪军同蓝毛他们前前后后地向外走，杨晓冬装作告辞般地朝金环打招呼，金环紧在后面跟送。刚至外门口处，杨晓冬回过头来，睁大眼睛盯着金环："告诉他们，快快转移！"

第五章

一

银环下一点回到医院。按照常规，值大夜班的人，白天应该全休，由于日本鬼子加紧"冬防"，从这个医院抽了不少医务人员，这样即使值了大夜班，白天还得加班加点。银环在一至三点加班的这一段时间，像肝脏上扎了草，什么工作也干不下去。眼前出现了很多幻景：一会儿看到首长们通过敌人的层层封锁，安步迈上山坡；一会儿又见鬼子拦住韩燕来他们的大车严加盘问；恍惚间觉得杨晓冬迷失了道路，又似乎听到小燕在医院门口喊叫她。

"不行！一定要闹个水落石出，不然的话，把人急也急死啦！"她一边想着，一边抬头看时钟快到下三点，急忙收拾了一下，想直赴西关看个究竟。这当儿，传达室来电话说有人找她。她估计是小燕送消息来了，三步当作两步，慌忙外出，快到大门口，和从门房出来的高自萍撞了个满怀。

"是你？"她出乎意外的。

"是我呀！"刚撂电话银环就出来，高自萍很兴奋。

"呵！"

"怎么？"高自萍感到劲头不对，他神经质地反问说，"你有旁的事？"

"没什么，我想到西关去一趟。"

"我跟你做伴去好吗？"

银环不愿把首长过路的事让他知道，含糊着答应了一句。小高看出她心中有事，也不便直问，赖着脸跟着，双方在不同心情下，都懒得开口，默默无言地走出唐林街。

看看到了西城，银环沉不住气了，她说："小高同志！有什么问题你就谈谈吧。"

高自萍听懂她的意思，认为是她背着他去谈什么党内的秘密问题，心里很不高兴，想抢白她几句，又怕引起麻烦。压住心头的火气，跟她走出西城门，到了护城河的青石桥（今天早晨与杨晓冬接头的地方）。银环停住了脚步，凭着栏杆凝望着那条罩着白雪的冰河。

"这里待着多冷呀！"他试探着问她。

"冷是冷，还清静。"

"那边的饭馆，热气腾腾的，咱们去吃小馆好不好？"

"我一点不饿。"

"是不是嫌我那天晚上同你发态度。可你不该随便领人到我家去呀！"

"这不是对我的态度问题，是你对领导同志的态度问题。"

"你说的是那个姓杨的呀，他太低估人啦。我叔叔搞的那个关系，够多重要，偏叫我干什么送往迎来的小事。这个账太好算啦，捉住一个打铁的顶多少小炉匠。"

"杨同志的思想水平、领导能力都很强。我们应该好好跟他学习，服从他的领导。"

"他能力强我信，可是，对敌斗争是大事，不比三个铜板买个烧饼那么容易。"

银环听了他的话，更替过路的首长们担心。

小高见银环不吱声，就调皮地说："五九、六九冻烂石头，你在这儿待着为的挨冻吗？"

银环听他话中有刺，没作声。

"我可没这么大的火力，再站一会儿就冻僵啦！"

"你要怕冻，就先走吧！"

"我早看出你是要撵我，好！我不碍你的眼。"小高气势汹汹地离开青石桥，朝西关街道走，他心里满指望银环把他呼唤回来，走了十多步回头一看，银环早已凭倚栏杆面朝正北了。他想："我绕北面冰河回去，你在桥上，我在桥下，看你理我不理我。"于是他反转身步入冰河里面，估计她在桥上准能看到他，故意板着脸低头踏冰过河。不料刚刚走至河身，冰凌猛然作响，沿着他的脚下裂开一道大缝，忽悠忽悠的声音随着裂纹响到很远的地方。骤然听得音响，高自萍头发根子发奓，眼睛紧闭，本来想喊，因惊吓过度没喊叫出来。好容易盼得响声停了，他想原路回去，又怕被人讥笑，便硬着头皮，擦着小步，提心吊胆地踏着冰凌走过去。看看要迈上河坡了，他情不自禁地朝桥上回顾。桥上早已不见银环的影子，原来银环在他步入冰河的时候早独自走开了。小高看不见银环，心中更加气愤，漫不经心地迈上河坡，哪知河坡都是暗凌，上面仅被风吹罩了一层浮土，他脚下擦滑，身体失掉平衡，接连跌了几跤，勉强爬上河岸，再也压抑不住心中的恼火，骂骂咧咧地返回城里去。

银环到了西关的中卡口，根本没见到杨晓冬他们的踪影，等了一会儿，心里感到烦乱，又转到北卡口。北卡口栅栏已经落锁了，伪警察仍在那里像守门貌似的站着。她退回来，路过邢家茶馆，明知那里没有希望，总忍不住到里边去看看。邢大婶对她十分客气，一再给她端茶倒水，还张罗着给她做饭。银环没有心情吃饭，喝了一杯茶辞别着要走，邢大婶送出她来，再三叮嘱："什么时候清闲喽，到我家住几天。"银环告别了邢大婶，重新返回车站。站台上下，除了穿着蓝布坎肩的装卸工人背运麻袋，四下冷清清的很少来往行人，她正在徘徊的时候，听见有人喊她的名字，一回头，发现是小燕。

两人点了点头，彼此都了解对方的意图，彼此都反映出失望的神色。两人并肩走了一会儿，银环说："小燕！办事要一竿子扎到底，咱们做伴到西马庄去一趟好吗？"小燕说："我离开家的时间不小了，说不定他们也许回家啦！"银环听着有理，两人又赶回西下洼。

小燕领银环到家，看见自家的房门开着，高兴地向屋里跑。撩开门帘，发现是周伯伯坐在矮凳上，一束一束地择理韭菜根。周伯伯对小燕的莽撞举动实在生气，刚要骂她瞎马撞槽，看到她身后跟着一位姑娘，从神色举止上看，是位有身份的人，便捺住了火性，只用抱怨的口吻说："燕子呀！别学你哥哥，整天在外疯跑，眼看要过年了，什么事儿都得张罗张罗呀。"

要在往常，小燕会同意老人的意见。现在，这些话她听不入耳，当着银环的面，又不好说什么。她扫了扫炕席，让银环先坐下。

北屋里苗太太看见小燕家来了女客人，也赶过来了。苗太太平常在男人跟前一般不多说话，遇到年轻的姑娘媳妇，就变成饶舌的人了。她先问客人姓甚名谁，干什么职业。听小燕说她是杨晓冬的朋友，就变法儿跟银环开玩笑，并恶作剧地问银环什么时候搬到他们院里来住。银环越听越红脸，原想向她打问打问杨晓冬的情况，这一来倒不好开口啦。

周伯伯听着苗太太的话不入耳，拾掇起韭菜根就往外走，走到门口回过头来说：

"你杨叔叔不回来，可燕来也不照面，苗先生中午回来说证明书的事，他已同户籍科的朋友说好，只要从联保所里填一张登记表，贴好本人相片，用抽梁换柱的方法，不出三天，就办妥当啦。这是多么重大的事，偏偏迟延着，等着来了查户口的，看倒血霉。"

银环听了周伯伯的话，起身告辞出来，在大门口外，低声嘱咐小燕：几时杨晓冬回来立刻给她送信，关于取证明书的事，叫小燕转告杨晓冬，一定抓紧弄到手。

离开西下洼，银环蹀到广场，想走又舍不得走，总愿意多等一会碰到他们回来，不知不觉地已经围绕广场转了一周。在一个地方站久了怕引起别人怀疑，向东一拐，漫步走进红关帝庙。庙里点着长明灯，住持僧人正在燃香长跪。一缕蓝烟掠着那尊赤面乌须的神像腾空升起，银环盯着匍匐在地虔诚稽首的和尚，觉着有些可笑。你的祷告顶用吗？你是未卜先知吗？你能知道我现在是什么心情？她捺不住自己望眼欲穿的心情，匆匆退出山门，放眼眺望，四处没有杨晓冬他们的踪影。寥寥的几个过路行人，贴着广场无声地走过；疲倦归来的乌鸦早已停止聒噪，闭住眼睛静憩在枯树枝头；没有暖意的冬日太阳，看看要落到城墙下面；大地上刮着阵阵的冷风。

银环没精打采地一步步下着石阶，想到杨晓冬他们还没回来，心里荡起不安的波浪。

一九三九年冬天，银环高小毕业后失学了。趁着寒假，去瞧姐姐，在那里认识了千里堤的区委书记。他们喜欢这位态度端庄、心地温和的女孩子。因为她是金环的胞妹，又有点文化程度，便给她一些油印的小册子读，还不断给她讲些抗日救国的道理。对解放区的人和事，她觉得都新鲜，遇到的共产党员和革命干部，觉得可亲可爱。原打算下乡一两天就回去，不料这里的吸力太大，竟使她在姐姐家度过了整个的寒假。临了，这位家境贫寒、童年丧母、寡言寡笑的姑娘，竟向姐姐提出放弃读书参加抗日工作的要求。经过地方党委考虑，同意她参加工作，决定由公家拿钱供她回省城念书，这样她读中学了。上中学的两年，按照上级指示，不断带进些传单宣传品，也向外带些敌伪出版的书报杂志。一九四一年暑假，她又到根据地来学习，这次她认识了肖部长。他介绍她入党后，就让她转到护士学校读书，并告诉区委今后不要再叫她携带宣传品，也不要再同她发生横的工作关系，使她更加群众化合法化。直到她毕业派赴医院工作的时候，肖部长才决定她做高自萍叔侄的地下交通，直接传达外线对他们叔侄二人布置的工作任务。

她抱着如饥思食如渴思饮的心情，接受了党交给的任务。她以革命的阶级友爱和女同志特有的热情对待了高自萍；觉得他是这个环境里唯一志同道合的知己。起初，高自萍对待工作还努力，对她也还好。时间长了，高自萍常常显示自己地位高文化深，动不动摆出领导身份，有时对她简直是下命令。他不允许银环到他家里去，也不允许她和他的叔父发生直接关系。她只能被动地等待他的电话或是他直接到医院里来。他来时也很少谈论工作，多是邀她看戏看电影遛公园吃小馆子。每当银环表示拒绝，他总是拿出辖制她的态度，说这是为了合法，为了工作，并举例说明为了搞地下工作，年轻男女完全可以装成夫妇。银环的斗争性不够强，对小高有几分惧怕，又照顾到同志的团结，因而虽然不断给他提些意见，对方总是振振有词地巧言争辩。她不敢也不愿同他决裂，可是满肚子不愉快。每次同高自萍看电影或是遛公园之后，她感到的是空虚无聊，觉得这样的处境和工作，实在意味不大，觉得生活里似乎没有理想，没有愿望，没有鼓舞前进的力量。她十分怀念根据地，想回到根据地医院里贡献出自己的一份力量。后来，她把内线情况和个人的意愿统统写信告诉肖部长。肖部长指示她在政治上好好帮助高自萍，并说在适当时机一定选派得力的领导干部。果然党把杨晓冬派进来了，银环第一次接触他，便鲜明地感到这位新来的领导同志，对革命忠诚，对同志热爱，对自己的得失毫不计较；有了这样的领导，感到有了依靠，仿佛她是一只小雏鸡，正怀着惶恐心情害怕鹞子和毒蛇的时候，杨晓冬像只保护她的老母鸡进入都市了。

银环每次接触过杨晓冬之后，思想上总是感到充实提高，精神也感到兴奋愉快，再没有以前那些寂寞空虚的感觉。她想：领导干部实在重要，有了好的领导，消极的变成积极，愚昧的变得聪明，怯懦的变成勇敢。人是能转变的，像高自萍这样聪明而又有才华的青年，如果能虚心接受杨晓冬同志的领导，他会转变好的，会给党和人民作出贡献的。可是杨同志刚刚开始工作，便亲自出马，真要是一去不回来，这就……想起原来的工作状况，想起下午高自萍在青石桥那股蛮劲，她的心里投入一个暗影，不敢想下去了。

风冷，天黑，银环无法等了，带着暗淡和失望的情绪，她回到医院宿舍。时间已过七点，宿舍黑洞洞的，小叶也不在。她扳开灯，发现床头上有一张小叶写的字条，言说接到外边来的电话，说银环的父亲偶得急症，她们替她值夜班，要她星夜赶回家去。

二

一刻钟后，银环出了南门。为了争取时间，她抄小道走。天阴着，呜儿呜儿地刮着西北风。她心急赶路，对准方向，乘着顺风，走一阵跑一阵，工夫不大，感到周身汗渍渍的。行至村边，她停住脚步，想听听动静，结果任何音响也听不到，一切音籁都被狂吼的西北风吞噬了。东北角一里远的地方，敌人盘踞的营房顶上，露着时睁时闭像魔鬼眼睛似的电灯。挺出房顶的几个烟囱，不断气地喷吐黑烟，黑烟刚一冒出，即被狂风吹散，边冒边吹，似乎那里是个专门散布浑浊与黑暗的所在。

银环悄悄走进村庄，无论天色怎样暗淡，她能一眼瞧见自家那两间土坯房。土房门窗朝南，门口挂着挡风御寒的谷草帘。风吹帘响的声音，有一种凄凉的味道，只有窗户纸上映出的那一片红润润的灯光，才给人一种有生气的感觉。瞧见灯光，银环知道是那盏俗名"黑小子"的煤油灯。她猜想："父亲一定是守着孤灯呻吟，也许他老人家还没吃饭，他多么盼望女儿回来呵！"

她急速地掀起门帘，三步当两步走。正想扑到老人身上，喊叫声爸爸。一种完全陌生的景象，使她惊呆了，她瞪圆两只黑黑的大眼，几乎疑惑自己走错了门，甚至想退出去。因为，炕上并没有卧病的爸爸。代替他盘膝坐在炕头的，是一位头发花白、衣服洁净、神态纯朴但又是农村走亲打扮的老太太。从面部轮廓上看，仿佛在哪里见过面，一时又想不起来。

"老太太！你是……"

"姑娘！让我先问你，你可是叫银环？"

老太太流露的感情和语气是诚恳又率直的，银环大胆地点了点头，同时不断上下打量客人，想从她身上预先推测出一些什么。

老太太迅速地出溜下炕来，凑到银环跟前，压低声音说："我是肖部长指派来给你们送信的。在这里等了好久啦，你父亲说天黑风大，怕你来时胆小，他到发电厂大路上接你去啦。没碰上？"她说着朝窗外看了看，表示很关心。

"老太太，你说的是什么呀？我怎么听不懂。"银环故作惊讶。她不轻易暴露自己的身份。

"姑娘！别多心哪！冰天雪地，爬沟过界，我舍死忘生地赶到这儿，还会有差错儿？罢呀！私凭文书官凭印，你往外瞧着点，我掏给你点东西看。"

银环按照她的要求注视外面动静的时候，就见她撩起棉上衣，翻开裤腰，用力撕开一块缝好的补丁，掏出一丸指头般大的用美浓纸叠成的信笺。收信人是"一○"，署名是"○九"。银环知道这两个代号是表示肖部长给杨晓冬的。她代替杨晓冬打开信，发现信是平原区党委敌工部写来的，说从北京出来一批青年学生，其中四人中途失掉联系，现住城内迎宾旅馆，要设法从速把他们送到根据地，迟误时期，可能被敌人发觉，那就直接影响到北京的内线工作，后面写着注意事项。银环看过信，说："你的任务完成了，回头我一准把信交上去。"说着收藏好信件，请客人到炕上坐，一面动手点火烧水，一面试探着叙家常。

"老人家，你常到城里来吗？"

"不价！庄稼人，除围着乡庄子转转，没见过大世面。"

"在区，还是在村里搞工作？"

"我哪会搞工作！"老太太谦虚地微笑后，话儿密了，"家住在边沿区，除非夜间才有咱们的人活动，白天净受鬼子汉奸的辖制，啥事也不好办，啥话也不敢说，这次，姓肖的派人找到我，说外边人手不方便，要我帮助送封信。起初，我觉得自己有年岁的人了，拙嘴笨腮，又没心计儿。他们都说：'儿子搞地下工作，妈妈当联络，最好掩护。'还说苏联的什么书上也有妈妈同儿子一块闹革命的故事。其实，咱们这土里土气满脑袋高粱花子的人，还敢比古！不过话又说回来，孩子有胆量，敢在敌人枪尖底下挺着胸脯搞工作，当娘的还能缩脖子打退堂鼓？再说俺娘俩上次见面，儿子要求我给他捎书传信的时候，我也答应过。"看到银环对她的话蛮有兴趣，心里感到喜悦，尽量地讲开了，"姑娘，头来之前，我睡不好觉呵！天不亮就动身，通过炮楼，心惊肉跳，腰里缝的鸡毛重的一片纸，总觉着有个包袱沉……豁着一身剐，敢把皇上拉下马。事到临头，也就不怕啦。谢谢老天爷的保佑，也算托肖部长和你们大家的福，三关六卡没翻没拦平平安安地走过来啦。唯独西北风顶头饿得厉害，棉衣棉裤穿在身上，像裹着层灯花纸，一点不挡寒。"

银环听她提起肖部长的名字来很随便，插话问道："你和肖

102

部长认识？"

"他跟俺家冬儿是老同学啦！"

"你的儿子是……"银环本来想问谁是她的儿子，忽然想起刚才人家说是搞地下工作的，遵照内线工作的纪律，话到嘴边又咽下去了。

"嗨呀！净怨我说话着三不着两的，把你这聪明人搅糊涂啦！怎么，你还没闹清楚，俺家孩子不就是跟你一块工作？刚才的信就是老肖给他的呗！"

"哎哟！我的天！你，你是杨晓冬同志的母亲。"银环慌忙从锅台旁边站起，上前攥住老太太的双手，"伯母！这是怎么说的！多么失敬呵！快到炕头里坐，盖暖和点，不用说你还饿着肚子呢，我马上给你做饭。关于信上的事，不用挂心，由我办好啦。"平素银环不是好说道的人，此时此地看到杨晓冬的妈妈，心里又兴奋又激动。重新打量老太太，见她的面部轮廓眼神嘴角都酷肖杨晓冬，心想：怪不得才见面时觉得挺面熟呢。

杨老太太听完银环的话，一迭连声问：儿子住在哪里，是否报上户口，生活指靠什么，有没有公开职业。这些问题经过银环巧妙的回答，老人满意了，她用嘱托和央告的表情说："晓冬这个人，外表和善，内心耿直，跟他妈妈一样，有股子宁折不弯的怪脾气。你们一块工作，多担待他，对外共事，不断地劝导着他点……"

"快别这样说哟！"银环拦住她的话，"杨同志是俺们的领导人，在他跟前，我们都是无知的孩子；他讲的话，大家没有不依从的。"

"你们拿他当领导人，我眼里，他还是孩子，不过比你们大点罢咧！"

"伯母说得对呀！儿子白了头发，在妈妈面前，也是孩子嘛！"

"姑娘！你说什么？俺家晓冬在你们眼里究竟有多大？别看他胡子拉碴的，满打满算，还不到二十七岁。"

"呵！"老太太这句话，不知触动了银环什么，她陷入沉思了，刹那间，她对杨晓冬的家世作了种种猜想，之后，用侦察的口吻说："大娘你出来，家里还留什么人？"

"家里独门独户，冷冷清清，出来进去，就是我这一个孤老婆子！"

"那么，杨同志在外边可曾有女朋友？"她终于嗫嚅地说出了这句话——这句难于开口、不说又不甘心的话，既然说出来，希望老太太顺口回答一下也就算啦。偏是老太太没有立刻回答，闹得银环怪不好意思。后悔不该说这句话。人家有没有女朋友与自己有什么关系呢？为了摆脱这种尴尬情况，她随手拔下墙上一支系着红线的针，故作安闲地用针挑拨灯芯。灯芯挑大冒黑烟时，又往下捻，捻到灯光变成豆粒大时，又急急地挑出来。反复如是，直到她感到难挨的时候，老太太无限深思地说："姑娘，俺冬儿是个苦命人呀！听我从头告诉你：

"我们的老家，住在城东十里的连环闸。晓冬的父亲看管闸口，整天向水里求食，是个有出息的渔民和水手。一九一七年发大水，他和另一个伙伴被吴财主家觅去打捞东西，一连去了五天没有音信。有一天晚上，我心里很烦乱，想起孩子他爹，再也睡不着觉，听着河边水声越流越响。想起我在河坡上支的跳网，出溜下炕，跶到河坡，看了看，跳网上只有几个白鳞鲫瓜。正想去拿，猛然贴着网边蹿出条大鲤鱼，跳离水面有一人高，看着至少有四五斤重，鲤鱼落在网绳上，三颤两跳又沉入水底。我知道鱼有游一条水流的习惯，迟早还要回来，便蹲下等着。等了有吃顿饭的工夫，发现对岸河坡上有人探出头来，接着把两个什么沉重的东西投进水里。第二天听村里人们传说，吴家的金银财宝都是两个水手打捞的，打捞完了，怕水手往外说，借着请客为名，把他们灌醉啦……我听了这个消息，想起夜里的情景，心撕成一片一片的了。这天傍晚，吴家派人送来一袋白面，五块白洋，声言是晓冬爸爸临走留下的工钱。我问孩子他爹到哪去了。他们撒谎说不知道，问得急了，他们狗脸一翻丢下东西便走。我一切都明白了，咬牙切齿，把白洋和面粉统统投进滚着浪涛的河里。要不是看着冬儿这孩子留下没人管，我立刻就得找到吴老财家拼命去。后来想：君子报仇十年不晚。我慢慢把孩子拉扯大了再说。又一想，不行，蝎子针毒，财主心狠。不早离开这块是非地，他们要挖苗断根哩！当夜我带着孩子搬到三十里外的古家庄。姑娘，你知道杀人凶手吴老财是谁吗？就是今天伪省长吴赞东的胞兄弟。

"晓冬九岁我送他上了学。每天放学回来，帮助我打麸子络线，碾苇介枚子。十二岁他考入平里镇高小当走读生。来回二十里路，中午在校啃块干粮喝碗白开水，虽然这样，我也拿不起一年六块白洋的学费呀。读了半年高小，他到省城酱园当学徒了。学徒生活多苦，白天干一整天，晚上还得去掌柜的家里抱小孩洗衣服，哪里错一丁点，遭他们指点着脑门子臭骂。即使这样，晓冬都能忍耐，有一点工夫他还是念书写字温习功课。过春节，掌柜的家里请新媳妇，叫他去送开水，晓冬很腼腆，跟女人说话好红脸，看到满桌都是穿得花花丽丽的女眷，便低头灌暖壶，壶灌满了，刚捺进软木塞，嘣的一声木塞蹿起，不左不右，正落在大冰盘里，汤水四溅，老板娘臭骂他，

105

女眷们嘲笑他，晓冬一怒，离开酱园，哭哭啼啼跑回家来。以后才考取了不花钱的公费学校……

"你不是问他有没有对象吗？这个事可曲折啦，他读高小的时候，同本村后街的一个姑娘订了婚，当时他也没意见，一到师范学校念书，他变卦了，非要罢亲不结。后来才知道他有个姓陈的女朋友，两人的关系很好，只隔一层薄窗户纸，一捅就破，就是谁也不先开口。抗战后，姓陈的姑娘抛开家跟他一起参加工作，在一块工作了两年。后来上级调女的赴路西受训。头走之前，上级找了他们去，先对姓陈的说：终身大事该办啦！姓陈的红着脸没吭气。问到晓冬，他笑着直摇头。领导上说：不晚不早，今天就好……哎呀，银环姑娘，你别烧着手呵！"

银环注意到自己时，针尖业已烧灼了手指。她脸涨红了，忍着蜂蜇般的痛楚，把针掷到窗台上。老太太的故事又继续了：

"当天晚上，姓陈的找了他去，问他到底怎么办。晓冬说：抗战正在艰苦的时候，咱们年轻轻的，先好好努力工作加紧学习吧。姓陈的没吭声就同他分了手。半年以后，姓陈的受训期满，回平原过路时牺牲了。晓冬听说这个消息，表面上没显什么，工作也照常地干，同志们看得出来，他像得了一场病，身体都消瘦了。从此晓冬来信，再不提念婚姻的事。上次夜里回家，我一盘问，才知道他还是光棍一条哩！"

银环听这一段长长的谈话时，好比负重爬山；随着故事的进展，她的思想也在跟着爬山巅、迈沟涧、踏岩石、履平地，最后如释重负地吐出一口长气。她说：

"伯母呵！养儿养女不容易，你为儿子真担心哪！"

"看你说的，我五十多岁的人啦，进家没个说话的人，满打满算就这一个独生儿子，一走就是七八年，我多么盼望他……你看。"她伸出食指，露出一只嵌了两颗红心的白银戒指，"这是当年晓冬的爸爸给我打的，收藏了整三十年，什么时候，我亲自把它戴在儿媳妇的指头上，就松心啦。"老太太谈出这种希望的时候，心头充满了喜悦，围绕儿子结婚的事，话语更多了。说来说去突然对银环提出要求：

"你们在一块工作，在点心，帮助他找个对象吧！"

银环听了这句话，半晌没有回答，自己陷入一种慌乱的状态。这种表情，立刻被老太太捉住了，她目不转睛地盯着银环，好像要从她的脸色上找出什么答案，屋里的空气顿时紧张了。一个张目进攻，一个低头防御，防御者感到压力太重的时候，她站起身来说：

"爸爸还不回来，待我看看去。"

杨老太太望着她的背影，点头夸奖说："多好的姑娘呵！真要是……够多好……"听见锅里滚水咕嘟响，老太太揭开锅，舀出一壶开水。时间不大，银环回来了，浑身带着冷气，怀里抱着苇渣，把苇渣倒在锅台跟前，抖掉沾在衣服上的冰屑草芥。

"大娘你朝里坐吧，我刚才出去，看到西北方向天昏地暗，兴许下一场大风雪。"

杨老太太说："真要下大雪，那敢情好。麦盖三层被，头枕馒头睡，来年小麦要丰收啦。"

"下雪天留客，大娘就得多住两天了。"

"真要下得太厚喽，也不好走回去，你说，趁这个机会能领我去看看晓冬吗？"

这个突然要求，银环思想没准备，一时不知该怎么回答。

"要有难处就罢咧。"老太太看出银环有犹豫，立刻改变口吻，"其实也没多少事，只是上次他夜里回去的时间很短，娘儿们没有很好说说心里话。"

"杨同志正搞一桩重要的工作，怕他分不开身。"不会说谎的银环，自己先红了脸。

"那就算了吧！"老太太矜持地说。"我虽然是庄稼人，也懂得不妨碍你们的公事。当娘的都是瞎疼爱儿女哟！"她补充了一句。

银环看出杨老太太是个既要强又懂事的人，怕伤了她的自尊心，转换口气说："娘见儿子还有啥说的，大娘家里要是不忙，先在这里住下，我瞅空儿领他出来就是。"

"这就不必啦！见面的日子多着哩。这么办，我到年底再来，到时候叫晓冬跟我回家过个年，你要不嫌俺们的背乡庄子不好，也赏我个脸，去转悠一趟。"

为了解决眼前的问题，为了满足老人未来的希望，银环全部答应了她的要求。顺手提壶给她倒了碗开水。这时候窗外有踢踏踢踏的响声，银环知道是爸爸穿着"老头鞋"回来了。

老人进门看见女儿，说着充满疼爱的责备话："人家从大路上接你，偏从小道上抄过来。"边说边从怀里掏出几块烤白薯，面向客人说："买时烫手热，这遭儿像块冻石头。没别的，就白开水，填补点！"他把最大块的挑给杨老太太。三个人清水加白薯草草用过夜餐，银环张罗着给客人安排就寝。

睡觉前，为了防备敌人查户口，银环同老太太编排了称呼和对话，她嘱咐老人："沉住气，别怕敌人拿刀动杖的。"

老太太很自尊地说："姑娘呵！不要多嘱咐啦。"

老太太倔强坦率的性格，反而给了银环一种镇静的力量。觉得真要敌人来查，也没多大关系。于是两人又重新谈话，很多话是有关杨晓冬的。夜里银环和老太太共盖一条棉被，用年轻的肌体温暖着她。

这一夜伴奏她们睡眠的是嗷嗷啸叫的北风，北风吹得草房屋檐、铁门吊拉、撕破的窗户纸发出不同的音响，像一支雄壮的交响曲。

天黎明时，银环听见响动，睁开眼睛，看见杨老太太已经起来。她一骨碌跟着坐起，才要说话，老太太摆手，轻轻说道："别惊动你父亲啦，他整夜为咱们打更，傍明才睡着觉的。"银环知道老太太也没睡好，要留她多休息一会儿。老太太坚持要走，银环只好送她。两人收拾停当，轻轻撩起草帘，户外大雪屯门，北风号叫，银环见这样恶劣天气，怕老人吃不住，想再挽留她，但老人家转过头来笑着说："我风来雨去惯了，不怕什么，倒是你这单气娇嫩身子，快回家暖和暖和，当心些，别感冒了。"

银环想跟她说些什么，老人家头也没回就走了。

北风吹飘着银坏的黑发，吹透了她单薄的冬衣，她站在顶风的村头上，早已忘掉自己，无限情深地凝视着一望无边白茫茫的旷野，凝视着身入龙潭虎穴毫不畏惧的共产党员的母亲，凝视着母亲那步履艰难但又坚强的背影。母亲的形象突然在银环的脑海里高大起来。一股暖流从她内心喷出，顿时浑身都是力量，仿佛裁判员发令要她同老人赛跑一样，她顾不上回家，扭转身子，朝着还在闪着灯光的城垣矫健地走去。

三

　　同一个黎明，小燕冒着冷风，踏着咯吱作响的积雪，挎着篮子去趸货。天空青幽幽的不怎么亮，由于皑皑白雪，街上隐隐约约能看见人。快到炸馃子铺的时候，就嗅到一股喷香的气味。

　　炸馃子铺坐落在临街，占一间不大的门面，淡黄色的电灯光下，焦黄脸色的男掌柜，腰系油渍围裙，手持焦头长筷，立在翻滚着油花的锅旁，正在侍弄新炸出的馃子。小燕进去，他连招呼都不打，等了很长时间，才慢吞吞地问："多少？"

　　"凑个整儿，闹一百。"

　　男掌柜没吱声，内掌柜的正蹲在男人身后洗脸，她接了话茬儿："孩子，别贪多嚼不烂呀，这是风雪天！"说着她接过小燕的篮子，嘴里念叨着"一五""一十"的数字，装好了递给小燕说："八十。"

　　小燕接过来，心想："无拘多少吧，横竖有赚头，到手就属我，先拿回家去叫他们吃点再说。"

　　小燕朝回走时，天已大明大亮，雪后放晴，东方太阳升起。看见旭日阳光，小燕心情开朗了。天气她不感冷，提篮也不觉重，脚踏雪声听着像音乐，宽阔的体育场上铺了一块大白毯。西下洼一排排屋脊显得多么肥胖，连一条摇着尾巴的小白狗子也显得头大腰粗了。小燕快要从广场下坡的时候，见坡口的两棵榆树上沾着沉甸甸的雪块，仔细瞧去，雪块都是由种种奇形怪状的密集雪花组成的。她摇撼了一下榆树，雪粉纷纷降落。猛然一只喜鹊受惊飞起，小燕对自己无意识的动作很懊悔，朝着喜鹊说："落下吧！落下吧！谁成心的哩！"喜鹊不远不近正好落在她家门口的柳树上。这时小燕的心情喜悦到极点，放下竹篮，吸了几口新鲜空气。心想："雪后的早晨，够多好！又新鲜又清净，那些在臭气昏昏的屋子里撅着屁股睡懒觉的人们，哪会享这份福。"

由于高兴，她把心里的话谈出声来了。"叫那些坏家伙们都睡死吧。这太阳，这活生生的雪地，连柳树上的喜鹊儿，都是我们的……"

"不好好走路，瞎念叨什么？"

"哎哟！吓死个人，是你呀！银环姐姐。"

"看你眉开眼笑的，有什么喜事儿？"

"喜事，天大的喜事呢！知道吗？杨叔叔和我哥哥昨夜更深人静的时候回来的……嘿呀！"她在银环耳旁念叨了她听到的一切，最后说，"你没见喜鹊落在俺家门口上？"

"小燕！别唠叨了，快把你杨叔叔叫出来！我也有喜事儿告诉他。"

"这还有几步远，你到我家去谈不好吗？"

"不要给你家造目标，还是叫他出来的好。"

小燕走后，银环心里一阵喜滋滋的，觉着杨晓冬回来一切又都有办法有希望了。觉着她对杨晓冬比其他人更加了解更加清楚了。忽然一个失望的念头来袭击她。"我怎么这样简单，为什么不领她老人家进城来。相差不到一个钟头，她至多走出十里地，咳！这是怎么说的。"她正在懊悔不止的时候，杨晓冬迎面走来了。他第一句话便说：

"这个地方太冲要，咱们转移到旁边去谈。"

银环依照他的意见，领他走到广场讲话台。

"不行，这儿也挺显眼，再挪动挪动。"

银环见他警惕性这样高，知道是昨天出事的关系，便宽慰他说："可以领你到个清静地方。不过也不必小心过火了，坏人不是随便都碰上，而且他们也都有个记号。"

"有什么记号？"

"我听人们这么念叨：紫花布做西服，昧心眼色狐狸步，没把的流星站不住，不要惹他是特务。"

杨晓冬说："照你刚才讲的，不过是特务腿子之流的，到处招摇撞骗无事生非的东西，高明点的特务，可不这么简单。"他把昨天与蓝毛斗法的经过对她学说了一遍，银环听后，沉思了一下说："那咱们到土山公园去谈吧！"

土山公园的正门朝北，西面开有旁门，他们是从旁门进入的。进门不远便是该园有名的荷花湖。在夏季荷花盛开的时候，这里游人拥不动挤不动。现在冷风扫地，湖水冰封，木叶脱尽，游人寥寥无几了。银环他们进门后，看到湖边石子路上有个日本人和他的狼狗并肩赛跑。再远些，锁了门的茶馆门前，有位半尺乌须身穿缎服练武的师傅，正教他的年轻女弟子打拳。三四个伪公务人员站在路旁伸长脖颈看打拳的。正在看得入神，日本人和他那条满带骄气的洋狗雄赳赳地先后跑过来。伪公务员们怕得像火烧似的急忙躲闪，因为躲法不一致，耽搁了时间，阻挡了狗的道路。他们怀着惶恐心情和带着犯罪的脸色，准备接受处分。出乎意外，日本人不愿停止他的课目，只骂了句"巴格"就奔驰过去。伪公务员们当着那位女弟子议论开了。有人猜说日本人恼了，有人说没恼。主张没恼的人说他看见日本人鼻子尖上纵起笑容。第三个伪公务员没参加辩论，他挺起拇指称赞"友邦"人的厚道："人家是大大的明白人。"议论完了，他们心情都很痛快，带着交了好运的神情上早班去了。

银环见伪公务员们迎面走来，领着杨晓冬躲开他们奔上土山。山顶有个凉亭，凉亭上边挂着鸟笼，鸟笼外罩棉套，只听见里面有个小东西噌吱噌吱乱跳，瞧不见是什么鸟雀。鸟雀的主人，头顶红疙瘩帽盔，脚蹬缎子棉鞋，上身礼服呢马褂，长筒丝料皮袍，一部细长拳曲的大胡须。他见人来故意闭住眼睛。银环朝杨晓冬点了点头，坐在靠着大胡须附近的亭栏杆上，希望用这种势态将他逼走。愣了一会儿，银环偷眼看他，他也漠然地睁了睁那对视而不见的眼睛，看来个把钟头之内他是不打算走的。杨晓冬还是心情开朗地说东道西。银环可沉不住气，她有满肚子话要说，说了又怕被这位享清福的老人听了去。想来想去，她心里打定主意，脱下毛外衣，装作掸拂亭上的尘土，乘着鸟笼先生闭目养神的时候，朝着笼底猛一挥动，鸟儿十分惊骇，连飞带窜狂叫不停。鸟笼先生吃惊地睁开眼睛赶来保护，当他察觉到原因时，满脸愠色地摘下鸟笼。临行时节狠狠地白了肇事人一眼，然后像捧着神主牌位般地捧着鸟笼慢步下山，并打着口哨安定鸟儿的情绪。

银环朝杨晓冬投射出一脸成功的笑容。杨晓冬说："为什么要撵走他呢？这些人脑子里没什么政治，我们搞工作，要学会利用灰色环境，有这号人在场，正好是鱼目混珠呢！"

银环说："很多重要事还没办，我实在等不下去。"她掏出那封手指头般大的信，递给他。他看完信说：

"事情关系重大，办起来够麻烦，搞不好会出娄子。"

银环说："信我都看了，找人的事我可以去。"

"你到旅馆同他们接头，目标更大，我想法找人，你先回医

113

院上班吧!"

"还有件大事情没同你说哩。"银环终于把憋在肚里的话说出来,"昨天送信来的正是伯母,她老人家想要看你,我不晓得你回来,只好劝阻了她,这件事办得多糟呵!"

"母亲十分想念我,总愿同我多说说话。不过,这样兵荒马乱的年月,不见面也好。怎样,她老人家身体可好?"

"老人身板挺结实,精神也挺好,能说会道的。在谈话中,我看出伯母为人精明干练,刚强志气,我很喜欢她,她也很爱见我,她要我春节到古家庄过年去呢!"

"你答应了吗?"

"不好推辞呀!"

"那很好嘛,春节放假你到我家住几天,跟我们老人好好谈谈,你也变换变换生活,她也解除解除寂寞。她老人家多么希望有人做个伴呵……"

听了杨晓冬最后这句话,她感到意味深长,按照她自己的理想,咀嚼着这句话的滋味。沉默了片刻,猛抬头时,发现他盯着她,耳根一阵发烧,脸腾地红了。为了避免举止失措,她装作寒天怕冻活动身体,轻轻站起朝南走了几步。亭南朝阳的慢坡上,探出一株冒出花蕾的腊梅,腊梅枝头沾了很厚的一层白雪,树向阳的一面正在发青,背太阳的一面,还冻结着冰柱。

"腊梅也在为自己的生命搏斗呵,前进一步是春暖花开,后退一步是严冬冰雪,犹豫徘徊可不行。"这样想着,她鼓了鼓勇气,向杨晓冬说:

"杨同志!我同伯母谈话时间很长,很多事情都谈到你。"

"我有什么好谈的,一个穷学生在党教育下参加了革命。"

"革命是件好事呀,在革命中也要正确对待个人问题……"

"个人问题？我们共产党员是要公而忘私，一般是先公后私。把个人提在第一位有什么意思？"他说着扬起脚踢了一块圆石头子，它带着响声滚下山去。

杨晓冬的谈话和他的动作，使她再没有说什么，沉默了一会儿，冷冷地说："时间不早了，我先回去上班啦！"

杨晓冬对她的突然离开，当时找不出什么原因，仔细想了想自己的谈话，才感到有些唐突。他盯着银环的背影，露着歉意的苦笑……

第六章

一

　　杨晓冬回到西下洼，刚迈进院，听到韩燕来和周伯伯正在争吵：

　　"先给杨叔叔取出相片，花钱的事，可不要对他讲，再重的担子，我们也担起来。"

　　"说话容易，你有什么办法？"

　　"把存的那副梅花牌的外带卖掉它。"

　　"我知道你又出这个点子，卖掉，以后别蹬车啦，真想的好主意！"

　　"我的主意坏，你说！"

　　"我说！先叫苗先生垫着，等我养种的黄芽韭下来……"

　　"又提黄芽韭，你没看着，细弱得像头发丝，再说除了园主的，有你多少？"

　　"我苦抓苦挠地侍弄它，总有我一份。"

两人越说越声高，渐渐顶撞起来，杨晓冬只好倒退几步，一面大声咳嗽，一面呼喊小燕。小燕打起帘子，让他进去，屋里吵嘴的沉默了，韩燕来绷着脸，周伯伯点头笑了笑，笑得很勉强。杨晓冬故意不同他们谈话，搭讪着问小燕：

"今天回来这样早！都卖完啦？"

"我见你早晨还没吃饭，放心不下，回来看看。"说着从篮子里拿出一串馃子，"你吃早点吧！我给你倒杯开水去。"

"叫我吃这个？你好大方，我问你，这一篮子货有多大赚头？"杨晓冬故意说得很开朗。

"这里边的故事点子可多咯！"小燕很认真的，"炸馃子铺里也零卖也批发：批发的百里加十，馃子个头小，买批发价的多是小饭铺，他们资本大，现钱买现货，炸馃子铺还得给人家送上门去。我们算是零买，零买百里加五，早晨取货，下午交钱；我们零买的馃子，个头大，赚项小，为的好出手，像今天这八十个货，都卖了也只赚四个货，碰到刮风下雨，至多保住本，有时候还出大错儿哩！"

她说的是去年汽车轧篮子的事：去年秋天，小燕挎了满篮子货，想到车站去，途中听到大车叫，她慌张赶路，不提防拐弯时撞在一个日本兵身上，那家伙恼了，抬脚踢翻她的篮子。馃子滚落满地，才说猫腰拾起，一辆大卡车飞驰开来，连篮子带货碾得稀巴烂。小燕哭哭啼啼走回家来，全家没吃中午饭……

小燕重提这件事，韩燕来心里颇有感触，联想到目前生活，他长叹了一口气。杨晓冬抓住这个机会想同他们谈谈，刚说了句："你们的生活够困难的呀！"周伯伯接过话头说："可困难到家啦！就说我养种这点园子，春季种菠菜，接着种玉米，冬天侍弄暖房，每年总有三大季，收获不小呵！可十成交人家园主七成，落到个人名下，够喝凉水的。劳累一年，闹得缺吃少穿，哪有余钱呢？"他的话虽是实情，韩燕来听后起了很大的反感：你为什么当着杨叔叔哭穷，这起什么作用，幸亏借钱取证书的事他不知道，要不，这叫杨叔叔多难为情。他沉下脸，瞪了周伯伯一眼。杨晓冬故意不理睬韩燕来，就近周伯伯跟前，用商量的语气说："辛苦一年叫园主不动不摇地分七成去，真不合理。比方说，有朝一日，城市叫工人当家，土地叫农民使用，暖房归了你这养种菜的，好不好？"

周伯伯眉飞色舞："这还不好？你到受苦人群里问一下，管保，一百人有九十九个愿意。咳！"他从希望变成失望，透出像梦里拾得金银财宝，醒来两手空空一样的表情。"癞蛤蟆想吃天鹅肉呵！心高妄想，说说开心话罢啦。"

"这可不是心高妄想。"韩燕来又不同意周伯伯的论调，他带着教训人的口气，"要知道，打倒日本鬼子，穷人联合起来，我们穷人那时候……"

"你们穷人干啥？"周伯伯没让他说完话，"干啥呀！穷人就是受穷，还有别的章程？"

"你怎么断定没章程？依我看，只要大伙齐心，没有办不到的事，能搬山，能填海，能推着地球转轱辘！"

周伯伯脸涨红了："你别逞强，再强还强过你老子，你老子英雄一辈子，下场好吗？人总得为自己留个后路，前进不了，就后退一步，抬不起头来，就低着点。这不丢人。"

韩燕来脑子早热了，捺不住心头火："不是低头，就是退步，这不是丢人，难道是长脸！"

当着杨晓冬，受到这样抢白，周伯伯脸上热辣辣的，像被人打了嘴巴。他气得直颤抖："这这……这不是当着你杨叔叔，我把话说清楚喽。我和你爹是磕头的兄弟，你爹没了，我怜惜你们，才收敛到一块。现在，你翅膀硬啦，把我看成累赘啦！"

"为啥说啥，谈不到这上头。"

"对！为啥说啥。咱索性说穿喽。这些日子，你马不停蹄的，什么活儿不想干，整天胡跑，昨儿深更半夜才回来，我都看在眼里啦。叫我说什么呢？要依我说，在矮房檐底下，就得低着头走路。你们（我连你叔叔也说着哩！）要真忍受不下去，到外边去，一刀一枪多痛快。大活人蹲在老虎嘴底下，大睁眼睛挺着胸脯朝人家刺刀尖上碰，为什么，为什么呀！你们真要不听劝说，我带上小燕，远走高飞，离开这块地方！"

"周伯伯，悄悄的！"小燕从帘外缩回头来，"提防给苗太太听见呀。吵什么呢，背人的事，不显山不露水就行呗！谁个傻瓜拿胸脯碰刺刀哇。从前我小的时候，记得周伯伯也是天不怕地不怕的，上了岁数倒胆小啦，好比象棋上的'老将儿'，躲在城圈里不动弹，人家将一军自己退一步，这样活着多憋气！别净抱怨我哥哥，他做得不差，不能遇事缩脖子。这年头，就是当个小卒子，也得过河顶顶撞撞！"

"想不到，想不到你这小小的人，也有偌大志气。好！既然你们都会跷腿迈高了，我还当这块绊脚石做啥！可有一宗，今后遇到山高水低，可别埋怨我！"周伯伯气咻咻地站起，看光景他要远走高飞了。杨晓冬急忙拉住他，拍着他的肩膀，让他在炕上坐好，随手给他斟了杯开水。

"周大哥！别冒这么大火，你的苦心，我很明白。你为的是什么，无非为的不出是非。你说今后不管他们，这是气话。你要不是实心实意地怜惜他们，肯从几千里外把他们带回来？我

119

是这么看，两个没爹没娘的孩子，离开你活不了。特别是小燕，要不是你拉扯养活她，说不定早就流落他乡冻饿而死啦。"他的话触动了小燕的伤心之处，她一边听着，一边不断用手背抹泪。这种情景看到周伯伯眼里，他一肚子恼火先灭去半截。想到两个孩子在关东受的三灾八难，禁不住长长叹了口气。这时杨晓冬继续说："燕来抢白你，这当然不对！不过，周大哥，你说，他们是没良心的孩子吗？我看不是，我来这几天，也看清啦，就拿小燕来说，她给你洗衣服烧菜，吃点改样的总不忘给你端过去。孩子们都有火性，可心地都不差呀，你养了他们的小了，他们能不对你养老报恩吗？"谈到养老报恩，老人感触最深，边听边点头，眼里饱含了热泪。韩燕来没哭，脸色也平和多了。他心里更加佩服杨晓冬，觉得人家能把话说到人的心里去，用十分期待的表情盯着杨晓冬，希望他进一步施展本领，完全说服他们这位"家长"。

"周大哥！刚才你还提到我，我同他们兄妹一样，也得托靠你的帮助呀！要不是老大哥出头给我找房子报户口的，我在这里住不成啊。你说朝敌人刀尖上碰的话，我不这么看。谁这样傻瓜，自找其祸，我看，日本鬼子打进中国，就是来杀人的，抗日牺牲的固然很多，不抗日牺牲的更多，亲日死的也不少，要紧的是多加小心。

"周大哥，就这样打个比方，比如说：再有像燕来他爸爸那样的人，到城里来，你知道了咋办？帮助他，还是给敌人送信去？"

"老弟，你怎么啦。你打听打听姓周的为人行事吧！"

"周伯伯，我告诉你，杨叔叔跟俺父亲是一模一样的人！"韩燕来有意识地点破这一点。

周伯伯歪了歪脖子，没作声。像是一样的话从燕来嘴里说出来，他便不肯服气。

"周大哥！我非常感谢你，老韩同志牺牲后，是你殡埋的。他的儿女也是你拉帮长大了，（这都是不能让敌人知道的事呀！）我受了你很多帮助，今后你还得多搭手呵！"

周伯伯对杨晓冬处于这种矛盾状态：他理想中的杨晓冬是个危险人物，他观感中的杨晓冬又是个诚笃可亲的人物；背地里他对杨晓冬的行动不满意，当着面不好意思说出来。听到人家要求他遇事多搭手，既惶恐又欣慰，他不大同意，但又点头应允了。

危险的事情必须干，大家警惕加小心，是这场斗争的结论。有了结论，韩燕来自去出车，周伯伯去到暖房添火；小燕见他们都走了，收拾篮子就要出去。杨晓冬叫住她："小燕子，你停一下，有件大事情，要你去试着办办。"

二

小燕鼓足了勇气，到迎宾旅馆去。

迎宾旅馆是省城著名的地方，面临大街，三层楼房，上百个房间，门口汽车马车停停去去，三轮车雁摆翅摆成长长两行。三轮车为什么特别愿意给这儿拉座，原因是老板暗里答应了条件：每拉一位客人，账房补贴三角。羊毛出在羊身上，这点款项最终出在旅客的头上。

小燕到了旅馆门口，想到账房查查旅客登记簿，一掂量自己的年岁装束和手里的篮子，没敢这样做。"杨叔叔教了半天，我不能头进门先碰个硬钉子。"愣了一会儿，瞧见出入旅馆的人们当中，有背柜子卖烧鸡的，有卖熏肠叉烧肉的，还有头顶竹篮卖冰糖葫芦的。她咽了口唾沫，放开胆量端着大人架子走到门口，挑开棉布门帘硬着头皮迈进去——她第一次进这样豪华的旅馆。迎头发现有一座大门，跟刚才走过的一模一样，只是亮晶晶的显得更漂亮些。想停住脚步打问一下，又怕发生麻烦，便硬着头皮朝前闯。当发觉眼前是面大穿衣镜的时候，脚下叮当一声踢翻一盆天冬草。幸而花盆撞在大镜的梨花木框上，没有碰碎玻璃。小燕吓得心突突乱跳。又咽了口唾沫，继续朝里走。刚拐过大镜，进入过厅，听得有人"哼"了一声，小燕偷眼望去，左面敞着门的柜房里，理发员正给一位胖子刮脸，胖子满脸都是浓白肥皂泡沫。"哼"的声音估计是从胖子的鼻孔里发出来的。小燕等他闭住眼睛，想偷着溜过去，刚扶楼梯，那家伙又"哼"了一声。小燕举起篮子："卖油条的。"那家伙又大哼一声，小燕只好停下脚步。从此胖子眼也不睁，小燕也不敢动，形成了相持不下的局面。

"要是这遭儿完不成任务，往后杨叔叔就信不过我啦。胖肉蛋呀，我恨死你！"

小燕正在心里发恨的当儿，三楼上有位客人，俯身向下，手里摇晃着空壶，大声喊茶房要水。楼下一时无人答应，客人叫得挺急。小燕灵机一动，放下竹篮，喊了声："就来！"噔噔跑上楼去。边走边向胖子瞥视，胖子嘴唇吮了吮，看光景还想发作，恰因剃刀爬到嘴角，他没敢哼出声来。

小燕提着空壶走下楼，来到冒热气的茶炉上。打过招呼，灌满茶壶，递给已经走下楼来的客人，顺便提了个大铁壶，重新走上楼。这一遭，她一步一步地慢登楼梯，留心旅客房间的一切征候。二楼的客房里，有围圈打麻将的，有对坐下象棋的，有憋成小嗓拼命练京剧的；还有几个房间比较安静，但从行动举止上看，总不像青年学生。小燕心急火燎地步上三楼。"这样多的房间，这样多的旅客，我朝哪……"她的思路被一缕动听的箫声打断，侧耳听时，箫声发自西北角。小燕走到跟前，箫声停止了，说不清奏乐的住在哪个房间。她心生一计，挨门挨户问人家要不要水。走到第二个房间时，里面有一对青年男女，女的围着白围巾，男的穿着蓝士林大衫，手里握住一支箫。他们脸上都堆满了愁容。

小燕说："你们喝水吗？"

男的漫不经心地看了她一眼，说："不喝！"

小燕冒着说："你们一路来的同学也不喝吗？"

听到她的话，围白围巾的女子喊："小孟，你们要开水吗？"

隔壁传来很尖的嗓音："喝水能当什么，我又没吃有渗透的东西。"

小燕随着声音，走进隔屋去。这屋也是一男一女，女的个子不高，穿着比较阔气，脸上胖胖的，瞪着两眼像是要跟谁怄气。她身旁那位红彤脸庞的，像是同她解释什么，小燕头进门时，仿佛听得男的讲："急什么，就要有人来找咱联系了。"红彤脸见到小燕进了屋，立刻停止谈话，上下打量了小燕两眼。"我们没说要水，你出去吧！"

小燕看清两屋是四个人，都像青年学生，心里有了几分把握，她便下楼回到茶炉，撂下铁壶帮助工友拾掇零活。工友见她手勤面善，非常喜欢，两人攀谈了一阵。经过工友的帮助，查明那几个人正是从北京来的学生，而且迎宾旅馆也只有这一帮成群搭伙的学生。小燕把握更大了，重新压步悄声蹑上三楼，看见红彤脸和披白围巾的女同学正凭着楼廊栏杆小声唠叨什么，见到小燕，他们又停止了谈话。小燕这才放大胆量，把他们叫到屋里，同他们交谈了几句，得到证实之后，她掏出杨晓冬写好的信。"千万别忘了时间、地点和暗号。"说完这句话，小燕匆匆走下楼梯……

下午，杨晓冬同银环又站到土山公园的山顶。湖中积雪扫除了，有很多人在溜冰。约定会面的时间到了，银环俯首看到山下那个靠背椅上，已经坐着一男一女，他们不住地东张西望，征得杨晓冬的同意，银环下山了。

她在另一个靠背椅上坐下，瞥见身旁那个白围巾的女同学，坐不稳，立不安，摘下围巾，又披在肩上，那位红彤脸庞的男同学，眼睛死盯着手表，像是害牙痛似的吸着冷空气说："又过了五分钟！"

银环悄悄从衣袋里掏出墨晶眼镜，戴好之后，突然站在他们面前。女同学见到戴黑色眼镜的，又惊又喜，她冒冒失失地说："你这眼镜从哪买来的？"

银环见近处无人，笑了笑说："姑娘，你错啦，应该我问你，你的白围巾从哪买来的？"

"呵！对啦，是我搞错啦。我的围巾是从北京买来的，请问你的眼镜？"

"我的眼镜是从山西买来的。"

红彤脸的大学生也兴奋地参加谈话，虽然遇到的是银环，虽然银环看来比他们还年轻，但他们感到银环就是组织，就是领导。见到她就算有了依靠，像从黑夜里忽然见到太阳一样。

这批大学生，是由北京地下党派两位同志护送出城的。他俩彼此之间，平素并未发生横的关系，出发之前临时集合见了一面，大家按照标记进行联络。红彤脸前面是白围巾的女同学，他们都是党员，再前面是持箫的男同学，再往前是穿得阔气的孟小姐。孟小姐前面的人手持"万寿山"牌手杖。省城车站到了。大家拥挤下车，都在紧张地盯着前面的联络标记。孟小姐从车门迈下时，闻到烧鸡的香味，她嗅了嗅鼻子，小贩发现她是个买主，提篮截住她喊了声"烧鸡"。她刚问了一下价钱，身后有人催她："还不快走！""叫你催丧啦，跑在前面等着喝毒药。"她狠歹歹地回击身后持箫的男同学。及至抬头向前一看，再也瞧不见持手杖的踪影，她这才真急了，两条灵巧的小腿倒替着奔跑，很多旅客被她跨过。谢天谢地，目标终于被她捉住了，持"万寿山"牌手杖的人正在蹒跚着步上天桥，她舒心地吐了口气，紧跟在持手杖的后面。出站了，持手杖的人迈腿上车，低声对三轮说："迎宾旅馆。"就是这点低音孟小姐也听到了，她向后高呼："去迎宾旅馆！"接着招手雇来四辆三轮车。

到旅馆门了，五辆三轮同时刹住，大家发现出了问题。孟小姐前面持手杖的原来是一位欢眉喜眼的青年大学生，现在这位持手杖的年纪有四十开外，脸色焦黄，眼睛懒得睁开，活像个犯了瘾的鸦片烟鬼……

"就这样，"红彤脸的大学生说，"我们失掉联系，住在旅馆怕出危险，回北京去怕暴露，万般无奈，才拍电报的。"

白围巾的女同学说："姓孟的，可真难缠，错误是她犯的，顶属她问题多，关于她的问题还得向组织请示……"话没说完，银环碰了她一下肩膀，原来另一个靠背椅上，新坐下两个背冰鞋的。银环搂着白围巾的脖子，指着冰场说："看那个戴红绒帽的姑娘，滑的花样多好呀！你爱不爱滑冰？唔，他们走啦，你接着说，要请示什么问题？"

"是这样，孟小姐原名孔梦华，出北京才改了姓。她是教育系的学生，差半年就毕业。她的爱人高她一班，半年前到了根据地。她接到爱人的信，坚决要出来，很大的程度上是想结婚。组织上起初不同意她出来，她便大闹情绪，多处乱找关系，领导上怕出事才答应了。她到省城之后，不晓得从哪里得的消息，硬说她爱人转到平原工作了，她发出口号：'誓死不钻山'。怎样劝说也不发生效力。我们商量的意见，是请组织批准她单独到路东平原去，好在路东路西都能锻炼，总比回北京去好得多。"

银环汇报后，杨晓冬沉思了好久，觉得这个姓孟的很成问题，一时也没更好的主意，既然当任务接受了，决定分头送他们。

韩燕来负责送三位同学去路西。他托的邢双林，乘势给邢双林进行了一些教育，邢双林听说学生们都有合法手续，就满口应承。

这三个人走得很顺利，事先由韩燕来去外边找妥接头地点，经邢双林在封锁沟口指点了一下路线，他们自行走出去。

送孟小姐的同样采用了简易的方法——由小燕给她一封信，叫她直奔千里堤敌工站。但她这一行惹出很多麻烦。

原来这位孔梦华小姐的父亲在伪华北政务委员会工作，哥哥跟国民党跑到重庆，未婚爱人投奔了八路军。在从父从兄从夫的选择上，她选择了后者。她对抗战和时局的看法是：中国亡不了，鬼子长不了，国民党好不了，八路军少不了。在迎宾旅馆她的情绪虽大，但她并不害怕，觉得哪一派里都有后台。

不知从哪里得来的消息，她说：山里生活受不住，烧饭要自己砍柴，渴了要喝冷苦水，小米饭沙子多，住上半年肚里集成个小碌碡。夜里没灯，全村在公所里挂着根冒烟的草绳，人们从那里排队取火……平原上吃的是白面，穿的是细布衣服，走起路来还可骑自行车，她认为平原的生活是她能够忍受的最低标准，坚决要求到平原工作。她想：即使爱人不在平原，可以打电报调他过来。当接到小燕给她的介绍信时，她没有顾虑也不害怕，怀着观光旅行的心情，离开了旅馆。

孟小姐走一阵歇一阵，边走边打听，太阳落山的时候，她路遇了敌工干事。仗凭信件，他接待了她。由于距敌工站很远，他竟就近领她到古家庄杨晓冬家里去。

暮色苍茫中，杨老太太接见了陌生的来客。这样一位服装很新、气派挺洋的小姐被地方干部领来，老太太怕家贫舍陋慢待了人家。孟小姐倒没丝毫拘束。她初到乡间，一切觉得新鲜，精神十分兴奋，拉开话匣子，天南地北信口开河大吹一阵。无论讲什么都拿北京来做比较。指着菜油灯，她说：这家什挺好玩的，比起北京的电灯来，顶多有一烛光，不过电灯不怕风，这玩意儿可不行。说着一口气吹灭了灯，老太太点着时，她站得远些，又吹灭了，如是三次之后，她哈哈大笑，笑时摊开两手碰倒桌上那杯开水。老人微笑了一下，忙擦净桌子。接着她大讲在危险环境下如何搞地下工作，敌人怎样侦察追捕，她又怎样泰泰然然地应付过去。这些都是她按照惊险影片编造出来的。老太太听了，心中好生不快，觉得她太特别，比起她来，银环是多么温柔端雅的孩子。见对方还在狂情纵意地吹嘘，便脱口说："黄豆里边也掺着黑豆，十个指头不一般齐，俺家也有在都市搞地下工作的，他们可没你说的这么排场。"

孟小姐陶醉到得意忘形的程度，对老太太这些有棱角的话，没有理会；倒觉得"排场"两字对她是一种夸奖。一再追问老太太的儿子叫什么，在哪个都市搞地下工作。老太太被迫无奈，便说儿子在七七事变前曾在省城工作过。孟小姐当然不满足，继续追询，这次出城是什么关系送她们的，老太太知不知道？敌工干事先是向老太太递眼色，最后不得不正面制止她。这样一来，给谈笑风生的小姐头上泼一瓢冷水，她显出优越感和自尊心，再也不向谁说话了。

　　孟小姐到达新光县后，教育科长十分喜爱她的才华，羡慕她读过教育系，愿意留她就地参加工作；还答应负责给她爱人联络。她觉得这里领导赏识，生活条件尚能凑合，还有靠近都市的方便，便答应留下来。姓孟的这一次古家庄住宿，又在靠近敌区分配工作，又缺乏教育和警惕，后来给革命工作造成了重大的损失……

第七章

一

眼看要过阴历年，韩燕来家没钱置买年货，欠苗家垫证明书的钱也没还，为这件事，燕来同周伯伯又吵了嘴。两人都主张过年要还账，只是还的方法不同，燕来要卖那副多余的外带，周伯伯要卖他种的黄芽韭。当时意见没统一，燕来就偷偷地把外带卖给打鼓儿的。老人知道后，登时吵起来："叫他们敲竹杠，我白活半辈子啦，还不晓得打鼓儿的把戏，你给他赶只大肥猪去，连头蹄下水钱都收不回来。"他怒气冲冲地从燕来手里要出钱来，立马追风赶到打鼓儿家里，掷下钱收回外带。回家后，他像跟谁怄气一样地说："暖房的菜蔬，不是我养种出来的？玉皇爷出来也不能说没我的份。"他气咻咻的，也不通知园主，径自开门割了满满一担韭菜。试着挑了挑，沉甸甸的估计有百斤上下。"够挑的了。"他锁上暖房，顾不得回来吃早饭，挑起双筐直奔菜市。路上，他心里盘算怎样卖法。卖给菜摊，出手快点，就得按批发价；要是打街零卖呢，自然多卖钱，只是消耗时间。正在思前想后，没提防迎面开来一辆摩托车，驾驶员是一个日本通讯兵。原先，这鬼子看到前面有个挑担的挡住去路，倒是捺了捺喇叭，但喇叭响过之后，挑菜人闪躲得不快。鬼子心中不悦，勉强又捺了一次，当挑菜人闪躲的速度不合理想的时候，鬼子冒火了：是你拦阻我的进路，难道皇军还为你刹车？他竟加大油门照直前进。

周伯伯发现迎面的黄衣鬼子照直驶车飞奔前来，吓得头发根子发岔，想朝前躲又想朝后退，一时拿不定主意。百斤重担压在肩上，使他失掉了时间。猛听咔嚓一响，扁担离肩，菜筐飞出，头脑嗡的一声，周伯伯失去了知觉……

十步开外，有个值勤的伪交通警，他是事件的目击人。起初没看清是什么人开车，他想：你这开车的，真不讲理，就说你响过喇叭，老汉闪躲不及，就该刹车，怎么拿人命开玩笑。他认为这是给他职务上添麻烦找岔子，一股不平之气促使他打出手势，叫对方停车。不料发了疯的摩托，像猜透他的心思，怒吼一声，笔直向他扑来。伪警察见势不好，一个箭步向外跳闪，车子"日"的一声擦身掠过。在一口黏稠的唾沫飞到脸颊的同时，他听到司机狠狠地骂了句："巴格！"他低下头发现青棉裤上被撕开半尺长的口子，白棉花露出来。抚摩着棉裤，他像做了一场噩梦。忽然神志清楚了，知道操这样语言的人，在沦陷的中国土地上，不用说撞死个卖菜的穷人，就连撞死他值勤有责的警察也是不犯法的。

"幸亏没拦住他，果真那样，当场挨揍还是小事，上司知道，来条反抗皇军的罪名，连饭碗也打碎了呢。"他想到这里，气头消灭了，心情也转变了，不再恨肇事的鬼子，也不怜悯倒在马路上的老汉，恨的倒是他自己，"你小鬼能管阎王的事？"经过自疚之后，忽然又高兴了，"亏我心灵眼快年纪轻呵！要不，这个年……"他看到遍地都有撞散了的青韭，乘乱腾的空子，偷捡起两把掖在腰兜，蹑足潜踪地躲开了。

人群里，有西下洼的长生，是个卖苦力的，跟周伯伯熟识。他叫来一辆三轮，送周伯伯到附近的小医院，又亲自去给韩家送信。

韩燕来到医院的时候，大夫已给周伯伯做了临时处置。撞伤部位在左大腿，大夫意见：伤者应该住院，否则危险不小。住院须交五十元的保证金。韩燕来跟长生商量了一下，打算借债也要治伤。交保证金的消息被周伯伯听到了，他突然睁大眼睛很坚决地说："我这条命都不值五十元钱，快把我抬回家去。休养两天，我还干活哩。"大家劝说无效，只得依从了他。

这场风波，给韩家生活带来更多的困难，光是急诊费和医药费整整花了十元，还没算来回的车钱。除花掉那担韭菜折款以外，燕来手里存的六七元差不多也搭净了。可是要解决的事半点也没解决。当燕来再次提出卖外带的时候，老人没话说了，只是叮嘱："买值卖值，别仨瓜俩枣的扔了它！"

旧社会里，对于穷人，一切的厄运和不幸都会蝉联发生的。韩燕来拿着外带到紫河街破烂市，直蹲了两个钟头，没有一人过问，看着天近中午，他烦躁了：这得等到几时？干脆还卖给打鼓儿的算啦，满差能差几个钱，斤斤两两的干啥，别叫杨叔叔在家老等着，万一耽误了他的事，捡芝麻丢西瓜更不合算。他打定主意，把外带套在肩上，站起身要走。

正在这当儿，迎面有两个穿便衣的叫住他："站一站！你的外带是哪里来的？"

韩燕来不痛快地做了回答。

来人中穿长衫的眼一翻瞪："你卖东西为什么又要走？"

韩燕来生气地说："我自己的东西，愿卖就卖，要走就走！"

"没那么简单，不早不晚，偏是查私货的当儿你才走？"

燕来觉得十分委屈，本想发作，知道查私货的人是吃官饭的，便耐心地述说理由。谁知对方根本不理睬他的话，向同来的伙伴递了个眼色，两个家伙抢前一步，猛然用力去夺车带。"有这一副，那九副都得朝你要！"他们气势汹汹地紧紧握着车带，看来他们这一辈子是不想松手了。韩燕来由小长大从没受过这种侮辱，虽说是一副车带，它关系着家庭和个人的名誉，也关系着杨叔叔和周伯伯的生活命运，他不顾一切用力回夺，双方撕撕掳掳，最后扭到派出所。由派出所又转送到分局，分局里早坐着个坏家伙，声言他是龟山经理派来的原告，没容韩燕来分辩理由，伪分局的一个什么科长，立刻做出结论：车带归还原告，还要韩燕来承认是偷的。韩燕来才要分辩，就见这个伪科长，眼睛一睁一闭，眉毛一低一扬，操着京腔加日本调的混杂语言："怎么着，你这小偷的干活，不要脑袋啦，胶皮行业都归龟山经理管辖，你不知道龟山大日本经理的厉害？"说着派人把燕来押在拘留室。

断黑，燕来被释放了。在回家的路上，他心里十分憋气，感到没脸见人，一时头晕脑涨，周身发烧，恨不得有医生给放放血才解气。迎面有家小酒馆，他想起十个钟头没吃饭了，摸摸衣袋里还有零钱。身不由己地走进去。以前他对杨叔叔做过保证，坚决戒酒。现在，心里这样烦乱，早把一切誓言撇在九霄云外了。酒家问他时，他指着四两的酒杯伸出两个手指头。辣酒浇愁，最易上脑，半斤酒没喝完，伏在桌上沉醉了。迷糊中，酒家把他叫醒，算完酒账，找回五角钱，他踉踉跄跄走出门来。冷风一吹，头脑清醒些，他想起今天受到的侮辱，这样空手回家，还有脸见人？说书唱戏，虽说有贪官恶霸欺压良民的，可是，就在那个时代，有多少行侠仗义的英雄好汉，他们杀贪官除恶霸，痛痛快快地活着。今天，韩燕来革命了，还受这份腌臜气，不光丢掉杨叔叔的脸，连祖宗三代的脸也丢净了。他叫着自己的名字："韩燕来呀韩燕来，你五尺五的汉子，就这样忍气吞声善罢甘休吗？不！你是鬼子经理也好，冒牌的汉奸商人也好，我要把丢掉的东西找回来。"

经过分析，他估计抢他外带的这些家伙，准是伪经济警察和轮带商人勾结起来干的，他想到橡胶洋行去找，但他们人多势众，赤手空拳怎能讨出公道呢！边想边往前走，忽然发现道旁一家铺子挂着刀剪铺的招牌，玻璃罩内陈列着各式各样的刀剪，电灯照得闪闪发光。骤然之间，触动了他的心事。稍停一下，他迈进门去，逐一观瞧。各种刀子都标着价码，标着五角的是七寸长的攮刀，他拣了一把端在手里，像是衡量它的分量。

"掌柜的！这家什能杀鸡不？"

"杀鸡？"掌柜的透出委屈的表情，"老弟！你怎么啦，没看招牌呀！这是真正老王麻子的……"他用江湖口吻卖弄着王麻子的等级；像说山东快书那么流利，他一连串说了王麻子、真王麻子、老王麻子……最高级的才是他这真正老王麻子的牌号。当看到顾客脸色透出不尚虚名贵乎实用的时候，他笑着说："兄弟！可能你没开过宰杀行，这把刀，要说宰牛是有点吹呼，杀猪是十拿九稳的。"

韩燕来一句话也没说，掏出仅有的五角钱，抛在柜台上，拿起刀来便走。街上，很多商店关了门，他隔着门缝窥察了很多家，像大海捞针一样寻不到一点迹象。他闭住眼睛冷静思考了一下：偌大的都市，瞎摸乱撞不行！事情出在紫河街，总归在那一带，马跑过有蹄印，鸟飞过有影儿，除非你钻天入地，否则管你什么老板，就是日本鬼子龟山，老子也……他加快了脚步，右手探入衣兜里，紧紧握住那件报仇的武器，脑海里闪出一幅称心的图画：他冒充顾客进入橡胶行了，那个原告大肚子老板被他哄到无人黑暗角落，嗖的一声亮出匕首，像老鹰捉小鸡似的掐住对方的脖子："睁开狗眼，认识我姓韩的。不！用不着提名道姓，干脆说：还了老子的车带也不肯完，记牢，今后不准做坏事，敢说半个不字，削下你的脑袋，当夜壶使唤……"他陶醉在复仇的幻想里，毫不在意地闯过日本宪兵队，铁栅栏内那个站岗的日本兵，睁圆惊疑的眼睛，对他注视了许久。

他跨过市府后街，穿了两道胡同，到达紫河街。刚登上丁字路口，想起附近胡同里有两家橡胶商人。"也许就是他们干的。"他反身钻进这个平素很熟悉一时又想不起名称的胡同。时间已是十点以后了，胡同深处有几只路灯，灯光微弱，看看要被周围的黑暗吞噬进去。燕来踱进胡同几步，发现侧面门缝里透出灯光，估计是橡胶商人，走到跟前一瞧，是两个戴眼镜的鞋匠正在纳鞋底，一时又感到自己记错了地方，撤步就往回走。正在这时，听得胡同口有人问：

"干什么的？"从声音里，不像普通人问话。韩燕来按照城市生活的经验，回答："我住在这胡同里，出来解手的。"想到自己带的那件东西，心里直嘀咕：要来搜身怎么办。还好，问话的人没近前来，他乘此机会朝着相反方向溜走。路上留神细听，身后没人跟进，私下正在庆幸，不料快出胡同时，迎面突然有人挡住：

"干吗去！"

"到紫河街买点吃的！"

"慌张什么？"迎面说话的人已站在电灯下，韩燕来看见来人那两道满带凶气的八字眉，一双滴溜乱转的猴儿眼，猴儿眼正眯细着朝黑暗中搜索韩燕来的形状。像突然发现浑身斑点、扬头吐信的毒蛇一样，韩燕来猛然想起：来人就是二十天前在路西捆打他的那个戴黑眼镜的特务。他打了个寒噤，登时倒退了一步。"真要被他认出来，个人、家庭、杨叔叔、革命工作，嘿呀，这还了得？"欲待转身回走，身后有人跟来了，还不住地乱打电筒。眼前的特务用捕捉猎物的姿势逼近跟前了。这时韩燕来的醉意完全消失，急中生智，咽了口唾沫，细声说："我是老百姓，啥也没带着，不信你看……"骗得对方伸长脖子窥探时，他猛抢一步，对准八字眉心，狠狠地打出一拳。对方眼冒金星，"哎哟"一声，跌倒在地。韩燕来夺开道路冲出胡同口。

被击中的这个家伙正是蓝毛，因为捕杀抗日人员有"功"，受到日本人的赏识，被提拔到侦缉队。这小子新官上任又逢年关，想在日本人面前献殷勤，显示自己，便亲自带队深夜查勤。想不到头一天夜里，便领受了这样沉重的当头一拳。他感到头颅似乎被敲碎了，当时仆倒在地，神志稍一清楚，顾不得起身，马上从袋里掏出口笛，拼命地嘶吹。

韩燕来冲出胡同口有五十米，听见有人向他鸣枪发射。吓得他疾转身躯钻到小巷里去，刚想蹲下躲避，听得后面有成群成伙的人呼喝着追赶前来。他没命地朝里面跑。跑着跑着抬头一看，巷口尽头，路灯照着一块蓝色搪瓷牌，上写"此巷不通

135

行"。这一来使他万分焦急，前进不得后退不能，一时感到头顶上的电灯光线特别强烈，敌人只要追进胡同，很远就可能发现他。心里一急，俯身捡起块砖头，猛朝灯泡投掷，灯泡破灭后，才意识到灯杆靠近的是高墙，一秒钟也没迟缓，他用猴儿爬竿的手段，攀上墙头。敌人追进胡同的时候，他已爬上了毗邻的房顶。

为了减少音响，他脱掉鞋，弯下身子，轻轻伏行，爬过很多平房和瓦房后，他蹲下来，听了听四下都很安静。抬头望天，天空繁星密布，四下空旷凄冷，唯有紫河街南面的奎星阁，高高伸入云际。看到奎星阁，他知道离开闯祸的地方很远了。这时候他那颗沸腾的心才稍微镇静。低下头，发现自己是骑在一堵很高的围墙上，围墙南面是高大的瓦房，兀自静悄悄地酣睡了。北面是一套独立的小庭院，坐北朝南，里面还有灯亮，灯光被窗帏遮住，在深夜雾气弥漫中，看去是黄澄澄灰蒙蒙的。

"要是屋里的人都睡熟了，可以通过这家浅宅院，下墙逃走……"他的想法没完，感到点灯的屋里有音响。侧耳细听，像是有人撕掳和争夺什么，偶尔还夹杂着低声呵斥。

"自己满屁股流鲜血，还能管别人长痔疮。"他警告自己，不要多管闲事。但当屋里这种声音越来越大的时候，好奇心加上青年人的火暴脾气，使他无法控制自己了，瞧了瞧前面靠墙地方，有砖砌的花池，若从那里下去，不费事也不会发出音响，贴着墙根可以挨近窗户。他按着所想的出溜下墙，踮着脚尖挨近玻璃窗，眯细起眼睛隔着窗帏露缝处来个木匠吊线。

屋子分内外两间，东面是寝室，沙发床上无人，两条绛红色的缎被，滚落地面，一只木屐底朝天，另只不知去向。外间屋有方桌，上面摆着瓶酒罐头，墙上有挂钟，时针指向下一点。韩燕来正看着，忽听墙角有响动，仔细瞧去，发现一个敦实个子，上披睡衣，下打赤脚，蒜瓣形的脚丫子揪踩着地毯。韩燕来断定他是个日本鬼子，但不知他弓腰捕捉的是什么，只听见他呼哧呼哧的仿佛同谁角力。猛然被捉的东西翻过身来。原来是一位头发蓬散、衣襟撕破、满脸怒气、眼睛急得快要发疯的姑娘。从她的表情里，韩燕来明白了一切。

"是这样的事情。"韩燕来踌躇了，日寇侵略中国，日本鬼子欺负中国女人的事并不稀少，自己才从祸坑里爬出来，不愿再朝灾井里跳。他想悄悄地离开，但做不到。姑娘那愤怒燃烧的眼睛，倔强不屈的脸色，又吸住他的两条腿。屋里激烈的搏斗进行着，窗外青年的怒火也逐渐上升，突然日本鬼子又把姑娘扑倒在身下了。韩燕来什么也没考虑，劈手拉开风门，抢走几步，站立在日本鬼子的面前。

乍见到屋里进来人，鬼子吓了一跳："大门和通前院的便门都锁啦，他是从天上掉下来的？咦！"当发现对方赤手空拳，特别看到他是中国人的时候，他完全恢复了镇定和自信，他的优越感油然而生，仿佛韩燕来在他屋里多站一会，都伤害了他的尊严和体面。

"你！滚出去！"他命令着。

"你！放开她！"同样是命令。

鬼子感到没有理喻的必要，抛下姑娘，站起身形，扑赶过来，动手就要殴打。韩燕来闪过他的拳头，乘势搡了他一把，鬼子（他习惯了打人，从没想到住在城市里的中国人敢和他还手）没有防备，打个趔趄，险些栽倒。他狂怒了，站稳身，使足力气猛扑韩燕来，后者支架住，两人打在一起。韩燕来原是激于义愤，脑子一热就冲进来的，他主要是想拯救这位不肯受屈辱的姑娘，并没想把对方怎样；怎奈这个家伙喷着恶臭的酒气，扭住燕来撕皮掳肉地下毒手。韩燕来带着满腔怒火，双手招架住上面，瞅个空子抬起右脚朝着对方肋部猛踢一下，这个家伙两手松开倒退了两步，随着沉重的响声跌在地板上，就像从空中掉下个大件行李。他爬起来头也不回，直窜进里间屋去。

"你……你……快离开！"姑娘急得话不成句，从她神情上可以看出，如果韩燕来再迟一步，必然有生命的危险。

"你不认识他，是龟山经理呀……"姑娘又催他离开。

听说是龟山，韩燕来发愣了，"权在多田，钱在龟山"。他在省城经济界里是赫赫有名的人物。他是经济顾问、经济特务，发横财的资本家。几个钟头之前，他还驱使爪牙，劫夺自己的财产，现在狭路相逢了，他对他怎么办呢？韩燕来一时犹豫不决，一方面是惧怕龟山几分，同时又觉得他更加可恨，"还有她……"他看了姑娘一眼。

"逃你的命，不要管我。"她这句话倒起了相反的效果，韩燕来是个没事不找事、有事不怕事的人，怎能虎头蛇尾有始无终呢？他愣着的时候，龟山出来了。倒提着王八盒子，咔哧一声顶好子弹，举起枪口对准韩燕来的脑门，看看就要搂火，姑娘尖喊一声，紧跑两步，全身遮住韩燕来。

"龟山先生，我求求你，放走他！"

"他的是什么人？"

"他……他是我的表哥！"

"你的撒谎，他，土匪的干活！"把姑娘推搡到一边，枪口又对准韩燕来的胸膛。从龟山的表情上看，说他是凶狠残忍还不如说他是骄横；他那条枪仿佛赋给他充分的权力，可以任意惩处任何住在省城的中国人。

姑娘看着事态越来越严重，她知道龟山并不把杀死个中国人当成好大的问题，而且，即使救命恩人为她牺牲了，于事实也无多大弥补，便重新掩住韩燕来：

"放开他，我什么都答应你……"

"闪开！"龟山吼了一声，"大太君，先要他的命，后要你的身……"龟山的话未讲完，像有根铁棍敲击他的右臂，右臂一阵火辣剧痛，手枪当啷掉落。龟山要俯身捡枪，韩燕来从姑娘身后冲出来，底下伸出绊脚，上肩猛力一撞，把龟山撞个筋斗，然后扑过去骑着龟山抡拳便打。龟山咬牙忍着身上的疼痛，拼命抓地板上的那支枪，看看要抓到手，姑娘又急了：不用说叫他打死救命恩人，只要叫他响声空枪，前院的人闻声赶来，谁也难逃活命。她发了发狠，一脚踩住龟山的手，另脚踢开那支枪。燕来看见姑娘这般帮助，心里感到高兴，稍微疏忽，龟山乘势翻身把燕来压在下面。龟山占了上风，丝毫不给对方喘息的机会，狠命揢捏被压者的咽喉。韩燕来一阵剧痛，觉得咽喉憋胀，呼吸困难，想要滚翻，刚一用力，感到胯骨下有个硬邦邦的东西硌得生疼。骤然想起硌他的东西正是报仇讨债的那把短刀，想到它，一切新仇旧恨全部涌上心来，不顾咽喉的酸楚，挣扎着抽出它来，照准对方后心，猛力一戳……

韩燕来站起来，出了一口长气，凝视着姑娘。

姑娘脸色煞白，浑身颤抖，口吃地说："你……你是好心！可……可是闯下大祸啦！"

"不怕！这里就他一个死鬼？"韩燕来说着，到龟山卧室进行搜查，从龟山打开的箱子里，扔出相片簿、邮票集、铜质神像等乱七八糟的东西后，发现有两叠厚厚的伪钞，约有大几百块。韩燕来拿着伪钞走出屋来：为了工作，为了生活，他是多么需要钱哪。可是果真把钱拿走，有损于自己的品德，受害的姑娘又怎么看这个问题呢。想了想，终于说："枪交我，钱给你；你是哪里人，我把你送回家去。"

姑娘拒绝接钱，也不肯走。原来她的母亲给龟山当用人，因两处相距不远，女儿有时前来帮助母亲拆拆洗洗的。今日黄昏时刻，她来看她妈妈，龟山借口留她做点零活，还强留她吃饭。入夜，鬼子紧闭前后门，把她妈妈锁在厨房里，就在他对姑娘强行非礼的时候，韩燕来赶到了。

"既是这样，咱们先放开你母亲再商量。"从龟山身上搜出钥匙，他们开了厨房门。一位四十出头用人打扮的妇女走出来。她已经了解到发生了什么问题，嘴唇打着哆嗦，又抱怨又恐惧：

"你搭救俺家孩儿，倒是慈心善意；可是，这里离他手下的人，只隔一道墙，你要走喽，不是把俺们推进火坑里……我是妇道人家，碰见这样天塌大事，哪还有主心骨呢。没别的，你是好汉。好汉做事好汉当，就算可怜我这寡妇孤儿吧……"她任何办法没有，唯一的心思，是把灾祸推出去。

"妈！你这话可不对。事从咱们身上起，咱们能自己躲干净，叫人家顶灾？要紧的是看看有没有办法。"

韩燕来看出姑娘比妈妈识大体，便问她来这里的时候有无旁人知道。母女齐声回答说没人知道，并说这个死鬼纵有万贯家财，也经营着几家大商号，但他自己很少出头露面，总是个人独住一个小院。韩燕来按照这种情况，把想到的意见先跟姑娘商量，她想了一会儿就同意了。姑娘跟母亲一商量，起初她不同意，后来为了女儿无可奈何了。于是按照燕来的意见，把她妈妈捆绑好，嘴里塞了块毛巾，安置她进厨房，外面挂了锁。一切都准备妥当，韩燕来收拾了短刀，把王八盒子插在腰里，再一次把伪钞给姑娘。姑娘接过伪钞，将它撕得粉碎。这样一来，韩燕来对她更加敬重，鼓励了她几句，便帮助她跳出墙垣。

行经百十步，到达姑娘的家门口，韩燕来低声说："咬紧牙关，天塌下来，也别承认……"

姑娘心事重重地点头答应着，快要进门时，她扭转身：

"你留下个名字吧！"

"我的名字？"韩燕来精神上没有准备，稍愣了一下，他说，"我个人的名字，现在不需要告诉你，要觉着有人替你办了点好事，记着是共产党派来的人就行啦！"

"你不愿意留姓名也好，我总得告诉你，我叫蒲小蔓，高小毕业就失学了，要是俺家能熬过这场灾难，这个家可以当你们歇脚的地方。门牌是一〇一号，若记不住门牌号数，注意迎面墙上那块'大学眼药'的招牌。"

她的话打动了韩燕来：真有个歇脚的地方，对工作可挺好。他想给她再说点什么，她已经轻轻地把门关上了。

二

早晨六点钟，银环值完了最后一次大夜班。回到宿舍，见小叶钻在暖烘烘的被窝里，纹丝不动。怕搅乱小叶的安睡，她轻拿轻放地拾掇自己的东西。

"哒！"小叶翻身猛喊一声，"你呀！真是无事忙，好容易值完一个月的大夜班，又赶上春节放假，安生睡睡嘛！"

"死丫头，装睡觉，还瞎嚷嚷，多吓人！"

小叶笑着，坐起来，打了个舒展，披上棉衣，吩咐银环说："给我买馃子去，要糖浆！"看来银环是被她支使惯了的，她二话没说，从小叶提包里掏出零钱就走了。不大时间她给小叶买来了早点，小叶从被窝里伸出手来就想吃。

"小姐！起床后再吃吧，这样懒丫头，将来怎么搞对象。"

"搞对象？要搞，我就把你搞喽。"

"别胡说！搞我有什么用？"

"你脾气柔和，手脚勤快，我就要你给我使唤着。"

"有个男人伺候你不更好？"

"我可不冒这份危险，现在讨个老公，多少总得跟鬼子汉奸的有点联系，将来人家过来，头戴一顶汉奸家属的帽子，还少你的苦头吃！"

"想不到你个死妮子，有这么高超的理想，那你去投国民党吧！"银环有意这么说。

"我没有那么长的腿。"

"图近道呀，出城到处是八路军，你去投吧。几时混阔了，别忘了服侍过你的人。"

"环姐，别瞎扯，投八路军，我胸膛里没装着那么大胆子。"

"那怎么办呢，要不然，学你姑姑，当修女去。"

"咱是肉眼凡胎草木之人，享不了那份清福。只要吃得饱，睡得倒，不闹病就行，天若掉下来，我跟大伙一块砸死；不掉的话，舒舒坦坦地活几年。"小叶说着披上衣服，让银环一起吃早点，银环推辞，她说："我知道你是等着下馆子哩！"见银环不理睬她的话，进一步说："环姐！说真的，你若找个称心爱人，我十分乐意。看你近来，经常外跑，坐不定睡不稳，怪好的两只眼睛有点浮肿，依我说，趁着春节，到我家去住几天，咱俩住一个屋，够多好。偏是你不走这条路，老跟那个姓高的小子跑什么。环姐，我实在替你担心，你是心慈面软老实巴交的人，提防上了他的当。"银环听着她的话里有音，怕小叶看出了自己的政治活动，便想追问底细，正同小叶谈到深处的时候，宿舍吱呀一声，高自萍探进个脑袋来。

小叶说："讲着曹操，曹操就来啦！"高自萍笑了笑，想坐下来。小叶说："你先请出去冻一会儿，容我穿好衣服；你这个人倒随和，也不嫌这股不开窗户的空气味道。"

高自萍受了小叶的抢白，一点也不发火，婉言向小叶道歉之后，对银环说："为了不打搅叶小姐休息，咱们到外边说话好吗？"

银环随同小高出了宿舍。路上，高自萍用谈虎色变的神情说："真糟得很，本想请你看电影，结果看不成啰！昨天夜里，八路军派进人来，把一位著名的日本经理杀了，闹得大街上处处戒严，一切娱乐场所都停止开放……其实，你杀个鬼子能解决啥问题，无非刺激人家一下神经，反而叫他们提高警惕。"

银环说："既是街上戒严，最好咱们别出门，免得招惹是非。"

"咱们到背静地方走走，我有要紧事情和你谈。"

从杨晓冬进城以后，银环认为高自萍表现得不够好，在很多问题上感到小高对她有意见，很想乘此机会好好同他谈谈，消除隔阂，加强团结，以便做好工作。她抱着这种希望，跟他出了院。

刚出大门口，发现小燕在卖豆浆的旁边站着，篮子里的货早空了，看光景是专门等候她。她知道小燕多日不来，今天来了必有要事。当着高自萍，不便公开打招呼，暗暗向她递了个眼色。她看见小燕机警地点了点头。

他们躲开唐林街，迤逦南行，到了行宫。行宫是省城闻名的一所宫殿式建筑。高自萍跨过行宫的高门槛时，发现银环有些踌躇。他告诉她说：行宫对于普通市民出入有些限制，公教人员到这里游逛游逛倒是家常便饭。说着他领先迈进，绕过职员宿舍，从便门跨进东院，东院寂静冷清，满院积雪未除。他们沿着没有女儿墙的长廊，进入一所方砖铺地的大厦。大厦前边是舞台，中隔一道石头砌的水渠。渠宽一丈，深八尺。舞台的金碧朱颜虽然脱落褪色，那些经过精雕细刻的蟠龙舞凤，仍然记录着古典艺术家的精心绝技。高自萍到了这个地方，环顾四下无人，精神格外振奋。

"知道不？"他自以为颇有风趣地卖弄说，"咱们脚下这庭厦，是慈禧太后观剧的地方。想当年他们帝王之家，引护城河水流经眼前的水渠；渠中荷花盛开，西太后一个人（有时也许有少数文武大臣陪伴她）在这里赏花观剧。想一想呀，歌声音乐透过清流，是多么优美动听呢！其实，不用说舞台上有人载歌载舞，就像咱们今天到这里安闲地散散步，也够诗意的啦！"

银环本是怀着与人为善的心情跟他出来的，方才看见小燕，使她改变了初衷，想及早结束这次谈话。现在，高自萍流露的感情，更不投她的心意，好容易抓住小高说话的空隙，她直截了当地说："你不是说有要事相谈吗？抓紧时间吧，我还有事情哩！"

银环这样突然打断他的兴致，使小高感到懊丧，为了表示回击，他说："我们还能谈旁的吗？我跟你是工作关系，咱们纯

144

粹谈工作。"

"谈工作，很好！请你说吧！"为了避免类似上次的冲突，她竭力把语气放得缓和些。

高自萍哪有谈工作的思想准备呢。只把他叔父病好之后，当伪省长的事说了说，说得空空洞洞，没有具体内容，更谈不到有什么成绩。一经银环追问，他辩论起道理来了："我认为地下工作是秘密工作，是无公开形式的工作，要有特殊的发展规律。今天把线扔进大海去，有朝一日，兴许把鳌鱼钓上来。但急不得，促不得，不能一嘴吃个胖子。有的人刚进都市，立刻动手动脚，想搞垮敌人建立起来的秩序；甚至像对龟山一样采取恐怖手段，这是左倾幼稚病，早晚得把脑袋咋呼掉。怎么，你认为我这样说是胆小？不！我是反对拼命主义。真要时机到来，什么我都敢去，铡刀放在脖子上也不含糊。可惜，我的看法老杨不支持，你也不谅解，由于近来咱们观点上有分歧，一直影响着相互间的情感，近一个时期，你对别人多么接近，对我是多么疏远呀！"

她知道他说的"别人"是指谁说的，因而勾起她的情绪，想起那天杨晓冬在土山公园对她的态度，心里很不是滋味，也很不自在。她说："小高！你说的是什么呀，同志们谈论问题嘛，分什么远近厚薄呢！你不该胡思乱想，要紧的是我们都在杨同志领导下，加强团结，做好工作……"

"得！得！得！"他像一听这些政治名词就头痛似的，"咱们不谈这些，一年一个春节，好容易盼到的。本想咱们出去玩玩，又赶上大街戒严。怎样，你是缺钱花，还是短啥东西，说吧，看我能帮你做点什么呢。"他想以物质来换取对方的好感。

"小高！"她扬了扬眉毛望着他，对他怀着希望地说，"我本人啥也不困难，我看杨同志的生活很成问题，你手里若是富余，支援支援他！"

"话不是这样说。"他又打断她的话，"你我之间，是一回事；对老杨同志嘛，我是这么想：他是组织派来的，上级应该给他充足的经费。连我们的生活，也应该由他负责开销。"

银环听着高自萍的话，像喝凉水就生蒜一样的没滋味，本来她想用她的影响，劝说小高，促使他进步。不料双方意见相距很远，根据以往的经验，想说服他并不是件容易事。想到小燕还在等候她，心里十分焦灼，沉默了许久。她说："上班多时了，我得马上赶回去，很多手续，要我亲自交代哩！"没等他同意，她毅然离开了。

小高瞧着她的背影，呆呆地出神，当意识到她真要离开而想劝阻她时，她已经沿着走廊进入西院。这时，像卖肉的抽去他的骨头，浑身支撑不住，他颓然卧在身旁一条冰凉的石阶上。神志稍微清醒，他狠歹歹地说："好你个黄毛丫头，王八吃秤砣，你真铁了心啦！"

三

小燕见到银环，把过年欠债、周伯伯撞伤、燕来闯祸等一切发生的事情，统统向她学说了。谈到杨晓冬的情况，小燕说：

"哥哥出事的那天夜里，他像害了病似的，一句话也不说。等哥哥回来，他问清情由，狠狠地训了哥哥一顿。之后，两人和衣躺在床上，四只眼睛睁得大大的死盯着房梁。我替他们闭了灯，两人倒替着出长气。后来不知听到墙外有点什么响动，两人急忙推门出去，趴在房顶，整冻到天明……"

"是这样……"银环心里一阵凄惨，想到在敌占区搞地下工作，不只是担惊受怕，实在是梦魂不安。至此，她完全原谅了前些日子杨晓冬对她的顶撞，担心地问小燕：

"你们的困难有办法解决吗？"

小燕摇了摇头："账还欠着，过年也没辙。不过，杨叔叔不叫我对你说。"

"为什么？"

"他说你不领取公家分文，还得养活老父亲。"

"对我是什么看法呢？你等着！"她返回医院了。进了宿舍，她喃喃自语："无多有少吧，我能眼瞅着他们为难吗？"在床铺下取出提包，从中抽出薪金袋，数了数，零整相加不到十五块钱。这点钱，她原打算交伙食费，过年买双布鞋，余下的寄给父亲。现在看来，统统拿出去也解不过他们的渴来。正思谋中，小叶哼唧着京剧走进来。她发现银环拿着钞票出神。

"怎么啦？对着财神爷发愁，又发生经济恐慌啦？"

银环面带愁容说："除掉交伙食，没回家过年的钱。"

"哎呀！我亲爱的姐姐，别上愁嘛，没关系，我兜着你。不过，我过年手头也很紧，这么办，伙食费我替你交，你手里那几个钱都带回家去吧。"小叶是来取围巾的，说完话她就从床上取下围巾，匆匆离去。银环掂着手里的钱沉静了一会儿，像想起什么，自己点了点头。弯腰打开包袱，三翻两翻，找出自己存的那块黑底粉花的平绒衣料，连同一丈五尺鸭蛋青色的洋布里子，用包袱裹好，匆忙走出医院，远远望着小燕，她说了声："等我一下。"直奔傍依唐林街的一个胡同走去。

胡同口拐弯处，有一家商号，外面吊着米黄色的棉门帘，上边用黑色丝绒镶嵌着一个大得吓人的"当"字，她照直走进去。

里面的柜台，远高过她的脑袋。一个秃头的家伙，像凭依城墙似的从上边朝她探头注视着。她怀着几分羞惭，吞了一口空气，发了发狠，双手举起小包袱，用力投掷上去。待了有四五分钟，秃头从城墙高处再次探出，先打了个哈欠，然后慢吞吞地说：

"不顶！"随着话音，小包袱落地。

"怎么不顶？"银环用他的话反问着，没去拾包袱。

"当铺爱见成物，你这是衣料。"他摆出要走的样子。

"等一等！要是有成物伴搭呢？"

"拿来！"从柜台高空，伸出一只指甲修长没有血色的手。

银环毫不犹豫，脱下姜黄毛衫，和包袱缠在一起，重新投上去。

算盘一阵连续作响，听见秃头在柜台里面说："十块钱！"

"归总十块？"她吃惊地向柜台望着，"光是衣料也得二十多块哪！"看到秃头再次探出身来欲将衣物扔还给她的时候，她发狠了："开手续！"

她拿着当票，刚一出门，正碰上小燕，想藏掖手里的东西已来不及，小燕盯住她拿当票的那只手。

"银环姐，你这是做什么？"

"我当两件穿不着的衣裳。"为了表示平淡无事，她故意微笑着。

"骗人，这么冷天，你的毛外衣是穿不着的？"

"打春好久了，现在河开雁叫，要脱棉衣啦。"

"把苦瓜当甜瓜吃，你们都是跟杨叔叔学的。咳！净怨我的嘴不严，累得你跟着受罪。"

"小燕子呀！可别这么看问题。要知道，在同志们一起生活中，自己受点委屈，旁人得到点好处，身上冰凉点，心里是暖和的，你懂不懂？"

"环姐！我懂，我懂得你的心……"小燕含笑的眼睛里蒙了湿润的泪水，"不过……"

"不过什么，怕拿回钱去挨批评，是不是？不要紧，我跟你去，顺便给周伯伯瞧瞧病。"

银环回到医院，取了一只旅行药箱，随着小燕朝西下洼子走。快要进入大街，一位卖劈柴的老汉，慌张地迎面走来。劈柴从筐里不断掉落，他也顾不上拾捡。遇见小燕她们，他制止说："别往前走啦。大街上，宪兵队、警察队、便衣队滚着疙瘩检查证明书，快快躲开！"两人听了只得绕开顺城街，找背静地方走。路上两人提心吊胆，拉开距离，互不说话，互相瞟着，好容易才走到西下洼的坑沿，小燕回头，长出一口气说：

"总算到家了！"

"别大意，你先回家看看。"

时间不大，小燕探出头来，左顾右盼之后，向坑沿招了招手。银环知道没有问题，提着药箱到她家去。

院里很清静，北屋门锁了，东屋门关着。西屋里周伯伯高声讲话，像是跟谁怄气："……从前只说好刀切药不如不划破口，现在看，打破脑袋不怕用扇扇，这条命是从狗日的汽车轱辘底下拾来的。"

银环听着话音，断定杨晓冬他们都在西屋，便直接进西屋去。

周伯伯眼睛塌陷，脸庞消瘦，胡须茸茸，显得更加苍老。

他刚撩开棉被坐起来，侧歪着身子，等杨晓冬给他披棉衣。韩燕来站在下手，试着给他缠绷带，他的技术不够好，每缠一遭，病人咧一咧嘴："看你手脚重的，这不是叫你捆绑犯人。小燕呢？"

"周伯伯！我来。"银环放下提包，从燕来手里接过绷带，坐在周伯伯对脸。

"行吗？脏呵！"周伯伯忸怩不安了。

"让她缠吧，她比小燕高明得多哩。"杨晓冬说着同银环打招呼。小燕向他们学说了街上戒严的情况。银环缠了几遭，想着看看伤势轻重，重新解下绷带，仔细检查了一番，见伤势不重，便打开药箱，涂了些药，很快绑扎处理完毕。她安慰病人说："你放心吧，这不是骨折，果真那样你痛得就吃不住啦。别老躺着，可以活动活动，试着走一走。"

周伯伯听罢，屈伸了一下大腿，果然不十分痛，绷带缠得不松不紧，腿上像减轻了分量，感到挺舒服。心里一阵喜悦，他说："你杨叔叔又有了身份证，我的伤势又轻了，受苦人平安就是福。小燕，你去找长生他娘，叫她给我借上几块钱，回来置买点年货，割一斤肉，连治病的先生，一块吃顿饺子。"

燕来说："有钱人过年，穷人们过难，长生家也不宽绰。杨叔叔他们也不在乎吃喝。依我看，家里有白菜，有剩馍子，包顿素馅饺子算啦。欠债的事，等吃过饭后，我到邢大婶家张张口去。"

"你就不要出门啦，省得捅马蜂窝。"周伯伯瞪了他一眼。

杨晓冬忙着排解说："吃上素馅饺子就不赖，在外边过年遇到敌人出动，吃不上饭的时候也多着哩。欠下的债，你们别张罗了，由我写信想办法。"

"还能叫你想办法？小燕！我没说叫你借钱去呀？怎么不动弹？"

小燕心里有底，纹丝不动，对周伯伯的话，一声也不哼。

周伯伯恼火了："你不去我去，我不信姓周的在西下洼赊不出账来。"

"周家伯伯，你可不能走远路，静养几天再看。用钱！我有一点。"银环说着，不紧不慢地从怀里掏出那一叠票子。她数了十元交给燕来，要他还苗家的账。又数了十元递给小燕，说："给你杨叔叔买件衬衣、买双新鞋，余下的置买年货。"转过身来她对周伯伯说："你不是叫小燕出门借钱吗？我看罢啦！年根底下，穷人家都够紧的，这里还有几块钱，给你留下，买两瓶虎骨酒，你老人家的伤势不重，多将息几天就好啦！"

对于银环这种慷慨的举动，除了小燕有精神准备以外，他们三位都感到很突然，韩燕来像看陌生人一样盯着银环分钱，杨晓冬愣了一会儿说："你哪有富余钱，是过年发双薪啦？发双薪有几个钱呢，留着你自己用吧！"

银环笑了，笑得很勉强。

小燕实在憋不住了。她说："你们都没看见呀，她连身上穿的毛衣都送到当铺去啦！"

这句话，把三个人的心都打动了。杨晓冬盯着银环纤细而又穿着单薄的身躯，久久没有说话。韩燕来心里有一股说不出来的激动。激动最厉害的是周伯伯，他心里一酸，热泪盈眶了。他想：这样有身份的姑娘，像亲人一样给自己看伤治病打绷带，还拿出钱来给自己买药，她贪图我这个孤老头子什么呢？什么道理使得她数九寒天把自己的衣裳都变卖了给人雪里送炭呢？没有旁的原因，她必然是共产党。在这个世界上，除了共产党就不容易找出这样好心肠的人来。怪不得老韩兄弟在了党，情愿把身家性命都搭赔上，他敢情是甘心乐意呵……老人感到眼里那股热辣辣的东西要向外流，他不愿意叫人瞧见，扭转头挥掉了。

一阵沉默过去，杨晓冬打定了主意，他很开朗地说："既然你把钱送来了，咱们就大大方方地开销开销。第一，苗家的账要还；第二，周伯伯的药要买；第三，不但要置买年货，还买几瓶酒送礼。"他把三项开支的款子都递给韩燕来，然后拿起最后的钱，用商量的语气向银环说："我的衣服鞋子，买不买不吃紧，这点钱给你父亲拿回去。"

银环什么也没表示，从杨晓冬手里接过钱，转过头来问小燕："晓得你杨叔叔穿多大尺寸？"

"我早比试过几次，总想铰双底子做一对，没鞋面布，也抽不出工夫来。"

"不用做啦！你到外边给他买一双吧！"她把钱重新交给了小燕。

这时候杨晓冬也就不拒绝了，便嘱咐小燕说："你们兄妹做伴出去置买东西，要记住在附近小市上买，可不许到远处去。"

燕来兄妹走后，周伯伯睡着了，杨晓冬同银环回到燕来家的东屋，北屋苗太太上街还没回来，室内室外显得分外寂静。杨晓冬发觉东屋没生炉火，感到凉飕飕的，便问银环说："屋里没火，你冷不？"

银环认为他要说她当衣服的事，回答说："脱件毛衣，能冷多少？在医院工作，一年四季都穿单衣服。"

杨晓冬忽然想起了往事，他带着幽默的口吻说："这件毛衣为革命出力不小呵！我进城的那天夜里，它替我挡了风寒，现在咱们困难的时候，它自我牺牲，为我们到当铺里坐牢。将来不能忘记它的好处。"

银环笑了笑，脸红了，她没有作声。她深记着他给她在公园土山上说的话。她愿意在一切问题上更有涵养，她站起身，看样子是想告辞了。

杨晓冬拦住她说："干什么要走呢，要你到这里来是研究问题的，咱们先研究研究韩燕来入党的问题。"

综合韩燕来的优点缺点，做了分析，两人同意介绍他入党，认为有机会的时节，叫他到根据地去见识一下。接着银环谈到高自萍，她说高自萍的叔父卧病刚好，他们叔侄正在进行伪省长的工作，据说已经有些眉目。这些事本是几个钟头前高自萍亲自对她讲的，但她当着杨晓冬总不愿谈论这些，连一起去行宫的事，她都回避了。

杨晓冬见她谈得很不起劲，便说："高家叔侄的工作，远水不解近渴，我想利用春节的机会，向敌人开展'政治攻势'，你看行吗？"

银环很有兴趣地回答："当然行啦，你只要写出宣传品来，我负责刻印散发！"

杨晓冬说："过去城里的习惯，每逢过年，都送贺年片，代替拜年，现在怎样？"

银环说："现在也有呀。过年起五更后，机关衙门，绅商大户，都派公务员、学徒的或是听差的拿着成匣成袋的贺年片，分头拜送，这时街上影影绰绰的不断行人，家家门户都紧闭着，送贺年片的敲着门板：'张老爷恭喜！''王老板发财！'隔着门缝把贺年片投进去，我们那个医院，不能算什么大机关，到初一早晨，红红绿绿的装满一药车子呢。"

"还是这样。好，你能不能找到钢版蜡纸？"

"编尽法儿，还有找不到的？"

"那太好啦！我们就利用这个机会，在敌人度春节的时候，给他们送几张'恭喜发财'。"

第八章

一

"今天是大年三十了，又是好晴天，可别睡懒觉呵！"小燕大清早从外面买了两棵白菜，带着十分喜悦的心情回家，见同院都没动静，她就想把大家伙叫喊起来。东屋杨晓冬早已起身，他正在看书报，没有吱声；西屋周伯伯咳嗽一声，也没表示什么；只有北屋的进宝，听到喊声再也无法安静，不顾天气再冷，光着屁股眼子爬到窗台，才说要响应两句，被他妈妈捉住两条腿拖进被窝去了。

没人答言，并没减低小燕的情绪，她推开门将白菜放在案板上，然后打开门帘，放出两只鸽子。鸽子落在西房檐，睁圆眼睛，盯着小燕咕咕直叫。

"你们真机灵，知道给吃的？"她把昨天偷偷买的红高粱撒在院里一把。鸽子飞下来，哆嗦着脑袋啄食。小燕一面切菜，发现雪里白不断与金凤头争夺。"东西海着哩，没点让性，今天过年，管你们个酒足饭饱。"说着又撒出一把。它们见新弃旧，又挨挤在一块争夺。

户外那棵沾满霜雪的柳树上，满是树挂，像是银条，成群麻雀落在银条上面，它们正在朝着东方晨雾中升起的鲜红太阳纵情歌唱。一只麻雀偶然回过头来，发现韩家院里这种从来少有的大方景象，招呼同伴叽叽喳喳连飞带跃飘下院来。树上霜花一时纷纷坠落，映在阳光中，好像霞光彩色的瀑布一样。

麻雀与鸽子争食，演成喧宾夺主，小燕切下一个白菜疙瘩，对准雀群狠狠投去；哪知麻雀做贼心虚，随时警惕，菜头打来，一哄而散。倒把毫无准备的金凤头，打了个筋斗。小燕急跑出来，抱起金凤头替它抚摸，这时听到外面响着有规律的叩门声，隔着门缝一瞧，是银环推车来了。

银环鬓边冒汗，脸色彤红，呼吸喷着白气。她精神奕奕地低声对小燕说："他可在家？"

杨晓冬隔着玻璃窗已瞧见她，知道问的是自己，便在屋里咳嗽了一声。银环听了，再也不问小燕，放下车子撩门帘走进去。杨晓冬看出银环是有高兴的事，便问：

"事情办好啦？"

"都办好啦。油印机蜡纸等都准备齐了，老家又送来现成的，这里边就是……"她说着摘下斜挎在肩头那个鼓绷绷的背包。

"趁着现在没有人，先打开看看净啥东西。"

"东西留下回头再看，你立刻抓紧时间，到城外去一趟，大娘等着你哩。"

"你说什么？"杨晓冬有些糊涂，可也猜到几分。

"你母亲来了呀，这些宣传品就是她带来的。昨夜又是宿在我家。上次没让她见你，心里挺后悔。这遭儿我一提念，她老人家跟来了，我告诉她在公园红木桥旁边的皇亭子等着你。现在路上的情况很安定，你带上证明书，骑着车子前头去，我随后就到……"

按照银环的路线，杨晓冬怀着一则以喜、一则以惧的心情，蹬车离开西下洼，去和母亲会面。

母亲在他思想中，地位很高大。他的母亲生在多灾多难的祖国，愁城困海的家庭，父亲死后，他和母亲相依为命地度过伶仃孤苦的童年。在他刚读书的时候，每从书本上获得点新鲜故事，总要同母亲分享。多少个灯前月下，多少个风雪晨昏，他向母亲讲说着《伯俞泣杖》《孟母择邻》《岳母刺字》的故事。有时他又为母亲唱歌，安慰她心灵上的创痛，取得她的欢喜。在他的幼小的心灵上，这是他的无上的满足。

儿子读师范后，娘儿两个见面很少；母亲对儿子的书信、学校的通知、成绩分数的报告，都当成珍品藏在严密的地方。儿子走向抗日前线，母子一别多年。他来省城的前夜，仓仓促促地见了个面，双方要说的话都未说完；甚至，他感到由于当时心情紧张，没顾得仔细看她老人家的容貌。现在母亲勇敢地走上革命的道路，她像伯惠尔·符拉索夫[1]的母亲一样，带上宣传品昂然无惧地冲进敌人盘踞的省城来。母亲是农村妇女，正因为这样，她才具有特殊朴素和坚强的风格。他以自己有这样的母亲而自豪。这时，脚下的车蹬快了，巴不得一脚踏进公园和她老人家会面。

骑出唐林街口，发觉有个伪警察招呼他，不得已下了车，

---

1. 高尔基的长篇小说《母亲》中的主人公。

细看伪警察的眼神，并没对准他。转回身一看，发现被招呼的是另外一个人。虽然这样，引起了他的警惕，觉得在窄街道骑快车分外显眼，稍不注意，会暴露目标，被特务盯梢。这时，内线工作那种时刻提心吊胆的情绪，又来袭扰他。心情便不像才出西下洼时那样的愉快了。再想到母亲时，又感到她年老体衰，像她这样年岁的人，在农村里做些支援前线有利于根据地建设的事也就可以啦，何必出入沦陷区，跟敌人打交道呢！让她老人家在危险的浪涛里游泳是必要的吗？前天这里刚发生了问题哟！她老人家在公园里待久了行吗？他想着，像有个小虫子咬着他的心，胯下的车子也不住地打趔脚。

"不要胡思乱想吧！老人从几十里外赶来，又碰上春节，可能的话，接到燕来家住上一两天，娘儿们谈谈心里话。"他又加快了蹬车的速度。

杨老太太站在公园里，是挺显眼的。她穿着高领的毛蓝棉袄，下身是藏青棉裤，因为不习惯开裤脚，照旧用青帆布带扎腿。她的面色微透焦黄，目光深沉，举止持重，给人一种朴素善良的印象。她手里拿着原是包头的羊肚手巾，不断拧来拧去，时不时地拧皱双眉，东瞅西望，从她的焦急表情中，从她对过往行人鄙夷的态度中，更展示着她的刚毅倔强的性格……

老太太认为等的时间太久了，她开始想自己的心事："眼看要过阴历年了，这两天鬼子没出动，地面还平静，可以带他们回去住几天。银环姑娘昨晚答应到乡里看看，不知晓冬的意思怎样，真要他们两个都跟我家去过年的话……"老太太陶醉在自己安排的幻想里，紧皱的眉毛舒开了。为了理想中的幸福，她露出了谁也难以察觉的微笑。

为了实现这个理想，母亲很早便做了种种准备工作：她刨出水缸底下埋了六年的两块白洋，跑到很远的集镇上置买年货。腊月二十四她掸扫房屋，里外整得一干二净，二十六日蒸馒头，名义是蒸馒头，实则把发好的三斤白面，蒸了一对刺猬（用黑豆点眼），一双白兔（用赤豆点眼），一盘带红枣的花糕和许多莲花卷子。二十七日她蒸出了黏豆糕和猪血糕，二十八煮熟那挂加了葱花胡椒的血肠。这天夜里剁好肉馅，擦净灯盏，捻好灯花，灌满灯油，连煮饭用的柴火都挑拣了最整齐的。二十九黎明，她腰里缠好宣传品，朝省城出发……

银环把她安排在公园里等着，这是她从来很少到的地方。但她今天的胆量突然大了，心情也更豁亮了。看到太阳照着皇亭子的玻璃瓦放光，感到眼前的境界清新；看到河岸向阳处返青的草芽，感到生命的喜悦；连那见人就吆喝"冰糖葫芦"的向她来招揽生意，说"老太太来一串"，也感到这是对她特有的尊重。总之，只要有人从她跟前走，必是仔细观瞧，生怕漏掉她的儿子。

杨晓冬刚登上红桥，她第一眼就捉住他。她摊开两手，像是要抱他的样子。她原来准备了满肚子话，都等着同儿子说。她想叫儿子讲讲国家大事，比如县区同志们讲的"先收拾希特勒这个大鬼子，再对付日本小鬼子就容易多了"。想问问儿子对不对，她认为儿子多年闹革命，说出话来比县区同志的更保准。她想把过年准备的东西（这些是儿子最爱吃的）跟儿子学说学说。她想知道儿子的生活情况，连他住房吃饭都想问个仔细。可是，当儿子站在眼前喊她"妈妈"的时候，她内心非常激动，想说的话都飞到九霄云外，一句也说不出来。这时她突然改变主意了：这哪是叙家常的地方，只要领上他们回家，几车话说不完呢？

儿子走到母亲跟前，先笑了笑，想站下说话，见周围行人很多，便领母亲寻找僻静的地方，走了不远，正碰上银环。她像是早懂了他们母子的心情，努了努嘴便头前带路。走到河坡弯曲有树丛遮障的地方，她接过杨晓冬骑的车子，让他们坐在河岸慢坡，自己扶车站在岸上，替他们四下瞭望。

老太太看了看岸上银环那种举动，知道是该说话的时刻了："晓冬，你现在工作很忙吗？"

"比起外边来，这里清闲多啦。怎样，妈的身体结实硬朗吗？"

"看你说的，穷人没好身子骨哪里行。"她心里为儿子回家的事堵着，旁的事情无心奢谈下去，说不到几句，就照直讲，"妈这次来，不单是给你们送文件。你离家六七年了，咱娘儿们没机会多说说话，趁这过年的当口，妈想叫你回去住几天。"说完，紧盯着儿子的脸色，看他是什么表情。

"妈叫我回去，一定准备下好吃的了。"杨晓冬有意用了缓和的词句。

"那还用说，都准备好啦！"她把预备出的年货背诵了一遍，临了她面向银环用轻松的口吻招呼，"连你也一块去。"见银环没吭声，她想："昨夜你已经答应了，怎么又变卦，就是你不去，也应该帮助动员他呀！"

银环懂得老人的意思，但她不愿意过早表示态度。她有自己的苦衷。

杨晓冬很体谅母亲的心情。自己是母亲亲眼看着长大的，一别六七年，当娘的还能不想念？他自己从感情上也愿意回去，回到自己从小长大的小屋里过个年，如果再有银环同去，妈妈一定非常高兴。说不定妈妈同银环已商量过了这件事情呢。他抬头看到母亲那副热情期待的脸色，没有勇气正面提出拒绝，为了缓和一下空气，转脸对岸上的银环轻声说："咱们不是还有工作吗？"

"是——"银环怯生生地回答着。

"我不多耽搁你们，跟我回去住一两天。"老人几乎是恳求了。

"你愿意跟我母亲下乡过年吗？要去你们一同去，顺便到你姐姐家看看。"

"我看，我看是你们娘儿两个回去，这里的事交给我……"她违背了自己的感情，说着理智的话。

"你能外道呀，我哪次来不宿在你家里，你是打算今后不叫我登你家的门啦！"

"大娘可不要那么说哟！"

"妈！是这样，你听我说——"杨晓冬终于从正面向老人做动员工作了，"今天晚上我有重要工作，你老人家带来的文件，那是对敌人攻心的炮弹，也要在今夜打出去……"看到老人的特异表情，他知道不需要再深说了。

"要是留大娘在城里过年呢？"银环看到老太太沉默冷静的脸色，自己心里挺难受，她提出了折中的办法，"缺什么东西我去置买。"

"有好处吗？城里这两天的情况挺紧张呵！"杨晓冬并没反对这个意见，他用期待的神色，等着母亲肯定或否定这件事。

"我不能在这里住，上边还等着听我的消息哩。"

"妈妈！"他用了儿子对母亲特有的求饶语气，"说真心话，我实在想跟你一块回去，跟妈妈一块过年够多好哇。不过我们进来很多日子，没做什么事，我们确实安排在今天夜里，狠狠地打击敌人一下。妈妈，我小的时候咱们说书唱戏不都说'国破家何在'吗？答应你儿子'先为其国，后为其家'吧！"

谈话陷入停顿状态了。银环扭转头，回避了他们的眼睛。

母亲继续沉默着……

"妈！你生我的气啦？"

沉默，沉默，沉默到难挨的时候，老人用低哑到几乎无声的声音说：

"冬儿！你过来……"

杨晓冬依从着向前挪了两步，重新蹲下并依偎在她的跟前。

"摘下帽子来。"

儿子顺从地执行命令。妈妈慢慢伸出满带皱纹的微微颤动的双手，轻轻摸索着理顺着儿子的头发。头发中有几根花白的，她无言地把它们拔掉了。

这段时间内，银环已放好车子踱下坡来，三人互不说话，四下寂静无声；母亲慢慢地抬起头来，看了看升到中天的太阳，说："冬儿，妈懂得你的心，我答应你，你们先办咱们的国家大事，咱娘们见面的日子还长着哩！"

二

十二点前，小燕把过年的活儿都拾掇清了。端过一盆热水，连脖子带脸洗得一干二净。洗罢脸到窗前照镜子梳头，镜子里映着她那微黑的脸蛋，高耸的鼻梁，含笑的眼睛和突起的小嘴巴。梳完头，别上两个卡子，这样显得她更利索和更有精神。

接着她穿上新拆洗了的薄棉裤，蹬上刷洗后烤干的夹鞋，破棉袄外边套上那件青底粉花的单褂。着装完毕，她站在当院里散心。

小燕很喜欢过年，觉着年下的时光比平常格外别致。白天，男孩子聚集街头踢铁球、抖空竹，女孩们买红绫花扎蝴蝶结，穿花衣服。入夜，灯光放彩，鞭炮齐鸣，更加有趣。小燕无钱买不起多少鞭炮，总也买点滴滴金老鼠屎放放。此外，每逢年底，她要做一件花钱最少兴趣最浓的游戏，那就是从小市上买来葫芦哨，给鸽子缚在尾巴上，让它们自由自在地飞翔高空。她喜欢闭住眼睛听那悠扬动人的琅琅音乐。过一阵儿，她抓一撮饲料，向空中招手，鸽子俯冲飞降，音乐骤然停止。她最爱听这一刹那间的袅袅余音。

今年过年杨叔叔不叫给鸽子带哨了，她闹不清是什么原因。起初她认为杨叔叔不喜欢音乐，又觉得不像，因为他不断教她唱歌子。后来她想这响声准是对杨叔叔的工作有妨碍；也没仔细问，就作罢了。

小燕朝北屋看了看，北屋苗家正在热气腾腾地蒸馒头。苗太太隐约在云雾里，手揉面、脚烧火，忙得不可开交。在平时小燕会主动地帮助她，现在她没这种心思，不光是为了贪玩，还等着杨叔叔早些回来。可是正在她要转身外出的当儿，苗先生在里屋大声喊叫她。

苗先生在春节原有三天假，按道理腊月二十九下午就没事干啦。大家正在准备封门落锁的时候，突然他们经理科的李科长来宣布上峰指示：为了协助"友邦"完成"圣战"，全体公教职员要"勤劳奉仕"一天。李科长决定一马当先亲自带队。

这个李科长是个见过世面的人，两年前被委派到靠山区的县份当过一番伪县长。这个县倒是甲级县，全县三百四十个村庄拥有近四十万的人口；但绝大部分属于解放区，他所辖制的范围仅仅是三座大炮楼。炮楼集中在一个村，因而他实际上等于个伪村长。他居中楼，两个侧楼各自配属一个伪军中队和一班鬼子兵，即使这样，他上任后从没敢下过炮楼。有一回鬼子换防，原有的走了，新的没来，游击队乘机冲进街里，打了整夜的枪。这位县太爷吓得换上老乡的便衣，抹了满脸污灰，蹲在锅炉坑底。天明时听说游击队撤了，他一高兴想猛朝外跑，不期面撞锅炉，弄得鼻颈歪曲，从此落了个"李歪鼻"的外号，也就打消了到根据地"入山探宝、大发横财"的迷梦。他转勤到伪省府后，向同伴发誓不再到城圈外边做官……

李歪鼻第二天来到"勤劳奉仕"的现场，他对全科人员说："你们股长科员雇员都来啦。咱们是'为政不在多言'，任务就是要搬砖推土除垃圾，我让会计股长把活儿分成堆，庶务股长监工，用度股长计算成绩发配给证。谁干完活就在名册上画个圈圈，谁个不愿干也没关系，我一不向顾问报告，二不肃正思想，只在花名册上打个××。画圈的马上领配给证，打×的迟发两月薪金。"

苗先生今天来得很早。原想点名后就回去，为了配给证上那十斤面粉五盒纸烟和一斤砂糖，硬着头皮干下去。大伙为了赶回家去过年，都咬牙拼命干，两个钟头把活干完了。发配给证时，李歪鼻又来了："还有件事情，向大家同仁打个通知，今天晚上上峰军政长官，在宴乐园举行招待晚会，兄弟接到请帖，代表大家出席，这就是说，人家把咱们经理科当成一块肉，我们必须出点血，咱们大家也来个'合理负担'，按二四六八十等级摊分。我当科长的打头阵，拿十块，股长八块，科员六块，以此类推，款由下月份薪俸里扣除……"

苗先生清楚地知道这又是李歪鼻科长玩的烟泡鬼吹灯，科股长们出钱摊份子吗？那只有天知道，主要是敲大家的竹杠。他越想越窝火：你们真个胡子眉毛一把抓，人人眼里插棒槌，难道姓苗的眼里那么好揉沙子？他悻悻作色地走到他的顶头上司会计股长跟前："股长，明儿个一早，我要带着老婆孩子给你老磕头拜年啦！"会计股长听出话中有话，拉他到背人处问他是咋回事。他说："往年报份子，我没说过二话，今年手头很紧，再报这笔昧心钱，我的全家大小要喝西北风了。"股长看了看他的气色，估计这位老科员要挑头闹事，沉思了一会儿说："好吧！看在老同仁的面上，别声张，你这一份我兜起来。"苗先生谢过他，兴高采烈地领出配给证，归来时买齐配给品，捎带着买了几张万年红纸。进家已经中午十二点了，躺在炕上，想睡一觉，嗅到蒸馒头煮肉的味道又睡不着，心情一阵喜滋滋的，想写几副对联发挥胸中的感想，刚摊开万年红纸，看到小燕穿着干净衣服在院里逍遥无事，便把她喊叫进屋来。

小燕帮助他磨墨裁纸打糨糊，做完一切准备工作。苗先生下得炕去，从苗太太的肉锅里，夹出两块肥肉，连香带烫吞咽下去，然后嘴对酒瓶呷了一大口，顿时精神振奋，提笔一挥而就，完成第一副对联。正在自我欣赏的时候，杨晓冬回来了。苗先生放下笔特意到门口招呼，客人进屋落座后，他拿出配给纸烟来殷勤招待，并要杨晓冬也写两副春联。杨晓冬看到桌上那副墨迹未干的七字对联是：

蒿蓬隐匿灵芝草，
淤泥藏陷紫金盆。

165

他心里想：这位五十岁的职员先生，感到怀才不遇呀。随便称赞了几句，这一来，苗先生越发精神奕奕，非要杨晓冬写两副不可。小燕看不惯苗先生那股酸劲，愿意叫杨叔叔写两副好的压下他去，便也按着纸头招呼杨叔叔。杨晓冬推辞不过，接过笔来，一时心情很乱，想不出合适的章句。写什么呢？母亲的音容面貌在脑子里闪耀着，别离母亲后的惆怅眷恋还没从感情里消除。一时恨不得把鲁迅的"梦里依稀慈母泪，城头变幻大王旗"写出来，但又觉得不妥，于是控制着自己的感情，竭力往开阔处想，便将红纸叠折五个格，用行书字写了：

海阔凭鱼跃，
天高任鸟飞。

杨晓冬搁笔，苗先生非要叫他再写，便又写了一副应景的春联：

近水楼台先得月，
向阳花木早逢春。

苗先生看着对联，不住地夸赞："多清秀，多健韧，多灵活。杨先生，你真是好书法好笔力！行家才能看出你是颜真卿为肌，柳公权作骨，润泽了赵孟頫的风格；从笔锋的这股潇洒劲，八成还临摹过岳武穆的《出师表》呢！"苗先生说完，忽然叹了一口长气，看来是同情朋友，实则是怜悯自己。他说："满腹经纶文章，谁来赏识；就是千里马，没有伯乐，谁来相

166

买哩。反过来看，那些五官不全的科长；倒吊起来控不出一滴墨水的股长；长着两个舌头说日本话的翻译；他们吃香穿光，趾高气扬……"他这时心情变得阴郁了，本来免掉六块钱的份子，觉得是个便宜。现在想来，那顶多是不出血呀，实则一分钱也没收入。而科股长呢，还不是每人乘机大捞一把。他们仗凭什么，有多少真才实学？他感到自己仍是吃亏，于是一腔牢骚，不管杨晓冬爱听不爱听，像流水般地倾泻出来："杨先生，咱们是凭真才实学吃饭的，每月领那点薪金，自觉问心无愧。那伙科股长，他们懂个屁！不！他们懂得生财有道，单拿我们经理科说吧：领到大批修建费，借口买不到材料，迟不开工，拿着巨款叫三个股长多处投机倒把。最后材料买到啦。物价每涨一次就要偷改一次单据，叫公家按最大价码出钱。这还不算，各厅处的薪金，一再拖延迟发，把钱存到银行吃利息。配给品下来，私自提高价格还不算，最缺德带冒烟的是：白面里掺豆面，绿豆里灌土沙，小米里加谷糠，红白糖对凉水……一句话，大雁从经理科上空飞过去，也得叫这群东西拔下根翎毛来。跟头面人物在宴乐园聚餐，也要大伙送礼。见鬼吧！应送的礼物早从正常经费里开支了，这次大伙出的钱，是填他们的腰包。我晓得他们这些脏心烂肠子的事，若不然，他会计股长会给我兜起来？"

杨晓冬闻到苗先生的酒味，好言宽慰他说："睁一只眼闭一只眼吧。好容易盼到过年这个机会，他们还不捞大伙一下。"

"真要一年一次，那得谢天谢地啦！"苗先生激动地伸出五指，"咱们单算一年之内给省长送多少次吧，端午、中秋、新年、春节，节节不空；他出聘四姑娘，三儿子结婚，加上他六十大寿，是三次；三姨太太生孩子：庆出生、过满月、贺百天，又是三次。我们科里有人诅咒说：该嫁的叉开腿给了人家啦，该生的叫老娘婆给拉出来啦，看他省长还有什么说词？嘿嘻！谁料想到——神仙也料想不到呵：上两月省长搬家，人家说这叫乔迁之喜，需要大伙'温锅'，又得送礼。总而言之，他们一年光有喜事，喜来喜去，像血吸虫一样，把小职员的骨头都熬干巴了。"

苗太太送来油黄煎饼的时候，苗先生才被迫结束了冗长的谈话。小燕进来朝杨晓冬使了个眼色，杨晓冬乘这个空子才告辞出来。

三

西屋里，银环正脱那件戴着检疫袖章的白外衣，韩燕来提进那只标有红十字的沉甸甸的箱子，杨晓冬知道一切需要的东西都搞到手了。大家简单地商量了一下，准备立刻开始工作。先派周伯伯到北屋伴陪苗先生下棋，小燕拿两束芝麻秸做幌子到门口外面站岗，燕来检查外面送来的宣传品，杨晓冬帮助银环裁纸，安装蜡纸油印机。

虽然早已打过春，天气仍然很短，不知不觉已是下午五点钟。西屋的光线阴暗了，不开灯不好刻字，开灯又容易暴露目标，银环放下铁笔，才要休息一下，见小燕疾步进来。这一整天小燕见谁都有遮掩不住的笑容，现在她惊慌了：

"杨叔叔，查户口的正冲着咱家走来啦！"

"有没有日本人跟着？"

"我没看准，反正有带枪的。"

小燕和杨晓冬问话答话的工夫，早忙坏了韩燕来和银环。他们慌手忙脚地把东西收拾在一起，仓促装在箱子里。箱子过大，放在哪里都碍眼。韩燕来比平日显得格外紧张，他向银环说："东西没处藏，外人在这儿也不方便，你快上车，我送你离开。"边说边提着箱子朝外走，杨晓冬说："别着慌，箱子并不要紧，先把油印机和宣传品包起来。"韩燕来重新用布袋装好油印机和宣传品，把它们提到院外放在三轮车座的柜子里。小燕又跑出去为他们探信，刚到门口被谁呵斥了一声，她只好提心吊胆地退回来。

韩燕来发现闯进院来的是伪保长和一帮伪警察。他拿起块破布装作擦车，慢慢把车推向南墙角，自己觉着没啥可说的，便朝北屋喊："查户口的来啦！"北屋苗先生虽然听见，并不在意，当周伯伯推乱棋子，他才勉强走出北屋，嘴里嘟嘟念念："过个穷年，大伙都不得安定。"周伯伯的心情可够紧张的。他扶着拐杖紧跟在苗先生身后，不住瞅韩燕来，希望从他眼里得到点什么，偏是燕来又不瞅他。猛然扭头朝西屋里一瞧，看见杨晓冬早已挺站门外，周伯伯心里骤然发抖，险些掉落手里的拐杖。

伪保长抢前一步，向苗先生打过招呼，转身对一位警官模样的人介绍："这就是户主苗先生，在省公署恭喜——一等科员，代理股长职务。同院的都跟苗先生至厚，多年的老住户啦。"人们听出保长的话是好话，心里稍微踏实些。

"不对！"镶着满口假牙的户籍警翻着蓝皮户籍册，"哪能都算老住户，不是有位新迁来姓杨的吗？"

户籍警这句话，真叫银环、燕来他们胆战心惊，是不是他们专为杨晓冬来的呢？杨晓冬对这句话也没底，思忖着要不要自己答言。这时候，苗先生先开腔了："不错！杨先生是新迁来的。但他不是普普通通的老百姓，他是从北京转勤来的公教人员，而且跟我是老朋友……"

"他没有北京的迁移证，还是单身汉。"户籍警的发言，一面是抗拒苗先生的话，一面是向警官说明情况寻找挑刺的理由。为了表示理由充足，说话时他从耳轮上抽出那支削尖的铅笔，用笔杆敲打着户口簿上杨晓冬的名字。同来的警察们用审查的眼光盯着杨晓冬，有的背着枪到东屋和西南小间侦察了一番，许是西屋北屋门口都站着人，他们没有进去。

伪警官从保长介绍情况时，即保持了主动和慎重，眨着将信将疑的眼睛，盯着户主和房客，耐心地等待情况的发展，尽量让杨晓冬和他的保护者发言，一俟有什么破绽，他好乘机而入。

杨晓冬在疑问眼光逼视和两屋搜索的威胁下，保持了异常的平静；查户口这件事似乎对他是家常便饭，他的态度一时变得很斯文，脸色矜持地微笑着，像是准备在必要时候再说什么，又像是什么也用不着说。他的表情更引起苗先生的钦佩和同情，户籍警的态度挑起苗先生的午间余恨。他为杨晓冬辩论了几句之后，便决绝地说：

"北京的迁移证是肯定丢啦，你们看着办，死物丢啦有活人在，你要人，"他面孔严肃地盯着户籍警，"我去警察局；要手续，我给机关打电话，给你们出证明。"

户籍警一点也不示弱，他龇着满嘴假牙说："苗先生你这话欠考虑，手续是要这位杨先生本人的合法证明，既不要旁人代开，也无需你打电话，再说刻下是大年三十，各机关都停止办公啦，你上哪儿打去？"

"谁说没地方打？"苗先生紧抓住这一点，"我不会给省长公馆打？我还会上宴乐园打嘛！今天晚上，宴乐园那里宴请多田顾问，军政警宪首脑人物都去参加，还有找不到人的？"

恰在这时，苗太太送出茶水和纸烟，她先递给伪警官，并给他点了根火柴，伪警官向她报了个微笑。苗先生乘势改用了缓和的表情，向伪警官客气了几句，然后拿宴乐园这条新闻又唬了他一番，最后以轻松语气说："警官先生，我到宴乐园去一趟，找找我们省长兼警备司令出个证明好吗？"

伪警官还是被宴乐园这条新闻唬住了，怕闹出事来自己吃不消，内心已经打消了挑刺诈财的原意，看了看同来的伙伴，伙伴也在无可如何，他面对杨晓冬说：

"办好居住手续了吗？"

杨晓冬和气地点了点头，掏出证明书叫保长看，保长看出问题可以和解了，他向伪警官说："杨先生的居住证早就起出来啦。"他从杨晓冬手里接过证明书，故意朝大家面前展示了一下，随后采取了为双方捧场的态度："苗先生一向是真诚对待朋友，偏偏又遇到办事无私无弊处处认真的警官先生，双方都叫人钦佩。其中疏通双方情况不够的地方，统统怪我们联保所。本来这些事是我们早应该协助办好的。我看，现在时间已经不早啦，好不好请警官先生回联保所休息。"

伪警察们没揩着油水，滚开了。苗家院里，一时呈现了欢腾喜悦的气象，杨晓冬、周伯伯、小燕都向苗先生致意道谢，连平常不爱答理苗先生的韩燕来，也破格向他应酬了几句。苗先生一时得意，又自己作了吹嘘。时间不大，保长也返回来了。他说这两天风声挺紧，城里出了大案件，各处都在查户口，重要街道都有宪兵跟着检查，说西下洼子费了九牛二虎之力，才拦住宪兵没有跟来。总之，他的意思是大家能安生过年，有他当保长的很大功劳。小燕递给他一杯水。他乘势教训她说："丫头，城里住惯了，学大方点子，别见带枪的就害怕。"苗先生不愿意听他这一套，便歪过头去同他太太叨念过年的事。杨晓冬懂得保长的来意，叫小燕拿出一瓶二锅头，亲自递给保长，还说了不少客气话。

保长接过瓶酒，一步一躬向后退步，眼看要碰到三轮车。韩燕来说："留神撞到车上，摔了你的酒瓶子。"保长听着话里有刺，为了维持面子，还是迭声喊着"是，是"，灰溜溜地走了。

苗先生指着保长的后影，大骂了他几句，遗憾地说："好好一盘棋，生叫他们搅散啦。"杨晓冬听罢频频向周伯伯使眼色，周伯伯会意了，用挑战的语气说：

"刚才那盘棋算我输了，敢再杀一盘？"

"敢？来！"

苗先生进屋的时候，回头朝杨晓冬说："等我下完棋，咱们好好喝点熬岁的年酒。杨先生你别在心，没关系，娘要嫁人，天要下雨，怎的就怎的，别在乎他们。"

杨晓冬跟小燕他们重新聚到西屋。他说："银环没出门，还算沉得住气，就是咱们小燕儿，变貌失色的，今后可要当心哪！"

小燕指着油印机说："我知道家里摆设着这玩意，他们一群疯狗冷不防闯进来，就把我吓蒙啦。"

韩燕来说："别说小燕，今天我也毛啦，心里不住地打鼓，生怕翻腾我的车。"

杨晓冬安定大家说："咱们来个贼过去插门，重新分工，再搞牢靠点。燕来，你去东房顶放哨，小燕在院里巡风，我帮助

172

银环印刷刻写。"

平素，银环同杨晓冬接近虽然不少，但像今天这样两人对面坐下来工作还是第一次。她觉得除夕之夜，在偏僻陋巷的小屋里同领导干部一起工作特别有意义，因而精神加倍振奋，握笔十分轻快，刻画的线条特别清秀。时间不长，刻完第二张蜡纸。她吹了吹蜡纸上的白毛，把它放在机子上，撑紧四角之后，拿起油滚子，蘸了不多的油墨，轻拿轻放地推了几次，油墨吃得不匀。

杨晓冬说："看你刻字倒像行家，印刷东西可是累巴。"说着挽起自己的袖口，从她手里接过滚子，饱饱吃足油墨，在手中熟练地掂了掂，像是衡量它的分量，然后盯准蜡纸，对正方向，用力一推到底。揭出第一张看了看，对银环说："你给我当助手！"便接二连三地印起来。

每印一张，银环揭一次，他越印越快，她揭起来感到很吃力，一时闹得手忙脚乱了。她心里暗暗责备自己：你怎么这样拙手笨脚的，越在要劲的时候，越没出息。她用全部精力应付工作，只有在他加油墨的时候，她才松一口气。银环毕竟是个心灵手巧的人，揭过百十张后，她得心应手了。这时候，她提出了问题：

"你不是当政治委员吗？几时学的这套本事呢？"

"提起来话可长啦。"他随手转动滚子，使它在蜡纸上走得更均匀，"一九三八年在游击支队的时候，我搞宣传工作，支队党委决定出版《星火》小报，版面就跟这张蜡纸一般大，报纸的主笔、编辑、刻写都是我一个人。夜里收听广播，听完就整理刻印。那时的工作经常打通宵，每逢行军，就把油印机同行李打成一块背在肩上。起初这个小报是三日刊，印百十份。后来读者多了，需要多印，为了节约，再多印也只能刻一次版，于是便在提高印刷技术方面打主意。蜡纸印乏了，拆卸下来叫它休息休息；版面裂缝了，糊个补丁；天气炎热时，为了延长蜡纸寿命，等到夜凉的时候印，或是钻到地窖里去印。后来敌人不断出发'扫荡'，为了坚持出版，就在地洞里坚持工作，有时候敌人在上面搜村子，我们在地下印报。"

"难道没碰上过敌人？"

"还有不碰上的！"

她要求他讲坚持地洞斗争的故事。这当儿小燕家兄妹冻得进屋来烤火，他们完全支持银环的倡议，缠磨着杨晓冬讲，燕来说外面已平安无事。杨晓冬问北屋下棋的怎么样。小燕说苗先生下完第一盘喝了几口白酒，已醉得睁不开眼啦。周伯伯正帮助苗太太蒸馍剁馅哩。

"既是这样，我接着讲讲印报的事。"

"有打仗的事吗？"

"嗯哪！"

"可得讲你自己。"

"我有啥可讲的，说说我们报社的小鬼吧！"杨晓冬同小燕对话的时候，并没停止手里的工作。

"编制扩大了，报社的人员增加了一倍，就是说，除了我，又添了一个十四岁的勤务员，名字叫小赵，是我们驻在村庄农救会主任的儿子。小赵只念过一年书，刚来时连'抗日救国'四个字都认不全。日期长了，先学会推滚子，又学会刻钢版，后来文化程度高了，创作了不少快板诗，成了一个名副其实的编辑。我说说他在长流庄跟敌人遭遇的事。喂！你把下面的纸正正呢！好！我接着说，那次我们估计敌人必然出发，上级要我们加印出一部分学习文件，我们觉着村庄大堡垒好，又有坚强的群众基础，便没转移。我和小赵半夜开始工作，黎明的时候，民兵送信说敌人来了，我们告诉他盖好上边洞口，照常突击工作。干完活，我实在的疲乏，趴在印好的文件上睡着了。不知睡了多久，迷糊中听小赵说要上去解大手，顺便看看敌人的动向。我蒙蒙眬眬地不知说了句什么，他便掀开洞口盖板，推开盖板上的面柜。呵！我说漏啦。我们的洞是挖在跨院的磨房里，洞口在磨房墙角的面柜底下。小赵爬上去，刚要脱裤子解手，恰恰碰上一个持枪的伪军来搜查磨房。他发现小赵的同时也发现了洞口。伪军用枪逼住小赵，问他是干啥的。这时候我也惊醒了，知道上面出了事。想上去，不晓得有多少敌人。我得沉着，越在紧急情况下越得沉着，我把四个手榴弹都放在身边，两个打开保险盖，准备到万不得已的时候往外冲！

　　"小赵一口咬定说自己是邻居家孩子。说孩子是可以的，那年他不满十五岁，身材很矮小，穿的又是便服，倒霉的是洞口已经暴露啦。伪军指着洞口，问里面有什么。小赵不吭气，挨了很多耳光之后，伪军呼喝着要带着他走。小赵急中生智，说：'里边就有俺嫂子！''是真的？'我从声音里知道这家伙不怀善意了。小赵说：'不敢骗你老总，洞底很浅，到跟前就看见啦。'我听见脚步声咚咚走过来，当时不知道敌人有多少，真想把手榴弹投出去，但我又忍耐着，想再忍耐个十秒八秒的看看动静，正在默念一二三四计算时间的当儿，听见咕咚一声，伪军掉下洞来，小赵急忙隐蔽了洞口，就这样我们抓了俘虏还缴获一支枪。

　　"这不过是个小插曲，根据地可歌可泣的事数不清。总之，他们整天在战斗，比这里凶险紧张得太多啦。今天，敌人来查对一下户口，你们都有点沉不住气，那怎么能行？就算敌人凶似狼虎，我们得变成打狼捉虎的英雄好汉。没这点气魄，搞不了内线工作。当然这也不是一天两天的工夫，要我们好好锻炼，逐渐使自己能经受得起困难和挫折的考验。"

三个听众面面相觑，内心都有不同程度的激动。印刷品一张一张地连续翻飞，看看就要印完，小燕忽然说：

"小赵现在长大了吧？"

推滚子的人点了点头。

"杨叔叔，哥哥才出了事，叫他在家休息。今天夜里分散这些东西，把我打上数。"

"这么大的事，我还有不参加的？"韩燕来说。

银环说："他们兄妹进宴乐园都不大方便，我去比较合适。"

杨晓冬没有回答任何人的话，他把指名送的宣传品都装好信封，左手执笔写好收信人的名字地址。一切都整理就绪了，他很严肃地说：

"今天是一场战斗，我们四人要全体出动，根据散发传单的经验和本人的合法条件，我们把最重要的任务交给银环。"接着他讲了应该注意的问题。每人分好自己应带的宣传品。

除夕的夜晚，比平常热闹多了。大街上增加了路灯，到处播送着肉麻的黄色歌曲。商场里灯红酒绿，光怪陆离，男女摩肩擦背，奇装异服，到处泛滥着一种淫声妖气。唯利是图的老板们，不肯放过任何发财的机会，他们临时张贴海报，甩卖各种应时商品。贪财的商店早已提前关门，麻将响得像摔惊堂木一样。市场外面街道上，不少缙绅大户，借着敬神的名义，实际上是逞威夸富，拿出很多鞭炮烟火，请了专门放花炮的，摆好桌凳唱对台戏，观众围得水泄不通。从市场再朝东行半里地，就看到悬灯结彩的宴乐园饭庄。

正在鞭炮齐鸣、烟火灿烂的时候，杨晓冬站在人的堵墙外面，遥指着宴乐园大门对银环耳语说：

"那里明灯火仗的，警卫定不会少。你可得加小心！"

银环很镇定地说："这地方我很熟识，有前门也有后门，可以混进去。万不得已时，隔着墙也要把宣传品投到他们会场去，你等着听好消息吧！"

第九章

一

　　黄昏时候，宴乐园的朱红大门高头，闪亮着四个红纱宫灯。彩绸被风吹得哗哗直响。迎门影壁上悬着四个大字"恭贺新禧"，在大字周围挂着五色霓虹灯。影壁后是前院，经过穿堂可通中院，穿堂两侧的房间是饭庄的普通散座，今天为了招待"贵宾"做了临时休息室。中院宽敞开阔，一律是方砖铺地，正中间一条由黄白紫三色卵石砌成的甬道直达中厅。中厅门外有五级白色石阶，六根朱红柱子，迎门两侧有副红字对联，写着：

　　　　名驰冀北三千里，
　　　　味压江南第一家。

横额高悬梨花木匾，三个泥金大字"宴乐园"。中厅里宽敞空旷，可以摆几十桌酒席，是个大型宴会的好地方。通过中厅可达后院，那里还有很多附属建筑。总之，宴乐园是驰名的饭庄，顾客们不是西装革履，也是长袍马褂，粗手粗脚的劳动汉子，没有到这里吃东西的。据说有个受穷的市民曾表示不服气。他说："谁定的这个等级，有钱还能不卖给？"他硬着头皮进了宴乐园，在普通散座里选好自己的座位。他知道旧社会里有"店大欺客、客大欺店"的习惯，便争取主动，响亮地叫喊："来人，来人呀！""你先生吃么饭？"天津口音的堂倌把抹布握在手里，慢悠悠地走到跟前，瞅着来客的衣帽、装束，但没有动手擦桌子。客人忙开口说："来个中碗肉丝炸酱面！""吃么菜？""有肉丝当菜就得嘞呗，不要菜！""先生，门口有猪肉杠，割上四两，自个回家吃！"这位市民还想争辩，抬头看时堂倌已经走远。在"高贵客人"们的哄笑声中，他面红耳赤地走了。

宴乐园过去布置得很排场，中厅挂满名人字画，条几上摆着很多珍品古玩。夏天，中院搭起高高天棚，白兰花、红石榴、橡皮树、柳叶桃等大盆花摆成行列，几十盆小盆的奇花异草列在东西两廊，爬山虎的油光翠绿枝叶蔓延在整个中厅，映得庭院都绿生生的，空气中透着清香，给人一种幽雅恬静的感觉。因此这里整天车马盈门，高朋满座，不用说进来吃饭，只要从门前经过一下，那些梅汤汽水香槟啤酒散发出来的浓郁气味，阵阵扑人的鼻子。日寇占领后，顾客一天天减少了，中厅几乎空起来。掌柜的几次递歇业，得不到批准。他便勾结了两个伙友，一个是李歪鼻李科长，另一个是前些天被杀的龟山，三人合股经营。龟山任经理，他们两个中国人当副经理，饭庄照常营业，兼着倒腾粮食贩卖商品，日期长了，随着物价飞涨，吞吞吐吐投机倒把，赚了很多昧心钱，光是分到李歪鼻名下的就买了五六所城宅。龟山死后，李歪鼻升了经理。他预感到没有日本人作后台，难免被敲竹杠，听说伪省长和高大成司令要请多田任首席顾问，他便招揽到这里来开会。他想：军政各界头面人物在这里聚会，门口摆上两列汽车，这就等于挂上一把尚方宝剑，满可以镇唬镇唬那些乌嘴抹黑的家伙们。为了这个目的，宴乐园上下人等一齐动员，停止了两天营业，前庭后院扫得一干二净，桌椅板凳摆得整整齐齐。

晚七点，李歪鼻提前到了。他像个大总管，率领所有人员从前庭到后院，比手画脚地指点了半个钟头，直到他认为可讨主子欢心的程度为止。

八点钟，开会的人滚着疙瘩来了。前面是伪省府的厅处长，后跟的是靠近省城和铁路沿线的二三十名伪县长。新民会科长以上的职员们是第三批。伪治安军的营团主官是坐大轿车来的，他们从中厅甬道迈上石阶的时候，故意高抬皮鞋发出咔咔的响声，响声中充满了旁若无人的优越感，吓得那批青衣小帽的伪新民会的职员们，从已经登上台阶的地方又退让给这帮趾高气扬的"武士"。那伙土匪装束的伪保安团长和警备队长，认为有资格可附"骥尾"，便跨过新民会职员紧跟在伪治安军的屁股后面。顶属最后进来的一帮人形象复杂了。单从胡须上区别吧！有弯腰驼背老白了胡子的，有仁丹胡的，有日本胡的，还有男身女相把胡须拔光变成老公嘴的。这帮人就是财务、税务两个部门的科局长。他们是因职务上的关系来出席会议的。这支队伍被人唤作"三爷队"，因为他们是由于姑爷、舅爷和丈人爷的身份做官的。

东西两侧的休息室，原打算分别招待两位军政首脑的家属和随员，由于首席顾问提前到来，两家的随员临时合并在西休息室，田副官首先抢过电话机，连吹气带敲打。"我是高司令的临时公馆，我说。你们死净了没有，没有？那你快给我接贾老板……呵喽！你是贾老板，好，你给我跑步叫红宝去……你是小红……"他回头看了伪省长的随员们一眼，声音低了，"高司令吩咐：你们今晚一定来，人越多越不嫌多，小凤姐妹几个可得来，打扮漂亮点。老板？他敢找麻烦，告诉他一声就行。对！再等半个钟头就动身。进后门。能进，我告诉门岗，凡女的就让进来。"田副官咔哧扣上电话机，把滑到脸上的长发抖上头去，想到红宝那两句体己话，自己微笑了。这时电话铃又响了，他又夺过来，听说是伪省长公馆来的，他递给伪省长那位老跟班的。后者拿起电话："是姨……"想到为加个"姨"字，挨过很多的骂。急忙改口称太太。然后他问有什么事。电话里声音很尖："别管什么事，我先问你，为什么电话老叫不通？""这个，太太，刚才是高司令公馆用着呀！""又是小田给窑子里打电话吧！你们缺德挂冒烟啦，我当太太的，还不如那群婊子！""这话，是太太你说的，我可不敢说，呵！是，是是，是是是，对！你同少爷准备吧，顾问一开始讲话，就可以动身啦，对！进后门……"

东休息室的屋子很宽敞，耀眼的灯光下，一块发亮的漆布罩着八仙桌，桌上摆满了适合日本人口味的水果和各种凉菜，打开口的啤酒咝咝地冒气。多田顾问只手擎着酒杯："我已说了很多，总之，为了完成'大东亚的圣战'，为了确保省城的治安，也为了你们的融洽和睦，我想在干杯之前，能满意地听到你们的回答。"

伪省长同高大成蓦地从两侧同时站起来。身躯肥大的高司令瞪圆那只独眼想开口的时候，被他的对手捷足先登了。

"首席顾问先生！"伪省长脸上投出谄媚的微笑，"我常说，只要有利于'皇军'，有利于'皇军'的事业，我个人肝脑涂地，在所不惜。至于鄙人跟高司令的关系，顾问如此关心，真叫人感激涕零，今后我们保证乳水交融，同舟风雨……"

"我是你顾问胯下的一匹马！"高大成抢过话板，他怕伪省长把好听话都讲绝喽，"顾问的鞭头指向哪里，我就能跑到哪里。顾问要认为海里的月亮能捞，我高大成不脱衣服就跳下去。我管两个师，从连长到团长，都跟我拉竿起来的，谁的奶名叫啥我都知道。他们像儿子服从老子一样地服从我。我常说，不管是八路军还是旁的冤家对头，要拆我的台，那是梦想。顾问只要看得起我，我是鞠躬尽瘁，死而后已。什么时候看我不中用，你写个纸条，我马上滚蛋，"他瞥见多田偷瞧手表，立刻剪短了话头，"至于和省长的问题，我按照首席顾问的吩咐办事，旁的没啥可说啦。"

高大成把自己比成马，多田也有这样的看法：他认为伪省长是匹滑头的识途老马，轻车熟路时，扬鞭即走，路途坎坷时，挥鞭也不动。不要说肝脑涂地，拔他根汗毛也得考虑考虑。高大成是匹野马，又踢又咬还容易把骑马人掼下来。但真遇到劲头儿上，狠抽他两鞭子，他肯拼死拼活地卖命。重要的问题决定在驭手的本领，像他这样神明的驭手呢，想到刚才他们所表示的，多田笑了，为自己的优异才华笑了。主子又是贵宾的这样一笑，下首作陪的两位文武官员，认为是千金难买的机会，连忙满脸赔笑地举起杯来。

麻狼子团长隔着门缝看到他父亲同顾问和高大成碰杯，知道调解关系的问题告一段落。进去报告，说开会人业已到齐。

于是两位文武大员陪同多田进入中厅。中厅到会的人虽然就座，但他们不晓得多田顾问提前赶到，更没想到他们不声不响地从休息室走出来，因而有的人信口开河，有的人喁喁私语。坐得也很不整齐。

伪省长走在前面，也看到这种景象，想提起大家注意，他说："诸位同仁，首席顾问多田先生特来……"他的语音有点斯文和矜持，想在日本人跟前不大卑微，在大家面前不失他身份上的严肃。然而，这话在高大成听来非常不入耳，感到这种语音既叫人听不清，又不能算是军语，便前跨一步遮住伪省长的全身，伸直脖颈猛喊：

"统统站起，立正——"他这一声吼，意在表示日本顾问的尊严，表示有他们军人在场应该显示的隆重，也有意识地表示与省长的假斯文截然不同。他这大震人心的一声喊叫，产生了多种效果：站在会场核心的军官们，皮鞋咔嚓一响立正了，因他们是原地立正——按照立正是不动姿势——以致有不少的军官屁股对着讲台；距离高司令近的这伙人是伪省府的高级职员，他们平常多半是书呆子，太阳底下站久了要灼伤脸皮，办公室打个茶杯都会吓得心跳，猛听高大成闷雷似的叫喊，丢神失魄地站起，碰倒前沿两三张方桌；税务人员中有一个日本胡起得过猛，手肘碰落邻居的瓜皮帽盔，帽盔滴溜溜滚转到高大成脚下，高大成怕顾问看到不礼貌，乘势一脚把它踢得无影无踪。日本胡右边是位戴金丝眼镜的，他怕被日本胡猛起时撞了脑袋，急忙闪身歪头，金丝镜钩挂住身旁老科长的花白胡须。即使这样乱七八糟，但在怕人的立正命令下，谁也不敢动，一律保持着肃静。静得能听见西休息室田副官口吹送话器的声音。

在这种情况下，听众们多么希望首席顾问发点慈悲叫大伙坐下呢。可是，多田没有满足他们的愿望。他认为：他是来训话的，被训的不能坐下听，特别是训话内容里还要传达日本最高领导方面的意图。听众只能立正受训。高大成也没体会到这些，他不断清理喉咙，等待多田什么时候允许坐下，再喊一嗓子。等了多时不见动静，他和伪省长四目对射之后，像大小二鬼给阎王把门似的侍立在多田的两侧。多田并不关心两位文武官员的表情和动作，甚至没考虑到他们的存在。舐了舐口须，他开始训话了。他的中国话很流利，流利到能熟练运用中国的古典传说，并富有东北方言的风味，若非不断在语尾中出现"沙沙""咝咝"的声音，你听不出他是个日本人。

多田首先谈到东条在去年十一月二十八号的演说。提起东条，多田表示：他个人只是一个地方政府的长官，而东条英机已是国际舞台上叱咤风云的人物；想当年他们在陆军大学是同学，在关东军宪兵司令部时，又是一起工作的要好朋友。他又含蓄又暗示地说了这么多，话板直转到当前的国际形势问题。

"……首相承认：在德苏战场上，譬如在斯大林格勒，有些小小的不愉快，但这不影响大局。轴心国家强大无比，我敢保证，历史会无言地证实我的保证：在不久的将来，大日本皇军同希特勒总统的闪击部队在西伯利亚、在天山山脉会师。

"你们都有眼睛，看吧！东北兵站基地、华北粮站基地，这是不败之势。不要听信英美造谣，你们翻开近一个世纪的历史，看看这两个国家的行为，他们是老虎戴素珠——假充善人，实则把中国人民的鲜血当饮料。

"我们在中国树立的新政权大大地巩固了，蒋介石要走'和平'道路，有他的饭吃；蒋帮在日本银行的私人存款，可以考虑发还。要想抵抗，那我们日本皇军伸出一个手指头，可以敲碎他的头颅。"他越说越激动，在激动时他反对任何纷扰，正因为这样，他怒目拒绝了李歪鼻亲自送来的咖啡茶。然而这终于使他做了个顿挫，他呼出一口长气，说到共产党：

"苏联、中共，不论他们把自己的主张宣传得多么好，我可以保证，对你们今天到会的人说，是没有好处的。但我们绝不能轻敌，要正视共产党工作的深入性和它的顽强性；对付他们不是伸一个而是伸十个手指头去抓他。为了这样做，你们知道，截至去年十月，单是在华北平原上，我们的碉堡新建了七千七百余座，遮断壕长达一万二千公里，相当中国六个万里长城，约合地球外围的四分之一。为什么花费这么大的劳动建筑这样巨大的工程呢？一句话，大日本皇军要用全力对付共产党。"提起共产党，他忽然想起前夜鸣枪拒捕和杀死龟山的事。觉得没家鬼引不进外祟来，说不定今天到会的人里就有危险分子，不禁胆怯地悸动了一下。他怕旁人看透他的心思，脸色立刻狰狞了："现在居然有人勾结匪徒到城里制造骚乱，大日本皇军绝不能忽视，大家亦有责任协助检举。遗憾的是：不少的人抱着混事吃饭的态度，对紧张的圣战，充耳不闻；更可恼的是某些人思想上受了共产党的熏染，说不定龟山经理的事件，同内部的伪装分子有关。我郑重宣布，大日本帝国，大日本皇军，对破坏'东亚新秩序'的人，是不吝惜子弹的……"

伪省长原打算在春节请顾问来讲讲话，借以提高大家的情绪。他也准备顾问讲完之后，自己煽风助火地说几句。想不到顾问给大家来了一场威胁。这一瓢冷水，打消了他的原意，便怂恿高大成说几句。高大成是个表面粗野内心精细的人，自然不肯讨这份无趣。何况多田马上就要走，他只形式地又喊了一声"立正"，喊声比起初开会的时候，显着少气无力。

多田走后，乘着两位文武官员送客的空隙，中厅自行休息了。很多人流鼻涕，挤眼泪，打哈欠，偷吞黑药丸。很多人伸手探脚打舒展。军人解皮带，文官吸纸烟，金丝眼镜从老科长毛茸茸的胡须上摘下镜钩，频频道歉。瓜皮帽盔又被一个武夫从墙角踢出来。会场出现了活跃的空气，三个一群，五个一伙，胡乱聊天。

"今天的会开得不赖！吭？"说话的人是有意识地探听旁人的口气。

"那是自然，人家就是有学问；光凭这口中国话就够棒的。"

"日本军就是有办法，不用说有希、墨那两怪杰的声援，单是大日本帝国的武士道精神，加上中国的南洋的资源，可以说，战无不胜，攻无不克。"这是伪新民会的宣传处长绰号鲁大头说的。他故意摇晃身躯，以便飘起胸前的桃红领带。

"你没看东条演说中写的种种困难吗？"高大成的第一团长关敬陶打断了鲁大头的话。他认为鲁大头故意闭着眼睛颠倒黑白，有困难就说有困难，为什么不抱正视现实的态度呢。

"说真的，俄国人实在不简单，破釜沉舟，一直在斯大林格勒顶着干。"有人暗合着关敬陶的意见。

"那有什么不简单的，斯城二十四个区，被德军打下了二十三个，剩下的还不是釜底游鱼瓮中之鳖。"鲁大头又提出了反驳。

"你翻来覆去讲报纸登的官方消息，这些对小学生都不是新闻了。"关敬陶再次抢白了鲁大头一句。

"你认为我们新闻处不知道新闻？不说罢咧，试问你们谁知道龟山先生是怎样被杀害的？"鲁大头的话获得了听众，立刻凑来十几个黑脑壳围挤着他的大脑袋，像一群屎壳郎滚住个大粪球。

鲁大头见大家静下来听他的，故作机密地说："龟山经理为什么被害呢？我讲出来，大家切不可外传，这可是内部的绝密消息。龟山经理专门收买解放区的粮食物资，共产党认为这对他们非常不利，派来便衣队混进城。晚间先在街头捣乱，迷乱我们的视线；暗地里派人包围龟山私邸，残忍地结果了经理先生的生命……"

"你这话不是自相矛盾吗？上次开会你向大家宣传说：'土八路'百分之九十九回乡生产了。少数坚决的'老八路'，也已把大枪锯掉，曳着剩下的半截短枪，钻到老山老岳不见天日的地方去了。怎么现在又有许多便衣队混进城来呢？"说话的是伪省府的陈局长，外号"陈半城"，意思是说城圈里的房产，有一半属于他的。他本人一不读书二不看报，至少有三年没敢出过城关，除了每周上三个半日班，主要精力是核算房租的收入。他最害怕八路军，只要谁提起八路军，就像老虎要吃他一样。他不愿意任何人讲说便衣队进城的消息（不管这消息是真是假），这倒不是同情龟山，主要是害怕临到自己。

"你们整天蹲机关听谣言，就认为没有八路军，好说你啦。河里没鱼市上看。不信你到沟外炮楼住两天试试，海着哩。按说有八路军也有好处，像今夜这个没完没了的会，该有八路军来扔两个手炮，大伙就提前散会回家过年啦。"关敬陶不单是讨厌陈半城，也讨厌今天的会议。他想起爱人在家等着他回去过年，心里十分焦急，把满腔不平，冲着陈半城泼出去。

站在关敬陶身后的第一营营长，跟他关系至厚，生怕他们团长任起性来，还会谈出一些不顾影响的话。他有意识地提醒说："咱们莫谈国事，我看刚才宣传处长说的话，就不利'防谍'。今天是好日子，省长和高司令为了庆祝新年，大摆宴筵，咱们闲话少说，多吃为妙。"

一营长的话，把人们的注意力引到宴会本身了。陈半城带着不赔本的意思说："说得对，把顾问这顿臭骂的代价，可着肚子吃回来。"留仁丹胡的税务局长有风趣地说："陈局长呵！你想可着肚子吃谁呢，这是狗吞鸡巴自吃自呀。"中厅泛起一阵哄笑。伪治安军第四团赵团长是商人出身，专会打算盘，他警惕大伙说："你们笑什么，仔细着出血吧。上级还能白请咱们，吃一个铁雀，至少得出一只耕牛。好好算一算，熬过今天晚上这一关，才知道当这一年的团长是赔啦，还是没亏本。"

银环打定主意，直奔宴乐园的大门口。不等卫兵说话，她主动上前说："我是警备司令部的机要员，刚收到一份加急电报，我要亲自交给省长。"

"不行，不行！"卫兵甲粗暴地拒绝了。

卫兵乙打量了银环一眼，便说："不是我们拒绝，上边的事我们做不了主。"

银环说："这与你们有多大关系呢？我跟省长很熟，进去就当面交给他啦！要是普通的信件，我何必亲自跑一趟呢？"

卫兵乙说："本来可以给你传禀一下，现在顾问正在讲话，你到后门看看去吧，那边有他们的随员。"

银环绕到后门时，正赶上一群花花绿绿的女人向后门拥进，卫兵谁也不拦，她不明原因，也不敢冒失，还想用送电报的名义试一试，不料她刚走到跟前，还没开口，卫兵向她朝里摆头说："快进去吧！"她抓住这个机会，迈步紧跟进去。

中厅灯火辉煌，多田还在讲话，她从中厅夹道，绕过前面穿堂，这里的服务员们正忙着预备酒菜，没人干涉一个女人的出入，他们知道今天女客是很多的。银环直接进入了账房，账房先生正同一个招待员开列清单，猛然看到银环进来，误认为是高吴两家的眷属，毕恭毕敬地问：

"小姐！你有事吗？"

"我是警备司令部的，有事要麻烦你们。"她把准备好的信件拿出来，"这是上峰机关给到会军政首脑人物的贺年卡，烦你们分头送交本人，能做到吗？"

柜旁两个人同声答应："愿意效劳。"

银环把所有信件很整齐地放在一个托盘里，叮嘱那个招待员说："酒菜上齐的时候，烦你把贺年片送上去，一定要做到，这是钧部的指示！"

银环在这位招待员护送下，又从夹道绕到后门，正碰见高大成同伪省长送多田回来，银环停住脚步，等他们进门后，才辞谢招待员走出后门。

这对文武官员，倒是发现了银环，但没引起注意，一来觉着警卫森严，二则互相认作是对方的女眷，不便干涉。特别的原因是两位大员陪着多田吃了很多凉菜，肚子咕咕作响，都忙着跑厕所，因而顾不上盘查什么别人了。

两位大员急不择路，进入伙房的厕所，这里只有一个粪坑，双方急不能待，便平分秋色，对着屁股蹲下，即使这样，为了行将实现的发财迷梦，双方进行着激烈的争辩：

"你兼了警备司令，弄到两个肥缺，把腰包都撑破啦。我这个穷当兵的可饿着肚皮呢！"

"一家不知一家，我跟'友邦'宦海五年，搭上了三顷好地……"

"你别哭穷，我也不朝你打饥荒。咱们谈正格的，今天这后半场戏咋唱？"

"按照原定计划行事吧！"吴赞东提着裤子站起来。

"原定计划，二一添作五，我没意见。"高大成也站起身，"我要说清楚，今天到会的这几十个保安团长和警备队长，可得归我整治整治他们。他娘的，这些家伙，平素蹲在炮楼里，作威作福，称王称霸。每逢下乡'讨伐'，总是不敢过夜。夜里遇到民兵在煤油筒里响两挂鞭，硬说是八路军放机枪，吓得尿裤子。真正碰上八路军的主力，哪遭儿不是姓高的给他们壮胆子。今天，没说的，狗日的都得坐下来，老老实实打几圈。"

高大成说的打几圈，是他的拿手杰作。每次他把这样的牌手请到，一摆就是十桌八桌。说是打牌，高大成可不动手，每桌都有个"捧牌"的姑娘。按照规矩，每次是三家归一——叫姑娘赢。赢钱多少就看姑娘的本事，打多少钱一锅，锅大赢得多，姑娘的小费也多。每当打风的时候，捧牌的总是讨价："每人出一千元的锅。"打牌的其他三家往往还价，还价都用可怜相："姑娘，我们是穷差使，可吃不住呀！"或是："请你抬抬手吧，我那个城圈小，八路军围得紧，弟兄们吃小米都困难呵！"要不就干脆说："姑娘向高司令多加美言吧！我们兄弟三人，权当陪你坐一坐，共掏一千块吧！"这就是高大成招财进宝的妙诀。一点钟前，田副官电话里叫姑娘来得越多越好，就为的这一手。

高大成走出厕所，瞥见西休息室——他的临时公馆里，闪动着不少油头粉面的人影。他草草地结束了同伙间的谈话，迈开大步，响着咯咯的马刺长靴，像只贪馋的大狗熊，拱起身子急扑过去。

伪省长转过头来，发现老跟班的向他点头，知道是眷属到了。一时精神抖擞，进入东休息室。

这里三姨太太早已等急了，看见她的猫面丈夫，第一句便是："人家的牌手凑齐啦，你的算盘是怎么打的？"

伪省长鄙夷地说："那种庸俗低级的调子，只有姓高的才能弹。至于我……"他向姨太太附耳说："酒会开始的时候，你和少爷到宴席上坐一坐，认识的打个招呼，生人连睬也别睬，别等散席，就回休息室坐等，来个姜太公钓鱼，愿者上钩。"

"要是空钩子呢？"姨太太很不放心。

"哪能？哪能？十面埋伏，我预先布置好啦。"

她听完话，眼里冒出金花，仿佛从高空云端里悠悠降下无数笑脸，笑脸握着很多钞票，直向他们母子衣袋里塞，塞到无法携带时，她从幻想回到现实中了，抬头用疑惑的眼睛盯住他，后者感到这种眼睛的力量，便说："没问题，今天的收入，完全归你。"

"光叫我当过路财神，再弄鬼捣棒槌可不成！"

"哎呀！谁骗苦你啦，我的雏……"他想伸手拧她那脂粉涂有铜钱厚的脸蛋。

"报告省长！"随从秘书探进一颗脸色煞白的脑袋。

"中厅里发生事情啦！"

五分钟前，中厅酒菜摆齐了。到会的人，急于等着开餐，有人馋得直流口水，眼巴巴瞧着休息室，等候送多田的那一对文武官员。这个时候，服务员笑吟吟地捧着托盘走进来。

"端的什么好吃的？"

服务员说："是贺年片呀。"

"谁这样早送贺年片呢？"

服务员说："是钧部的指示，女机要员亲自送来的！"他把银环交代的经过说了一遍。

"钧部是谁家，怎么送到这里来？"麻团长觉得有些蹊跷，上前抓过一封信，立刻拆开了。嗅到文件上的油墨气息，他那有花白麻子的鼻孔，连续扇动着，眼睛盯住文件，从上至下连看了几行。忽然他像被什么咬了一口，惊呼："哪里是什么钧部的指示，这是共产党的宣传品！"

"共产党的宣传品？"大伙不约而同地发出惊呼。一时谁也不敢动弹，仿佛谁动一下，便立刻踩翻了地雷，马上会引起爆炸。一会儿，有人头脑清楚了，便说："左不过是几张宣传品，有什么大不了的事，索性翻开看看。"这个建议被大伙无言地采纳了。对着服务员的托盘，伸出几十只手，你抢我夺，百十份宣传品，比卖"号外"还快，顷刻之间被抢空了。

伪省长和高大成步入中厅时，有人正在高声朗读：

> 苏联红军正沿着广阔战线，突破德国法西斯军队的防线，击溃敌人一百零二个师，俘敌二十余万，缴获大炮一万三千余门，向前推进四百公里。

"听这一段！"李歪鼻也开始念了。

> 斯城红军歼敌三十三万，俘中将少将十五名，生擒德国元帅鲍利斯……

"元帅被俘？你念错啦！"伪团长关敬陶含着蛮不相信的语调，从李歪鼻手里要过宣传品，看到朗诵人确实宣读无误，他

192

自言自语地说："鲍利斯，德国最著名的将领，第六坦克军的总司令，希特勒总统前几天才授给他元帅的称号，难道这是真的？"

李歪鼻又打开一篇，他骂骂咧咧地说："这一篇是他妈的顺口溜，共产党文化低，只好弄这一套。我在外防的工夫，不断看到这玩意，诗不像诗，词不成词。不用对称，不讲平仄。"一面竭力菲薄，他又高声宣读了：

> 正月里来是新春，
> 奉劝伪军官兵深夜摸摸心；
> 既然是，祖宗田园都在中国地，
> 为什么帮助日本鬼子屠杀中国人？
>
> 西方的德国大鬼子眼看要完蛋，
> 东洋的日本小鬼还能闹几天；
> 早打主意早盘算，
> 事到临尾后悔难！
>
> 伪军伪组织的人员有姓名，
> 解放区对你们个个记得清；
> 种瓜得瓜种豆收豆，
> 到头来，黑的黑来红的红。
> …………

"你他妈的还念！"高大成上去给了李歪鼻个嘴巴，夺过宣传品撕个粉碎，他一手叉腰一手指着高喊：

"这个会场里有匪。田副官！叫警卫把前后门关紧，立刻搜查！"

这一声令下，跟随高大成的军官和警卫人员，立刻拉枪栓顶子弹，桌凳推翻，酒菜泼地，东西喝呼，前后奔扑，把一座"恭贺新禧"的宴乐园，霎时间变成厮杀交锋的战场，从室内到室外如临大敌似的搜索了一遍。

战斗胜利结束了，宴乐园的全体职工统统做了俘虏。

李歪鼻挨了个嘴巴，已经感到冤枉，现在把柜上的人都逮起来，他真急了。站出来为他们辩护，并说借用这里作会场是省长同意的。

伪省长心里正盘算这件事，怕与自己有什么瓜葛，偏是李歪鼻又提出他来，眼神一转，他说："李科长，你现在还是不说话的好，因为你是宴乐园的经理呀！"

高大成听到这句话，想到刚才是他大声念宣传品，立刻叫人把他绑了。并借这个原因把其余的文职人员统统监视起来。

稍一消停，宴乐园又变成临时法庭，先审问伙友，大家异口同声说是一位年轻姑娘送来的。高大成不愿从这条线索追问，一则他认为女人做不了大事，再者后门开放女眷跟他有直接关系，便草草结束了第一审，把李歪鼻带宴乐园全体东伙统统锁在前院派人看守起来。接着第二审——轮到参加会议的伪职员。他们逐个受了人身检查，职级低的不断受到申斥和辱骂，随身带的金票或其他稀罕物件也被一扫而空了。

深夜下两点，宴乐园张开大嘴，把一群无精打采极端疲乏的局处科长吐出来。一个个紧皱眉头谁也不说话，只有那位宣传处长摇着大脑袋，出了口长气："好家伙，这个新年，差一点儿没被送到宪兵队去过。还好，没出大事，不幸中之大幸……"他习惯地摸了一下桃红领带，但领带不知在什么时候已被人揪去了。

二

伪省长吴赞东回到家，像被卖肉的剔了骨头，浑身懒洋洋地连头也抬不起来。想跷脚叫姨太太给他拔皮鞋，瞥见她那气得发青的脸色，便没敢招惹她，自己脱下皮鞋，蹬上拖鞋，像倒树一样把全身扔到沙发上，紧闭眼睛，一声不响。他一不是酒醉，二不是思眠，是在运用脑筋研究今天夜里所发生的一切。

"你多田顾问是骂谁？是不是骂我？好！任你骂，这个鬼政权的事，反正谁也干不好，无非闭着眼睛瞎混。呵！瞎混可不成，多田还说要肃正思想。"提起肃正思想，伪省长从内心里打了个冷战，像被花脚蚊子叮了一口。姨太太认为他发冷，拿件狐皮大衣给他盖上。他睁眼看了看，没有作声。她火了：今天这个倒血霉的会，伤神惹气，分文捞不到手，老东西回来还这般拿捏人。她一赌气，先摔大衣，后扒袄裤，滚到床上，用红绫缎被蒙住头再也不理他。他知道她在生气，往常遇到她生气，他总得想法温存她，现在他顾不了这许多，接着刚才的思路继续想。想到多田说大日本皇军不吝惜子弹那句话："我佩服日本人说到做到的精神，刀砍吧，枪毙吧！可有一宗，苍蝇不抱没缝的鸡蛋，再说轮到我头上的时候，省城里混洋饭的人就十室九空啦。多田哪，多田，你说的是浪言大话哟！"他脑子里得到这个满意的结论，在沙发上翻了翻身。

"哎呀，不好！"思潮里滚来一个大的浪花，汹涌地向他冲击过来，他惊呼出声了。姨太太吓得掀开缎被，一跃而起。看到他那凝神发呆的样子，才知道他是想心事，骂了声："魔怔！"索性脱掉内衣，头朝里睡了。

伪省长惊呼的是宴会上散传单的事。他把整个过程回忆了一番："这件事要叫多田知道了，就是有缝的鸡蛋啦。况且，不只多田这一面，还有共产党这一面，不是吗，他们已经直接攻到我的头上。"这时候他想起从宴乐园带来的那封信，立刻站起，摇撼睡在床上的女人：

"喂！别生闷气啦！快把那封信给我！"

"什么信？"

"八路军送来的。"

"那有啥看头，要看，你自己有手，信在大衣兜里。"

伪省长掏出信，依偎在她的身旁躺下，打开床头绿色台灯，戴上花镜，信中字迹立刻清楚多了：

……你要知道，帮助日寇残害中国人民，万古千秋被人唾骂。

他笑了，他笑信中的内容无力，跟日本人混事，挨骂算什么，做官不挨骂，难把洋刀挎；曹操还主张：不能流芳百世，宁可遗臭万年哩！信中接着揭露了他历史中的罪恶，他冲动了："对我写信，为什么辱及先人，骂遍子女，真真是岂有此理。"一怒把信扔到床下，冷静了一会儿，觉得信里含有内容，单是对他了解这样多的情况就不简单，又翻身从床下捡起那封信，继续看：

> 你认为是享乐吗？不！出卖祖国、出卖灵魂的人，
> 心地卑微，人格下贱，生存是屈辱，享受也是卑鄙的，
> 而且任何金钱物质上的所谓享受，也填不满上述损失
> 于万一。

他不以为然地摇了摇头，眼镜的位置因摇头滑动了，正了正眼
镜，继续朝下看：

> 我们全面分析过你的一切，认为你的地位并不稳
> 固，也不安全。眼光短得看不远，无远虑者有近忧。
> 你纵不为国家民族着想，也要为自己的下场打算……

最后这句话，打中了他的要害。他自言自语地说："我有一分
钟不为自己打算吗？日本人占领了平津上海，我看国家没希望
了，为了个人生活，就走了这条道路。以后太平洋战争爆发，
南京的朋友告诉我说，汪精卫和蒋介石是明暗一条腿，就同他
们挂上钩，在华北百团大战之后，又同高参议拉了一条线，这
些都是为自己呀。现在，形势摆得很清楚：日本人霸占中国、
占领南洋这是一派；美国帮助蒋介石是一派；中共和苏联又是
一派。不多不少整三派，三派有三条路线，需要三只脚走。是
嘛！狡兔还有三个窟窿呢，有奶就是娘，就是老母猪有奶，也
可以叫娘……"他用力推动身旁的姨太太。

三姨太太骤然坐起，双手上去揽住他的胡须："老东西，你
说谁是老母猪？"

"你听到哪去啦!"他解释并安慰了她之后,说道:

"高参议不是几次找我吗?他再来电话,你给他规定个时间。"

"又臭又硬的穷棒子,理他做什么?"

"这是北方的实力派呀!"

"你到底一个闺女聘几家?吃着日本饭,盼着蒋介石,又想投共产党的机。当心些,跟着庞拐子庞炳勋队伍过来的那个姓范的家伙,已经到日本特务机关接洽好了,听说他要当剿共委员会的主任啦!"

"当个三条线起飞的风筝有什么不好,适者生存嘛,好的舵手会使八面风呢。八路军这一阵闹得多欢哪,我得摸摸他们的底。"

············

现在宴乐园里剩下高大成和他的卫队了。高大成躺在休息室里,仰面朝天,头枕两个手心,左腿搭着右腿,独眼盯住天花板。红宝同他挨着脑袋做"人"字形躺着,胸前茶盘上放一盏黄色烟灯。在跳跃的灯头上,她伸着焦黄的食指和拇指烧烟土,烟土从米粒小泡烧得开了花。她揉捻成半截粉笔长的烟泡,安插在烟斗上,用烟针扎个孔,吹了吹气,自己试着先吸了个烟尖,然后肩头碰了碰高大成:"给!别生气啦,吹了这个吧!"

高大成没吱声,张嘴含住烟枪,抽得嗞嗞作响。红宝一面用烟针替他拨泡,等他快吸完的时候,乘势说:"高司令,刚才你在火头儿上,我也不好开口。说正格的,跟我一块来的姑娘们,都是大大的好人。田副官都清楚。"

"我清楚!"小田立刻接过话头,他早同红宝商量好了帮腔说情的，"她们都是好姑娘，司令，依我看把她们放回去算啦，女人的手是扎花的，谁敢弄这玩意儿。"

"呸！你满肚子大粪，就懂得吃我的冤枉。"

小田不敢作声了。红宝知道高大成喜欢奉承，变着法儿给他说好听的，果然高大成有活口了，他说：

"红宝！本司令把面子赏给你，凡跟你一块来的，我一概不追究。快把她们都喊来，给我捶捶捶捶。"

红宝同她的伙伴围着高大成，卡头，捶背，揉腰，捏手指头。

高大成仰面朝天四脚拉叉地躺成一个"大"字，倒拧着两道牙刷似的黑眉毛，紧闭住那只顶用的眼睛，心里叨念着：今天的传单上有扑鼻的油墨气息，一定是从内部印刷的，这就是说，城内有共产党的组织，有他们的宣传印刷机关，有通讯联络人员，通讯人员有男有女。今晚散发传单的就是个年轻女子。呵……想到这里，他一个鲤鱼打挺坐起来，挣开大家喊："你们统统是危险分子，给我滚开！"她们并不理解他这时的心思，一个个吓得变貌失色。小田连忙向红宝使眼色，红宝乘此机会领着她的伙伴离开了宴乐园。

高大成并不关心她们的去留，命令小田去叫副官长。

刹那间，一个年近六旬、小头窄脸佝偻腰的人，身着长袍马褂，一脚轻一脚重地走进来。

"你说，怎么办？"高大成没头没脑地问了一句。

"没错儿，刚才我跟商会会长谈过，出事说出事，办事说办事，人头落地，大伙也得掏钱。"

"你胳膝盖上钉掌——离了蹄（题）啦！糊涂……"

平时副官长在高大成眼里倒是个诸葛亮。他生在清朝的科举制度时代。先习文，学八股，多次县考不中，是望进的同生；后改习武，学兵法，练武功，眼看武秀才到手，举重时被石头砸了脚；以后学中医，卖炮药，捎带着相面算卦看风水。高大成还当土匪时，就把这位风水先生吸收入伙了。起初人们喊他师爷，以后随着伪军几次改编，升到副官长。高大成对他确有几分敬重，刚才本想骂他糊涂虫，因为敬重，话到嘴边把虫字咽回去。

副官长挨了申斥，脸上灰溜溜的，急中生智，他想起八路军送给高大成那封亲启的信。

"司令！是叫我念给你听吗？"他从衣兜里掏出信，清了清嗓子，就要念。

高大成眉毛倒竖，眼睛睁圆，把烟灯一推："快给我烧掉那劳什子！"

副官长二次碰了钉子，心里更慌了。"有话照直说呀，干吗攥着拳头叫人猜？"毕竟他是熟悉高大成的，他意识到高大成是思谋今天出事的后果和责任，便献媚地说："高司令！你是担心目前的吉凶祸福吧！不要紧，今天夜里诸神下界，求神问卜最灵验，我给司令爻一卦。"

"我还有心思算卦！今天的事，纸里包不住火，多田总会知道的。那时节，人是咱们抓的，官司是咱们审的，凶手没找出来，他当省长的倒躲了个干净，这一盆稀屎还不扣在我的头上……"高大成故意把话说了半截。

"高司令，我看不会的。宴会是两家召开的，有责任两家担负。我看懂了吴省长的意思。他拉出李歪鼻就是要找个替死鬼。我回头找咱们麻团长合计合计，把问题一股脑儿推给歪鼻子算啦！"

"光拿李歪鼻问罪，那就大便宜啦。你跟前来。"他终于向副官长小声说了他的全部计划。

"我倒同意司令的意见。"副官长的话口有些犹豫，"我担心吴家根子硬，不好拱动，再说剿共委员会的范大昌主任新到职，会不会跟咱们一个鼻孔出气呢？"

"范大昌离开咱们的枪杆，他能开展工作？都像你这般犹豫，那颗警备司令部的大印，什么时候姓高呢！"说完他再也不理副官长。命令田副官，把全部嫌疑犯人统统带回司令部去。

三

伪团长关敬陶的家，住在红关帝庙以北，地名叫北沟沿。从西城流来的水，灌入这条沟。沟长一华里，横架两座木桥。桥北是一排民房，其中有个乌黑大门连着一所小三合院，就是关团长的家。本来军官有官家几幢楼房当宿舍，他们为了寻求僻静，特意搬到这里的。

关敬陶怀着懊丧疑虑的心情，回到自己的家。

他敲了敲门，没人答话。用手电照了照，发现门未上闩，只是门顶上用插销拨住。他身形高，踮起脚尖把插销拨掉。进院之后，又轻轻关了门。屋里有灯光，隔窗玻璃一瞧，他爱人陶小桃趴在桌子上睡了。他虽知道她是为的等他，但也不大原谅她。进屋后，脱下大衣，用力摔到床铺上。

她惊醒了，看到丈夫的脸色，知道又是从外面生了什么气。她无声地走过去，帮他挂好大衣，宽了外衣，拧一把热湿毛巾递给他擦脸，替他拔去长筒高皮靴，打了洗脚水，亲自给他洗净双脚，放好拖鞋，最后端来一杯可口的香茶。关敬陶像往常的烦恼时候一样，本想从老婆身上撒气，偏是老婆在这时候，伺候得特别周到，使他狗咬刺猬没处下嘴。陶小桃确实对他有一百个好，在历史上对他也有过很大的恩情。

在卢沟桥事变的那年暑假，关敬陶在北京读大学二年级，平津陷落敌手，学生们纷纷离校，他也随着大流搬家，住到西城的二龙公寓，每月房饭费共十二元，日期久了，家里汇不来款，手里的钱花一个少一个，他心里十分焦虑，每天四处打听消息，希望时局有所好转。有一天上街，恰逢日本兵入城示威，军用汽车填街塞巷，这引起了他的害怕和激愤。这天回到公寓，听说很多同学离开北京，奔赴抗日前线，二龙公寓里有一批同学要走——他们是投奔共产党去。他对共产党一点认识也没有，自然不想去。怎奈大家异口同音说北京待下去危险，便也想着离开，凑了最后的零钱，跟同学一起买了车票。他想：先跟大伙上天津坐轮船奔青岛，然后设法回河南老家去。临行前日，大伙都去推头，为的是化装商人改变学生的身份。他跟同学一块到了理发馆。连问也没问就推光了。同学们发现后告诉他说：我们都是带垫推，头发茬留得长，你这秃光光的，日本人查问时准说你是学生改扮的。他心里既害怕又难过，万般无奈，硬着头皮跟大伙到了车站。车站谣言更多，说从北京到天津这一段要经六次大检查，检查出有嫌疑的人来，立刻拉下火车去枪毙。听到这些话，又看到那些龇牙咧嘴的日本兵，他心里沉不住气了，想迟走几天，等头发长长些。决心下定后，跑到车站退票，从人山人海的旅客拥挤中，好容易拥到票房窗口。他把票先递进去，高声申诉情由，刚说了两三句话，那张票从小窗户里飞出来。

"不退也罢，豁着我这颗脑袋，赶车一块走！"他想着急忙俯身捡那张票，看看票要到手，手被一只皮底鞋踩住了。抬头瞧看踩他的人，票被另一个人拿走了。他看准这两个家伙的相貌，不顾一切地追出去。抢票人又从一位年轻女人手里夺皮包的时候，他赶到了，伸手帮助女人。"你们偷我……还抢人家……"他的骂声未落，头部遭到铁器猛击，立刻昏了过去。

他躺在二龙公寓，迷迷糊糊地过了四五天，照顾他的是给公寓客人洗衣服的叫陶小桃的姑娘。她给他煎汤熬药并付出医药费。他身体好些了，知道净靠这个穷家姑娘不是长久之计，便决定由北京南下，追赶中央军。他想：只要中央军能被他追到，无论如何，都要跟到底。

他洒泪告别了陶小桃，沿平汉线步行南下。他在后面追赶，国民党军队在前面撤退，总是赶不上。他的拗脾气来了，不吃饭不睡觉也要赶上。这天他咬着牙走了一百二十里路，赶到定兴城。然而这一天国民党军队撤退的成绩，又创造了惊人的纪录。在著名的逃跑将军刘峙率领下，整整撤退了二百三十里。为这件事，日本人都为他出了号外。关敬陶追赶中央军的幻想被打破了，讨饭回到北京城。住公寓，公寓不收。只得又去找小陶。

小陶的爹娘早死了，跟舅父过日子，舅父扫马路，她拆洗衣服，两人住在一间仅能容身的小矮房里，添上关敬陶这口人，供不起吃也供不起住。但小陶还是说服舅父，收留了他。不久，敌人搜查单身汉，登记户口。他住不安生，急于找个职业。恰逢汉奸齐燮元登报招生，他便考取了伪清河军校。他具有大学文化程度，又有两次集中军事训练的基础，毕业之后，见习三个月，就担任了连长。连续配合鬼子"扫荡"中，他的连多少占了些便宜，八路军在反扫荡中间，靠山边所有敌伪碉堡被拔掉了，他所守的大碉堡坚持了三天两夜终于保存下来。为此曾受到日本华北派遣军的奖励，并提升为营长。这时他才同陶小桃结婚，为了纪念她的好处，他由原名关金涛改作关敬陶。一九四二年伪军扩大，他当了团长。在高大成所属这一批伪军官中，他打骂士兵比较少，喝兵血的事也不多；不嫖不赌不娶姨太太，一直跟小陶的感情很好，并按照她的愿望，搬到清静的北沟沿来……

今夜，小陶看到丈夫不高兴，不愿意过早打扰他，等他舒适地躺下，她把暖水袋放到他被窝的时候，才问：

"为什么这样晚才回来？"

他把宴乐园的事从头到尾向她说了。像平素一样，无论军政大事或身边琐事，他只要高兴，对她毫不隐瞒。

"怪不得……"她微微浮肿的眼睛透着惊奇了，伸手从枕头下掏出一封信，"你若不提及，我早已忘记了，咱家里也有这样一封信。"

"快给我烧掉它！不！让我先看一下。"他从头到尾很快看了一遍，说，"烧掉吧！都是八路军的宣传品。"

"宣传品怕啥，人家不是说八路军会宣传吗，看看又怎么的？信后面那三句话，不正打中了你的心思……"

"人家说人家，自己管自己，我们别沾八路军的边。别管他们说得天花乱坠。"他回忆了宴乐园的经过。小声说，"咱们是骑在老虎脊背上做事，错一点脚步儿，得了呢！"

"这封信送得可蹊跷啦！"她把信塞往火炉的时候说。

"是呀！这封信是怎样送来的？"他忽然想起这是个重要

问题。

"十二点前，左等右等，你总是不来，我揪心死啦。要是普通日子也罢咧，这可是大年三十晚上呀，没有你怎么成。电灯亮得我眼晕，钟摆嘀嗒得我心烦。我走到院里想清凉清凉，抬头望着天上的星星，星星密麻麻的也挺乱，便坐在花池旁边那冰凉的石凳上。刚一定神，听见轻轻推门，我想是你回来了，忙去给你开门。刚走到门洞，发现有人隔着门缝往里递这封信。我咳嗽了一声，送信人扭头就跑，透过门缝一望，那小家伙迈着灵巧的快步，咚咚咚地跑往桥南，我估摸着是个女孩子……"

"又是女孩？"关敬陶沉思了许久，得不出合乎理想的结论。按照平日的见解，他说："世界上的事，五花八门，有提倡的就有信服的，干共产党够多危险，偏有很多人跟他们一块卖命，甚至是年轻轻的女孩子。这个世道，唉！咱们操这个心有啥用。小桃，地下怪冷的，快上炕钻被窝，呵！你再念念信上的那三句话。"

"……你是中国人不？你脑子里有没有祖国？你就甘心侍敌卖命。"小桃小声念叨着。

小燕跟银环学说了去关宅送信的危险经过，银环安慰她又鼓励她，并给她介绍了在不同场合散发传单的方法。同时把去宴乐园的经过也学说了一遍。杨晓冬在一旁听完银环的话，心下很为惊异。他想：平素只看到她温厚老实，甚至单看她意志薄弱的一面，没想到她竟敢在如此众多的敌人面前，不声不响地做出这样胆大包天的事。对她的印象不知不觉中更加深了。其实，银环干这项工作很有经验，受地方党领导时，曾经多次散发传单，有时直接交到本人，有时竟在公开场合散发，由于掩护得巧妙，从来还没出过娄子。

杨晓冬他们四人集合在一起的时候，已经是后半夜了。街头上陆续出现了真正送贺年片的人，大家松了口气，都有说不出来的高兴。归途路经奎星阁，韩燕来把剩余的宣传品统统要到手，他说："你们前头走，我要来个飞机散发传单。"见大家不懂他的意思，便指着奎星阁低声说："我小时候逢年过节，净到奎星阁捉迷藏，一般孩子至多爬到六层楼。轮到捉我的工夫，我每次都从六楼窗户探出身去攀到阁顶。同伴们眼巴巴地望着，谁也不敢上去捉。阁顶横脊上插着一列小小的三股铁叉，每次不小心，都要划破肉皮。现在我想把传单挂在铁叉上。天明刮起西北风，传单一张一张地从空中飘落，飞满全城。人们看到天空飞这玩意，还不说共产党派飞机散发传单呀。"

杨晓冬觉着燕来说得很新鲜，决定走慢点等候他。燕来做事也真快，不到十分钟，他就完成了任务，赶上大伙一同回到西下洼。

现在剩下的是善后工作了。杨晓冬说："五天以内，停止活动，也不出门，坐看敌人的动静。"并叫银环连夜离开西下洼。银环收拾停当要走的时候，韩燕来见她提着油印机，便主张用车送她。一经大伙研究，觉着里边有问题，因为送人回来的时候，天已经大明大亮，哪有正月初一出车的呢。

银环看这问题不好解决，便说："我自己可以单独回去，提包分量还不太重，正好趁着又响鞭炮又有行人的工夫走。"

小燕说："你自己走倒行，可谁知道你出事了没有，还是我送你一趟。"

杨晓冬说："就是小燕送也有问题，她回来的时候，如果碰上空中飞传单，也是麻烦事。"

"都这样蝎蝎蜇蜇的，什么事也别办啦！"韩燕来用力抖了一下棉罩衣，他是想穿好罩衣出去送银环去。由于抖劲过猛，吓得房梁上的鸽子连着咕咕了好几声。

杨晓冬眼睛一亮说："小燕！不是常夸你的鸽子吗？"

"对了！"小燕懂得杨晓冬的意思，马上搬凳子攀上吊帘，把雪里白掏出来，二话不说，就往银环的怀里塞。

银环见小燕递给她这样个暖突突的东西，一时有些糊涂，小燕在她耳边小声叨念了几句，后者才把它很珍重地接收起来。

黎明之前，四城鞭炮一阵紧过一阵。西下洼一带，像受到感染一样，也毕毕剥剥地响起来。不管鞭炮怎样响，韩燕来因为连夜没睡好觉，早已呼呼地入梦了。小燕心里有事不肯睡，杨晓冬刚一下炕，她立即出溜下来跟着，杨晓冬没阻拦也没同她说话，两人轻轻出门，慢扶木梯，登上房顶。

天空里青幽幽灰蒙蒙的，有的是云，有的是硝烟气，四下里鞭炮在继续响。沉闷的大乜灯炮响得像敲大鼓，仿佛响过之后就钻到地下去。二踢脚打到天空，响音像炸雷。风刮着撕碎了的鞭炮纸片，带着火星和药味从空中飘落下来。

杨晓冬站在房顶望着东方，陷在沉思里。小燕突然手指着天空发问：

"杨叔叔，你看今年收什么？"

"你说的啥呀！"杨晓冬心不在焉地说。

小燕饶有兴趣地说："爸爸活着的时候，常说，正月初一，起五更看天色；东天边露什么颜色，当年就收什么庄稼。银白色收棉花，金黄色收谷子，鲜红色收高粱……咦！"她急剧地拉住杨晓冬的袄袖，高兴得双脚跳起来，"杨叔叔！看到没有？东边冒天云里，雪里白飞来啦。"

第十章

一

一连几天，市面上很安定，西下洼一带，也都平静无事，杨晓冬估计，这种密云不雨的政治气候，也许象征着大的风暴要到来。想起肖部长要他抓紧机会进山一趟，觉得这正是时机。他先向苗家扬言要回北京一趟，韩燕来也说要跟他做伴跑点买卖；然后他们又到联保所里打了招呼。在一切都准备妥当的时候，银环传来高家叔侄的紧急消息，说高参议打开了伪上层关系的大门，要请杨晓冬代表八路军跟伪省长进行谈判去。

对内线工作来说，这当然是很重大的消息，杨晓冬先征求韩燕来的意见，韩燕来表示坚决反对。他说："把危险两个字先抛到一边，凭他这号人跪到咱们脚底下求情，也不能理睬他。"征求银环的意见时，她认为，事情是可以做，就怕不安全。杨晓冬说，安全方面问题不大，共产党这样雄厚的势力，他敢把党的代表欺骗进城加以陷害？就是没有高参议的关系，凭吴赞东一贯的为人做事，他也不敢做这样老鼠啃猫鼻子的事。只是感到对他的工作没有政治基础，究竟能起个什么效果呢？杨晓冬再次经过考虑，便让银环转达高参议，说他因事不能参加，请高参议自行处理，但须注意，不论会谈有无效果，一要我们不泄密，二要对方保证安全。银环转达这个意见后，高参议当即叫银环捎来一封短信，其中有一段说：

　　……我要求你信赖我。如果认为姓高的这个老头子可以教育的话，请到接头地点跟我见个面，这对于我，也算是一种安慰了……

　　从这短信中，杨晓冬看出高参议产生了误解。对于这位教育界有名望的人，又是肖部长当年的老师，怎能不信任呢？决定推迟出发日期，处理这件临时急务。

　　第二天杨晓冬到了新市场，在一家设有清唱的茶园里，他见到高白萍。今天，高白萍的心情与往日不大相同，他表现着喜事临头的神态，精神奕奕地招呼杨晓冬入座，双手捧着一杯热茶，边递客人边说："昨天家叔给你写信后，亲自到警备司令部去了一趟，咱们提出的事，那边一满答应啦！"杨晓冬看了看周围观众急忙拿话岔开。高自萍不管这些，开口一个司令部，闭口一个省公署，看来他是故意叫旁人听的。杨晓冬看着不妙，问他叔父几时来，对方说至少还有一个钟头，杨晓冬水也没喝，就主张改变接头地点，直接到高宅去。

　　十分钟后，他们走到万家楼，从侧门穿后院进入高自萍的卧室。

　　杨晓冬刚才的意见未消，含着批评的语气说："高自萍同

209

志，在那种公开的场合，为什么大谈司令部、省公署呢？"

高自萍回答说："一个人一副眼光，我认为在这种乱七八糟的社会里，扛出警备司令部那块招牌来，大有免疫性，等于打预防针。"

"你不吆喝着打针，叫旁人不认识你，不注意你，岂不更好？"

"这些生活上的细节，对与不对回头还可以研究，现在让我跟你谈谈主要问题吧！"

杨晓冬忍耐地点了点头。

高自萍得意地说："家叔的力气，总算没有白费，全省最高的军政头面人物，被咱们打通脑筋啦！"从他说话的语气里，仿佛这项工作不是刚刚开始，而是收工完成了。

杨晓冬从靠墙的茶几上，取下暖水瓶倒了一杯热水，呷了一口，内心平静些了，他说："打通敌伪上层人员的关系，能给我们谈论谈论，这是成绩，也是件好事。但要知道给他们谈是一回事，谈的结果又是一回事。进行一个伪省长的工作，是复杂万状的事，不像我喝这碗开水这样简单。你去请高参议来，咱们再研究研究。"

高自萍听了这些话，心里不大高兴，走了几步，又转回身来解释说："我虽然幼稚，也没想接一次头就解决一切。反过来，也不要把一切事情看得太难，事情总是从无到有从小到大的，谁见过一嘴吃成胖子呢。好！你坐，我请家叔去。"

杨晓冬刚好喝完一杯开水的工夫，门外高台阶上小门吱地一响，高自萍领着一位老人走下台阶来。老人平正脸庞，鼻梁高耸，须眉苍白，两眼发光，挺着胸脯走路，处处给人一种刚强自负的感觉。进屋后，不等高自萍介绍，上前握住杨晓冬的手："我是高鹤年！"杨晓冬刚说了自己的名字，高参议说："论理，应该请到舍下去谈，唯是那边太乱，权在这里吧！我听说你来了不少日子啦，原该早找你谈谈。不料入冬以来，我病倒了，真是抱歉得很。"

杨晓冬原想插几句客气话，不料对方话板密得没一点空子，便索性听他讲。

"我搞的姓吴的这个关系，是三十年前的老同学。那时候我是全班的状元，他是坐红板凳的扔货，双方接触很少，谈不到什么感情。以后人家有本事会做官，我只能当个吃粉笔面的教书匠。现在他给我挂上个参议名字，倒不在于是同学，是我背后有共产党这个政治力量。对他说来，很大程度上是为自己着想的一种手段……"他滔滔不断地畅谈着过去经历，畅谈着伪省长最近找他的情形。他归结说："还是那句老话，远来和尚好念经，请你出马跟他谈谈。"

杨晓冬刚说了句要大家分析分析这次见面的意义和作用，高鹤年又接过话头："这很明显，他想了解我们对他的态度，我们要乘此机会对他进行教育，看看有没有可争取的地方。有，咱们继续加工。要是没有的话，杨先生，你晓得，我背着个黑锅跑到内线，就为这么点事。打开天窗说亮话，我在这人鬼杂居、人欲横流的地方也过够啦。烦你替我转告肖部长，趁早调我出去，根据地专门学校那么多，我还是干教书匠的好。"

杨晓冬看出高参议既直爽又矜持，满带学者的派头，把复杂的政治斗争看得过于简单，便提醒说："谈谈话是可以，但我们要当心，别受了伪省长的欺骗。"

高参议恼火了："就凭他，敢欺骗我，去他的吧！杨先生，请你相信我，我固属没有加入组织，工作两年也没有拿出点货色。但我的做人到底如何呢？请你打问一下肖部长吧！他完全了解我……"

"高老先生，我认为这问题最好是分开讲。你，连高自萍同志也一样，在里边吃了苦，又做了不少的工作，上级都很清楚。我们党对于像你这样年高德劭的人，一向是尊重，也完全信赖。谈到伪省长，那是另一回事，不论他口头怎样表示，没有把握之前，就是不能轻信。因为跟我们谈话的是敌人，跟敌人打交道，要提高警惕，不能简单化，不能先考虑个人荣辱得失。我跟高老先生是初次见面，有个感觉，觉得老先生把问题看得容易了些，考虑个人面子上多一点。"

高鹤年在进入内线工作后，以至他过往的生活中，听到的都是恭维话、客套话，或是不关痛痒的话。像这样震撼心灵火辣辣的话，被个初次见面的人谈出来，几乎是第一次尝受。仿佛不会喝酒的人猛吞了一口老白干，心烧脸红了。高自萍觉着杨晓冬的话，句句都在影射着他，甚至感到这些话表面是向叔叔讲的，实际是对他来的，顿时感到周身很多芒刺，原是饮茶听话，现在含在口里的已不是他平素喜欢的酽茶，而是苦涩的药水，几次努力再也咽不下去。

杨晓冬看到他们叔侄的尴尬表情，转换了语气向高鹤年说："高先生，我也是个有话就说的人，特别咱们自家人在一起，应该赤诚相见，因为咱们同生死共患难嘛。假如我说的有不对的地方，还望高先生多加批评。"

"你说得对，我能够接受，关于会面这件事，成功多少，我不敢说。安全问题，我敢作保，不放心的话，我跟你做伴去，看谁敢动你一手指头。"

二

会面时间即将到来的时候，伪省长爽约了，因为恰在要会面的这个时间，新上任的剿共委员会主任范大昌来找他。范大昌是衔着高大成的使命来找麻烦的，但这个老牌特务没肯掰瓜露籽地说明，仅仅做了一些暗示。而且为了讨好伪省长，反说了些体己话，要伪省长检点行为，站稳脚步，防备冤家对头。老奸巨猾的吴赞东，遇事一点即透，立刻打电话推辞了当日的会面，偏偏遇到个固执己见的高鹤年，他跟伪省长在电话上吵了好长时间，也没将真实情况向杨晓冬反映，就硬着头皮把杨晓冬领到伪省长的私邸来。这样一场吓人的事件发生了：

高参议领杨晓冬进入伪省长公馆的时候，吴赞东和他的三姨太太正陪伴着范大昌在当院客厅说话。听说高参议领着一位客人来找，吴赞东有些发慌，急向姨太太使眼色，姨太太会意了，脑子一转，很自然地谈了几句甜言蜜语，哄着范大昌跟她到她的寝室里抽大烟。临行她说："等会儿我要陪范主任到外边吃个便饭啦。我想吃上春园，你会完客人，就找我们去吧！"吴赞东点头答应，他知道这是女人的特别聪明处。等他们到卧室后，他想了想，便吩咐马弁把高参议留在门房接待室，把客人领到作为书斋的东跨院。他这样做，是避免高参议在场唠叨，希望三言两语把客人撺走了事……

现在，杨晓冬和吴赞东对面坐在东院的起坐间里谈话了。从对方的神色里，从几句简单的对话里，杨晓冬感到对方不是希望交谈，而是希望结束交谈。他想：这个家伙哪有心思我们谈什么，高老先生是怎么闹的呢？这不完全是胡闹吗？又一想，既然冒了偌大的危险见到汉奸头子，哪能会哑巴面。于是不顾对方意愿，把当前的形势、对方的出路和共产党的主张滔滔不绝地讲了一遍。

伪省长果然没等听完杨晓冬的话，就恼了："刚才我已经和你讲过，公务忙得我连接见人的空余时间都没有，哪有闲情逸趣听你这一套漂亮的宣传。即使我有时间，在你谈的这点知识范围，我虽不敢说博学多闻，对于中国的形势、世界的趋势，不会比你懂的少些。"他做了个顿挫，想吐口唾沫，见杨晓冬想插话，急忙咽下唾沫，继续抢说下去："大概其你不认识我，要真正了解我的话，你不会滔滔不断地背诵你那成套的课本啦。告诉你，跟你谈话的人，他不是孤陋寡闻、攥锄把出身的大老粗。他是幼读诗书、壮游宦海、北方讲经、东京留学、博得南京重庆的重视、受到友邦军政各界赞扬的人……"

杨晓冬听了十分生气，经过抑制，他用鄙夷的口吻说："咄！请你停止自吹自擂吧！用不着谈身份道字号，我了解你，我比根据地人民更了解你。他们从你投靠敌人才知道有你这么个名字，至于我，连你家大门朝哪儿开，你们坟上有几棵树都清楚……"

"你是什么人？"伪省长端详着客人的相貌，用惊疑的猫眼盯着。

"这一点你没有问的权利，我没有回答的义务。你听我说：人总不能把耻辱当荣誉。一个在民族敌人脚下屈膝低头、在祖国面前有罪的人，还有什么可卖弄的呢？你刚才讲的那些话，当投敌卖国的资本倒是绰绰有余，放在共产党和根据地人民的眼里，它一文钱也不值！"

"住嘴！"伪省长气得心脏暴跳肺管炸开，毛茸茸的圆脸涨紫，脖子里冒出青筋，瞪着两颗发黄的眼珠子，活像一只愤怒的老猫。"共产党，根据地，有什么值得夸耀的？我下一纸讨伐命令，三天之内可以扫平平原和山地的村庄，把你们赶得无踪无影。要是你们敢于在内部捣乱，我说一声戒严，十二个钟头以内，可以查清从长城到黄河岸所有的城市。你们能有多大的气候，动不动就搬弄苏德战场，你知道玉泉山上的水好喝，远水不解近渴。当今天下，是日本人当权统治，再说还有美国帮助中央军，跷起哪只脚来，都高过你们共产党的脑袋。"他讲得口干舌燥了，伸着颤动的手去摸茶杯，胡乱摸到敞盖的墨盒里，染了三个黑指头。

"你说得口渴了吧？"客人借着推给对方茶杯的机会，有意识地把茶壶向自己跟前移动了一下，"告诉你，我们共产党人神经很健康，不会被你的吹嘘吓倒。去年日本华北派遣军的总司令冈村，调动了十万人马，并没打赢我们平原上的一个冀中军区。你有多大的力量，至多是日本人喂出来的一条颤抖屁股的看家狗，不出城圈的小小警备司令；就是这座小城圈怕你也做不了主张，打肿脸充胖子，你还知道羞耻不？"

"你算什么东西，竟敢这样污辱我，就是中央政府派来的正式代表，对我也得敬畏几分！按照情面，我看作是朋友介绍来的客人；按照本分，你是匪徒，我应该把你逮捕法办！"

"你把话说颠倒啦，要提惩办，是对于那些丧尽良心出卖祖国的人。在我的面前，你没有资格说这样的话。"

"没资格？"他显出一副大权在握杀气腾腾的表情，猫眼珠盯着桌案上那个小小的电铃。"只要我的手指捻一下，马上来人逮捕你。"他伸手比试着，眼看就要按铃。

在这一刹那间，杨晓冬脑子里闪电般地旋转：莫非这老家伙真要下毒手，莫非这个混蛋背后真有蒋介石派来的特务操纵（他是从吴赞东谈话的口吻里猜到的）？果真这样，可算我们估计错误，那就遇到临来时所准备的"最后关头"了。不！不能急躁，无产阶级的骨头，横是硬得过他，沉住气同他讲理。

"等一下，我问你，你要不要讲点起码的信义？"

"你在胡说八道什么？"

"你自己很清楚，邀我进城之前，你曾保证过三个条件。"

"彼一时，此一时，我现在顾不了那么多。"

"你晓得共产党不怕大话威吓。"

"我在大话后边紧跟着的是行动。"

"你可知道共产党人不怕死？"

"什么人死了也不能再活。"

"你敢把我怎么样？"

"我敢……"他气得说不出话来了，伸出青筋暴露、带有长指甲的手。

"我不准许你按电铃！"

"你配？！"伪省长黄眼睛里网起红血丝，胡须奓起，手哆嗦着去按电铃，电铃带着激荡心弦的声音，叮叮叮响了起来。独立耳房里的听差，从音响中感到有了急事。他们一迭连声答应着："来了！来了！"两人响着沉重脚音，朝起坐间跑步。

伪省长听到护兵马弁们的跑步声，神态更加安闲也更加骄傲，眼睛眯细着，手拈着胡须，两腿八字又开倒替着摇晃，伸出长满颗粒的舌头舔了舔嘴唇，准备着发号施令。

同一瞬间，杨晓冬突然挺身站起，皱紧两道浓眉，燃烧着复仇的大眼，像锥子一样盯着一桌之隔的伪省长吴赞东，用低沉而又严肃的声音（这声音他从来没有过，以至他自己听来也不像从他嘴里说出来的）说："吴赞东！你已经杀害过我们不少的同胞姊妹，你家弟兄也暗害过我的先严，现在又想欺骗陷害我们共产党，我这国仇家恨，本应该立刻向你讨还，但我给你留下最后一线生路，你要不想重走龟山的下场，你还有机会挽救你自己，否则！"杨晓冬举起那把滚圆的瓷壶，"我随时可以把你砸个脑浆迸裂！"

伪省长像被长嘴蚊子猛叮了一口，立刻患了颜面神经麻痹症，眼斜脸歪，筋肉抽搐，嘴角哆嗦着："你，你这位根据地来的代表，你可是当年……"他的话未说出，两个护兵进屋了。护兵们扫了主人客人一眼后，立正等待吩咐。客人盯着伪省长的嘴巴，伪省长微微斜睨着那只握紧瓷壶的大手。屋里是死一般的寂静。寂静到难挨时，伪省长朝外一挥手，少气无力地说："准——备——晚——饭！"说毕他横跨一步，把整个身躯像倒树一样，扔到八仙桌侧面的沙发上。

杨晓冬目送护兵走出门外，只手放下茶壶，站在伪省长对面，点着他的鼻了说："吴赞东，我现在对你提几件事：第，共产党并不主张恐怖手段，但也不能忍受别人的欺骗，如果你自己吞食了自己的诺言——接进送出，保证安全，或在今日，或在明天，总会给你算清这笔血账。你大概相信，共产党人说话是板上钉钉的。第二，不要认为你投靠了日本人，又给蒋介石派来的特务挂上钩，就算双保险，那你就错打主意啦。最初谈话时我就给你讲过，看来你没听入耳，我再说一遍：中国人民的抗日战争一定能胜利，任何一块中国的领土都会解放收复。你和你全家所住的这个城市，早已被包围在伟大的抗日怒潮里。只要华北的抗日军民每人喷一口唾沫，就会淹没你们的头顶。别妄想这个城圈是铁壁铜墙，不！它是人民握在铁掌心里的一个软皮鸡蛋，随时可以拿它捏成稀泥烂浆。但是，命运要你自己选择，脚步要你自己走，你的一举一动，千万只眼睛瞪着你。我们当然希望你放下屠刀洗清血手做点好事，不能做大的就做小一点，最低限度少做点坏事。第三，今天和今后，高参议和他亲朋好友的一切安全，统统由你负责，他无论什么时候发生了什么不幸，我们定要以牙还牙以眼还眼。现在天要断黑了，我的话到此为止，你若有话，还可以经高参议转达。最后我要你起来辛苦辛苦，亲自送我离开这个地方。"

伪省长吴赞东像患了一场大病，汗水涔涔下流，神色怔怔地看着杨晓冬，半晌才说："对高参议我一定负责他的安全，对你代表先生的不礼貌，也是我今天吃酒贪杯说的醉话，绝无相害之意……"

"你少说废话！"

桌子上的电铃又叮叮响了。但这次是杨晓冬按的。护兵们用同样的应声和同样的速度跑进来。他们变得聪明些了，先笑出做下人的那副惯用的逢迎笑脸。两人齐声抢话说："报告省长，晚饭准备好啦！你吩咐在哪儿开？"

杨晓冬一招手，把护兵的视线引过来，他吩咐说："先不忙吃饭，你们一个去派车，一个快把高参议请过来！"

第十一章

一

黎明前，屋里黑洞洞的，小燕下了床，踮着脚尖走到炕沿前，才要轻轻说声"起床"，就见杨晓冬和韩燕来同时翻身坐起来。时间不大，他们把出门应穿应带的东西都准备好了。杨晓冬对小燕耳语说："你到医院告诉她，在我们离城期间，哪里也不要去。你们都得提高警惕，防备敌人的阴谋诡计。特别是周伯伯，要他说话办事多留神，别露出我们进山的马脚来。"小燕答应着，先开开门，到院里听了听，又从大门缝向外瞧了瞧，然后轻开大门送他们出去。

天亮时，他们平安出了西门。按照预定计划，先到邢大婶家，再了解一下封锁沟外面的情况。

太阳刚露头，金黄色的光线照射在小茶馆的屋顶上，看着非常醒眼。茶馆门口贴着鲜红春联，门楣横挂五彩缤纷的花纸，悬在竿头的笊篱上，也更换了一块簇新红布。

韩燕来才要领杨晓冬进门，正好邢大婶从外面买菜回来。她拎着柳条篮子，里面装满白豆腐青萝卜黄豆嘴，还有不大的一块猪肉。她会用这些材料做成廉价的合菜，专卖给穷哥儿们喝茶就烧饼。瞧见韩燕来，她笑着朝家里让，他们跟她进了茶馆。盘着高灶的外间，东西放得很乱，中间邢大叔没起来，再朝里还有个小套间，可以放两张单人床，邢大婶把客人们让到套间里。

　　韩燕来介绍说："这位是我盟叔，俺俩打算搭伙到沟外边跑点小生意。因为不了解沟外情况，想跟大婶这儿来打听打听。"

　　邢大婶见韩燕来连杨晓冬个名姓都没介绍，心里有点不痛快。她说："打听什么呀，不论沟里沟外，都紧得很，光为跑个小买卖，何苦贪这么大凶险呢？"

　　杨晓冬看懂她的心思，插口说："我姓杨，燕来是我的盟侄，我们先到这里来，就是相信你老人家，托靠你给咱们拿点主意。"

　　邢大婶爱吃好话，立时乐了，话也变得谦虚了："这年月哪有准头，既有要紧的事，我看是走一步说一步，干脆你们多花点钱，到西关大街坐汽车，先混出卡口和封锁沟去……"

　　按照邢大婶说的，他们到了汽车站。杨晓冬发现这是原来的民生职业学校。教室被拆改成车房，传达室改成售票室，买票的在售票室的小窗口外面排了很长的队。右面，原来学校的体育场里，趴着十几部十轮大卡车。靠墙角有两部车在发动，因为天冷烧木柴，发动不好，冒着团团呛人的浓烟。

　　韩燕来才要排队买票，看见一个穿呢料衣服的日本人从票房里出来，后跟一个满身油垢的中国司机，他们走到冒烟的汽车跟前。司机上了车，他喊："定时班车，因故停开了，这辆卡车临时开往马驹桥，有愿意去的，上了车再买票。"听到这句话，排队的人们一窝蜂赶来，争抢上车。

马驹桥离城三十里，方向靠西北，距杨晓冬他们接头的地点比城里并不近多少，好处是脱开了城关岗卡的封锁。杨晓冬同韩燕来商量了一下，也抢上了这部车。

八点，车开了。汽车破，车厢浅，道路糟，走起来悠悠晃晃，很有掉下去的危险。韩燕来站在外首，竭力用身体挡住杨晓冬，杨晓冬担心韩燕来站不稳，双手扳住他的肩膀，车在颠簸摇荡中前进。

汽车经过商业区，钻过西下关的黑暗地洞，未受任何检查开出封沟卡口。一出郊区，道路更加不平，旅客前仆后仰，摇撼得肠肚阵痛。天阴沉着，西北风里夹杂着雪糁，打得人脸生疼。节令是春天，在敌占区感觉不到一点春意。唯有汽车大摇大摆地开过沿途所有炮楼，使杨晓冬他们感到很轻快。

上午九点钟，车开到马驹桥。马驹桥是个近千户的集镇，敌人设立了一整套的军警宪特基层组织。由于这部车是省城开来的，盘查手续很松，韩燕来在前面刚掏出证明书，敌人即摆手叫走。韩燕来回头看了杨晓冬一眼，带着幸运心情，双肩一耸，匆忙领先朝村外走。

"往哪儿去？"杨晓冬停住脚步问他。

"哪儿去？"韩燕来回过头来盯着他，发生怀疑了，心想，"我能上哪里去呢。你不愿离开这块是非地怎的？"

杨晓冬看懂他的意思，用肯定的语气说："先不出村，跟我在集市上溜达溜达。"

韩燕来不大痛快地想："还先溜达溜达！"但他不愿把心里的话讲出来，便跟着杨晓冬走进来往穿梭的集市上。起初，燕来主动在前面引路，走了半条街，见杨晓冬啥也不买，一个劲向人多的地方钻，更觉不投他的心思：这个鬼地方，有什么逛头？人家心急火燎的，你倒怪松散。他索性跟在后面，再也不引路了。

到集市中心区，杨晓冬骤然变成一位热衷于买办东西的顾客，不断打问各种行情物价，在卖藕的小贩跟前，他连连夸奖说："多鲜气的藕呀！多买些，能带出村吗？"

小贩回答说："你趁散集的工夫，跟大流朝外走，买多少都能带，东西南北四面可以出村。"

杨晓冬很满意这个答复，说了声："等会儿我再买！"拉着身旁那位心不在焉的伙伴，又串到提竹篮卖红枣的老太太跟前，笑着问道："多少钱一斤？"

老太太回答了价目，放下篮子，问他们称多少。

杨晓冬买了半斤，抓一把给伙伴说："城里吃不上这么肥硕的枣儿，尝尝！"

韩燕来一面接枣，心情有些转变，他这样理解他："杨叔叔是根据地长大的，很喜欢乡村，在都市憋闷得久了，乍一出来，愿意散散心。好在时间还从容，任他多转游会儿吧！"

杨晓冬兴致勃勃地吃枣子，夸奖颗粒儿大，肉膘肥实，问枣子是哪里出产，老太太是哪里人，卖完枣又是怎样回去。总之，他对老太太多方面都很关怀。

老太太显然是喜爱这位饶舌的顾客，她同他谈了很多的话，把自己所知道的统统告诉他。

韩燕来对他们的谈话，完全当耳旁风，听到杨晓冬说"找门路买山货"，也不在意，他专心注意的是身旁来往有什么可疑的人，他们是不是化了装的特务……

突然，杨晓冬拉住他的手同老太太介绍说："这是我的伙计，因为我们老是赔钱，他对出门做生意也不上心啦！"

这样介绍法，使韩燕来处在一种尴尬的境地，为了避免破绽，不得不随话答话向老太太打招呼，并被迫扮演着小伙计的角色。

老太太愣了愣神，望着韩燕来说："你们掌柜的打问的这个地方，我说不清楚。离这不远，西坡口上有个剃脑袋瓜儿的，他是甄村人，跟眺山庄是儿女亲家，我领你们找他去！"

"眺山庄"三个字，像一个拧开的水龙头，立刻在韩燕来干旱的心田上，洒满甘霖雨露。他泛着今天出发以来第一次开朗的笑脸，像对待最好的亲友一样对待老太太；不管她怎样推辞，他终于从她手里抢过那个沉甸甸的篮子。临走之前向杨晓冬做着兴奋又抱歉的表情，表示在此以前他完全误解他的种种活动。

经过介绍，他们认识了剃头的，在不影响对方生意下，杨晓冬断断续续地同他谈了很多话。这次所谈的每一句话，都引起韩燕来的极大注意。他完全叹服了杨晓冬接近群众的惊人本领：因为他同理发的交谈不久，关系搞得亲如家人，而且在一起进了午餐。

饭后，理发的说天气太早，再做几个活，等着散了集跟大流一块走。杨晓冬这时倒不安静了，一会儿站在坡口，盯着西面阳光照耀下那些漠漠烟霭的村庄，一会儿又放眼眺望远处那连绵不断的山脉。过了一会儿蹑下坡来，躺在一堆秋秸上，闭住眼睛，思索什么。理发的偷眼瞧见这些情况，他的精神呈现紧张，剃刀变钝了，手指头不灵活了，接连在顾客头上划破了几道血口子。

韩燕来自从见到理发的，态度完全乐观了。吃完饭，舒心地躺在斜坡上，回忆着半天的经过。回忆中，他懂了一条道理，不管多大的困难，不管多复杂的情况，只要亲临现场，钻到群众里边，摸清底细，办法多得很。对比起才下汽车的时候，自己那股猫头火性劲儿，越发显出杨晓冬老练而有经验。

散集之后，他们跟着理发的平安到达了甄村，过了甄村不远的三岔路口上，理发的指着左手道路说："顺这条路，一直就走到啦！"杨晓冬他们道过谢请他回去，他口里答应着却不动弹，等了一会儿，他终于说道："咱们交朋友一场，现在要分手了，我想讨句实话，你们到底是干什么的？"

韩燕来抢着回答说："没告诉你进山贩柿子呀？我们掌柜的是老山客啦。"

理发的摇着头说："为两个贩柿子商人，我肯送这么远？"

杨晓冬反问他："你看我们像干什么的？"

理发的说："依我看呀，你们是这个——"他伸出拇指和食指，比了个"八"字。

韩燕来强不承认："你从哪里看出来？"

"光看是看不出来，从这位的言谈话语里我揣摩到的，要不我下午做活光出错儿呢！"

杨晓冬拍着理发的肩膀笑着说："你猜得对。理发员同志，谢谢你，你猜得对哟！"

理发的十分满足地说："谢不谢不要紧，只要换出'同志'这两个字来，送你们这二十里地就不算白费了。"

理发的回甄村了，韩燕来不放心地盯着他的背影。杨晓冬说："燕来你放心，好人坏人咱们鼻子一嗅就清楚，你要相信这条真理：在基本群众里边，绝大多数都是站在我们这一边的……"

二

下午四点钟左右，四周都很安静，估计没有敌情，两人奔向迎面村庄。从村边的小孩嘴里，打问出交通站的地址。交通站是个土坯大门，一进院空空落落，没有人烟，一明两暗三间屋，屋内冷冷清清，炕上没席，仅有一条硬木炕沿，灶前没锅碗，石板作碗架，上面放一盏干油灯。他们刚刚站下，从外面进来了一个十多岁的姑娘，他们托她找村干部，她向他们要介绍信，他们解释了不能带信的原因。小姑娘说，等办公人下地回来，就给他们安排食宿。她走后，杨晓冬倚卧在没席的炕上，闭眼休息。韩燕来也躺下，他睡不着，觉得这一天过得太长，想思虑点什么，可一点思路也抓不住，脑子乱得发涨。他走到对面屋里看了看。这屋没炕，藏了一些农具，墙角有靠梯，顶端直通天空，他带着童年那种登梯上竿的兴趣攀上去。抬头一瞧，上面原是个小小房间。东面安着窗户，他扶着撕破窗户纸的棂框外瞧，看到一片波浪式的石头房顶。房顶的衰草正在返青，天上淡云横抹，迎面轻风吹来，有一种初春的舒适感觉。韩燕来的头脑觉着清楚多了，正想下梯叫杨晓冬，忽然发现一种怪异现象：距交通站不远，有所大院，院中棚了一个高出地面三尺的白菜窖，窖口支起晒竿，上面横挂着三个马灯。虽然在白天，仍可看到灯内冒着黑烟的火苗。突然有人从窖口爬出来，手持带钩的木棍，匍匐到第一个马灯跟前，仰面朝天举竿摘灯，并迅速吹灭灯火，又爬到第二个第三个跟前，做了同样的动作。韩燕来看来心里十分诧异。愣了一会儿，不见有旁的动静，扶梯下来，想叫杨叔叔一块上去看看。回到屋里，见杨晓冬没睡，他正握着铅笔在小本上记什么。韩燕来估计他在写汇报材料，便不敢打扰他。外面太阳快要压山，他想村干部下地快回来了，争取时间休息一会，刚刚躺在炕上，听得外面咕咚响了一声，像是有人跳墙，韩燕来坐起时，外面有人喊话：

"你们是干什么的？"完全是敌对和威胁的声音。

"我们是……"韩燕来刚说了半句，被杨晓冬摆手制止了。

"你们是干什么的？"杨晓冬反问。

"我们是来逮捕你们的。别叫费事，先扔出武器，然后拍着巴掌滚出来！"

一提武器，倒提醒他们，杨晓冬搬起当碗架的那块白方石，韩燕来揭起那根硬木炕沿，分头把住窗户和门口。不管外面怎样威吓他们，暂时都不吭声。房上的人生气了，他说："一班压顶，二班堵窗户门，膘子过来跟着我掏他们的窝。"

韩燕来听罢十分紧张，双手高举武器，不错眼珠儿瞪着。看光景，不论是人是鬼，只要探进头来就得砸他个脑浆迸裂。杨晓冬听着房上说话的人，语音有点耳熟，才要朝熟人上想，立刻警惕自己：语音熟又怎的？熟人中也有投敌的败类，何况自己是当地人，当地人听当地话没有不耳熟的。他握紧那块石头，严防住窗口。这时候，有沉重的足音闯进穿堂屋，喊了声"冲进去捉活的"，突然门外有人探进头来，韩燕来用了十分力气，照着进来的脑壳猛击一棍。进来的人应棍倒落，气也不哼。刹那间，韩燕来感到自己的威力，这样硬邦脑袋的家伙，竟吃不住他一棍。不料，正是他这一棍暴露了无枪的秘密，外面人乘势一个箭步蹿进来，以手枪逼着大喊："不准动！"当他们看到不顾一切举石下砸的杨晓冬，闯进屋的人惊呼："不要砸呀!"说着立刻把枪插在腰间,摊开两只大手十分遗憾地说:"这是从哪说起,净是小姑娘瞎报消息,怎么把自家人当特务呢!"这时连韩燕来也认出进来的是梁队长。梁队长觉得对不起杨晓冬,他说:"也怨我们故意转腔转调的,不然的话,杨政委总会听出我的口音来。"杨晓冬笑了笑没作声。这时,外面进来两条汉子,韩燕来认出那个身体魁梧的就是刚才那个摘马灯的人,另外是位年轻的瘦个子。梁队长说魁梧的叫膘子,年轻的叫张小山,外号"山猴儿"。这两人先后过来与韩燕来握手。

韩燕来心里十分不安,感到他误伤了同志的性命,偏偏梁队长又不提念这码事。他实在沉不住气了,不断偷眼往炕沿底下瞧。

梁队长看懂了他的心思,拍着他的肩膀嘲笑着说:"小伙子呀!你怎么啦,你打碎的是'判官老爷'——五道庙的泥胎呵!当成我的队员哪?好说你啦!"韩燕来听罢,向前走了几步,伏到炕沿下边黑暗处仔细一瞧,果然是头颅破碎的泥胎,刷的一下,心里宽亮了。他说:"梁队长,真把我急死啦,现在放心了,请你把两班队员都叫进来休息吧!"

"两个班?"梁队长愣了愣神,想起自己刚才的话,有风趣地回答,"对啦!倒是两个班,就是两位班长来啦,队员们还没出发哩!"

问明了杨晓冬他们的意图,梁队长说:"交通站派人送你们当然可以,最好跟我们一块走,可送你们到五虎岭。只是我们今夜要执行点任务,愿意做伴的话,多绕二三十里路。"

多走几十里路,对打游击习惯了的人,不算个问题,他们答应了。

梁队长见杨晓冬答应跟他们做伴进山,高兴到狂喜程度,认为有必要进一步介绍他的队员，便指着魁梧的汉子说："咱们这位膘子，身强力大，憨厚直爽，是条铁打的汉子呢！"又指张小山说："这是个机灵鬼，他家就是五虎岭的。怎么样，小山，这回奔你的老家走，能送同志们过封锁沟吗？"

山猴子故意恶作剧地说："睁着眼睛不能，闭着眼睛才能哩！"

韩燕来觉着张小山很活泼，又跟自己年岁差不多，很愿意接近他。不断向他问这问那，问到今天夜里执行什么任务，张小山要告诉他，膘子瞪眼插言说："这是军事机密，时候不到，告诉你也不懂，时候到了，不问也就看清啦！"

黑夜，大伙收拾行装准备出发，杨晓冬找了条草绳当腰带，把长袍卷成短裙。韩燕来的鞋不跟脚，临时系了根布条鞋带。梁队长把棉袍拽起，大鸡头的插梭盒子横挎腰间，空着两只手很利索。张小山打扮得好比戏台上的武丑，膘子像这支夜行小队的驮子，背后系着自己的行李和梁队长的一部分东西，右肩扛着一条凸绷绷的大麻袋，里面活像装了两个俘虏，手持带钩长竿，腰里还挎着五连子弹袋和二把盒子。换个人，准叫这些东西压得喘不过气来。膘子可不在乎，他摇晃着身躯仿佛漂在水上的一只大船，倒是因为没装满载，才使他这样晃里晃荡的。

夜过封锁沟对大家是家常便饭，对韩燕来就新鲜透顶了。从打出发之后，他时时刻刻惦记着这件事，就像他童年时节持竿子捅马蜂窝一样，捅了怕挨蜇，不捅手心又痒痒得难受。接近了眺山庄，他瞧见有个很高的炮楼，心里突然紧张了，见同伴一个个都放心大胆朝前走，他不便问，咬了咬牙，心里对自己说："难道你是老鼠胆子？"虽在责备自己，可总是不安，后来实在忍不住了，抢走几步赶上张小山，轻声问炮楼有多少敌人，是鬼子还是汉奸队。张小山告诉他，这里没有什么炮楼，那个高的是眺山庄驰名的七层宝塔，登在塔顶上可以看清西面的山，眺山庄就是因此得名的。韩燕来心里一轻松，才看清真是玲珑宝塔——再也不像炮楼了。

绕眺山庄西行五里路，视线突然开阔了，迎面挺立着第一个圆柱形的碉堡，隔不到二里路又挺立着一个，放眼细看，越看越多，像绕山坡钉了等距离的木桩一样。韩燕来顿时觉到：沿着林立的碉堡下面，定然是那条环山封沟。他对封沟厌恶又仇恨，在他看来封沟像条拦路伤人的毒蛇，碉堡好比毒蛇脊背生的疖子。

接近碉堡时，按照梁队长的手势，同志们全趴在地下，五个脑袋集成一朵梅花。梁队长说："看着碉堡横在眼前，实际还有二里路，大家不要慌，每个碉堡只驻一班伪军，火力也不强，我们先护送杨同志他们过路，回过头来再同狗日的算账。说真的，要不是首长跟着，我们不能悄步哑声，一堂政治课是短不了他们的。好啦！你们趴着别动，我去侦察一番。"

梁队长走后，韩燕来问张小山什么叫上政治课。张小山说，就是给敌人讲话。韩燕来看了看四下的开阔地，他怀疑了。"难道他们老老实实听讲？"张小山说："敌人还有老实的？全靠降伏嘛。"他讲起喊话的经历："最初谈不到政治课，那叫对敌喊话。喊什么'中国人不打中国人'啦，'伪军弟兄枪口朝天放枪'啦，以后添了点国际国内形势。再往后，又添上炮楼内部情况，谁做了什么恶事，有名有姓地讲，敌人最怕这一手。我第一次领着敌工干事喊话，每讲一句，敌人乱放一阵枪。第二次讲完了，炮楼里答话啦：'有种的白天来，一刀一枪地干干，别夜里念葬经。'也有人讽刺：'你们讲得又饥又渴吧！快爬到山坡上，喝泉水就石头子，又凉又硬，吃去吧！'第三次我们队长跟着去了，敌工干事刚开话板，楼里拉起胡琴，伪军们合着弦唱窑调，越唱越声高。敌工干事气急了，顾不上隐蔽身体，挺身出去呵斥他们。我看到有个坏家伙伏着窗口正要放枪，就听到当的一枪，坏家伙从窗口掉下来，是我们梁队长先下手的。接着他趁势喊：'今后再讲话，只许用耳朵好好听，不许捣乱，对捣乱分子，伸胳臂打成缺手，探脚的打成瘸子，吐口唾沫都要打成豁唇。'从此，敌人再不敢龇牙啦……"

梁队长侦察回来，领着大家爬过封锁沟，这儿距执行任务的地方还有十里路，沿沟向北走了半点钟，发现眼前有一道光亮，光亮上端红润润的与铅灰的天色混合了。再向前走，一切都看清楚了，封沟东面的边缘上，每隔十米左右，埋了六尺来高的木桩，桩头悬吊马灯，一溜火光照射沟沿上下，封锁过往行人。看到马灯，梁队长说："这段路地形最复杂，是我们军民过路最多的地方，敌人夜里不敢出来，又想封锁我们，编出这套照明的鬼法子。膘子，给我长竿，你把'阎王''小鬼'倒出来，提前出发配合行动。"说完话他要求杨晓冬他们躲在西边土坡后头观阵。杨晓冬说："我们也别袖手旁观，多少帮点手。"梁队长摘下自己的插梭盒子递给他："拿上这件武器，必要时，掩护我们一下。"韩燕来看着杨晓冬接了枪，他对张小山说："你这枪能借我使用吗？"张小山脑子一转说："我跟着队长，离不开枪。膘子，把你的枪借给这位同志吧！"膘子本不愿借，见队长点头，不好拒绝，连同五连弹带一齐摘下交给韩燕来，他拖着两个泥胎匍匐前进了。

十分钟后，靠敌人沟沿那面突然挺立起两个人，韩燕来看清他们是泥胎时，碉堡里的枪响了。与此同时，在另一个地方，梁队长一跃上沟，仰面朝天举竿摘下第一个马灯，然后就地十八滚又摘了第二个。膘子操纵着泥胎跳舞，引逗得敌人对泥胎加强了火力，机枪步枪交叉扫射。终于敌人发觉中了调虎离山计，他们分出一股火力，射击摘灯的人。这时梁队长顾不上熄灯了，每摘一个，带着火亮扔给沟内的助手，速度快得像流星一样。当一颗迫击炮弹落在他脚下打滚时，梁队长一个筋斗翻进沟里……

这场战斗从开始到结束不到十分钟。

炮楼枪声还在寻找目标的时候，梁队长横扛着那根长竿，大摇大摆走回来，他仿佛不是刚刚经历过危险的战斗，倒像个老农民干完地里活儿扛锄回家的样子。两个助手每人提拎一串马灯，很安闲地跟随在他后面。走到杨晓冬跟前，梁队长说："任务完成了，成绩不赖，敌人歼灭了我们两个泥胎，咱们摧毁了他的灯火封锁，还带回，喂! 带回多少?"

山猴子见问，先数完自己的，赶快又数膘子的。膘子自己也在数，没等数完，就听张小山抢嘴说："四六相加，一共是十个。"

梁队长说："不赖，不赖，真不赖!"

张小山接过杨晓冬的手枪，交给队长说："敢情不赖，一粒子弹都没费呢!"

听说没费子弹，膘子把韩燕来交回的弹带捏了捏，五条子弹空了多半，他粗声粗气地说："你们不赖，这位同志可不地道，有什么放头，这是军火子弹，你当是过年的炮仗呀。"

梁队长见打了三条子弹也怪心疼，一则是打了胜仗，又当着杨晓冬的面，便很大方地说："算了吧! 人家新学打仗嘛，敢放枪就不赖。依我看，这小伙子就很不简单，他对'判官老爷'那一棍子够多狠哪!"

膘子抱怨也好，梁队长开玩笑也好，韩燕来半点也不往心里搁。他担心身后的敌人，又向往眼前那朦胧可见的重峦叠嶂的群山，禁不住加快脚步，走到大家的前边。杨晓冬看出他是担心敌人，便说："走慢些吧！登上封锁沟西沿就是解放区的天下，敌人不敢随便过沟，放心大胆地走吧。"梁队长认为他是喜欢风景，他说："别着急，太阳出头咱们就可以登上眺山。小伙子！开开眼吧，眺山是把山口的头一个风景区呀！"

三

东边天发白了，韩燕来越走越加劲，他第三次回过头问："杨叔叔！怎么还不进眺山？"

杨晓冬说："看山跑死马，别着急，到山根这段路，够你走一阵的。"接着又告诉他要挑选道路，脚步放平些。这些嘱咐，韩燕来全当耳旁风，他连蹿带跳地走到前面去了。

初升的太阳，把玫瑰色的光线抹到巍峨的山顶上的时候，眺山真好比穿着凤冠霞帔一样。把她比拟作一位漂亮的美人，可并不算夸张。你看！挂在山腰里那淡青色和乳白色的晨雾像飘在美人胸前的薄纱，满山玲珑透明的石块像嵌在衣冠上的宝石，遥遥看到那成行成列的密密麻麻的发着绿色的树林，颇像霞帔上的璎珞。一条灰白色的通向山腰的慢坡路，是美人围腰垂下来的长长丝带……

韩燕来沿着慢坡路，爬了半个钟头，突然回过头来说："杨叔叔，你闻闻，哪里来的这股香气呀！"杨晓冬赶到他跟前，嗅了嗅，果然有一股浓郁芬芳的气味。两人都不晓得香味是从哪来的。

张小山赶到了，他指着前面说："你们看见那条羊肠小道啦，顺着它走三里地有个村庄叫桃花沟，那里桃杏满山坡，香气就是从那里飘过来的。"

韩燕来问："奔桃花沟走绕多少路？"

张小山说："绕不过二三里路，只是道路难走点。"

梁队长说："小伙子呵！逢山看景还有个完？挑好的看嘛，眺山风景区是大筵席，桃花沟不过是盘小菜。"

韩燕来请求般地说："天气这么早，又没有敌情，咱们多绕上几里吧！"看到杨晓冬他们没有责备的意思，他又闯闯地走向前去。走了半里，听得流水声音越来越大。转了两个弯，抬头一看，呵，慢山坡上，到处盛开着鲜艳的杏花。韩燕来想：明明是杏花，怎么叫桃花沟呢？他怀疑地用眼睛由远到近四下寻觅。忽然在他的脚下，发现长长一列青了皮的果树。仔细瞧去，在赤褐色的枝头上，长满了粉白色的豆粒大的桃花骨朵，桃树枝纵横错杂，笼罩住下面潺潺流水的深沟。韩燕来觉着山地里春天不但来得早，而且饶有风趣。他踱下斜坡，想折一枝花蕾，闻闻香味。刚走到桃树跟前，一只青灰头、花龙背、五彩翅膀的鸟儿，从桃树枝头惊飞出去。飞到对面杏花丛中，伸直脖颈长叫。见了这种情景，韩燕来放弃了攀树折枝的念头，继续往前走，登上陡立的石阶，有块小小的平地，平地尽头，傍依山坡有个村落，他估计是桃花沟。听说山里任何一个村庄，都有人盘查路条。他不敢前进了，坐在石阶顶端的平地上。

围绕在韩燕来周围的野草，差不离他都认识，那是紫梗的二月兰，玲珑的老鹳金。但他最喜欢的是那生命力顽强的马兰草，它们为了追求生存和发展，从大块顽石的压制下，生出了密密丛丛的嫩芽。

同伴走来时，韩燕来说明不敢进村的原因。膘子说："不要紧，叫山猴子头前走，在这一带，他是个活路条。"大家向前走了不远，从树枝发绿的树林里，飘出姑娘们优美动人的小调：

> 太阳露出在东山庄，
> 姐妹们春天格外忙，
> 你拿梭镖去放哨，
> 我为战士们洗衣裳。

为了不惊动她们，山猴子张小山踮起脚尖轻轻前进。村口插立着一支红缨枪，他照直奔枪走去。

树林内，流水溪旁，有几个十八九岁的姑娘，洗涤成捆的绿色军装。她们一不用肥皂，二不用碱水，把泡湿的衣服放在大块石头上，抢起胳臂粗的棍子，一顿狂抽暴打。山地早春季节，比平原暖和得多，燕来他们来时还穿着棉衣，这里的姑娘们为了干净利索，已换上了单薄衣服。负责站岗的姑娘竟插起梭镖打赤脚去蹚水。她正在向洗衣姑娘溅水，一抬头，发现了山猴子的企图，飞跑过去拔下那支红缨枪。横枪拦住他们的去路，接着严加盘问，多方为难。旁的姑娘们认识张小山，放下水湿衣服赶来为他讲情。赤脚姑娘一口咬定他背的马灯是敌货，坚决要扣留。山猴子知道她是想报复，也是故意做给杨晓冬等生人看。他把眼睛一瞪说："东西任凭你留，可有一宗，这物件是给县委机关送的，要耽搁了今晚五虎岭大会使用，你们桃花沟可得负完全的责任。"这才把赤脚姑娘吓唬住了。

走出桃花沟，水流声更响了，韩燕来问是怎么回事。杨晓冬说："这里是不是有个石罅？"山猴子高兴地说："你算猜对啦，就是有个石罅，在村后山坡上，咱们再迈过一个猪脊梁就看见啦。"

登上猪脊梁，看见对面漫山腰几块大岩石相衔接的罅隙里，喷出冒着白烟的瀑布，瀑布带着清新雪白的泡沫，灌入一洼天然的蓄水池里，桃花沟的流水就是从蓄水池中溢出的。池水澄清，可望见底层的沙石和水草。各种颜色的鸭子漂在水面上游着，有只白鸭潜入水底，像装在玻璃里面一样。

韩燕来十分喜欢这块地方，他紧走几步蹲在池边，双手掬水喝了两口，站起身来长出一口气，赞美着说："甜丝丝的呢！要是干完累活出了满头汗，我要可着肚子喝个饱哩！"

张小山乘势告诉他说："瀑布后边是山洞，敌人每次'扫荡'，老乡们常常躲到山洞里边去。"

韩燕来说："瀑布后边有山洞，多美气呀，看了这个地方，再看公园的假山池水，可不够意思啦！"

梁队长见韩燕来对根据地兴趣这么浓厚，带着边区人民殷勤好客的习惯，也带着对年轻人的特殊友情，他说："小伙子，兴趣这么大呀，眺山十大景，这里的还排不上队哩。天色早得很，是不是再绕到风景区看看？"

杨晓冬说："算啦！尝到一瓢海水，跟整个大海的滋味都一样；都看起来，几时完呢！现在是咱们游山逛景的年月？"韩燕来听罢，再也不闹着看什么了。

翻过石罅，他们爬上一个较高的山脊。眺山出现在正北面的峡谷口上，那青色的石房，黄色的土房，尖尖的教堂顶，长长的白色石头砌成的大街道，哩哩啦啦的牲口驮子，密密麻麻的来往行人，都看得一清二楚。

在峡谷东面的高坡上，高高地站着两棵垂柳，树顶上空，飘着一条黑头黄背红尾巴的蜈蚣风筝，它在蓝色晴空里不断摇头摆尾，活像有生命似的。韩燕来觉着这里边有名堂，便小声请问张小山。张小山说："两棵树外边是眺山口，凭高下望没遮拦，民兵的瞭望哨设在柳树上，他们操纵这条蜈蚣，风平浪静，人们看着风筝安心干活。敌情来时，蜈蚣身上的铜铃，一阵哗哗乱响，就由空中落地啦。"这又引起韩燕来的兴趣，他终于向杨晓冬要求说："回来的时候，一定路过眺山，好容易碰上个春天呀！"

张小山附和着说："就是嘛！山里的春天，实在的好呵！"

"春天又怎的？"膘子认为张小山不断暴露军事秘密，处处显示自己，有意识地顶撞他，"依我看是夏天好，你带上镰刀，到哪个沟沟坡坡上，都能割到没膝盖高的青草。割罢草，光脚丫子背着草筐，在烤火般的日头下，脚踩着冒金星的热沙土，保管你出满身汗。吁……"膘子呼出口气，仿佛真个热气攻心了。他接着说："有热才有凉，热极了，你走到大叶树底下，放下筐，叫风嘶嘶，多过瘾。再不解气，到水池边上，浑身脱得没条线，噗咚噗咚跳下去，扎个猛子……"膘子说着，真像进到水里似的，身板一晃，肩上的马灯碰得叮当乱响。

梁队长说："山里的秋天也不赖，遍地开花遍地收粮食。记得我才当排长的那年秋天，全排在山坡上，种的春玉米，粗棒棒的，吐着红缨，每棵长两三个。一天夜里轮到我值班看地，刚进地边，看见地那头有个黑汉子站着，到跟前仔细一瞧，呵！黑狗熊打立桩正啃棒子哩。赶跑它之后，我想：夜里，黑灯瞎火的，防备点好。捡了些干柴，燃起一把夜火，火焰当风，呼呼作响。我看没事啦，便睡在篝火旁边。迷迷糊糊的听见嗅鼻子的声音，又觉得脸上热乎乎的，仿佛谁用舌头舔我。眼睛睁了个小缝，呵呀！我的天！一只花纹豹子，眼里冒出火苗，正向我张嘴龇牙伸舌头。说时迟，那时快，一个鲤鱼打挺我跳起来，甩腕朝它脑袋打了一枪。对！杨同志，记得去年接你的时候，我靠身那件小皮袄呗？那就是花纹豹子给我送的礼物……"

"要变着法儿找好处，我看冬天更好。"张小山截断了队长的话，"你挑上担公粮，爬过山顶，累得满头冒汗的时候，进村边，从茅柴盖着的柿子垛里摸一把。不要拣大个，挑个牛心的，带着冰碴，两口吞下去，满肚子发凉，美死啦！"

"你就是会偷人家的柿子，仗着人熟，到处犯群众纪律！"膘子反对张小山的意见，不在冬天好坏，主要嫌他逞强好胜打断了队长的话头。"到冬天，下大雪，冰封河，手脚不敢伸，石头都冻裂了，有什么好处？你说说。"

"你提下雪吗！"张小山受到膘子的打击，心里不服，当着队长和客人不好翻脸，故意装作有涵养。但他总得找点便宜，眼珠一转，开始编派了："有这么档子事，有一回下了大雪，我支援前线回来，看到雪地里有花瓣脚印，脚印踏得很深，想必是只体笨膘肥的兔子。我顺着脚印，走来走去，走到一堆乱石跟前，果然有只肉厚膘肥的大兔子。它正自言自语说：'冬天下大雪，冰封河，石头都冻裂了。不好，不好！'我猛一跺脚喊：'哒！你发牢骚呀！'吓得它跳起来。"

"兔子还能说话，胡造谣言，可你到底逮住它了没有？"憨厚的膘子，被故事吸引住了，他担心那只兔子的命运。

237

"山猴子还能放走窝里的笨兔子。哈！哈！哈！"张小山讨了同伴的便宜，笑得咯咯响。

杨晓冬见他们谈的这种开朗乐观劲儿，有所感触了。他说："从你们的谈话里，说明一条真理：工作苦不苦，环境好不好，主要决定于人的思想感情。比方说，一个好的同志，他对人生对革命是乐观的，那么困难痛苦，在他面前，就失掉原有的力量。自然界对于他一年四季都是长春的。反过来，那些心地卑微胸怀狭促的人，他们整天愁眉苦脸，月亮升落要感伤，花谢花开要发愁，乌鸦迎头叫一声，都认为不吉利。这是庸俗的没落阶级的感情，在我们革命同志的思想感情里，不应该有它的位置……"

梁队长对这番话很加称赞，注视着他的队员说："杨政委说得很对，节令里有严寒酷热、春夏秋冬，咱们的思想里，不应有大暑大寒，应该永久是春天，永久是清明佳节。"

经过几次往高处上爬，韩燕来感到与平原比起来，至少有十个奎星阁高了，看到眼前更加高耸的山峰，他想：真要登上对面的峰顶，一定能够用手摸着云彩。这时前面道路，陡然直下，引向一条宽敞的峡谷，峡谷的河川，一段是黄土细沙，一段是鹅卵石块，这样走了十五里，到了五虎岭。

五虎岭虽说没有眺山气魄大，也是二百五十户的村庄，在山区说来也算繁荣重要的乡镇，驻了很多的县区机关和武装部队。梁队长领头进村时，看见很多人集在村庄高头，正在紧张地挖地道。十多个浇园的三脚架，分布在高山坡上，下洞的人手握井绳，坐在柳罐里，坠到五丈以下的洞底掏土。每掏一筐碎石沙土，即摇动手铃，上面听到铃声，把辘轳拧转几十个圈才能系上来。山区挖地道，比平原又艰巨多少倍。从这村打

238

通那村，需要消耗成年累月的时间，要支付巨大的劳动力。可是，英雄的边区，英雄的边区人民，为了生存，为了战胜日寇，不论支付多大的代价和牺牲，他们是从不皱眉的。

五虎岭迎街有座大庙，庙前广场上，有不少人搭彩棚。他们发现梁队长和他们所带的马灯，欢呼着围上来。杨晓冬碰了韩燕来的肩膀一下，两人躲在背静地方，梁队长知道他们做内线工作的要回避人，便叫张小山给找了一间靠村边的房子，领他们先去休息。

韩燕来紧张了两天一夜，又经过爬山，早累坏了，放下脑袋，就响起了鼾声。

杨晓冬按着打游击的习惯，到宿营地照例不能入睡，他向房东借来茅柴，烧了半锅开水，自己洗罢手脚，本想躺下睡觉，担心燕来不洗脚明天不能行军，便用力把他推醒。韩燕来迷迷怔怔地坐起来，杨晓冬问他睡得可香甜，他点了点头。又问他可曾打泡，他摇了摇脑袋，杨晓冬叫他检查检查看，他低头一看，两只鞋子成了眼镜，每只一个大窟窿，拔掉袜子，脚掌上露出鼓蓬蓬的大白泡。

杨晓冬嘱咐他说："今后走山路不要蹦蹦跳跳的啦。"

韩燕来说："要是蹬三轮，让它装满了载，我一口气走……嘿！这个道……"他感到文不对题，没有说下去，一瘸一拐地到门外去找茅房。杨晓冬看到他龇牙咧嘴的，很心疼他。他虽然比他只大六七岁，但对他们兄妹，多会儿也有长辈疼爱子女的心情，而且这种心情随着共同生活，越来越加浓厚。燕来从厕所回来的时候，他已经给他舀了一盆热水，从炕席上折一根席篾，叫他洗完脚把泡挑开，然后又跟房东借了针线，撕掉一条衣襟布，折成补衬，垫上硬纸，动手给他补鞋底。粗针大线很快补好两只鞋。

韩燕来穿上试了试，挺合脚，他也高兴也惭愧，又说："在家里这些事，都是小燕替我做，想不到杨叔叔竟这么能耐。"

杨晓冬说："艺不压身嘛，这也没什么不得了，你随便找个战士问问，没有不会缝缝连连的。"

晚饭后，张小山请他们参加群众晚会。晚会会场，就是白天见到的大庙前面搭的席棚，经过布置，比白天秀气多了。舞台上挂着红色分幕，十个马灯两面排开，灯光映照下，插在台口的柏树枝分外翠绿，幕布越发水红，嵌在幕布上面的"哨兵剧团"四个白布大字，也更显得鲜气。台下是一望无边的人群，一片欢腾期待的脸色，几千只夜明珠似的眼睛，紧紧盯着舞台上任何一个细小的动作。

张小山很惋惜地说："咱们要早来一步，就赶上听县长的讲话了。"他说今天讲的内容有"拥政爱民的总结，开展大生产动员工作"。又说县长在会上表扬了很多的个人和单位，他希望对方最好能问他表扬的什么人，好把他们缴获马灯受表扬的事也显示显示。偏在这时候，红幕布里伸出个洋铁喇叭叫喊："同志们，晚会开始了。第一个节目是五虎岭完全小学演出的，剧名叫《拥护咱们的子弟兵》，马上，马上就……"连喊了几个"马上就"，连报幕人带喇叭被拉到幕后去了。在台下哄笑声中，喇叭又伸出来说："马上就是不能开演，因为导演兼提词的黄教员是近视眼，他把眼镜落在他老婆衣兜里啦！"喇叭筒里连说带笑，台下笑得前仰后合，会场显得有点乱了。喇叭又伸出来说："欢迎部队同志唱歌好不好？"

"好！"全场用同一的语音热烈地响应，很多啦啦队立刻组成了。其中顶属妇女队的声音尖。她们喊："部队同志打冲锋，唱个歌子行不行？"部队什么场合都会争取主动，戴红袖章的政工干部马上站起，挥动胳臂，指挥着唱了个《我们在太行山上》。刚唱完就向妇女队反击："公平负担才合理，这回该听她们的。"这个"她"字拉得很长，有点嘲弄的味道。这一来妇女们顿时成了被攻击的目标，她们想唱，两个女指挥互相推让，丧失了那点空余的机动时间。民兵队攻击她们："青年妇女真落后，一个歌子也没有。"青救会拍着有节奏的掌点："噼里噼，啪里啪，你们妇女是哑巴！"

韩燕来的全部精神都被这种热闹气氛吸引住了，杨晓冬几次叫他，他也不理会，碰他一下，他就躲一躲，直到他被拉住肩膀，才跟杨晓冬踱到舞台左面无人的空地上。

杨晓冬问他："山里的生活好不好？"不等韩燕来回答，又说："你记得从北京出来的那位大学生吗？她想抗日，又骂根据地是穷山恶水，后来她硬要求到平原去了，这种人跟工农群众的思想感情距离太远，要不改造怎么行呀！"

韩燕来说："依我看，抗日阵营里，应该要那些一敲咯噔咯噔响的人，不该收留那挑蛆拣白坂、中看不中吃的扔货！"他说话时很负气，用力踢出脚下那块小石头，把他的脚硌得很疼。

他们回来时，学校的节目业已演过，舞台上，边区著名的盲艺人正演唱《把鬼子领进伏击圈》。最后的节目是部队演出的京剧武打——《西游记》。台上锣鼓频敲，真刀真枪闪亮，下面几千只眼睛，连口大气也不出。扮演唐僧的，面向着青脸红发、巨齿獠牙、携带一群打手的妖怪苦心哀求，妖怪瞪圆眼睛张开血口，声声要吃唐僧的肉，站在唐僧后面、手持金箍棒、身着虎皮裙、内穿绿军装裤的孙悟空，急得前进后退，抓耳挠腮；妖怪率领妖群刀枪齐举时，孙悟空忍无可忍，一个箭步跃进妖群，用全身挡住唐僧等三众，擎出金箍棒，用力朝天一撩，把妖怪们跃跃欲试的刀枪，腾空磕起，与此同时，他喊："师傅闪开，打！"台下的人早憋不住了，他们齐声喊："打！"

韩燕来小声说："杨叔叔，这一点我不同意，观众们都来这一手，将来把这种习惯带到都市去，戏园子还有秩序？"

杨晓冬笑着说："到什么山唱什么歌，到一时说一时，重点看边区人民那种豪迈劲嘛！他们在战斗里过生活，抽个空子来娱乐娱乐，还管什么常规呢。逼真说，孙悟空穿军装裤也不行，你细看了没有，沙僧的褊衫上还有'抗日救国'的字样哩！"

韩燕来被说服了。他想：也许边区人民把妖怪当成日本鬼子，把孙悟空当作抗日力量了。这时他特别羡慕孙悟空，愿意有孙悟空的这种本领，在杨叔叔碰到紧急关头时，自己也能像他掩护唐僧似的来这么一手。

台上鼓声响得像爆豆，敌对双方正进行着生死格斗，他俩对这种气氛有了不约而同的感触。感到内线工作不能单凭机智，必要时，须有像孙悟空说的"师傅闪开，打！"这样的力量。

第十二章

一

　　第二天上午，他们到达了燕头寨。肖部长和负责内线工作的二处处长都到外面去开会，接待他们的是担负内勤工作的女同志。她很细心，因为他们是从内线来的，叫他们脱下都市衣服，换上拆洗干净的军装，亲自领到后山坡那所独立的客房，嘱咐他们不要下山乱窜，好好休息，等候首长回来。

　　下午，肖部长开会回来了，听说客人是杨晓冬，立刻跑到山坡。见面时他紧攥住杨晓冬的两只手，一时说不出话来，徐徐出了几口长气，才说："听说你来了，特别高兴，登山坡时，快走了几步，这个讨厌的心脏病不原谅人……老战友，你身体好吗？不会太好，内线工作又艰苦又困难呀！"他说话的同时，朝韩燕来点头示意，表明艰苦困难也包含了他在其内的。

　　韩燕来在肖部长初进门时，看到他后面跟着警卫员，知道是位首长，当时心里有些局促不安。及至看到他同杨晓冬那样

243

谈话，就减免了些拘束。当时这样想：你们老战友见面，畅谈个够吧，最好别理睬我。想不到肖部长一开口就捎带上自己，躲也躲不过，不好意思地点了点头。杨晓冬注意到他的神情，开朗地笑着说："怎么腼腆得像个姑娘啦！过来，我给你介绍介绍。这就是咱们在内线常说的'〇九'——敌军工作部的肖部长。你不是老喊我叔叔吗，跟他也叫叔叔好啦。"看到肖部长有些困惑，他解释说："我不是写信告诉过你，这就是大老韩同志的儿子——韩燕来。"

"呵呀！"肖部长上前，伸手勾住韩燕来的脖子，把他揽到跟前，仔细端详着，"这就是……呵！差不离，浓眉大眼，满脸忠厚气，比起大老韩同志，嫩得一掐冒水呢，怪不得我觉着仿佛在哪见过面。是第一次进山？"

韩燕来点头说："是！"

"这段工作好吗？"

杨晓冬代替他做了肯定的回答。

"是不是党员？"

"这次叫他跟来就是讨论这个问题。"

接着谈话转到韩燕来的家庭上。肖部长说，大老韩是工人阶级优秀的儿子，是师范学校的打钟工人，一九三〇年入党，肖部长做学校支部书记时，他当支部组织委员。就在那届支部才正式培养杨晓冬做革命工作。大老韩整整当了十年打钟的工友，师范学校闹风潮受到军警包围时，大老韩担任支部书记，为了掩护同学冲出军警包围，他贡献了自己宝贵的生命，讲到这里，肖部长无限悔恨地说："在左倾错误路线下，违反毛泽东同志的思想，搞可恶的盲动冒险，使得包括大老韩同志在内的很多优秀党员和革命青年，白白地流血和丧命……"稍停了一下，肖部长转换了情绪，满怀信心地说："共产主义是世界全人类的良心，是最大的无所不包的真理。中国在毛主席领导下，经过二十余年的共产主义运动，信仰它和崇拜它的人就像滚雪球一样越滚越大，反动派就是用流血屠杀的手段，也制止不住共产党这种如万马奔腾的发展趋势。"他勉励韩燕来要学习父亲的优秀品质，要有后来居上的精神，才不愧充当革命先烈的后代。这些话，韩燕来同杨晓冬初次见面的时候，也听这样说过，那时给他灌输了一股革命热情，现在肖部长再朝深处一讲，他感到要检查自己的实际行动了。韩燕来频频点头，表示全部接受上级的意见。

肖部长又说了几句闲话，把警卫员找来说："告诉伙房，包三个人的水饺，萝卜羊肉也可以，没肉的话就吃素馅的。另外你去买点花生米，打一瓶枣儿杠子，搞好了，端到我屋里去。"

警卫员刚要走，收发来了，他说司令部来了电话，请肖部长马上去开会。听到这个消息，警卫员站着不动弹。肖部长说："东西照样准备，搞好送到这屋里来。告诉秘书，把这一时期的文件搜集一下，立刻送给杨晓冬。"

晚饭后，客房里光线暗淡了。桌上点了一盏豆油灯，春风带着山地特有的微温气息，带着袭人的早花香味，带着不知名的山禽断续鸣声，从撕破的窗孔里吹送进来，吹得灯焰东倒西歪。杨晓冬怕灯被风吹灭，拿起条绿色军毡堵住窗户，这一来，不但挡住风，也隔绝了从窗外透来的各种音响。

客房里更宁静了。杨晓冬脸上泛出幸福的表情，如获至宝一样地打开文件包。他先警惕自己："进山的时间没有多久，不要贪多嚼不烂！"然后自言自语说："唔！这本是《开展大生产运动》。看不看？日本强盗和蒋介石一齐封锁我们，给边区物质生活上造成很大困难，克服困难就得开展大生产，这是边区人民的主要任务。要看。《敌伪军动态》，这是业务。要看。《降兵如毛，降将如潮》，拿出来参考参考。呵！《目前形势问题》，在都市净看伪报，哪能正确认识目前形势。必须看。这本是党的政策，十分重要，要看！这几本是整风文件，毛主席亲笔写的，快挑出来，一定要看。"一包文件，他认为要看的至少有三十本。盯着高高的书叠，他自己嘲弄自己说："这些东西都看一遍，至少也得两个星期，上级是调你来住训练班的？"他把中央指示和毛主席的报告先拿出来，打开一本开始阅读。糟糕！这一个时期，他习惯了电灯，乍到油灯下看文件，感到油印字体密密麻麻，花里胡哨的一片。他揉了揉眼，凑到灯前，一字一行地默读着。看不到一页，文字掌握住他的思想。思想一明，眼睛也亮了，书中每一句话都含着特殊的说服感动力量，从字里行间跳跃起来。工夫不大，他忘记了时间的行进，忘记了所处的环境，忘记了他和同伴的存在，全部精神浸沉在文件思想的深渊里。

韩燕来坐在桌子对面，写他个人的自传，准备附在入党志愿书上。这一任务对他似乎是件不小的困难。他铺平白纸，蘸好蓝水，费了很长时间，潦草地写出：父亲是共产党员，尽忠报国为党牺牲。我是个工人，八岁念书，高小没毕业……"是嘛！我高小没毕业就失学啦，哪会把自己写成文章呀。"他一原谅自己，文思都从脑子里溜走啦。几次提笔试着写父亲死后他们全家去东北那段经历，脑子不受他使唤，他也不愿描绘那段颠沛流离伶仃孤苦的生活。因为刻下他的思想情绪里充满了对新环境的喜悦，对现实生活的快乐，对行将得到的政治生命的憧憬与追求。现在是他二十年来最幸福的时刻，他压不住思潮的澎湃汹涌，他不能埋下头来一笔一画地写文章。

他想向杨叔叔求助。抬头，看见杨叔叔的脑袋，随着文字行列一低一扬的像只吞食桑叶的春蚕。他想起小燕春天养蚕，在群蚕头顶撒一把新鲜桑叶，很快从绿叶中咬穿圆孔，露出白头，白头上下低扬，削食桑叶，那种景象就像杨叔叔现在读书的样子。使他更感有趣的是蚕吞桑叶沙沙作声，杨叔叔读文件时嘴里也啧啧作响。他这样幻想时，目不转睛地凝视着对方，像第一次看到一个有趣味的陌生人。不知经过多长时间，骤然间他灵魂归窍，脸腾地红了："人家把脑袋埋在书本里，你的心思飞到云端里，羞不羞？"他用笔杆点戳眉心，表示对自己的惩罚。这种动作，打扰了杨晓冬的安静，他从书本上抬起头来。

韩燕来乘势问："杨叔叔！提纲上写着思想转变过程，我感觉到自己没有多少思想，也没有什么转变……"

"这不合乎事实吧？想想看，从跟组织取上联系，心情上观点上没变化吗？呵！你的眉心怎么红了一块，是不是用脑过度啦，来，咱们到外面清凉清凉去。"

门外是慢山坡，时间早已吹过熄灯号，更深夜静，沉寂无声。天空，月亮率领着群星在广阔的晴空里各就各位。杨晓冬他们漫步走到山顶。面向西望，西面群山列队，层峦叠嶂，连绵起伏，一眼看不到边。山头上积着白雪，白雪外面笼罩了一层雾沼沼的灰云。烟云流动着掠过山巅，在星月交映下看去，活像无数条露着雪白脊背的潜水游龙，它们时隐时显地在烟青色的浪涛里游泳。

东南面的山岭，因靠近平原，地势较为低矮。有些小的峰岭好像站在他们的脚下，似乎跨过它们就可以踏到平原了。天空在这里颜色更加清淡，月光更加洁净，空气流动得更加畅快。从那里流来的空气中夹杂着一股平原土壤的气息和花草芬芳的味道。嗅到这股味道，两人怀着眷恋乡土的感情，不由得做起深呼吸来。山脚下面两里远的河川里，有一道已经化冻的冰河，月光下，浮光耀金的河水，还在轻轻流动。仔细静听，可以听到流水漫过石沙的泠泠响声。面临着这样的美景良宵，他们彼此都不说话，仿佛一经开口，便会惊扰了大自然的肃穆和宁静。

乍从敌人盘踞的地方出来，置身在安全又美丽的群山里，杨晓冬一时感到自然无限美好，生存实在快乐。他坐在山顶，先看远处，再看近处，最后干脆闭了眼睛，什么也不看，企图使自己融化在这幅壮丽而又广阔的自然夜景里。他给自己作了决定：要学老和尚在山头打坐两点钟。可是坐了不到两分钟，他脑子里闪出一个问题：解放区和敌占区比起来，这里是天堂，那边是地狱。地狱的同胞都在水深火热之中呵！你的青春正炽，斗志方强，你有权利这样消磨时间吗？想到时间，忆从前听说过的成语："生命最宝贵，而时间更宝贵。""是呵！生命是由时间计算的呀！还不抓紧时间学习党的政策文献去！"他一跃而起，立刻招呼同伴说："快回去！"

同伴说："这儿坐着很开心，咱们多休息休息。"

"休息诚然是件好事，可惜咱们没有这份权利。"他领先朝回走，沿着下山小径，走回客房，才要继续看书，发现桌上有个便条。

晓冬：我已返部，如不十分疲倦，请来同榻，作彻夜谈，出门南下，马尾松旁边，点煤油灯的屋子……

五分钟后，在发亮的窗户纸上，露出两个人影。起初是宾主对坐，一会儿改成并肩来回走动；移时，头挨头两根纸烟接火；后来两个影子带着响声一齐倒在床上。两位老战友的谈话，跟他们的影子一样，没有什么固定的形式。正谈这个问题，为了一点小事，能扯到山南海北，经过很多插话才集中到一个问题上。又因为两人经历过共同的生活，谈论什么问题总是同过去做比较。比如，杨晓冬说着省城特务活动情形，肖峰就问："比国民党的花样还多吧？说真的，国民党特务们想的法子够绝的啦，你记得吗，我在北京的时候，特务像尾巴一样，整天跟着，你躲出去，他不声不响地打开你的房间，像块腥油似的一连几天蹲着等你，无耻极啦！"杨晓冬同样有插话，他说："老肖哇！咱们在学生时代，认为那个土山公园还不错吧！年前我去了一趟，登在东南角亭子上，四下一望，总感觉太小啦！"对方紧说："是不是柏树林前的那个亭子，那上边还有乾隆皇帝游历时亲笔题的匾额哩。"谈到护送袁主任他们过路，杨晓冬说："那是我第一次出城，走的小西门。你晓得吗，直对咱们母校，开了个小西门，从城门到学校围墙那段路觉得可远啦！"肖部长问清了小西门的方向位置，两人对这段距离远近发生了争论。杨晓冬说："还会错？想当年我爬过，这次又亲自经历过。"肖部长说："你两次都是心情沉重的时候，没准头，我有确实把握。你还记得不？'九一八'以后，国民党市党部那伙穿蓝大褂的委员们，指挥警察，在城墙高头张挂'攘外必先安内'的反动标语。那时节，我们组织了一拨同学，站在校墙外面，拿砖瓦投他们，把城墙顶上一个蓝大褂的脑袋砸了个大包。你想想，这段距离能有好远？"

就在这样兴致勃勃的对话里，杨晓冬谈完了他要谈的问题。

路上准备的那份汇报材料，安睡在衣兜里，连动也没动。

轮到肖部长发表意见了。他坐起来，双手抱住膝盖，他的朋友用同样的姿势坐在对面。因为是后半夜了，两人中间搭了一条薄棉被。肖峰畅谈国际国内形势和党的当前政策；谈到军区党委对展开敌伪军工作的决议。在阐述这些内容的时候，他很巧妙地把杨晓冬提出的问题，逐个给了恰如其分的回答。

时间太晚了，经过逐日累夜奔波劳累的杨晓冬，再也控制不住自己，偶然歪倒床上，立刻发出鼾声。肖峰的眼也发黏了，他想睡觉，忽然想起一件事，他推了杨晓冬一把："我考虑着还是把小高调出来，单留下老高同志。"他看到杨晓冬强睁开眼睛听着，接着说："是这样，工作越进展，斗争越尖锐，我考虑那个年轻的后生，经不起大的风浪……另一方面，把他调出来，叫银环掩护你，你们报上户口搬到一块去，这样对工作对你们的生活都有好处，你要同意，组织上就出面提出这个问题……"

"老肖哇！调小高说调小高嘛，干吗牵连别的呢？"杨晓冬不愿为个人生活的事给领导找麻烦。现在领导同志提出这样问题的时候，他有些着急了。

"你别急，向我说老实话，你对她有意没意？"

"你是上级，说话要掌握原则，吭？"

"别给我扣大帽子，说说私生活就是不掌握原则吗？别逃避，回答我的问题——有意无意？"

杨晓冬怎样回答这个问题呢？银环确实是个好姑娘，他从心里喜欢她，但自己是她的直接领导，进入内线以来，对她帮助不大，工作上也没搞出什么成绩，先贪这些私人事干什么。想到这里，他说："可以回答你，我对她无意，至少目前没这种考虑。至于高自萍，我看他的思想作风，不适合留在内线，同意调他出来。"

肖部长说:"高自萍肯定要调,我告诉二处在省城其他关系中,物色个政治条件好的代替他,一俟去人与高参议接上头,就叫他出来。至于给你介绍这个姑娘,也不是捕风捉影。她两次来信提到你,从字里行间,我感到她有点心思。你别不好意思,你这个人,在恋爱上是顽固派⋯⋯"

"老肖!看你,净开玩笑,把我的嗓子都急干啦!"他翻身下床,从瓷壶里倒了一杯凉开水,带着响声一口气喝下去。再回床时,肖峰的呼吸早匀称了。他想睡,躺下翻了几个身,怎样也睡不着,很多思绪扰乱着他。恍惚中,他又在公园河坡与母亲会面了。母亲要他回家过年,银环也怂恿他去。他起初推辞,说路途上不安定,后来银环答应跟他做伴回去,他见母亲很欢喜,也就同意了。三个人商量着正要动身,忽然花园墙外有人嘿嘿发笑。抬头一看,高自萍的脑袋从墙头探出来。杨晓冬一急,睁开眼睛,哪里有高自萍的脑袋,面对着的是那盏光度渐减的罩子灯。一阵心烦意乱,再也不能入睡,他轻轻下床,随手捻灯,灯光小了,窗户纸显得亮悠悠的。他趴在玻璃窗前向外一看。呵!户外星月收光,青山突兀,大地呈现着一片朦胧的青灰颜色。天就要亮了。

二

一个早晨,杨晓冬看了近两万字的文件,韩燕来也写成自传草稿。他们学习太专心注意了,勤务员打进饭来都没察觉。

251

九点钟，女秘书领来一位年轻的通讯员。他举止蛮有礼貌，态度有点矜持，看光景像是从大机关来的。他拉着两匹马，一匹是四蹄踏雪的桃红马，一匹是黑鬃黑尾的银白马。女秘书指着通讯员说："刚才肖部长打来电话，说军区首长要同你们见面，这位同志是来接你们的。"

韩燕来听说去见军区首长，顾虑挺多，他向杨晓冬说："杨叔叔，你自己去吧，我留下看家，把自传草稿抄抄。"

杨晓冬说："首长叫去，不去不好。"

女秘书说："还是去好，自传我替你抄，这个机会可是难得的呀！"

韩燕来没什么理由好讲，偷眼看了看这两匹高头大马，想叫杨晓冬和通讯员骑马，自己步行跟着。通讯员根本没考虑韩燕来会不会骑马，把两条缰绳一块递过来。杨晓冬看着桃红马龇牙咧嘴的，有几分生性。他牵过它来，勒紧缰绳，认镫蹿身骑上去。韩燕来看着银白马，作难啦！是马有几分生性，要从山顶摔下去，怎么得了呢？杨晓冬看懂他的心思，吩咐通讯员把马拉下山坡，再扶他上去。通讯员微笑着服从了命令，并用很大力气帮助韩燕来上了马。韩燕来面红耳赤，暗自抱怨马说："活该我在你手里栽筋斗，我骑着你，比我拉着你还费劲。不信，把你打载装车，死活我也拽你几十里。"

杨晓冬在马上，热心地给他介绍骑马术，他的骑马经验是：缰绳持稳，两腿夹紧，胸脯抢前，随马颤蹿。韩燕来试着实践这套理论，但理论和实践一时无法结合。他习惯于用力蹬踩两个马镫，但没有一点作用。

杨晓冬看到他的狼狈情形，故意逗他说："燕来！你看那绿生生的麦苗，长得多肥实。"

韩燕来头不敢动，眼睛也不敢斜视。身子像根木桩子钉在马上，但他嘴里却说："嗯！肥实，是肥实。"

横在眼前的是一座小木板桥，韩燕来心里吓得直跳："可别跌落到水里去呀！咱会游泳不怕水深，只是弄成泥猪疥狗的，怎么去见首长呢！"想勒住马，越勒它越走得快，想喊那位通讯员，不好意思开口，看看桥临近了，没奈何，一手握缰绳，一手捉马鬃，佝偻着腰伏在马背上，惊心动魄地听任白马咚咚过桥，好容易熬得跨过桥去，才要松口气，不料通讯员嫌他的马走得特慢，猛朝马屁股拍了一掌，白马立刻撒开脚步，险些把他摔下来。

韩燕来心中冒火："这位同志，真不将就人。"抬头见前面是一片黄沙地，心想："摔个筋斗又怎的？"脑子一热，他挺直身躯晃了晃缰绳，马立刻跑起碎步，他按着马的脚步大胆地晃悠着身子，这一来倒觉得松泛了。

经过两个村庄，进入一个大的黄土山环。漫山上下，长满白皮松树，傍依山坡，挖着几十间窑洞，有的挂了白布窗帘，有的敞着洞口，敞洞口的活像山的眼睛。接近山坡时，他们下了马，通讯员领他们进入一间窑洞。这个窑洞很宽敞，向阳处摆了三张新桌，十多把木凳，桌上放着报章杂志，还有新旧小说。他们刚刚坐好，小勤务员端进洗脸水来。小勤务员年纪十四五岁，白净脸，挺精神，棉军装穿脏了，外罩一套草绿色单军装。他等客人净过手脸，从衣兜里掏出一盒"海燕牌"的纸烟。杨晓冬原不爱吸烟，看到是边区造的，他先接了一支说："这是边区的名牌，它的特点是含有大量的冰片香料，吸一支满口清香，浑身凉爽。"韩燕来听说有这样大的好处，便也接了一支。勤务员从外面取来火绳给客人点烟，韩燕来一时觉得：窑洞具有普通房间嗅不到的温暖气息，陈设的新桌凳特别雅致，纸烟异香沁人肺腑，火绳散发着蒿蓬野味，加上这位照顾周到、态度和蔼的小勤务员，一切的一切，都显示出这里的生活格外新鲜有趣。

十一点钟，勤务员进来悄悄告诉说："首长们来了！"他收拾了一下屋子，随即掀起门帘向外招呼说："三号首长同志，客人在这屋。"

杨晓冬认识"三号"首长，他姓陈，两年前他曾是平原军区的司令员兼政委。那时节杨晓冬听过他很多的报告。陈司令员上调军区，担任副司令员兼副政委的职务。这里的司令员和政委都到延安去开会，全部军政工作都放在他一个人的肩膀上。

一眼看到陈司令员的时候，杨晓冬觉着他面容没变，赤红脸，耸鼻梁，灼灼有神的眼睛，走起路来腆胸脯挺身板，标准的军人姿势。只是头发有些花白，显得比以前苍老些了。杨晓冬敬礼后，上前与首长握手，陈副司令笑着问他说："你改行喽！"杨晓冬笑着点了点头。

第二位进屋的是参谋长，细高身材，清瘦脸庞，一对见微知著顾盼迅速的眼睛，年纪比陈副司令小不多，也有四十岁左右。他是宁都暴动起义过来的，在红军时代已经是最有名气的军事参谋。再后边是军区政治部的副主任，山西人，细身材，中流个，戴一副近视眼镜，文质彬彬的，颇有学者风度。最后面是肖部长和袁主任，两人为了进门，互相礼让，终于握手并肩走进来。

韩燕来不晓得前面三位首长是什么人，看到他们都走到肖部长的前面，估计是更高的首长。他听杨晓冬讲过：在共产党内，高级领导干部跟普通劳动人民一样，很容易接近。可是，不知什么原因，当看到陈副司令展示着开朗的面孔迈着昂阔的步伐走进时，他怯生生地站起来，想躲开又没地方可躲，想打招呼又没勇气，头半低半扬，心且慌且跳，手指头不自觉地摸蹭着方桌棱角。

"坐嘛！"陈副司令伸出右手让客人。"坐！"回头喊他身后一群领导干部。肖部长到他跟前小声嘟念了两句什么，他一面谦虚地点头听话，随手拉过一把椅子让肖部长坐下。韩燕来偷眼看到这个细小动作，他感到这是他熟悉的领导风度，是共产党上下级间特有的同志关系。杨晓冬曾是这样对待他。肖部长用同样的态度对待了杨晓冬，而今陈副司令仍是谦逊和蔼地对待他的部属。

陈副司令听完肖部长的话，脸上泛出喜悦的表情，要客人们就近坐，杨晓冬紧挨副司令坐下，韩燕来只好坐在杨晓冬的下首。大家随便谈说了几句之后，杨晓冬问陈副司令近来还打不打猎。这句话触到他嗜好的痒处，他笑了，笑声在窑洞里震荡，笑声又感染了大家，空气比刚才更活跃了。

参谋长像是介绍情况也像解答杨晓冬的发问，他说："副司令的生活习惯，一点没改，每天六小时睡眠，十小时工作，早晚两遍太极拳，每周一次打猎。"

戴近视眼镜的副主任操着山西口音插话说："你还落掉一项，晚饭之后，抽出时间来，还得将一军。"说着他从勤务员手里接过茶水，"小鬼，是你跟副司令下棋吗？"勤务员点头承认了。"胜败如何呀？"勤务员小声说："差不太多。"见到副主任惊奇，小鬼幽默地补充说："让我车马炮后，差不太多。"

韩燕来看到小勤务员跟那些首长们谈话，态度自然又有风趣，一时驱走了心头的畏怯，不像刚才那样局促了。

临开饭前，肖部长要杨晓冬说说敌伪方面的情况。杨晓冬便将敌军情况，敌伪上层人物情况以及敌伪之间、伪伪之间的矛盾情况，都扼要地讲了讲。不管讲说什么，陈副司令总是沉默静听，从不打断讲述人的谈话。参谋长就不同，他掏出很小的本子，不停地记录，几次提出反面问题要杨晓冬解答，并对证了敌伪军团长的姓名和他们的分布情况。袁主任也记，只是记得简单些。韩燕来担心让他讲话，心里直打鼓。

开饭了，五个警卫员，每人端一盆菜。两盆烧猪肉，一盆羊肉萝卜，一盆辣椒白菜，还有一盆鸡蛋豆腐汤；小勤务员提的是馒头和米饭。因为吃饭，谈话转到沦陷区的生活，肖部长问沦陷区的人们吃什么穿什么。杨晓冬叫韩燕来说。后者虽然担心讲话，对这个问题感到并不太难，他讲："城里的生活可困难到家了。近几个月配给的杂和面，根本就说不上是粮食啦。那是东北仓库囤积了几年的，因为发了霉，才运到华北来。这些像尘土一样的东西，闻着腥酸，嚼着苦辣，不论熬粥还是蒸馍，总得捏着鼻子才能咽下去。贫穷户是这样，中等户也有难处。头一条买不到烧的，走亲访友提着盒子，里边装了几斤煤球，这就是最好的礼物。"

"鬼子兵的生活怎样呵？"参谋长见他说得很具体，希望了解敌人部队的生活情形。

"这方面我说不好。"韩燕来有些抱歉似的，"光知道他们官兵之间是层层压迫，我是听长生说的。对，长生也是个拉三轮的受苦人。他亲眼望见，鬼子出发回来，曹长给小队长小心谨慎地脱皮鞋扒袜子。小队长走了，曹长原封不动坐在小队长的位置上，把脚一伸，喊声'过来！'军曹赶忙跑来替曹长照样做他刚才做过的动作。军曹也不赔本，他下边还有士兵哩！最

256

受苦的是新兵，他们经常挨打受罚，生活顶苦。有一次我拉一个新兵，离鬼子营门很远他就下车，跟他要车钱，他没有，最后掏出一袋老火车牌的牙粉顶了账。"他发觉首长们听他的话有兴趣，胆量大了，东鳞西爪的，又讲了许多。

因为谈话，这顿饭吃的时间很长。

陈副司令最先放下碗筷，他微微斜睨了一下腕头的手表。这个动作被肖部长注意到了，他也看了看自己的表，时间是十二点半，距下午开会的时间还有一个钟点。他知道陈副司令的时间观念最强，午后也还需要休息，连忙放下碗筷，一面给陈副司令递纸烟，一面说："趁现在这个空儿，请首长对我们的内线工作给些指示。"看到陈副司令摇头微笑，又看到他在思索什么，便又说："用几分钟的时间也好。"袁主任在旁边也帮着要求。陈副司令又看了看表说："现在敌情有新的变化，今天下午的会要提前开，我用简短的时间提点意见。"他先向客人，后向在座同志用眼神打了招呼：

"你们的工作，肖部长向我说了一下，我同意他提的那些具体意见。让我谈，隔靴搔痒说不大好，只能一般地说说。

"争取瓦解敌军，是我们党的重要政策和重要政治任务。我不否认这项工作有一定的技术性，但更重要的是政治上的争取和瓦解。共产党员靠真理吃饭，靠提高别人的思想认识去进行工作。在你们部门里，有人忽视政治，单纯追求技术，把主要精力放在什么侦察术呀，化装术呀，秘密联络法呀，十字路口倒穿鞋呀，等等，不一而足。这样搞下去会犯错误的。技术有重要性，但更重要的是政治，忽视政治的观点，任何工作、任何时候都是错误的。"杨晓冬偷看肖部长一眼，对方立刻投来活跃的目光，意思是说：注意呀，这话咱们纵然谈过，未提到这样的原则高度呵!

"敌我是个原则界限,丝毫不能含糊,我们要化敌为友,但这必须具备条件。比如昨天的敌人,今天放下武器变成俘虏,我们说这就具备了化敌为友的条件。故此我们有优待俘虏的政策,不放下武器,怎么能谈优待呢?对于还在敌对阵营执掌军政实权的人,愿意跟我们联系,可以,我们不光看他们的愿望,还要看他们的行动,没有实际有效的行动,就不能采取听其言而信其行的右倾做法,一定要听其言而观其行。"

杨晓冬听了这段话,预感到陈副司令要谈什么了。果然,陈副司令接着招呼他:"晓冬同志!我听说你还亲自出马,会见了汉奸头子?"他是问话,可并不要杨晓冬回答,他自己先微笑了。杨晓冬十分注意首长这一笑,竭力集中智慧掌握这个微笑的意义,从而体会领导上对这一问题的评价。但那笑容一瞬即逝,他没捉住什么。

"会见伪省长,有它的好处,宣传了我们的政策,警告了他一番,还表明共产党人深入龙潭虎穴的大无畏精神呢!"陈副司令又笑了,大家也跟着笑了。杨晓冬虽然也笑,脸有些发烧,他认为首长话里有多种滋味,有甜的也有酸的。

"对于敌伪上层人员的争取和瓦解,仍是你们工作中的一个重要侧面,无论直接间接,都对我们有一定的好处。不过,要防备他们搞鬼哟!这些家伙们,跟国民党总有千丝万缕的联系。国民党现在是'反共第一',内线工作也要防止他们的反间计。

"肖部长和你们研究,要争取一个姓关的伪团长,我们看了一下材料,同意开展他的工作,争取不能单纯靠写信,光教育也不行,要创造一些条件……

"有些人能不能起义,对具体人要加以具体分析。你们看过《水浒》，这部书写出很多典型人物，也回答了敌伪军工作上提出的问题。看！英雄们是怎样地上梁山呢？道路好不同呵！黑旋风李逵说去就去。林冲、宋江各自有其曲折，家大业大骤马成群的卢俊义是最费周折的，吃败仗当俘虏受到最优惠的待遇，但他不肯在梁山'落草'，直到丢了家产、跑了老婆、被官府绑赴刑场杀脑袋。所以俗话说'逼上梁山'，这个'逼'字有深邃的意义，适合辩证法。它是自愿和强迫的统一，敌伪军中的上层人物，包括姓关的在其内，不比卢俊义简单些，没有逼的成分，很难自动上梁山的。

"你们的工作，把重点转到敌人军队好些，既要长期着眼，也要配合当前的武装斗争。为了加强这个地区的工作，叫袁主任今后同你们发生直接关系……

"鉴于斗争形势日趋尖锐，敌人今后的手段，必然更加毒辣，你们的活动更须谨慎，保存自己才能消灭敌人，这句话对内线工作更有意义。好！我说了一刻钟，参谋长、主任，把你们的意见也说说！"他说完话，立刻挪了座位，便于旁人说话。

参谋长和政治主任两人互相尽让，都说没有可讲的。后来参谋长说："副司令的指示很重要很全面，我没有什么补充的。特别希望你们把工作重点转到军事方面，配合武装斗争。今后在计算作战力量的时候，一定把敌伪军工作的力量打算进去。现在我来介绍一下。"他指向袁主任说："这是新去第三军分区的袁政委兼任地委书记，他们军区三面包围着你们工作的城市，按照司令员指示过的，今后你们可以直接发生联系，就近能解决的问题，不必远跑军区来。"

袁主任笑着说明他同杨晓冬他们已是老战友，上次合法过路就是由他们护送过来的。说着袁主任上前重新与两位远来客人握手。他说工作上的问题回头再同肖部长商量。肖部长点头呼应着袁政委的话。

肖部长满意今天这次重要的会见：首长给整个工作作了重要的指示，参谋长对敌伪军工作付与了很高的评价，他的部下又汇报出很多生动有用的材料；他还请副主任作指示，副主任谢绝时，他便乘势说了几句收场的话。

首长们走了，杨晓冬仔细思索着首长的指示，觉得陈副司令的谈话，不只总结了他们的工作，而且总结了整个敌伪军工作，并指出了今后的方向。他羡慕首长分析问题的卓越能力。自己也知道用脑子观察问题分析问题，也能摆出这种或那种矛盾，所差的是抓不住关键，往往是这也有理那也有理，有时候捡了芝麻丢掉西瓜。首长们分析问题的最大特点是：站得高看得远，能从错综复杂比一团乱线还要多的头绪里，伸手扯出一根筋来。真是"与君一席话，胜读十年书"呵！他想着，向伙伴说："燕来呀！我每每有这样感觉，不论听首长作报告或是跟首长谈一次工作，总有不同程度的启发。你哩？"

韩燕来从来没经历过这种场面，今天首长的接见是一生中的重大事件，他心满意足得无法形容，便脱口回答说："我觉着同首长们一块坐一会儿，都是最难得的光荣和体面。"

三

回机关的路上，两人绕道温水泉洗了洗澡，到家后一休息都睡着了。蒙眬之间，女秘书推醒杨晓冬，要他到办公室接电话。

杨晓冬刚拿起电话，听到肖部长的急促声音："是晓冬吗？我告诉你，现在有紧急情况，敌人分兵三路向我边区进攻，其中平汉线敌人今天下午出动，估计明天可能进山。我们机关想在今晚转移靠近司令部。你们的工作，我已同袁政委谈好，他同意叫城郊武工队和你联络。听说你和武工队很熟，必要时候你可以直接指挥他们。袁政委业已回前方了。你们赶快做准备吧！另外，关于韩燕来入党的事，我已告诉支部要他们抓紧时间讨论。不要等我了。就这样吧，吭！"肖部长放下电话，杨晓冬估计敌情必是特别紧急，否则首脑机关哪能这样紧张。他立刻回去叫醒韩燕来，告诉他所发生的一切。

黄昏，太阳收去它洒在山顶上的微黄光线，水沟的边沿结了一层薄冰，在发散着冷气的沙河滩上，敌工部全体人员集合了。不到百人的队伍，哩哩啦啦排了很远，大家都知道到司令部驻地集合，没有多少敌情观念。虽说动员了轻装，每个人背的分量还是很重。没上载的驮驴，不顾饲养员的吆喝，探出嘴巴伸到河里饮水，抬起沾水的嘴头，又大声喷鼻子。勤务员瞧见炊事员背在山坡吸烟，他也兴奋地用红布遮住电筒打信号。管理员是这支部队的指挥员，他气咻咻地朝勤务员说："你这小鬼是怎么回事，刚才讲的行军纪律，没挪屁股窝儿你就犯咧。你是军人还是老百姓？"

靠山崖的房子里，光线早暗了。肖部长屋里点着煤油灯，党的会议正在进行。参加开会的有二处处长、女秘书，还有两位科长级的支部委员。

大家正在听取介绍人杨晓冬发言的时候，肖部长回来了，他向兼任支部书记的二处处长说："会议暂停一下，我和杨同志他们有紧要事情商量商量。"会议暂停了,肖部长也没另找地方,当着大家的面对杨晓冬说:"我给你打电话的时候,是想叫你们赶回去,现在敌情又有新的变化,平汉线方面的敌人,今天下午出发,业已封锁了眺山口。这样你们回去,确有很大危险。我考虑的结果,你们还是先跟军区一块转移,看什么时候有机会,再想办法。"

杨晓冬听完话,立刻提出不同意见:"我们要跟着军区打一趟游击,把合法条件就丢完了。再说我们回去,多少能起点作用,没什么考虑的,开完会,我们就出发!"

二处处长插言说:"跟着军区转悠,确不是办法;出山也实在危险,十成有八成跟敌人碰上。"

杨晓冬坚持意见说:"就是碰上敌人也可钻空子嘛!机枪扫射的火网里还有空子哩!"

"既是这样,那你们先去五虎岭找找袁政委,如有可能,你们就钻出去!"肖部长说完又吩咐女秘书,"你去给他们准备东西,我来参加会议,好!接着进行吧!"

杨晓冬说:"那我就继续发言,除了刚才讲的那些,我认为韩燕来这个同志对人对事,态度急躁生硬,缺乏涵养,看问题还有点片面。比方说,他跟同院一位姓苗的职员,从来很少说话,甚至根本不进人家的门。其实姓苗的是个好赖人,团结好了对我们工作有帮助。为什么拒绝对工作有帮助的事呢?但他就不这样干。又如他对周伯伯不断顶撞,话不投机就红脖子涨筋地吵,没有一点让情。这些反映到工作上就很容易冲动冒险。这种例子在刚才说他刺杀龟山的时候已经谈过了……"

女秘书拿着东西进来,又打断杨晓冬的话。她把东西向杨晓冬做了交代,立刻争取时间发言:"我看过韩同志写的那份自传，他去东北那段历史，交代得不清楚，也没人证明，我个人意见，需要调查调查！"

肖部长听了，当场问韩燕来去了多久？住在什么地方？多大岁数去的？

韩燕来生涩地机械地做了回答。

肖部长说："去东北是因为他父亲牺牲了避难而去的，那时候他还是个孩子，这段历史无须重新调查，由我负责任。"

支部书记看了大家的表情之后，他说："大家如没有新的意见，叫申请入党人表示意见吧！"

韩燕来精神过于紧张，没听出是让他说话。他的眼睛死盯着煤油灯，仿佛人们批评和讨论的不是他而是另外一个人。但他没有丝毫的胡思乱想，他正集中了全部精神和智慧，用人类道德中最高的标准——共产主义者的尺子来衡量他二十年的过往生活；用兴奋又惶恐的心情度过他生命中最严肃的时刻。

当支部书记再次要他表示态度时，他吃惊地扫了大家一眼，拿袖子抹掉他头上冒出的豆粒般的汗珠，结结巴巴地回答说：

"我……我没啥说的。我同……同意大家同志给我提的……只要吸收了我……"他本想当着大伙表示他的决心，可是，咽喉里有一块东西梗着，脑子嗡嗡直响，耳朵眼里吱吱乱叫，上下嘴唇像有人给抹了鳔胶了。他真想抡起拳头来捶自己一顿，正在对自己痛恨不已的时候，瞥见支部书记嘴唇动了动。周围的人突然都举起手来。他凝望着大家的手，凝望着大家对他流盼过来的热情的祝贺脸色。他懂得全体举手是通过了什么，一时耳不蝉鸣，头不嗡响，喉咙里那块东西也立刻消化了。只是胸中非常激动，激动得如同波涛汹涌、万马奔腾，大家投来的笑容，他试想回答一笑，不知怎的一阵心酸，鼻孔发辣，他的热泪夺眶而出了。

会散了，支委们背上东西追赶已经出发的部队。肖部长留下来，他舍不得离开杨晓冬。总想同他再多待一会儿，能谈点工作也好，谈点生活也好，即使什么都谈不出来，在一块多坐一会儿也觉着痛快。他的警卫员鉴于情况紧张，跟他怀着相反的心情，牵了他那匹马在宿舍外面故意走来走去，马蹄咚咚响，响声击着肖部长的心，使他越来越加心烦，终于立起身攥住杨晓冬的手，没有什么伦次地说：

"本想多留你们几天，这样不凑巧……工作就是那样啦，哼！要带的东西都带好，出根据地再换衣服。你已经受过吃不上饭的威胁了，可别丢掉那两个黄戒指。时间这个东西真怪，有时候白白浪费掉，有时候它既不等人也不饶人。嘻！不早啦，你们快上路吧，路上多加小心，回到省城加紧工作，配合边区的反'扫荡'，搞出点名堂来，我等候听你们的喜讯！"

杨晓冬坚持要肖部长先走，肖部长推辞不过，只好上马先行。晓冬和燕来望着肖部长人马绕过山坡，背影消逝在苍茫暮色里。起初还能听到马蹄声，后来什么都听不清楚了。这座曾经嚣闹过的村庄，一时显得格外沉寂，河滩清冷空旷，唯有远处的流水声音逐渐加大，似乎越流越有力量……

杨晓冬同韩燕来沿着河滩，踏着潮湿的沙地往回走，两人都沉默不语，各人有各人的心事。

杨晓冬别离根据地离开老战友，一则有依依惜别的心情，更重要的是感到随着形势发展，党对敌伪军工作、对大城市和交通要道的工作更加注意了，党交给他的任务和要求完成任务的时间也更加急迫了。为了报答党的委托和信任，内线工作需要做出显著的成绩来。可是自己的成绩在哪里，八字还不见一撤呀！回去，必须冲过敌人封锁立刻赶回去！一种争取时间迎接战斗的情绪在他心里冲击着，促使他加快了脚步。

韩燕来梦幻般地在根据地住了几天。几天的生活，在他的思想领域里起着翻天覆地的变化。他感到自己已经变成另外一个人，一个具有新的政治生命的人。有了这个新的生命，才觉得无愧于做革命父亲的儿子，无愧于当杨晓冬同志的学生，这是莫大的荣誉，也是严肃的责任。想到责任，感到当个共产党员不是容易事，想起刚才会上杨叔叔对他严肃的批评，同志们对他的要求和期待，首长们对他的信任和关怀，这一切的一切都使他有无限的留恋。蛮想在这春风化雨的环境里，多受一些教益，哪知道刚入党后的一点钟内，就要离开这块令人陶醉的土地，离开这些绕世界也找不到的好人。他心里一上一下，若得若失，看着杨叔叔那样快的步伐，知道他急于要离开此地，他用不能自持的口吻说：

"杨叔叔，你慢点走！"

"怎么啦？"杨晓冬回过头来。

"我心里很乱，想在这儿静坐一会儿。"说着他不管不顾地坐在近水边的一块大青石上。

"你不舒服？"

"不！"

"到底怎么啦？"

"我说不出来，总觉着离开这里，心里热乎乎的……"

"同志呵！你的感情太重了。"杨晓冬的语气挺温和，批评少同情多，"你还年轻，今后，在斗争的烽火里，在枪林弹雨里，多锻炼锻炼，多钻几趟，跟敌人拼两次刺刀，你的情感就踏实了。现在情况这样紧张，能允许我们徘徊流连吗？战争本身是无情的，我们要赢得时间，赢得今夜的胜利。"

四

从连亭寨到五虎岭是半天的路程，杨晓冬他们只用了两小时就赶到了。

五虎岭同他们来的时候变成两个世界，村庄里冷冷清清，居民们大部分躲到北山上，只剩下少数民兵，因为坚壁公家的东西偶尔闪亮一点灯火，居民听说是找部队的，就把他们领到驻在村庄东口的连部。连长姓董，高个子，黑脸膛，湖北口音，是个老军伍，曾在冯玉祥部队里当过班长。为人很精细，他检查了他们的证件，详加盘问了一番，他说："袁政委因为情况紧急，带领分区机关部队转移了。临走时留下一位石科长，大概是单为等你接头的。"他派人请来石科长。石科长是军分区政治部敌工科长，是个每逢打仗总要往前方跑的人。见到杨晓冬，他首先表示遗憾地说："梁队长昨天带了几十个人出山了，他们是深入敌区给敌人找点麻烦的。你们要早来一天做伴回去够多好，现在要走的话，困难些，请董连长谈谈情况吧。"

董连长说："敌情变化太快，下午四点，敌人进入眺山，立时安了临时据点。我连负责阻击敌人，保护后方机关安全转移，我们的一排已经前伸了五里地，看光景，也许明晨拂晓就要跟敌人打响了呢。"

石科长说："既是这样，我看你们还是跟我找到袁政委，或是暂住几天，或是另选路线送你们。"

杨晓冬坚持要连夜赶回去。石科长看着留也留不住，同董连长商议了一下，派了个得力的通讯员，负责送到排里去。

排部，三十余人，两个班扼守着一面山坡，另一个尖兵班散开在清冷的河滩里。杨晓冬他们看到这种情形，知道前面再没自己的人了，忙把带来的东西，重新又检查了一下。分别把合法的衣服鞋袜打成两个小包，每人负责一个。杨晓冬的系在腰间，韩燕来的斜挎肩上，将通行证等东西统统交给通讯员带回。排长见他们没有任何武器，说："这是把脑袋掖在腰里的行军哪！赤手空拳还行？"他从战士身上摘下四颗手榴弹，"带着吧！碰上敌人就管用。"

杨晓冬和韩燕来每人分了两颗手榴弹，谢过排长，他们出发了。

离开自己的军队，心情上感到孤孤单单没个依靠。在夜茫茫空漠漠的山路上摸索前进，两人警惕性提得很高，时时刻刻觉着前面有敌人。有一点什么声响，两人登时卧倒，仔细搜听，遇到块拱立起的岩石，也仿佛敌人蹲着打埋伏。这样走走停停，约莫半个钟头只走了四五里路。

杨晓冬对韩燕来说："这样速度走下去，到天亮也走不出山口，那就等于自己把自己送到老虎嘴里。"

韩燕来没主意地说："夜黑天，不小心点，怎么办呢？"

杨晓冬说："怎么办？不管三七二十一，打开手榴弹的保险盖，快速行军，争取时间，碰上敌人就拼！"

快速行军，一阵走了八九里。两人刚要喘口气，忽然听到前面有一种异样的音响，音响时隐时显，像是有人行动，又像是风吹动了什么。极尽视力向前看，前面峡谷道路弯弯曲曲，这天夜里又有阴云，眼睛看不到较远的地方，只好硬着头皮前进。

刚拐过一个山角，音响更大了，杨晓冬发现迎头来了敌人的尖兵，与此同时，韩燕来也看到尖兵后面敌人的大队。韩燕来惊慌了，比试着要扔手榴弹。杨晓冬急扯着他躲开正路，对他附耳说："别莽撞。"他看了看面前慢山坡那条小路，小路与河滩道路平行，上下相距五六十米。他想："不能打！打响了，距离这样近，对面向外冲，脱开敌人尖兵，躲不开敌人的大队。何况，我们的岗位是在内线，党不是派我们来阻击敌人的。"这时不打的念头占了上风。他拉着同伴低身奔向慢坡躲闪。躲了几步，他回过头来，看到敌人尖兵更近了，近得大致可以看清他们讨厌的装束和可憎的姿态，这时，杨晓冬的心情突然变了："你们这些家伙是来屠杀人民制造流血的呀！万一被你们偷袭过去，分区的部队，五虎岭的妇孺……"他不能再想了。指着向山坡冲出去的路线，向韩燕来说了声："你快跑！"他自己冲着敌人猛跨两步，凭高望下，用力打出第一颗手榴弹。这颗边区工人巧手制成的手榴弹，音响是这般清脆，力量是这样雄伟，它携着复仇的怒吼，炸翻了敌人的尖兵，惊呆了敌人的大队，并用它惊心动魄的声音，沿着通向五虎岭的山谷，悠悠地给边区反"扫荡"的军民发出了第一声警报。

　　这股敌人，看来是富有战斗经验的，他们经过片刻的惊慌混乱，断定是八路军的零星武装，甚至是个别侦察人员，当即派两个班来围歼捕捉。

　　杨晓冬发觉后边有人赶来，脚步更加快了。山路再崎岖，他也顾不上了，跑到同韩燕来并肩时急忙告诉他说："一不要失联络，二别丢东西，万一掉到涧沟时，最要紧的是保护住脑袋……"

　　不管怎样跌撞，不管发生什么问题，他们都保持了很快的速度。起初是韩燕来跑在前面，实则他跑山路不如杨晓冬，杨晓冬感到超越他并能带动他时，又把他落下。但为了照顾伙伴，不肯把他落下很远。跑了相当远的路程，忽然看清前面是通往桃花沟的坡岭。杨晓冬心情喜悦了，感到跑出桃花沟去就是平原，到平原开阔地就好说了。正在这时，背后敌人突然连鸣三枪，杨晓冬估计敌人鸣枪必有原因，他想：以前敌人不打枪，必是想俘虏他们，现在鸣枪，也许是个什么讯号。他跑着更加留神了，果然时间不大，从桃花沟拥出一股敌人迎头拦住去路。他要等待韩燕来，势必被迎面敌人捉住，不等，自己也没法停留。恰在这时，满布阴云的天空，划出一道闪光。借着闪光，看清右面不远就是上遮桃树、下有流水的深沟。跨过断沟，可以爬到侧面山坡，甩开前后敌人。跨越这样宽而且深的山沟，在平常是件不可想象的事，现在杨晓冬顾不了这许多，他倒退几步，憋足气力，拿出当年急行跳远的功夫，跃身蹿出去。在身体腾空的一刹那，曾考虑有掉进沟的可能，这个闪电般的念头还没完，他带着沉重的响声扑到迎面山坡上……

韩燕来漫过山坡时，迎面的敌人已张开网兜等着捕捉他，回头一望，身后的敌人又从山顶扑下来。他陷入前进无路后退无门的绝境了。在万分紧急中，突然想起进山时节山猴子说的桃花沟村后那个石罅。石罅就在不远的左侧方，他紧跑一阵靠近水池，为了掩蔽目标，连爬带滚到了石罅跟前，迅速钻到瀑布遮障的石洞里。下山坡的敌人蒙头蒙脑地追逐前进了。韩燕来长出一口气，心里暂时安定了一点，把两个手榴弹统交右手，左手挥掉脸上的汗珠，摸了摸肩上挎的小包，小包纹丝没动。心想：还好！没受什么损失。半分钟后，洞里飕飕冷风吹着他发汗的身躯，十分不舒服。"这样吹久了要生病哩，再说杨叔叔要是已经冲过沟去，他一定焦急火燎地等我，要是他发生了问题，我能够在这里偷安？不！不能停在这，我要冲，任你敌人堵成围墙那么多，任你刺刀摆成树林那么密，我也得冲。"

他从石罅出去，爬着接近了村庄。村里几股敌人，搞得很乱，有的休息，有的整队集合。燕来各处都没找到杨晓冬的踪迹，他突然转念想："你好糊涂，他那样有战斗经验的人，还会出问题。果真出了问题，手榴弹早打响啦。"他肯定杨晓冬已经横越深沟，到对面山坡上去了。后悔自己丧失了时间，痛恨自己年轻倒跑得慢，脑子一热，立刻挺身站起，不顾一切，冲到迎面一簇敌人跟前，用猝不及防的手段打出手榴弹。第一颗哑巴了，忽然想起是忘记拉弦。接着把第二颗投出去。这颗爆炸的声音很大，敌人吓得闪开一道胡同，他乘势从人群里向外窜，三步二步窜到桃花沟村沿的盘道上。盘道上正是追赶他们的那两班敌人，他们正在四处搜寻失掉的目标，看到燕来，喜出望外，为了争功，一个敌人迎面向他扑过来。韩燕来见他来势太猛，迅速矮身，这个敌人掠过他的头顶栽了个大筋斗。他站起来朝右侧跑，刚跑几步就被脚下的石头绊倒了。这时身后一条大汉，飞快赶来，骑在他的身上，立刻掏出绳索捆他两只胳臂，乘大汉拱身掏绳子的时候，韩燕来从他裆里缩回一条腿，用尽平生的力气，朝大汉小腹踢了一脚，大汉疼痛难忍，倒退两步，滚落到沟里。韩燕来不顾任何危险，拼命跳沟。

深沟被他跃过，敌人并未甩脱。不到一分钟，敌人绕过断沟，扇形散开尾追前来。韩燕来看到这种情形，不敢转弯抹角，照直朝对面山坡上跑。山坡越上越陡，速度越来越慢，敌人越追越近。他心里十分着急。咽喉发呛，浑身无力，脚下怪石林立，荆棘横生，每当前进一步，都要付出巨大的力气。

现在他已经不是什么跑，说正确些，他是疾走，走也没有多大力气。眼前有一片杏林，他真想钻在杏林里隐藏起来，回头看了看，离他最近的敌人，只有十多米。藏怎么行！他放弃了钻树林的念头，跌跌撞撞继续前进。见到他的狼狈情形，突然敌人说话了："不要放枪，捉活的！他们共总两个人，跑不了。"韩燕来这时才晓得追赶他们的是伪军，回头瞅了一下，敌人都戴的大檐帽。他暗想：这是治安军，必是高大成带着队伍跟鬼子出来了。这个发现，给他减轻了些压力，心情稍微松泛些。这一松弛，对他很不利，敌人更接近了。三个伪军脑袋，露在他的脚下，距离至多有五六米。横在他眼前的山坡更陡了，到处是嶙峋突兀的青石，每块石头至少都有齐胸高。他使出最大的气力，又攀登上几块大青石。看看快到峰顶，有一块七尺高的大岩石挡住他，他试着攀蹿了两次，都滑下来。第三次滑下时，三个敌人赶到了。他想扒块石头当武器，结果却是连最小的石头也纹丝搬它不动。这时，第一个上来的敌人要张臂搂住他，他双手推胸把这个家伙推滚下去，争取了这点空子，他反身用尽最后气力，攀登这块大岩石。双手刚攀住石顶，被第二个爬上来的伪军抱住他的左腿。他用右脚一踢，伪军扒掉他一只鞋，滚下坡去，但他也被拖下了岩石。

他背靠岩石，瞧着脚下那几个跌倒再起的敌人，愤怒地喊："谁敢上来，老子咬也咬死你们！"但敌人没被吓住，他们一齐爬上来。正在万分危急的时候，猛听得头顶上有熟悉的声音：

"快伸你的双手！"

"呵！天！是你……"

"快上！"说话人用力把他拉上去。

"趴下！"上边人说着，一抖手腕投下一个黑乎乎带柄的东

271

西。接着在三个伪军头顶炸雷似的响了一声……

两分钟后，在静得可怕的山顶上，杨晓冬搀着韩燕来的胳臂无言地行进，来到一棵大杜梨树下，听得唰唰的声音，才知道天在落雨了。两人以树当伞，并肩仰靠在树根上。韩燕来用袖子抹掉脸上雨汗混合的水滴。眼睛细看，发现杨叔叔打着赤脚。他提醒似的说："你丢了两只鞋，我丢了一只，这样走路困难，咱们包袱里有鞋，换上快走吧。"

杨晓冬否定了他的意见。站起身，从烟雾蒙蒙的群山里，辨认出眺山，目测了方向距离，闭着眼睛想了一会儿，指着东南那面很陡的山坡，断然地说："敌人肯定是被咱们甩开了，现在要争取的是时间。战胜时间的窍门在于速度，我们要打赤脚用最快的速度，在个把钟头内通过拦山的封锁沟。"

两人虽然极度疲乏，为了摆脱死亡的威胁，为了争取胜利的希望，各从生命里呼唤出一股热力，不顾荆棘刺身，尖石硌脚，跌跌撞撞地扑滚下山了。

山坡底下，没有道路，没见村庄，他们置身在一条宽敞的河沟里。河底铺着鹅卵石，赤脚在石子上走路，有时痒得钻心，有时硌得生疼。韩燕来实在想穿鞋，因杨叔叔不说话，他也不敢吱声。正在寻思提一下，发现河坡上面有一群人迎面走来，他一扯杨晓冬的衣袖说："敌人！"

杨晓冬点头说："我已经看到了，仔细瞧瞧再说。"

迎面这群人迈下河沟，他们的走路姿态不像敌人，像群老乡。老乡们深夜成群结队的干什么呢？这些人越走越近，韩燕来实在沉不住气，他正想撒腿跑，就听见杨晓冬用低沉的声音喊："站住！口令！"

迎面的人从一条黑线变成很多黑点，像刮风一样爬上河坡跑了。这一跑说明不是敌人；既不是敌人，后悔不该把他们吓跑。两个人抬头看天，天上不见星辰月亮，东南天空的云彩有些发白，他们害怕天要发亮，决定追赶那伙逃散的人。追了一里多路，赶上两个扛着扁担的老乡。上前一问，原来是当地居民，被敌人抓夫挑东西，乘着黑夜行军偷跑回来的；老乡听他们自称是被抓的商民，看到他们的狼狈相，又同情，又怜悯，就领着他们从最平妥的地方跨过拦山封锁沟。

过沟不远，找了个背静角落。杨晓冬这才叫韩燕来解下包袱，各人换上新鞋新袜，里边穿好衬衣，淋湿的外衣早已被风吹干，整平了皱褶，检点了财物证件，稍稍休息了一会儿，按照老乡指引的大路，放平脚步前进。

天色明亮时，到达了第二道封锁沟口。这道沟口被铁丝栅栏挡住，里面有两个伪军把守，封锁沟外面集结了一辆马车，十几个人。每人高举身份证，多是要求去曹庄车站赶上午第一趟火车的。里边伪军既不开门，也不看证件，口口声声说形势紧张，必须等到十二点才开放行人。看意思是要敲大伙的竹杠。杨晓冬看这两个家伙窝窝囊囊的，估计没多大手眼，同时他晓得这块防地，是由高大成四团设防，四团是新由几个外县警备队合编的，不太熟悉当地情况。根据这些条件，杨晓冬大大方方地走过去，说：

"喂！你们这栅栏口开放时间，有点准头没有？"

伪军闪烁其词说："大概其，至早也得十一点左右。"

"我们有要紧事情，必须马上通行！"

两个伪军怔了怔神，互相交换了一下犹疑的眼色。杨晓冬看出这个破绽，对着韩燕来说，实际是叫伪军听：

"怎么回事，这不是四团的防地吗？他们为什么节外生枝找麻烦，耽误了公事算谁的？爬过沟去，到炮楼里跟他们赵团长挂个电话。"

一个伪军听完话，不自禁地回头看了看他们的炮楼。另一个被杨晓冬的态度逼得没了主意，把栅栏开了一个缺口，试想探出头来说几句道理。韩燕来乘势呵斥他说："把门开大点，我们后边还有大车哪！"伪军糊里糊涂地开大了栅栏口。

大车上坐着一位少妇，怀抱三周岁左右的男孩，驭手年岁虽大，穿得倒也干净，像是父亲送姑娘返婆家的模样。为了表示感谢，通过卡口不远，驭手三番五次请他们坐车，这样，他们就乘车到了曹庄车站。要下车了，两个乘客的脚痛得不能走路，甚至站立都很困难，驭手说是坐车坐麻了腿，捶捶腿、溜达溜达就好，驭手并代他们去购买车票了。

经过挣扎，他们一瘸一拐地跟着这位年轻的母亲踱到站台口。

曹庄是小站，距省城三十里。站台口外约有二十几位旅客，规规矩矩地排成一列，听候检查。检查员身穿便衣臂系袖章，挨个先行搜身，后验证件。这还可以忍受，最讨厌的是经检查后，须通过一个砖砌的高台。高台上面蹲着个丧门神般的日本鬼子，他横端刺刀弹压车站，监视着来往行人，每个旅客经过台前，都得向他弯腰鞠躬。不渡过这一关不能进站。

轮到杨晓冬他们排队进站了，那位年轻的母亲一手提包袱，一手拉孩子，小孩揪着屁股，瞪着恐怖的小眼睛望着日本鬼子，悄悄地说："妈妈！怕！"

妈妈强颜为笑地哄他说："乖孩子，不许说怕。妈妈来时怎样教你来着，好好给人家鞠躬吧！"

杨晓冬听了当母亲的这几句话，心里难受得不是滋味。这几句表面看来似乎是普普通通的话，实则它包含着无限的精神创伤。这是满带血泪的辛酸语言呵！他上前两步，双手抱起孩子，无限慈爱地低声说："娃娃呀娃娃，不要害怕，叔叔保护着你，你放心吧！等上一年两年，他们就不在这里站岗了。"

年轻的妈妈回过头来，泛着喜悦和感激的颜色，不晓得是感谢他关心孩子还是听懂了他的话意。杨晓冬乘这个空子跟上她，同她并肩走过砖砌高台。因为抱着孩子，免除了鞠躬的手续。他回头瞧了瞧伙伴，伙伴竟挺着身躯从鬼子身旁倔强地走过来。他为他这种冒险态度捏了一把汗，还好，鬼子兵也没阻拦他。杨晓冬正想对他这种莽撞举动批评几句，韩燕来透着胜利的笑脸赶到跟前，说："快上车吧！唔，你不满意我呀。是呵！你在这方面是批评过我，可我这号人，把骨头烧成灰，也不能向敌人低脑袋！"

第十三章

一

梁队长他们冲出眺山抵达平汉路的时候，已是深夜两点了。按照行军距离，他们可以宿在靠近城郊的八里庄。可是队员们一致要求继续向路东挺进，其中闹得最凶的是张小山，他一口一个"走亲"去，梁队长懂得大家的心意，他也十分赞成兼程赶到。于是，连队长在内二十一名同志，加了两个钟头的快步，横跨一条铁路、两道封锁沟，来到千里堤外金环住的村庄。

按着习惯，队员们分别住在支书和村长家里。梁队长吩咐大家烧水洗脚、整理行装，房上派出岗哨，室内检查洞口。宿营工作刚刚就绪，张小山把背包往肩上一挎，拉着梁队长说："走！咱们瞧瞧小离儿去。"膘子听说后，不声不响地跟在后面，有的队员也要去，张小山说去人多了不方便，有好吃的他准能带回来。

梁队长他们三人离开堡垒户朝北转了两个弯，看见西坡上那矮矮的三间土房。因为心里着急，没敲墙山暗号，张小山领头跳墙进去，蹑手蹑脚地走到窗户近前，刚要说什么，金环开门走出来，说："谁这么贼手猫脚的。"张小山缩在黑处不吭气，就见金环对梁队长说："快屋里来！"

梁队长领路进门时，张小山拉住膘子往墙角落处缩，膘子表示不去，张小山用劲拉，金环走过来，伸手拧住张小山的耳朵："耍什么鬼，给我老实点！"张小山痛得耸起身子龇牙咧嘴地跟进去。三人到了屋里像到了自己家里一样，张小山上炕遮窗户，膘子划火点灯，梁队长去拨弄小离儿。小离儿睁开惺忪的眼睛看清了来的是谁，就从被窝里伸出双手说："给我带的山货呢？"张小山把空背包提起说："我是两肩膀扛着嘴来吃东西的，你跟膘子要吧。"膘子也是赤手空拳，他感到对不起孩子，解下烟袋荷包上的玉石坠儿说："权当个山货儿吧。这次出山，正赶上敌人'扫荡'，顾不上呵！"小离儿不要玉石坠儿，金环呵斥着要她睡觉。她坐在被窝头上噘着小嘴生气，梁队长从衣袋里掏出两个大核桃，无声地给了她，她才笑着进被窝了。

金环问他们出山过路的情况，没等梁队长答言，张小山把爬山过岭越封锁沟遭遇敌人的事编排了一套。他比手画脚的时候，金环瞥见他袄袖上露出棉花，就上前扯住他的胳臂说："干吗撕这么大的口子。"说着从线板上取针，揪了一条灰线，不用眼看即把针线纫好，一面说话一面哧溜哧溜地缝袄袖。张小山红着脸说："在眺山口碰上敌人，从山坡朝下滚，准是那时候撕破的。"

金环缝完衣服，用牙咬断线头，吐线头时，发现膘子的鞋破得不跟脚了，就起身从小橱里取出一对用毛巾包着的夹鞋。把鞋放在灯前说："过年的时候，抽工夫做了对鞋。谁需要就给

277

谁吧!"张小山说了个"我需要"就将鞋抢到手中,试了试大四指。他遗憾地说:"这是给俺们队长做的。"梁队长拿过来比了比,说:"恐怕我穿着也大。"膘子这才慢谈细语地说:"让我试巴试巴。"他一穿正可脚。金环说:"老实人不用忙,乖巧人跑断肠。穿上吧,就是专门给你做的。"膘子奇怪了:"你怎么知道我穿的尺寸呢?"金环说:"上次你们队长下炕穿你的鞋,我看着正大一指。"膘子称赞道:"手儿就是巧,比鞋铺里定做的都地道。"金环舒心地说:"把你们打整利落了,上炕休息会儿吧。走了一夜怪累的。"膘子不肯上炕,在地下走来走去,不错眼神盯着自己的新鞋,突然他想起队长此来是有任务,便说:"山猴子,咱俩该走啦,队长他们还谈工作哩!"张小山用手敲着背包:"空着回去,弟兄们呢。"金环指着桌上的掸瓶:"里面装着醉枣,过年的时候就给你们拿出来的。"张小山毫不客气,大把儿抓了半背包,往肩上一拤说:"膘子,走!让队长跟咱们这女房东……"金环眼睛一瞪:"你胡说什么?"张小山改口说:"让你们谈谈工作。"金环啐他一口:"你撅什么屁股拉什么屎、吐什么唾沫撒什么谎我都知道。耍贫嘴,小心我拧下你的耳朵来!"张小山吓得连呼"不敢!不敢!"捂着耳朵同膘子走了。

屋里剩下梁队长和金环了,金环等着他谈工作,老梁又想着先说点别的。两人一时无话,呆呆地愣起来。一分钟后,老梁不无抱怨地说:"你这个人哪,对人好不平等呵!对他们那样热情,对我就是这般冷淡。"

金环撇了撇嘴:"狭隘死咧。我对他们好,大处说是为了咱们党的事业;小处说是为谁工作方便,哪头炕热都不知道?亏你还当领导干部哩!"

梁队长张了张嘴，没法回答，愣了一会儿咧着大嘴笑了。

金环恨轻爱重地瞪了他一眼，下得炕去，从温罐里打了一盆洗脚水，放在老梁跟前：

"有什么事，你就吩咐吧！"

"俺们武工队这次奉命出山，任务是：在省城脚下，打击敌人，配合山区反'扫荡'。请你快到城里给杨晓冬政委送个信，要他给俺们出个主意。要是他还没回来，你要到车站上侦察一番，着重看看警务段的情况，听说这是一股既麻痹又没战斗力的武装。"金环听罢，感到这是件迫不及待的大事，催梁队长赶快写信，她要黎明之前出发。老梁刚擦完脚，金环把纸在桌上铺好，掏出自己的钢笔递给他。老梁笑了笑："我这把刷子扶不好，请你这念过洋书的圣人代劳吧！"金环说："不行，这是大事，一定要你的亲笔。"梁队长听着有理（他听她说什么话都觉着有理），只好提笔边想边写。金环听到远处鸡声，忙着洗脸梳头换衣服，把一切料理停当的时候，老梁才写好那封信。

金环打了个小包袱，装满两瓶枣酒，把密信裹在瓶塞里，这当儿小离也醒了，见到妈妈穿着那身银灰色新衣服，头上脚下打扮得像走亲一样，她说："阿妈，又进城去呀！"金环安顿她说："乖孩子，起床后跟梁叔叔到队部里玩去。妈天黑准赶回来。"

金环离开家，走出七里路，天色青幽幽的，大地从朦胧中苏醒了。迎面村庄叫李家屯，围村栽满果树，阳春三月，正是沙果秋梨开花的季节，粉白花簇，开满枝头，一抹烟霭，一脉香味，整个村庄像被鲜花裹住一样。金环嗅着花香步入果园，由于她的粉白脸庞和银灰衣服，在她披花拂芯快步前进的时候，只能看到花枝颤动，是人是花都分辨不出来了。她在园中走着，一时触景生情，心中颇为喜悦，喜悦自己负了千斤重担的使命；喜悦全体武工队员眼巴巴等候她的消息；喜悦一个共产党员，在无限美好的晨光时刻，像古书里的侠客一样，孤身一人，大摇大摆向着敌人占据的省城闯关越界。这种豪迈之情激动着她挺身走出果园，迈上通往省城的公路。

早八点，金环抵达距城十里的外封沟，这道关口过得还容易，他们简单地看了看她的居住证，就对她放行了。她心里说：狗日的们，有眼无珠呵！

内市沟挖得又深又宽，路口筑着堡垒群，堡垒背后，一边是飞机场，一边是伪军兵营，再靠后能看见突兀高大的城市建筑，静一下，还可听到一股由城里传来的嘈杂音响。沟口的栅栏斜开一扇，行人一列前进，依次接受搜查。金环和往日一样，对搜查并不害怕，觉着敌人搜查越紧，越证明他们是兵力空虚、内心胆怯，她只担心丧失了时间来不及同小妹见面，当日赶不回千里堤。

金环前面被检查的行人中，头一个是吃官面混洋饭的，他念叨了几句什么就放行了。第二个是挑筐担货的受苦人，因为回答得不好，挨了伪军一顿臭打。依次就轮到她了。

"证明书！"持枪的伪军细着眼睛问。

金环掏出证件递过去。

伪军看了看说："进城干啥去？"

"倒腾个小生意。"

"包袱里是啥玩意儿？"

金环耐着性子解开包袱。

"瓶子里装的什么？"

"给人家送的两瓶枣儿酒。"

"带酒犯私！"伪军夺过酒瓶去。

"两小瓶酒还犯私？"

"一盅酒也不行。"伪军把瓶捏得紧紧的。

"那好，"金环压住火说，"你们看我身上还有犯私的东西没有？"

伪军扭嘴摆头，表示她可以通行了。猛然间，金环上前一步，劈手夺回酒瓶，伪军赶来相夺时，金环双手高举，用力相磕，砰的一声，酒瓶打个粉碎。

"犯私的东西，谁也不能要。"金环说着把那有密信的瓶塞握在手里。伪军们惊怔的时候，她提起包裹就走，刚走了几步，忽听楼顶上有人喊：

"那个娘们太野刁，别放她走！"

金环反身抬头一看，说话的人从楼窗里探出半截身子，他穿着泥黄色军装，戴一副白边绿眼镜。金环估计是个小伪军官，便将包袱放下停住了。搜查她的伪军气呼呼地赶过来，抢过她的包袱，呵斥着要她上楼回话。金环这时旁的倒不在乎，最担心瓶塞那封密信。在炮楼上下的众伪军注视下，她不敢表示任何不安，紧握瓶塞跟随伪军上了楼。楼梯狭窄，伪军带路前行，在楼梯拐弯处，她见身后无人，急忙抽出那封密信，放在嘴里，伸了伸脖子咽下去了。

楼上摆着一套沙发，四把短凳，方桌上放着电话，墙壁上挂一张烟熏变色的地图。看来像个办公室。绿眼镜自称是市沟防哨的指挥官。他趾高气扬地说：

"你一早从东边来，一定是给八路探信的。"

金环说："清早这么多人从东边来，都是给八路军探信的？随便你咋说吧，反正舌头在你嘴里长着哩。"

绿眼镜见头一句话失败了，他接着说："人家都老老实实地接受检查，你……"

金环不等他说完便反问："我不接受检查，到楼上干什么来了？"

绿眼镜高声说："你接受检查为啥耍野蛮？"

金环说："你的弟兄随便抢人家的东西嘛，泥人还有个土性子哩！"

绿眼镜拍桌子："抗拒检查，扣你三天三夜！"

"你扣下更好，又有饭吃，又省住店。"

绿眼镜听完这句话倒笑了："好伶俐的口齿呵，真像枪子一样。"他背过脸去同伪军们吐吃了几句什么。一个伪军赖着脸皮说："小娘们，给你个便宜，只要你陪俺们打几圈牌，就放你过去。"

金环看了看户外的天色，仔细研究了这几个伪军的身份，心上打定主意，不紧不慢地说："打牌倒是个消遣事儿。"伪军们认为她同意了，打着哈哈凑趣说："就是为了消遣消遣呀。"金环眼睛一瞪："可惜我没时间。"说着走到办公桌前，伸手抄起电话，伪军正要阻止，就见金环对着话筒说："接五百五十号。"五百五十号是军用电话，绿眼镜直着眼睛，看打电话人要干什么。金环不理他们，说："接特别高级警察班。"绿眼镜说："等一下，你要特高班找谁？"金环说："我想找找韩翻译官。"韩翻译官是敌伪中任人皆知的，绿眼镜有些犹豫了，他问："你们是什么关系？"金环说："什么关系也谈不上，我请他捎个信转告有关方面，说你们留我在这里打牌，上午十点以前去不了啦。"

防哨指挥官知道，在千头万绪的省城关系中，说不定谁和哪方面有联系。这个女人的态度从始至终是强硬的，直接能跟特高班通电话，她的背景必然十分不简单。他慌了，向伙伴使了个眼色，诡称有件要事，溜边躲开了。伪军们都是老手，打官腔调停说："韩翻译官和俺们长官有交情，没说的，没说的。"金环说："指挥官儿的牌还打不打？"伪军们齐声说："打牌的事儿以后再说，你有事情请先忙吧。"

金环听罢气也不哼，闯闯就要下楼，检查她的伪军说："带上你的包袱。"金环回身说："你们从什么地方拿的，给我放到什么地方去！"两个伪军无奈，提着包袱送她下楼。到大路口将包袱交给金环，金环接过包袱白着眼色说："牵着不走打着走，天生的不吃好粮食的东西！"伪军惭笑着直点头。

金环沿着公路，跨过电灯公司走到新水闸。这里过往行人，又被一群伪警察拦阻，不知搜查什么。她怕再发生什么意外，决意绕过新水闸先回家看看，然后写封信把银环叫出城来。

二

银环拆开信，从清秀熟练的笔迹中，知道是姐姐写的。她很佩服姐姐的天资，她只读过半年中学，数学曾不及格，语文在全班考第一。她写的《忆母亲》《少女日记》等文章，都在报纸刊物上发表过。

姐姐信里说有紧要事情，邀她到南门外护城河畔六棵柳树跟前会面。按照杨晓冬临走的指示，她应该深居简出不同外界接触，为这个原因，高自萍的几次邀请都被她拒绝了。但现在来信的是姐姐，又有紧要事，经过考虑，认为不能不见，她向院方请了半天假。

她洗罢手脸，穿好衣服，去同姐姐会面。刚出唐林街不远，恰好与高自萍走了个碰头。她心里想："这比说书还巧，为什么总是出门就遇见他呢！"

高自萍已换上了春装，上着雨过天青色的毛料制服，下穿深咖啡色的绒裤，头发油光发亮，像个家道殷实的阔公子，也像个有天资而又不大喜欢读书的洋学生。他看到银环脸上有问号，心里说：奇怪吗，姑娘？我每天围着医院附近走三趟，还少了碰上你。他笑吟吟地走到跟前问银环干什么去，她回答说没事，他就邀她进入附近一家元宵铺，到里间方桌前，让银环坐上首，他打横坐下边。

"你不是喜欢吃酱牛肉吗？我去买，这里有带芝麻的烧饼。"

虽经银环再三拒绝，他还是外出买了酱牛肉和老烧酒。把东西放在桌上，他把掌柜的喊过来："给我们煮二十个元宵，白糖的、豆沙的、枣泥的、核桃仁拌青丝的各来五个，分四碗盛，宽宽的汤。"

银环怕耽搁时间，说："随便来两碗算啦，也别要这么多花样。"

高自萍说："既花钱嘛，为什么不排场排场？我这个人，不买是不买，买什么都要讲究的。掌柜的，告诉你，送完元宵后，几时叫你算账，再进来。"呷了两口白酒，他说："我找你是谈重要情报，为什么老强调不接头呢？"经过银环解释，他继续说："这几天的情况可邪乎啦，日本军带了全部伪治安军去山地'讨伐'。由关敬陶团长留守。根据可靠消息，日本部队已经深入边区，在各个大的村庄，一律架电线，安据点，在眺山口还安了电灯，看来这是要长期'扫荡'呀！"

"是这样的？那杨同志他们……"她说了半截，感到失口。一阵复杂的感情搅乱她的心，她沉默了。

高自萍的独特聪明，就表现在他对这类问题善于察言观色。从银环的半句话里，他知道杨晓冬已经回了根据地，对于银环的震惊，倒有掩饰不住的高兴。他劝银环说："没有关系，没有关系嘛，咱们那么多的部队，怕什么！"他的小眼翻了几翻，"不过，这一'扫荡'，老杨不好回来啦，我敢肯定，他不会回来啦。"

银环急着问他什么原因。他连肉带酒吞了一大口，带着分析的语气："你想，老杨是个重要干部，他既到军区，必然跟领导机关打游击。而敌人每次'扫荡'总得几个月，几个月变化多大呀！自然啰，从我们的愿望上，都盼他早些回来，可战争总是战争呀……喂！我说，你这掌柜的是怎么回事？不是告诉你算账的时候再进来吗？"喝退腰缠围裙前来照应的元宵商人，他愣了许久，意味深长地说："庞炳勋带着整个集团军投降了，国民党军队节节败退，单是咱们这方面招架，我看，《论持久战》上说的那个相持阶段会延长呢……"

银环听了他的话，心里非常痛苦，用筷子来回拨拉着碗里的江米团团，一个也没吃，因为在她嗓眼里噎着个跟元宵同样的东西。

"你说的这个情况很重要，我要马上把它送出去！"她心里激动、难过，说着言不由衷的话，很想离开他，跟姐姐会面谈谈这些情况。

"慢一点，何必这么着急，我还有事，你坐下。"他拦住她，心里已经别有企图。

"什么事，快说吧！"

"好！"高自萍镇静着出了口气，做好思想准备，他把欲望难填的小眼睛连眨几眨，最后表现出一不做二不休的神情。"我喝了两盅酒，可能要说醉话，假如酒后无德，需请你原谅。但是一般说来，酒后是会吐真言的。"

"我这个人，政治上是比你脆弱，可我的这颗火热的心经常对谁跳动，你还不明白？让我接着上次行宫会面的话头说：你原先对我很好，自从他来内线后，你对我的关系变啦……"

她怕他说出最难听的，打断他的话："这都是你的神经质，过于多心。其实我对你，还不是跟从前一样。"

"那么，你还承认咱们两人的关系？"他的小核桃眼里射出希望的光辉。

"咱们的关系，是革命同志的关系。"

"你同姓杨的呢？"

"当然也是一样！"

"骗人！我有眼睛，别当我是瞎子。"他感到语气过重了，转换了温和的口吻说，"反正老杨是肯定不回来了。在我这方面完全愿意恢复，假如你也有同样的愿望……"他哆嗦着伸出手来，像是要同她握手。

"小高，你喝醉啦！"

"喝醉？告诉你，我清醒得很。说良心话，自从咱们一块工作以来，我即把咱们两人的命运安排在一起，我考虑什么问题，从没有把你抛开过。为了这种关系，我竭力让你避开叔父，不让他了解我们的情况。想不到中途来了个官大的首长，你的态度越来越加暧昧。现在是打开天窗说亮话的时候，是死是活都要说个明白。我们不能光是一般的同志，要就是同志加亲人，要就是命中注定的对头冤家。"

"小高！你这话是存心欺侮人……我走，喂，掌柜的，你算账来。"她的眼里噙着两颗泪花，用高亢的声音呼喊，掌柜的闻声赶来算账。她乘此机会离开了元宵铺。

高自萍把饭钱摔给元宵商人，走出门来望着银环的背影，自言自语地说："我应该检讨，今天未免说得太露骨了。对方也有责任，她对人实在寡情。"

银环沿着顺城街朝城外走，一时头晕心悸，眼花缭乱，看什么东西都模模糊糊的。她生怕被车辆撞倒，便躲开大路低头向前走，不知不觉出了小南门，一直走到护城河畔，要不是戏水的鸭子在河边扇着翅膀呱呱叫唤，她或许真要走到水里去。

她忘记到这里是来干什么，四肢无力地倚在河边柳树上，盯着已经解冻的河水出神。一会儿，她喃喃自语地说："他真个留在根据地不回来吗？不会，不会的！他跋山涉水，出生入死，对党是多么忠诚呵！但为什么老是那么严肃呢？"她瞧着经流不息的河水，深深吸了一口气，头脑清楚些了。

"你这个家伙，欺侮我老实。拿我的小软儿啦，我要向组织上反映你……"

"谁拿你的小软？"随着话声，有人在她肩膀上拍了一掌。银环打了个寒噤，赶紧回过头来，"哎哟喂！真吓死人！是你呀，姐姐！你……"她想说"你怎么来了？"话到嘴边，才想起姐姐是特来会她的。

金环责备她说："你这个丫头，真叫人上火，左等右等都不来，嘴里还胡念八卦的，到底是为什么呀！"

银环估计姐姐听到她刚才的话，红着脸站起来，沉默了会儿，领姐姐傍依河沿往西走，从公园围墙缺口处穿过，踱到倾斜的河坡。这儿是杨晓冬母子年前会面的地方。那时节朝阳的树木刚露青皮，现在榆叶梅的骨朵已咧开红嘴，对于这些诱人的花草，银环像没望见一样。她想起元宵铺里那件不愉快的事，想瞒着，瞒了姐姐还向谁倾吐呢？想直说，又没有勇气，嘀咕了半天还是要说，她绕了个很大的圈子：

"姐姐，做个女人难着哩！"

"有啥难的，这个世道男女还不是一样！"

妹妹像没听见姐姐的话，她继续说："特别是当个青年女子，在都市里边工作真是多方为难……"她想起受到的委屈，眼里饱含了泪水。

姐姐平常总嫌妹妹懦弱温情，该说的不说，该办的不办，叫她急得嗓子眼直痒痒。现在看到她的委屈可怜的样儿，并不十分同情她，她觉得妹妹性格里缺点东西，她想拿出自己的来影响她。

"妹妹！你要坚强硬朗点。豁出一身剐，敢把皇帝拉下马，谁不是一个人呢！你认为在都市里边活动难，难道在外边活动就好一点吗？不哇！就拿姐姐出入封锁沟说吧……"她把今天摔酒瓶打电话的事说了一遍。

妹妹对姐姐从来是敬服的。姐姐虽然只比妹妹大五岁，但她在三口之家中，早已承担了主妇的劳动，对于小妹还扮演着母亲的角色。生活上她拉扯小妹长大成人，政治上引导小妹走上革命道路，连她父亲在内对金环都是既敬且怕的。可是，现在姐姐这番现身说法的话，并没有怎样打动银环的心，因为她的问题不是害怕敌人，而是如何处理自己的事。现在她认为这个问题还是干脆放下好，便说：

"你的本领，我哪能比！这以后慢慢跟着学吧！姐姐写信叫我出来有什么要紧事呢？"

金环用困惑不解的眼神盯着她，愣了一会儿，她似乎看懂了妹妹的心，立刻透出谴责的表情，嘴唇撇了撇，她把拱到嗓子眼的话又咽回去了，她长出了一口气说：

"我的合法条件差，给杨政委的信被我吃了。调查敌情，又没把握，才写信找你出来。看你小小人儿，蔫头蔫脑的，情绪倒蛮多呢！"

关于自己的心事，任凭姐姐批评，银环已经无意和她争辩了。按照姐姐提的几个要点，她想先去车站走一遭试试看。离开姐姐后，她满怀心事地想："既是整个武工队能出来，他们不是一样吗？也许比不了，人家是武工队呀！不！也许这早晚儿，老杨他们已经回到西下洼了呢！"

银环刚到西关横街，汽笛拉出长声，火车到站了，前进的路被火车挡阻了。她又走了一段路程，只好停住脚步，耐心等着列车开走。时间不大，她望见成群旅客们争先恐后拥上天桥，咚咚的脚步响声震得人心里发烦。银环嫌响声嘈杂，又不愿跟旅客碰面，躲开下天桥的大道，转身退回横街，没有走多远，听到远处有人喊她的名字。她估计是耳鸣上火听错了，这里不会有人招呼她，这个念头没完，又听到后边继续喊叫，她情不自禁地扭回头，发现不远处有两位风尘仆仆、步履踉跄的旅客，向她招手走来。她站住脚步，等他们走近了，仔细一瞧，呵呀！真是两个从天上掉下来的人。他们正是杨晓冬和韩燕来。

没做任何停留，银环领他们奔向公园马路。路上她说明了武工队派她姐姐来的意图。

杨晓冬知道梁队长携带武工队进入郊区，心里开了一朵花，有了这股力量，他感到事情好办了。但他不同意武工队攻打警务段。他派韩燕来先回家，了解了解西下洼周围的情况，如果没啥问题，在黄昏之前要燕来到公园接他。抓紧这个机会，他要亲自会见金环，说明他对袭击敌人的意见。

在慢河坡前杨晓冬见到了金环，稍稍寒暄了几句他就说："我们抓紧时间谈谈，我的意见：侦察敌情暂时停止，攻打车站也先作罢论。咱们有钢使在刀刃上，咱们既然手里有刀子，总得把敌人割痛一点，你马上回去，把我这个意见告诉梁队长，必要时，我和他见面谈谈……"

金环听了杨晓冬的种种理由，表示完全同意地说："这样很好，我告诉老梁，叫他进来一下吧。"

杨晓冬说："老梁能进来吗？"

金环说："从和八里庄有了关系，凑合着能混进封锁沟来。"说罢她就同杨晓冬和妹妹告辞了。

现在剩下杨晓冬和银环他们两个了。她向他谈了伪治安军进入眺山，城防空虚以及司令部指挥权由关敬陶代理的情况。杨晓冬满意这些消息，根据这些，联系到梁队长的力量；联系到军区首长说过的：争取关敬陶要创造条件不能单凭教育的话。他心里埋伏了一个大胆的尝试。为了把情况弄确凿，他问银环这些消息是从哪里来的。银环迟疑了一下，想起高自萍对她和杨晓冬的态度，感到再沉默下去，不但使小高犯错误，自己也要犯错误。于是除了说情报是小高提供的外，她终于鼓起勇气把高自萍谈的根据地变质，相持阶段延长，以及杨晓冬不能回来等都一一汇报了。

她说："我认为，高自萍不光意识不好，政治情绪也比较低落；我第一个建议，是把他调出去，如果认为他有上层关系不便离开，我建议换一位同志同他联系，我可要回避他啦！"

杨晓冬意味深长地说："你的看法有道理，这次进山讨论干部的时候，决定调小高到根据地学习。肖部长叫二处给咱们派个政治上强的同志跟高参议联系。但在此之前，你还得同小高接头，不光是传达工作，更重要的是加强对他的教育……"眼前不远摆设着烟酒摊，那里也有卖烧饼肉肠的小贩，杨晓冬冲着小贩连连投了两眼，他不说了。

银环看到他的神情，问道："你吃过中午饭没有？"

杨晓冬答道："要吃过中午饭那敢情好，我连早饭都没吃呢！"

银环听罢就奔向小贩去买东西。

杨晓冬从背后看着她那轻盈而俊丽的身材，自言自语地说："真是个好姑娘……"他心情经过种种活动，叹出一口气，自己叫着自己的名字："晓冬呵，晓冬！党派你进都市，是来开展工作，还是追求什么个人问题？你知道吧！下面对领导，固然看原则，更多的人是看生活作风。领导与被领导的关系好坏，很大程度上是从生活作风来的。你才二十八岁，年轻嘛，为党为人民再工作五年、十年，再来谈这个问题，有什么大不了？也许，这种观点遭人反对，甚至连年迈的母亲都不同意。但这终于是一种观点，一个共产党员情甘愿意的观点。"

银环用手帕提了两套烧饼夹肉，笑吟吟地走回。到跟前，先拿了一套递给他："烧饼夹肉，省城最有名气的。"

"在这冲要地方吃东西，怪不好意思的！"

"到杏树坡去吧！那里背静。"

杏树坡地势很高，靠近公园西部的边缘。杏花已经脱落，从凋谢的花瓣下面，长出掌形的绿叶。他们漫步登上坡顶，一时感到视线非常开阔，鸟瞰西关全景，一览无余，三百米外有一片青堂瓦舍的楼房，外面环绕个大围墙，正是伪治安军司令部的所在地。看到司令部，杨晓冬的心头又浮起他那个大胆的想法，专注地凝视着敌人的司令部，很久，他发誓般地说："张牙舞爪跑到山里张狂，你们这里也有家底……"

她在旁边提醒他："别光顾说话，你可吃呀！"

"对！一定吃掉它。"杨晓冬所答非所问地挥动着胳臂，已忘记了他手里拿的是烧饼。

三

经过短时间的仔细侦察，得知伪治安军司令部确乎只剩下个空架子。八大处的机关人员是上下班制，多数人晚上回家住宿，只留勤杂通讯少数值班人员。原来专司守卫的伪警备连，跟随高大成出发了。新调来守卫的是关敬陶的伪一团第八连，就是邢双林当文书的那个连。伪连部跟伪司令部隔一条河，驻在河对岸火磨旁边的新房里。该连轮流派一个排给司令部守卫，并负责监护司令部南边的仓库。仓库里也有几十名武装库兵，不能进行有组织的战斗。此外车站内外有伪护路队警务段警察大队、机炮连武装干训团等。还有日本鬼子一部分零星分散互不协作的武装。根据上述情况，通过银环姐妹往来三次传递消息，按照杨晓冬的意图，制订了袭击伪治安军司令部的计划，战斗决定在第二天夜里开始。

第二天上午十点，袭击伪司令部的指挥所，移到西关小斜街的一家旧书铺里。这条斜街与司令部驻地背靠着背，相距不过一里。指挥所里只有杨晓冬一个指挥员，他安坐在书铺的板凳上，一本挨一本地翻阅书刊，搜集敌情资料，等候侦察敌情同志的到来。

十二点钟，小燕来了。她汇报：在司令部门口蹲了整个上午，发现通讯摩托车出进了两趟，运输粮食菜蔬的卡车来了一遭，兵力没见增减，旁的也没有什么变化。杨晓冬点了点头，叫她立刻返回迎接哥哥他们去……

吃过中午饭，从西关火磨旁边蹬来一辆三轮车，车上躺着一位穿着时装的魁梧的汉子。车到桥头突然停了（一般行人很少在这里停留，因为河流两岸一面是伪司令部首脑机关，一面是它的警卫部队）。蹬三轮的下来，磨蹭着检查前后带里有无跑气，魁梧汉子没下车，但他像个看阴阳宅的风水先生一样，不断地东张西望，研究这两侧地形。几分钟后他咳嗽了一声，蹬三轮的又蹬车前进了。三轮蹬过了桥，掠着伪司令部的围墙绕向北来，走到伪司令部门外摊贩跟前，又停住了。这次是三轮车夫饿了要买东西吃，乘客也跟着下来，他摘下墨晶眼镜，露出那因涂了大量药水而显得红肿的眼皮。乘客向商贩说他的眼睛害了急性角膜炎，催车夫赶快吃点东西拉他到医院挂急诊，三轮车夫说："事忙先吃饭。"他从一位眼睛含笑的小姑娘的竹篮里，又拿了一套烧饼馃子。"眼病不妨碍吃东西，你先点补点补！"乘客接过烧饼闭着眼睛大吃大嚼。一分钟后，这个患眼疾的乘客瞪圆两只大眼睛珠子，忽悠忽悠地盯着伪司令部的门口，恨不得把一切东西都看到眼里去。他这样做时，周围摊贩没人注意，他们忙于照顾自己的生意，早已忘记了乘客和三轮车夫的存在了。只有小姑娘特别对他们挂心，在他们要吃第二套烧饼的时候，她低声对三轮车夫说："哥哥！你们该走啦，叔叔叫你们早点回去哩！"

蹬车的听了她的话，招呼乘客上车，带着特有的强健身姿蹬车前进了。

蹬到西关的斜街，三轮停住了，蹬车人有节奏地按着喇叭。听到声音，一位看书的顾客拿着几本书出来，在背静地方，他同乘客作了下面的对话：

"梁掌柜！那批货物看好了没有？"

"我从外表粗粗看了一遍，不赖。"

"可以成交吗？"

"我看行！"

"运货的时间和地点还变不变？"

"我看都不要变啦！"

"我派姓韩的伙计帮你们运运货。"

"算啦。这年头，道路并不安定，你们出钱股就行，别出人股了。"

"他道路熟，出出入入的引个道不好吗？"

"当然好啰！其实你们柜上不出人股，按照总柜的意思，除了让我带几个零钱回去，主要红利，统归你们支配呢。"

"这儿有点物价资料，可供验货参考。再会！当心些，里面有照片。"

照片正是伪团长关敬陶的，物价资料是伪司令部八大处住所的拍照。这些都是从伪治安总署内部刊物《治安月报》上找到的。伪军保密观念不强，杨晓冬从书铺里花几分钱买到手的。

太阳靠西山了，斜街显出白天稀有的热闹，赶夜市的人陆续增多了。摊贩们带着发财的欲望，兴致冲冲地拉电线、接灯头、清扫地摊、摆设货品。烙芝麻烧饼的已燃起发红的木炭，油煎凉粉哗哗作响，豆腐脑儿锅开得滚滚腾腾，骨头汤海米煮馄饨的气味，被风吹得香气四散。在这为生活奔波忙碌的人群里，金环冒着蒸腾烟气，悄步敛声地来接杨晓冬。按照计划，这位指挥员，在部署完了后，应该直接跟她到八里庄去。八里庄住着金环不久前认的老干娘，老干娘一辈子没亲生儿女，认下一位这样干练的干女儿，感到是一种莫大的荣幸，在生活上十分照顾金环，有啥好吃的都给她留着。在这样的感情基础上，金环同老人很好地谈了几次，逐渐唤醒了老干娘的阶级觉悟，因此她竟敢于深夜把梁队长他们十几个人迎接进来。今天武工队就藏在八里庄，金环特来接杨晓冬，请他到那里调兵遣将，处理善后工作。

杨晓冬不肯早走，他要等待最后的敌情变化，金环是性急的人，见他这样安闲地坐着心中十分焦躁，竟引起了牙痛复发。她痛得嘴里咬着一根细柳条棍，坐又坐不定，立也立不安，一会儿看看将落的太阳，一会儿瞧瞧杨晓冬的脸色。

杨晓冬故意不看她，自己背过脸去望着街头，表面看来仿佛他是消磨时刻，实则他的精神也很紧张，胸膛里滚水般地沸腾着，生怕在最后的时刻里发生什么意外。如果敌情没有新变化，再等四个钟头，他和他的伙伴们将用迅雷不及掩耳的手段，突然伸出铁拳，猛捣敌人的心脏，那时节会叫全城的敌伪人员惊恐，叫进入山地的敌军丧胆，叫正在进行反"扫荡"的边区军民兴奋地出一口气……

最后的情况陆续收到了。周伯伯回来说车站没有增兵，小燕回来说：伪司令部周围平静无事。杨晓冬又把这些消息转告金环，金环一口吐出嘴里的柳条棍，高兴地催促说："快走！快走！别叫那边人急得瞪出眼珠子来！"

杨晓冬说："别慌，在关敬陶家布置的潜伏哨还没回来呢！"

金环想起这个潜伏哨必是银环，她狠歹歹地说："什么事情轮到她个死妮子头上，总得磨磨蹭蹭的没个干净利索劲。"她刚撂下话把，银环骑车赶来了。她跑得满脸绯红，额头冒汗，下车后都顾不上跟姐姐打招呼，就径直走到杨晓冬跟前没头没脑地说："你知道今天是星期六吗？"这话问得太突然，大家都被闹蒙了。

金环走过来抢白她说："你说不出个青红皂白，开口来个星期六，对！今天是星期六，明儿礼拜天，后儿礼拜一，有啥用，谁是一年级的小学生！"

银环急得抱怨说："我的好姐姐，你嘴下留点情。"她回头对杨晓冬说："怎么你们这些明白人倒糊涂了呢。每逢礼拜六，公务人员不是都回家吗！我刚才从公共电话旁边看到关太太给她爱人打电话，他们夫妻规定好今晚一块看电影去！"

"嗜！净怨我糊涂。干吗偏选这么个日子。"杨晓冬悔恨自己久居都市，竟忘了这样识范围里的问题；要是早些意识到这种情况还可补救。现在太阳已落，老梁已在集合人马，他紧皱双眉寻思办法。

金环催促说："依我看瞎子害眼，也就是这回事啦，怎么安排的就怎么执行；抓不住大鱼，捞他把小虾米子。既然兴师动众的来啦，还有打退堂鼓的？"

杨晓冬沉默片刻，从犹疑到坚决，两只眼睛像由暗到明的调光灯一样渐渐闪亮了："金环哪！我们捞把虾子，空闹满手腥气呀，不能！你立刻回去告诉梁队长，要他按兵不动，是长是短，等我亲自通知他。"

七点钟，新民电影院门前出现了关敬陶夫妇。关敬陶外披风衣，内着深绿色军服，他的小巧玲珑的爱人，身着南京蓝旗袍，两人没跟随员，并肩行进。银环发现了他们，悄悄通知面壁看海报的杨晓冬。两人脸上都有喜色，怀着渔夫张网的等待心情，盼望他们入场。不料关敬陶看到售票口有几个买票的市民穿得很褴褛，他不肯同他们并肩购票，对他妻子说："不看新闻加片没关系，先遛遛。"说着挽了他妻子的胳膊，转奔正东马路。顷刻之间，银环他们的猎物消失了，两人陷于一种失望和尴尬的境地，越等越不回来，等到忍无可忍的时候，银环就出去朝着东马路的天空叫喊："电影开映啰！"

那对自视清高的夫妇，终于走了回来，女人买票后，两人比肩缓步进场登楼，坐在楼上后排的空闲座位上。

银环早已暗中盯准关敬陶的座位，她同杨晓冬一再挪动，最后挨在他们不远处坐下。

银幕上演的什么内容，银环和杨晓冬根本没看，他们的全部精力集中于两点：一是关敬陶夫妇的语言和行动，一是舞台口右面挂的夜光钟。

这对夫妇保持了长时间的沉默，后来看到影片中有位当时红极一时的女明星领着一群女影星跳裸体舞，夫妇开始对话了。

男的说："女影星浑身上下只剩一块巴掌大的三角裤衩了，再进化怎么办？真个光屁股？"

女的说："电影吗？不这样能叫座儿？"

男的说："电影也是一样，慢藏诲盗，冶容诲淫——你看那个大屁股女人。恋爱你就恋吗，干吗哥哥妹妹的喊，那么轻贱！"

女的说："管它呢！给，口香糖！"

男人嚼着口香糖时，下半场接着开演了，色情趣味更加浓厚，男人哼咳叹气，坐卧不宁。女人低声用安抚和温存的语气说：

"不愿意看的话，咱们回家去吧？"

"回家去，嗯，回家也好。"说着他们站起身来。

杨晓冬听到关敬陶夫妇要回家，感到银环今天探得的情况很准确，感到他们这种盯梢跟随很成功。他心想："幸亏……"这个"幸亏"没想完，失望的阴云来了，给他煞费心血的计划蒙上了个大黑影。他想随同站起，想了想，又颓然入座了。

关氏夫妇起身走时，银环知道事情败坏到不可收拾了，不知什么原因。兴许，是工作习惯的关系，她紧紧尾跟在他们后面。快下楼梯时，她才发觉落下了杨晓冬。正在回头招呼同伴的时候，关敬陶对他妻子说了几句话，好像是商量什么问题，银环一句都没听见。

杨晓冬同银环走到楼下，瞥见这对夫妇已迈上大街。至此，他完全失望了，眼巴巴看着进网的鱼儿，又自在逍遥地游向深水里去。他心灰意懒地小声向银环说："今天的一切算白费啦！"

银环不吱声，不错眼神地盯着这对夫妇的后影，看看他们被一群争抢座位的三轮车团团围住。忽听那位小巧玲珑的夫人说："要两辆，那一辆拉西关……"

银环喜出望外地急推了同伴一把："你听到了没有？"

杨晓冬早急了，他顾不上答话，因自己没带零钱，竟伸手朝银环腰兜里掏。恰在这时，有位健壮的老人拉过车来说："杨先生，上车，我等你多时了。"

杨晓冬看清来的是周伯伯，更有说不出来的高兴，把掏出的零钱递还银环，用力攥住她的手说："咱们双管齐下，一竿到底，我跟他去，你跟她去！"

伪治安军司令部大门顶上，安装着一对聚光灯，强烈耀眼的光辉照射得很远很远。大门口两侧，站着两个全副武装的岗哨，他们是夜十二点到下二点的夜班。因为刚刚上岗，很精神，很威武，背着两把雪亮刺刀，不错眼神地监视着他们的警戒区域。看来，就是从门前溜过只耗子，也难逃出他们的视线。

就在他们聚精会神的时候，距司令部门前不远，灯光照亮的马路上，膘子和张小山化装出现了。膘子伪装醉汉扑打张小山，声言先打后上警察局，被打的突然挣扎出来，表现着惹不起对方的可怜相儿，嘴里喊着"欠债不还，还要醉酒行凶"，边说边跑，奔向卫兵跟前求救。卫兵们凝视着这种稀奇罕见的事，感到他俩可能有不良的企图，正要举起刺刀问个究竟，张小山已经跑到跟前，就见他迅速抽出两支短枪，左右开弓逼住两个卫兵的胸口。卫兵惊魂未定的时候，手中枪支被打落地，四条胳膊被膘子两只大手拧住倒剪上绑了。与此同时，梁队长从黑影里一个箭步蹿出来，他振臂一挥，低沉有力地说："一二组，快上……"话没说完，他亲自闯进去。二组五个人，径直扑向原警卫连住的那个大房间。这里住有八连两个班，因为周末，有的士兵溜号了，有的因为后半夜值勤提前睡了觉，有的人撅着屁股洗衣服，下岗不久的几个人，围着圆圈推牌九，所有的枪支都按着号码排列在枪架上，他们做梦也没有想到在他们长官大吹进山胜利的当儿，竟有人深夜闯进司令部来。当武工队员用枪逼住他们时，竟还有人昏头涨脑地说：

"别胡闹啦，快过来押两注！"直到要他们立起举手，才清醒过来。

梁队长领着第一组，直奔中楼伪司令部办公室。办公室在楼上第三个大房间；外面是会议室，里间是关敬陶的临时卧室，房间南北两面都是玻璃窗户，因为是毛玻璃，从外面看不清楚，只能瞧见里面是一片橙黄灯光。

关敬陶从电影院别离小陶扫兴归来后，烦闷加寂寞，情绪颇不愉快。但因为责任和职务上的关系，他还是亲自与主要有关军事单位用电话作了联系，十点钟值班参谋向他作了例行汇报，说省城周围"平静无事"，他接过值班参谋的工作日志，上面对治安情况一栏还有一段很好的形容："……山地共军在我扫荡与清剿结合下，粮绝弹尽，立锥无地，从此省城治安坚若磐石矣！"关敬陶看了这些，觉着轻松一点。抬头看见自己写的那条"今日事今日毕"的座右铭，长出一口气。打了个哈欠，想要睡觉，突然瞥见月份牌上是星期六，他又想起什么，上前撕下这一页。当发现下页是星期日，他更蹙着眉头，经验预告他，一经紧张或烦恼，必然要失眠，他索性从书桌上拿起曾国藩的家书，翻出曾国藩在江北大营里给他弟弟写的那封信，一面阅读，一面用朱砂毛笔圈圈点点，直到桌上马蹄表响了十二点。他知道失眠时候躺到床上也无用，便坐在转椅上闭住眼睛打坐养神。

当梁队长领先扑奔中楼时，关敬陶预感到外面有一种出乎寻常的骚动，赶走了刚浮上来的睡意，他清醒了神志，立刻去按电铃，电铃直通楼下传令班，他企图喊来传令兵问问情况。

梁队长奔着电铃响声前进，跨过会议室那段距离时，脚步音响太重太急，关敬陶感觉进来的不是他的传令兵。他更增加了警惕，甚至在闪电般的刹那间，他忆起在电影院里就有人跟踪盯梢。这时候最重要的是防护生命，他想奔赴床上掏取枕头底下的手枪，刚站起身，梁队长推门而进，大机头对准他的脑门。

"举起手来！"

关敬陶左手举起，右手乘势关闭电灯。在黑暗到来的一刹那间，梁队长瞥见敌方从书桌上伸手抓什么，同时听得一种东西带着响声迎面飞来，他赶紧矮身低头，飞来的东西带着碎裂音响打在他身后一位同志的胸脯上。梁队长近两年来打惯了"挑帘子战术"，交手搏斗的经验很丰富。从敌人的举动里他晓得对方是徒手，不顾一切，一个饿虎捕食蹿过去，希望借此一着至少先将敌人压住。可是这一扑落空了，他撞到一把空转椅上，他一翻身又扑向对方的床铺，手脚同时并举，手摸床上，脚探床下，床下没东西，手从枕下摸住关敬陶的手枪。缴获了手枪，心里感到多少有些把握，你个徒手的敌人还能怎样呢。这时他的队员已开了电灯，灯光照亮全室，各处不见敌军团长的踪影，单见后窗开了一扇，梁队长推开后窗向楼下一看，下面正在进行紧张的搏斗。

原来关敬陶是个狡猾顽强并有战斗经验的人，看到梁队长来得凶猛，趁举手闭灯之际，先投出桌上的马蹄表，然后推开身旁窗户，跃身蹿出窗外，握住楼梯木栏杆，使个千斤坠从高空出溜下来。楼下有路灯照明，他的双脚刚刚挨地，被山猴子张小山发现了。张小山看到关敬陶身着将校呢军装，知道是这次作战猎物中的主要人物，一时喜出望外，心想：这只煮熟的肥鸭，竟从天空为我掉下来，活该我露脸。他见对方是赤手空拳，趁他立脚未稳便飞快朝他扑过去，想用个狗熊掰棒子的拳术打倒他，不料这个棒子并不好掰，在他挨近身时，关敬陶用力向外一搡，山猴子站脚不住，倒退三步，栽了个屁股蹲；二组另一个队员接着扑过去，关敬陶上面闪身下使绊脚，又把扑来的对手摔了个大筋斗。经过楼上楼下的两次交锋，关敬陶胆量壮了：你们的本领也不过如此。角斗是在自己的司令部，对方又专打哑巴仗不敢开枪，明明是力量单薄，怕惊动了邻近友军。不怕！离传令兵的房舍不到十公尺，只要进入传令兵的房间，不用说那里有个战斗班，就是剩一个人，只要抄起一支步枪，管叫来人讨不出公道去。他抓住眼前对手被打退的机会，将身形迅速隐蔽在黑暗的墙角，背靠住墙，横步移动，移动了两三米，他责备自己太胆怯了，"来这么几个土八路，你竟这样胆小，亏你还受过冈村司令的嘉奖呢！"他一激动，想挺身明处笔直跃到传令室，正在这时，他的胳臂被黑暗里伸来的手握住了。他吃惊之余乘势反攥住对手的胳臂，对手在他的感觉中倒是筋骨粗壮，但他一经用力，对方竟像绵羊般地顺从着被他掳过来。在这一瞬间，关敬陶的胆量更壮了，他既得意又骄纵："敢搏斗吗？我在军官学校练过武术呵，你们共产军还不是徒具虚名……"他正陶醉在这种自豪中，被他牵过来的"绵羊"突然变成"猛虎"，猛虎探出双手像两把大钳子，上边拧手，下边钳腿，用一种特有的捆猪本领，将关敬陶打倒在地。

"等的就是你！"韩燕来捉住伪团长，发出低沉而又短促的喜悦声。

梁队长率队下楼的工夫，关敬陶已被捆好了。他们围攻独立房屋，要传令班赶快缴枪投降，传令兵们看到团长被俘，早已惊慌失措，完全丧失了斗志，即使关敬陶不下停止抵抗的命令，他们也会很快就当俘虏，料不到在这个当儿，关敬陶竟然厉声喊起来：

"弟兄们！他们是少数土匪，没战斗力，打响了，他们一个也跑不脱！"

"团长你怎么办？"传令兵中有人问。

"不要管我，你们尽管开枪！"

"好你个铁杆汉奸！"膘子话到手随，狠狠地抽了关敬陶个嘴巴，要是膘子不受伤，这一下管保把关敬陶打个鼻青脸肿。可是三分钟前膘子是受了伤了，关敬陶投出的那只马蹄表，正好击中他的前胸，粉碎的玻璃，扎得他胸脯几处出血，他恨上加仇才动手打他的。

传令兵果然开枪抵抗了，子弹在深夜呼哨，声音格外焦亮。梁队长生怕丧失时间，不敢恋战，便下命令先叫二组押俘虏撤出伪司令部，他想按照计划带一组去烧仓库，然后与封锁桥头的三组会合。刚撤出伪司令部大院不远，火磨方面敌人八连出来增援，梁队长见势不好，临时放弃烧仓库的计划，三个组同时拥到桥头，滚着疙瘩撤出去。

四

武工队带着一群俘虏，胜利地回到了八里庄。

靠近老干娘家小院前面的树林里，梁队长派人看好俘虏。他带上敌军工作干事去找金环和杨晓冬。他们临时开会讨论了分别处理俘虏的办法。

梁队长同敌工干事回去，把连同关敬陶在内的二十五名俘房叫到跟前，分别做了简要的谈话。对那些贼眉鼠眼的家伙，简单地问个姓名职务，就派人重新绑好拉到树林里排队，其他老实忠厚的对象，偷偷地逐个挑拣出来。

膘子首先带着关敬陶进入老干娘的小院，见外屋里金环正在点火烧水，他直接把俘虏送往东间里，他说："你蹲下吧！共产党八路军优待俘虏，不杀头，不记仇——要是记仇的话我就把你打发到老家啦。像你这号人，脑子里的油泥太厚，非改造思想不结！"他放下他扭头向外走，快到门口，又回头说："西间里的房东早睡觉了，不许你吵嚷，老实在这儿蹲一会儿，我找俺们政委跟你谈话。"膘子响着沉重的脚步声到户外去了。

关敬陶正迟疑间，看见门帘启处，有一位身着银灰色夹衣裤、身材适中、颜面俊丽、眼神有些忧郁的女人踱进来，他估计她是这个家庭的主妇，曾经是他管辖内的居民，但他很慎重，试探着说："大姐！我渴得很，能给点水吗？"

她没答言，从外屋端来一碗开水。看到他被倒剪双手，端着水碗送到他的唇边。

关敬陶这时频频摇头谢绝了喝水，他摆出受难求怜的相儿，小声恳求说："大姐！能救救我吗？"见对方没吭气，他想起钱能通神，立刻许愿说："救了我，三天之内，准给你送两千块老头票来！"

她淡淡地回答说："我不稀罕钱，这年头有钱也保不住，不叫鬼子抢走，也得叫你们治安军搜了去。"

"大姐，不要钱，随便你要什么，我都答应，你说，你可快说呀！"

"我要，我要一个中国人的良心，你有良心吗？"

"良心？"关敬陶怔神看看她，忽然感到她的话可怕，他哆

304

嗓了一下，再也不说话了。

"我有仇呵！日本鬼子和治安军汉奸队，杀死我的亲人。这些东西，统统没良心！"

"呵！敢情是这么回事。"经她这一解释，关敬陶又产生了新的希望，"大姐！他们是坏人，至于我，我是有良心的人呀！"

"你有良心吗？我们要的就是你这颗良心！"随着说话，杨晓冬头包白色毛巾走进屋来。听到这位进屋就说话的人自称是游击队政委，关敬陶一时吓得心惊胆战，头发根子发麻，后脊骨直冒冷气，他这才断定连这位乔装的妇女，都是清一色的八路军。回忆着他们刚才的话，心中暗道：莫非真像人们传说的——叫八路军逮了去摘心剜胆？他十分警惕地审视了政委一眼，政委服装怪朴素，态度很温和，举止挺斯文，实在像位既有修养又富学识的人。他正在揣测中，政委开口了：

"我们对你很清楚。你虽造下罪恶，在伪军官中比较起来，还多少有点正义感。如果你能用行为补救你的罪过，人民还可以不咎既往。现在，你既敢自称有良心，你要拿出良心来回答我的问话。我问你：日本顾问、伪省长吴赞东、汉奸司令高大成他们是好人还是坏人？你说！"

"我凭天良说话，他们都是坏人！"

"我再问你，共产党八路军所作所为的一切，是为私利还是为老百姓？"

起初，他对这问题不肯表示态度，后来终于点了点头。

"好！"杨政委上前替他解开绳索，"你请坐，我们开诚布公地谈谈。这几年，你卖身侍奉敌人，作了很大罪孽，我们完全有权利代表祖国惩罚你。但你在敌人方面还不是很坏的，又开始承认了起码的真理，凭这一条，我们信任你，放你回去。

希望你不要忘掉自己的话，真正做个有良心的中国人。现在我代表共产党，宽大你这一次，好，你可以走啦！"

关敬陶蒙了，迷惑地瞧了瞧这位游击队的政委，又转身望了望金环，像做了一场大梦之后突然醒来，他活动了一下手脚，站起来踉踉跄跄地朝外走，快到门口，他又迟疑地回过头来。"呵！这是真的。"看了杨晓冬他们的脸色，他给自己内心的问号做了肯定的答复，怯生生地走出门去。

杨晓冬处理完了关敬陶，去研究武工队跳圈子的路线；把释放俘虏的问题都交给了金环处理。

第二个进来的叫赵黑锅，是伪司令部的一个老伙夫。金环问到他的家世时，他说他是个无依无靠的孤老头子，就为了不挨饿，他才给敌人做饭，他的老伴和独生女孩，在省城沦陷的那年，被鬼子的飞机炸死了。金环听到他的不幸遭遇，便说她的男人也被鬼子杀啦（是真的），唯一的男孩又叫伪军枪挑啦（这是假的）。断肠人对断肠人，说着说着两个人都哭了。没有多大阻力，她完全说服了赵黑锅。他发誓说："只要我能安全回去，准能帮助共产党干点事，这不光是给救命人报恩，也是为自己的骨肉报仇。"赵黑锅怀着激动的心情被队员送出了八里庄。最后进来的年轻小伙儿名叫汤二狗。这孩子才十七岁，十五岁上就跟关敬陶当传令兵。别看这小伙子年轻，他有个忒大胆，打仗是把好手。多么紧张的情况下，也能把关敬陶的命令送到需要的地方；他又好赌贪玩，这次就是在夜里跑到警卫排压牌九的工夫被俘来的。

金环问到汤二狗的生活，他先是害怕不敢讲，经过多种启发，才说出了他从小没爹没娘当流浪儿的痛苦经历。金环是热情人，特别同情别人的苦难，她含着眼泪听完他的话，问他爹娘在社会上是什么身份，一个流浪孤儿是在给谁卖命？问他代表劳苦大众利益的共产党是不是他的真正敌人？对于这些问题，汤二狗一个也没法回答，看光景似乎有了些觉悟；金环很好地安慰他，给他吃的喝的，答应送他回去，并把袋里的零钱统统掏给他。

汤二狗多少年来没被人抚爱过，他所有接触过的人，可分为两类：一类是被他欺侮的，另一类是人家欺侮他的。他从来没有一个知心的朋友和亲人。在他记忆中除了死去的母亲，再没有第二个人同情他疼爱他。今天夜里，他糊里糊涂地当了俘虏，当时，想抵抗没武器，想逃跑没机会。在树林子里把他单独挑出来的工夫，他心里异常恐怖，自觉着是团长的传令兵，跟一般伪军不一样，既被挑出来，不是枪毙就是活埋，当时想，死了倒省事，活着还麻烦哩。哪料想，生活是这样变化多端，从死到生，从恐惧到温暖，主宰他命运的是这位拿出真诚含着眼泪相对待他的女主人。女主人在他眼里是救命的菩萨，真理的化身，再生的父母。他越想越伤心，越想越感激，他控制不住自己的感情，咕咚一声双膝跪下，朝着金环叩头叫了声"娘"，多年没掉过的眼泪，串珠般地滴落下来。

金环双手把他搀起，丝毫不迟疑、痛痛快快地认他做干儿子，进一步地抚慰劝勉了他一番后，就亲自把他送出八里庄……

第十四章

一

袭击伪治安军司令部的事件，给敌伪方面的震动很大。连日以来敌人对内对外采取了一系列的措施：对内方面，多田组织了全部的警察特务力量，加紧城防岗哨，严密盘查行人，彻底清查户口，反复审讯李歪鼻，并对自称被俘潜逃回来的关敬陶加以秘密逮捕。对外，从山区抽回来两个团，连同省城零星部队，组成近五千人的兵力，连日连夜四下"讨伐"。在敌人这种疯狂猛扑下，杨晓冬同金环跟着武工队，整整跑了两天两夜，看看贴近了山边。

第三天夜里，杨晓冬和梁队长召集武工队几个干部开了个会，简单地总结了一下经验，给肖部长和袁政委写了个报告，并决定把俘虏迅速交给分区。武工队要轻装长途向路东转移，相机给敌人新的打击。杨晓冬要在武工队转移后回省城去。虽说是三天的时间，他觉得实在长了，生怕丢掉自己的合法条件。

散会了，武工队的几个干部回到组里传达布置转移的任务，杨晓冬也在更换自己的装束。梁队长凑到金环跟前笑眯眯地说："这回咱们一块转到路东，就到你的老家了，可得犒劳我点好吃喝！"

金环瞪了他一眼说："你说话真不怕口酸，我能放下首长不管，先跟你们回去？"

梁队长当着杨晓冬，觉着说得有些失口，便承认说："是呵！是得先送杨政委回去。不过须要抓紧时间，你这趟出来日子久啦，小离儿定会很想妈妈的……"

金环说："你吃的不是河水，何必管这么宽。自己是个军事干部，把心多放在打仗上，别这么婆婆妈妈的。"

梁队长被她剋得够呛，也不肯跟她顶嘴，他怕越顶越僵，当着领导不好看，就是这样，他已经感到脸上有点挂不住了。杨晓冬也感到她的话太生硬，为了排解，他说："几十里路程嘛，我可以一个人走。"金环说："放着我们不用，还有叫首长一个人回去的道理？果真那样，老梁同志也不放心呀！"梁队长听出这是句台阶，立刻就坡下驴地说："对哟！对哟！"

午夜，武工队转移之后，杨晓冬和金环简单收拾了一下，等到天拂晓时，他们起程上路了。吃早饭时到达了南板桥，这里分成两条线，一条奔曹庄车站，须得坐火车；另一条通苑家屯，可以直接回去。金环愿意走苑家屯的路，以便取得赵大夫的帮助，径直将杨晓冬送回城里去，她为了搞得更有把握，征得杨晓冬同意，由她先去苑家屯，探清二道封锁沟沿的情况再回来接他。南板桥距苑家屯仅有六里路，约定来回不过两个小时。

动身之前，杨晓冬嘱咐金环要提高警惕，如果二道市沟封锁太紧的话，可以回来再商量旁的办法。金环不住地点头称是，杨晓冬知道她是个了亮人，无须唠叨嘱咐，便在规定的地点等待她。

两个钟头过去了，不见金环的动静。杨晓冬想：也许她一时搞不清路途情况，仍在耐心地等着。等了将近三个钟头，他焦急了："不对！这个同志工作上向来是很认真的，她绝不会……"他不由得走出南板桥，跨上苑家屯的大路，希望在路上碰到她。迎头走了一里路，不见金环的踪影，他不能再前进了，坐在路旁一棵杨树下等着。又等了约一刻钟，忽然从苑家屯那里响了一声枪。

听到枪声，杨晓冬大吃一惊："莫非……不能，等下去，不能，你没有这样坐等的权利。"他怀着不祥的念头，折身奔赴另一条路……

他又从曹庄车站买票登车了。火车载着他的身躯前进，他的心还在去苑家屯那条路上，那一声枪响始终在他脑子里萦绕。火车到站他不知道，旅客纷纷下车时，他才尾跟着下去，下车后，立刻到车站四周转了一趟，不知根据什么，他总希望金环先期在车站等候他，可是这个希望落空了，四周没有金环的影子。

"耽误些时间没多大关系，但愿她平安无事就好！"他怀着祈祷般的心情走出站台，登上西关街，这条街道可直通伪治安军司令部，路上不断有来往行人，四天前的夜里，这儿曾是火炽的战场，现在一点战争的痕迹都看不见了。杨晓冬走了半截又躲开这条路，他怕过早进城，因为金环肯定是在城外，觉得只要迈进了城门，就失掉寻找金环的希望了。

他绕路走西关正街。这条街是他进入内线以来还没敢走过的，现在他怀着一种新的愿望硬着头皮走来了。

登上西关正街，立刻有一种异样的感觉，街头平日特有的那种繁华热闹、音响喧哗，似乎都销声敛迹、沉到深水底层了。街上不是没有人，但人们都似乎变成哑巴。起初，他怀疑是自己神经过敏，因为地下工作同志的习惯，越是常走的路心里就越踏实安定；越是新到的地方就总是怀着顾虑。忽然他发现大多数人们走路都有一个目标，他们是在争相趋向通西城门的大道口，那里已砌成两堵人墙，人墙外围又架起不少的桌子板凳，人们站在桌凳上，爬在路旁的槐树上，街上楼窗打开，探出了挤成疙瘩的人脑袋。

　　有一种内在的特殊的力量，促使着杨晓冬要看个究竟，他跑步赶到人墙跟前，听见人们低声说："来了，来了！""看哪！中国人里真有好样儿的！"他一急便从人墙里钻进去。

　　迎面来的是一队敌伪军的骑兵，他们带着骄傲和狂妄的姿态，扬鞭策马奔驰入城。跟在骑兵后面的是步兵，他们被落下一段距离，也想跟上这段距离，但心有余而力不足。这帮人神态十分疲惫，两条腿懒怠地托着身躯。再后面是一群穿着各种颜色衣服的武装特务，这帮家伙脸上透露出卖弄的神色。他们根本不按队形走，纵横交错，叽叽喳喳，毫无秩序，如果照一个俯镜头，简直像一群多种杂生的爬行的狗。特务群的核心处，簇拥着一匹黑马，骑在马上的人被倒剪双手，从远处看，只能看出她穿的银灰色便衣和便衣上那个洁白夺目的衣领；近些，看到她挺起胸膛，拧着脖颈，满带一副傲骨嶙峋的劲儿；再近些，才看清她的蓬松长发乱披两肩，一对大而圆的眼睛，直直瞪着，像是看她所看到的任何人，又像是什么也不值得一看。把她比方成鹤立鸡群也许并不确切，实在说，她是端坐在马上的一尊傲然的不可屈辱的神像。

"是她？"杨晓冬看清后，脑子里嗡地叫了一声，他本能地向前迈出一步，这个突出的动作使马上的女人与他的视线接触了。一经接触，她立刻打了个冷战，仿佛被什么看不见的东西猛咬了一口，她保持不住精神与身体的平衡，险些从马上跌下来。她艰难地支撑住自己，不再怒目瞪人了……

　　杨晓冬向前迈步的刹那间，也有人随他向前拥挤，维持秩序的军警，立刻气势汹汹地扑赶过来，人的围墙被他们喝退了几步。乘这机会，杨晓冬躲到马路旁边，当他登上路旁桌凳再度抬头看时，她已经被簇拥着进城了。

　　杨晓冬从周围群众里没打听出一点消息，有的市民摇头叹气地躲开，有的挥着眼泪，但没有人告诉他什么。他怀着痛苦的心情重新返道新西门入城。走到体育场坡沿，遥望着西下洼小燕家门口，那里冷清清无人行动，他徘徊了很长时间，鼓着勇气走过去。刚一上坡，看到大柳树上贴着一张布告，内容是市政府为了整顿市容，决定拆平西下洼一带民房，限居民半月之内全部迁居。看了看左右房舍，有的拆去顶盖，有的已全部拆平，小燕家锁着的大门上贴的红帖上写着：苗宅迁居，亲友访问请到省公署经理科接洽。

　　杨晓冬没奈何，离开西下洼，跑到菜市找周伯伯，结果又没找到。眼看太阳要落，整天粒米没沾牙，肚子饿得咕咕直叫，看到菜市有卖凉粉的小摊，他蹲下，买了一碗凉粉两个干烧饼，凉粉里的作料是生水剩蒜，吃的时候有一股呛鼻子的气息，饥不择食，他狼吞虎咽地吃了这顿饭，从菜市出来，正遇到燕来兄妹来找他。小燕看见杨晓冬高兴地说："见到你的面，就算一块石头落地啦！"接着她说：他们随同苗家搬到半亩园住，那所房舍很好，原是个歪鼻子科长的房屋，歪鼻子吃官司，改由苗先生偷偷管起来啦。为了这个原因，苗先生搬家贴条子也不告诉人搬到哪里去，她接着学说这次敌人查户口的情况。韩燕来看出杨晓冬的神色，知道有重要事情，便制止小妹的话，他说："户口查得是紧，西关出了事，第二天查了整天整夜，好在这已过去啦。看杨叔叔有什么事吧？"

杨晓冬说："别的事回头再说，小燕你立刻走去。不！燕来你快拉着她去，告诉银环，叫她一分钟也不要迟缓，立刻离开医院……"

二

当天晚上，金环被两个武装特务押着，走到一所敞着口的地窖子里。地窖子阶梯很多，里面幽深清冷，越往下走越觉得阴森怕人。下到底层，拐了两个弯，道路宽敞了，迎面几米远处，突然有人打开门，她被送到一所类似办公室的房间里。这个房间两面有玻璃窗，都被外黑内红的防空布帘遮住，墙壁很潮湿，灯光映出一层水汽。屋子上首放有五屉办公桌，玻璃桌垫上有台灯电话，桌后空设一把靠背椅，侧面安放一套沙发，犄角有个小桌，像是记录的位置。下首被审讯者的地方放置一条长凳。她刚坐在长凳上，通向内间的门开了，蓝毛蹒跚地走出来，他先用毛茸茸的手扳开了桌上的台灯，灯光映得他脸色发青，加上他那发锈的眼睛，真有几分像鬼。他张开大嘴咽了一口空气，用挑战的语气说：

"怎么样，在苑家屯两个钟头，你一句正经的也没说，现在拿你当客人，请到这儿来，该老实了吧！"

　　"苑家屯你们得不到的东西，到这里也别梦想……"

　　"姑娘，你青春年少，是生命最美好的时候，别任性嘛！"

　　"你少说这些扯淡的事！"

　　"我告诉你，多么有种的汉子，到我这一亩三分地方，也得低下头。"

　　"我不是老鼠胆，用不着吓唬！"

　　"你的嘴巴怪好使唤，我可不会跟你拌嘴。"

　　"谅你狗嘴里也吐不出象牙来。"

　　"你可恶！好言相劝，竟敢出口伤人，来人哪，叫她尝尝……"

　　"你想试试我的骨气吗？"金环颜色不变，挺起身跟着架她的人朝外走。时间不大，桌上的电话铃响了，蓝毛拿起电话答问了几句，受到打电话人的申斥。他放下电话，急向特务喊："快快松刑，把女犯人带回来！"

　　金环再度回到审讯室的时候，屋里的人员比刚才增加了，正面沙发上坐着多田，左右陪坐的是顾问部的两个日本助手。五屉桌后的转椅上，坐的是新上任的剿共委员会主任范大昌，蓝毛的地位降低了，他蹲在房犄角一条记录的小桌后边。

　　看到金环脸色煞黄，衣服上有血迹，多田先把蓝毛当场呵斥一顿，立即叫人给金环搬座位，亲自斟一杯热茶捧过来。十四个钟头以来，金环不用说吃饭，滴水未曾入口，刚才受过重刑，浑身火灼，口腔浮肿，嗓子眼里干得冒烟。这时候，不用说是杯热茶水，就是一杯毒药，她也不犹豫了。因此在多田捧杯到来时，她乘势一饮而尽。

　　多田反身向他的助手们点了点头，同时又狠歹歹地瞪了蓝毛一眼，然后露出自信和满意的笑容，他开口了：

"姑娘！你的从那边、那边的，眺山的来？"听到声音，金环才晓得这位穿便衣的是个日本鬼子，虽然这时还不知道他是多田，但看周围势态也可看出他不是普通人物。她当时没哼声，默默思索他问到眺山的含意。多田把她的沉默理解成怯懦的表现，他的容光焕发了。

"姑娘，别怕，好好对我说，你们的领导，可在眺山？"

"领导在眺山？"金环脑子里打了个闪，"眺山是根据地，怕什么！"一种转移敌人目标的意图支配了她，她闭了一下眼睛，表示同意。

"姑娘！你的很好。"多田挺起拇指，"帮助我们解决了问题，我们一定照顾你！"

金环再次闭了闭眼，这次闭眼是她在想外边的同志们，她的心碎了，多田的话她一句也没听见。

多田看到她的表情，更加高兴："愿意帮助我们，太好，这里有个眺山方面的人，你的熟识，见个面的好吗？"

这句话金环可听清了，她吓了一跳。心想："眺山来的，莫不是杨同志？也许不是，无论是谁，看看也倒放心。"她这次点了点头。

很久以来，多田想把龟山案件搞清楚。他总认为李歪鼻是图财害命谋害龟山的凶手，袭击治安军司令部事件，也认为与这个案件有关。这一时期曾对李歪鼻的历史情况做了很多调查。每想正面突破，苦无可靠根据，现在他认为金环幼稚可欺，想从她的口里，或是从他们会面的神态里得到预期的效果。如果多田保持平素的理智，或是他不把眼前对手估计太低了，可能他做不出这样拙笨的举动；但多田主观太强了，破案心太切了，他像以往处理案件一样，根本不征求周围助手的意见，便向宪兵下达了带犯人的命令。

审讯室里很静，多田安详自信地等待着，日本助手冷眼观望着，没有发言权的两个特务汉奸也默然地伴随着。在死寂沉默的气氛中，金环聚精会神地用研究的目光注视着多田，多田别有用心地看着金环，有时看看自己腕上的金表。

外面敲了两记，随员打开门，蓬首垢面衣服褴褛的李歪鼻被推进来。他不管到什么地步，从不失去礼节。进门之后先朝多田猫腰鞠躬，又向范大昌等点头，迟疑地瞧了瞧金环，自己站在墙犄角。

多田鼓起嘴唇说："李科长，你们的人来啦，在这个地方接头好不好？"虽然他的态度是揶揄嘲弄，他可非常注意双方的表情，见李歪鼻不回话，他转面对着金环：

"姑娘，你的要说实话，认识他？"

直到这时候，李歪鼻才看出金环的身份，看懂了多田的用意。不等金环开口，他双膝跪在多田脚下，咚咚地连叩几个响头："首席顾问先生，你把我看错了，我做梦也没想过反抗皇军，我有天大的胆子，也不敢动龟山先生一根毫毛。不信，我当场与她对质。"他爬起来，转身指着金环的脸，仇恨万分地说："你是吃了共产党麻醉药的妇女会，我是大皇军的忠实职员。咱们上有天，下有地，胸口窝里有良心，你要胡咬我一口，我的灵魂赶到鬼门三关，也得把你掐死！"

金环是听说杀死龟山的事是自己人干的，但不晓得内中情节这样复杂。现在从李歪鼻的话里，她才晓得正面坐的是早已闻名的首席顾问多田。她看出多田为龟山报仇的决心和对自己的某种不良企图，她断定了李歪鼻是个什么货色，当多田再次问她认识不认识的时候，她做了肯定的答复。

李歪鼻见金环点了头，赶过来要同她拼命。

金环厉声呵斥他说："你这样的人，我不光认识你的外皮，还认识你的骨头。你别怕，我自己做的事，个人担得起来。"

李歪鼻知道她这几句含糊话就可送他的命，一想到丧失生命，他就丧魂失魄，像全身掉到大江心里，只要有一根漂起的浮萍也要攀援，他不但给多田和他的日本助手磕头，也向范大昌、蓝毛叩头，大喊冤枉不止。范大昌这个老牌特务知道李歪鼻跟共产党没联系，也看出经过这次对证，李歪鼻的命运就定了，但他坚持两点原则：第一要满足多田为龟山报仇；第二要李歪鼻倾家荡产。他知道这家伙还有一笔财产没轧完，急向同谋的其他日本顾问使眼色，然后他们一同向多田建议，先把李歪鼻带下去。

多田沉思了一下，猛朝李歪鼻大吼一声，叫人把李歪鼻架出去，并叫人领金环到外面耳房里休息，然后他下令带第二个犯人对证。一切吩咐完了，他才长出一口气，朝着伙伴们逞能自赏地扫了一眼。范大昌乘势起立，带着谄媚的笑容，备极恭敬地说："首席顾问先生做得很对，那女犯的话够多聪明，真是含而不露、意代言宣；倒是李歪鼻这家伙可恶，他百般刁赖，其实他也不打自招，不然的话，他怎么一见面就知道人家是共产党呢。"说着他递烟打火。一切做得都很自然。多田满意范大昌这个奉承，也满意他适时地递来的纸烟。刚吸了两口，外面一阵汽车喇叭响，他们知道新的犯人又送到了。

金环再度进屋时，发现代替李歪鼻坐的那个位置上站着关敬陶。她吓愣了。"他为什么到这种地方，莫非……"她从侧后面对着关敬陶做种种猜想时，多田就发问了：

"这一位怎样，认识吗？"

金环又盯了关敬陶一眼，她胸有成竹地站起来说："我认识他！"

关敬陶在金环初进来时，根本没注意她是什么人，及至认出她就是八里庄夜间那位大姐，表面上脸色虽然没变，内心已经失去支撑自己的力量；及至听到金环说认识他，一抬眼刚巧与金环的视线碰在一个焦点，他咬住下嘴唇，不是求饶，也不是发怒，而是现出一种祸事临头，听天由命的表情。

那天夜里，关敬陶逃回省城，一口咬定自己是逃跑回来的，没当俘虏的传令兵，也都证明他们团长十分坚决。但敌人一直不信，借着开会的名义把他秘密逮捕，等待调查证实。金环洞悉关敬陶的全部底细，可以说她操持了关敬陶的命运，在一言兴邦一言丧邦的关头，关敬陶听到"我认识他"的回答。

"我认识他"这句响亮的话，把多田等人也震惊了。这句话对他们说来是希望又是失望，是澄清又是混乱，是甜头更是苦头。老奸巨猾的多田，闹得内心迷离没主见，时而看看关敬陶，时而看看金环，试着从双方的表情里判定他们两人到底有什么瓜葛。

金环在这暂短的时刻里为了争取主动，她不肯沉默了。

"他也犯了你们的法律？"她瞠目质问多田，多田不肯对她泄露什么，故意默不作声。金环接着说："让我跟他交代两句话。"说着她就满脸怒气、浑身颤抖着走到关敬陶的跟前，突然举起双手，左右开弓，狠歹歹地抽打关敬陶的脸颊。挨打的要遮拦还手，她下嘴咬对方的手。范大昌等见势不好，上前把他们撕撸开。她脸色煞白，气咻咻地叫骂：

"姓关的，我认识你，在灰里打三个滚儿我也认识你，是你

318

跟着高大成汉奸队烧坍了我家房舍，是你亲手杀了我的丈夫，是你……"她又要扑打上去，大伙遵照多田的眼色把她带出去。她在门外还骂："你今后再干伤天害理的事，凡是'有良心的中国人'都不能饶你！"

审讯暂时结束了。多田考虑了一会儿，他吩咐对姓关的放宽一步——实行散押，几时高司令回来，再作处理。他特别嘱咐范大昌和蓝毛说："这个女人，对我们好处很大，只许散押，不准戴刑具，更不许随便动刑，生活上好好照管，回头抽时间我再继续审问她。扯住这根线头，我们要把共产党的地下网拉出来。"

三

银环按照杨晓冬的吩咐，请长假递辞呈，当天离开医院，搬到小叶家来住，转眼已是八天了。天天想念姐姐的事，心情非常痛苦，饮食减少，睡眠不安，脸庞显出瘦削了。为了调查姐姐的下落，她不顾上次在元宵铺的不愉快，两次去找小高。小高不在，他跟随省公署的考察组去渤海道了，需个把礼拜才能回来。后来她想起姐姐认识新水闸的翻译，她让父亲转托翻译打听姐姐的下落，翻译答应三天以后听他的消息。

今天是整三天了，银环再也等不下去，她想回家看看有无音信，按心情，她恨不得白天就回去，但组织上告诉过白天不准她活动。她换好出门服装，给小叶留下字条，耐心地等到近黄昏时才离开小叶的家。她走到南关，看到河坡马路上的电灯

319

亮了，便加快脚步，一气走到新水闸。问了问父亲的熟人，他们说她父亲有六七天不上班了。她想，老人并不糊涂，平常他总说，谁闹出事来与他都没关系，真正有了事，他还是照样警惕了。这时，感到父亲疼儿疼女，可爱又可怜，恨不得一步走回家去，跟他老人家见个面，也许他老人家早从翻译处得到消息，单等同他的小女儿学说呢。

她走进村了，天再黑，她也能看到东场坡上自家那两间没院墙的房子。那里，冬天挡风的草帘早已摘下，两扇褪了颜色的黑漆门紧紧关着。她估计父亲没在家，她想先开门进家，又想先找到父亲，正在犹豫不定的当儿，发现有人跨过东墙，直奔她的家门。银环心里一哆嗦，便藏在邻舍门洞里。她第一个念头是特务来抓人的，又感到不对，明明看到是个女的，但又不像姐姐，她从门洞探出头来细看。

那人身条很细，脚步轻盈，走到门口，想叩门又停止，左右看了看，愣了一会儿，从怀里掏出一件东西，隔门缝投进去，银环吃准她不是坏人，走出来时，那人匆匆离开了。

银环不敢喊叫，加快脚步追赶，赶到村边大道才把那人赶上。这里没有路灯，从背影上看出是个年轻女孩子。银环轻叫："站一下。"

那人吃惊地回过头来。

银环说："是你刚才去我家送东西？"姑娘想了想，反问："你是狱中姐姐的什么人？"听到银环答复，姑娘高兴了，一把拉住银环说：

"我家住在东北城角，门牌号数是……咳！我先说这些干吗，你快回去取那封信，信万万不能失掉啊！"

银环听着有理，说："我取后就来，你等我一下。"她快步反身回家，到门外柴草垛边找了一根木枝，顶开门上那把老锁，发现姑娘投进来的那封信。借着星光细看，见封皮上写着："银环胞妹急转杨先生"。她顾不上锁门，把信放进衣袋里，反身就走。走出几十步，听到大路口有人吵闹。因为身上有信，她不敢贸然前去，等到吵闹声奔往右侧兵营去了，她小心地走到大道口，送信的姑娘不见了，估计她可能在返回城里的路上等她。在暮色苍茫中，她沿着返城道路追赶，一路始终不见踪影，追到灯光明亮的马路上，她不敢跑步，也不敢看信，脚步暗暗加劲，一口气走到西下洼子，才要推门，发现门上横着大锁，这时她突然想起韩家已搬到新居半亩园，那地方她没去过，也记不清门牌，因此心中非常懊丧，就没精打采地朝回走。路上恰遇小燕，她手里拿着个小纸包，见到银环，上前握住她的手说：

"环姐，快跟我看看他去吧！他从吃了生水剩蒜凉粉，发冷发烧，浑身滚热，不断说胡话，可吓人啦！我已经把哥哥叫来同他做伴，哥哥叫我买包退烧发汗的药！"她领银环返奔西下洼的道路。

银环说："你们不是搬家了吗？刚才我从那儿来的，门还锁着哩！"

小燕说："家是搬了，他的户口还没正式报，这一阵户口紧，他叫我们挖好堡垒他才搬家，现在他仍住在原来地方。那里拆房的拆房，搬家的搬家，查户口的很少去了，大门的锁是个摆设，我们从拆掉的房中可以绕进去。"

她们进入苗家老宅，燕来正给病人倒水，杨晓冬躺在炕上，眼睛红肿，出气很粗；见到银环，他放下水碗说："我不是告诉过你，咱们每逢星期三、六下午四时在红关帝庙接头，要听话呀，别太麻痹了，怎么，有她的消息呀？"

银环打开小燕的药包，看了看说："你先喝点水，吃下药去。消息有了，姐姐给你来了亲启的信呢！"

"信在哪里？拿来我看！不，你快快念给我听！"他把水碗放在一边，猛不丁地坐起来。

　　我亲爱的银环胞妹：

　　　你接到这封信，一分钟也别迟缓，立刻送到杨政委那里去。告诉他，我麻痹大意犯了错误，没有完成党交给的任务。在根据地，党员的工作上犯了错误，党总是给予改正的机会。内线工作，一犯错误就得付出流血代价，犯错误者本人很难取得改正的机会，这是最令人遗憾的……

　　　那天，我接受任务，刚走到苑家屯村边，便衣特务拦阻我的去路，查问我的身份。要是我不献居住证就好了，那上边同赵家有关联，因而把我带到赵家对质，恰遇上那个戴黑眼镜叫什么蓝毛的特务，率领敌人清查户口，这样我被捕了……

　　　被捕当时，他们胃口很大，希望至少能捕住像杨同志那样的人，拷问了两个钟头，我自然不肯说，但我实在担心杨同志，他跟敌人一庄不隔，就在南板桥集上等着，还规定不见不散。假如敌人聪明些从我的来路上去搜，杨同志必然遭到不幸，为此，我瞅个空子，拼命去夺一个坏蛋的枪，逼得他不得不朝天开火。我多满意他这声报讯的枪声呀，不知杨同志听到没有……

我被捆绑进城了，敌人排列那样多的队伍，前呼后拥押着我走，是怕我逃跑吗？不是。敌人是要示威，我是他们示威的资本，我能装熊吗？我能当软骨头吗？当然不能。我得拿出颜色来，叫敌人达不到目的，叫市民们看看共产党干部的骨气！敌人，你夸什么胜利？你算算我们打西关司令部，你们受了多大损失，你们获得我这么个没出息的小卒能顶什么？就是从这个小卒身上，也未必叫你们尝到甜头。可是，即使我是个小卒，心里也很难过。我还年轻，受党的恩德太多，出力的机会太少。难道就这样早早地了此一生吗？

　　我从参加工作那天起，就抱有这样的希望：有朝一日，我们解放了城池，由我领着咱们的武装，按着坏蛋的家门，指着他们的脑袋，一个也不漏网，一一都捆绑起来，那时节，人们是多么痛快，我是多么开心。哪晓得这些美好的希望都破灭了，不是我当向导抓捕敌人，而是被敌人五花大绑绑着我自己。恰恰在敌人向万人丛中进城示威的时候，从人山人海里，突然瞧见那一对熟识的眼睛……妹妹，你可知道，在那个当儿，我的眼睛只能看敌人，不能见自己的同志，特别是见到他——我的领导者和我在他手里犯了错误的人。要是他责备我骂我或瞪我两眼也好，可是他的眼色非常柔和，有同情没责备。这一眼把我的心看碎了，世界上还有比这样事情叫人伤心的吗？

　　我不能瞒你们，我是受了严刑拷问，也流过血……

　　请你们尽管放心，我不会给养活我长大的阶级、教育我成人的党、帮助并热爱我的同志们丢人。

敌人不是草包，他们能做到的事太多啦！他们能敲碎我的牙齿，能割掉我的舌头，甚至能剖腹摘出我的心肝；但他们只有一条不能，不能从我嘴里得出他们所需要的话。

也不是闭起嘴来不说。按照我的认识水平，我也说了一些，不知说得对不对，请组织审查审查。首先我埋葬了汉奸李歪鼻，也尽力掩护了那个俘虏团长。敌人问我领导机关是不是住眺山，我说是眺山，敌人问散传单送情报领兵攻打城池的事，我统统承担了，我是以"豁出一身剐"的心情承认的。也许是又犯了错误，因为他们松开我，把我送到一个居民家庭里来散押监视，这家有位善良的姑娘，就是她为我冒着生命危险送信的。

上次我写了被捕的情形。现在姑娘告诉我，对过屋里监视我的人睡觉了，叫我再写。还写什么呢？表白表白我的心愿吧！首先，说说我对生活和爱情的看法。银环！你或许忘掉你姐夫了吧，想一想：鬼子兵陷落城垣的那一年，咱们姐妹随大流逃反到千里堤，难民到处滚疙瘩，一块白洋买一顿饭，咱姐妹没吃没喝没地方存身。恶霸地主老财起坏心，托人讲条件，说只要我肯答应给他做小的，给咱们二百块白洋，还答应养活你，姐姐不服，大骂老财一顿，领着你住五道庙，讨百家食。这件事被当时在他家当长工的那个老实巴交的汉子知道了，他非常气愤，为了怜惜咱们，他每次从地主家打出饭来，自己欠着肚子，偷偷地拿

324

给我们吃，还说稍微太平些，护送咱们回家去。爹跑散了不知死活，哪里还有家呢！为了我也为了你，我不顾一切舆论（有人说干吗一个中学生嫁个扛长活的呀！）同他结了婚，这样咱们才有个安身之处。你知道，我们婚后生活并不坏，粗茶淡饭能吃饱，我说啥他听啥。不多几个月当地共产党出来活动，组织抗日武装，人家高眼看我，挑选我当了村妇女会主任。上级布置任务，动员青年参军，扩大武装力量，我怎样开始工作呢，怎样取信群众呢，想来想去，第一个是动员丈夫去前线。他不好拒绝，只说，我怀孕了，等我分娩后再去，看到我满脸怒气，他求饶说："我打了半辈子光棍，没见过孩子，只要你生下来，叫我看看是男是女，我当爹的亲亲他的脸，二话不说，第二天我就上前线打鬼子，就是一去不回头，在战场牺牲了，我也绝不后悔……"这种要求不是不合理，但我没答应，整天闹别扭，给他气受，他在家不能待，提前上前线了，并带动着一帮青年集体参军。临走时，我要他给孩子起下个名字，他粗声大气地说叫"离"，说完他眼里含着泪走了，我懂得他是说分离呀。为了纪念这回事，我才给孩子起名叫小离儿。你嘲笑你姐夫恋家吗？他跟其他新婚夫妇一样，怎能没依恋呢？但他还是个人服从了整体。

他参军后是个好战士，很快入了党，在有名的齐会战斗中，他献出了自己的生命。

为了纪念他，我带着吃奶的孩子，奔赴内线工作，找到父亲，重回省城，移居郊区，内线联络，这样做我认为是服从了党的需要，继承了爱人的遗志，我没想过旁的，工作就是我最大的安慰。

梁队长是好同志，他心地善良，为人忠厚，最希望同我接近，无论是路东路西，总愿意看到有我这么个人。凡有我在场，他和他的队员就工作更加热情，作战更加勇敢，生活更加愉快，我为什么不满足他的希望呢？我反对淫荡下流的女人，也反对躲躲闪闪见了男的就红脸的女人，宁愿像尤三姐痛快地死去，也不愿做尤二姐忍辱地活着。有些人并不了解我，甚至有人骂我，尽他们笑骂吧，新衣服溅上个油点能洗下去，白藕长在淤泥里染不上脏。党对于她派赴内线工作的同志，什么都了解，什么都考虑过的。

妹妹，我求你，别把我的不幸消息告诉爸爸。爸爸一生够苦的啦，幼年丧父，中年丧妻，为拉扯两个女儿，累折了他的筋骨。他老人家忠厚老实，受过我这不孝女儿百般的辖制。我们长大了，都做的是他非常害怕但又没法拒绝的事。上次我见他老人家身体很坏，他在世界上还活多久呢，请你们把嘴封牢一点，不要再拿我的不幸消息折磨他了！

妹妹！对你，我说什么呢？你年轻、诚实聪明又有文化，直接跟着领导同志工作，进步一定很快。不过我觉得你在爱情这本字典上，还有不少生字。依我看，爱情不是花晨月夕下的甜言，也不是软绵绵的眼泪，更不是金钱物质的收买品。我主张：要找个志气刚强的汉子，别要那蝎蝎螫螫男身故作女态的人；选老婆也不要弱柳扶风，眼泪洗脸的"林黛玉"，要她有几分"丈夫"气。我总嫌你懦弱，认为你身旁那个后生，利用你的脆弱温情，笼络你又想控制你，我早看出你想摆脱他，要摆脱，得拿出点毅力和勇气来，世界上无论做什么事，没点毅力，没点勇气，没点冒险精神是做不成的。愿你在爱情以及一切问题上，再干脆点！再坚强些！

现在说说我最后的一件心事吧！我的小离儿才五岁，她是我心尖子上的一块肉。她父亲家里没一个亲人，又不能跟着外祖父，你也没有精力养活她，我才是个半脱离生产的干部，不能给公家添麻烦。我想有两个办法：第一是拿她送交梁队长，估计他会同意，因为他对我好并喜爱这个孩子；第二是如果他有不能克服的困难，那就把她送给缺儿缺女的爹娘。不管送给谁，要求组织上给她点荣誉，给她挂上个革命烈士子女的头衔，这点是搞地下工作的同志们最关心的。我没给孩子留下产业，要留这点荣誉，等将来小离儿长大读书的时候（我想到那时候省城就解放啦），叫她向同学们讲说讲说，她是什么样爹娘留下的女儿，让同学们知道：万恶的日本帝国主义发动侵略战争，给我们国家民族造成多大的灾难，他们杀戮过多少无辜的父母，遗留下多少寡妇孤儿！让同学们知道和平是多么可贵，知道他们在充满阳光的幸福生活下学习，是先辈人怎样用鲜血和生命换来的。小离儿要读书，最好送到新水闸小学，这有它的特殊原因。过去，我是在这个学校读高小的，那时候东三省叫日本鬼子强占了，我们校里来了个插班生，她父亲在沈阳北大营做小生意，九一八事变时被日本鬼子杀死了，她跟着妈妈逃进关来。在"满洲国"当"顺民"时，她从来不敢大声讲话，这次回来，火车一开进山海关，她大声说："妈妈！我告诉你一句话，现在我是中国人啦！"中国的儿童都有爱国热忱，坚持不抵抗主义的是国民党的一撮败类。

日本鬼子占领后的新水闸高小也大变啦。我每次到都市来，差不离总要围着母校门口转两个圈子，每当我看到面黄肌瘦的孩子们无表情地朝着红膏药旗敬礼，或是隔墙听见孩子们像哭一样地念"阿依吾叶殴"的时候，就觉得比刀子割我的心头肉还难受。我希望，我想也一定，小离儿再到新水闸念书的时候，中国就是人民的中国了，正像我们过年贴春联写的"普天同庆，大地回春"一样。那时候的中国人民可以自由地呼吸，可以自由地歌唱，可以在共产党的领导下选择自己最理想的工作。那时候呵！嚼着苦瓜也是甜丝丝的呀！

妹妹：你同意我谈的这些问题吗？你怀疑我有这样的闲情逸趣吗？你认为这不是我的真情流露吗？你认为这是"鸟之将死其鸣也哀，人之将死其言也善"吗？说老实话，现实生活我是很痛苦的。我把唯一的幸福寄托在理想和希望中了。别阻拦，别责怪，让我愿说就说愿想就想吧。让我以一个因在敌人监狱中的年轻的共产党员的身份，向同我女儿一起的高小学生，不够，应是省城所有的高小学生，还不够，让我向新中国所有的青年人表达我的心愿吧！青年人哟！我向你们祝福。祝你们热爱自由，热爱生活，热爱生命吧！这些都不是容易得到的哟！你们也许还不大懂得这些东西多宝贵。我开始懂得也不多，到了敌人监狱里失掉生活自由的时候，才更知道它们的宝贵了。我虽然是做了母亲的人，可我还不过是二十四岁的青年哟！我多么想自由，多么想活下去，至少希望活到城市解放，能看到你们欢蹦乱跳的那一天。现在看来，这都成了奢想。

敌人也想让我活下去，还答应叫我在物质生活上活好一点，只要从我身上得到他们所需要的东西。我想活，我知道"死"并不是个愉快的名词，它的含意里有痛苦。但我不能避开它而丢掉我最宝贵的东西，这些东西不用说作为一个党员，就是作为一个普通的中国人也是不能失掉的。这样，我的未来就可知了。青年学生们，同时代的青年们，未来的青年们，让我——一个年轻的共产党员为你们的光明前途祝福吧。

今天，这位房东姑娘还叫我写。她再一次保证，一定把信送到你们手里。我真感激她。经过一周的观察考验，我认为这个姑娘可靠，请组织信赖她。

我还说什么呢？在旧时代，人们常说"红颜薄命"，我既非红颜，也不信命，我就知道相信党。我新生命中的一切都是党给的，我要把生命中的每一片断，哪怕是一分钟，都愿为党做点工作，可惜，我现在能做的事情并不多了。我被约定明天给特务头子多田单独会面，这是个不平常的会面，一个是敌伪方面权威人物，一个是普通的共产党员；他对我有企图，我对他有打算。不知这样做是否妥当？也不知道能不能做成，但这是我在这个世界上，最后想做的一件事了。

银环看了看信上日期，是三天以前写的，就是说金环在三天以前还没发生问题，现在她的情况又是怎样呢？她最后做了什么事，成功还是失败了？真急死人。银环拿起那个信封抖了抖，没发现什么，迎灯一照，发现信封底处，还有另一张折成方形的信笺，伸手掏出来看，信纸同金环用的一样，字体大不相同，潦草地写着：

地下工作负责同志们：

　　我要替不知名的大姐，续完她的遗书。

　　关于我本人不用介绍了。大姐说，在政治上她给我负责任，我的姓名和住址暂时最好不写，万一丢了，我们母女性命就难保啦。何况，不论在多么紧急的情况下，只要见到你们的面，我总会告诉你们的。现在让我说说大姐的事：大姐在第四天就不再写了，她从多田处谈话回来，精神有些变化，说她头皮发痒，向我借头簪，我把母亲的给了她，她不满意；按照她的要求，我从街上给她买了一支骨头簪子，又硬又尖，她高高兴兴地抿藏在头发里。

　　第六天早晨，便衣特务带她出去，临出门的时候，大姐偷偷对我说："你注意打听着点，今天也许出件叫人高兴的新闻。"当天他们谁也没回来，第二天，特务们来取铺盖，说任务结束了，要回机关去。我要求他们告诉大姐的下落。他们是这样谈的：

多田和大姐个别谈话以后，对她抱了不正当的企图，先是要她提供地下工作组织情况，以后说什么都不要，只要她同共产党断绝关系，先是她不肯，后来不知为什么，她又答应了。多田说要她变变生活方式，为她准备了高等服装名贵首饰，要她洗澡烫发换装，去赴筵席。多田准备在筵席上宣布她归顺"皇军"，然后派她去新民会工作，他个人的企图还安排在下一步。

这一切，都遭到她的拒绝。她声言一不赴筵，二不任职，要找个方便地方，先同多田顾问谈谈，只要谈通了条件，顾问所要求的她都乐于应承。多田同意了，交谈地点是在靠北城的红楼里——国民党逃跑省长的别墅。多田是日本帝国主义豢养多年的老牌特务，处事对人颇有经验，他接待她是做了成败两种准备的。

她去红楼见他的时候，经过周身检查，才被允许进去的。

特务说："姑娘虽是好样的，还是欠沉着，她动手太早啦，又没有应手的武器。也许日本人命不该绝，要是从咽喉上再刺正一点，多田就省得回北京住医院啦。"另一个特务夸奖多田，说他受重伤后，还能掏出左轮朝女犯人连发五枪。

银环读到连发五枪，顿时感到天旋地转，浑身颤抖，眼睛瞪直，像是要找个支撑身体的依靠，看到饱含晶莹眼泪的小燕，便扑向前去，两人拥抱住放声痛哭。韩燕来嘴唇咬紧，眼睛瞪圆，死盯住墙角，仿佛一错眼珠，那里就有什么东西要跑掉。杨晓冬猛然挥手，撩开身上的薄棉被，三歪两晃抢步到灯前，双手分开捺住两个桌角，不知是因为体弱需要支撑，还是他以往在工作中习惯了这种姿势，这姿势颇像站在扩音器前对千百看不见的群众讲话一样：

"金环是真正的共产主义者，是革命的好同志。她把生命中最后的时刻都用来打击敌人。她的女儿是我们大家的孩子，是共产党的下一代，用不着担心，我们再困难也要教养她，遗弃革命子女是犯罪的。她的遗书遗物，一定保存好，几时城池解放了，这些东西都陈列到烈士馆去。"

说着他双手离开桌子，皱紧浓黑的眉眼，睁着红肿得怕人的眼睛，寻找同屋的伙伴。银环同小燕担心他要晕倒，赶过来试着搀扶他，他挥手拒绝，吮了吮焦干的嘴唇，粗声粗气地说："像金环这样的同志，她要求我们的，绝不是悲伤和眼泪。她要的是霹雷和火剑，我们要用霹雷和火剑去消灭敌人。银环，你要更有勇气、更坚强些，打开对关敬陶夫妇的争取工作，在这一点上，烈士已经为我们奠定了争取工作的基础。必要时节，我直接同姓关的会面。燕来既已打入敌人内部，要很好联系咱们释放的那几个人，大力提高他们的政治觉悟，并设法把张小山安插进去，暂时由他负责对路西的联络。我们无所畏惧，我们决不退却！敌人！你示什么威？你连放五枪自豪吗？你见我们的同志流血高兴吗？告诉你，我们有的是力量，你等着！有朝一日，我们要狠狠揍你们！"他说最后一句话时，抡动右拳，猛击桌面。桌缝里冒起一缕灰尘；金环那封血泪信笺，像白蝴蝶般地从桌面飞起。

四

几天来，银环坐不安，睡不稳，吃东西咽不下，她脑子里始终萦绕着姐姐的影子。姐姐留下的那封信，她反复读过很多遍，越读越感到亲切，亲切到能听出她呵斥敌人的声音，能看到她拼刺敌人的动作。几次做梦，梦见她帮助姐姐从敌人囚笼里冲出来了，醒来之后，觉得世界上缺少姐姐，仿佛丢了不可缺少的依靠。心里空空落落的，姐姐平素对她的斥责，现在感到是抚慰；姐姐对她的希望，现在感到是责任。她怨恨自己懦弱无能，感到自己为党工作得太少，为了纪念她，下定决心积极工作，弥补姐姐牺牲的损失。这样，她本着领导的指示，在一天的上午十点钟，大胆无忌地进了关敬陶的家。由于她的满腔热情和充分的思想准备，她给那位团长夫人整整讲了两个钟头。从对方的反应中，她感到她的力气没有白费，陶小桃表示她的丈夫很快就要出来，可以把意见转达给他，还跟她建立友情，定了下次会晤的时间。这事情填补了银环一点空虚，减轻了一点伤痛，回到小叶家东院正是午后一点，躺在床上她第一次稳稳地睡了一觉。

现在银环睡醒了，当镜理了理头发，搬条板凳坐在叶宅小东院台阶下，时间接近黄昏，阳光已不刺眼，她盯着窗前的向日葵出神。向日葵开着冰盘大的黄花，矫健地挺立着。紫红色的牵牛花偷偷地张开了喇叭嘴，小雏鸡整天跑叫得疲乏了，躲在葵花叶下闭着眼睛憩息，小独院的一切都处在宁静状态中。忽然听到室内的钟声，她想小叶下班还有一点多钟，吃晚饭还早哩。她想利用这点时间，骑上车子去找替姐姐送信的姑娘，如果找到这个人，好好对她进行教育，争取她给我们多做些工作。

关于那位不知名姓的送信姑娘，她估计很可能是韩燕来搭救的那一位，因此还得去问韩燕来，于是，她骑车直奔西下洼。

快到小燕家门口，她忽然想起杨同志跟她规定过见面的时间地点，不应该随意碰头；再说，这样贸然去找，他们也未必在，燕来不是在伪治安军里补了名字吗？她这样想时，欲待推车回转，恰碰见一辆三轮蹬过来。蹬三轮的正是韩燕来。银环很奇怪，问他干什么去，韩燕来下了车当时没答话，同到大门跟前开了锁，两人把车推进了院子。

韩燕来说："新搬的房子缺一扇门，我想把西屋的门拆走。"

银环说："你补上名字了，还能随便出来吗？"

"我才去，还没发军装，再说，我有个盟弟当司务长，还不是自由兵么！怎么，你这遭儿来有事吧？"

"我想再问问你，咱那天说的那个姑娘，到底住哪里？"

"我当时没留心，总起来说是北城，大概在奎星阁以北，门牌号码都被我忘光了，仿佛迎门墙上贴着什么日本商标似的。"银环把燕来讲的和送信姑娘说的联起来一想，觉得这个地方定是北河沿一带，她感到找这位姑娘有些把握了。

接着两人又谈到敌人查户口的事。

"你新搬的地方，户口查得紧不紧？"

"那倒不要紧，主要是躲开医院听消息，必要时报个临时户口就行啦。"

"别人都好说，就是杨叔叔成问题，现在也没敢报，听说警察局对单身男人查得特别紧，其实这净怪他，自己快三十岁的人啦。对个人的终身大事，一点也不在心。"

银环看了看燕来没吱声。

燕来继续说:"我上次进山的时候,听说肖部长亲自给他找过对象,要是结了婚,两人住在一起,找个影占身子的职业,少担多少心!"

银环听了很担心地问:"你见过那个人没有?"

"我打哪儿看见呢!杨叔叔随便说了一声罢咧。唔!天就要黑了,你跟我到半亩园看看去吧。杨叔叔的病还没好,他今夜还不定在哪睡呢!"

银环没表示去不去,燕来前边走,她在后面推车跟着,一路穿横街拐胡同,曲曲折折地到了半亩园后身李家祠堂。缩进祠堂深处、被绿槐树掩映着的地方,有一所朱红色的高大门楼,门楼后面毗连两套青堂瓦舍的正宅,最后有个小跨院,跨院通有后门。韩燕来说:前院原租给两家布线商,中院苗家才搬过来,跨院小房是他们住着。他要银环一起进去看看,银环忽然转变了念头,她不愿去见杨晓冬,觉得见了他也没有话说,而且心中存着一种无名的隐痛,似乎躲开他倒好一些。因而便说:"我现在也没什么重要事,去这样深宅大院不方便,等规定时间再谈吧!"不等韩燕来表示意见,她就蹬车走了。

走出半亩园,街上亮了路灯。她打算按着燕来讲的,到北城找那个姑娘去。一时心乱如麻,两脚懒得蹬车,不知不觉中,她的车子已经掉转了方向。经过一段距离,她理智些了,抑制住思潮的汹涌,她劝告自己说:"你这是怎么啦,净想这些事,对得起姐姐吗?你是来革命的,得把全部的精力都用到工作上,呵,撞!"她急闪身下车,前轱辘撞拱了小叶家的旁门,碰得拉铃直响。

小叶开门接进她去,问她是否吃过晚饭,她本来饿着肚子,却硬着头皮说在外面吃了。小叶见她双眉紧锁，似怨气未消，估计又是从姓高的那里受了委屈，又同情又责备地对她说：

"你这是何苦呵！躲又躲不开，丢又丢不下，当你这号人，倒霉死啦！干脆点，要么就抱一份独身主义，要么就干脆答应了人家！看你这几天，忧愁得都变了模样啦！"

"你还故意怄人！"

"谁故意怄你，本来嘛，躲出来放着清福不享，变法儿跑岔出去惹气生。"

"小叶，我的好妹妹！"银环不知对她怎么说好，愣了一会儿，她想定了，很冷静地说，"你是个好人，有热情有正义感，对我也蛮有恩情，可惜你并不了解我，我把实话告诉你，我搬到这儿来，绝不是专为躲小高！"发现小叶那种茫然困惑的表情，她更凑近了她，"小叶妹妹，咱们同班毕业，又分在一块工作，是最好的朋友了，我不能再隐瞒你。我躲出来，是怕姐姐来找我。姐姐本是一母同胞，应加照顾，都因为我听说她参加了八路军的工作。"

"这就是你的不对，她参加那边工作是另一回事，手足之情还有不顾的，瞒过外人就行吗？不要怕，请她到我家来，我爸爸不问，后娘更不管，咱们在这小独院里打天下。叫她来，我开开眼，看看共产党八路军到底是啥样的人？"

银环没想到小叶态度这样率直爽朗，后悔自己以往过于谨慎，现在什么也不想瞒她了，一五一十地将姐姐被捕和她向敌人斗争的经过说了一遍，直说到姐姐为刺杀多田一连中了五枪。

小叶听完后，眼里含着泪花，脸色吓得煞白，静了很大工夫，她很激动地说："姐姐已经这样了，让我们慢慢想念她吧。我想问问领导她的那位男同志，他现在在哪里，你今天是否见到他？"

"我倒是想见他。"她有意识地躲开真实情况，"偌大的都市，叫我大海寻针去？听说这位同志，没定居，没职业，半合法半非法地活动着，饱一顿饿一顿地各处漂流着，因此他的身体不好，据说他得了很厉害的病……"这些话原意是在感动小叶，因为确是实情，首先被感动的倒是她自己。银环内心一时十分凄楚，她讲不下去了。

"环姐，我从来不难过，今天你可说伤了我的心。这些人，不管他们信仰怎样，我就崇拜他们这股子英雄劲，人家要是大拇指，咱们连个小指头都不够。环姐，咱们不能躲躲闪闪，多会见到面，大力扶帮他们。"

这天，银环同小叶整整谈到深夜下一点，她十分满意小叶的态度，也满意自己的勇气。由于兴奋，这一夜她几乎没闭眼，几次开灯也不知要干什么，对着灯光端详小叶那调皮的脸相，端详她那单纯的无忧无虑的圆形小脸，想起当年她们在护士学校一起读书的时候，朝夕友好相处的情景……

今夜她感到小叶特别可爱，她们友情的水银柱突然上升了，从今以后，小叶不仅是朋友，而且是同志，想起她是自己的同志，便把她拥抱得紧紧的……

北方初夏之夜，黎明前凉意袭人。小叶冻醒了，睁开眼睛，发觉银环是这样亲昵她爱抚她，感到满足，感到特别称心适意，一头扎进对方怀里，依偎得更紧。

银环紧挨着她，挎着她的一只膀子，再也不能入睡，扬着头，睁大眼睛瞧着窗户。从黑暗中盼黎明，从黎明盼天亮，盼太阳出来，那时节，她要挎着她的新战友，并肩走上战场……

第十五章

一

高大成从山地回来，第二天到北京医院看望多田。多田因为重伤未愈，医生不允许多说话，便把"肃正思想"的任务委托给高大成，要他和顾问部很好联系，并鼓励他把范大昌、蓝毛等重要助手使用好，务必完成清除"伪装分子"的工作。

高大成受到这样赏识，先是受宠若惊，然后心花怒放。他想：如果乘此机会干出点名堂来，兵权势力、金钱地位，都会浮着顺水向他漂来。于是离开医院后就马上叫田副官挂回了长途电话，约定同一时间，召开两个会议。

刚下火车，登上军用汽车，顾不上回公馆，他就直接奔宴乐园——他所安排的会场。路上他问田副官：

"小田！开会的事，你通知好啦？"

"没错儿！我在长途电话上，都给副官长讲清啦！"

"那个会呢？"

"更没问题，范主任亲自接的电话，他说准时在宴乐园等着。"

高大成心急感到汽车慢，训斥司机说："轧死人又不叫你偿命！再开快点！"小田懂得高大成的脾气，心里比司机还急，他亲自帮助司机拨动指挥线，选择近路，转弯抹角绕到宴乐园的后门。

听到汽车声，范大昌、副官长他们抢先出来，迎接高大成到休息室。稍事寒暄，范大昌他们先问首席顾问的伤势，高大成说，虽没生命危险，短期却不能治愈，北京若医治不好，顾问还打算回国去。接着高大成问他们知不知道开会的事，范大昌说接到长途电话之前，顾问部已有通知了，因此来到高司令这里请示工作。范大昌会灌米汤，高大成又吃捧，正谈得投机，田副官进来说："酒筵摆好，人已经到齐了。"高大成拉着范大昌、蓝毛等一起出来聚餐。

中厅里，围着圆桌坐满伪治安军连长以上的军官，桌面摆满了酒菜。高大成为首走进中厅时，高拧子团长自动喊了"立正"的口令，高大成把手一挥说："自己家里，别来这一套。"一面叫大伙坐下，顺便同拥到跟前的营团长们握手，握过手的有的被他笑骂两句，有的挨他一拳，握到关团长手的时候，他攥得更紧，还小声安慰了几句。而后走到主席桌前，伸手拉过把皮椅，跷起右脚踏上去，同时睁大真假两只眼睛。他向大家讲话了：

"我们这次协助大日本皇军，深入山区讨伐，蒙诸位袍泽，身先士卒，浴血苦战，获得赫赫战果……"他念着副官长起草的这篇文绉绉的讲话稿，觉得很不适合口味，便赌气扔掉它，信口开河地表达自己的心意了：

"……现在，我告诉你们一个真理，跟着大树得乘凉，跟着太阳得沾光，你们大伙跟上我，至少是一群秃子跟上月亮。

"怎么嘛，高大成不是凡夫俗子无名之辈，是高山顶上的灯，海水里栽的花……"他的唾沫星子四下飞溅，证明他的兴趣来了，跟他相处久了的伪军官都知道高大成兴趣来时，一定要夸耀自己的经历。他们猜得果然不差，高大成果然精神焕发地卖弄起来了：

"老子生在河北霸州，十三岁走黑道，十五岁拉竿，躺在墨松林的树杈上睡觉，蹲在县政府的大堂口拉屎，十八岁到天津当'混混'，吃杂巴地。第一次闯牌子，碰到的对手叫双头母老虎，这娘儿们，脑门上长了个拳头大的疙瘩，说真格的，平常人不用说惹她，看到她那副凶相也吓得伸舌头，我去会她是在冬天，我走进去，二话不说，躺在她的睡铺上，四肢摊开，我喊：'拿纸烟来！这里有个双头母老虎吗？高老爷今天要骑骑她！'纸烟拿来了，母老虎使眼色不叫旁人递火柴，我说'来个火'，母老虎伸手从火炉子里抓出一个红红的煤球。我一看，哈！来啦！把裤腿挽起，拍着大腿肉肥的地方说：'相好的，你先放到这儿，我休息休息再吸烟！'她用眼一瞪，照样做了。屋子静，谁也不吭气，煤球烧得肉哧哧响，像用刀子剜的一样痛，坚持了一分钟，煤球由红变白啦。我说：'再来一个放上。'用人们都沉不住气了。赶上前来都给我说好听的。就这样，我把母老虎暂时赶跑了。"为了证明他不说诳话，把叉在凳上的大腿裤脚挽起，让大家看那块伤疤。

"母老虎并不服输，她背后还有许多权杆子咧。第三天搬来她的老师和十多个打手，不问青红皂白，对我一顿苦打，打得浑身没一块好肉，就在这次，左眼珠子被打流了。有人劝我走，有人要送我住医院，我一概拒绝，叫伙计们抬我到门口，等母老虎他们来接收。门口摆了两口明亮的大铡刀，母老虎率人来了。我躺在一把铡刀口里，另一铡刀同时打开，我大声喊："来来来！谁敢不叫姓高的吃这块地盘，躺进来，一块铡掉两个脑袋。"对方吓蒙了，就这样，独眼龙高大成成了一霸……

"弟兄们！你们听明白啦？有姓高的这个靠山，什么都不用怕，什么都能办到，天上的星星都能摘下来当电灯泡使唤，阎王爷都不敢惹咱们，只要你们抱着姓高的腰，一切大事由我承担。比方说关团长出了个娄子，日本人不让他带兵啦，我当司令的拿脑袋保着他，团长照旧是团长，带兵还是带兵。在治安军这个圈圈里，姓高的说了就算。不拘什么事，只要你们小秃子长虱子明摆在头上，我高大成肚子里不敢说撑船，可也不算小气，信不信，喂！三团长哪！"

高拧子立起来，大声喊："有！"

"就是他，我的侄子。在蒙古边沿上，那时候还跟王英、李守信勾手。这小子，想拆我的台，带着四十匹马，跟到国民党孙殿英孙大麻子的部下去啦。走了不久，来信说：叔叔！四十匹马人家只给了个连长，混不下去啦。我说：小子呀，早知今日，多带点不好吗？实在混不出名堂就回屙来嘛。他听我的话，回来啦，到这里三年，两杠三花上校团长扛上啦！我没说假话吧？"他说着向高拧子看了一眼，后者红着脸点头憨笑。伪军官们听着这件事有风趣，挤眉弄眼，会场气氛活跃了。

高大成看到他的话收到预期效果，精神更加振奋，声音更昂扬了。"这就是说，姓高的走江湖讲义气，为朋友两肋插刀。这就是说，姓高的良心没被狗吃掉，它长在这儿啦！"他把胸脯拍得咚咚响。大家全部精神，被他吸引住，就见他忽然面孔严肃了。

"弟兄们，我告诉你们一件大事。现在，日本人要'肃正思想''检举伪装分子'，首席顾问把我找到北京，亲自把这件大事委托给我，要我一个肩膀背军事，一个肩膀背政治，我既高兴，也很惶恐。治安军弟兄们，我刚才讲过，我是讲交情义气的；交情义气要两面讲，大家要捧我，咱们有福同享，有祸同当，谁不想干，拔锅卷席辞职回家，姓高的厚礼奉送；要是既不肯走，又不老实，私通'匪党'，吃里扒外，给我眼里插棒槌，独角龙只有一只眼，它是不能容下一粒沙子，这就是我今天要说的中心意思。喂！副官长、小田！大家都斟满了吗？为讨伐胜利，为本司令手下不出伪装分子，为我们即将到来的军事任务，来！干他娘的一杯！"

中厅觥筹交错、猜拳行令的时候，关团长问同席的军官最近有什么军事任务。高拧子在旁偷偷告诉他说："你还不知道，眼看要麦秋了，上峰的意见，要咱们准备一次大规模的抢粮。"高拧子正说这次的抢粮计划，被高大成赶来碰杯，把话打断了。

经过几次碰杯，高大成简单吃了些东西，诡称喝酒太多，叫副官长和几个团长照顾筵席，他跟范大昌他们退到休息室，研究"肃正思想"的第二个会议。

高大成加油加醋地传达了多田的意见，鼓励范大昌和蓝毛，让他们提出问题。

蓝毛看了范大昌一眼，抢先讲了一个线索：

一周前，蓝毛根据情报，探知共产党的地方干部，在千里堤区开群众大会。他们带了一连伪军，夜间出发，拂晓包围了千里堤口的村庄。岂知地方干部开完会当晚就转移了。他们扑了空，就挨家挨户实行搜查，在姓何的地主家里，发现了有从北京来的一封信。经过蓝毛秘密调查，得知地主何老头认了个姓孟的干女儿，她在八路军县政府教育科工作，是几个月前从北京学校出来的，她认个地主干爹，不但为了生活上占点便宜，还通过这里与北京的老家联系，没想到头一封信就落在特务蓝毛之手。蓝毛通过这封信，控制了姓何的，从他的口中知道：姓孟的是由地下党送出省城的，出城之前，曾在迎宾旅馆住了很多日子，经过土山公园东面靠背椅上接头，出城第一夜在古家庄住宿，房东太太的儿子就在省城作隐蔽活动。蓝毛最后很逞能地说："姓何的地主完全被咱们掌握住啦，他表示，只要能保住生命财产，情愿把干女儿献出来！"

高大成问："去迎宾旅馆搜查了没有？"

蓝毛说："搜是搜了，时过境迁顶什么用，无非叫经理出点血，花钱请请客。"

高大成问："没在公园搞侦察？"

蓝毛说："派人蹲了两天，在长椅上捉了三个拿'万寿山'牌手杖的嫌疑……"

高大成说："那不错呀！过堂了没有？"

蓝毛说："别提了，我提审一看，都是弯腰驼背的老头子。"

"真他娘的晦气……"高大成不耐烦了。

范大昌觉着蓝毛净说些没油没盐的话，他赶忙插口说："这个线索很重要，要紧的是先把那个女八路抓住，通过她再搞共产党的地下组织。"

高大成一拍大腿说："你们早该这么办！"

范大昌谄媚地说："这种大事，总得先请示高司令，才好动手。"

高大成说："不要这么文绉绉的，今后遇到这种问题，先斩后奏。还有旁的问题吗？"

范大昌想了想说："关于一般人员的思想调查，我们正同警察局研究，需要逮捕的，再请示你。倒有这样一件事，我是道听途说得来的。春节前后，在吴省长私邸里……"他感到这是重要机密，站起来凑到高大成跟前咬耳朵，高大成越听独眼越发亮，最后他猛朝范大昌肩头击了一拳。"老范，你真行，这才是我最关心的事，你下全力搞。一定给我把猫面老狐狸的尾巴抓住！"

二

关敬陶赴罢宴会，一刻也不停留，急急忙忙朝家走。他觉得离家日期太多了，一旦获得自由，他不再担心个人，倒担心起妻子的命运来了，他怕在被审期间妻子受到牵连或是受外界的欺辱，也很可能她为他的事情愁得卧病床头呢。他怀着不祥的思绪走过木板桥，到家门口，抽开门上的插销便推门进去，没顾得关门，便一直走到内屋。他急忙打开门帘，发现小陶安坐在家里。这时他的心情骤然又起了变化，把疼妻子的心情变成怜惜自己，觉着自己浑身是委屈。原来准备讲的话一句也不想说，炕桌上为他摆的喜爱的食物连看也不看，一头扎到自己的卧铺上。

小陶轻步走到丈夫跟前，慢慢安慰他："你的事情，高司令派人给我说了，能够官复原职，这太好啦。其实，只要有你这个人在，咱们就算烧高香啦！你不是聚餐去了吗，我知道每逢

344

聚餐你总吃不饱，我给你蒸好瓜馅包子，买的五香腊肠，还有你爱喝的鲜鱼汤。"

关敬陶沉默着，仿佛没听见她讲的这些话。

小陶见话语打不动丈夫，知道他心里十分沉重。他对她虽然无话不说，但遇到特殊的问题，男人多是望着房梁不语，有时候是从沉默中把问题无形地解决了。每逢这种情况，小陶总是起一种消化剂的作用，不是揉捏就是抚摩。今天又处于这种情况，小陶便不再说话，伸出两只纤细的小手，先从他头、胸、腹部移到腿脚，最后扒下袜子，连每个脚指头都捏到了。经过很长时间，发现丈夫胸腔高起呼出一口长气，她知道是说话的时候了。

"消消气吧！咱们的事，多亏人家高司令呢！"

关敬陶听了这句话，睁大疑问的眼睛，像注视一位陌生的女人一样，要不是刚才她给他煞了气，他真想抢白她说："高大成为我打算吗，他这样做是为了把打司令部的责任，推到省长兼警备司令的头上。越轻办我，越显得责任在对方。他叫我当团长，表面上是拉拢我，更重要的是怕日本军方派来新的团长，对他更加不利。这一切都为他个人打算。他对我放心吗？一点也不。会上他耍那套流氓手段，明明是朝我耳朵里送。"这些话他一句也未出口，呆呆地看着妻子涂了脂粉的脸蛋。脂粉较往日涂得厚，但也掩饰不住她那消瘦的脸颊。他知道他在牢狱的日子里，她也过着度日如年的生活。他同情她了，无言地揽过她来，用力握住她的手，牵肠挂肺地叹了一口气。

小陶劝他说："别忧伤吧，中国江山大着哩，人生的道路长着哩！"她悸动了一下，骤然住口了。想起这两句话是三天以前那位从共产区来的年轻姑娘说的。她悸动的原因是，她想起那位姑娘说今天还要到她家来，因为丈夫出来高兴，把这件事忘记了。要是她真的来了，怎么办呢？

关敬陶发现了她的表情，便追问原因，她把那位姑娘向她说的话都告诉丈夫了。最后她说："姑娘讲得很多，主要意思是说，你在这边干事没出路，应该携枪带人投奔到八路军方面去。"

"可怕！可怕极啦！"关敬陶觉着自己刚从虎口逃出来，还没松一口气，家里竟发生了这样意外的事情，他真是谈虎色变了。

"这些话是可怕呀，这个人入情入理没啥可怕的，说真的，像咱们这样冷门冷户的家庭，少亲无故的，我整天关在家里，还爱见有这么个人呢！"

"别说这些糊涂话，告诉我，你怎么回答的？"

"有什么好回答的呢！我说：姑娘，你倒是一片好心，可别提念这种事，不用说他今天还吃着官司，就按平常，关团长也是骑在老虎背上，身不由己呀！"

"骑在老虎背上，身不由己。"关敬陶喃喃重复着她这两句话，"嗯！你说得对，你说得对呀！"他觉着这是正确的回话，也恰如其分地说出他的真实处境。想到处境，那些被俘、被释、被讯、被押的一切往事都涌到眼前了。他痛苦地沉思着，小陶困惑地沉默着。正在这个时候，听见院外有叩门的声音。

小陶机警地说："听得出来，这种叩门，就是她来啦，怎么办？"

关敬陶一阵慌张后果断地说："我躲开，你会见她，三言两语，把她支出去算啦，可别给我惹是非。咦！糟糕，我进家忘了插门，她进院来啦！"

夫妇俩慌手忙脚地收拾桌上的食物，整理屋内的东西。她催丈夫迅速躲开。幸而客人很懂礼貌，她站在院中未肯直接进屋。小陶一面整理头发，平整衣服，擦掉不知什么时候流出来的眼泪，又回顾了自己的腰身脚下，才慌慌张张地迎接出去。

当妻子走到院中的时候，关敬陶忽然想："她能对付这样重大的事情吗？要是对答错了岂不更糟糕。她不行，必须亲自出头，免得今后常来麻烦。"他又做了新的决定。

院中，小陶早已镇静了，用殷勤好客的口吻招呼客人，客人微笑着做了回答。两人脚步轻轻地迈进外间屋。

"家里有人吗？"客人发问时，停住了脚步。

"就是我一个人，里边请吧！"女主人说着，放心地撩起自家的门帘。门帘启处，突然发现丈夫站在内室中央，她骇了一跳，当时精神失措，举止狼狈，胳膊颤抖，几乎想放下门帘把丈夫和客人隔绝开。

关敬陶第一次见到银环时，精神紧张了一下，真想上前握手，旋即发觉自己认错了人，忙着招呼让座。

女主人想着争取主动，为他们做一介绍，怎奈心不由己，无论如何扭转不过这股尴尬劲儿来。银环本来一贯腼腆，怕遇生人场面。唯从姐姐的不幸事件后，她的胆量和勇气增加了，到这里来时又做了种种思想准备；关敬陶的惊疑，小陶的尴尬，都给她助长了力量。她挺身走进去，很大方地向着关敬陶说：

"如果我猜得不错，我想，你是关先生。"

"你算猜对啦！"女主人这时找到说话的机会，顺便为他们互相介绍，夹杂着说了不少天气冷热、时间早晚的话。还特意拿出烟茶水果，仿佛不论客人或是她的丈夫都需要她亲自招待。显然她的企图，是在竭力冲淡这间屋子里骤然紧张起来的空气。

"是从外边来，还是由城里来？"关敬陶随便动问一句，意在打破他自己保持的沉默。

"这些事等一会儿再谈。"银环轻轻躲开了他的问话，"既见到关团长，我想说说我的来意。"

"你的来意，"关敬陶对她这种单刀直入的谈话不满意，也不同意她称呼他关团长，就打断了她的话头，"我的太太已经对我说啦。咱们说痛快话，你们希望我的，我不敢做，也不能做，甚至连想也没想过。"

"是的呀！他哪敢想这种事情呢！"陶小桃打着帮腔。

"我这家，不是安全地方，你今后还是少来为妙。"

"是的呀！我们家里也并不安全呀！"丈夫每说一句，小陶附和一句，半点也不超出丈夫谈话的范围。

"关团长，你有这样说话的自由，你还有把我交给敌人献功的权利。恩将仇报的事，在你们这边是不少见的。只要你把自己的诺言忘得干净就行。"

"我明白，你说的'恩将仇报'是什么意思，我是受过贵方的优待，不会报之以仇的。可军权是高大成的，又被日本人严加控制，我不过挂个空名混碗饭吃罢了。如果贵方认为我这样做不好，我准备辞职当老百姓去。"

"怎么做都由你，我是来给你送点消息。八里庄给你饮水的女同志，你们在监狱里又见过面，她为了掩护你，自身受了很多痛苦，最后她和多田拼命，一连遭了五枪，你现在官复原职当团长，她留下个五岁没娘的孩子。关团长、关太太，我是好心好意来见你们，你们对我这种无理态度，咱们也就没有共同的语言啦！再会！"银环说完，站起来告辞要走。

"请你稍等一下！"关敬陶激动了，"让我把话说透喽。那位大姐在狱中的帮助，我永志不忘；日本人杀死她这样手无寸铁的好人，我非常痛恨；说良心话，就是没有贵方的影响，我对日本人和高大成也是痛恨的。"兴许，当着女同志容易轻易表示态度，守口如瓶的关敬陶也说出他不轻易说的话，但他马上又表示，"但是像我这样的人，在这种社会待久了，也只能在这里混。我掏良心说，对共产党没有什么感情，你们那边的生活习惯，我也受不了。至于谈到仁义道德，谈到交情义气，我自信还不是寡廉鲜耻忘恩负义的人。我冒昧问一下，你同那位牺牲的大姐是……"

"我们是一母同胞的姊妹！"银环很直率地承认了。

"好！那就更好啦！其实，当你进门的时候，我就猜思过。小陶！你递给我黑皮包。"他接过皮包，从里面掏出一张淡青色的纸条，"这是一张千元的支票，请你代为转达，我要实践我的诺言。"

"关团长你错啦，我拼着生命危险赶到你的家来，是为的钱吗？钱，在革命者的眼里，不是重要的东西，请你们想想：良心、鲜血、生命，是钱能够买到的？"银环很生气很激动，她的眼睛也湿润了。

"我知道你是会拒绝的，我希望咱们先抛开双方的政治立场，承认我和令姐曾一度共过患难。作为一个难友的资格，我愿对她遗留下的孩子表示一点心意……"关敬陶忆起特刑室的种种惨状，心中荡漾起感伤情绪，虽然话语是怜悯人，实际还是抒发自己的哀思。

"你就答应收下吧！就当为他免灾赎罪，他在监牢里，受了多少苦情呵！"因为丈夫难过，勾出妻子的愁肠，关太太的热泪夺眶而出了。

银环虽然心慈面软，这一遭她可没示弱。她鄙视他们夫妻这种自怜自私的感情。她想：你家一个男子大汉坐几天牢就蝎蜇般的哭鼻子抹泪，人家牺牲的同志又当如何呢？她毅然地告辞说：

"友情我们可以保持，金钱我不能收下，我刚才说的话，你要认真考虑考虑。好，我走啦！"

"你是到城外去？"

"嗯！"银环觉得关敬陶话出有因，点头肯定着。

"要是奔东南乡，千万注意，最短期间，可能不安定！"

"是怎么回事情呢？"

"我说不好，可能是出发抢购粮食。"关敬陶吞吞吐吐地终于把高拧子告诉他的消息透露出来。

银环听了再次停下来，向关敬陶说："粮食是农民的命根子，农民辛苦一年丢了粮食比刀割还痛苦。"她希望关敬陶能想办法制止抢粮食，至少他的团不做祸害群众的事。

关敬陶表示：她对他的要求是幻想，他说："我是人家棋手掌心里一个小卒，叫我顶到哪里就到哪里！"说着，他摆出了送客的姿态。

第十六章

一

高大成第一师的三个团，武装整齐，列队在南门外教练场。第三团团长高拧子，是师值星官，他头戴绿色大檐帽，脚蹬高勒马靴，腰挎战刀，肩头横披黄色值星带，一身崭新绿军服，虽然长得尖嘴猴腮，却竭力耀武扬威，装腔作势。他几次发出命令，要全师加紧演习阅兵式和分列式，准备接受高司令的检阅。

四千多条穿着猪皮鞋的大腿，胡跐乱跺，噼里啪啦像煮饺子一样。南起河畔，北抵城墙，整个教练场上荡起一片黄褐色的尘土。透过乌烟瘴气的尘土，可以看到伪军灰溜溜的形象和参差不齐的行列，可以嗅到呛嗓子的尘埃和臭汗气息，可以听到伪军官对士兵的叱责怒骂声。

为了准备检阅，这一带的交通阻塞了，拥挤了大量的行人和车马，伪警察、哨兵维持秩序，不断抡起棍棒赶打行人。

下午三点，高大成和他的警卫队，骑了几十匹高头大马，绕道从小南门跑出来。为了夸耀威风，故意扬鞭飞马；一路铃声叮叮，蹄声嘚嘚。跑到教练场，高大成滚鞍下马，随员们模仿着他的姿势也都跳下来。

高拧子瞥见高大成来了，可着嗓门喊了个叫长官欢心、叫士兵生畏的口令。不料高大成临时改变了主意，他要急于和大家讲话，告诉改成讲话队形，这样一来，高拧子他们准备的那一套用不上了，他心里十分慌张，竟喊成："各团，成讲话队形！"这个口令基本上没错，只是多了个"各团"。操场上经过这一阵强烈的骚动，三个团各自为政地排成了三个大括弧，这自然对高大成有点煞精神，不过高大成的性格是所谓"其性与人殊"。当他恼了，下级办了好事也常遭到打骂，甚至撤职押禁闭；而他喜欢的时候，丧门神也变成喜星。

今天高拧子喊错了口令正在胆战心惊，想不到又碰上高大成的狂喜心情，他不但不介意这种小事，反而向大家说："本司令讲究实际，不注意形式，你把这三群羊，给我轰到一块来！"

伪军们真像群羊一样，带着风暴声响，一阵快步在高大成面前排成个扇子面，等待听高司令的训话。

高大成站在地势较高的地方，且不说话，向全场的伪军端详了很久。突然大声喊：

"三八年跟我一块改编为皇协军的，举起手来！"

人群里连高拧子在内有十多个举手的。

高大成红牙一龇，故作惊讶地说："呃！你们顶不济的也当上营长啦！好，放下手吧。四一年以前的，别举手啦，你们给我站出来！"队伍里跑步集合了六七十个人，先后向他敬礼。高大成向他们举手还礼的时候，夸奖说："好小子呀！官顶小的也是排长啦。排长排长，炮楼一躺，半个皇上。"他一面挥手叫大家入列，很得意地说："弟兄们！你们都看到了吧！要想升官发财，好好抱住我高大成的腿，干上几年，大河有水，小河不干，这是我要说的第一点！"

"现在我问问大家，你们愿意不愿意发饷？"

扇形地面上一片拥护声。

"愿意不愿意吃白面？"

又是一片赞成的声音。

"那好！今天发饷，明天出发到匪区抢麦子，哪团哪营超额完成计划，我保证发双饷。不过得注意点，八路军也是刺儿头。碰到劲头上，大家得显显本事，卖两手。谁要贪生怕死揪屁股夹尾巴，我独角龙的眼里可容不下沙子。这话又得说回来，我就是一只眼，单看你们能不能抢回小麦；至于打了胜仗，弟兄们想干点旁的外快，我也想管，可那只眼就不管事啦！"

四点多钟，高大成到达了二师四团。这个团是由若干保安队编成的。高大成原跟该团赵团长规定好，五点半钟到达，点名检阅。他提前去了一个钟头。他这次去，一不坐汽车，二不骑大马，三不去团部，换上便衣用私访的形式，直接奔向四团二营驻地。他同化了装的副官马弁，一同迈进南阁外二营练操场，他发现二营长正在那里训练一支新的队伍。

二营长操着京东口音教训连长："咱们的操练，有什么难的。就练他个'举左手、拉右腿、向前一步'。练好这个动作，就能应付高司令的点名。点名完了，接着发饷，这不是个便宜。"连长听罢，跑步回去，重新操练，按照临时编造的花名册，从三排一班高声宣读："张得功，李得胜，王得胜……"营长听了，大喊："停止！哪里有这么多得功得胜的，花名册一定要改。"连长点了点头，接着念下去，念到第二班时，营长又叫停止，他指着三个脚下白袜变成黑袜、脸上乌嘴墨黑的人说："你们三个煤黑子，为啥脸都不洗，这还行？"再往下应点，有个人答应的嗓门特别响亮，营长指着他的鼻子说："你是靠戏园子门口那个喊'脆萝卜赛梨'的宝贝不是？把弦定低些，别露出幌子来，应点一次挣洋一元，嗓门再大也不加翻。"

高大成把上述问题都看到眼里，他急去找四团的赵团长。

赵团长就是前面说过那个专会打算盘的人。他原是本城南大街一家杂货铺的老板，因为跟日本人关系挺好，弃商做官，先文后武，由于不断给上边送礼，从县的副联队长提升了团长。

高大成见到赵团长，第一句话便问："你团究竟有多少人？"

赵团长察言观色，知道出了娄子，便含糊答应说："实不相瞒司令官，我是才招募了一批新兵，连新带旧，一股脑儿——九百名。"

"胡扯，你的丢人把戏我在南阁外训练场上都领教过了，家丑不外扬，我也不揭你的秃疮痂。咱们说痛快的，两个办法任你挑，要么就是发四百五十人的，要就是发半个饷。"

赵团长眼珠一转说："背着抱着还不是一般重。"他透出可怜相。"我的困难，司令也知道，我的家底，司令也清楚。求司令多多体恤下情，还按原数给我发六百人的饷吧！"

高大成说："就按你的意见，发六百人的饷，可任务也得干脆，按六百人平均，每人净交一百斤小麦。"

赵团长心里算了算，每人上交一百斤粮食，只领回五十斤的饷款，不多不少正赔一倍。他笑了个商人讨价还价时的笑容，说："高司令，四团战斗力不强，摊的任务太重呵！"

高大成说："你别骑驴的不知赶脚苦啦，你困难我更困难，我去北京一趟，你晓得首席顾问给我的任务吗？他把千斤担子都放在我的身上了。算啦，不谈这些，说真格的，压根儿不该给你发饷，你们有的是办法。上月你武装走私，光那一趟食盐和染料，把你的腰包都撑破啦，你这狡猾的老狐狸……"

二

在高大成布置抢粮计划的同时，杨晓冬他们布置了反抢粮计划。他们动员了可能动员的力量，连周伯伯都担负了一份具体工作。杨晓冬卧病在新居后院，等着搜集各方面的情况。根据银环汇报，派去千里堤送信的是小燕，她路程最远也是最先返回的。她所以这样快，是因为她来回都碰巧搭乘了敌人的汽车。小燕这次走到金环原住的村庄，武工队转移了。后来她找到村支部书记，把敌人出发抢粮的情况告诉他了。他信赖这个小姑娘，答应立刻把情况告知情报站，并设法给武工队送信……

听说小燕没直接见到梁队长，杨晓冬感到：最大最根本的计划——外线军事阻击敌人抢粮的打算落空了。

接小燕之后，韩燕来也回来了。他是去伪治安军一团接洽关系的。他先去找八里庄释放的小汤，小汤去教练场检阅没回来，又去找伙夫老赵，老赵起初不肯接头，经韩燕来说出关系暗号，老赵慌了，不住地给韩燕来说好话，一口一个自己是穷光蛋不趁钱，他说："你要是缺钱花，我马上就要关饷，把全月的薪饷都送给你用去。"韩燕来批评并教育了他，说明自己的真正来意，老赵表示：抢粮的事谁也阻挡不了。接着谈到闹事，他说小汤要闹，还可以背出条大枪去；他自己顶多带上两把菜刀。韩燕来无奈，最后去和邢双林商量，邢双林刚提升准尉司务长不久，只答应给张小山在新兵连补个名字，不赞成燕来谈什么反抢粮的意见，认为这是拿着全家性命开玩笑。韩燕来同他大争大吵一场，带着一脑门子不高兴回来了。杨晓冬从他的神色里，知道他的任务也没完成，正想问他的时候，周伯伯余怒未息地走进来。

周伯伯是负责破坏敌人裹胁群众到解放区抢粮的。事前杨晓冬曾给他介绍了敌人制造"赤白对立"的恶毒计划，要他做一些动员说服工作。他接受任务之后，听说敌人正在开群众大会，他便抱着满腔热忱赶到体育场，广场上集合了上千的群众，其中不少是西城一带的居民，有的他还认识，他从人群里挤进去，瞥见站在台上的家伙，自称是剿共委员会的主任。这家伙站在高台外沿，左手叉腰，右手搽开五指，仿佛要捺听众的脑袋。

"……你们都是少吃缺穿的人，这个机会是再好没有了。大批治安军陪伴着你们，保护着你们，赶快到共产区去共他们的产。你们放心大胆地干吧，这是一本万利空手捞白鱼的买卖，看谁有本领，看谁抢得多，抢得多到背不动的时候，商会准备了大批汽车给你们拉。代价不大，二一添作五，对半分红，总而言之，只要去一趟，顶不济也得闹个几斗，再说衣服家具也是钱呀……"

周伯伯一听这些坏话，气炸了肺管，把杨晓冬给他说的办法早扔到脖子后边了。不管周围群众是谁，就朝他们说："要兴这么干，何必出城呢，在城里砸明火不更省事！"

人们听了他的话，有的觉着他是硬骨头，有的觉着他的话可怕，不约而同地给他闪出个空子，他乘势向里走。走来走去，被一个粗腿大膀的愣小伙子挡住去路。就听这个愣小伙子说："干！商会里没车也不要紧，我拿一条扁担也得挑他三四百斤。"

周伯伯看出他是长生，上去捋住他的袖口质问说："长生呵！你疯啦，你懂不懂旁人的肉贴不到自己身上？"

"周家伯伯，你不能这样说话！这年头，有肉有福，有奶是娘，人没饿死的罪过。"

"饿死？饿死不吃瞪眼食，吃了这样的肉，喝了这样的奶，头顶上长疮，脚跟底下流脓，嗓子眼里长疔疮。除非缺德带冒烟的人，才跟着他们干这不得人心的事哩！"两人相持不下，周伯伯火了，扯着长生的领子，怒气冲冲地从人群里把他拉出来。

周伯伯的话还没说完时，韩燕来紧皱眉头，憋足了噎嗓子的话，专等着抢白他。瞥见杨晓冬朝他瞪眼，想起自己的毛病，把到了嘴边的话，像咽一个秤砣似的随着一口唾沫咽下去，才把火头压住了。

杨晓冬觉着燕来还是听话。本来嘛，老人没完成任务也许自己很难过，别人还能再给他话头吃？想不到这当儿小燕接了话头，她说："周伯伯哟！事情办好办坏倒有可说，干吗跟人家干顿架回来。"

这话从小燕嘴里说出来，周伯伯很恼火，当着众人不好发作；想忍又忍不住，终于背过杨晓冬的脸，狠狠地瞪了小燕一眼说："我是老没出息，跟不上你这小闺女能耐。"他回头对杨晓冬说："老弟！工作的事，我干不了。往后，我专干些挑水种菜、做饭看门的零碎活儿，大事情你们多出头，别打我的牌。"说完话，半羞半恼地出去了。

杨晓冬这时不多注意周伯伯的情绪了。因为，所有反抢粮计划，都没有实现。这就是说，在敌我争夺粮食这个宝中之宝的问题上，内线工作等于大睁两眼袖手旁观。想到袖手旁观，联想起军区首长的嘱托，他沉默了良久，最后断然告诉小燕说："你马上去叶宅找到银环，要她给我借一件大夫用的白衣服和手提药箱来！"

燕来兄妹都知道，自打银环隐蔽以后，从没有人白天去找过她，就是银环同杨晓冬近来会面，都是规定时间到红关帝庙见面，现在怎么竟让小燕去她家借这些稀罕东西呢？杨晓冬看着小燕有些犹疑，没有说明原因，催她立刻快去。小燕走后，他才对燕来说，敌人抢粮工作中的主要一环是同商会和日本组合勾结，商会会长组织了二十家粮店参加组合，其中最大的三家粮店就是汉奸商会会长家三兄弟。他们组织了一百部汽车、三百辆兽力车，跟随敌人做抢粮的运输工作。为了擒贼先擒王，他准备亲自同三大粮商斗一斗。他听银环说，商会会长常请大夫到他家看病，他叫小燕借白衣和药箱是为了化装的。

韩燕来不同意他亲自出马，还是旧理由：一切事由杨晓冬当家做主，具体工作要交他们去办。这种观点也曾说服过杨晓冬。现在敌我斗争更尖锐了，杨晓冬决定改变以往的工作方法，他坚持重要工作一定亲自参加，不这样办，他仿佛对不起牺牲的同志，仿佛没尽到自己的责任。韩燕来拗他不过时，便提议同他做伴去，经过争论，杨晓冬让步了，两人研究了详细办法，取出藏了很久的匕首和短枪。

黄昏时刻，杨晓冬和韩燕来步行出发了。半个钟头走到南大街。这里街道很宽敞，路灯不够亮，行人也很稀少，大部分商家关了门。他们按照计划，首先到了商会会长三弟开的恒源粮店。这家粮店已关门上板，里边闪着灯光。他们隔着门缝看见柜上有几个学徒，正拨弄算珠打本天的流水账，乘里面不注意的当儿，杨晓冬掏出写好的警告信，从板搭缝里投进去后，两人便转身朝南走，经约百十步远，来到二掌柜家的恒兴粮店。这家门板未上，人员纷纷出进，里面电磨儿直响，柜台前后，明灯火仗，全柜伙友打夜班磨面。杨晓冬他们不敢莽撞，找到一个年轻的伙计，说是交涉一项粮食要找二掌柜，伙计听说有人卖粮，欣然告诉说二掌柜回家去吃晚饭，并指清街道告诉门牌号数。他们商量了一下，直接到二掌柜家去。快到二掌柜家门口，瞧见两个人拥着一个绅士打扮的人朝外走，绅士说："我不参加还不行。"架他的人说："别废话啦，只叫你离开一夜。"杨晓冬看出是其他内线同志捷足先登了。这些同志的做法对他有启发，他和燕来躲开了二掌柜家，去找伪商会会长。

　　他们又绕回南大街，横跨大街迤逦进入大东胡同，好不容易才找到朝阳旅馆的旧址——伪省城商会办公处。商会外有高大门楼，拾级而上，门洞两侧左有传达处，右为会客室，紧挨大门口是露着灯光的汽车房。商会毗邻大多是居民和小商店铺，二十米外驻有一部分警察，丈高的大门顶上安着个乳白色球形的灯泡，上写三个红字"派出所"。杨晓冬审视了周围环境，决定留燕来堵守没有警卫的大门。他披上白衣，手提药箱，内藏短枪，昂首举步登上台阶。传达室内有两人对脸下象棋，听说他是会长亲自打电话请来的医生，没加以阻拦，其中一个传达模样的还说："你知道会长住哪吗？"杨晓冬冒着回答："是不是还在后院？"另一个司机打扮的就说："是后院，西北角有太阳灯的房间就是。"

杨晓冬跨过屏风进入前院,这里方砖墁地极为空阔,东西两厢的房间里,都晃动着灯光人影。他心里犹疑了一下:这里住的人很多,真要出了娄子怎么办?又想商会是支应招待机关,没有武装警卫,出入净是弯腰驼背的烟鬼,高喊一声也要吓他们一跳,何况手里还有枪,凭着军人固有的豪迈,他鼓起勇气继续前进。

迈进后院时,有个职员拦问他,他说明来意后,那个职员要领他去。经过谢绝,职员还是不听。他估计这个家伙许是讨会长的好,也许是发现了什么破绽,他不敢再拒绝了,很警惕地跟着他到了会长的办公室。

会长正在集中全副注意力听电话,对他们进来简直是视而不见,心不在焉地点了点头。

杨晓冬乘这个时机对那职员说:"你快出去,会长打完电话,我马上要给他做检查。"那个职员在会长屁股后面鞠了个大躬退出去。杨晓冬对他才稍微放心了。

会长放下电话,发现来的是位不速之客,他现出了惊异。

"我是来给你治病的,我专治丧良心的病。你必须在今天夜里,遣散所有粮商组合,不许派一辆车随同伪治安军出发。"

"你是?"

"我是八路军的锄奸队!"杨晓冬的手伸进药箱里。

"呵!好哇,先喝水,有问题好商量嘛!"

"你别泡蘑菇,快说痛快话!"

"锄奸队先生,这组合是日本人干的,不关商会的事呀!"

"再要花腔,我立刻惩办你!"杨晓冬掏出手枪逼住他。

"不要这样呵!"商会会长登时吓得改了口,"你怎么说我怎么办就是啦！"

"你们的车辆集中了没有？"

"准备今天夜里集中。"

"你快给我提出遣散这个运输队的办法！"

"只要我不到场开会，人员车辆就没法集合。"

"方才谁给你打电话？"

"就是组合来的，他们叫我召集粮商开紧急会议，十二点集合车辆，下两点要我亲自率领运输大队到南关集合，随军出发。"

杨晓冬还要问他什么，桌上的电话铃响了。会长得到杨晓冬的同意便去接电话，刚有个细声细气的问清他是谁，立刻换了个粗声粗气的家伙，他的话音特高，全屋都可听见。

"我是蓝队长，你怎么还没到组合去开会？你不去怎么成，唵？有要紧事。呵！我马上到你那去！"

杨晓冬夺过电话咔哧扣上说："你已经变相地向敌人告密了，要想活命，立刻同我一块躲开，迟误一分钟，我……"他拿手枪点了点会长的脑袋，会长吓得浑身打战，"你的卧车可在家？好！快跟我走！"他将住会长的手腕，快步走至大门。会长有气无力地喊了声司机，司机听到喊他，从门房里走出来，韩燕来已看出事态的严重，劈手拔出短刀指着司机说："再不快点，我捅了你。"见到韩燕来的举动，会长更加恐惧，催着很快开车。在发动车的时候，杨晓冬简要地告诉韩燕来这里所发生的事。车开出来，会长打开车门，还尽让杨晓冬先上，韩燕来从旁边一把将他操上去。

汽车开出大东胡同到了南大街上，杨晓冬这时已经把会长绑了个寒鸭凫水。他命令司机由南向北开，同时对司机进行了严肃的教育，说明他们是抗日救国的共产党人，特来阻止会长助敌抢粮的罪行，说敌人马上就要来到，要司机快快开出这个地区。韩燕来听罢，他要杨晓冬下车先行，由他控制这部车朝外冲。杨晓冬说："眼下别谈这个，先开出这个地区再说。"这时，就见司机左手掏出一张纸，背着会长朝杨晓冬他们一晃，杨晓冬看清那是一张反抢粮的传单，晓得司机至少也是同情革命的人，他高兴极了，正要暗示他什么，忽然听到远处有隆隆的马达声响，司机说声不好，说这一定是蓝毛带着电驴子出动啦。话音未落，由东大街转过很多电驴子，方向转到正南时，很多贼亮灯光迎面乱射过来，照得车内炫眼。

司机吓得脸色煞白，额角上冒出大汗，他扭回头说："是他们来了，我们朝胡同里抹吧！"

杨晓冬厉声说："踩着大火，用最快速度，迎头开上去！"司机把速度开到六十迈，迎头飞驶，一溜火光，擦着敌人群车冲过去。快到十字街口，韩燕来将指挥箭头向左一拨，汽车转到西大街。杨晓冬对韩燕来说："现在暂时算是躲过了敌人，但他们到商会问清情况之后，必然随后追来，电驴子比我们的车快，总得快想主意。"韩燕来说："不要再想，我的主意已经拿定了！"他附在杨晓冬耳边说了他的计划，硬从杨晓冬手里要过手枪，等车开到西城岔路较多的地方，韩燕来喝令车停一下，打开车门，催杨晓冬下去，杨晓冬跳下汽车，立刻钻入光线晦暗的小巷子里，韩燕来重新命令司机开快车，车快跑到西门时，敌人的电驴子果然成群结队地追赶前来，韩燕来心里慌了，看光景再有三两分钟，准得被敌人捉住，他不住嘴地喊："加快。加快！"司机回头看了看追来的汽车，向韩燕来做了个"不要紧"的表情，继续飞快前进，刚开出西城，韩燕来故意对司机用命令的语气说："汽车要一直开到车站，到那里你们要扔掉汽车，一块躲开，或是乘火车北上，或是藏到亲友家去，无论如何，今夜不准回商会，哪个不听，三天以内，我削你们的脑袋。"他说完，要车开慢一点，不等停车，他打开车门跳出来，司机偷着向他挥了挥手，高声说了句"一切照办"，开着汽车奔向车站去了。

三

深夜两点，高大成带着四个团出发了。天明走到离城四十里的千里堤边沿。和他的希望相反，这里已经没有他们所垂涎的那海洋般的金黄色的麦浪；全部小麦被根据地的军民在一夜之间连根拔走了。大地在这里赤身裸体，露出他那酱色的健康的皮肤。偶尔在旷野的这一洼那一角里，也还有黄绿色望熟的庄稼，那是吊着铃铛晚收的小豌豆。

打先锋的赵四团长，骑马跑到高大成跟前报告说："按照原来打算，已经到了目的地了。"

高大成对根据地军民抢收麦秋的事，早憋了满肚子气，赵团长的请示，他认为是草鸡胆，当即训斥他说："你团给我继续挺进，深入匪区。地里空了到场里，场里空了到囤里，舀净水捡干鱼，打完蒿草连狼也跑不了。"

"司令官！这次可是咱们治安军单干哪！日本军没有出来配合，可不可……"赵团长害怕碰上八路军，他想讲点价钱。

"亏你还是团的指挥官，你当窑姐也不能拉开铺再讲价钱。闲话少扯，在火线上，我好用手枪说话的。"

赵团长再也不敢违拗，掉转马头，追赶他的部队。还在半路上，就听见他的前头部队已经鸣枪开火啦。听枪声他晓得接火的是三营，这是由两个流亡县政府的警备队编成的，他把他们放在最前面，跟高大成把他团放在前面是同样的目的。他知道这个营逃亡多、战斗力弱，估计碰上硬手一打即垮，垮下来必受高大成的处罚。他一面骑马追赶队伍，一面掏出望远镜瞭望。从镜子里看清楚了阻击三营的是为数不多的民兵，而且民兵们正在猫腰撤退。这一来他的胆量壮了，扬鞭跃马奔驰到三营指挥所，怀着迁怒下级和夸耀自己的双重心情，他用了比高大成更加污秽的语言，咒骂他的三营长。

千里堤区武装掩护麦收的，原有主力部队两个排，他们在黎明时就转移了。剩下的只有城郊武工队，武工队是接到小燕转来的消息连夜赶到的。梁队长一时找不到旁的主力部队，跟那两个排联系了一下阻击敌人的事，他们的指挥员感到自己兵力单薄，又完成了护麦工作，表示没有上级命令不敢接受作战的任务。梁队长不得已，就率领区上民兵打算伏击敌人，也不晓得敌人究竟有多大兵力。及至看到赵团长率领几百伪军冲过来，估计伏击不成，便退回千里堤坡，凭堤抵抗，一有抵抗，伪军三营前头队伍即不敢硬攻，战斗进入胶着状态。

高大成原想以四团作屏障，占领千里堤外的村庄，没料一经小的接触，赵团长就停滞不进。从枪声中，他听出敌方根本没有自动武器，端起胸前十二倍的望远镜，发现堤坡上那条稀疏的散兵线，除少数便衣队比较稳定外，多数民兵有撤退的模样。高大成觉着这正是炫耀逞能的好机会，他抢过一挺机枪，双手端着，匹马单枪冲上去。他的骑兵卫队见主将出马，也奋勇争先地追上去。武工队和民兵吃不住这一冲，沿着堤沟撤退了。高大成这时更加得意，怀抱机枪边跑边打，身先士卒跃马冲上堤坡，立在堤坡高处，挺胸勒马，扬威耀武，仿佛自己的体高立刻增长了一倍。伪警卫骑兵们先后赶到了。高大成想纵马加鞭乘胜追击，这时副官长赶来拦住马头，高声建议说："司令！不要继续追了，我调查过，前面村庄叫降龙庙，'降龙'这个名字，对司令是个大忌讳（他多次算卦，诈称高大成是苍龙下世，高大成对这一点也深信不疑）。掉转马头到堤内打尖吧，堤内村庄叫回龙庙，这村名对司令最相宜。"他又小声说："高司令忘了吗？蓝队长他们这里还放着个'点'哩！"

高大成勒住马，点了点头，昨天的一切都想起来了。他问："昨夜商会闹事的人捉住了没有？"

副官长说："抓个什么哟！在郊区找到商会会长的时候，已经是后半夜了。"

高大成说："粮商组合的运输车辆呢？"

田副官答言说："人无头不走，鸟无翅不飞，会长老家伙一溜，汽车算没抽出来，兽力车连要带抓凑了二百辆，都分配到各团去啦！"

高大成驰马下堤，奔向回龙庙村头。村头有一片树荫坟地，最大的祖宗坟顶，长着棵大杜梨树。树干纵错伸张，枝叶交相掩映，活赛一把乘凉大伞，看光景，即是落阵暴雨，也难滴下水来。高大成看中这个地方，跳下战马，把缰绳交给随员，摘下头顶大草帽当扇子，解开上衣，一面扇他那露着茸茸黑毛的胸口窝，一面迈着大步朝坟顶走去。近二十名营团长被招呼前来，他们垂手站在坟前草地上。

高大成把手中草帽扣在祖宗坟顶上，双脚八字叉开，一屁股蹲在草帽上，用手指划着村口几个村庄：

"你们马上包围这一片村庄，不管小麦杂粮，一齐搜抢！"

高大成的话在团营长的思想中有不同反应：那些怕跟八路军作战的，对这个命令感到高兴；想到根据地发财的，感到这里没有大油水。曾经长时间在这里驻防的第一团二营申营长，不愿意执行这个命令，他焦心地盯着关团长，希望他们团长出头讲几句。关团长知道执行了高大成的命令，这里老百姓的所有财产就一扫而光了，想起银环对他说过老百姓米粮困难的情形，心里很踌躇，有心劝说高大成，怕他喜怒无常，空碰钉子受奚落，不说良心上又过不去，便试着找帮手。看了看三团长高拧子，那家伙急得恨不得马上出发打抢；又看了看二团长麻狼子，麻狼子阴阳着脸像是不赞同的样子。关敬陶和他一说，他果然不满意在这里抢粮。两人商量了一下，一块出头见高大成。

关团长先开的话头："高司令！这一带村庄，是咱们属下的'治安区'，顶少也算作'准治安区'，要不要考虑一下……"

"我什么也不考虑，咱们只有一个目的，完成抢粮计划，治安不治安的，没啥关系，胡子眉毛一尿样。"高大成把关敬陶所持的理由顶回去。

"报告司令官！"麻狼子发言了，"我倒同意关团长的看法，这事不能做得太绝了。要干离远点，干吗在自己的眼皮子底下，兔子还不吃窝边草呢！"

"兔子不吃窝边草，我这老虎单吃回头食。嘿！他娘的！"后两句话，不是骂二团长，他骂的是爬到他脖颈的那只大黑蚂蚁，与叫骂同时，朝着自己粗红的脖颈，狠狠地拍了一掌。

这些激起了麻团长的很大反感：你当司令的又怎么样？听也罢，不听也罢，嘴里不干不净的，靠近些的知道你是拍蚂蚁，站远些的呢？还不看作是骂我们当团长的。不行，我得把话说透了：

"高司令，我的意见：先把村里保甲长找来，按组合规定的价格，收购杂粮小麦。叫收二话不提，谁个违抗，再按司令的命令办事。"

高拧子不等高大成发言，他讽刺二团长说："你这是脱裤子放屁，多费一道手续。你想：小麦收购价格，合市价的十分之二。出卖一石粮食，等于白扔八斗，谁肯干这傻事。收也是抢，抢等于收，背着抱着一般重。不要啄木鸟打筋斗——卖弄花丽屁股。"

高大成听着三团长的意见有理，不再考虑其他人的意见，举手向营团长们一挥："废话少说，快散开动手！"

一幕抢劫竞赛，残酷地展开了。这个营粗细粮一齐要，那个连骡马牛羊一块牵。高拧子指挥下的三团，干得"出色"，"成绩"惊人，配属他团的六十辆大车，很快超轴满载。自然车上不都是粮食（人们早把粮食设法坚壁了）。不是粮食也没影响他的情绪，高拧子活像个捡破烂的，什么都要，破铜烂铁，砖瓦木料，凡值钱的，他都装在车上，连庙前的旗杆和教堂的钟都没放过去。他听说堤下坡有座大寺院，还有几个住持僧人，亲自率领一个连把寺院包围了。他领头闯进去，你看他：一不看四大天王，二不瞅十八家罗汉，径直奔向大雄宝殿，身先士卒，攀上莲台宝座。站在蓝发金面身高二丈的如来佛背后，指挥士兵，挥动镐头，一阵叮当乱响，洞穿佛像后背。高拧子亲自钻进泥像的胸腔去，摘下那颗系在铁丝上的心。摘完双手捧着，跳出来仔细看，看到佛心是铜的，他生气地扔给随从，随从们问他为什么花费如此大的力气干这一手，高拧子红着脸说：

"本团长反对神佛，在破除迷信上，给大家做个榜样。"自然高拧子是撒谎，他听老年人讲：如来佛的心，是十足赤金铸成的。

关敬陶挨了高大成的骂，回去把一营刘营长二营申营长叫到跟前，对他们说："申营长的意思我明白。咱们团在这里驻防最久，还对老百姓宣传过'不扰民、不害民、协皇剿匪治安军'。现在咱们这样干，哪有脸见老百姓。"一营刘营长说："宣传时还说过不拿民间一草一木哪，看三团那个劲儿，肯剩一草一木吗？"申营长说："爹死娘嫁人，各人管各人。咱们一团搜出粮食来，还按收购价格办事。"关敬陶点了点头，两位营长领命走了。

关敬陶觉着两位营长还称心。一营刘营长是自己的老部下，说啥听啥，从没有违抗命令的事；二营申营长行伍出身，有胆量说直理，因此他觉着本团的纪律比旁的团好得多。转念一想，未必尽然，你上边讲几句漂亮话，还能挡住下边的士兵抢劫，当汉奸说不糟害老百姓是自欺欺人的，他惭愧地笑了，觉着适才自己对高大成提出的建议，也实在无聊。这时候，传令兵小汤跑来向他报告，说街里捉住一个年轻的"女八路"，被捉的原因，是她的老财义父秘密告发的。小汤报告的时候，看出他对这件事很抱不平。关敬陶故意不理睬他，叫他少管闲事。小汤走后，关敬陶脑子里萦绕着捕人这件事，突然大吃一惊：

"会不会是她呢？不会，我明白地告诉过她呀！也很难说，她肯听我的话吗？果真是她，我又要受良心责备了……"他心里烦躁得厉害，终于离开自己的指挥岗位，悄悄地蹀进街地，想着看个究竟。

街里站的是伪司令部警卫连，混杂着一些便衣特务。在一家老财门口停着三部摩托车，一位年轻的、虽不漂亮但很整洁的"女八路"，被蓝毛领着一帮便衣拥推出来，架上汽车。从被俘者那种丧魂落魄的表情上，关敬陶看出不是他所担心的人，松心地出了口气。当时街上就传出她被出卖的很多流言蜚语，关敬陶连问也不问，直到三部摩托开走的时候，他冷冷地看着，既不高兴，也不惋惜。多年来跟随高大成出发作战，他积累了这样的经验：凡是被俘怕死的人，对敌方来说，事情就简单容易了。他正以一种空虚的无所谓的心情作壁上观的时候，田副官匆匆走过来，附耳对他说："你怎么还在这里愣着？快去掌握队伍，咱们马上要返回防地了。"

四

梁队长领着武工队和民兵，顺着千里堤撤到回龙庙村北，民兵大队长赶到梁队长跟前说："敌人退回回龙庙，情况缓和啦，要不要叫同志们一面布防一面休息。"梁队长听了没吭声，沉默了一会儿对膘子说："你把全体队员和各村民兵都叫来，我有话说。"

十八名队员和七个村的民兵到齐了，梁队长沉着脸说："人家主力部队帮助保卫麦秋，圆满完成任务，把脸露够啦。我们后脚跟来叫敌人追了个跑，武工队的脸往哪搁呀！没说的，从哪儿栽倒由哪儿站起来，武工队同志们，跟我走，一定把丢掉的面子找回来。"民兵们知道梁队长要去打仗，晓得他是打游击战的老手，都愿意跟上他。梁队长经过考虑，只挑了两班精锐力量，余下的叫他们回去发动青壮年自卫队，准备担挑运输东西。

下午三点，梁队长率队接近了内封锁沟。这里是一块地形起伏蔓草丛生的地方。梁队长命令全部人员隐蔽目标，躺下好好休息。伙伴中有的沉不住气，说："梁队长！这儿离城至多十里路，抬头可以看到沟沿上的炮楼，可得多加小心哪！"梁队长很自信地说："你们尽管养精蓄锐吧，炮楼里的敌人，除非他们下来踩着你们的脚；否则，别在乎他。"老梁同志心里有底，这儿距鬼子兵驻地较远，炮楼里的伪军们多半跟高大成出发了。但老梁自己十分警惕，他领着膘子，改成农民打扮，隐蔽在有利的地形上，目不转睛地盯着通往千里堤的大道。

太阳从正西直线下垂的时候，大道上出现了乱糟糟的步骑兵。武工队员们发现是伪治安军，不用命令，都趴布到梁队长的身后，有人说马队群里有伪军头子高大成。老梁听了心中暗想："在这狭路相逢的当儿，要是有人指给我哪个是高大成，一枪撂下他来够多好。"他知道这想法不现实，高大成是先头部队，他身后行进着潮水般的庞大武装。一刻钟的时间，前头部队过去了，接着又跟上来一个团。武工队和民兵们跃跃欲试了，梁队长忽然向后伸出大手摆了几摆，抑制住大家渴望战斗的情绪。按照军事原则，拦腰斩击可以动手；但梁队长从这股武装的人员队形上和行军纪律上看出是关敬陶的第一团，他晓得关敬陶的内幕，为了配合内线争取工作，他又让了一步。

一团过去之后，太阳快压山了。遥遥望见一个团队从另条路奔进市沟。伏击的同志们失望了，有的人小声叨念，认为失掉战机，闹得梁队长多少也有些后悔。这当儿，大道上出现了一股驮驮载载、背背扛扛、吆吆喝喝、杂乱无章的队伍，大约有五六百人，这正是高拧子的第三团。他们抢得多走得慢因而落在最后边。等候了两个半钟头的伏击队伍，再也不肯放过这个机会，当梁队长振臂一呼的时候，一阵密集排枪冲着高拧子和他的队伍杀射。高拧子一路回来，心满意足，专心致志地盘算着他这次抢劫的东西能值多少钱，骤然听到枪声，意识不到是咋回事；及至发现左右人员纷纷负伤落马，才晓得是遇到八路军。他见从斜刺里冲来的人数不多，很想组织抵抗，可是在急忙中他找不见任何一个营连长，只好带着他身旁的通信班还击抵抗。这时高拧子也没多少战斗意志，最大的愿望是把抢来的东西掩护到内市沟里去。士兵们整天疲劳，饿得肚鸣肠叫，谁还愿意打仗，恨不得一步迈进市沟，拥拥挤挤闹得高拧子站不住脚，不得不随着人流涌进市沟……

梁队长见到敌人虽多而丧失了战斗意志，举枪呐喊一声，领着几十只老虎飞步冲锋，一气冲到伪三团侧翼的一个连跟前，没费多大力气，他和膘子各夺了一挺机枪。一阵机枪扫射，把向市沟奔跑的伪军打得人仰马翻滚滚爬爬。战斗方酣的时候，千里堤民兵大队长率领数百名自卫队赶到了，二话不说便朝着落在市沟外的运输车辆冲过去。一刹那间，高拧子辛苦了一天抢来的粮食衣物家具，原封不动地给留下了。

高大成骑马进入城郊时，听到三团失利的消息，气得他哇哇怪叫，立即下令停止返防，他要亲自与沟外的八路军交锋，副官长又拦住马头不让他前去。

高大成瞪圆一只眼睛："一天抢的东西，一点钟全部丢掉，难道罢了不成？"

"这次权当白跑一趟，以后再抢嘛！"

"你这个吃冤枉的，三番五次劝我，安的什么心？"

"高司令亲自布置过的，忘了吗？今夜要全城大检举呀！"

第十七章

伪省长吴赞东躺在起坐间的沙发上，焦心地看着壁上的挂钟。

"他妈的！车去了一刻钟还不回来，眼看八点半了。"

"这都怨你！"三姨太太在旁边抱怨，"想当初，听我的话，压根儿不叫高参议领那个人来见面，会有现在的麻烦？退一步说，答应姓范的三个县长的缺，也会好点。"

"过去的事，已经铸成啦，还有什么念叨头。"

"不是听说还有商会会长的黑名单，会不会连累你？"

"那倒不会，老维持会长啦，抓到日本天皇那儿，他也会解脱的。唔！你听，汽车来啦，你到卧室躲一躲。"

话音刚落，高鹤年迈着四方步走进来。见了伪省长，他若无其事地问："飞签火票地把我找来，有什么急事？"

"你还这样安然，现在全城大检举，我得到密信，有你的'点'，他们想从你身上拷问春节那件事。只要你躲开，他们就没咒念啦！"

"你别闹鬼吹灯，警备司令是你兼着。旁人谁敢捕人，捕吧！我就在你家里打官司好啦！"

"嘻呀！你哪里知道，连我这警备司令都在他们怀疑之列，他们想捕你，目的就在整治我，九点钟检举，八点钟通知我，这不是成心……二话不说，你马上离开，我派人押车送你出城，离开省城两站地，你再坐火车，到北京后，"他将声音放低，朝卧室瞥了一眼，"先住到我大太太家里，听听风声，以后再联系。"

"真是这样！"高参议看着伪省长的神情，他着慌了，"我往家里打个电话。"

"满打满算还有一刻钟的时间，还打什么电话！"

"非打不行！"不管伪省长阻拦，高参议起身到小电话间。电话要通了，他叫女用人找高自萍快接电话。五分钟后，女用人回话说，高自萍说身体不舒服，不能接电话，要有重要事情再直接告诉他，他正蒙头睡觉哩！高参议气得厉声大骂："你们简直是浑蛋遇浑蛋，为什么不提我的名字，快去给我捶醒他，就说出了祸事，要他马上离开家，你亲眼看到他走出门，立刻给我回电话！"

高参议放下电话机，但他不出电话室。吴赞东等得实在心烦，便去敲电话室的玻璃，大声喊："你故意磨蹭时间，这就等于找死。"高参议硬着头皮不理，计算着女用人走路和小高逃走所需要的时间。一间小电话室，里外两个人，不同的焦急心情难挨地等待着。

又是五分钟过去了，高参议实在等得难挨了，又要通了家里的电话。起初铃响没人接，等到有人接时，是个陌生口音，不住嘴地问高参议是什么人，又从哪里打来电话。从音调和口吻里，他晓得是什么人操纵了电话，也晓得家里发生了什么事情。像从手里摔出条毒蛇，他扔掉电话机。

高参议没经过大事，他惊呆了，心碎了，糊糊涂涂地被人扶上了汽车……

高自萍连到医院去了几次，始终没见银环的面，仔细打听，才知道银环已辞职，谁也说不上她的去向。他心里十分气愤，今天六点下班之前，他特意提前到医院门口，堵着小叶。小叶已经从银环嘴里知道他们的关系，对他很鄙视，加上高自萍对她那嬉皮笑脸的轻薄相，心里更加愤怒，她狠歹歹地说："你死皮赖脸个什么劲儿，人家有对象啦，单为躲你才离开医院的，本来嘛，宁嫁给好汉子拉马坠镫，还不跟歹汉子当祖宗哩……"

高自萍被小叶骂得狗血淋头，怀着满腔抑郁，七点半钟回到家，这次他破例从前门进家，叔叔家的小花狗跟他多日不见，亲昵地跑到他跟前嗅他的鞋尖，他抬起脚来将它踢了个筋斗，然后低头步入后院。走进卧室，室内挺黑暗，他猛开电门，又憋了灯泡，便大骂道："这个鬼地方，简直不让人活下去！"他边骂边想起柜橱顶端存有灯泡，伸手去摸，把相片本子碰落在地上，待他找到灯泡开灯后，发现掉出来的正是他同银环的合影。照片上的银环年轻秀丽，一对亮晶晶的眼睛，天真无邪地凝视着远方。他同她并肩地站着，不只挨得很紧，他的一只胳膊还搭在她肩膀上。他清楚地记得这是在一个美好的春天，他领她到北郊苗圃照的相。当时他胸有成竹地看准银环的位置，支好三脚架，对好了光圈速度，打开自动照门的一刹那间，他疾步跑过去同她并站在一起，乘势把手搭在她的肩上。每当无人之际，他拿起这张照片，常喊："我的小鸽子哟！

你太可爱了。"现在，看到这张相片，骤然起了反感："你是只恶毒的鸽子呀！黄嘴的时候，吃我的红豆，喝我的甜水；现在翅膀硬啦，攀上高枝儿，对我睬也不睬，你狡猾，你忘本，你再也不是可爱的鸽子，你变成一条有毒的花蛇。"他伸手抄起一把剪刀，从他和她的中间一剪两断。糟糕！他的一条胳膊丢在人家肩膀上，自己落了个四肢不全。越看越难看，他咬牙说："咱们同归于尽吧！"索性把相片剪成碎纸，抛掉剪刀，躺在炕上，双手抄起一对枕头，压住自己的脑袋。

这时候叔父家的女用人叫他接电话，他不通情理地把人家叱走，索性又闭了灯。

高自萍第二次被女用人叫醒时，他打了个哈欠，看了看外面的天色，天色与他的心情一样的阴沉灰暗。他想："什么急事要我马上离开，这样晚的时光，到哪里去，别不是她听错了！这个女乡下佬！"他迟疑着徘徊着，愣了一会儿，听到门外又有脚步声音，估计是女用人又来催了，他怀着厌恶的心情，摸索着穿衣服，门开了，出乎意外，进来的是个穿衣不正、戴帽歪斜的人。

"你是高自萍？"

他见势头不对，本意想着否认，却又点了点头。

"好，我是来请你的！"这个人说话不动声色，转脸朝门外很平静地说，"你们进来，瞧瞧哪些是咱们需要的！"

"咱们是一家人，可不要发生误会。"高自萍看出事情不妙了。

"一点误会也没有。你自己考虑考虑，要不要带点衣裳，天倒是暖和了。"来人仍是不动声色，看来干这行买卖，他是习以为常了。

"先生！你们错咧呀。我有委任状，还有身份证，你们要什么？"

"要你乖乖儿跟我走。走法是：咱俩牵着手，像知己朋友一样，不许露出任何形色。距你家百米之外，有汽车等着我们。"说着话，他给高自萍左腕上了铐锁。

千里堤被捕的那个女人，正是到根据地寻找爱人的孟小姐，她到省城后的一小时内，就要求同她在北京给敌人做事的父亲见面。蓝毛他们看出她的弱点，对她提前审问，把吓人的刑具向她当面一放，她就哭得出了声。没费任何力气，她向敌人供出她所知道的一切。

当晚做好一切准备，蓝毛同她乘一部汽车驶出南门，直奔千里堤，晚九点到达古家庄西北炮楼，炮楼早接到待命出发的通知。连口气也不喘，一个伪军中队随同汽车前进。到达古家庄，登时就把这个小小乡村围得滴水不透。跟蓝毛来的武装特务，绕到村东南角，把一所附有短墙的土坯房团团围住，一切布置就绪的时候，蓝毛叫女叛徒上前叫门，门被叫开了。两个自称是共产党县区干部的人走进屋来。

面对着这两个陌生人，杨老太太感到诧异，以往，她家里也住过县区的工作同志，除非特别熟识的人，事前总有人送信打招呼，因为古家庄已是靠近敌人的边缘区了。但这两个人很不在乎，他们进屋就点着灯。房东老人迟疑着踌躇着，不敢贸然开口。

"老太太，不认识我啦？我才从北京来的时候，区里的干事领我在你这儿住过，那天夜里，你还请我吃过很多东西哩。"

"这位是谁？"老太太回避了她的话，注视着蓝毛那崭新的便服，那菠萝皮似的疙瘩脸，两只贼光四射的猴儿眼睛。她觉得他的举止形象都反常，心里很犯嘀咕。

"我们都是……"

"我们都是一块搞地下工作的！"蓝毛发觉老太太注视他的服装，赶快抢着答话，因为搞工作是解放区运用惯了的名词，他特别提高了这句话的音量。

老太太沉默不语，等待事情的发展。

女叛徒瞥了蓝毛一眼，她说："老太太！你警惕性可真高呀。既是这样，我就实说了吧！我是被派进省城工作的，原来有个女交通员负责送我们，不幸前些日子，她被捕牺牲了。党委要我们直接找你，因为我们到省城后，是受你儿子的领导。"

老太太嘴唇张了张，又没说话。

女叛徒继续说："本来党委要派合法干部送我们来，因为今天敌人出发，他们都转移了。党委又给我们开介绍信，我说不要开信了，我跟你老人家熟识，他们说这个地区紧张，没有证明不行……"她一连串念到了很多县里负责干部的名字，最后她掏出伪造的介绍信。

"信给我没用，我又不识字，你们有事，快找旁人去，我上了年纪，腿脚不灵，不能登城上府的。"

"要是你实在走不动，把你的儿子的住处告诉我们也行。"蓝毛急于求成，他不耐烦了。

"谁说我儿子在城里？"

"那天夜里，你不是同我说过！"

"同你说过？别欺侮我老眼昏花啦，我可从来没见过你这号人！"

377

"这个老婆子，胡搅蛮缠的，快说出来不得啦！"蓝毛压不住火头，恶言秽语地顶撞老太太。老太太这时完全看出他们是坏人，便说：

"快干你们的公事去吧！这儿是边沿区，两方面的人都不断来，磨蹭了工夫，提防碰上对头冤家。"

她这几句话，把蓝毛吓慌了神，不但怕外边来了八路军，还怕屋里藏着八路军，后悔进门之前没仔细搜查一下，于是掏出电筒从外屋到里屋都晃了几晃，最后又照着老太太的脸，看她是什么表情。

"你乱照什么？"老太太羞光，也有些愤怒。

"我照出你的儿子来。"蓝毛的假面具摘掉了，走着急速的步子，周围转了一遭，伸手拉开迎面桌子的抽屉。

"你找我的儿子，难道我有儿子还放在抽屉里！"

"你这老婆子的嘴够多损，这是对抗日工作人员的态度？"蓝毛说着，不停地翻腾东西。

"抗日的？看那副嘴脸！"老太太横身挡住蓝毛，一时虽记不清哪里藏着重要的东西，总觉着这些家伙会翻腾出不利于儿子的什么来。

蓝毛感到原定计划全部落空了。他呼哨一声，院里埋伏的打手们一拥而入，他们不顾老太太高声叫骂，推推搡搡把她架上了汽车。

夜深人静，在曾经审讯过金环的那间房子里，高自萍被带进去。迎面桌上坐的还是蓝毛。他从古家庄刚刚回来，虽经过擦洗更换衣服，因没有休息，显得很疲劳，时不时地掏手帕抹汗。范大昌斜躺在沙发上，腿搭着腿，不抬眼皮地看报，明知高自萍进来，故意不理睬，仿佛审问高自萍，跟他并不相干。

在这样可怕的沉默中，高自萍心惊肉跳得沉不住气了。

"先生们！这是误会，这是误会哟！"他见没人反驳，产生了一种幻想，"我是公务人员，一切手续证件齐全不缺，有案可查，有凭可证，街道派出所都知道我，省市公署都会给我作保。"

"少说废话，你干共产党，谁也没法保。"蓝毛大吼了一声。

"共产党跟我井水不犯河水。这完全是误会。"

"既误会咱们就误会到底，来人呀！把这个误会分子立刻给我枪毙掉！"

"我冤枉呀！"高自萍失魂落魄地喊了一声，瘫痪倒地。

"有冤枉吗？你说说看。"范大昌这时才放下报纸抬起眼皮。

"我哪里是共产党，就在八路军采购员进城的时候，有人托我找几份报纸，还是在当街买的。"

范大昌面带笑容说："别看你年轻，还真会撒谎。实话告诉你，这里是特务机关的审讯处，杀人好比捻死个臭虫，哪天不宰几个。小伙子，放聪明些，人到世界上来，上帝就付给你一条生命。思想信仰，是共产党教给你的，身家性命可属于你自己；要死要活，现在正是个当口！"

高自萍见范大昌平静地说了这一番话，便转脸朝他讨饶说："我确确实实，没给共产党干过大事，人家也不重用我这……"

范大昌眼睛一瞪："快闭住嘴，没有闲话给你说，不到西天不识佛，不见棺材不落泪，来人！叫这家伙去打打秋千。"

由外面进来几个打手，推推拥拥把高自萍架出去。几分钟后，回来的人报告说，姓高的刚吊起来就叫喊"只要饶命什么都招"。范大昌得意地对蓝毛说："我看这小子就不夹尿，果然经不住一绳子。咱们到现场看看去，也许，从这个小后生头上能先打开缺口哩！"

十分钟后，范大昌带着收敛不住的笑容回来了。蓝毛多少有些担心，他问："范主任，这样干，是不是太轻易啦？"范大昌说："这种快拿快放的办法，是反敌工的最新手段；只要他肯签字，对我们就是把柄，签字这件事，用共产党的眼光来看，等于良家女儿为娼，再喊贞节也不顶事啦！"

一天的工作办完了，干得很成功，两个志同道合的朋友，并肩躺在沙发上，互相称赞，彼此恭维。蓝毛称范大昌经验丰富、智慧多端；范大昌夸奖蓝毛心硬手黑，勇敢泼辣，两人互相掏出纸烟礼让着。墙上的挂钟像犯人踢锁链似的响了一阵，接着当啷一声，报告了一点。从习惯上，是他们下班的时刻了，然而，两个朋友今夜反常了，他们不去外面看他们看习惯了的"月黑杀人夜"的景色，不去听他们听熟了的"肉体呻吟"的声音，他们倒愿意伏在这所门窗关紧、空气窒息、闷沉沉阴森森的屋里，因为他们心情上有一种完成任务的满足。这种满足很像屠夫深夜宰杀完了牲畜，把它们倒吊在肉架上，放下屠刀，脱解围裙，洗掉沾染手上的鲜血，然后心满意足地抽一袋烟。范大昌他们现在正是这种神情。

经过一段时间的沉默，范大昌听见蓝毛喉咙里发出了响声。他想：这样的人心眼狠，手腕辣，吃得饱，睡得着，确是一把杀人不眨眼的好手，便上前摇撼他说："夜凉啦，小心受感冒。"蓝毛被推醒时，突然响了个大鼾声，像咽喉里卡住了大块东西，他张开大嘴，喷出一口腥臊气息，然后左眼右眼渐次睁开，看清是范大昌时，抱愧地微微一笑：

"范主任，失敬得很。说实在的，我两天两夜没合眼，太疲乏了。"

"今天出发顺手不？干掉几个？"

"今天阎王爷不开门，一个该死鬼也没碰上。"

"还是你亲自动手吗？"

"倒不一定，不过日子长了，闲得手心发痒。"

"蓝队长！"范大昌别有企图地说，"你这股干劲儿，不论是在治安军还是省城的侦缉队，称得起是一把好手。可是，有些时候，我也真替你担心，老是亲自动手，命案越聚越多。命案太多了，总有不方便的时候，比方说……"范大昌给蓝毛咬着耳朵说了一阵。

蓝毛脑袋摇得像货郎鼓似的说："大日本军铁桶一般的天下，他们还能回来？"

"你怎么不信呢？"他附在蓝毛耳边，又说了很久。

蓝毛有些无可奈何了："真要有那一天，要人一个，要命一条吧！"

"道路还宽得很咧！"范大昌说着说着，终于向蓝毛暴露了他的政治面目。他说："问题的关键就在办理这道手续；没有它时，多一桩案情，多一份罪过；有了它，一身二任，多杀一个，多向蒋委员长那里报一份功劳。"

蓝毛听罢，忽地站起来，菠萝皮脸庞精神焕发，脖颈的青筋胀得直跳。"我不惜一切，只要你肯引荐你这粗鲁的兄弟……"

范大昌也站起来，做出十分激动的样子："你只要信得过你这不才的哥哥，我一定，不！我现在就承认你是我们地下党的同志，而且奉送你五年党龄。"说罢这一对难兄难弟就张开手臂拥抱在一起，忽然，蓝毛抽出身来，快步跑到内屋，打开壁橱提出一瓶白兰地，满满斟了两杯，一捧对方，一擎己手，说：

"老兄！谢谢你的提拔，今后我的工作更有意义了。来！

为蒋汪两位党的总裁携手祝福，为我这个反共战线上的新兵干杯!"

"老弟!"范大昌一挺脖子，灌下那杯黄汤，"为了庆祝和完成我们伟大的反共事业，必须不眠不休地工作。我提议：趁我们精神高度愉快的时候，把那位最重要的女犯人带来审讯，突破了她，对全城潜伏的奸匪打击甚大，兴许，在吸收你入党的第一夜，就来个剿共战线上破天荒的大胜利呢!"

"同意，加翻的同意，让我亲自提她去。不过咱们得注意点子，夜里捕她的时候，可野刁啦!"

时间不大，杨老太太进来了。她穿着上身毛蓝下身墨青色的单衣，绑紧两条腿带，矜持地站在当屋，额纹紧皱，眉头微蹙，嘴角似闭犹张，四肢时动时静，两只眼睛朝正前方水平线上注视着，像是看着迎面桌上的台灯，又仿佛什么也没看。从表面很难看出她是什么表情，只能肯定她是已经拿定了什么主意。

"老太太，你请坐。"范大昌站起来，很客气地指着已经摆好的凳子，顺手从暖壶里倒出一杯热茶放在她跟前。

老人刚刚坐下，范大昌和蓝毛开始了他们的劝说工作。两个人的心情狂喜到变态的程度，因而讲得很多很长。有时在一个相同的问题上，两人争着说，好像一对老鸹对笼似的。他们一共说了十多个问题，中心意思是要老太太供出她儿子的情况。

范大昌认为一个乡村老太婆，没有多大了不起，信口开河地答应了很多条件。不但答应保证她儿子的生命安全，还保证她儿子归顺过来给安排很好的地位；对于老太太本人，答应得更多了，答应她吃香、穿光、坐汽车、住洋房。范大昌不只答应，还拿脑袋保证实现他的诺言，他说：老人如需用钱，可以先行付款，空口无凭，可以签字。蓝毛恐怕老太太不懂签字画押这一套，他当场起誓，如果他们说诳话，欺骗乡下老太太，他蓝毛一家三代都是丫头养的，祖宗八辈的坟头倒掉过来，坟尖朝下，供万人抽打着转陀螺。

一个钟头过去了，老太太始终没作声。蓝毛想起老太太在古家庄那股拧劲儿，觉得刚才很多好话白说了，忍不住要发脾气；范大昌皱眉示意制止他，又劝说了一番，老人仍不作声。范大昌并不失望，成竹早已在胸，他同蓝毛亲自带她参观地下室的各种刑具。之后，打开牢门，叫那呻吟号叫的声音威吓她折磨她。

老太太活了五十七岁，从没见过也没想过骨肉长成的人能忍受这么惨的刑法。她害怕瞧见那些蓬首垢面的犯人，她眯细着或是干脆闭上眼睛，跟他们挨间逐屋地转，好容易转完了，她精疲力竭地回到原地；两肩徐徐端起，出了一口长气，颓然倒在有扶手的座椅上。

范大昌启示着说："我们的话都说完了，死路，活路，你都看到啦，拿定主意吧！"

老太太慢条斯理地说："你们说的，我听不懂；你们问的，我不知道。"

蓝毛又火了："你胳膊能拧过大腿去？别认为你不开口就算了事，我们什么都清楚！"

"清楚你还问什么？"老太太特别厌恶他。

"你的秘密保不住！"蓝毛从袋里掏出一件东西，用力朝桌上一拍，"你看！这个是什么人？"

老太太站起，看到桌上放的正是儿子中学时代那张照片。她从心里打了个冷战，这种重要东西，怎会落到他们手里，这是当娘的最珍贵最爱惜的纪念品呀。多少个黄昏雪夜，多少个花晨月夕，她对着这张照片出过神。抗战爆发后，几时听到作战的消息，她都拿出相片来为儿子和他的战友们祝福；她心绪愁闷无聊时，拿出它来当真人似的说话；逢年过节时，把它放在桌上伴随她一起聚餐。这一张小小的照片，曾填补过母亲很多精神上的空虚，给了她多少抚慰和满足。儿子回家的那夜，曾劝她不要悬挂它，她虽听了儿子的话，但没收藏好，想不到被这群天杀的搜抢了去。虽然失去的仅是一张相片，老太太真感到像是他们捉住她的儿子。"这便如何是好？"她怀着惶乱、恐惧和祈祷般的复杂心情向前移动着脚步，表面装出漠然无谓的表情盯着蓝毛。

蓝毛在特务工作的历史中，最得意的是：控制人的神经，抓住对方的辫子，制造别人的痛苦。现在，他觉着已经从精神上征服和控制了这位老太太，他又一次得意了。就在这时，猛然间，老太太摸到桌上，劈手抓住相片，连撕带扯弄个粉碎，统统放在嘴里，蓝毛赶来抢打时，她已经呷一口茶水咽到肚里去了。

老太太胸部起伏、额头流汗的时候，蓝毛瞪着猴子眼睛要动武的时候，范大昌咯咯笑了。

"老太太！你好聪明哉。告诉你，干特工的不比你脑筋简单。这张照片，早经我翻照了，愿意撕，你要多大的，我给你放大去。"

老太太先感到失望和威胁，想了想，又沉着了："你把它放到城门大，也是白费。"

蓝毛喊叫说："谁跟你这死老婆子扯皮。快说出你儿子的下落来！"

范大昌故意用了谨慎严肃的态度说："现在是最后的时刻了。我们摆出两条路子，任你挑。不说，马上捎监入狱；说了，立刻松绑发财。"他将厚厚的一沓钞票递到她的跟前。

杨老太太的鄙夷笑容还没泛出的时候，就立刻收敛回去了，她说："儿子是我掰着嘴养大的，我不拿他换钱花。谁也是人生父母养的，你们出去打问打问，全世界上，哪一个当娘的肯出卖自己的亲生骨肉呢？"

"范先生，别跟她多费口舌，交我来处置她。"蓝毛迈前三步，双手叉腰，满脸杀气地站到老人跟前，"老婆子，我告诉你！刚才各种要命的家什你都瞧见了。这些，我一满不用，对你这旧脑筋采取旧刑法。限你三分钟的时间，说了万事皆休；不说，我上油锅炸酥你这把老骨头。"

"别要三分钟，我一分钟也不等了。你的油锅在哪儿？"老太太站起来，自己推开门朝外走，蓝毛吆喝着暴跳如雷地跟出去。

范大昌看着她的背影，脑袋连摇几摇，摊开两手做了个无可奈何的姿势。

第十八章

一

    杨晓冬把他们夜闹商会并安全脱险的事，叫小燕转告银环。要她严加防范敌人的搜查，坚持固定时间地点接头见面的办法，不要胡乱碰头。银环听说杨晓冬亲自这样干，给自己影响很大，决心寻找为姐姐送信的姑娘。

    这是她第三次寻找了，按照韩燕来说的方向，她重新站在城西北角仔细试验，结果很多地方都可看到奎星阁。她觉着抬头看到奎星阁这个条件太广泛了。在偌大的都市，一不知道街道门牌，二不晓得姑娘姓名，也没看清面貌，只是模模糊糊的有个背影的轮廓，这不是大海寻针吗？

    银环怀着失望的情绪，漫步朝西北城角转悠，仍不断瞧着奎星阁，但不再抱什么企图了。她信步走到一带僻静的地方，这里住宅很稀，有一所带围墙的矮房，门口摆着各种青枝绿叶的花草。她不想买花，禁不住探头朝里看，正在看时，从花房走出一位手持花束的姑娘，她是城市的普通妇女打扮，穿得挺朴素，身体怪单气，弯弯眉毛，凸凸鼻脸，一对透露聪明的眼睛。与银环走个对面时，她扬起眉毛盯了银环一眼，她盯得是这样有力，以致银环禁不住低下头来检查自己全身，究竟有什么特异的地方，被她这样的注意呢？姑娘越过银环五六步，似乎不放心，终于又转回头来，突然发问：

"你是来买鲜花？"

"不！我是来找人的！"这不是银环想要说的话，临时不知为什么竟这样回答了。

"能告诉我找谁吗？"姑娘这样问时，似乎有一个什么目的支配着她。

银环用谨慎的眼光注视着她，说："我找哇！我找一位替人家送过信的姑娘。"

"你是不是还知道她的名字？"姑娘前进两步，凑到银环跟前，眼睛灼灼放光了。

"她连地址也没来得及告诉我。"

"你找的这个人，是夜晚在东郊代替姐姐给妹妹送信的吗？"

"呵！你就是……"银环不知该怎样称呼，但她肯定了这个人，她握住她的手。

"咱们到那边去。"她拉银环到无人之处，说，"那天夜里，大路上走来一股伪军，我没敢再等，我叫蒲小蔓……"

蒲小蔓家从龟山事件后，她母亲被押了一个礼拜，一口咬定八路军黑夜闯进来杀死龟山，并将她先行捆绑的，敌人初步信了她的口供，将她释放，也有留用观察的意思。这家买卖改由特务机关全部接管，改为秘密活动场所。正门外面仍挂着收买珠宝玉器的招牌，实则柜房里只留一两个人应付门面，并不做什么生意。蒲家母女本想脱开这个地方，一方面是摆脱敌人并不容易，又加金环活着时候嘱咐她们不必离开，因而蒲小蔓还是不断零零星星地帮助母亲做些事，今天她就是替母亲来买鲜花的。

蒲小蔓向四周扫了一眼，焦急地说："我出来的时候不短了，咱们长话短说吧！有一件大事，正想寻找你们。敌人在这里押了咱们一个很重要的人物，直到现在她同组织上还没取到联系，我希望你能同她见见面。"

银环听说吃了一惊，想仔细打问被捕的是什么人，如何见面法。

蒲小蔓没做详细回答，只说："可能的话，见了面你们再详细交谈吧！请你先到西边坑沿等我，不见不散！"她把鲜花递给银环，空手匆匆回去了。银环看出她有满腔热忱，对她的行动不容怀疑，对她的要求也不好拒绝，按着她指的方向，漫不经心地往西走，行不多远，果然发现一洼水池，池水边缘有个光腿赤膊的男孩，手持竹竿追赶群鸭上岸，鸭子扇着翅膀，摆动着沉甸甸的屁股，被赶到池边人家去。

池水平静得像一块大镜子，镜面微微露出一些深紫色的浮萍，宛若嵌在镜中的花朵，即使这样幽美的景色，银环也没有心情去看。她在计算着蒲姓姑娘离开的时间，她在推测究竟是什么重要的同志被捕。

四周静静的，连个过往行人都没有，她心里忐忑不安了。抬头看天，天上白云镶着黑云，渐渐把中午的太阳遮住，天阴了。掠过柳树梢头，飞过一只斑鸠。"斑鸠是唤雨的，要下雨就更糟啦！"她边想着，发觉风中含有沙沙响声，估计是雨来了，她身在树下感觉不到，池水里已划出很多圆圈，她怕只身冒雨引起外界怀疑，转身向东走，快到花房时，正与慌张赶来的小蔓走了个碰头。

"一切都安排妥当了，跟我做伴走吧！"她挽住银环的手，见银环有些犹豫，她说，"你别过于小心噢，没有把握我敢领你去吗？现在他们吃过午饭，有的睡觉了，有几个特务腿子，妈妈安排他们打麻将，咱们偷偷从后门进去，有人碰见就说给我送鲜花的，旁的，看我眼色行事就中啦。"蒲小蔓虽是这样说了，银环的心终未放下，双重感情折磨着她，又想去又怕去，脚步又不停地跟着走。她再一次叫小蔓说说情况，她只说："重要事人家也不能告诉我呀，反正你见到就清楚啦！怎的啦！姐姐都信得过我，你还怀疑呀！"银环觉着她说得有理，不必再问了。转折了两个方向，蒲小蔓指着一所住宅的后门，小声说："前面就是，大大方方的，跟我来！"

小蔓开后门，领路前进，银环思忖了一下，咬了咬牙，硬着头皮跟进去。

进门靠右边，有所敞开的房间，看样子像贮藏室。一位上岁数的男用人，正在整理家具拾掇干柴，他看了银环一眼，没有吭气，照旧干他的活。迈过贮藏室，进入后院，院中堆满煤末，因为囤积日久，煤层上面长了高高的青草，几株大枣树，掩映房檐，笼罩着五级石阶。登上石阶有东西走廊通道，通道紧挨着装有大玻璃后窗的住宅，银环估计这所宅院是特务们住的地方，又犯嘀咕了，怎奈蒲小蔓已经步上石阶，并点头招她跟进，她只得步履艰难地跟上去，幸亏后窗是毛玻璃，里外瞧不见，天阴得很沉，玻璃上映不上影子。银环竭力悄步，避免任何音响，屏息着呼吸通过走廊这一段距离，当听见玻璃窗内有洗麻将牌响声，她才趁机会加快了脚步。偏偏正在这时，窗

389

内发出质问：

"谁？"

"是我——蒲小蔓！买鲜花去啦。"

"就你一个人？"

"你们还要多少人？"小蔓说完这句话，指了指走廊尽头侧面一间房屋，银环会意，抛下小蔓紧行几步钻到里边去。

她进入房内立刻拨了门，这个房间被高房遮得见不到阳光，里面没开灯，加上阴天，屋里暗得像黑夜一样，银环刚一进来，视觉完全丧失了作用，嗅了嗅鼻子，闻到一股油腻和蒸食的气味，墙角处冒有一缕火光，是高灶封了火，发散着潮湿的气息。贴东墙齐胸高处留有窗口，被两块左右移动的木板遮住。银环静了静神，眼睛能适应这种光线了。她断定这是一间厨房，隔扇那边可能是饭厅，齐胸的窗口准是送饭用的。她想推开窗板，透点新鲜空气，但害怕隔壁里有人，又不了解周围的情况，只好掏出手帕捂住鼻孔，竭力忍耐着。

她一个人待在这厨房里，心里十分烦乱，嗓子痒得难受，像有很多小虫儿从咽喉里要向外爬。她挺后悔不该进屋时插门，现在闹得连动也动不了。又等了一会儿，她简直害怕了，怕有人推门，怕人家查问小蔓，甚至怀疑小蔓是不是为姐姐送信的姑娘，自己是不是受骗，是不是会演一出为党丢人的滑稽剧——自投罗网后还把自己关起来……总之，她在想入非非，她在难挨地度着自认为时间很久实际上并没多久的时刻。

外面沉重地响了一声，把她吓了一跳，那是天上一个沉雷。

继而身旁咔嚓响了一下，她打了个旋转，看到东墙上的小窗户开了，她赶过去要同她所期待的蒲小蔓打问情况。哪里有什么蒲小蔓，代替她的是一位憔悴到可怕程度的老太太。老太太似乎不知道要见面的人从哪个方向来，她怔忡地坐在一条长凳上。

银环仔细一看，她的心几乎要从口腔跳出来，不顾一切地探出全身，双手搂住她的肩膀，说：

"我的天哪！大娘，敢情是你……"

两秒钟前，由于外明里暗，杨老太太一时没看清来的是谁，当对方探出身时，她认出是银环，是和儿子一起工作的最亲密的战友，她内心中意已久的姑娘，登时她一反在敌人面前那股倔强刚毅的气概，无限委屈地喊了声：

"我盼到眼干了的孩子呀！"

她刚流出眼泪，忽然想起什么，立刻挥掉热泪，十分紧张地说：

"离开，你马上离开！狗东西们捕我，就是为了……"老太太话未讲完，天空骤然响起一声炸雷，一阵饱含湿气的冷风吹过，雨唰唰地下起来。室内光线变暗了，老太太一时心情稍为镇静些，紧紧攥住银环的双手。

银环抬起头来，看隔壁房间空静无人，窗外挂起密密麻麻的雨幕，突然想到杨老太太可能会受到和姐姐同样的遭遇，一时撕肝裂胆，激动非常，便抽回手来，拄着窗台，跳过窗去，挽起老人的胳膊：

"大娘，什么话也别说，现在就跟我走！"

听到她的话，杨老太太抬了抬眼皮，才要表示什么，就见门扉后面闪出为她们望风的蒲妈妈。她一个趔趄扑过来："姑娘，你可别只顾救她一命，害了俺们两条命呵！"

银环有些恼意地说："你是小蔓的妈妈吧？你这看法不对，为人为到底，送人送到家，真要帮助我们，别怕这些，索性连你们母女跟我一起走，到外边由公家养活你们。"

蒲妈妈脸上没血色，吓得连话也说不出来。

杨老太太摇头表示叫她放心。

蒲小蔓一边向外推妈妈出去看人，转面正告银环说：

"你太激动啦，我们豁出全家性命倒可以，你们能跑出城圈吗？你没见老人连站都站不住吗？她已经遍体鳞伤了。别妄想不可能的事，我同妈妈躲开，你们抓紧时间，把要紧的话快说说吧！"她领着妈妈躲到外边屋檐下。

听了小蔓的话，银环觉着自己的想法不现实，又看着老人可怜无告的处境，便安慰她说：

"大娘，千万别焦心，我出去后立刻同晓冬一块想办法，营救你出险。现在，你对咱们的工作，有什么吩咐，快告诉我吧！"

"工作是要紧的。当前很难，天大的难处，也要变着法儿完成任务。"

"大娘说得对，我们一定听你的话。你接着朝下说吧！"

"你们可要千万提高警惕，防备内奸，内部的奸细比外边的敌人更加可恨。"

"这话我记下啦，你对晓冬有什么嘱咐吗？"

老太太细目凝神，像是想得很远，半晌，她说："我生养了晓冬二十八年，我的心吊了二十八年，没一时一刻放下的时候。小时候俺娘儿们被地主欺负得离乡背井；他读师范时候闹革命，我担心国民党害了他；到内线工作，我又怕他遭到日本鬼子的毒手。为了儿子把我的心都扯碎了……晓冬进省城的那天夜里，他对我说，等将来全国解放了，领我到京城风光风光，开开眼界，我多想活到那一天呀！现在……请你告诉我的冬儿，叫他把孝敬我的这副心肠，献给全中国的人民吧！"

银环见老人说完话，叹息不止，便问："大娘！你要是还有什么心腹事，就一股脑儿对我说了吧！"

"我的好孩子，心腹事我有呀，嗐！事到如今，还有什么好说的。"

"大娘，晓冬不在，有话告诉我，我不是同你女儿一样吗？只要我们能办的，你尽说好啦。"

"孩子！我最怜惜最疼爱的，除了晓冬就是你，从打在你家见面的那一天起……"老太太话到嘴边不好出口，看了看窗外，雨丝像水晶绳子般地降落着，老人伸出手来正要做一种动作，忽然有沉重的脚步跑来敲小厨房的门，门被银环插上了，敲门男子粗声大气地叫骂：

"白天插门，人都死净啦，到底有没有开水？"他边骂边踹门，门框晃了几晃，看看就要被踢开。银环她们沉默着，好容易盼得蒲妈妈从雨里跑过去，上前解劝，声言马上给他们送开水去。那个野男人根本不理，叫骂得更凶，比手画脚，要朝银环她们这间屋里闯，蒲妈妈拦也拦不住。银环吓得不知怎样好了，这时天空闪过一道白光，连响两个霹雷，屋顶被震得唰唰掉土。叫骂的特务喊了声："我的娘！天怒啦！"撒丫子跑回走廊通道去了。

雷声过后，一阵暴雨，屋里光线更暗了。银环再次握着老人的手，说：

"大娘！抓紧时间，赶快接着说吧。"

"事到如今，我也不怕你恼啦！"她从左手中指上，摘下那只嵌有一双赤心的白银戒指，"这是我跟晓冬的父亲结婚的时候，他买给我作纪念品的。多少年了，想把这件东西转赠给冬儿。什么时候我把它戴在晓冬的称心如意的姑娘手上，我就了却最后的心愿啦。环姑娘，我求求你，你能……"

"大娘，你？不！晓冬的心思可是……不行。"银环一时心慌意乱，话不成句了，沉了沉气说，"东西我亲手交给他。关于我，大娘，叫我说什么呢，你没女儿，我没母亲，我就做你的女儿，认你做母亲好啦！"说着，恨不得立刻跪到老人跟前给她磕个头。

"你是……"

"我不是……"

这当儿，蒲小蔓急忙忙闯进来，她手里捧着一件雨衣，跑步上前，握住银环的手说："趁这个空子，我送你出去，快！"

"房东姑娘！我求求你，再让我跟她说一句话。"老太太的颜面曲扭得可怕，"难道你真不能……"老人气噎呜咽了。

银环知道老太太伤心到什么程度，也知道她失望到什么程度。她了解她，也怜悯她，她不愿看到老人家这种焦愁可怕的脸色，她不忍心在同志生命垂危的时候再来刺激她，她宁肯自己受点屈辱也要给她一些安慰。"任你杨晓冬'清高自负'吧！任你们谁随便把最难听的话语来骂我吧！我没勇气了，谁叫我是心慈面软的人呢！"想到这里，乘蒲小蔓给她披雨衣的时候，她背过身去，朝着老人伸出一个手指头。

二

银环浑身被雨湿透的时候，才发觉身上没了雨衣。"莫非雨衣丢了？"仔细想了想，是蒲小蔓同她分手的工夫拿走了。她这时很害怕，怕自己在这种丢神失魄的时候会招来什么灾祸。她移步蹀到一家居民的门洞里，一来是为了背雨，二来也是为了想镇静一下。神志刚清楚些，杨老太太的遭遇又咬住了她的心。

"我要马上给杨晓冬同志送信去。对！按规定是在今天下午四点钟在红关帝庙见面，不，出了这样的大事，还能等到下午四点钟……"她在门洞里坐不稳立不安，外面淅淅沥沥，雨丝细小了；不再等待雨停，她走出门洞。街上很泥泞，不大好走，为了节省时间，她想坐三轮走，等她走到停放三轮车的地方，发现是万家楼，她想起了高自萍。

"离他们这样近，我先去一下，看看通过高参议有没有办法。要是从这儿能营救杨老太太，岂不更来得快点！"她被这种骤然浮上心头的希望鼓舞着，便加快脚步奔赴高宅后门，趁着四下无人，走上前去，急剧地敲门。

高自萍被敌人释放归来，发觉他叔父已经离开省城。他怨恨他叔父不早叫他，怨恨传话不清的老妈子，最后，他也怨恨自己。"我的肉是不禁劲呵！可绳子吊得实在痛呢！"他想逃走，证件被没收了，怕出不了城，又嘀咕暗地里有人监视他；即使没人监视，他能离开吗？不能，他按照敌人的需要填过一张表，想到那张表，他觉得他跟共产党的缘分断了，他不想跑了，他哪里都不肯去了。

蓝毛给他规定，每隔四天汇报一次，今天又是他汇报的日期，他还是无法汇报出具体成绩来。真要接二连三地给敌人说空话，他仿佛看到蓝毛那种杀神附体的样子，吓得他闭上眼睛。午后天阴了，接着落下倾盆大雨，雷雨把他从小房子里同世界隔绝了，他心里感到松泛些。过一时说一时，这样下一整天才好，他想睡一觉，倒在床上，翻来覆去睡不着。屋里暗得怕人，他打开灯，正是雷声电闪交加。他想起开灯危险，易于尖端中电，人脑袋不是尖端吗？他吓得把灯闭了。再躺下时感到腰身很刺痒，用手在床上摸来摸去，最后摸出自己一根脱落的发丝，好容易盼得闭眼睡了，又做了一场噩梦，梦中他去向蓝毛做空头汇报，蓝毛听完什么也没说，抽出一把牛耳尖刀叼在嘴里，双手解他的衬衣，他懂得这是要干什么，大呼一声"娘呀！"吓醒了，出了一身冷汗。刚坐起来，听到外面有急剧的敲门声。

他估计是他们找上门来了，虽然十分害怕，但又不敢不去开门。他战战兢兢地拉开两扇后门，发现是被雨淋湿的银环，他不禁一怔，双脚发软，险些要跌倒，幸而两手扶住门闩，才保持了身体的平衡。刹那间，他不知道自己应该怎样做，拒绝她入内呢，还是让进家来呢？见银环自动向里走时，他才身不由己地闪开道路，踉跄地跟进来了。

"你的身体不舒服吗？"银环感到他有些异样。

"呵！是……是不舒服，感冒好几天了。"小高支吾着。

银环把他刚才的表情动作，都联系到他的病体上去，看到他的脸色确实青黄消瘦，便也信而不疑。简单地安慰了两句，便将最近几天敌我斗争的情况，扼要地向他说了说。高自萍的耳朵里像是灌了黄蜡，一句话也没听进去。银环按照自己的意图，很快谈到杨老太太被捕的事，高自萍精神十分恍惚地听到"被捕"两个字，便惊恐地连问："被捕的是谁？是谁被捕啦？"听清是杨晓冬的母亲，他的额角上已冒出涔涔汗珠，但他的心情比刚才平静多了，这时，他才洞悉了银环来的目的。

轮到高自萍说话了，他避开银环的要求不谈，他说内线工作犹如赌博，厮混久了，正如俗话说的"久赌无胜家"，没有不出娄子的。看到银环的愠色，他中止了他的话，注视着银环，沉默了很久。当她催问他能否想办法营救的时候，他既不肯定，也不否定，只表示：家里谈论问题不方便，要到外边找地方单独同银环商量商量。

银环熟悉这是他对待她的老一套方法。但她今天是欣然从命了，并主动地催他快走。由于雨后太阳蒸发，地面气候闷热，他们迈进距万家楼不远的一家冷食店里。

进入楼上雅座，高自萍简单地要了两样饮料，将女招待员打发出去，女招待员看到高自萍的神气，认为是谈情说爱的，知趣地躲开了。

银环再热，再有适口的饮料，这时也无法下咽了。她立马追风地逼问高自萍有无办法立刻拯救杨老太太出险。高自萍变得沉着老练了，慢腾腾地倒满两杯橙黄色的橘子汁，凝神盯着杯子里沙沙作响的泡沫，泡沫消失到无声的时候，高自萍的思想准备成熟了，他并不礼让对方，伸手端杯自行呷了一口，抬起小小的核桃眼睛：

"我高自萍是不被你们重视的人，特别是姓杨的，他根本瞧不起我。你们这一时期，这么冷淡我，回避我，为什么叫我办这么重大的事呢？"

银环不知道高自萍为什么这样提出问题，心想：可能是平常对他顶撞太多了。想到杨晓冬讲的，在他未调出之前，要以团结为重，为了托他办事，委曲求全地向他进行解释，希望他不要发生误会。

"我问你，是姓杨的委托你来的，还是你自讨着来的？"

银环隐蔽了同老太太会面的经过，她说："我并没见到杨同志的面，是听到消息特地来找你的，这是人命关天的大事呀！"

"好！让我再问问你，如果被捕的是你，你爱不爱生活，留不留恋你的青春的生命？"

他听到银环对他的话作了驳斥，静了一会儿，忽然改口说：

"营救老太太，是件重大的事，须要咱们共同到杨同志家去，同他好好商量，然后再考虑具体做法。"

银环推辞说："到他家去可没办法，听说他已经搬了家，新住的地方我也没去过。"看到高自萍脸色耷拉得很难看，她解释说："我说的全是实情，现在我找他接头，都是约定时间，今天赶得凑巧，如果咱们必须见他，可以等到下午四点……"

"下午四点？"

"每周这天的下午四点，我同他在红关帝庙接头。"

"是体育场旁边那个红关帝庙？"

"嗯哪！"

他不再同银环谈论有关杨晓冬的事了，看了看表，故意东鳞西爪地扯了几句闲话，忽然他像想起什么，向银环说："今天跟一个朋友原有约会，现在看是去不成了。你等一下，我打个电话告诉他！"说完他起身出去，临下楼时，他将通向雅座的屏门轻轻关上了。

银环目睹高自萍的神情举止，心里升起疑云："他今天的精神恍惚，语无伦次，行动里透出鬼祟，他有多少朋友，下雨天还有什么约会？还有，打电话为啥要掩门？对！他在家开门时的表情……嘿呀！莫非……"她打定主意，半点也没迟误，轻轻开启掩门，蹑手蹑脚地步下楼梯，刚走了几步，听见左侧的小房间里，有高自萍的声音：

"面貌特征就是这样。是，是下午四点钟。"

听到挂电话响声，银环忙躲到一边，高自萍走出了小房间，东张西望之后，急忙快步登楼，见银环不在，他焦急了，刚转过身要下楼，与走上楼来的银环碰了对面。

"你干吗去啦？"他争取主动讲话，并没掩饰住内心的惊虚。

"先问你自己！你是干吗去啦！"

"我告诉过你——给朋友打个电话。"

"说老实话！"

"是，是真的。"他嘴里肯定着，表情极不自然。看到银环脸上充满了他从来没有见过的怒气，知道他干的勾当被她听见了。起初，他张皇失措无地自容，愣了一会儿，他的胆量壮了，小核桃眼里映着两个燃烧的红点，表示了一不做二不休的决心。

"先请进来。我统统告诉你。"他伸出一只手让对方，对方进屋了，他用全身堵住门，"咱们打开天窗说亮话吧，我高自萍把脑袋掖在腰里啦。我已经做了共产党所不容许做的事。但我从没有害你的心思。我什么时候也表示愿意同你生活在一起，可有一宗，要你在生活上来个一百八十度……"

"别咬文嚼字，直截了当地澄清你的意思。"

"你已经知道了，还有什么要澄清的。特务机关里都有咱们的点。要活，咱们低头给鬼子干点事；要死，我同你一道做屈死鬼。反正你我的命运是注定拴在一起啦！"

"我不要听这些，告诉我，关于杨晓冬的事。"

"他呀！再有半个钟头，他就倒在特务机关的绞刑架上啦。当然，他还可以走另一条道路……"

"是你出卖了他？"她站起来打断他的话。

"归根到底，还是你先出卖的！"

这句话恰恰击中银环的痛处，一阵痉挛心悸，失却了自持力量，她晕倒在藤椅上。

高自萍知道她是一时昏厥，不会出什么意外，反而觉得是个难得的机会，便摊开双手扑过去搂抱住她。

银环在昏迷中喃喃自语着："掩护了他的是你，断送他的还是你。"忽然感到脸颊一阵刺痒，有个湿渍渍热烘烘带着酸臭气味的东西吮吸她，她惊恐地睁开眼，发现那块讨厌的东西，正是高自萍的嘴唇。她愤怒了，感到站在眼前的，再不是她曾经同情与怜悯过的小高，而是人类里的渣滓，《圣经》中的犹大，革命的叛徒，出卖同志的凶手。不但是从思想上，从生理上都十分厌恶他；好比睡梦中醒来突然有只癞蛤蟆爬到赤裸的胸脯上一样。她挺身站起，抡起右手，朝着一尺以外那对充血的小眼睛、那只像是尝到甜头而不住喷喷作声的赤嘴唇、那副黄蜡饼般的瘦削脸，用尽平生没用过的全身的最大力量打下去。多么猛烈又沉重的一掌呵！高自萍登时眼花缭乱，嘴角流血，滴溜溜转了一个大圈还是痛得站立不稳，终于带着响声摔在地板上。

银环感到仿佛身旁倒下一布袋垃圾，连看也不屑看，飞步跑下楼去。

冷食店门口，有个骑车的来买冰棍，才要存车，银环上去从人家手里接过来，说了声"我借用一下"便骑上去。她的右手刚要扶把，发觉整个右臂麻酥酥火辣辣的抽筋痛；她改用左手扶把蹬车，任凭车主怎样叫喊，她一点也不理睬。盘踞她心头的是：用尽一切力量赢得时间。她计算着，只要一刻钟内能完成从脚下到红关帝庙这八里路，她可以在三点五十九分赶到目的地。哪怕富余一分钟，她一定叫他骑上这辆车脱离危险地。即使接着发生任何不可避免的危险，全由她一个人顶起来……

车速同她闪电般的思想一样的飞驰。同一方向的车马行人，一一被她越过，临街的机关商店成排地向后飞倒。一列刀光闪闪、眼神灼灼、步伐嘎嘎的鬼子兵迎面排队向她走来，也丝毫没影响她骑车的速度，她飞车从队伍旁边掠过，她的手肘甚至碰触了鬼子兵挥动着的手。两旁行人为她这种举动捏汗咋舌，她连一点感觉也没有，充满在她脑子里的是：速度和时间。

前面是白衣庵街了。再有半里多路就要拐弯，拐过弯去有百米之遥，就是她要去的目的地。像赛跑的运动员接近终点时一样，她的每个细胞都紧张了，投出全身最后最大的力气，拼命地蹬。这时候，车快得简直像飞一样，她的眼睛发晕了，眼前的街道房舍不住地旋转跳跃，她想闭眼又怕撞到什么，睁大眼睛也看不清什么，眼前的一切景色简直是视而不见，只有杨晓冬这一形象在她脑子里萦绕。正跑中间，从迎街胡同出来了个挑水的要横街穿行，刚刚露出一只水桶，银环飞车赶到了，咔嚓一声撞翻水桶，连人带车跌落下来，挑水的汉子扔下水担，连声向她道歉，她根本不理睬他，从泥水中爬起，又想上车，发现车撞聋了，立时跑步前进。刚一拐弯便清楚地看到那座庙宇，这时希望鼓舞着她，她欢喜得心花怒放了。努上一把力，再有十秒钟，这不到百米的距离，就可以赶到了。正在这一刹那间，庙门开了，从白色高石阶上拥出一群武装特务，他们簇架着一个人，奔向庙门左侧，那里停放着一部军用汽车。她正要仔细看汽车时，听得喇叭野蛮地嚎了一声，尘埃飞起处，汽车驰得无影无踪了。

银环并没看清被簇架者的面庞，她只看到一个模糊的侧影，即使这样，她已完全知道这里所发生的一切。几秒钟前她那憋足的力气，突然一下泄尽了，别说跑，也别说走，连支持身体的力量都没有了，一时感到天旋地转，两眼发黑，扑通一声就栽倒了。

第十九章

一

杨晓冬被推上汽车的一瞬间，脑子里不断地在严肃认真地自责："你领导的工作多糟糕呀！成绩不见，事故不断，党培植起来的一股内线力量，都从你手里输光了。"转念一想，这种看法也未免过分，"你倒下了，还有燕来他们。再说，党总会派更好的同志来领导工作，怎能谈到输光呢？何况摆在你面前的，仍是一场艰苦的斗争，要受得起这场斗争的考验啊！"想到斗争，放眼看了看，前后左右都有特务围着，休说是向外瞧看，转动身躯都遭受到前推后搡。他索性闭上眼睛静下来，静到车停的时候。

车停在一排有走廊的高房前面，他被推进监禁室。监禁室的一半空闲，一半有铁栅栏隔扇，他进入铁栅栏后，栅栏监门同时落了锁。这间屋子虽隔成里外两间，但比普通宿舍还宽绰，南北两面都有窄小窗户，上面钉着铁丝网，看来不像正式

403

监狱，似乎是什么仓库之类的房舍改造的。这究竟是什么地方呢？杨晓冬冷静地想了想：开车后转了个大弯，阳光一直从右前方投射，马路上不断颠簸，加上行车的速度和时间距离等等情况，他觉得从方向上不像特务机关，从距离上比城内宪兵队远，最大的可能是高大成驻西关外的司令部。正推测着，听到门外有脚步声，估计是门口安了岗哨，"管你是哪里，先抓紧时间休息一下。"他躺在一张光板木床上。

不知经过多长时间，听得哗啦一响，有人开了栅栏上的锁，蓝毛走进来。当他看到了杨晓冬，惊奇地喊起来：

"阿弥陀佛，真是阁下，久违了。上次叫你把我唬住了，想不到，你树叶还掉在我树底下！"

杨晓冬鄙夷地盯了他一眼，翻过身去脸朝着墙。

"凡你们共产党的案子，总是又臭又硬。不过我告诉你，你的案子可由高司令亲自审讯。当心点，谁想跟他调皮，不是剥皮抽筋，也得碰碎骨头。来人！带他走！"

杨晓冬被推出牢门，靠着走廊走了二三十步，迎面有个宽绰的大房间。门外雁翅摆着两列护兵，每人至少佩带两件武器。各种样式的匣子枪，一律脱去枪衣，敞开大小机头，有的持握手中，有的横插在转带上，所有的人都是宁神屏息，如临大敌，任谁迈进这间房门一步，都会产生有死无生的感觉。

护兵们为杨晓冬闪开进门之路，屋里审讯的阵势早摆好了。高大成坐在最显眼的地方，约当杨晓冬进门时候，他大声喊叫："快点呀！快把土匪给我带上来！"蓝毛听得高大成喊叫，慌忙抢前跨进几步，同田副官垂手站立于高大成的两侧。杨晓冬扫了周围一眼，稍经思考，拿定主意疾行几步，走进房间中央，昂首挺身，一句话也不说。

高大成用力拍桌子："看你这副神气，卖油的敲锅盖——好大的牌子呀！这是有王法的地方，你跟谁挺胸瞪眼的，给我低下头！"

杨晓冬似乎没听见他的话，他像个石头雕塑的人，纹丝不动。

"住哪里，叫什么，做过什么破坏勾当，老老实实，从头说！"

"说！"更大的嗓音从护兵们的嘴里喊出来，他们不但叱咤助威，还夹杂着叫骂。

杨晓冬原打算竭力保持稳定，便于凭借敌人法庭，用缓和的方式同敌人做韧性的斗争；想不到一开始就遇到这种局面，为了维护共产党员的尊严，他不能沉默了。他向四周扫了一眼，冷冷地说：

"都自爱一点，把态度放尊重些，你们是一群疯狗吗？"

"看你这大模大样的派头，还敢跟我扳平身份，反唇相讥……"高大成咆哮着。

"我同你扳平身份？这简直是对我的侮辱！"

"你斗胆，你狂妄到顶啦！田副官，我没闲工夫跟他嗑牙，给我拉出去，用两颗卫生丸把他的臭架子给我拉下来！"

田副官知道高大成是什么意思，拔出腰间手枪，喊了声"走"。护兵上前推推拥拥，把杨晓冬拉到户外。田副官先行几步，站到迎面，没容杨晓冬防备，叭叭两枪掠着杨晓冬的两个耳朵边穿过去。往常，一般经过一流枪手田副官这种假枪毙的，多半吓得瘫痪倒地，好汉子也得变颜变色地起身鸡皮疙瘩；今天对手变了，在田副官骤然举枪的时候，杨晓冬脑子里确乎闪过"完结"的念头，但枪发过去，他立刻体会到敌人的企图，便徐徐出了一口气，轻蔑地扫了射手一眼。射手看到对方这副凛然难犯的样子有些乎他的意外，自己先气馁了，一时不知所措，只得自认失败，向随员招手，叫把杨晓冬重新领回去。

杨晓冬再度站到屋中央时，范大昌从人群里慌张地走出来。他说：

"亏我赶来了。高司令，你晓得这位是谁吗？"他向高大成附耳说了几句。高大成听了故作惊讶地说：

"误会，完全是误会，这是从哪里说起哟！"他先责备自己，然后大骂随从人员，骂得难以入耳，之后竟耍流氓来跟杨晓冬握手，高呼警卫人员送杨晓冬回去休息。至此，杨晓冬想：第一个场面走完了……

第二天清早，四五个勤务兵拿来很多生活用具——茶壶、茶碗、牙缸、脸盆、纸烟、茶叶、敌伪出版的书刊报纸，还有一床新被褥。杨晓冬对敌人抛出来的"香饵"鄙夷地斜视了一眼，冷冷地等待着事态的发展。

下午范大昌来了。这家伙很能"交际"，对杨晓冬问寒问暖，像熟识的老朋友一样，说了很多家常话。杨晓冬听厌烦了，说：

"有话你就快说！无事你就快走。"

范大昌这才透露：高大成备了一桌酒席，邀请几位朋友共同为杨晓冬压惊。杨晓冬问他是什么意思。范大昌说："没旁的意思，高司令钦佩你，想交你个朋友，见了面，一块坐坐，高司令致几句欢迎词，也希望你讲说几句。"

杨晓冬知道敌人是玩弄拉他下水的把戏，当即严词拒绝。范大昌好说歹说无效，在一切办法用完的时候，他故意咳嗽了一声，外面五六个警卫闻声进来，横眉怒目，硬要动手拉杨晓冬。范大昌喝道："不许动手，来时高司令怎么说的，我们请不动，他要亲自来的。"

杨晓冬看到这种情形，知道这场斗争无法躲过去，便说："不要这样撕撕掳掳的，任凭到哪里，我跟你们去。"范大昌听说，又试探着问："可不可以当场讲几句？"杨晓冬厌烦地含糊应说："到时候再看，当说就说。"这一来范大昌和所有的随从都高兴了。范大昌说："你休息吧！我先打电话告诉高司令。傍晚，我再亲自来接你！"

这次，高大成是最先到宴乐园的，在这里，他安排了一场精彩的戏。主角是他本人，扮演配角的是省城伪军政界跟他有来往的文武官员。中厅里，雪亮的太阳灯下放好几张圆桌，桌上布满了鲜肥鸡鱼、芬芳旨酒，高脚酒杯摆得像小树林子，首席桌面上安装了扩音器，左右还点缀着两瓶鲜花。应邀的头面人物准时来齐了，新闻摄影记者也到了，记者事前选择着方位角度，并安了聚光灯。高大成的讲演稿也由副官长拟好了，他提前念了几遍，把不认识的生字画出红线，加了注音，一切准备工作都做好了，单等这位从共产党方面来的人物，只要他肯出席，他们便替他发通电，出宣言，刊照片，拍电影，正如高大成、范大昌他们所想象的："想不下水，欲罢不能。"

杨晓冬到了，高大成看到他没有什么不高兴。他想：人还有不爱体面、不爱享受的？共产党人也不能例外呀。基于这种想法，他向杨晓冬客气了几句，说今天请了几位军政界的朋友，随便一起坐坐，权当给杨晓冬压惊。这些话是在休息室讲的，杨晓冬不晓得即将到来的到底是什么场面，他保持了沉默没有哼声。高大成把这种沉默认为是默认，兴高采烈地招呼大家进场入座。然后派人打开休息室的侧门，他领路步入中厅。

应邀的宾客一看高大成出来，全体起立。聚光灯亮了，两个摄影记者像两条蹲门貌似的持机长跪，单眼对光；高大成部下几个带兵官，都挽起袖子准备热烈鼓掌；高大成自己也一反往常的粗犷村野，迈出斯文的步子，向有扩音器的桌前走，他走得不自然，仿佛感到丢掉了什么，回头一看，杨晓冬并没随他出来。

"请出来吧！杨先生。"高大成伸出那只拿文稿的手，做着礼让姿势。

"先叫这两个照相的家伙给我滚开！"

杨晓冬还没露面的这句话，就把参加宴会的人们全闹得蒙头转向了："投降的人还有这么大气派。他吃了熊心豹胆啦，难道不晓得高司令的厉害！案子犯在他手里，不死也得脱层皮呵！"

然而他们没有猜中，高大成昨天已经初步领略过杨晓冬，现在他已很有些"涵养"了，他稍作思考，便朝记者挥了挥手，记者无奈，背起机子羞答答地退出中厅去。

"你给我把那照光的劳什子关闭了，这个地方不需要光明！"

站在门侧的田副官，听出这句话是对着他说的，心里有些着慌，从昨天交手的第一个回合，觉得这个人比他们这些披着虎皮长着鳞的人还可怕。高司令不是按着他的吩咐撵走新闻记者吗？这还有啥说的呢，他也没等谁许可，走过去乖乖地关闭了聚光灯。

这时杨晓冬从休息室抢行几步站在中厅，他说："姓高的，你们是想要什么把戏，快说明白；是动文动武：动武的，别看你们人多，能夺我的性命，夺不了我的志向；动文的话，放尊重些，想强迫我一丁点也不行。"

范大昌怕事情僵得下不了台，赶快前来想把这局面冲淡一下，说："谁同你动武呢，我不是跟你说过，高司令请大伙来一块坐坐，无非随便说几句罢咧！"

杨晓冬瞧见高大成虽然生气，但仍然拿着文稿，看情形并没放弃做什么鬼讲演的企图，他就争取主动地站在首席桌前了。

"既是随便谈，我先说几句：我们共产党人，从来不掩饰自己的观点，在任何情况下也敢把自己的意见讲出来……你们诸位都是省城里的头面人物，在日本人眼里，你们是既'勇敢'又有'功劳'的。"杨晓冬的语气不但不激动，很自然地做了个顿挫。

高大成被"胜利"冲昏了头脑，认为杨晓冬说他勇敢有功劳是回心转意了，一时私心窃喜；蓝毛、田副官等人认为姓杨的态度语气缓和多了，抛掉了颓唐懊丧，觉得还有希望；其中别具不同感情的是关敬陶，他是不愿意参加宴会的，因为他听到司令部的人讲：有位共产党的高级干部要投降了，他想：他们那边的高级干部还投降，难道还不如那两个女同志？他将信将疑地到会了，当杨晓冬站在人前时，他认出他就是八里庄曾见过面的什么政委，心里直打冷战，每当杨晓冬的目光扫射全场时，他像躲避射击般地掩在麻狼子团长背后，但他聚精会神地听取他讲的每一句话。

"说到'功劳'，你们帮助日本鬼子侵略中国，成年累月，东窜西扰，护路守城，这在缺乏兵力的日本鬼子看来，当然是有'功劳'。谈到'勇气'，更不小咧。对于中国人民痛恨的日本帝国主义，你们先称友邦，继称亲邦，最后汉奸头子汪精卫干干脆脆承认是'父子之邦'，甘心情愿当'儿皇帝'。这种背叛祖国、出卖祖宗、丧心病狂的'勇气'，是历史上任何朝代的乱臣贼子都没干过的……"

"你住口！"高大成吼了一声，"只说给你点体面，竟满嘴胡说，不识抬举！"

"我要识了你们的'抬举'，不但侮辱了自己的人格，连抗日阵营的脸面都会丢光的！"说着他就抬起脚来踢翻了圆桌，只听哗啦一片响声，杯盘砸碎，酒菜倾翻，鲜花落地，于是全场哗然。

高大成可着嗓门喊了一声："拉出去！"高拧子、麻狼子和其他几个带兵的军官，一窝蜂窜过来，六七条枪同时堵住杨晓冬的胸口，看光景他们其中任何一个都有枪毙人的权力。

杨晓冬神态不紧张，面貌不改色，用一种轻蔑的语气说："你们不要狐假虎威的，你们这几条破枪，只能吓唬胆小鬼。我的案子，不用说你们小小的治安军司令部，把你们伪军头子齐燮元搬出来，他也不敢单独处理的。不服的话，你们谁有胆量，冲这儿来。"杨晓冬手指着自己的胸口。

高拧子、麻狼子他们互相传递了眼色，给走过来的高大成让开道路。

高大成从田副官手里接过一支小型手枪，指点着杨晓冬："你想威胁谁吗？是我不想叫你马上死，不然的话，我这二拇指一勾，就能要你的命！"

"我怕你在日本主子面前交不了账。"

"用不着交账，你的命攥在我的手心里，我高大成一句话，不声不响地就掐死你。"

"你们杀害共产党和进步人士，只能是偷偷摸摸的。将来我们逮住你的时候，要在充满阳光的广场里，叫成千上万的群众来公审你！"

"浪言大语，是你们共产党生就的本事。"

"这一点也不是浪言大语，历史会按着我说的判决你的罪行。"

高大成听了这句话，突然哈哈大笑了："我不是夹书包的小学生，用不着讲历史地理。我是司令官，手里握着生杀大权，你说判决我是吹牛，现在我就判决你的罪。蓝队长，这个人嘴太损啦，你们带他回去，给我狠狠地整治他。"

二

杨晓冬醒来，看到挡在眼前的铁栅栏，看到横在铁栅栏上的元宝锁，才晓得回到原来囚禁他的地方。他受刑仿佛是很久以前的事，但还记得大致经过：是高大成亲自指挥他们动刑的。先压杠子，被他高声大骂时，才灌的辣椒水，坐电椅是以后的事情，他神志昏迷记不清了。现在，经过休息，他清醒了，觉得自己还是健康的人，觉得周身可以受自己意志的支配。试着想翻一翻身，想不到腰身重量太大，似乎全身断成几截。试着立起，两腿酸痛火热，支撑不了身躯，他咬紧牙关拖起双腿坐在光板床上……

正在闭目休息时，监门打开，范大昌进来了，亲自掏出了钥匙开元宝锁，简单地问了问监里的生活情况，挥手撵出警卫人员，他单刀直入地向杨晓冬说话：

"兄弟坦白承认，高司令的做法，草率简单，事情本可以商谈，用不着动武力。自然喽，杨先生的脾气性格，未免也嫌……"

"我没工夫听你这些话，你的本意是什么，快点说吧。"

"我想同你讨论一个问题。未讨论之前，我要求咱们都客观点，抛开各自的立场和见解，站在读书人这条线上说话，读书人的心眼要活一点，要看看自己的地位和处境。在我本人，十分佩服杨先生的胆量和魄力，可是，现实是严肃的，是冷酷无情的……"

"你闭嘴！不要给我做宣传！"

"我不是宣传，我是实际主义者，高司令给你面前摆了几条道路，你总得选择一条。你现在走着的这条道路，距离目的地还很远，老实说还有很多波折，不信你看。"他从皮包里掏出一套图片，双手递给杨晓冬。

杨晓冬翻开大体看了一下，是各色各样惨不忍睹的用刑照片，他顿时满脸怒气地呵斥范大昌道：

"你想用这些东西吓唬我吗？使用这种手段的，不是人，是疯子，是野兽，而且这种把戏，只能在胆小鬼身上施展。告诉你们，我不怕死。"

"不怕死的汉子，在你们共产党方面是不少。"范大昌故意用了平和的语气，不慌不忙地又掏出两幅照片，"请你看看这些刚强好汉的下场。"

这张照片，画面很辽阔：夕阳西下，空旷荒郊，野地枯墓旁边，积聚着一堆尸骨，一看就知道是被敌人杀害的抗日同志。画面上还洗印着对联："白骨横旷野，枯冢向黄昏。"

杨晓冬看了这幅照片，心中暗想：敌人特务工作真毒辣，他们杀害了仁人志士，还用它来做宣传，不单是进行肉体摧残，还加上精神蹂躏。对于意志薄弱的人，也算是一种神经战术呢。

范大昌看到杨晓冬沉吟不语，认为他的法术起了作用，用挑战的语气说："杨先生，这副对联有点文思吗？"

杨晓冬听罢愤然回答说："这副对联，狗屁不通，要写，应该写：'人生自古谁无死，留取丹心照汗青。'你们用这种凄凉感伤的词藻，干什么，是在恐吓垂死的人吧，我没有神经衰弱症！"他把一沓照片摔还他。

"杨先生，你认为刚才那些是凄凉感伤吗？兴奋热烈的东西也有呀！"他又不厌其烦地表示：只要杨晓冬肯用一举手一投足的力量，地位是现成的，金钱是敞着口儿的。谈到生活，他说："杨先生年已三旬，身旁还没有人伺候，这是人生必须解决的大事。我们替你物色了一下，倒有几个对象，你看有中意的吗？"他掏出十来张姑娘的照片，摊开在他的面前，一一指点说："×× 是机关职员，×× 是青年学生，×× 是……这些黄花姑娘，只要你中意……"他的话没说完，相片被成沓地扔在地下，杨晓冬躺卧床上闭住眼睛了。范大昌看到他这种傲慢劲，想要发火，经过冷静思考，觉得为时尚早，他压抑着自己的感情，冷笑了两声，俯身拾起照片，灰溜溜地走了。

入夜，范大昌又来了，见了面仍旧是点头哈腰，嬉皮笑脸，似乎杨晓冬上午所骂的不是他而是另外一个什么人。即便是骂的他，似乎他最善忘，把受辱受骂的事情扔在脖子后边了。他这次不提什么问题，甚至连话也不多说，只是警卫们催促着杨晓冬，要他跟范大昌一块出去。杨晓冬估计不出特务们是什么企图，几次拒绝，警卫们坚不答应，只得挣扎着起来，一路跌跌撞撞跟着范大昌走。走不多远，前面有道长长横墙，横墙是才修的，它把整个建筑隔成两个部分，穿过横墙的铁栅门处，有个卫兵站岗，因为范大昌领路，守门卫兵只瞥了杨晓冬一眼，就让他走过去。跨出墙外，地区比较空旷，建筑也显得稀落，走了数十步，进入一片草坪，草坪紧连拱桥，拱桥尽头傍依着假山，行至跟前，发现假山倾颓，池水淤秽，山左面生的野草里，有棵歪脖子的马尾松，下边躺着一座青白色的烈士碑。朦胧的月光下，还依稀看出了那脱落了颜色的碑文："英风勒丹石，铁血染黄花。"杨晓冬穿过横墙铁门时，曾留心周围的环境，总感到有些熟识，似乎曾经到过这块地方，及至看到碑文，一切支离的印象都连贯起来了，一股激动的热流从胸中滚沸了。这里正是他的母校，脚下正是母校的校园。想当年，就在这座假山上，他一口气读完生平第一次接触到的一本好书——《共产党宣言》。周围环境不管经过敌人怎样翻改拆损，他顿时还是完全心明眼亮了，月光下面的灰色楼房，是肖部长当年工作过的图书馆，东面靠围墙作伙房的地方，是大老韩的打钟楼，那高墙下面是他当年向外送信曾经钻过的阴沟。想起当年，联想现在，杨晓冬喟然长叹了一声。

范大昌立刻抓紧机会进攻说："旧地重游，有所感触吗？"

杨晓冬默不作声。

"杨先生，我想接着上午谈的把话说完了，女色财物，你是不动心了。我问你，你爱不爱生活，留不留恋自己的生命？"

"屈辱的生活一点也不可爱；我到这个世界上来，不是专为自己打算的。"

"嗯！那好，"范大昌胸有成竹地说，"你不为自己打算，总应该为自己的亲人考虑考虑吧！"

"亲人？"杨晓冬迟疑了一下，"可以说，凡人民都是我的亲人。也可以说，我一个亲人也没有。"

"是这样的吗？请你跟我到这边来！"

范大昌领先，绕过假山草坪，奔向两幢平行建筑的新楼，楼房在夜里呈现出银灰色，静静地蜷伏在雾气沼沼的地平线上。月光已经被阴云遮住了，所幸道路还算平坦，杨晓冬步履艰难地跟着他走到新楼跟前，扶着楼梯的圆木栏杆忍痛咬牙登上二层楼，范大昌数着房间号数，领他进入了一个暗洞洞的房间。这时他要杨晓冬靠近玻璃窗，朝北面看。北面是平行的另一幢楼房，相距不过二十米，全楼都没开灯，所有的玻璃窗比楼房颜色还黑暗，像楼房本身长出很多黑眼睛。杨晓冬不知道范大昌有什么新的企图，但觉得对面黑眼睛似的楼窗里，似乎有什么东西在蠕动。这时范大昌说话了：

"杨先生！方才你不是说一个亲人也没有吗？这不是真话，不信，请你注视对面的楼窗。"说着范大昌在黑影里摸着他准备好的按铃，叮叮连响一阵，霎时间，迎面楼上房间的灯光骤然亮了，玻璃窗上投出了一个侧影。杨晓冬看到侧影的第一秒钟，就清楚地认出了她——他最亲爱的妈妈。这时，就是用一万句话也说不尽杨晓冬的心情了。他一时感到心烦意乱、头晕目眩，再也没有支撑身躯的力量。他将全身扑在他所凭依的窗台上。

"共产党员也有爹有娘呀，纵使不为自己打算，也得可怜你们老太太嘛……"特务们最得意的时刻，是抓住善良人的辫子。现在范大昌兴高采烈，活像一位演说家，他滔滔不断地讲了十几分钟。最后表示只要杨晓冬肯提出地下工作者的名单，他的母亲不但可以免去受刑，还可以马上释放，他们母子可以团聚，可以得到金钱物质上的高度享受，他直讲到口干舌燥的时候。

经过种种思考，杨晓冬用低沉的语气说："你们可以杀死我，也可以杀死我的母亲。假如你们还有人心的话——我希望要杀就把我们母子分头处死，别叫她老人家知道我的事情……"

"你说的哪里话，我们连这点'人性'都不存吗？"诡谲的范大昌乘机进攻了，"既然有缘来到一处，还有不让母亲和儿子见面的？"

杨晓冬百般拒绝无效，他被两个警卫人员拥架到三楼晒台上。他到了的时候，他母亲已经坐在另一晒台上，母子二人仅仅相距三公尺。在朦胧的月光下，但见老人白花花的头发，青铜色的脸庞，龙钟疲倦的身态，一切都显得苍老消瘦了。她神态很焦急，坐卧不宁，眼睛盯着晒台下面，像是准备迎接一场既幸福又痛苦的大事。看来，她老人家业已知道等待谁了，杨晓冬看到这般情景，一时撕心裂胆，万感交集，探身栏杆外面，禁不住喊声：

"妈……"

老人从侧面听到这熟悉的声音，转过头来，一时不知是惊奇是喜悦，是恐惧还是哀伤，万端情绪在心田里激荡着。很久，她的嘴唇动了几动，艰难地说出：

"冬儿！你……"

"妈！"儿子立刻插嘴说，"你老人家比谁都明白——咱们见面的时候很短，又不是在自己家里，要说，说愿意说的，说应该说的吧！"

"你放心，妈懂你的话。"老人用了中常的声音，竭力控制着自己的感情，怕当着敌人流露出委屈声调，给儿子丢丑。于是双方暂时沉默了。

双方愣了一会儿，都说不出什么话来。

杨晓冬知道不能再沉默了，他说：

"妈妈，让我先说几句。你的儿子，作为一个抗日战士，作为一个共产党员，对革命对人民没有玷辱什么。只是，只是想起你老人家把我拉扯一辈子，没从我身上得一点好处，最后还受我这样的连累，这是最叫我于心不忍的。"

"快别这样说，我不愿意听你这些话！"杨老太太正想说些什么，忽听得楼下汽车呜呜直叫，唰的一下，所有的楼灯都亮了，连她和儿子的头顶上都闪着贼亮贼亮的电灯。尔后，一阵乱腾腾的脚步响声，通向杨晓冬站的晒台房间里，拥来一伙人，为首的是高大成，他身后跟着关敬陶、高拧子、麻狼子三个伪团长，以及蓝毛、田副官和一群打手，这些人一窝蜂拥到晒台门口。杨晓冬向母亲递过眼色，谁也不再作声。

范大昌跨出两步站到晒台上，逞能卖俏地说："贵母子的谈话，我都听见了。我再把一个钟头之前的话说一遍：共产党人都有爹有娘，总应该讲点孝道呀！这不是高司令特意来啦，司令有话，只要你肯列出名单，老太太和你，马上可以自由。"

"你们想从我嘴里出卖同志，这简直是做梦！"

高大成一步迈上平台，一只手抓住栏杆，想跟杨晓冬发火，想了想，又改变了态度："姓杨的，我好心好意叫你们母子见面，这是照顾你，干什么死要一根筋，告你说，我们这并不缺人。三条腿的蛤蟆（那叫金蟾）不好找，两条腿的人到处都是。为什么三番五次地劝说你哩？我们尊重你是条好汉子，只要你肯回头，楼下的汽车立刻送你和老太太出去。好！我再把条件降低一些，我不要你列共产党员的名单，我只要你肯给我签一个字。"

"高大成，快闭上你的狗嘴，少在我面前胡说八道！"

417

高大成眼瞪圆了："你还敢辱骂本司令！得得得！别再自找麻烦，拉出去，就在假山跟前，立刻枪毙！"

杨晓冬朝着对面的晒台说："妈！别担心我，我这样死了比活着好！"说完挺起胸脯跟伪警卫们下楼。伪军官们看惯了杀人，对杨晓冬的奔赴刑场都不大在乎，只有一团长关敬陶表示了老大的不忍，还泛出同情的脸色。

范大昌看到杨晓冬这种不在乎劲，想了想，又向高大成小声咬了咬耳朵。起初高大成表现了不耐烦，及至杨晓冬要下楼的时候，他忽然转念道：

"慢走！把犯人带回来。"他跨到杨晓冬跟前，狠歹歹地说，"你倒想着一死了事，没那么便宜的！本司令改变办法，叫你们娘儿俩倒替着受刑，轮班参观，娘疼儿子，娘先说；儿子疼娘，儿子先说。看你签字不签字！"

杨老太太一听就急了："地下工作的那些好儿女万万不能说呀！可俺母子到底让敌人揉搓到几时呢，我睁着眼睛看冬儿受刑？我能叫冬儿看着我……"她从另一个平台上站起，双手大声合掌一拍，冲着众人高声喊：

"闪开！我见见你们这个高司令！"她的脚下像是失掉重心，摇摇晃晃地走到平台边沿，手凭栏杆，面向高大成说：

"你想仗着你带的这点人马吓唬住我儿子吗？那你就错打主意啦。儿子最听我的话，你们识趣的都躲开，叫俺娘儿两个到一块说说话，我会开导他！"

高大成用疑问的目光盯着她，没有哼声。

"我们都飞不到天上去！你们怕什么？"

高大成和范大昌他们交换过眼色之后，将信将疑地答应了她。

特务们从平台都退出去，有人领老太太到杨晓冬这个平台上来。

娘儿两个刚到一块，杨晓冬双手抱住母亲，焦急地说："妈呵！在这个当口，咱娘儿俩要挺得住！还有，咱们写出每一个字来都有千斤的分量，这些，你老人家一定都很明白！"

"完全明白！冬儿，不说这些罢！"老人脸色阴沉得难看了，"你抬起头来，看看妈妈的眼睛！"

儿子顺从地看了看母亲。

"懂我的意思吗？"

"懂！"儿子用万感交集的表情向母亲点头说，"妈！你有话就吩咐几句吧！"

"我说什么呢？冬儿，你别认为：妈有你这样的儿子是觉着受了连累，不价，我养你这样的儿子觉得露脸。我不后悔，也决不累赘你。呵！我有件事忘掉告诉你啦！"她年老消瘦的脸庞上忽然泛出了光彩，但声音低到暗哑程度，看来她是决不让第三者听到的。"我已替你选中了……我把红心戒指……呵……"她想到他们母子的前途，一股可怕的阴影掠过她的心头，她沉默了。沉默中，通往平台的门打开了。蓝毛出来制止他们母子说话。这时范大昌、高大成、关敬陶等三个伪军团长和所有的特务们，又拥到平台上。

蓝毛高声请示高大成："先收拾儿子，还是先拷打母亲？"

高大成喝令："两个一齐吊起来！"

老太太凄厉地尖叫一声："停一下，让我再跟他说一句话！"她双手抱住儿子的脑袋，揉了揉他的头发，辛酸的无声的热泪滴在儿子的脸上，当看到儿子的表情不是考虑自己而是疼怜她的时候，她猛然将儿子一推：

"冬儿！我的好儿子，我不累赘你，为了抗日战争的胜利，为了后代子孙的幸福，你坚持到底吧！"她飞跑几步，跨过平台的栏杆，低头猛扎，从三楼顶跳下去。

这勇敢无畏的一跳，使范大昌吃惊，使高大成失望，使蓝毛和特务们咧嘴，使得关敬陶心里无限凄楚，无限激动，长长地出了一口气。天空乌云遮月，大地肃穆含悲。蓦地一阵夜风，吹得楼边白杨叶萧萧作响，在为这一位在抗日战争里、在民主革命中尽忠殉节的母亲，做着悲壮的哀乐……

三

午夜十二点，范大昌送杨晓冬回到原来的囚禁室。他威胁杨晓冬说："按着你们母子的所作所为，有几个脑袋也被高司令亲手砍掉啦。活该你命大，多田顾问从北京打来电话，加上我们大家替你讲情，高司令又给你留个最后的机会，限你二十四小时内列出地下工作者的名单，就是说明天夜里十二点钟做出交代来。生命对人只有一个，机会对你只有一遭，要死要活，是长是短，你自己打主意吧。我跑前跑后的，对你也算尽到责任了。"

"闭上狗嘴，滚你的蛋！"

范大昌走后，杨晓冬回肠九转，脑子里翻腾滚转着今后的问题，先考虑到"死"："死"对于一个同志是严峻的考验，但对真正的革命者来说，死并不是困难的，也并不是可怕的。古人说："死不可悲，可悲是死而无补。"以现在的观点看来，是死的价值问题，是以死换取党的荣誉和胜利问题。金环死了，母亲死了，她们死得光荣。自己又如何死呢？在这二十四小时内能做点什么呢？他又想到"生"：想到所有越狱求生的办法。他整整想了一夜，一会儿也没睡，一个妥善的办法也没想出来。

模糊中，听见外边铁锁响，门开了，进来送早饭的换了人。这是个黑胡子伙夫，用托盘端着馒头稀粥走到栅栏跟前，他招呼说："事急先吃饭，可别糟践了身子。"

杨晓冬听出是同情的声音，无言地向他瞥了一眼。

黑胡子自言自语地说："谁也知道我老赵心眼好，馒头做得喷香。"

杨晓冬灵机一动，伸手拿起他所示意的那个馒头。仔细打量来人，骤然想起他就是被释放的伙夫老赵。才要同他讲话，守门警卫进来呵斥老赵说："你想拍共产党的马屁不是？当个伙夫还有什么夸口，放下东西，快滚出去！"

老赵并不让他："你把话说和气点不行？当伙夫就低人一辈，你三天不吃饭试巴试巴？干吗拿舌头压死人。"

警卫伴同老赵出去了，杨晓冬乘机掰开馒头，发现一个黄蜡丸。丸里有揉皱了的纸条，写着：

别焦急，外面准备劫牢救你，注意配合，若有意见，亦请告知，梁韩。

他晓得这是梁队长和韩燕来的代名，知道外面同志们为他的事情非常关心，心里非常感动。本来不想吃饭，为了不辜负同志们的希望，发着狠喝了一大碗稀粥，吃了两个馒头。同时准备了几句扼要的话，等老赵捡家具时叫他捎出去。不料这卫兵十分狡猾，他们见刚才老赵话多，根本没让他再进屋，餐具是卫兵给端出去的，即使这样，杨晓冬不灰心，既然与同志们取上联络，就要想尽一切办法。当前最主要的条件看来是时间，没有时间，外面将无能为力。中午范大昌来催他的时候，他向范提出两条意见：头一条是要求敌人立刻杀死他；第二，如果敌人不这样干，那就要改善他的生活待遇，给他自由，给他延长时间，他表示，二十四小时那种最后通牒的方式，他坚决拒绝，起码要给他一周的时间。经过范大昌同高大成几次说情，勉强答应给他改善生活，有酒有肉有书看；但人身不给自由，仍住这间屋子；时间最难宽容，只答应延长两天。

　　杨晓冬利用争取到的条件，做着种种准备。先利用看书的机会写了封信，说明敌人防御森严，不能用袭击司令部的方法，只能利用关系从内部设法营救，还得抓紧三天以内的时间。他提出内部营救，需要过五关：第一关是栅栏的元宝锁，第二关囚门有锁还有看守，第三关横墙有卫兵，第四关院里有流动哨，第五关不是出营门，他提出钻他当年钻过的那条阴沟。这些难关中最突出的要算牢门站岗的这一关，但无论如何要抓紧三天以内的时间。他注意了守卫人员的情况，守卫的都是高大成的护兵马弁，这是一群亡命徒，一般说来都是反动的，但也有最坏的较坏的与坏中较好的区别。经过他的分析体验，大体得出值班时间和换岗规律：每三个钟头一班，日夜八班轮流，早晨四至七点的比较老实，晚上九至十二点的比较马虎。据此，他提出调整吃饭时间，说夜里饥饿，要求把早八点的饭提到六点开。这一条争取到了，老赵第二次送早饭时能进屋了。杨晓冬偷偷地将白酒贮存起来。他用一块馒头在元宝锁上捺了个模印，连同写好的那封信都准备好，在老赵收拾餐具的时候，他迅速递给他，轻声说："最迟要在第二天早晨回信。"

晚上九点钟的警卫上岗了，他试探着同他们交谈。两个门卫，一个年轻的什么也不敢说，只是听那年长的指挥。年长的有三十多岁，外号"独霸天"，是高大成的老手枪队员。他喜赌贪杯，好管闲事，曾在连队当排长，因醉酒打了营长的太太，撤职回来当警卫员。独霸天知道杨晓冬处有酒，便主动要求酒喝。当杨晓冬答应的时候，他竟将门锁打开，一面喝酒，一面同杨晓冬聊天。年轻的伙伴稍加劝阻的时候，被他骂得狗血喷头。

独霸天贪馋喝酒的工夫，杨晓冬激动得特别厉害。他真想乘此机会杀死门卫冲出去，又怕孤掌难鸣，惹出娄子来，最后还是耐心地等待着。心情这样紧张，整夜都没睡稳，几次做梦向外冲，几次都没冲出去。他害怕了，怕这样神魂颠倒会说梦话暴露秘密，便竭力控制自己，后半夜根本没合眼。从早四点钟便等待老赵的回信。六点钟到了，老赵按时送饭来了，但他今天只能将饭菜交给门卫。这是范大昌出的主意，他怕杨晓冬延长时间发生问题，重新调整了警卫部署，不让杨晓冬同警卫以外的任何人接触，连栅栏上元宝锁的钥匙都亲自掌握起来。这样杨晓冬便失掉了同老赵见面的机会。

这天早晨没能同老赵会面，就等于同外面断了联系。究竟外面能否援助他，根本不得而知；即使这样，杨晓冬仍然保持了高度的冷静。这天中午范大昌催他的时候，他说，还有十二个钟头的时间，时间不到，任何人不能强迫他。范大昌对他的话是将信将疑，但对他这样的人，也不敢过分执拗了，只好耐心等待夜十二点。

晚饭还是老赵送的，照例是不能进来。杨晓冬觉着这是最后的机会了，便高声怒骂道："我就吃你们这最后一顿饭了，为什么饭菜搞得这么糟？"随手把菜盘抛出去，希望老赵能够进来同他见个面，然而进屋捡盘子的还是卫兵，这就是说，最后与外边联系的机会完全破灭了，他着急起来。外面不能援救，莫非就只有死的一途？想到死，心里一阵异乎寻常的紧张。静一会儿，自己问自己："你怕死吗？你不知道生和死是密切相连的，跟白天连着黑夜一样嘛，有啥稀奇可怕的。生在你手上的时候，竭力发挥它的作用；死在不可避免的时候，求得死得得当，这就可以了呗！不必追求什么死得光荣伟大、死得永生等等。一个共产党员，只要扪心自问，他的一生，对得起人民，对得起自己的阶级，对得起自己的党就行了……"这样想时，他心情又舒畅了许多。他躺在床上，闭上眼睛，屏去一切思索。呵！这时他才发觉，世界原来是这样的宁静呵。

宁静了几分钟，心里又沸腾了。他再度睁开眼，瞧着屋顶，因为没开灯，室内光线越来越暗，他想从黑暗里寻找点什么，结果看到的是很多毛茸茸的东西在空间悠悠滚动。门外警卫踱着叫人厌烦的步子，他们的马蹄表嘀嗒着似乎越响越快的声音，他挨着他生命中最紧张的时刻。

突然门外有人说话了："你们回去挺尸吧！轮到老子罚站了。"这是独霸天，他提高嗓门讲话是故意叫人知道他来上岗了。杨晓冬想：独霸天九点上了岗，距规定时间至多还有两点多钟，姓范的那小子很可能提前来，外边的同志们做什么呢？纸条他们接到了吧（因为老赵并没出事故呀）？接到纸条他们必然设法营救我，能不能营救也就在这两个钟头之内了，如没力量营救当无可说，若真来营救，我这里也必须得创造一些条件，没有这里的条件，他们进来也会遭受损失的。我必须先做准备。他打定主意，站起身，试着活动活动身体。室内一有声响，独霸天说话了：

"怎么样，晚饭吃得好吗？"

"晚上饭菜很坏，被我骂了一顿！"

"没喝点？"

"酒是满瓶子的。不愿意喝它。"

听说有酒，独霸天的话更多了。转弯抹角地说到他要喝点酒。得到杨晓冬的答应后，他不顾同伴的阻拦，便从兜里掏出钥匙打开门，开了电灯。进屋来，正向栅栏处伸手时，被伙伴捋住了袖口。杨晓冬发现这个伙伴已不是那位年轻的老实汉子，他正是八点钟值班的那个吊眼睛的被范大昌和田副官特意派来的可恶家伙；一时心里很嘀咕，想不给酒，但独霸天的神色已使他欲罢不能了，只得硬着头皮递给他，索性等着事情的发展。吊眼睛果然恶眉瞪眼地要夺独霸天的酒瓶，并威吓说："你真要不听话，我一定向田副官报告，叫他狠狠整治你。"独霸天听了，并口大骂说："田副官是个什么东西，他凭当兔子巴结上高司令的；老子双手打枪的时节，他还不会压子弹哩！"说着拿起瓶子像往咽喉里倒一样，一口气吞下了少半瓶，在同吊眼睛争吵中，酒瓶已底朝天了。两人互相谩骂着走出监门，双方都很冲动，没锁门也没闭灯。

时间不大，听见吊眼睛咒骂："狗娘养的！灌黄汤呀，翻白眼了吧？"对方哼了一声没回骂。杨晓冬知道独霸天喝醉了，一时急得抓耳挠腮，牢门分明没锁，要是这当儿他们来了多好！正焦急中，听见吊眼睛对谁大声招呼：

"你过来一下，帮着我架走这个醉汉。"

被招呼的人应声走近前来。

杨晓冬想："一个还对付不下，又加一个。"他失望中，听见外边说：

"你不是手枪队的？"吊眼睛的声音。

"我是一团四连的！"声音较低，杨晓冬听不清。

"你们不是住在火磨旁边吗？"

"前天才调我们守前院仓库。"

"你叫什么名字？"

"我叫韩大雁！"

杨晓冬听着，心里突然开了花，他知道"韩大雁"是谁了，就听外面继续说：

"韩大雁，你去报告一下，这里有人喝醉酒，叫田副官派两个带班的来。"

"我跟上边不熟悉，还是你自己去吧。"

"我去也行，你看着门，盯着醉鬼点，我马上就回来。"

"那好，把钥匙给我吧！"改名叫韩大雁的韩燕来念念不忘那把钥匙。

"钥匙？呵呀！这门还没锁哩。"

吊眼睛这才发觉囚门没有上锁，他伸手从独霸天衣袋里摸钥匙，把它装在自己兜里，上前要重新锁门。这一瞬间，韩燕来非常后悔，早知如此，何必多这一句话，净怨自己没长眼，把事情闹糟了，正在无法之际，听见杨晓冬在屋内说：

"要锁就都锁吧，里面栅栏门也开着哩！"

韩燕来闻声向里探头，杨晓冬立刻向他做了个手势。韩燕来也真聪明，立刻惊讶着对吊眼睛说："嘿呀！犯人怎么出来啦！"

吊眼睛大吃一惊，禁不住进屋去看，刚迈进一条腿，韩燕来从他背后狠狠地踹了一脚，吊眼睛跟跄几步仆到栅栏跟前，一只酒瓶飞出来，击中他的脑壳，他伏下不动弹了。

韩燕来跑步过去，掏出配好的钥匙开了元宝锁。杨晓冬一步跨出栅栏，两人刚说要走，忽然门外有人说话了：

"谁在那里躺着啦？怎么回事？"

杨晓冬听声音，知道是范大昌来催讨了。他捅了韩燕来一下，两人在室内做了战斗准备。范大昌走到跟前，看见独霸天躺着，两眼翻白不能动弹，知道有了问题，便命随员进屋搜查。随员提枪朝里走，刚迈进身，头上挨了一记元宝大锁，范大昌见势不好，扭头就跑，韩燕来赶出来一把没揪住，他继续要追。

杨晓冬拦住他说："别管他啦！我们先逃走要紧！"

韩燕来说："咱们穿横墙往南跑。老赵还等着哩！"

杨晓冬说："横墙那里有哨兵！"

韩燕来说："我来的时候已放倒他了。"说着他用肩膀挎着杨晓冬，一气冲出横墙门口，他指着东面围墙说："老赵在阴沟那儿，你快去！敌人来时，我顶他们一阵。"

杨晓冬怕他出娄子，说："别迟延，咱们一块向外逃。"

韩燕来说："不碍！我拖住他们，好使你跑脱呵！我自己不要紧，没见我穿的衣服吗？你快走！"

杨晓冬无奈，只得快步穿过草坪直奔打钟楼。那里有个黑影，走到跟前，果然是老赵。老赵见他到来，惊喜万分地说："受难人呵，快下去吧。昨夜我试巴了，钻得过去！提防瞭望哨呵！"

杨晓冬说："我钻下去的时候，你跑步告诉堵横门的那位同志，快快离开！"说完就急忙钻下去。这次钻得比较快，心中还在考虑韩燕来的时候，业已从河坡探出头。他听着伪司令部院里骚动得厉害，正担心时，当当响了几枪。知道这是韩燕来放的，意在迟滞敌人，掩护他逃走，他不敢久待了，朝哪里去呢？进城不能，西南两面是敌人的巢窝。想了想，他减低姿势，朝西北方向溜下去。

老赵跑去传达杨晓冬的意见时，韩燕来骤然想起一件事：他们同梁队长的原定计划是接出杨晓冬之后，估计内部无法存占，打算把他送到八里庄。具体布置是：韩燕来入院，张小山在火磨桥旁等着背人，梁队长和膘子等在市沟口接迎。事到临头一紧张，韩燕来只顾叫杨晓冬先走，把这些都忘记了。现在后悔也来不及，即叫老赵赶快躲开，自己设法多顶一会儿，使杨晓冬尽可能逃远一点，因而在敌人奔向横门时，他接连打了几枪，乘敌人慌张混乱中，他急忙越墙逃走。

第二十章

一

一周来，银环茶不思饭不想，丢魂失魄的，像着了魔一样。日子在糊里糊涂中打发出去。

杨晓冬被捕当时，她真的昏过去了，她清醒后，曾想着追汽车，汽车却没影了，她不知怎么办好，赶紧与韩家送信。她带着犯罪的心情向韩家兄妹叙说受了叛徒的欺骗，求全成悔反而陷害了杨晓冬。她是倚着韩宅新居后门说的，韩燕来听到这个炸雷般的消息，眼睛冒着金花，双掌将她搡出门外，他一句话没说竟徜徉去了。银环一时臊得无地自容，急回到小叶家，立刻把小叶找来，向她说明一切，要她马上离开医院，避免遭到高自萍的陷害。听到这些事，小叶一面为杨晓冬祈祷，说吉人自有天保佑，一面痛骂高自萍没良心。她答应辞职回避，说她姑母是教会医院的护士部主任，她马上就可以到姑母处上班，连银环的工作她认为都有保证。银环哪有心情考虑自己这

429

些问题，叮嘱了小叶几句，她又匆匆离开了。她觉得出了这样大事，应该回根据地向党汇报，打定主意，她决定进山去。走到西关郊外，天已黑了，蒙头转向地走了七八里路，自以为是朝西南，实则奔着东北，走来走去，又返回北面封锁口。入夜，走投无路，她敲开邢大婶家的门。

住在邢大婶家的套间里，她用了整夜的时间，给肖部长写信，写了杨晓冬被捕的详细经过，也写了她自己的检讨书。她要求组织上严惩叛徒，拯救同志。写完这封信，心里觉着痛苦减轻了些。仔细一想，组织上怎样严惩叛徒呢，叛徒还在敌人手下。组织上营救同志，也得依靠内部力量。想遍了内部力量，没有多少办法，想来想去，她想到关敬陶身上。

她接连到关敬陶家去了几趟：第一次到关家，她用好言语恳求他们夫妇，谈话中她一时掌握不住自己，竟当着人家的面哭了；她哭得很伤心，关太太也陪着她抹了眼泪。出乎意外，关敬陶却冷冷地对她说，姓杨的已经同意投降，高大成他们正准备开欢迎会，听说还要拍电影呢。这句话把银环气恼了，也把她刺激清醒了。她感到自己的脆弱，不应该在他们面前失态，便立刻改变了坚强态度，正颜厉色地说："你有权利帮助高大成杀杨某人，但你没有资格当着我的面侮辱他的人格。"她一生气，站起来就走了。

回到邢家之后，先托邢大婶给她送出信去，等了两天，没有回信，邢双林那里一点消息也打听不出来。她觉着对关敬陶的态度也不妥当，软了不对，急了也不对，应该同他讲清道理，万一他要能出些力气呢！她又去见关敬陶了。这次见面，已经是杨老太太牺牲的第二天，关敬陶用无限敬仰无限惋惜的口吻向银环说了这几天的情况，说明杨晓冬如何被监禁，受酷刑，最后终于透露出杨老太太不幸的消息。第三次去关家是下午五点钟，关敬陶还没下班，她先说服了陶小桃；关敬陶回家的时候，她们二人一齐要求他想办法。关敬陶无可奈何地说："要是在我自己权限以内的，豁出这个团长不干了都行。现在高司令跟你们杨政委处在针锋相对的地位，谁也不怕谁。双方都是阎王，我好比小鬼，小鬼怎能管阎王们的事呢？"听了他的话，小陶不说什么了，银环还是再三要求。关敬陶发了发狠，他说："我把透底话告诉你！高大成准备在今夜十二点下最后决心。你想：这边没有商量的余地，那边没有低头的可能，还有什么说的呢？现在是六点钟，再有六个钟头，就是最后的时刻，姑娘，你不要幻想了，通知你们那边的人，快给他准备后事吧……"

银环听了这些话，仿佛从高楼上失足跌下来，心里慌得不行。回到邢家，他们让她吃晚饭，她连口汤都咽不下去。邢大叔因走动不方便，要银环倒杯开水，她给他倒了满满一杯酱油，邢大叔告诉她倒错了，她又把满杯酱油当水泼在地下。邢大婶看出她神态失常，用好言安慰她，劝她到套间里早早安歇，银环说她要在院里清凉清凉。入夜，老夫妇都睡着了，她始终不能入睡，脑子里总在计算着时间数字："还有四个钟头，还有三个钟头，还有两个钟头，还有……"她脑子要炸了，站起来，在院里转了几遭，感到院墙像个鸟笼，憋闷得出不来气。她用手推开篱笆走出去，抬头一望。见到那尖尖的教堂顶。想到小叶就在那个有教堂的医院里上班好几天了，她有心去找她，觉得她也不能解决什么问题，因而背着医院，转身向南走，走来走去，前面已是铁道。铁道路基高出平地二尺，两侧有人行小路，她沿着人行小路不停地向前面走，既没目的，也没有前进的方向，走着走着，离车站近了。眼前几十条铁轨趴在地面上。她骤然觉着铁轨都像有生命的动物，它们发着乌光向前爬行；又觉着铁轨像无数条绳索捆绑着什么人，而这个被捆的人似乎和她有重要关系。她注意了，放开眼睛向前看，铁轨交错的地方，燃着很多颗蓝色的灯光。地层表面弥漫着一层淡淡的烟雾。灯光仿佛漂浮在浩瀚无际的海洋里，又像许多蓝色眼睛从隐约的纱帐里瞪出来。这些使银环感到可怕，似乎自己漂泊在海洋中，既有沉沦的可能，又有被魔鬼攫捉的危险。她吓得避开铁道踏向田野，脚下已无道路，践踏着又肥又厚的青草，走到一垄像海中孤岛似的土丘。这里有两棵比肩生长的白皮松树，松伞下笼罩着一座白玉石碑，四周散发着浓郁的青草气味，脚下跳跃着夏季晚睡的小昆虫。她凭依在白石碑顶，回头看了看自己走过的道路，忽然发现铁轨交叉点上有一座大型立钟，立钟腹内透出米黄色的灯光，两个乌黑的大小指针，重叠着十二点。像被什么蜇了似的，她突然痉挛了一下。一时心灰意懒，四肢无力，全身重量慢慢从碑顶上滑下来。她俯伏在碑座下面，望着百米外的立钟，用祈求讨饶般的口吻，喃喃说道：

"你是我敬爱的老师和同志，我做梦也想不到——你也不会想到，陷害了你的正是想尽一切办法保护你的人。错走了道路，可以反身转回来；做错的这件事，我再为党工作一辈子也挽不回它的损失来。错误是铸成了，这不是我愿意的，我受了叛徒的欺骗哟！咳！这满肚子的心事跟谁去说呢？姐姐不在了，姓韩的不谅解人，要是大娘活着够多好，现在，举目无亲，谁相信我哩！"

"党相信你！"这个声音从银环头顶上发出来，把她所有的汗毛孔都吓孛了。她没勇气抬头，但又不敢不抬头。勉强抬头看时，发现说话的人双手凭依在石碑顶上，距她仅有一公尺，她已经断定他是谁了，但仍脱口而问：

"你是谁？"

"是你刚才念叨的那个人。"

"活着哩？"

"原来就没死。"

"这是不是做梦？"

"铁道旁边，两人清醒对话，怎么是做梦呢！"

这时一切恐惧心理，都从银环的思想里祛除了，就是鬼魂也得看看真假。她排除了平素的一切礼节上的顾虑，伸出双手握住对方的手：

"晓冬呵！你害苦了我，不！我害苦了你，我说话都颠三倒四的，你让我好好同你讲一讲。"

"现在不是讲话的时候，这儿待着有危险……"

"那你跟我来！"

一阵快速走路，他们悄悄地进入邢家茶馆。银环把柴门顶紧了，她提议不要惊动邢家夫妇，趁此夜深人静的机会，两人在当院把满肚子心腹话好好说一说。杨晓冬知道危险并未过去，坚持叫醒他们老夫妇，大家做好准备，防备敌人来搜查。

邢大婶听说杨晓冬是越狱逃出来的，登时吓慌了，连灯也不敢开，在黑暗中摸出儿子的一套单衣服，叫杨晓冬换好，把他脱下来的脏衣服，藏在房角的烂柴堆里。然后安排了亲属关系，确定了彼此称呼，正在编排对话时，听见外面有了骚动，音响是从南面传来的。一会儿，成群的马蹄声从东面环城公路上响着跑过去，接着摩托车沿着铁道驰骋前来。摩托车闪耀着炫目的灯光，照射到茶馆的小西窗上，室内被照得雪亮，看清了各人不同的紧张表情。好容易盼得光亮挪走了，才说松一口气，西下关一带有人砸门了。

宁静的深夜，遇到敌人这种喝呼喊叫的声音，实在令人不寒而栗。杨晓冬知道敌人这样大规模地出动是为了寻找他的，想逃无处去，想躲无处躲，只得硬着头皮嘱咐大家遇事沉着，记好互相关系，不要怕敌人的威吓。邢大婶虽然处世老练，但还没见过这种阵仗，嘴里不住祷告："空中仙佛保佑吧，这儿都是好人，饶过这两间小屋吧！"银环虽然一向是比较胆小，但她现在把心一横豁出来了，下定决心掩护杨晓冬。她想："要活，送他一块到根据地；要脱不了，跟他一块坐牢，一块死。"

西下关敲门声越来越近，大家预感到这所独立茶屋很难幸免的时候，外面有人叫门了。

"开门来！开门来！"南腔北调的，骂骂咧咧的，不同的怪声音。等银环同杨晓冬在套间里安排好，邢大婶才去开门。她刚走出外屋，篱笆柴门已被砸开，像潮水般地涌进来一群伪治安军，把邢大婶顶撞回来，她想试着拦住他们讲几句道理，却根本没人理睬她。在来势汹汹的敌人眼里，她不被当作人，像一件障碍物似的被推搡到旁边去。进了屋的治安军碰到什么东西都用刺刀挑（这是他们跟日本鬼子学的本事），门帘被挑破了，风箱被挑翻，空水壶被成串地挑起扔到地下。他们见邢老头蹲在炕头发抖，不问青红皂白，先揍了他一顿。邢大婶从人群挤进来，说她男人是聋子又是哑巴。一个伪军排长看了看老头的相貌，叫人把他推搡出去，发现里面还有套间，伪军排长增加了警惕，用手向后一招，十多把带刺刀的枪支，堵住套间门口。

当敌人问套间里有什么人的时候，当邢大婶吓得不知所措的时候，银环挺身出来，冒着敌人寒星点点的刺刀，用全身挡住套间门口，她说：

"你们这是要干什么？！"

"我们要搜查土匪！"一个愿意同女人说话的班长，从排长身后不怀好意地答了腔。

"这里没有土匪。"

"闪开，你说没有，床上躺的是什么人？"伪军排长撩起门帘，将银环推搡了一下。

"那是我丈夫，他害了急性传染病，你们不能进去。"银环再次挡住门口。

"害病为什么不住医院，满嘴谎话，把病人给我拉出来。"伪军们听到排长的命令，闯进套间，撕撕撸撸就要动手。银环讲理没人听，拦又拦不住，正在这个当口，外面伪军闪开一条道路，有位高身材的伪军官踱进来。银环一眼看出他是关敬陶，她冲上前去向他讲理："你这位官长，管不管你的弟兄？为什么无缘无故地要带走病人，难道进城看病也犯法？"她嘴里这么说，她眼里还有话，眼里说："姓关的，现在要看你的了。是真是假，是鬼是人，这遭儿就要考验你了。"

关敬陶知道银环眼里有话，但还不了解细情。他迈步进入套间。伪军们见了关团长，立刻停止动手，关敬陶与病人面面相觑，双方视线碰在一起，关敬陶打了个寒噤，倒退一步，惊声问道：

"他是什么人？"关敬陶这句话是为了掩饰心慌说出来的，是无目的地说出来的，他等待着来自任何人的答复。

"是我男人！"银环说得很干脆。

"是俺们姑爷进城来治病呀！"邢大婶战战兢兢地证明着。

"报告团长，这个病人有嫌疑。咱们先把他带走。"伪排长坚持自己的意见。

关敬陶迟疑了一下，先盯着杨晓冬，次盯着银环，最后对他的伪排长说："咱们捉的是越狱潜逃的要犯，捉个嫌疑病人有啥用，大家快走，别耽搁时间，放跑了真犯人。"

伪军们一窝蜂拥向外走，关敬陶走在后边，他瞟着银环，高声呵斥邢大婶："亲戚有病还不躲远点，能在这儿久待着？"

银环同杨晓冬听着关敬陶的话口，看了看茶馆周围的环境，知道待下去还要出问题。但因周围敌情不明，估计敌人必然严加封锁，于是决心投奔医院找小叶去。

二

杨晓冬经过小叶的帮助，进入护士宿舍红楼地下室了。这里凉爽安静，很适合休息，但他的情绪很不安定，他一再打问医院里边各种政治情况。小叶是个没经过风波的乐观人，觉得他想得过多，便说："这是外国人办的教会医院，一般查户口都不到这里来，你放心吧！"银环也同意小叶说的理由，杨晓冬摇头不信，他又问医院内的地理环境，问着问着，发现护士楼北面，被树木掩映着的地方闪出灯光，光亮中有摇摇摆摆的人影，像是有人推什么。他急问小叶是做什么的，小叶趴在窗上向外看了看，说那边是太平间，就是医院的停尸房，那里有人影晃动，许是抬进死人去啦。

杨晓冬说："教会医院绝不是保险的地方，敌人第一遭不来，说不定要检查第二遍。必须想个办法，光在表面掩藏一下不行，敌人方面不少的人认识我。"银环见他还是这样着急，她又害怕了，拉住小叶想办法，两人先说到教堂里边掩藏，杨晓冬不同意，又说到锅炉房去，觉着也不行。小叶突然想出主意说："怎么咱们干医务工作的得了病，倒忘记吃药啦。叫他化装病号，先刮脸再抹膏子，头颈都缠纱布，面涂带色药水，外罩病人衣服，我把他带到外科大楼上，环姐披上件白衣一块去，不查就当病号混一夜，查紧了，咱俩架着他，满可以楼上楼下躲躲呢。"大家同意这个意见，叫小叶快去取化装物品。小叶走后，杨晓冬对太平间灯光还不放心，要银环出去看看。银环看了回来说："太平间里放了个死人，患大叶肺炎死的，别的没什么征候。现在趁着小叶没来，我给你准备刮脸的热水吧！"银环端着盆子向外走，与跑来的小叶撞个满怀。小叶面黄气短地跑进来说："大事不好啦！敌人军警宪特联合搜查来了，正叫全院的工作人员在前面集合哩，连休养员都得出去排队，听说还跟着个什么司令哩！化装来不及啦，就藏在地窖子里吧！"银环觉得这样不行，一时慌得也想不出办法来。杨晓冬想了想说："刚才不是提到那个太平间吗，我看就到那里掩藏去。"银环没有好办法，只好同意这条计策，觉得那里还背静；小叶也没新的主意，打开窗子搀扶着他跳出去。她们二人各扯着杨晓冬一只手，弯着腰跑到太平间。幸而太平间没锁，杨晓冬钻进去，四下瞧了瞧，抬头看了看不太高的房顶，他从里面关了门，小叶急忙在外面落了锁。

银环要在附近看守着这间房子，小叶说："那怎么能行？蹲在这里光有害处没有好处，赶快跟我穿好白罩衣，到外科大楼去，那里三层楼梯随便上下，能够跟敌人捉迷藏，还能看着太平间的动静。"

银环同小叶掠过树荫偷偷登上外科大楼时，瞥见楼前空地上，全院人员已经集合了，医生护士们站在一边，伤病人员站在一边。在他们外围布满了穿着各色服装的伪军、宪兵、警察和便衣特务，所有的电灯都开了。高大成蹲在外科大楼手术室门前的高石阶上，下穿长军裤，上穿短白衬衣，脚蹬高筒皮鞋，腰系一把日本式的战刀，双手握住战刀的两头，大声喝呼着爪牙们四处搜人。从医院里被陆续赶出来的人们，看到高大成那股杀七个宰八个的凶气，各自捏一把汗，感到性命难保。光线稍暗的树荫花圃地方，范大昌、蓝毛等人领着一群特务偷偷查对，时不时地拉出人来用电棒照照脸。小叶正在私下庆幸能够偷偷躲到楼上的时候，银环忽然拉她一把。她顺着银环指的方向看去，发现楼底葡萄架下探出一个脑袋，闪着一对忽悠忽悠的小核桃眼，盯着银环她们所凭依的纱窗。

"是小高！"小叶沉不住气了。

"错不了他！"

"他看到咱们了吗？"

银环才要答话，发现小高领着蓝毛奔楼门走来了。她说："不好，小高可能发现咱们啦，你看，他们要上楼，快离开这儿吧！"

小叶想了想说："别怕！这边来，跟我上三楼。咱们有法儿治他。"说着小叶领路奔向中央的三楼梯。这个楼梯是坏的，旁边挂着块木板，上写："此处楼梯坍塌，改从两侧上楼。"小叶上去摘掉木牌，关闭了这里的电灯，使坍塌阶梯隐蔽在黑暗里，然后挽着银环由左侧登上三楼，开了顶端路灯，两人躲在楼顶暗处向下瞧看。时间不大，高自萍果然领着蓝毛上楼了，二楼没有找到什么目标，急着登上三楼，两人并肩迈上中央楼梯，噔噔走了几步，只听咔嚓一声，两人带着响声摔到楼底……

高大成见人群里搜查不出杨晓冬，留下一部分人包围着外科大楼及全院公休人员，他把特务们集在一起，分别在全院实行挨间逐室的搜查。他领着摔伤的蓝毛他们一帮亲信搜查最偏僻的角落。银环听说这个消息，心里格外沉重，她最担心医院西北角那个不太显眼的太平间，偏偏又是高大成亲自前去，要是现在有人送个信叫杨晓冬躲出来多好，可惜小叶已经把门落了锁。

银环、小叶提心吊胆地转到三楼西北角，打开纱窗，眼巴巴地瞅着高大成这帮人逐屋搜查，查来查去到了西北角，他们停止在那排房子前面了。就见高大成的警卫们指着太平间问是什么地方。院方管理人员回答说是停尸房，说明里面还有一具刚死的死尸。听说有死尸，警卫们都不想检查了。蓝毛鼻青脸肿地走过来，他带着一脑门子官司质问说："既是停死人，为什么上锁，难道怕死人跑掉？"经他这一质问，院方的人张口结舌没法回答，蓝毛更逮住理了。他想：即使搜不出"犯人"，也要抓住院方点毛病，泄泄挨摔后的一肚子火。他没请示高大成，便大呼警卫人员打开门。

院方急派人取来钥匙。门打开了，里面黑洞洞的，特务们谁也不愿意进去。蓝毛分开众人，龇牙咧嘴地训斥别人说："你们是忌讳死人呢，还是害怕藏着活人呢？瞧我的。"他咳嗽了一下，冲着里面大声说："姓杨的，人生三尺，世界难藏，你那么大的个子，还能钻进老鼠窝里去。知趣些，自己出来。我们有几千人马，里三层外三层把你围住啦！"室内静静的一点反应也没有。蓝毛便一手持枪一手持电棒猛冲进去，银环在三楼看得清清楚楚，听得明明白白，她一头扑在小叶身上说："想不到从狼窝把他拉出来，又送到虎口里了。"小叶十分难过，她无法安慰银环，只说："咱们留神看到底吧！"银环听着她的话没滋味，反身扑到窗台上，发觉有个硬东西硌得胸痛，伸手去摸，正是那只戒指，她便掏出它来戴到自己的手指上，这个动作似乎代表了她的一种什么忏悔心情。接着她又抬头注视了。时间没有多久，就见蓝毛连滚带爬地出来，大声惊呼："诈尸啦！诈尸啦！"他的丑态带着吓人的感染力量，特务们吓得东闪西躲，仿佛蓝毛本身就是那具复活的僵尸。

高大成见到这种情形，高声骂道："净他妈的老鼠胆子，本司令带着全副武装，还能怕鬼！再说神鬼怕恶人，小田！带几个人冲进去瞧瞧，有什么妖魔鬼怪，我连这狗日的医院都烧掉它！"

小田副官带几个人冲进时，搜索了一遭，推推拥拥连死尸带床一块推架出来放到明处，这时才发现了诈尸的秘密。原来停尸床下面带轱辘，重心容易移动，蓝毛进去双手捺压这头，那头翘起，活像死人要坐起来。在蓝毛惊慌外奔时，脚又踏着床下那块降温用的人造冰，打了个滑跌。有此种种，加上这小子平日作恶多端，封建迷信，心虚胆怯，因而做出了上述的丑态。

特务们见推出的真是一具死尸，大伙胆子都壮了，上前团团围住观看。高大成查不出要捉的人，心里很恼火，怕在这里耽搁时间长了，给逃跑的造成空隙；小田他们架出具死尸首来，又觉着晦气；大家围着争看，他更嫌心烦。凡此种种，气得他独眼瞪圆大发脾气："猪猡们！你们不是吃奶长大的，是他妈喝糊涂粥长大的！老子要捉的是越狱潜逃的要犯，谁叫你们老翻腾这块臭肉。马上跟我集合，朝北边搜！"

这一群疯狗吵吵叫叫地滚走了。

三

现在，医院重新平静了。所有的人员都饱尝了一场虚惊，各自回去安息。只有银环和小叶放心不下，她们虽然没见到敌人捕走杨晓冬，可是她们怀疑杨晓冬是否还存在，是否出了新的意外。等到院里万籁无声的时候，两人重新由果树林中慢慢接近了太平间，太平间门外还横着那只带轱辘的推床，周围没有什么动静。银环轻声说："不用找了，他一定没在这里。"小叶说："也许他已经回到地下室去啦！"这时听得太平间咕咚响了一声，银环吓得心里直跳，就见杨晓冬从黑暗中走出来。

小叶说："我的天，真有神仙保佑啦！"

杨晓冬说："神鬼都不顶事，帮助我的是这间农村式的房子，房梁上面用绳索吊着很多扫帚，我抓住绳头攀上去，躲在扫帚中间，敌人来时光顾倒腾地下那具尸首了，没有仔细看房顶……"

听了杨晓冬的经过，小叶高兴极了，她说："你们投奔了我来，总算度过了这样大风险，现在我招待招待你们住个好屋子，到特等病房去，这个病房是内科的，离这儿最近，又闲着呢。待我先去看看。"

小叶领他们走到特等病房门口时，原想乘机进去开个什么玩笑，一看这两个人的神态，女的像个"坐家闺女"，男的像个"道学先生"，大大煞了她的风趣，自己反而怯生生的了，加上整夜没睡觉，精神感到支持不住，她说："现在离天明，至多有两个钟头，好好休息一会儿吧。喝水有电炉子，我不进去了，环姐，你就偏劳吧！"

　　特等病房很宽敞也很安静。粉白屋顶，淡青墙壁，屋里摆设也很素净，一张三屉桌，两把皮转椅，横窗放着罩着凉席的钢丝床，床头病人桌上插满一瓶鲜花，窗幔是天蓝色的，灯光照耀下，满屋是青幽幽蓝生生的，显得格外雅致。杨晓冬到这个环境里，估计不会再发生什么问题，便也安下心来，慢步踱到纱窗前，轻轻撩起窗帘，一股浓郁的芬芳气味从窗外送进来。他向窗外瞥了一眼，看到绿油油的果树枝叶直探伸到纱窗边缘，心里感到分外舒适，对比之下，倒是屋内来苏药水气味很浓，使他更愿意靠窗呼吸。

　　银环看到杨晓冬的松快心情，心里格外欢喜，她像收拾自己的屋子一样，打扫清洁，整理床被，摆桌椅，开台灯，屋里更明亮，她的精神更充足了。她一面忙着安电炉煮开水，一面站在杨晓冬的侧后面说：

　　"经过这场大灾，你显着更消瘦了，在这里安定地住上几天，给你好好增加点营养！"对方没回答什么，她倒满一碗开水，双手捧着：

　　"喝了这杯水！"

　　杨晓冬回过头来，正要伸手接杯，明亮灯光下，发现银环的食指上，有一缕夺目的闪光，他忘了接杯，睁圆眼睛盯着她的手指。

银环起初不知道他为什么这样注意，认为自己胸衣上有什么，低头看了看，当意识到对方是在看自己手指戴的那个红心戒指的时候，她的手发颤了，开水洒了满地。她想缩回手去。

"你戴的是什么？"

"这是……"她垂下头了。女性的害羞折磨着她，使她保持了几秒钟的沉默。可是，在这样曲折复杂的生活和这样的场合下，还有什么需要隐瞒的呢？她一口气从头说到最后：

"……在生离死别的时候，我能再叫大娘伤心吗？现在，现在是物归其主的时候了……"她脱下那只戒指，递给杨晓冬。

杨晓冬接过这只戒指，既思念恩重如山的老母亲，又感谢情深义重的女战友。一时不知说什么好，睁大眼睛盯着银环，像是第一次看到了陌生人。及至对方感到难以为情而逃避他的目光时，他的主意打定了，手捧戒指，跨前一步，重复着刚才对方说过的那句话：

"现在是物归其主的时候了——请你收下行不行？"

"这可不行，一来我现在已经放弃了这种想法；二来你已经有爱人了。"

"我有了爱人，这是从哪说起？"

"上次进山说成的。"

"啊！你的电报真灵，那是肖部长说的，他要介绍的就是你！"

"杨同志，这也不行……"

"这又是为什么？"

"假如我不是我自己——这样少德无才的人，我要是觉悟很高、能力很强、对革命有贡献、看着又顺眼的人，我才有资格……"

"我不同意你的话，依我看，你可以算作觉悟高、能力强、对革命又有贡献的人。"

"就是不顺眼！"

"不！从我进城的第一天晚上，你给我送毛衣的时候，我就感到你为人善良称心顺眼了。"

"听信你？在你眼睛里，我还不是山坡上一块挨踢的石头。"心细的银环还记着老杨在公园土山脚踢石头的动作，接着又说，"日常对待人虽说有说有笑，总摆着副领导架子，脸沉得像石板，生怕别人近乎你，我不高攀你。"她的话是批评也是拒绝，但她最后那句话是违心地说出来的。

杨晓冬沉了一会儿说："作为上级处理工作和在生活中对待爱人，总是不能等同起来的。你对我的批评很好，我现在就改正我的缺点吧。你过来。"

银环很大方地走近前来，准备接受他的亲热。杨晓冬却并没有吻她，只轻轻地摸索着她的长发，一时万感交萦。银环见他沉默不语，慢慢仰起脸，她看到他的脸色憔悴，头发茸长，心里升腾起了无限的同情和怜悯。她想：战争，催人老得太快了，都市里那些不知亡国仇恨的人，即使比他大过十岁二十岁，也是细皮白肉的显得很年轻，而他年纪未到三旬，却显得如此衰老；她同时觉得，战争对人又是最好的锻炼，一个干部在安静的后方工作，或是学习一年半载的，谈不到什么大的变化，有之也是所谓先进和落后的区分，其性质也是革命生活中的思想作风问题。战争洪炉、战争环境里就大不相同了。它考验人的方法是简单而明确，尖锐又严峻，立竿见影，一清二白，人就是人，鬼就是鬼，没有丝毫的含糊或犹豫。

她再一次盯着杨晓冬消瘦苍老的面庞，一时也是百感交集。由于她的过错，使他受到沉重的痛苦折磨；在惊风骇浪的斗争

444

中，生活又这样安排了她和他的命运。她激动得不能自持了，她是多想向他倾诉平日隐藏在心里的千言万语哩。此刻是他们生命中庄严而又幸福的时刻哟！可是，当她开口的时候，却说着这样的话："你不光是属于我的，你是属于党的，我一定要亲自把你送回去！"

"你这是什么意思，说明白点！"他松开了她的手。

"没什么，你先好好休息吧！我是说等你健康好转了，送你回根据地，把你交给肖部长。在这个都市里，你再也不能待下去了。"

"银环哪银环，你这是什么观点噢。我到省城里来，是个住店的旅客，爱来就来，爱走就走？同志！这儿是战场，是党派我工作的阵地，想叫我当逃兵开小差呀，可不行。你快去找小叶，从速设法把我送回城里去！天就要亮了。我们同敌人的斗争才刚刚开始呢。"

经过争论，银环同意去找小叶。她们两人商量好，白天必须让他隐蔽休息，黄昏时医院有救护车进城，那时再把他化装送进城里去。

第二十一章

　　高大成出动了他的全部人马，外部封锁了郊区要道，内部控制了城关岗卡，全城戒严，挨家逐户，逢人搜身。从午夜开始搜到第二天上午九点，半点踪迹也没发现。

　　九点半钟，高大成气咻咻地回到伪司令部办公室。勤务兵看到他那颓唐疲乏的样子，殷勤地送来一杯热茶。他摸着茶杯烫手，连杯带茶泼到勤务兵的脸上。大伙见他动了真气，谁不害怕，都悄悄地躲开了。范大昌知道这件事情从头到尾有他的重要责任，转着舌头向高大成说好听的，直说得高大成呼出一口长气，范大昌知道是时候了，才开始讲他的中心意见：

　　"咱们对姓杨的费这样大的心血，还不是为了挖共产党地下组织的根，谁想他真能越狱潜逃呢？现在这件事情轰动全城了。捉住姓杨的我们都能脱掉牵连，否则，没有不透风的墙，迟早得送到日本人耳朵里，那时节，连高司令在内，都吃罪不起呵！"

　　高大成皱紧黑眉头说："我就为这件事发火，你看有什么办法？"

"我是这样看，事到如今，捉到姓杨的固然好，捉不住也没多大关系。重要的是咱们能想个办法遮盖外界人的耳目。"范大昌把中心意思吐露出来。

高大成说："我想挖个鱼眼当珠子用……"他跟范大昌咬了咬耳朵。

范大昌满脸堆笑，双手挺起两个拇指，连呼："对！对！对！这是《三国》上曹丞相成功的经验，高司令的才智可以跟古圣先贤并驾齐驱了。我看，事不宜迟，我们回避一下，请高司令马上下命令！"

高大成把田副官找来说："你快去喊蓝队长，叫他带上那个年轻的小后生一块到我这儿来！"时间不大，蓝毛领着高自萍来了。两人夜来跌得鼻青脸肿，加上彻夜没合眼，脸色青中套黄，灰溜溜的实在难看。

高大成打着官腔对蓝毛说："蓝队长，你打算怎么办？"

蓝毛说："我们打算饭后再出发，四下搜查。"

高大成说："给我们出主意搜查医院的是哪一个？"

蓝毛指着高自萍介绍了一下。

高大成说："他就是在省公署潜伏的那位共产党伪装分子吗？"

蓝毛摸不清高大成的意思，一面点头，一面为高自萍帮言说："这个人跟咱们工作以来，还是肯卖力气的！"

高大成不以为然地点了点头，叫蓝毛到耳房去休息。

剩下高自萍自己了，他从高大成同蓝毛的对话中，已经感到气候不对，蓝毛走开后，他更慌神了，站没站相，坐没坐相，嘴唇动了几动，想表白又不知怎样开口。这时听见高大成说：

"你跟着跑了一夜，大大的辛苦啦！"

"不辛苦，为皇军、为司令大人办点事，辛苦是应该的，是小小的。"他竭力想迎合着对方的心思答话。

"你应该受到我的奖赏！"

"我甘心情愿替司令官效劳，但求免罪，不敢图赏。"

"我一定赏你！"高大成挥手制止了他的唠叨。

"司令官的恩典，不敢当，不敢当！"

"要赏！一定要赏！赏你一粒卫生丸吃！"高大成用手指比成枪，冲着高自萍的前额点了一下。

"司令官是跟我开玩笑，我可经受不起哟！"

"谁同你开玩笑！小田！叫人把他捆上，把嘴堵紧，马上押赴西关菜市口，当场枪毙，他就是越狱潜逃的共产党！"

高自萍五花大绑被推出伪司令部办公室。

蓝毛走出来，惨笑着向高大成说："我可不是替他讨情，咱们的策反力量，司令知道得非常清楚。千里堤捕来那个女的，经过她父亲在北京托人情，业经批转到新民会工作了；如今直接帮助我们办事的，只有他一个，把他干掉，咱们的眼线就断了。"

高大成训斥他说："你给我称称分量，现在是怕断线，还是怕断命？不拿他当替死鬼，拿你去搪日本人！"不等蓝毛回话，即扭头叫喊他的副官长，当那个弓腰驼背的人走近前时，高大成说："你们都听明白了？"

副官长驯顺地点着头。

"快写张枪毙逃犯的布告，墨迹不干就得贴出去，然后呈报顾问部。说越狱潜逃的共产党已经被抓住正法了。"

副官长起身去写布告的时候补充说："布告贴出去，我马上打电话给有关方面联系。"

高大成不再理副官长，把范大昌、蓝毛他们叫出来嘱咐说："瞎子害眼，就这么回事啦。不管是多田还是什么旁人知道了，咱们三张嘴唱一个腔调，说鹿都说鹿，说马都说马。"

范大昌赶紧附和着说："协力山成玉，同心土变金。有祸大家瞒，出事大家担。咱们一定听高司令的指示。你说呢？"

蓝毛见范大昌要自己说话，便答道："我没新的办法，你们说啥就是啥，反正一条绳上拴着的蚂蚱，飞不了你也跑不了他。"

高大成见内部问题不大了，就督促说："公开搜，看来是困难的，你们再化装到各处调查调查，也许能有点什么收获；我总怀疑这件事有鬼，单是个姓杨的，他煮熟的鸭子还能飞上天去？"

整个上午，办公室里就剩了高大成一个人，随从人员都被他骂得不敢照面了。他躺在两头翘的卧椅上，晃荡着肥胖身躯，嘴里不断出长气。他并没有因为这一系列的措施，减轻思想上的压力，总觉得事情会出漏洞，总怕有冤家对头朝日本人手里告状。想起他和日本人的关系，实在复杂得很，今天被顾问部奖励一番，明天又被军部申斥一顿。平心而论，他是一心一意跟"友邦"尽心效力，而"友邦"总不大胆信任他，名义上他掌握着军队，实际上受日本军方的控制，军事活动受人家的管辖，他本身的活动也有很大约束。远的不说，就按受他指挥的范大昌和蓝毛来说，也许他们就是多田安在他屁股后边的尾巴，负责监视他的军队和他本人。他想：大权在握时，他是个杀人不眨眼的魔王；一旦不被信任，他丢掉的不只是权势金钱地位，连吃饭的脑壳也保不住。想到这里，他一挺劲，从两头翘椅子上翻下来。

办公桌上电话叮叮作响，值班的不在，他又不想接。响到叫人心烦意乱的时候，他从地板上爬起来，伸手抄起电话，想借机会把打电话人臭骂一顿，哪想到电话里也在端着官腔骂人：

"你们的人都死绝啦？长着手没有，为什么不接电话，误了军机大事是你担还是我担？"

高大成听声音像是范大昌，冒着问了一句："你是范先生吗？"

"少说废话，你管我是谁，快给我找高司令讲话！"

"真他娘的晦气，我就姓高，你有事快说吧！"

电话里那个猛虎声音，忽然变成绵羊腔调了，接着用极其谄媚的语调说："呵呀！你是高司令，我真瞎眼，不！我简直是聋子。高司令，让我为你祝贺，托你的福，菜市口的问题顺利结束啦，另外，还有个大好消息。"

范大昌讲的是咋回事情哩？原来昨天夜里韩燕来从伪司令部跳墙回连部后，丢下张小山一个人伏在火磨桥前，张小山是最近几天内打入敌人新兵连看守仓库的。他接到韩燕来的通知，夜里从仓库溜出来，悄悄走到桥头，负担里外联络，韩燕来进入伪司令部很久不出来，他心里十分焦急，枪声响后，四处敌人都有骚动，他再也不敢在桥上停留，试着奔伪司令部接济韩燕来，走到中途，迎头碰上伪司令部冲出来的敌人，他万般无奈，只得回仓库，这样就同沟外的同志失掉了联络。

梁队长他们在沟外等了很久，骤然听到敌人司令部一带响枪，估计韩燕来是出了问题（原来决定是不打枪的），留下部分队员守沟，他带着膘子爬进沟来，想援助韩燕来和张小山。不料刚跨过铁道，即与追赶来的敌人碰了头。他们躲到黑影里，等敌人过去，继续向前走，一直走到了火磨，在司令部周围侦察了一番，一点线索也没找到，往回返时，交通岗卡都被敌人封锁了，不用说回到市沟沿，连铁道也过不去。绕了半天圈子，他们走到菜市口，闹得前进无路后退无门，幸而两人都是居民打扮，梁队长领着膘子进入菜市口附近一家敞着门的骡马大店，住店总得先验证件，登记店簿，接受检查。梁队长懂得这一套手续，主动找到店家柜房里，说他们是郊区住户进城买东西的，想到店里歇歇脚，多给点茶钱也行，照样给房钱也行，希望减少麻烦别登记店簿。柜房接受了他的意见，给找了间空房，他们便进去休息。没有多久，敌人拥进来查店，梁队长同伙伴偷偷溜到后院，钻到草料间里，躲过了敌人的挨户搜查。天明之后，仍然不敢活动，九点半钟戒严解除了，他们试着想离开这块是非地。这时街头上一传十、十传百地说越狱"犯人"已被查获逮捕，等一会儿就要拉到菜市口枪毙。这项消息急坏了梁队长，他想：真要是杨同志出了这样大的娄子怎么得了！无论如何也得到现场去看看，只要有一点可能，拼上性命也得援救他。他同伙伴秘密带好枪支，悄悄离开了店房。街上闹哄哄的，看热闹的人还是不少，梁队长他们夹杂在观众的行列中等待着。时间不大，驶来一辆带篷汽车，押车的也只有十多个伪军，梁队长想：对付这一班伪军问题不大，有一梭子弹就可以打他们个鸡飞狗跳墙，至于敌人陆续增加了怎么办，杨晓冬身体怎样，能否跟他们冲出去，他没有考虑甚至不愿意考虑了。可是这次处决人，一反往常的游街示众，车停在菜市口刑场，警卫们先跳下来弹压了地面，赶走了群众，然后才推拥出被绑的犯人。梁队长一眼看到被绑的是个吓到昏厥程度的后生，把他闹糊涂了，他愣了愣神，把摸到手里的短枪又掖进腰里去。当时他的这个动作，被化装混到群众中间的范大昌瞧见了。他挤眉弄眼地纠合了一群特务，远远地尾跟在梁队长他们的后面，一俟看清他们是两个人，范大昌更沉着了，乘着他们到小铺买烧饼的时候，他一声呼哨，匪徒们从梁队长身后一拥齐上。这就是范大昌向高大成电话中说的好消息。

第二十二章

一

猫头鹰在半亩园的老槐树上叫了两声，小燕从梦中惊醒了，心里吓得突突直跳，仿佛有什么祸事临头。竖起耳朵听了听，身旁的银环呼吸很平稳，杨叔叔在里屋睡得也挺香甜，她才放下心来。想重新入睡，但再也睡不着了，生怕从虎口里逃出来的受难人，再被敌人夺回去。

"杨叔叔昨晚告诉，把地洞再挖个翻眼，这件事迟办不如早办，万一敌人来搜查呢，万万不能再出娄子呀！"小燕想着轻轻下了床，怕吵醒睡觉的人，踮着脚尖朝外走。抬头看了看天，天上布满星斗，她熟悉的那三颗报告时间的星星，一时又找不见；想听听苗家的钟，越听越不打点。"反正离天明还早着哩，叫醒周伯伯一块动手吧！"她轻轻推开对面周伯伯的门，怕开灯不方便，想上前摇撼醒他，但摸来摸去，结果屋里只有一张空床，她诧异着退出来，看到西墙角下洞口敞着，她便步履砖阶，进了洞口。迎面吹来飕飕凉风，穿着单衣服还有些冷，她顺手开了那只五度的小灯泡，一缕昏黄的光亮直射到洞底。小燕猫腰前进，发现洞底已经堵死，抬头一看，上面已经打好翻眼，攀上翻眼，爬了不多几步正是墙根底下，推开草棚麻袋，到了西墙外面，这儿正是周伯伯看菜园的窝棚，小燕这时完全清楚了：周伯伯比她更积极，她想到动手打翻眼的时候，他已经提前完成了。她爬进窝棚想同他说几句话，可是，窝棚里铺盖打成卷，凉森森的空着一领破席，根本没有人；她探出头来，听到靠菜园尽头坑沿上，有沙沙的响声，细眼瞧去，周伯伯挑着土筐，正在猫腰朝水池里倒土。她跑过去，抓住筐小声说："我也帮帮手！"

周伯伯见了她，先问杨晓冬他们睡得安定不安定。小燕做了肯定的回答。周伯伯说："这是最后的一担土了，不必再帮助啦。"说着他担起空筐同小燕回到窝棚，爷儿两个坐在凉森森的苇席上。

周伯伯说："不是分的你守前半夜我守后半夜吗？头十二点我睡不着了。出来溜了一圈，思谋着，你杨叔叔他们已经是九死一生的人了，再不能叫他们担凶险。按照他说的，我到洞里来修改翻眼，这一骨截儿不长，挖得不到二十挑土。刚才我已把土都担到水池里，再有什么风吹草动，在这没人来的窝棚里一躺，就算到了保险地啦！"

"周伯伯你想得可真好。这么一来，连户口也别报，暗来暗往，也别叫苗家知道，先躲起来养伤。"

"我想的还多着哩！从明天起，咱们在大门口外边摆个菜摊，茄子、豆角、西红柿，都摆上点子，咱爷儿俩倒替着守着。名义上是卖菜，留神过往行人，有什么动静，再从门口通后院拴个拉铃，到时一扯拉铃，电报就打过去啦。"

小燕称赞了老人，想了想又发愁地说："这样看来，住下问题不大了。偏是这一阵咱们过得挺苦，哥哥混到行伍里去，不能补贴家里，给他们养伤养病，拿什么养呀？不用说鱼肉，连口白面也吃不上，明个早晨，就得喝棒子面粥，多牙碜哪。"小燕愣了一会儿又说："他们准是知道咱家困难，我听银环姐姐说，他们要回根据地去呢！"

周伯伯大吃一惊："千万不能叫他们走，有他们在一天，咱们有个主心骨儿，缺了这些人，天上就没有日头，在世界上就没有活头啦！"

"要是银环姐姐做着事，还能帮助咱们点。现在她不光失业，身体也不好。"

这些难题目把周伯伯压得沉默了。杨晓冬进城后的一切事情，去年春节他被摩托车撞伤后的一切事情，都漂浮到他的眼前了。他的胸部猛胀，呼吸迫促，经过一阵较长的痛楚，他突然问道："燕儿！你看我的身板骨可够壮实的？"

小燕不解其意，点头"嗯"了一声。

周伯伯愣了一会儿说："好吧！天就亮了，你回去看着点门。叫他们早晨多睡睡，早饭就先熬粥吧，别的东西归我操办。"

杨晓冬没有睡懒觉的习惯，天刚发亮就要起床，小燕三番五次劝说也没效。银环本是和衣睡的，见他们争论，自己立刻起来了。小燕发急地说："伤的伤，病的病，多多睡会儿养养神，不碍的，外面三几道门都插得紧着呢！"

"我受了些外伤，已经好了，没有病，许是她累垮了。"

"我垮不了。无非疲乏点。这一宿觉就恢复了。"

三人一同来到小院。这是个天色晴朗的夏日早晨，太阳刚刚露出地面，玫瑰色的光线照在院中槐树尖上，着光的部分显着新黄，不着光的枝叶呈现深绿。屋檐上蹲着小燕那两只驯服伶俐的鸽子，日光下，它们的翎毛闪烁着多变的霞光翠色。在这舒适宁静的时刻，经过惊涛骇浪腥风血雨的杨晓冬和银环，心头上有说不尽道不出的快感。感到生存的喜悦，感到这个家庭和小院的温暖，他们觉着这儿就是家，他们便是这个家的主人，不用谁来张罗，两人都想抄起家具来做饭。不料小燕这也不让动那也不让摸，只由她自己去熬粥。银环掀开瓦罐看见有棒子面，想动手做点干粮，小燕不叫做，也不说明原因。稀粥早熬成了，也不让客人吃，杨晓冬感到这孩子有点子，拧不过她，只好同银环耐心等候着。

八点多钟，周伯伯回来了。右手挎着的面袋里，一半粳米一半白面；左手提着瓶酒和生熟牛羊肉，还有十几个冒热气的肉包子。他放下这些东西，便叫小燕开饭。他们叫他一同吃的时候，他说吃过饭了，替他们到外边看着人。随后又把小燕叫出去，私下告诉她说："看门的事交给你吧，我夜里没睡好想躺一躺。要没零钱花就到我那里去拿。"小燕知道周伯伯夜里干活够累的，也没想到别的，便叫他去休息了。她刚回到屋里，杨晓冬就问她周伯伯为什么买许多东西，钱是从哪里来的。小燕回答说可能是他借来的，杨晓冬又问老人为什么神色挺紧张。小燕说他整夜没有睡觉。杨晓冬摇头说："老人家身板够结实的，一两夜不睡觉，还不至于那样跟跟跄跄像病人的样子。"小燕觉着这话有理，就悄悄到周伯伯屋里看动静。老人躺在炕上闭着眼睛，见小燕进来他睁了睁眼，小燕一时没话可说，便托词道："我拿点零钱，买点油醋。"老人说了声："衣兜里有零钱。"说着翻身脸朝里。小燕轻轻掏零钱时，见里边夹带着一张纸条，上有红色章记，字迹花里胡哨的看不清楚，她心里有点怀疑，偷把纸条拿回来交给银环。银环看了纸条，急走到杨晓冬跟前，惊讶地说：

"你看，老人家卖血了！三百西西。"

杨晓冬伸手接过条子，从头到尾看了一遍，半晌没作声。移时，他无限激动地对着银环说："人们用鲜血养育着我们，拿生命捍卫着我们，你看怎样，我们还能抛弃他们回根据地吗？"

银环眼里噙着泪珠道："你不要再说啦！咱们快看看他老人家去吧！"

半个钟头之后，韩燕来回家来了。根据地转来一封密信，他是特地告假出来送信的。他所以回家来，是想问问小燕有什么情况。自从前夜同杨晓冬分手后，不晓得他逃往哪里去了，想不到他们却都平平安安地回到他的家里。

见到杨晓冬，他欢喜得忘记掏信了。互相交谈了分别以后的情况，谈话中涉及银环。韩燕来感到那天对她很粗暴，想解释几句，也不好开口，于是抱歉地向银环伸出手。银环红着脸点了点头，旋即释然地笑了。

小燕瞅了个空子告诉她哥哥周伯伯卖血的事，韩燕来听说后，立刻走到小院南屋看他。周伯伯见韩燕来进来，亲切地招呼他坐下，两人从来没有像今天这样客气。今天，在韩燕来的眼里，周伯伯不再是怄气的对手，他变成了非常可爱的人，他用从来没有过的敬爱语气说：

"周伯伯，你何必呢？他们又不是外人。自己也是有岁数的人咧。小心自己的身板骨嘛。"

"我不怎的，你陪他们说话吧。我到外边给你们看门去。"

"你不是还没吃饭呀？"

"不碍的，叫燕儿给我拿两块剩干粮就行啦。"

韩燕来回北屋时，才想起他带来的那封信。当时认为是给杨晓冬的，用米汤擦出字迹后，发现是肖部长写给银环的：

小环同志：从你的信中，看出你现在非常痛苦。不幸的事情既然发生了，就要冷静地对待它。我们完全相信晓冬会忠于党的事业，任何情况下他会向敌人作斗争的。当然我们要想办法营救他。

你在这个问题上有错误。小资产阶级的温情，加上政治上的麻痹大意害了你。一个共产党员的政治嗅觉任何时候都要尖锐灵敏。你要好好地吸取这次教训。高自萍沦为叛徒的责任我也有一份，连续多日行军作战，没能及时派人把他替调出来。当然，最主要的在于他自己。本来参加革命，好比在大海里游泳，不是所有的人都能安渡彼岸的。意志不坚立场不稳的人，是会沉沦没顶的。今天战争的环境是这样，将来和平环境也是这样。

另外，目前时局很紧张，蒋介石从分裂倒退走向投降，他命胡宗南撤退同日本对峙的河防大军，去包围陕甘宁边区。日本鬼子乘此机会调兵遣将准备进行秋季"大扫荡"，在这个紧急关头，内线工作需要动员一切力量，打击敌人，配合根据地进行反"扫荡"，偏你们在这时候发生了意外……

另页信纸上写着：

前信没写完，又发生了新的情况，根据确息，肯定杨晓冬是越狱出来了。但目前尚无下落。另外，梁队长和一个队员又被捕了。不幸事情连续发生，牺牲代价颇为重大。在这种情况下，希望你能振作精神，坚持住阵地。首先找到杨晓冬，如果已经找到了他，急速来一回信。然后探听梁队长的下落，并设法营救他们。听说那个伪军官表现还不坏，军区指示要加紧争取他，我们分析，只要工作进行得好，他可能……

杨晓冬看完信非常感动地说：

"党和上级对咱们是多么关心，多么信赖，又抱了多么大的希望呀！咱们这些党员，给党做了些什么呢？我个人首先应该从思想上行动上检查。我的领导工作没搞好，要负最重要的责任。但同志们的想法又怎样呢？你想着叫我缩着脖子躲在你家，一动也别动。你怕我在这里待着危险，要把我送出省城去。这些问题都是属于什么性质呢？真要提到原则高度，我看可以说是军事上的逃跑退却，政治上的右倾惜命，这样下去我们要犯大错误的。"杨晓冬做了个停顿，银环和燕来互相警惕地交换着眼色。接着杨晓冬说："现在，根据肖部长的指示，我们要刻不容缓地行动起来。银环！你今天就出发，先找蒲小蔓再找关敬陶，打听梁队长他们的下落，跟姓关的挑明，在最短期间，我要亲自同他接头。燕来要加紧争取那几个工作目标。张小山既打进去了，叫他一定隐蔽好，最好叫他调离仓库，到要害部门去，争取在最短期间内，把分区介绍给咱们的几个关系接上头。对小汤进一步争取教育，提高他的政治觉悟，还可利用拜盟兄弟的方式团结一些人。不要对扛枪的士兵看不起，在敌人营垒里，有一支枪听我们使唤，对我们来说就是个重大的力量，对敌人也就是致命的威胁，你忘记军区参谋长告诉咱们的话吗？"

"你再说说吧！"韩燕来并没忘记，愿意叫他再说一遍。

"他不是说，在对敌人作战的时候，连咱们内线的力量都估计上吗？"

燕来和银环分头出发了。杨晓冬出来到院里散步，瞥见小燕蹙着眉头，杨晓冬看着她有心事，把她叫住问：

"小燕儿，这一阵生活困难吧？"

"生活困难是小事，我们过惯了苦日子的。"

"大伙都不在家，剩下你一个人闷得慌？"

"我也不怕闷。"

"对谁有意见，你说说吧？"

"我对谁都没意见，对我自己有意见。"

"说说你的意见吧！"

"杨叔叔！你说，我什么时候才能当个党员参加你们的会呢？"

"哈哈！小燕子呀！"杨晓冬知道她在窗外听了他们的谈话，"你年岁小呀，没有这么年轻的党员。好好地干吧！迟早你会成为共产党员的。"

掌灯以后，周伯伯同小燕又去修改翻眼，剩下杨晓冬一个人，想看书又看不下去，翻开伪报，看见敌酋大东亚首相青木劝蒋介石投降的消息，他扔下报纸，心烦意乱，刚想躺下休息，听得后门连续轻弹了四下，知道是银环回来了，他疾快出去接她，黑暗中，银环看到是他开门，心里特别温暖，进来先同他握了握手，正待回身插门，听见苗先生从外面喊："别关门，别关门！"随着话音他抱着个大西瓜进来了。进门开了路灯，一眼瞧见杨晓冬，他热情地高声说："杨先生，是你，久违啦，听小燕说你回北京了。才回来呀，请，请先到我家里坐。"杨晓冬根本没想到在这个节骨眼上碰上他，既然碰见了，总得周旋一番。他一面搭讪着说话，暗暗递了银环一个眼色，叫她先回小燕家去。银环会意了，侧身穿胡同奔向后院，不料行到中门，正与开门迎接丈夫的苗太太撞个满怀，苗太太见到银环，一手拉住不放，拉拉扯扯地把两人都让到家里做客了。银环同苗太太到内屋，苗先生同杨晓冬在外间。杨晓冬稍作寒暄后，为了解除房东的怀疑，他不断讲说北京的生活和物价情况，话头转到时局时，苗先生小声说："现在时令可不太平呀，听说有个共产党越狱一天一夜，被抓住在西关枪毙啦。"杨晓冬想摸摸对方的底，结果苗先生知道的情况并不多。他小心地应付他一番之后，同银环托词出来了。回到后院，杨晓冬问苗太太净说什么，银环说都是日常生活小事，杨晓冬便把苗先生讲的告诉她。银环听了说："你看这话里有话没有？"杨晓冬说："我看没什么事。你汇报一下出去的情况吧！"

银环说她先到了关家，关敬陶不在，通过小陶调查的结果，得知在菜市口毙人的时候，确实抓捕了两个人，说不清是不是八路军，在治安军只押了一个小时，就送到日本宪兵司令部。银环说她接着去找蒲小蔓，她们还不知道有捕人的消息，以后小蔓的妈妈说，两天以前特务们到处给宪兵队找做饭的，小蔓她妈想着把她们的邻居卖水的介绍了去。

杨晓冬插话说："这倒是个好机会呢！"

银环点头说："我已经同她们母女谈好了，说把一位会做饭的赵伯伯给他们介绍去。我指的是老赵，他在伪治安军司令部

461

里不是提心吊胆吗，叫他去好啦。"

杨晓冬考虑了一会儿说："老赵未必合适。我看周伯伯好些，有小燕这个好助手，里外传信方便。你到洞里把他们爷俩叫回来，我跟他们商量商量。"

周伯伯和小燕浑身泥土站到灯前了。杨晓冬吩咐银环到外面听着动静，他把去宪兵队做饭的事谈得很仔细，请他们表示意见。

小燕满口赞成："周伯伯去太可以啦。白天出门做饭，晚上回家干活，两边都不耽误，耽误也不要紧，大小活儿我兜揽着。"

杨晓冬见周伯伯默不作声，知道他性格耿直不能勉强，笑着向他说："周大哥，你说说，看有什么困难？"

"我不是怕难，单是做饭，我闹一气。可还有工作咧。"

小燕见他推辞，急遮拦说："工作你就学着点呗。左不过是探听点情况。刚才不是说过，有困难时节，我进去帮助你。"

周伯伯感到小燕有意逞能，瞪了她一眼："小燕！这可是你说的。咱们三头对面把话说清楚喽，我进去可就管做饭，工作的事儿，都放在你的两个肩膀儿上。"

杨晓冬说："周大哥，你只答应去做饭就行，能进去做饭，就是一件大事呀！"

周伯伯说："这样我没二话。小燕，走，咱们接着挖去！"

这时，院中放哨的银环进屋来了，她说刚才听到有人来找苗先生，请他到一家杂货铺里去打牌，她感到这件事挺蹊跷。今天晚上，偏偏碰上苗先生，又赶上有人找他打牌，她问小燕，苗先生有没有打牌的习惯，小燕说从他家经济上宽绰了以后，他就不断摸索着打小牌，苗太太为这件事非常反对他。杨晓冬对银环说："门口遇见苗先生，纯粹是偶然性，不要神经过敏吧！"

银环乘势说："我过去太麻痹啦，现在过敏点好。我们应该马上离开这里，今夜若没有动静，小燕明天跟我联系一下，咱们想法把周伯伯的事办妥当喽。"

二

炎炎夏日，绿树浓荫覆盖着河坡，护城河里缓慢地流着清水。水流冲击着嫩绿色的苲草，翻上倒下，时沉时浮，苲草上落了一只蜻蜓，身随苲草浮沉，不时展翅起飞，旋即落下。小汤凝视着蜻蜓这个起飞又降落的动作，内心很紧张地等候领导人对他的指示。并肩蹲在他身旁的韩燕来，看了看四下无人，抓紧机会说："外边领导同志指示我们，不要光说空话，把问题具体起来，比如明天发生重大的事情，要你我拿出枪来，参加战斗。你我能不能，敢不敢？"

小汤愣了一会儿，扭转头说："我受你的领导，你说吧！"

"我这么看，你被人家宽大放回来，我受过人家的恩惠。领导上一举一动都是为国家为穷人，帮助他们就等于帮助自己。现在既然求到咱们头上，依我看，不能含糊，要拉跟着拉出去，要打跟着干一场，咱们光棍汉没什么牵挂的，你说呢？"

"我没犹豫的，这里混，穿上二尺半，当个传令兵；离开，没亲人没产业，两脚一迈就搬家。"

"你思想上怎么样，贪恋城市不？有没有到山沟去的勇气？"

"别净开导我啦，我不是三砖打不透的。"

"这太好啦，将来大事成功，为人民出力，为你干娘也算报了仇。呵！"韩燕来忽然想起张小山的事，不由得向北面苇塘瞧了一眼，"我托你给小张找的差使，办妥当了吗？"

"说是说好啦，最好咱们同他一块谈谈，我那个叫苏兴旺的朋友，是个讲义气的人，搁不住几句好话，要是他当面应承了，就十拿九准啦。"

"既然这样，趁今儿个礼拜天，我找小张，你去叫姓苏的，咱们一块到小斜街白肉馆，我请客。"

小汤嘴馋好吃，听说请客，兴趣来了，一反刚才那沉默劲，连蹿带跳地找苏兴旺去了。韩燕来站起来，走上堤坡，朝北迈了几步，对着苇塘打了个口哨。芦苇哗哗摆动，张小山上穿衬衫下配绿裤，满头是汗从里面钻出来。他问小汤走了没有，韩燕来努嘴不叫他说话，两人走到小斜街，韩燕来才告诉他刚才谈话的经过。两人说着进了路北的白肉馆，到小楼上找了一个临街的单间，坐好之后，韩燕来想起山猴子爱耍贫嘴，怕他言多语失，便劝告说："我知道你是从根据地来的老革命，经验多，道理也说得透；但这个环境可不同外边，说话要留神，咱们同姓苏的萍水相逢，可没什么深交情。"哪知道张小山非常谨慎谦虚，比起他在根据地的嬉笑态度来，几乎变了性格，他说："你不用嘱咐，到一时说一时，我一点也不敢粗心大意。也别提谁新谁老，上级指示过，叫我进来服从你们的指挥。"说着，他从衣袋里摸了一下，"这是我刚领到的饷，跟你的钱凑在一块，打发这顿饭钱……瞧！他们来了。"

苏兴旺驾着摩托车载了小汤来到饭铺门口。

四人分宾主坐好，稍经客套，韩燕来领先说：

"今天请苏大哥吃个便饭，顺便大伙谈谈。"跑堂的端来两壶白酒，一大盘四拼凉菜。韩燕来提着壶给苏兴旺斟满，苏兴旺端杯一饮而尽。小汤给他又斟满，苏兴旺才要喝，小汤说："苏大哥喝了我这杯酒，得帮我解决问题。"苏兴旺说："有什么问题喝了酒再说。"端起来又干了。小汤再次斟酒后指着张小山说："托你找工作的就是他，他徒手当新兵守仓库十分憋气，能不能叫他跟你当个助手？"

苏兴旺盯住张小山，看他个子很小，有些轻视地说："你能行？"

"你老兄要提拔，我愿意跟你学驾摩托。"

"哼！"苏兴旺颇不以为然，"不是光驾摩托，必须会使唤这家什！"他摸着腰间的匣枪。

"驾驶我外行，打枪还练过，凑合着可以左右开弓哩。"

"在哪学的？"姓苏的感到张小山有些骄傲。

"他在京东干过保安队，别看年轻，老把式啦。"韩燕来紧替他圆场。

"你瞧我的枪可好使唤？"小汤摘下自己的枪，有意叫张小山显显本领。

"你这是二把短八分，能打二槽子弹，零件顶好啦。"

小汤指着枪说子弹上膛很费劲，张小山说那是大簧有毛病。说着他放下筷子，拉过一把凳子，三下五除二把枪拆开，将大簧调了调头，用力捻了捻，不到两分钟，把枪修理好。苏兴旺亲眼看了，这才点头称赞。接着韩燕来把话头引向讲义气论交情上去，谈来谈去，谈到四个人的友谊。小汤按照韩燕来的授意，捧了苏兴旺一番，提出同他结拜把兄弟。韩燕来、张小山欣然表示同意。苏兴旺虽觉着事情突然，因大家都同意，又是件好事，稍微沉思也就答应了。韩燕来立刻叫酒家到文具店里买来四个金兰谱，按着年龄排次序：苏兴旺二十六岁是大哥，燕来居次，张小山第三，最小的是小汤；小兄弟三人站起来一齐向苏兴旺敬酒。敬完酒，小汤说："三哥转勤的事，我可不管了。"苏兴旺说："这件事交我办，只消我跟警卫连长讲讲，不出三天，保证调你过来。"张小山道谢了他。这时，跑堂的端上四大盘白肉青葱罩大饼，兑好青酱高醋，四个人风卷残云霎时吃了个精光。韩燕来付了饭钱，叫人沏了壶香茶，给苏兴旺倒水时，他说：

"我们既然是把兄弟，一定要有福同享有祸同当，遇到为难事，先向苏大哥商量。我这种看法对吗？"苏兴旺、小汤都说对。韩燕来接着说："碰巧我有件遭难的事，想提说说：我的一位表兄，是个很老实的庄稼汉，日本军出发的时候，错被当成八路军的侦察员，抓来押到宪兵队里。有冤没处说，苏大哥眼宽手长，能不能帮帮手？"

苏兴旺不假思索即大声回答道："能帮手。常说，人托人接上天。咱们先托田副官，再托高司令，只要高司令肯在宪兵队方面说句话，没有不作情的。"

韩燕来听了他的话，知道双方的思想距离很远，也不便急于求成，便开脱道："这件事咱们要长话细说，里边还串连着我的仇人呢。现在暂时不谈，晚上我有工夫，再给大哥好好叙谈叙谈。"他目示小汤，要他伴送苏兴旺先回司令部，小汤会意，领着苏兴旺驾着摩托先返回了。韩燕来把张小山的款如数交给他，说："这个姓苏的认识很差，不能过早向他暴露什么，目前主要是通过他把你介绍到通讯队去，便于同分区的关系接上头。走，咱们找个清静地方，研究研究，看怎么争取他。"

三

五天以后的晚上，银环悄悄送杨晓冬回到小燕家。小燕正和周伯伯同桌吃饭，见他们到来，非常高兴，一面吃着就谈起去宪兵队做饭的情况。

周伯伯说："去了整四天，凑合着能干，没有要武艺的饭食，顿顿是稀粥菜汤。头两天没出过厨房门，以后送饭的伙夫被开水烫伤了一个，司务长派我跟着提桶送饭，这才进了押犯人的西跨院。那里是两排敞房，屋檐下摆着两行木笼，一个笼里装十五六个犯人，挤得很紧。每逢我们送饭到跟前，看守员才打开笼门。你瞧，吃饭在里边，拉尿也在里边，大白天臭虫乱爬，蚊子嗡嗡叫，不落个咬死才怪哩！"

"周伯伯！"小燕焦急了，"先说正片，后说加片呀！咱们的事在东院，老说西院干啥，你说东院吧！"

周伯伯见小燕插言，急忙啃一口棒子面饼子，咔嚓咬了半截大葱。没想小燕说了个头还是叫他讲，他粗脖子涨筋地大口咽下去。"对！我说说东院，东院可严得厉害呀。里边有看守监督，外边有日本兵站岗，这是个大监狱。进监狱大厦，有三条胡同，每条胡同里至少有二十多个囚间。三条胡同交叉口处放一把高脚转椅，看守员坐在上边，只要他肯注意，哪间屋也逃不过他的眼。不光这样，大监狱这么多房间，只有一个门口，任何人出入都得经过看守的跟前。我第一遭儿去，正赶上他们放风，扛枪的鬼子龇牙咧嘴的，可吓人咧。得亏小燕有胆量，有智谋，一头是针一头是线，她能串连到一块，多不简单。小燕！事情是你办的，你念叨念叨吧。"他如释重负地出了口气。

"说起来呀，汉奸队比鬼子兵还可恶呢。我才去时碰了很多钉子，我说是给当厨师傅的爷爷送东西。把门的狗汉奸们几次阻拦不让进。后来我急得不行，趁个眼不见从旁门溜进去了。离周伯伯他们的伙房不远，有个大房间，住着鬼子一个班，他们是专门管东院守卫的。每逢我试着去东院，都被鬼子呵斥回来。我不灰心，就在周围转悠，后来碰到日本一个曹长。他很喜欢我，半口中国话，说这道那的，还给我糖吃。我要求到大房间卫兵室，他起初不答应，后来还是带我去了。玩了一会儿，我指着东院要进去，他摆手不同意，经过我缠磨着说是要看花，他才领我去了。进东院门时卫兵朝他敬礼，我趁这个机会，故意摸了摸卫兵的枪把，向他挺大拇指头，说了句：'你的么希。'为的叫他对我有个好印象。我进去空转了一遭，没碰上放风，见不到梁队长他们的踪影。以后，我打问清楚是每天三次放风，顶属下午的时间长，下午又轮到上午那个鬼子站岗，我便又跟着曹长去了。刚进东院门口，有人请曹长接电话，他走了，我已经进院了，还肯放过这个机会，转到卫兵跟前，比画着手势要到院里折花，他没十分阻拦，我就钻到里边去。恰在这时候放风，一群长发垢面的人涌出来。他们个子有高有矮，看长相都差不多，我也说不清哪个是梁队长。你们说的模样，再也对不上号。心里一急，突然想出个点子，手指人群，我指点着说'老黑老黄，老热老凉（梁）'，就见人群里有一对忽悠忽悠的眼珠子直瞪着我。这一来我才把他看清了，果然是黑眉大眼凸鼻梁。认清了他也就认出离他不远的那位大个子队员。双方一眨眼，心下都明白了。可我怎么办呢？那么多的眼睛瞪着，我不敢把小条交给他。梁队长排队进厕所了，我急得抓耳挠腮，这遭儿再接不上头，也许以后就不能进来啦。我想到的第一个办法是掐一朵花，把小条藏到花里投给他，细想不妥当，为什么单单投给他呢？叫敌人翻出来还得了？看看他就要出厕所了，我急得没法子，真想硬着头皮直接递给他，但这怎么行呀？后来我发现墙根下有个浇花的喷壶，我的主意来了，把喷壶灌满水，装作浇花，梁队长走到跟前时，我故意漫不经心地抡起喷壶泼湿了他的鞋，梁队长多聪明，他乘势走出队伍向我赶骂，我趁着伏身给他裤腿上擦水的机会，把那个小纸条掖进他的鞋帮里，大声说：'对不起！'小声说：'回信交给大师傅姓周的。'他瞪着眼骂了我一句，又微微点了点头，就回去了。"

"就在这个早晨，"周伯伯紧接着说，"我正给他们开饭，忽然有人从牢房探出头来说，沙子饭酸菜汤，这是给人吃的呀，你姓什么？我回答姓周，他将半碗凉菜汤，倾倒在我提的桶子里，我回来这个找呵……"

小燕掏出指头般大的蜡丸说："找出这么个玩意儿来。"

银环接过蜡丸，转递给杨晓冬，伸手把小燕搂在怀里说："你们的成绩很好。"半晌，她松开手，对杨晓冬说："这一件大事，我听完啦。你看着处理吧！咱们双管齐下，我给你们订约会去。"

杨晓冬知道她是去找关敬陶，点头同意，叫小燕跟着她划门去。他用全副热情冲着周伯伯说："周大哥，谢谢你，你不是只答应做饭吗？其实你绝不单是做饭，你已做了很重要的工作，正像银环说的，你们的成绩很好。"

"不价，不价！你快拆开信看吧，他们在那个鬼地方生活着，比地狱里都够呛呵！"

杨晓冬打开黄蜡丸里的信：

……我麻痹大意的错误，现在就不说它了。被捕后不是怕，觉得有劲使不上，整天没心没肺的。见到小姑娘，我痛快透啦，跟党取上联系，从心里觉得热乎。这里的难友说，再等个把礼拜，敌人把我们转到马驹桥，不知是转移地方还是枪毙。要是有办法就想点，没有也别勉强，干革命没有不流血的。最后，盼你多加小心，千万别再出娄子。敌人赛过狐狸，够狡猾的……

看过信，杨晓冬催周伯伯他们早休息，明天好上班。屋里剩下他独自一人，反复看了梁队长的来信，情绪激动不安。耳边响着自己问自己的话："你到内线来有八九个月了，同志们牺牲、被捕、坐牢，一连串吃败仗，你的领导能力表现在哪里呀？组织上曾说，内线工作是一条隐蔽的战线，是对敌斗争中一支有生力量，这怎么向党向人民交账呢？"他越发不安了，熄了灯，由室内踱到室外，在小院转了几遭，又回到屋里，黑暗中他仍闭住眼睛，想了又想，最后一个轮廓从脑子里跳出来：我们要通过所掌握的内线力量，救出狱中的同志，乘机促使关敬陶在城厢起义，沉着地扩大战果，逮捕敌伪军政人员。争取在敌人大规模蠢动之前，狠狠地揍他一下。"对！就是这个主意。"杨晓冬想着，眼前闪出一幅敌酋和我军区司令员角力的图画，双方在难解难分的时候，在敌人背后他猛刺了一刀。他高兴这个幻景，伸手开灯，从桌屉里取出一片薄薄的白纸，提起笔来写：

来信收到，你们不要过分担心，一切都有办法有希望。党的内线工作完全有信心有力量把同志们营救出来……

一气呵成几百字的回信，当时心里很痛快，用蜡丸封起时，他又念了一遍，感到有些字句不够妥善，再念时感到全信内容都有问题。对狱中同志们精神上给些鼓励是允许的也是应该的，但你有什么把握能营救同志们脱险呢？外线力量，无法运用，敌人何时转他们去马驹桥，也搞不清楚。攻打宪兵队！就凭你们内线的人马刀枪能攻进去吗？即使侥幸冲进去，能冲出城圈摆脱敌人吗？不错，关敬陶同我们有点联系，姓关的是条鱼，但不是摆在厨房内，他还浮在大河里，谁能保证他起义？即使他有这个愿望，在敌人这样大的战略据点里，他敢活动吗？高大成这些家伙们都没睡觉呀！三思两想，他脑子里那把用希望燃起的火光熄灭了。他把写成的那封信撕得粉碎，想继续写，再也写不下去。漫步走到小院，失望的情绪折磨着他，没有心思散步，倚着后院门扉，抬头望着天上繁星，呆呆作想。突然，头上有金属声音响了一下，这使他大吃一惊，声音继续轻微作响时，想起是小燕新拴的拉铃牵动，他知道是银环回来了。

他摸着黑去开门，她见是他，挽着他的胳臂往回走，为了不惊动苗家，两人走路都用脚尖点地。走到北屋里这一段，她感到他很沉默，她开了灯，瞧了瞧他的神情，问道："你怎么啦？"

他知道，她对他的各方面非常关心，从表面到内心只要有点什么思想苗头，都会很快被她发觉。隐瞒她也没必要，便把刚才的想法和写信的内容统统向她说了。银环听了便说："写信的事不要紧呀，措词不当你就改写一封嘛。不要给自己找难过了，赶快休息把精神养一养，明早八点钟，关敬陶要同你见面哩！"

四

关敬陶送走银环，前思后想，整夜没得合眼。天发亮时，他实在困了，刚想睡一会儿，陶小桃便催他起床，她服侍他穿好衣服，洗罢手脸，给他端来早点。关敬陶盯着焦黄面包和牛奶，嗓子眼里发憋，一口也不愿意下咽，终于推开饭碗对她说："今天是我的一关呀，接见这样的人物，心里实在七上八下的。"

陶小桃劝他："该说的就说，不该说的就罢，能答应的就给人家办，不能办的好好给人家解释，不要过分心情紧张。再说，多忙也得吃饭，不能糟践了身体。"

关敬陶说："别劝我吃东西啦，现在就是龙胆凤肝也咽不下去。你马上给团部值班员打电话，说我有病上午不去上班。"

陶小桃说："放心吧！这些我都能办到，看你还有什么吩咐？"

关敬陶说："希望你在家为我好好祝福！只要我能平安渡过这一关，我们到馆子里，好好吃一顿！"

关敬陶走到伪市府大门口，他心里踌躇，虽然穿了便服，还是怕被公务人员认出来。幸而不到上班时间，大门口清静无人，他用力拉下帽檐，遮住自己的前额，眼盯着脚尖，快步迈进传达室，他向老传达点了点头，说是来拜访市长的。

老传达稀罕地说："你也找市长？早呵！早呵！市长十一点才上班，先到会客室候着吧！"老传达张罗他自己的事去了。关敬陶放心大胆地坐在会客室，他心里佩服共产党，佩服人家胆量大、情况熟悉，这些重要机关竟做了人家的会客室，真是腐败无能。他想着，瞥见玻璃窗外不断有稀稀拉拉的小职员们来上班，他怕碰到熟人，便躲进会客室的内间。内间桌上有报纸杂志，沙发上有人坐着看报，报纸遮着看报人的面孔。他咳嗽了一声，看报人闻声从脸上拉下报纸，他正是杨晓冬。

"呵！你早……"关敬陶不知怎么称呼才好。

"比你早来一步，请这边坐吧！"

关敬陶朝前凑了凑，保持了一定距离。他坐下了。

几乎没什么客套话，杨晓冬就开门见山地说："我们直接交谈只一次，我们会面可不少，连今天在内，在各种不同情况下已经是第四次了。彼此都不陌生，让我们有话直说吧！你对我们的党和军队有些了解，也接触过我们几位同志，而且你对我们工作上也有过帮助，这些都不必细谈。现在我们想加深一步谈谈，说说我们对你的希望，你也表示表示你的态度。"

经过考虑，关敬陶说："我本人觉得，虽不敢说身在曹营心在汉，但我同贵军贵党是朋友，而且友谊很好。"

"友谊是肯定了的，现在我们不谈抽象的，也不转弯抹角，希望你赤裸裸地表示表示态度，你愿不愿意回到祖国怀抱，愿不愿意掉转枪口打击日本侵略者？要是愿意，你打算什么时候行动？"

"我当然愿意回到祖国阵营，至于具体时间……"关敬陶苦涩地咽了口唾沫。他说："我只能掌握几个人，无法控制全团兵力，好不好暂时保存我这股力量，等到大反攻的时候。"这确是关敬陶的内心话，他曾想现在拉好关系，多少做出点贡献，等到时机成熟：比如苏联援助共产党占领华北五省的时候，最好是美苏同援、国共合作大举反攻的时候。他曾这样设想：乘着日本溃退，他关敬陶振臂高呼，伪军官兵闻声响应，不费力但又狠狠地给鬼子一顿兜屁股枪。

"你等到大反攻？"杨晓冬盯着关敬陶。关敬陶逃避了他的目光。"时间是不饶人的，我们等多久没关系，倒是怕你等不了。说穿了就是高大成不容许你等，即使高大成暂时容你，日本鬼子也不给你这么长的时间。这只是我个人的看法，你可以好好考虑考虑，我们不强迫你，思想是要你通，步子是要你走。现在我想问一个情况，你晓得日本宪兵队什么时候把东监狱的人送马驹桥吗？监狱里押着我们的同志，你有没有力量帮助他们？"

押送梁队长他们赴马驹桥的日期，关敬陶说是七月二十日，他说这是从治安军司令部听来的。这个日子仅仅有五天的时间，跟前两天梁队长信中说的一星期完全相符。杨晓冬觉着这个情况是准确的，关于怎样帮助监狱的同志，关敬陶推辞说他无能为力，但他建议八路军可在距城二十五里的公路上截击，他说马驹桥敌人兵力不大，无力出击。敌人如从省城这面增援，需经一团防地，关敬陶答应竭力拖延增援时间。

杨晓冬说考虑考虑他的意见，双方再继续联系。谈话就这样结束了。

关敬陶回到家，没同爱人下饭馆，草草吃了点饭，重新上床睡觉，想弥补夜来失眠的疲乏。可是他再也闭不上眼，脑子里总是翻腾着杨晓冬见面所谈的问题。他想：真要八路军在离城二十五里公路上截击，那已是三团高拧子的防区，出了事跟自己的关系不大，到时设法拖延点时间就行。倒是反正的问题最关重要，我能不能等到大反攻，高大成容不容，日本人对我究竟怎么样，共产党的话灵不灵，我总得要摸摸底……他再也躺不住了。换好军装，跑到高大成的办公室。

高大成对关敬陶还是很客气，留他吃午饭。吃午饭时高大成说日本正在调动兵力准备大举进攻边区。说这次进攻要军事政治双管齐下，刻下日本人正在组织各界人士随军参观团。谈去谈来，谈到关敬陶本身。高大成主张仍叫他当参谋长，关敬陶感到，这是明升暗降实削兵权，再三提出辞谢。高大成先说这是日本方面的主意，然后答应以司令的身份替他维持，但要关敬陶快把他高大成的亲信第三营营长提名兼任副团长。他说：日本人业已物色了人选，不早呈报，几天之内新的副团长将要来上任的。

午餐后，关敬陶到团部转了一趟，向值班员交代了几句，就转回家来。见了小陶后第一句话就说："你立刻到银行把存款全部取出来，一律换成黄的。"小陶又惊又喜地问他："你下定决心啦？"

"说下定了还早，我先脱了衣服在河边上等着，几时逼急了，我就跳下水去。"

杨晓冬把同关敬陶谈话的经过告诉银环，两人研究了一下，认为他提供的时间准确，提出的办法也可取，当前的问题，是急需向根据地汇报，等待上级决定批准。为了保险，决定采取两条线同时出发，银环去找肖部长，小燕找武工队转分区袁政委。

银环嘱咐了杨晓冬几句，当天下晚就出城了。家里剩下杨

475

晓冬，他更提高了警惕，早早给小燕谈清了任务，他便离开后院同周伯伯钻洞到墙外窝棚里睡去。

第二天刚发亮，周伯伯上班去了，杨晓冬钻出洞来催小燕出发，瞥见小燕在床上酣睡，心想：这孩子也有睡懒觉的时候，亏得来叫她，他到跟前撩起被单，哪有小燕的踪影，被单下是个长枕头，抬头看，梁上的雪里白也不在，估计是这个小东西故意给他们摆下的迷魂阵。

这次向外联络很顺利，银环第二天午后两点就回来了，她到苗家后院时，杨晓冬钻到洞里午睡，小燕尚未回来，但她看到雪里白业已落在屋檐上，她知道小燕人没到，工作还是赶到前边了。她从雪里白尾巴上拆出那封胶粘的信，叫起杨晓冬，共同看了小燕的来信。信中说明小燕通过武工队，把内线意见和要求报告给军分区司令部了。银环这趟出去，直接见到肖部长，肖部长同意内线的意见，当即与分区袁政委联系了，他估计十九号夜里，一个团的主力部队可以开到，二十号早晨能在去马驹桥的公路上打伏击。此外肖部长嘱咐银环转告杨晓冬，根据种种征候，敌人有大规模进山"扫荡"的企图。要他们好好搜集有关的军事情报，二十号的事，内线同志不须直接参加了。杨晓冬听了这些，觉着一块大石头落地，心情立刻开朗多了。一时感到没有急事要做，不愿白天在后院待着，便同银环从洞中钻到墙外菜园的窝棚里。

窝棚上有柳树笼罩，两端空气对流，虽在盛夏，颇感凉爽。杨晓冬本打算同银环谈论点什么，谁知她竟从提包里掏出从外面带来的书，杨晓冬看书皮上写着《华夏春秋》，打开一看，是很多文件集成的合订本。第一篇是《中共中央对抗战六周年的宣言》，第二篇是《质问国民党》。杨晓冬一口气把宣言念完了，越念声音越大，银环推他说："把弦定低些，看你这个痛快劲，是因为咱们完成任务觉着高兴吧？"

杨晓冬说："不单是高兴，我每次读党中央和毛主席的文章，连饭都顾不得吃，不信你读读，就像中央负责同志亲自作报告一样。"

"我最爱听大报告，每听一次，总觉着眼界宽些、知识广些。"

"你爱听报告还不容易，等将来全国解放了，我们一起去住学校，每天有报告，管叫你听够喽！"

"你别俏皮我，我这个政治条件，能跟你一块读书？"

"为什么小看自己，到全国解放的时候，你的水平蛮高啦！"

"我可没那样想，将来全国解放了，能在人民自己的医院里，终生当一名护士，伺候那些对国家有功劳的伤病员，也就心满意足了。"

"同志！作为你个人，这样想当然是好的，但党培养你许多年，不能允许你仅仅当一名护士。你需要改行，做领导工作，要允许我提意见，我愿意你搞省城妇联会工作。"

"妇女工作更难搞，这几天，光是陶小桃和两个营长的太太，就够我呛的了。自然不管有多大困难，时候到了，我拉也把她们拉出去。"

两人正谈着，周伯伯从洞里探出头来说："燕来回来了。他要你们马上过去哩！"

杨晓冬说："燕来对那几个人抓得很紧，快去看看吧，可能他们的争取工作又有新的进展呢！"

五

事情总在不断发展变化；希望有时变成失望，看来满有把握的问题，有时会落一场空。杨晓冬他们所进行的工作恰恰就是这样。昨天一整天，营救梁队长他们的工作进行得很顺利。内部探实了敌人赴马驹桥出发的日期；外边联络了打伏击的主力部队；关敬陶答应暗中助一把力；韩燕来汇报工作时说，他们几个结义弟兄答应随时为朋友两肋插刀。这一切的一切，被今天上午小燕送出来的蜡丸粉碎了。蜡丸的消息说：

> 我们得到确息，敌人明晨（十八日）送我们到马驹桥。事情已到最后关头，只得拼命。我已联络好狱中同志，决定途中暴动。因为时间迫促，估计外面军队是无法赶到了，假如内线同志还有可能援助的话，注意我们的记号——车上插红旗……

为了讨论这个非常紧急的问题，杨晓冬决定立刻在城外召开会议。通过小叶的帮助，他又进了教会医院。

时针指在十二点上，杨晓冬穿着印了蓝色号码的病人衣服，躺在特等病房。他的脑袋枕着两个手心。右腿搭着左腿，发黑的浓眉皱紧，眼睛忽悠忽悠地盯着屋顶，在开会人没到来的时候，他在构思一个新的计划。

没有多久银环进来了，见杨晓冬正在深思，她不愿搅乱他，悄悄坐在旁边没有作声。随后小燕也来了，半天的时间，她做到了两件事，早晨送出蜡丸，现在又到兵营里找到她的哥哥，这些使得她私心窃喜，原想大话小话地说道几句，可是，当她察觉到这间屋里有一种沉默严肃的空气，她受到感染，立刻收敛了笑容，傍立在银环的下手。半晌，杨晓冬问小燕：

"你见到他们啦？"他说话时身体不动，眼睛仍盯着屋顶。

"哥哥说他随后就来。"小燕答完话，瞅着银环，看她的表情。

"镏子兑换啦？"他问银环。

"兑换了，全部换了六十块伪钞。"银环试着掏票子，觉着没必要，旋又住手。

这时外面有人轻轻叩门，门开启处，小叶向屋里招呼了一声，把韩燕来和张小山让进来。她自己朝银环点了点头就走了。

小燕见人们要开会了，她望着银环说："我到外边给你们看门吧！"

杨晓冬答复说："这里门不用看，你去邢家茶馆等着，看外面有人取联系不？有的话，马上送个信。"

病房剩下他们四个人，杨晓冬拿出梁队长今天的来信给他们看。纸条从银环传到燕来，一分钟后又递给张小山。这个小小的纸条，比最难解答的学习题还要复杂得多，大家面面相觑，谁在一时半刻里也提不出肯定的答案。屋内的空气更加严肃更加沉默，沉默到难挨的时候，杨晓冬站起来说：

"我们召开临时紧急会议，要讨论的问题，就是刚才大家看到的那封信。情况不要再摆了，狱中的同志决定要干，外边的武装因了时间关系，肯定是不能来，事情就在明天拂晓，距现在也只十多个钟头，同志们商量商量，看怎么办吧？"

韩燕来说："我这么看：你是我们的领导，水平又高，不必讨论啦，把你想好的主意拿出来，要干就干，是刀山我们也

479

钻去!"

"咱们这是党的会议,不能由我一个人决定,集思广益,大家讨论。"

张小山十分担心他们的梁队长,看到纸条时,他的肝胆都要爆裂了,他认为讨论去不去救是多余的,他说:"还讨论什么,要是今晚动作,我第一个冲进宪兵队的大门,要是明早,我拼命也要爬上插红旗的汽车。嘻!别这么磨磨蹭蹭地讨论啦!"

"我认为这件事还要考虑考虑,挽救同志,我是十二分的赞成,但自己的力量也要估计。昨天肖部长还对我说,内线不同外边,不能动不动就冒险。我们内线力量既然不够,可以先给外边送信,来不及的话,再从长想法子⋯⋯"

"我不同意!"韩燕来打断银环的话,也没申述什么理由。

经过争论,银环深化了她的意见。她认为内线工作保存力量非常重要,不能轻易公开面目,更不能砸锅暴骨。如果会议决定要行动,她主张公开的和隐蔽的力量从组织上分开,内线要留下做领导工作的人。

杨晓冬说:"我们意见虽有分歧,但都有可取之处。应该营救受难的同志,也不是砂锅捣蒜一锤子的买卖,留人问题可以留,从条件上看,留下燕来比较合适。"

"留谁也不能留我,你要到战场,我还能不跟着,必须留,就留她,意见是她提的,又是女同志。"

"女同志就应该留下?"银环的脸刷地红了,想分辩分辩。杨晓冬制止说:

"留人的事,以后再说,现在先不讨论。我再说一遍,银环的意见,有它的道理。我们这种做法,是自愿的,也是被迫的。这样做不只是挽救我们的阶级弟兄，其中还有更重大的理想，就是要在敌人大规模进山'扫荡'之前，给他一个当头棒喝。自然啰，组织这样大的举动，贪这样大的凶险，又来不及具体地请示领导（领导上有原则指示），也很可能犯错误。果真如此，由我把责任担起来。但我们这样干，还不是像银环同志说的那样冒险。你们看，梁队长他们已经决定途中暴动了。他们出来就是一支雄厚的力量。我们行动在郊区，便于向根据地靠拢，而且这个地区的敌人内部，无论上层和下层都有咱们的工作基础，成功条件是很充分的。好，现在说说我考虑的意见吧！"

杨晓冬把自己考虑过的计划，从化装袭汽车、营救同志、乘势促使关团起义、相机扩大战果等一系列的意见向大家谈了。韩燕来、张小山在具体措施上做了补充。银环给他们摊开城郊地图，杨晓冬在有关的公路岗楼都做了标识，在芦苇河西岸炮楼处画了个大大的红圈。一切快做完的时候，小燕回来了。她说，邢家茶馆没有人来，她想抽下午工夫再到周伯伯那里走一趟，看看有没有必要。

杨晓冬说："十分必要！"马上叫银环把兑换的伪钞分一半交给小燕，他说："你把钱交给周伯伯，要他今晚明晨想办法叫他们吃足饱饭。并转告梁队长一句话：'遇桥插旗，过河动手。'"

小燕走了。韩燕来他们也辞别着要走，杨晓冬嘱咐说："事情就这样决定了。分区介绍的其他关系不动，邢双林和他所掌握的人也暂不动，伙夫老赵都不动。一团一营刘营长到必要时再通知他，今晚派人告诉芦苇河炮楼的马班长，要他相机支援我们。主要是使用你们在团部的几个关系。回去马上找到小汤和苏兴旺他们，大家夜间一块溜号，到邢家茶馆门口集合！"

屋里就剩下银环了。她心里凄惶不安，她的同志和爱人，今夜就要出发，去充当冲锋陷阵的突击手，这不是势均力敌的两军作战，而是兵力十分悬殊的交锋。她恨不得伴随他去，至少能跟他多坐一会儿，但这都不可能，她同样有重要任务，她必须立刻去找小陶和那几位伪军太太，利用夜间打牌聚会，天明听到枪响，伴随她们出城。

她有心鼓励杨晓冬几句，但感到像他这样的人不太需要；有心吐露几句情意缠绵的话，又怕影响他的情绪。无可奈何时她慢慢蹭到他的跟前说："我也该走啦！"她伸出手，想简单地就此告别。

"你急什么。我还有话对你说咧。拿过小叶招待咱们的纸烟来。"

银环拿了烟，掏出一支，并给他燃着火柴。

"银环，我的好同志，我知道你是双料的关心：关心事情的成败和我本人的安全，对吗？我刚才说过，我们这次是化装袭击，第一，利用合法面目，这会造成敌人麻痹，他们想不到有人在他脖子底下'下嘴'；第二，还有关敬陶掩护和雄厚的内线力量。我们一定要利用这些条件，狠狠地打击敌人。给根据地军民吐气，给牺牲的同志报仇。"他是在给她做思想工作。

"事情不都是像想象的那么简单。"

"自然啰！我们要从坏处着想。我看最不幸的前途是：我们给敌人严重打击后，冲不出敌人包围，全部壮烈牺牲。这算到顶啦！假如真是这样（我可从没这样想），内线力量，具体说，我们在敌人军队的力量，当然要受到一部分损失，但我们党在省城的地下实力是雄厚的。获得重大代价之后受点损失也是值得的。至于你个人，要客观，要冷静，要有充分的思想准备。

战火中的伴侣不是都能够白头到老的。抗战六年来敌人夺走了我们多少同胞的生命，妻离子散鳏寡孤独的人，数也数不清。我们共产党人眼硬，多么严峻的情况，我们也能撑过去……"

"嘿呀！你呀，你不要向我说教啦！"她掏出手帕，抹干湿润的眼睛，"这些我都懂，何必说得那么凄凉呢！我问你，现在是四点钟，要不要晚上八点，我抽空来看你一下？"

"那就不必啦！"

"你身体很弱，我告诉小叶，晚上给你搞点好吃的，需要的话，叫她给你打一针强心剂。"

"我的强心剂不是药物，是要你发挥才能把那几位伪军太太准时地平安地带出去。还有，是要你给我点快乐的颜色。"

银环笑着摊开两手："好！我全部答应你的要求。祝我们在二十四小时后胜利地会见，祝我们这次战斗的成功！"她向他扑过去紧紧地握手。

…………

傍晚，关敬陶第一营的刘营长下班回家了，他坐在转椅上思考这样一个问题：下班之前，他在团部里负责挑选两个班配合宪兵队执行押送任务，大家都不愿去，唯独新到通讯队的那个姓张的小个子，争着要去，这个现象在治安军士兵里很稀罕。正思索中，他妻子从外面进来，说关太太来了电话，邀她同其他营连长的太太们去打牌，问该不该去。刘营长沉吟了半晌，忽然说："你一定要去，不但你去，还帮助关太太把一二营的女眷们都找了去。我看，不准是为打牌。"见她不明白他的话，刘营长低声说："前天我接到了边区党委的指示，说要有新的领导人同我接头。叫我坚决听从他的指示，看样子，我估计是有特殊任务。这两天里，我看到关团长心事重重，不断发牢骚，听说他把银行的存款都支出来了。团部传令兵当中，有些可疑的迹象，刚才派往宪兵队出差的也发现了点征候。这些，外行人不好看懂，依我看，这场牌局里有事，你好好收拾准备一下，可能咱们常盼望的那一天，就要到来了。"

第二十三章

一

天上星星眨着眼睛，大地黑洞洞的只能看出个模糊的轮廓。芦苇河河堤两岸，长满了苦蓬和青草，流萤在芦苇中划着发亮的弧光，闪来闪去。堤坡下面是一洼漫腿高的大豆，蝈蝈喝足了夜来的露水，爬在大豆茎上振翅争鸣。憩息在河边上的青蛙，不甘寂寞，参加了蝈蝈队的合唱。突然从堤坡根处传来一阵轻轻的脚步声，敏感的青蛙感到不祥，个挨个的，带着响声窜入水里。

从堤坡根处走来的是杨晓冬和他的伙伴。他们偷偷地摸到芦苇河东岸了。大家伏在堤坡上先看河水，河水像条亮带子，无声无息地流着，从河水宽度和水位高度上看，不会游泳是无法渡河的。放弃了浮水过河的企图，他们把注意力转到南面二百米的木桥。桥头站着两个哨兵，桥栏杆上挂着一个马灯照亮，灯光在河面上泛起一片红色的波纹。下桥坡西面一百五十

485

米处，矗立着一个高高的炮楼。因为夜雾眯眼，看不清楚。

杨晓冬他们伏在堤坡许久，突然他们绕到马路上，排好队形直奔桥头走去。最前面的是小汤和韩燕来；后面是一团新兵连的三位士兵，他们是由另一支地下工作系统派打进来的内线关系。听到小汤等起义，临时跟来参加的。苏兴旺挎了双枪跟随杨晓冬走在当中，他是以"副团长"随从身份出现的。

前锋迈上桥头了，哨兵呵斥他们站住。看到是军人，问他们要口令。小汤明知道口令，故意不答，大模大样地朝前走。一个年纪较大的哨兵很不服气，拉开枪栓推上顶门子弹。这时苏兴旺赶到了，他训斥哨兵们说：

"你们长眼是撒尿的？不认识副团长还不认识我？真是目无官长！"

哨兵们这才看到杨晓冬穿的哔叽军装，后退一步，没敢作声。

杨晓冬故意对拉枪栓的哨兵说："你的责任心很好，我不怪罪，现在天快亮了，我要召集你们全排集合讲话，快撤掉岗哨去听讲。"

别个哨兵怎说怎应，就要撤岗走，年纪大的哨兵仍是犹豫，小汤上前拧住他们的膀子下了他们的枪，把枪交给后面的新战友。然后他同韩燕来疾步奔往炮楼。楼顶的哨兵已感到桥头上有骚动，正在探身外瞧，韩燕来他们赶到了。

"快放吊桥，团部长官查勤来啦！"

岗楼哨兵愣了愣没敢答言，缩回头去向他们排长报告。

小汤向赶到的杨晓冬说："注意点子，这是三营九连的一个排，排长姓龚，高大成的老部下，够坏的！"

杨晓冬看了看星月收光的天色，说："时刻正好，不要慌，沉着对付他。"稍愣了一会儿，他对小汤说："通知马班长了吗？"小汤肯定答应了一声。

有十分钟左右的时间，先听见炮楼里吹哨，等了一会儿，姓龚的才带着两个班长登上楼顶。小汤见其中有马班长，胆子更壮了，便喊："龚排长，看你这磨蹭劲，快叫人放吊桥呀，团部长官查勤来啦！"

龚排长看到他们一行七八个人，天不亮来查勤，治安军里从来没这个习惯，来的长官也不认识。但要说不信，分明跟的是团部通信员，还喊叫他的名字。迫不得已，他说："查勤很好，容我先集合一下队伍。"

韩燕来知道他撒谎，揭破说："你的队伍早集合啦，耍什么把戏，是不是瞧不起新调来的副团长？"

龚排长看了看杨晓冬的装束，支吾着说："哪里话，不是不认识吗？"

"你不认识长官，还不认识我苏兴旺！"

这小子没话说了，看了看左右两个班长，马班长才要表示态度，龚排长诡计又出来了，他说："请你们稍等一下，我向营部打个电话，马上就放吊桥。"

听说这家伙要打电话，楼下的人都紧张了。只要让他打通了电话，今天的任务就算垮了八成。一时大家束手无策，禁不住乱吵几句。

杨晓冬这时向大伙喝道："不要七嘴八舌地乱吵叫！他是九连一排那个龚排长吧！好，打电话让他去打，等他打完了，我再跟他算总账。"

龚排长迟疑了，既不敢打电话，又不敢放吊桥，炮楼上下形成对峙的僵局。这时候芦苇河东岸传来隆隆的汽车声。听到汽车声，韩燕来他们真要开枪打了，杨晓冬制止了他们的急躁，看了看站在楼上的马班长，也看不出他有什么明显表示。杨晓冬怒盯着龚排长，琢磨了一个短的时刻，脑子里翻起了一个新的浪花，突然间，他指着木桥后面大声对龚排长说：

"你听到汽车响没有？我告诉你，那是多田总顾问要去马驹桥视察，陪同视察的有高司令和咱们关团长，我就是特为他们前来……好，不说啦，等会儿再跟你算账。"

这一来可把龚排长吓慌啦，真要高司令来了，吃一顿马鞭子是最好的呢！他回头又看两个班长，马班长看这小子沉不住气了，不等他下命令，就招呼另一个班长，两人亲自放了吊桥。

杨晓冬带着随行人员跨过吊桥进入炮楼场院，发现三个班的伪军已做了战斗准备，他喊了声："跑步集合！"全排列队站好，龚排长心神不定地站在自己的位置上。

杨晓冬厉声喝道："龚排长出列！"他规规矩矩站出来。杨晓冬骂道："你竟敢目无官长，抗拒命令，给我捆起来！其余的弟兄们都有错误，先架枪，在空房徒手集合，由马班长代理排长，等关团长他们来了再发落。"韩燕来他们按照他的眼色捆绑了龚排长，马班长集合徒手俘虏到空房里去进行工作。芦苇河炮楼的障碍扫除了。下一步能不能实现？远处的汽车声是否押解政治犯的囚车？梁队长他们能不能准时暴动？一切原来认为很有把握的事，杨晓冬现在感到不一定有把握了，他内心塞满了疙瘩，紧皱双眉，凝眸盯着芦苇河的大路。

外面，汽车响声更近了，杨晓冬率领韩燕来等跑上岗楼，瞧见东方红润润晴朗朗的天空下，夹在碧绿禾田中的泥黄色的公路上，有四辆大型汽车扬着灰尘奔芦苇河桥驶来，汽车接近木桥的时候，突然发现第二辆汽车尾巴上竖出一面红旗，见到这面红旗，杨晓冬像吃了一剂凉药，五脏六腑都清爽了，他紧紧握住韩燕来和小汤的手，三个人共同瞪着那面小小的红旗，刹那间，杨晓冬顺手抄起一挺机枪，他喊："韩燕来！你同苏兴旺去拦汽车，我去楼上亲自与你们压顶。"韩燕来等应声跑下去。

第一辆汽车下桥了，只有四个鬼子押车，车上载着许多军用物品；第二辆第三辆满载了押赴马驹桥的"犯人"。梁队长就在第二部车上。当汽车走上木桥的时候，梁队长瞧见前面有人挡住公路，他知道内线同志来迎接了，手指头粗的绳索，被他在车厢铁皮上几下蹭断。最后车上是押运"犯人"的伪治安军两个班。张小山同另一位起义伙伴事前搭乘在这辆汽车上。

韩燕来他们本着"先礼后兵"的计划，从炮楼出来站在公路当中，摆手示意叫司机停车。汽车停了，押车鬼子看出神气不对，跳下车来要持枪动武。韩燕来他们一拥而上，揪住三个鬼子厮打，剩下个老鬼子见势不好，钻到汽车底下，掏出枪来放倒了一个起义的伙伴。他要放第二枪时，梁队长早已跳下车来从他身旁爬进去，老鬼子发觉身旁有人，反手打了一枪，击中梁队长的左膀，没容他再响枪，梁队长掐住了他的咽喉。车前公路上韩燕来他们正扭打的时候，膘子赶到了。韩燕来摔倒一个，膘子将剩下的两个，每人头上用钢盔打了一记，鬼子四脚朝天不动弹了。

前面汽车停住的时候，最后一辆刚刚过桥，听到枪声，车上伪治安军想要下车助战。这时候张小山突然从车后站起，高举着四五个拉了弦的手榴弹，满带杀气地说：

"谁也不许动，统统举起手来，有一个不听话的，我立刻拉弦，叫全车人都变成肉泥烂酱！"他的助手在大家惊呆的时候，逐个下了两班伪军的枪。

战斗结束的速度，超出杨晓冬的预料，原准备用机枪封盖敌人，结果也没用上。他便迅速下炮楼与梁队长他们会合。梁队长绑扎了伤口，用最快的速度，把全部难友五十余人编成两个排，膘子和张小山临时被指定当排长，配发了从炮楼里缴获的武器，集合了五个班的俘虏，准备随着杨晓冬向外冲。杨晓冬早已胸有成竹，他命令小汤给关团长打电话。说明在一团防地出了紧急大事，请关团长火速到一营营部来亲自采取措施，不料电话打通时，得知关团长正在一营营部，他是特地向一营营长交代秘密任务：假如八路军截击汽车，需要迟滞兵力嫁祸于第三团。得到关团长在一营的消息，杨晓冬十分高兴，立刻叫人割断电线，全部人员乘坐缴获的汽车，奔赴一营营部驻地昌腾镇。

昌腾镇距芦苇河炮楼只有八里路，是个四百户的大村，营部同两个连驻在街心对门的两所宽宅大院里，汽车开到时，梁队长叫膘子带一部分人，架起两挺机枪，封锁了斜对门的两个院落。

杨晓冬在韩燕来等同志簇拥下，直接冲进营部办公室。

办公室里，关敬陶和一营刘营长正在接电话。电话是伪司令部来的，他们查问芦苇河一带为什么响枪，杨晓冬到后，叫他们先放下电话机，并赶过来先给关敬陶握手。与刘营长握手之前，他低声叫着他内线工作的代号，刘营长知道杨晓冬是自己的领导人，又惊又喜，杨晓冬暗示他暂不要声张，乘势把全部真实情况告诉了他们。关敬陶听了满脸惊慌，一肚子不愉快。他说："要光是救出你们的人，还可以做个假报告。现在你们打死了日本兵，又在我的防区，这不是滔天大祸？"

韩燕来听了把眼一瞪，说："你看成是大祸，我们看成是大福。你别没良心，八路军对你是多么宽大，到这时候你还三心二意的！告诉你，我们在你的门口已经架好机枪啦，你反正，有你的光荣机会；你拒绝，马上叫你当俘虏！"

梁队长这时也闯进营部，路上杨晓冬给他讲过关敬陶的事，现在一听到韩燕来的话，十分同意。他喝呼张小山、小汤他们快把关敬陶捆上。

关敬陶已经发现他的心腹一营刘营长原来是八路军的同伙，又看到自己的传令兵都听人家的，他心里害怕了，表示要同杨晓冬商量一个两全其美的主意。

杨晓冬说："现在就看你的决心了，你不下决心，八路军的同志们不能宽容你。退一步说，就说我们能宽容你，你可以想想，汽车被砸了；鬼子被杀了，炮楼被端了；'犯人'逃跑了；你脚下的一营在刘营长率领下跟我们一块进山了，这里剩下你孤家寡人一名，回头高大成和日本人会怎样对付你。"

关敬陶双手掐着头皮沉默着，表示十分作难的样子。

杨晓冬说："实话告诉你，现在谈不到两全其美，不是鱼死，就是网破。你要肯走光明道路，有什么困难我都帮助你。"

韩燕来说："你要不走光明路，还想拖后腿，我就当场干掉你！"

关敬陶看着刘营长十分犹豫地说："我早已同你说过，咱们当伪军没出路。"

刘营长说："起义投八路军就是出路。干吧！你不干我们一营也要干！"

关敬陶说："就是想干，部队也没掌握在手里。"

杨晓冬说："这不要紧，马上打电话，一面叫营连长们来这里开会，同时叫部队在西面二营驻地集合。"

关敬陶说："营连长开会是可以，但不少人还有家庭累赘哟！咳，太快了，太突然了！"

杨晓冬用自信的语气说："关于眷属的问题，你们不必担心，关夫人不必说，连刘营长、申营长还有连长的太太们，都有人照顾，我估计她们在这时候，至少也出城啦！"

杨晓冬的话真像神话般的应验，他刚撂话把，外边有人给关团长送了信来，封皮是银环写的，内附有陶小桃的亲笔信。陶小桃说，她同几位营连长的太太，带着必要的东西，坐大车跟银环出了市沟口，说关团长接到信的时候，她们至少离城已二十里。信结尾说：她们希望站在眺山群众欢迎行列里，看到光荣起义的丈夫回到祖国的怀抱来。这封信使关团长又好受又难受。他思前想后一语不发。

这时办公桌上又响着伪治安军司令部的电话，刘营长说是高司令亲自打来的，要关团长接电话。

关敬陶看着电话感到为难。

杨晓冬伸手接过来：

"喂！你是高司令，你问为什么放枪？芦苇河发生事故啦。是共产党分子化装阻击汽车……我们一团出击啦，很顺利，被我们全部俘虏啦。捉住了领导人，领导人正是司令部越狱逃跑的那个姓杨的。现在一干人等都解到昌腾镇了，是，正在详细审问，是……是……请司令亲自来一下吧。我？我是值班参谋。你找我们团长讲话，那好。"

杨晓冬堵着送话器对关敬陶说："高大成要你亲自讲话，别犹疑，挺住劲，按着我说的跟他讲。"

关敬陶在大家鼓励下，向高大成重复了杨晓冬刚才的谈话。他放下电话说：

"真要高大成来了怎么办？"

梁队长答言说："你放心吧！兵来将挡，水来土掩，难道我们怕他个龟孙子。我们有的是办法。"

移时，小汤领着二营申营长进来了，说开会的业已到齐，请关团长去开会。刘营长乘机把申营长叫住，两人小声叨念了半会儿，一齐站到关敬陶和杨晓冬跟前说："我们两个营关系不太大，团长说咋办都行。就怕三营长苟长海，他是个土匪，跟高大成从来就是一帮，开会时可得提防着点。"

杨晓冬说："没关系。关团长，你们放心大胆开会吧！"

二

营部外院的柜房里，坐着十二三个营连长，大家都不晓得为什么开会，有人说是临时出发打仗，否则不会同时把队伍调出来。三营长苟长海坐在迎门显耀之处，他将全身倒在圈椅上，脑袋顶着身后的柱角，两个袖口挽得高高的，两脚八字叉开，有时把脚板放在桌子上。他来时把大烟抽足了，现在拼命吸纸烟解解那股醉劲。见关敬陶进来，他从桌上缩回两只脚，向团长点了点头，连个起坐的礼节也没有。关敬陶并不理会这些，他匆匆促促地讲话了。

"弟兄们！我……我有件重要的事向你们谈谈。"他口吃又惶惶不安地说了这么两句。在杨晓冬横目之下，才简要地揭露了日寇罪行，说明了当汉奸队没有好下场。接着他不无勉强地说："我抱定决心，走光荣的抗战道路……"关敬陶说完挨个瞟着大伙的反应。一营刘营长咳嗽了一声，提高音量说："我们一营全体官佐都同意！"二营申营长原来不敢表示意见，瞧见他营的五六连连长都向他点头，他也被迫地点了点脑袋。这些都长了关敬陶的勇气，凭这股勇气他抬头看三营长，见苟长海眼睛一翻，他说话了：

"关团长！我问问你，你想干这件事跟高司令商量了没有？"

"我的决定，用不着同他商量。"关团长鼓起勇气回答他。

"那么全团军官们可同意？"

"开会就为的征求大家意见！"

"征求意见，好！从我姓苟的开始，三个字：不赞成。诸位弟兄们想想呀！"他开始演说了，"这样干是不是背叛皇军？是不是挖咱们高司令的墙脚？好吧！不怕日本军杀头的，愿意跟共产党受苦的跟他去。愿意跟高司令升官发财的跟我……"他的话没说完，韩燕来抽出刀来一刀攮进苟长海的脖颈，刀尖透过脖颈插在柱角上。韩燕来指着那把插在柱角上带血的钢刀，瞪圆眼睛喊：

"愿意跟苟长海走一条路的，在我这儿报名！"

所有到会的都惊呆了，有人吓得吐出了舌头，关敬陶也在哆嗦打战。当韩燕来向他努嘴时，他才神魂归窍，当众宣布说："会议就此结束，我命令刘营长快些前去指挥部队。其余人等统统跟随团部，立刻准备出发！"

散会后，小汤想起三营九连沈连长是苟长海的内弟，十连长是他的同乡，提意见把这两人的枪支下了，其余由二营申营长伴同大家在一块儿休息，由小汤在门外亲自值岗。关敬陶这时初步感到轻松一些了，他知道昌腾距城里也只有十五里路，不敢久待，吩咐一营把沉重物品全部扔掉，只剩下人员和枪支。正在要走的时候，营部传令兵来报告说有几辆摩托车沿着芦苇河公路，驶向昌腾镇来了。关敬陶听了非常沉不住气，他催杨晓冬说："这里离城太近，咱们应该跑步出发，万万迟延不得，你知道高大成是个诡计多端的家伙呢！"

杨晓冬说："不碍！我们张开网口等着他！"他吩咐梁队长撤开门卫，把进村的电驴子放进来。

关敬陶说："光几辆摩托倒不吃紧，怕后边跟着大队伍呵！"

杨晓冬说："沉住气吧。现在离芦苇河出事，也只一个多钟头，估计他们搞不清准确情况，这正是跟高大成斗智角力的节骨眼上。"说实在的，杨晓冬也真同意迅速离开，叫同志们脱险，叫起义的部队安全拉出去。但想到敌人的阴狠毒辣，想到内线同志们的流血牺牲，想到配合根据地作战的需要，趁着揪住老虎尾巴的时候，他愿意把扬起的拳头打得更狠些。

摩托车进村了，他们声言是从司令部来的，到营部门口连停也不停，骄傲又蛮横地开进大院。为首的跳下三个人，正是范大昌、蓝毛和田副官。约有一个手枪班，跟在他们后面，声言是前来捕捉越狱"犯人"的。关敬陶出来把他们三人让进后院，吩咐随员们陪着手枪班到营部参谋室里喝水。

走进了营部办公室，范大昌大模大样地对关敬陶说："你不是把越狱的全部俘虏了吗？我们奉高司令的命令，到你这儿把犯人带回去。"他的话音未落，杨晓冬从内屋走出来。

蓝毛见了惊呼道："呵呀！他怎么还没捆上？"

梁队长走出来接着他的话说："好，都给我捆起来！"左右闯进四五个人，马上将他们三个五花大绑捆了。绑蓝毛的是梁队长，他狠狠揍了他两个嘴巴，抽得这家伙满嘴流血。

杨晓冬厉声问范大昌："你这个可恶的'日特'兼'国特'，

告诉我，你们和高大成今天是打算怎样设计陷害关团长的？"范大昌咕咕哝哝的不说什么。

杨晓冬又说："快说，你们今天来的真正目的是什么？"

范大昌和蓝毛同声回答，说是来逮捕共产党地下工作人员。

杨晓冬扭头冲着田副官发怒说："你给我快说真的，迟一点我削你的脑袋！"

田副官听了吓得脊椎骨直冒凉气，回答说："我说实话，高司令，不！高大成，高大成吩咐我们带了一班弟兄，来探听关团长的虚实。他说如果去马驹桥的汽车在一团防地真的出了大祸，叫我们先夺了关团长的兵权，并带上他到日本人处吃官司去。"

关敬陶听了这才十分气愤地骂道："他妈的，你们处处歧视我排挤我，幸亏我早走了一步。告诉你们，姓关的已经脱掉伪军皮子，光荣起义啦！"

范大昌等三人听了吓得直打哆嗦。

杨晓冬又冲着田副官说："要想活命，你给我向高大成打电话，就说越狱的全部被俘，押车的日本人全部战死。关团长不敢做主，请高司令亲自到这里来一下。"田副官不敢不听，人们给他松绑了一只手。他战战兢兢地去拿电话，杨晓冬呵斥说："声音自然点，不许屈声屈气的。"田副官点头答应着要通了电话，刚讲到要高大成亲到昌腾镇来，大门口外当当响了两枪，田副官手里的送话器吓掉了。移时，韩燕来把杨晓冬、梁队长和关敬陶叫出去，向他们汇报说，里边绑范大昌他们的时候，外面对手枪班同时下了手。小汤见手枪班有人想抵抗，他跑去帮忙。被下了枪看押起来的三营九连沈连长，乘混乱机会，跳出窗外，开上院里的摩托车跑出去，张小山他们发觉追时，在后面打了两枪。

杨晓冬听罢叹了一口长气，无限遗憾地说：

"我们冒着生命危险打猎，指望捉住只老虎，谁知时运不济，仅仅抓了三只山猫。梁队长，请你带好这几个俘虏。关团长，咱们赶快出发吧！"

队伍集合好了，关团长派自己的心腹队伍第一连领路，中间是营部和勤杂人员，芦苇河坡解除武装的那个排，除排长外，都发还了枪支。梁队长带着新编成的那个连殿后。全体人员跑步向二营处靠拢。

关敬陶他们赶到二营部驻地西马庄，刘营长已主动将队伍拉到离城更远些的苑家屯。他们又赶到苑家屯，看见刘营长业已把队伍整理好，二营全部到了，三营只来了两个连。加上关敬陶所带的队伍，人马基本集合齐了。全团在村北大树荫里临时喝了点水，韩燕来走近杨晓冬身边悄悄说道：

"杨叔叔，你记得这个村庄吧！这就是苑家屯，我们第一次送首长们过路就在这村碰上敌人。"

杨晓冬听罢，立刻联想到金环，心里有很多感触。他对身边的关敬陶说："你不是常怀念那位女同志吗？她的名字叫金环，这个村庄的工作就是她开辟的，最后，也在这个村庄她被俘牺牲的。"

关敬陶听了心中很激动，他说："杨同志呵！想起革命先烈牺牲流血，我感到难过和有罪。我能踏上这条光明道路，是他们的鲜血换来的。为了纪念，我想在此地向全团宣布起义！"

杨晓冬点头说："你可以向大家讲几句话，千万不要拖时间，五分钟以后我们还要跑步出发。"

关敬陶登在柳树前面突起的高坡上，怀着特异心情破着喉陇喊："全团弟兄们！我向你们宣布一桩大事，从现在起，我要率领你们走上一条光明大道，投奔光明的抗日阵营。在决定走这条道路之前，营连长们都开会通过了。虽然没有给所有弟兄们商量，我相信我是代表了你们的利益。我相信大家会同意，因为我们投靠的不是别人，是代表真理的共产党……"

关敬陶讲完话，部队继续快步出发了。走出苑家屯不远，听到昌腾镇方面有零乱的枪声。杨晓冬毫不迟疑地留下梁队长率领新编连队掩护退却。他自己跟起义部队快速向山区撤退。起义部队听到枪声，走得更快了，顷刻之间走出七八里路。这里距城较远，群众基础更好一些。出乎杨晓冬的意外，这里竟隐蔽着一个五十余人的加强排，还有城郊武工队的一部分同志，他们是受军分区袁政委派来支援杨晓冬他们的。这样一来，杨晓冬和关团长心里都感到有了底。杨晓冬叫武工队的同志为起义部队领路。他担心梁队长力量单薄，还带着三个重要的俘虏，同关敬陶商量了一下，由杨晓冬带领上军分区来的这个排和韩燕来他们七八位同志，返回苑家屯，接济梁队长。

三

高大成同小田副官中断了电话，心里更有怀疑："有什么重要问题要我亲自去一趟呢？范大昌他们还不能做主，关敬陶平素亦不很扎手呀，要是真有意外，田副官还能打电话来？"他正考虑着，宪兵队来电话询问，为什么赴马驹桥护送的汽车没信，芦苇河炮楼里为什么自己割断了电话线？高大成情知不妙，忙用电话亲自通知三团长高拧子，叫他出动全团兵力，只要遇到一团擅自行动，不顾一切，进行堵击。然后，他亲自率领骑兵连和警卫连立刻向昌腾镇出发。跨出西关，看到沿途很平静，心想：一团不会出问题吧？即使关敬陶生二心，还有个三营长苟长海呢。外防有三四团挡着路，更重要的还有日本军，他关敬陶胆大包天啦！这种想法还没完，昌腾响起枪声。听到枪响，高大成沉不住气了，跃马前进，跑了一段距离，与迎面飞驶来的沈连长相遇了。

高大成听了沈连长的汇报，一刻也没停留，指挥队伍跑步前进，赶到昌腾扑了个空。向居民打听了一下，沿着路线不喘气地赶到苑家屯。高大成想：只要见到一团队伍，凭仗他司令的声威，几句话就可以把队伍喊垮了！剩下你关敬陶光杆一根，那就是不成问题的问题啦！

他的前头部队在苑家屯村北与对方接火了。对手正是留作掩护部队的梁队长。

高大成的骑兵真凶蛮，一个冲锋即顶到村边，几乎同梁队长的队伍打了交手仗。村头两挺机枪哗哗打响时，高大成骑兵们才被迫后退了百十米。双方在苑家屯村头打开顶牛战。时间不大，高大成的警卫连赶到了，这伙亡命徒不顾一切从右侧压上来，梁队长看看吃不住劲，把队伍撤到街心一所高房院。当他登上房顶布置兵力时，发觉所占的正是赵大夫的家。在这个家里，他钻过夹壁墙，同金环一起吃过饭，这些往事在脑子里一闪即逝，因为警卫连一阵猛攻，逼到高房下面了。新的战斗异常炽烈，下面叫喊着几次把手榴弹扔上房来。梁队长他们不哼气，捡起手榴弹带着烟投回去。敌人几次登高爬房，都被机枪扫下去。

梁队长正打得顺手的时候，队员跑来报告说：两个俘虏从房上跳下去，向村北逃跑了。梁队长听了十分焦急，杨同志为了他的连队可靠，才把最重要的三个俘虏交给他，跑掉他们这还了得。一经调查，发觉跑的是小田和蓝毛。梁队长从身旁同志手中要过一支步枪，不顾暴露目标，挺起身来瞭望。他先发现了小田副官，他正朝村北树林里跑，每跑几步，觅棵树身隐一下，经过林中空地他正在加速度的时候，梁队长一枪放倒他。接着他寻找第二个目标——杀死金环的蓝毛。找来觅去，发现这个家伙跑得更远，可以说跑回他们阵营了。只是倒剪双臂尚未解开，就听蓝毛高声呼喊：

"高司令呵！叫弟兄们拼命冲吧！这帮人正是宪兵队送往马驹桥的犯人，千万别叫他们跑掉……我的天，这些家伙们野刁极啦。快过来人给我解绑吧，这条命是捡来的哟！"他正欢腾雀跃地朝临时战壕里迈进的当儿，梁队长瞄准一枪，击碎了蓝毛的头骨。由于挺身暴露，梁队长的左肩又中了一枪。他的眼睛急红了，喝声向弟兄们说："我们坚决顶着，一定掩护起义部队的安全。"他转身回到另间房顶，恰恰望见唯一没有逃跑的范大昌，一下引起他的新仇旧恨，招手向队员们说：

"拉过他来，我亲手干掉这个双料特务！"

范大昌吓得双膝跪地，祖宗爷爷叫个不停。

梁队长走过来，一只脚踏住范大昌的脊背，说："叫你们这号人活在世界上，我死了都不放心！"

正在梁队长要掏自己的手枪时，杨晓冬领着韩燕来他们赶到了。杨晓冬制止了梁队长的行动，命令队伍马上集合撤退。

梁队长被膘子背着，韩燕来他们牵了范大昌，离开苑家屯一阵向西飞跑。所幸田野里多是大秋庄稼，容易掩护，加上加强排共有百十人的队伍，分两拨倒替着跑，转眼之间跑出五里路，如果再能跨过前面公路，躲过赵匪四团左右两个炮楼，就可能赶上关团长的队伍，免除被敌人切断的危险。杨晓冬叫大家丢掉一切缴获的物品，尽快越过眼前的公路。

前头部队距公路不远了，由苑家屯跟踪追来的敌人被拉下了，人们正在心里庆幸能平安过路的时候，从侧翼斜刺里追来一股骑兵，依照速度看来，骑兵必然先行赶到公路，至少把梁队长他们这两拨人分割开。

杨晓冬清楚地知道，当前情况下对骑兵作战十分不利，他看了看梁队长，梁队长叫膘子沿途摘了两个南瓜，他正在剖取瓜瓢糊伤口，精神有些萎靡。

敌人马队越跑越快，连骑马人的轮廓都看清了。苏兴旺指点着说：

"你们看清那个领头骑白马的吗？那就是高大成。"

他的话音未落，就听见高大成在远处喊：

"一团弟兄们，谁要乖乖地回来，每人官升一级，钱加两倍，当班长的每人赏一两金子。要是执迷不悟，你们看，前有三团四团的截击，后有日本皇军的大队，长上翅膀也飞不出去。"他一遍又一遍地叫喊着。这些话虽对梁队长领的队伍文不对题，还是把出狱弟兄们闹得惊慌了。

梁队长看到这般情况，他放下瓜瓢，从膘子身上出溜下来，拿过一支步枪，用膘子的肩膀作枪架，他困难地单腿跪下，只手扣着枪机，冲着斜刺飞来的白马发射了一枪。枪声响处，高大成一个筋斗从白马上摔下来，跟随的骑兵们翻身下马，把高大成团团围住了。乘这个空子，杨晓冬率队冲过公路，跨越了左右的炮楼，一气又前进了五里路。等情况稍微缓和的时候，他问梁队长说：

"老梁同志，你觉着伤势怎样？"

"不怎的，两处加在一块，也比高大成的轻！"

"真称得起是神枪手！"杨晓冬想起去年过路时，梁队长朝敌人炮楼枪眼里打的那一枪。

梁队长睁了睁眼，犹有遗憾地说："要是在我不受伤的时候打出这颗子弹就好多了。"

他们赶上关敬陶时，他正率领一营跟阻拦他们前进的四团两个连作战。听到高大成受伤落马的消息，关敬陶精神振奋，一个冲锋把阻拦的敌人打垮。

距第三道封锁沟仅两里了，过了沟就是根据地。这时，无论起义弟兄或是越狱同志，心里都比较轻松了。眼前纵有密密的环山炮楼，因为每楼只有一班伪军，谁也不大放在心上。倒是看到岗楼后面那巍峨雄伟的眺山，给大家壮了胆量。

得到消息晚了的鬼子兵，终于率队赶来了。他们速度特快，使起义部队来不及过沟。

关敬陶发现鬼子兵赶来，再也无心抵抗，不等同杨晓冬商量，即叫各连跑步过沟。这个部队没有爬沟的经验，争相奔向一个路口，人挤人滚疙瘩。

鬼子兵丝毫不错过这个机会，汽车还没停止，纷纷从汽车上跳下来，抱着机枪冲锋。他们仇恨这支从"大东亚共荣圈"里分裂出来的起义部队，想在过沟到解放区前，全部把他们消灭。

为了叫起义部队少受损失，杨晓冬还想叫梁队长这股队伍拉开，掩护关敬陶最后脱险。这时候，军区的侦察员领着一位作战参谋赶到了。他说：袁政委已率领一个主力团到来了，一个营已经伏在山坡上找好地势，要杨晓冬他们能过沟的过沟，过不及的卧倒。

起义部队闪开一条道路，鬼子兵正在蛮横地向前追赶，飞蝗般的子弹，从漫山腰里，冲着鬼子兵头顶撒下来。

第二十四章

关敬陶纵马在盘山道上，看着正前方巍峨耸立的眺山。眺山披挂着夏季特有的浓绿盛装，盘道沿途长满了鲜花香草，远处天和山相连的地方，蓝色生生，雾气沼沼，云影重重，多么好的自然风景！关敬陶过去不是没进过眺山，他来过，还不止一次。那是他当伪军团长的时候，那时候他没心情欣赏自然风景。那时的眺山，对他说来是阴森可怕的，每一块石头每一棵草都埋伏着灾难和死亡。今天，眺山在他眼里变了，变得庄严而肃穆，生动而活泼，既美丽且调和，既甜蜜又温暖。他和他的部队拉着长长的行列，挺起胸膛踏在祖国的土地上，这是多少年来的第一次，对于这种新的生活，一时感到难以抑止的喜悦，他勒住马看了看身后，后面走来迈着坚强步伐的杨晓冬。

关敬陶跳下马来说："杨政委，有马呀，何必步行呢，你骑这匹！"

杨晓冬说："不用客气了，我是赶来向你辞行的。"

"这是为什么？"

"上级调我有新的任务，马上就得离开。"

听到这个消息，关敬陶受了刺激，觉得唯一熟识的领导干部走了，他无限惋惜地说："杨政委，你走得太快也太早了，这个部队是你提拔教育出来的，哪怕再待个短的时期呢。"

"我向分区首长把你的情况做了汇报，刚才你们也接过头，这里准备为你们开欢迎大会。算了吧，我不用再跟着啦，共产党凭着'为人民服务'的尺子衡量人，从来不讲究人事关系的。"杨晓冬还想把梁队长做他三营营长的消息告诉他，因上级没确定不便说，他想试着征求他的意见，迎面跑来一位骑马的政治干部说："参谋长和主任请关团长到前面去，商量欢迎大会的事。"他说完驱马朝眺山口跑去。

关敬陶和杨晓冬抬头一看，青山绿叶的眺山口外，迎风招展着飘飘红旗，振奋人心的锣鼓响得铿锵悦耳，麻密簇拥的欢迎行列里，喊着激动人心的口号，杨晓冬催关敬陶说：

"你快去吧，叫队伍走整齐点，告诉起义弟兄们，军民联合大队到山口外欢迎来了。"

关敬陶不知怎的，忽然两行热泪流下来了。他刚骑上马又回过头来，噙着泪花笑道："我有小资产阶级的感情吧？这是我有生以来第一次……呵！杨政委，咱们就离别了，你还有什么指示？——干脆按照我们习惯的说法，有什么临别赠言吧！"

"我希望你睁大眼睛，留心山坡口人多的地方，那里有位太太，她在列队欢迎你哩！"

杨晓冬目送关敬陶走远，他站出来，靠了一块大青石，掏出银环的信看了一遍，撕下一页日记，急就地写了个短信，叫通信员递交前面的张小山，然后盯着向前涌进的人流，快要到队伍尾巴了，发现一位勇往迈进喜气洋洋的小伙子，他上去一把拉住他说："燕来，你出列！"

韩燕来擦了擦汗说："我以为你到最前边去了呢！"

"不！我们的位置是在后边的。"

韩燕来没听懂话里的含意，一面听杨晓冬讲话，不断地盯着过往的人流，及至听清对方的意思，他愣怔了。

"你说什么，还叫我回去做内线工作？"

"组织上有这个意思。"

"杨叔叔，我可没有思想准备，从见你的第一天起，就为的有这一天。"

"一个革命同志，要有多种思想准备，最好要有坏的思想准备。这些以后再说，现在组织上决定你回省城，打入敌人另一支武装部队里做领导工作，是为了迎接将来的大反攻，人手已物色好啦。就是张小山和小汤，他们今夜就得回去。我们打算吸收小汤入党，支部书记指定你担任。"

"我说说我的思想活动，说实在的，看到起义部队这个光荣劲，心里热乎乎的。当然了，如果真决定我回去，也没啥说的，我希望苏兴旺和邢双林也跟着走。"

"这些回头再谈吧！他们两人条件都有问题呢，唔，这是奔桃花沟的盘道，上次进山就走的这条路，瞧！对面山多陡呵！那天夜里真不晓得怎么爬上去的。"杨晓冬回忆到这样的问题，在战争中间常常出现特殊的精力和才华：平常没有暴露的智慧，到紧急关头，才华洋溢了；日常看来体力不能支持的，打起仗来就坚强了。

沿着羊肠小路上坡，穿过树林溪水，按着银环写的地形，他们找到桃花沟农会主任又是支部书记的家。这是在山腰上新修的三间石头房，没有院墙，门前是一片平地。凭着窗户，抬头可以看到远处高山，低头可以看到沟沿山涧，那里有碧绿成行的桃树。银环不知上哪去了，支书也不在家，领着全村老幼到眺山开欢迎会去了。杨晓冬他们知道地址没有错，便坐在斜坡上等着，不大的工夫，银环同小燕从山坡左面转过来了。银环抱着木柴和蔬菜，小燕牵着支书家那只小山羊。

见到小燕，杨晓冬透着奇怪说："你怎么来的呀？"

银环替她做了回答。原来，银环黎明雇好大车，放心不下，跑到医院扑了个空，回来的路上碰到小燕，她也是特意到这里看动静的。银环正缺助手，便把小燕同车带出来。她们到达眺山，正遇到肖部长。银环急将几位起义军官家属交代到政治部民运科，即找肖部长汇报工作。肖部长急于要回军区开会，听完汇报，向银环当面作了指示，又给杨晓冬留了一封信。

杨晓冬拆开信，当场就高声念：

晓冬：事情多凑巧，上次你到内线工作时，我等来等去，最后留了封信。现在你要到新的岗位了，指望同你好好谈谈，军区来电话说有急事要我回去，只好再留一封信。但这比上次总要好一些，因为有些问题我已经向你的代表谈了……

银环制止他说："别念啦，回头再细看吧，咱们大伙动手做饭，今天吃犒劳，是肖部长留下钱请我们的。"杨晓冬估计信上可能有不便公开念的，不然银环不会阻挠他。看了看下面，果然在预祝工作顺利，预祝行将获得更大的成绩的后面，还有什么祝贺艰苦环境下的幸福生活等字样，他把信收起来说：

"我们仨人在这里做饭，燕来抓紧时间，到后沟口找张小山他们谈谈。要张小山和小汤连夜赶回省城去！"

韩燕来推辞说："把他们叫到这里，你亲自谈好啦！"

杨晓冬说："谁拿锄谁留苗嘛！今后你负责了，老依赖别人还行？再说也不能叫他们来这里大家乱碰头……"

约有一个钟头，韩燕来回来了。他说：两人对今夜赶回去都没意见，认为混到敌人队伍里扛个枪杆，很有把握。张小山多少有些怪话，他说：要跟着起义部队整编，顶不济也得闹个排长。这一来还得跑到敌人手里当小兵去。

杨晓冬听着韩燕来的话口，似乎对这些错误意见有些同情，本想当时讲几句，看到银环她们收拾桌子摆饭，也就把话压下了。

这顿饭菜很丰富，有胡萝卜炖羊肉、炒鸡蛋，还有一瓶枣儿杠子。四人围了石桌，每人占了一面。银环首先开口说：

"今天房东不在家，咱们借地方在一块吃个团聚饭，也是分散饭，晚饭后我们就要离开啦！"

韩燕来说："你们到底去什么地方，今后我们怎样联系呢？"

杨晓冬瞅着银环说："你把肖部长的指示谈谈吧！"

"肖部长根据全国局势、省城情况和上级党委的意图，要我跟杨同志去北京，打算今天夜里动身，那里已经由内线同志找好了房子和职业掩护，还搞了一部电台，也同高参议取上联系。你们这边的工作，部长指示，总的方面仍归杨同志领导，由小燕和我分担你们的交通联络。几时你们安排就绪了，上级就叫你们跟省城其他党的负责同志发生横的关系……呵！我忘记介绍小燕的事了，我跟肖部长谈了小燕入党的事，也谈了我同杨同志愿意负责介绍她的意见，只是认为她还年轻些。肖部长说，年轻也不碍，可发展为青年党员，等十八岁后再转正。他当即同袁政委打电话谈了，他们两个首长同意填表之后批准她入党。"银环说着抄起酒瓶满满斟了几缸子酒，她说："今天的酒，我们都要喝，祝贺组织起义部队的胜利，祝贺燕来同志领导工作的胜利，祝贺小燕同志入党。"

韩燕来说："喝酒事小，我同小燕都是你们掰着手教出来的。乍离开，情感上热火火的，工作上，也摸不着多少法门。"

小燕插话说："说是常联系，总比住在一块说话的机会少多啦。今天碰上我的好日子，杨叔叔，你就再教导教导吧！"

杨晓冬说："我到内线来了很久，受到你们兄妹的帮助很多很大，趁着暂时分手的时候，我愿意说几句：旧社会里，朋友分别的时候，讲究富者赠钱，贫者赠言，我们今天的同志关系中，也可以赠言（不是单说吉利话），这叫提供意见，搞搞思想，或者说是政治上的帮助。

"刚才燕来说，工作上摸不出经验，没有多少办法，仿佛离开直接领导就不能工作似的。我看不是这样，工作上你已经有了一些经验，我看主要是个思想问题。不要认为敌人内部工作很难搞，任何敌人，任何机密，任何组织，都是由人组成或通过人办的。凡人都有弱点，都会犯错误的，这一点，就是我们的组织也不例外。（所以我们什么时候也要提高警惕、纯洁组织，即使这样，敌人仍是到处钻我们的空子，利用我们的麻痹与官僚主义。）而敌人的弱点和错误更多，我们有真理有群众，再密切依靠党的领导，开展工作并不是很难的，问题在于坚决服从党的领导，密切联系群众，提高思想认识，克服对于这一工作的思想障碍。

"我认为一个党员，必须按照党的意图办事，不能把个人的兴趣爱好摆在党的工作前面。党指派我们搞内线工作，内线工作就成了我们的职业。干这一行要安于这一行，钻研这一行，热爱这一行。有这么一类人：他干一行怨一行，干十行怨十行，像个跳窝鸡似的，找来觅去，哪里也不下蛋。也有这流人，把自己的工作看得金玉为贵，把旁人的工作看得粪草不值。这些人头脑里，充满了封建社会的等级思想，资产阶级的个人主义思想。都是革命事业嘛！有什么高低贵贱之分呢？你不愿意做的难道旁人就愿意？张小山说到外边至少当个排长，到内线照常当个兵。这看法对吗？燕来同志，你同意这个观点还是反对呢？要检查检查，我觉着你也有些不愿意回去，有些挑拣工作，挑'光荣'和'体面'的工作。你们都熟悉省城的奎星阁，去年燕来还爬上去散过传单。奎星阁的外面画栋雕梁是够好看的，可是，你们想过在画栋雕梁的里面有多少零砖碎瓦填槽吗？没有大量的零砖碎瓦，奎星阁是建不起来的，建起了也要坍塌的。我过去对你们说过，不但内线是不出名，我们党的很多工作，对某些工作的个人来说，同样是不出名，是无名而又要安心去做，并且做得很好，这正是党员的党性，也是党员品质高贵的地方……"

银环插话说："反正干什么工作，也不能计较个人得失，兴许，内线工作中真有牺牲了性命，组织还不知道的哩！"

杨晓冬说："假使真有的同志，他为党牺牲了而党不知道，甚至人民也不知道，难道这就降低了这位同志的牺牲价值？难道革命事业里就没他的这份功劳？何况，一般说来，这种情况不会有，不会有呀同志们，你的父亲，你的姐姐，我的母亲，他们的血是白流了吗？我们会忘记他们吗？人民会忘记他们吗？我们不是在继承万千牺牲同志（其中也包括了我们的亲人）留下的事业吗？

"我想提出这样一个问题，如果牺牲的同志有知，听说我们当中有人又要名誉又闹地位，又不愿意干不出头不露面的工作，他们将会表示什么态度？自然我这段话不是指燕来讲的，因为燕来同志没谈过什么名利地位，但也应该早做警惕，免得感染上这种毒菌。"他讲完看着他们兄妹的表情。

小燕低声说："我没有意见，我一定听党的话，回去好好帮助哥哥工作。"说完她小心翼翼地凝视着哥哥。

哥哥沉默了半晌，猛然站起来，把一缸酒递给杨晓冬，一缸给了银环，又把瓶中剩的统统倒在自己缸子里，他手哆嗦着举起杯来，说：

"杨叔叔，银环同志，你们要信得过我，请先喝酒！"

在这种诚恳爽朗又豪迈的同志友情激动下，杨晓冬和银环各自呷了一口；韩燕来端杯一饮而尽，把杯一推说：

"我全部接受党的教育，坚决克服从个人主义出发的一切想法和做法。咱们吃饭吧，饭后一抹嘴头，我们马上就回去！"

一九五五年春日动笔

一九五八年秋天写成

一九六○年春天修改